Malcolm Lowry
Briefe
1928–1957

Deutsch von
Werner Schmitz

das neue buch
rowohlt

Deutsche Erstausgabe
Veröffentlicht im Rowohlt Taschenbuch Verlag GmbH,
Reinbek bei Hamburg, Mai 1985

Aus dem Englischen übersetzt nach der
bei J. B. Lippincott Company,
Philadelphia & New York,
herausgegebenen Originalausgabe
«Selected Letters of Malcolm Lowry»

Umschlagentwurf Christian Chruxin
Gesetzt aus der Garamond (Linotron 202)
Gesamtherstellung Clausen & Bosse, Leck
Printed in Germany
3200-ISBN 3 499 25175 2

Inhalt

Editorische Notiz

Die vorliegende Ausgabe der Briefe Malcolm Lowrys lehnt sich eng an die von Margerie Bonner Lowry und Harvey Breit besorgte Auswahl ‹*Selected Letters of Malcolm Lowry*› an, die 1965 erstmals bei Lippincott, Philadelphia und New York, erschienen ist. Zu der Briefauswahl und Textgestaltung schreibt Harvey Breit im Vorwort zu jener Ausgabe:

«Eine Auswahl zu treffen war keine leichte Aufgabe. Mrs. Lowry und ich befanden uns oft in Verlegenheit. Jedoch glauben wir die besten Briefe ausgewählt zu haben (zwei Drittel der zugänglichen); unsere Auswahl wurde auch von dem Bestreben, eine Kontinuität herzustellen, bestimmt, so daß wir, wenn wir die Wahl zwischen zwei gleich interessanten Briefen hatten, denjenigen aufzunehmen neigten, der eine Lücke in der Geschichte am besten schloß. Wir haben ferner in einem Anhang Material untergebracht, das wir für außergewöhnlich wichtig hielten oder das einen Briefwechsel ergänzte oder vervollständigte. (...) Die typographische Handhabung der Titel literarischer Werke und fremdsprachlicher Begriffe wurde vereinheitlicht.»

Im Vergleich zur amerikanischen weist die deutsche Ausgabe einen erweiterten Umfang auf. Zwar wurden insgesamt sechs Briefe der amerikanischen Edition, weil redundant oder informationsarm, weggelassen. Es handelt sich um die Schreiben an die Schwiegermutter, Mrs. J. S. Bonner (1942), an die Schwägerin Priscilla Woolfan (November 1945 und 1952), an Albert Erskine (Dezember 1946), an Arthur A. Sprague (1.6.1954) und an Peter Churchill (4.4.1957).

Dagegen wurde versucht, zusätzlich den Briefwechsel zwischen Malcolm Lowry und seinem ersten deutschen Übersetzer Clemens ten Holder möglichst vollständig im Anhang VIII vorzulegen. Ebenfalls hier aufgenommen wurden die drei zwischen Malcolm Lowry und seinem ersten deutschen Verleger Ernst Klett gewechselten Briefe. Es erschien sinnvoll, die Vorgeschichte zur Erstveröffentlichung von *‹Unter dem Vulkan›* in Deutschland für den deutschen Leser breiter zu belegen, als dies in der amerikanischen Ausgabe geschehen ist, zumal in diesen Briefen Lowrys Verhältnis zu Deutschland und zu deutschen Einflüssen, die ihn geprägt haben, zum Ausdruck kommt. An dieser Stelle sei Norbert Wehr, dem Herausgeber der *Schreibhefte,* und Joan Selby von den Special Collections der University of British Columbia Dank gesagt.

Das im Anhang VIII verwendete Material befindet sich an der University of British Columbia, The Library, Special Collections, Malcolm Lowry Papers, Box 2, Folder 17. Der Verlag Klett-Cotta stellte freundlicherweise den Brief von Professor Ernst Klett an Lowry vom 19.9.1951 zur Verfügung.

J.S.

Gerhard Falkner

Burning down your house

Parallelogramm zu den Briefen Malcolm Lowrys

> Der wahre Brief ist seiner Natur nach poetisch.
>
> Novalis ‹*Blütenstaub*›

I

Briefe sind hingeworfene Sätze in Gefangenschaft. Ihr Text rutscht verschnürt zwischen freier Rede und fester Figur. Auch der auskalkulierte, mit Intimität ausgereizte Brief ist aus solchen Sätzen gemacht. Die Gefangenschaft besteht in den verschlossenen Gesetzen der Mitteilung, der schriftliche Umgang regelt sich aus in einer epistolographischen Schwankung zwischen telefonischer Wucherung und festgeschriebener Kruste.

Die grammatikalische Spannung, die davon ausgeht, empfindet man als wohltuend. Sie ähnelt der alltäglichen Mißratenheit der Sprache; die persönliche Elastizität klingt echt.

Auf eine schwer zu definierende Weise imitiert sich der Brief selbst. Er täuscht das schriftverkehrte Bild des Angesprochenen vor und bewegt sich davor eitel; er gehorcht einem zugemuteten, aber unerschütterbaren Dialog. Sogar wenn der Brief wie zum Beispiel bei Proust in einer so unablösbaren Verbundenheit mit dem literarischen Stil steht, kommt er mit scheinbar harmlosen Sätzen wie «Die durchgestrichenen Worte sollen Sie nicht neugierig machen» immer wieder auf die nahegehenden Kitzel des Briefes zurück.

Jeder. Sie lassen alle irgendwann diese Vergegenwärtigung in die Mitteilung sickern, mit der sie ihr Befinden bekanntgeben. Die harmlose und bagatellenhafte Abweichung von der «öffentlichen Person» markiert ebenso wie ein schmerzvolles Auseinanderkreisen bis in die Zerreißgeräusche von Verlassenheit oder Zerknirschung den existentiellen Rand, den der Brief verzeichnet.

II
Ein gefälschter Brief von Malcolm Lowry an den Konsul Geoffrey Firmin

Hotel Francia
Oaxaca, 1936

Dear Geoff
habe seit drei Tagen Deinen Brief an Bord, genauso lange, wie ich Hemd und Segel nicht mehr gewechselt habe und wie ein bateau ivre durch oaxacische Großstaubwelten gekreuzt bin, on navigable amounts of liqueur, wie Du Dir denken kannst oder vielleicht nicht denken kannst.

Aber – Jesus Christus, sie sind überall hinter mir her. Diese keuchende, überhitzte, maisbraune Luft von Mexiko wimmelt von stechmückengroßen Polizistenaugen. Dabei benehme ich mich so unauffällig wie das bißchen Salz und das Tröpfchen Zitrone, das der Mensch zum Tequila braucht. Doch Du hast völlig recht.

Die Trennung von Jan hat mich auf ein Riff gesetzt. «Er sank so tief, daß alle Mittel / zu seiner Rettung schon versagen wollten / es blieb nur eins, ihm die Verdammten zeigen.» Ich lasse mir nicht ausreden, daß der alte Dante da etwas verdammt Prophetisches geschrieben hat. Achtung! Achtung! Das hohe Florenz bringt eine Lowry-Durchsage. Aber ich kann Jan jetzt nicht sehen.

Ich fühle mich impotent und schuldig, betrogen und schuldig, bedrückt und schuldig, betrunken und schuldig, bespitzelt und schuldig – in mir kriechen die Helligkeit und die Finsternis aufeinander zu wie zwei brennende Reptile, die versuchen, sich aufzufressen.

Geoff! Bitte hol mich hier raus. Ich kann doch nicht einfach hier rumsitzen und warten, bis die Affenscheiße verdampft ist.

Oder nein. Nein, besser Du schickst mir ein paar Dollar, damit ich sie am Tresen von Xochitepec anlege für ein Gedicht über die letzte Nacht mit Jan – und wie sie aus den Kehlen blutende Rehkitze in die

Bar geschleppt haben. (Mein groß-britischer Vater hat immer noch kein Geld geschickt!)

Übrigens haben sie jetzt vor dem Casino de la Selva, beiderseits der Auffahrt, ein paar aztekische Skulpturen aufgestellt. Einem Chac-mool haben wir kürzlich beim Gehen ein Gläschen Gin aufs Opfer-Bäuchlein gestellt – seither verfolgt mich der gekrümmte Kerl mit dem verdrehten Kopf, sobald ich ein Tröpfchen Alkohol auf der Zunge habe.

Geoffrey. Ich habe angefangen, mir Notizen für das Buch über Dich zu machen. Sooft ich nicht im Karussell sitze, prüfe ich seine Mechanik: meine Mutter hat mich wirklich nicht geliebt, meinen aufgepumpten Sport- und Schwimmbrustkasten habe ich nur, weil ich mich vor die Angst immer breiter hinstellen mußte, als ich war. Zur See bin ich gegangen, weil ich eine Illusion des Rauhen gegen den stillen Bunker meines Vaters richten wollte.

Ich bin ein furchtbarer Aufschneider und ein verdammter Lügner, aber ich werde ein verflucht gutes Buch über uns schreiben. Ein schattiges Kapitel, das Gogol in seinen ‹*Aufzeichnungen eines Wahnsinnigen*› schlicht übersehen hat, kabbalesk und rosenkreuzlerisch und infam und pantagruelisch und voller konsularischer Heiterkeit und Krimskrams.

Von mir aus soll mir dann die Hütte abbrennen, sooft sie will. Bitte sag Yvonne, daß ich ihre Geschichte ‹*Der zerbrochene Riegel*› wirklich bewundere. Geoff. Ich stehe am Abgrund, vielleicht bin ich morgen einen Schritt weiter.

Great expectations
Malc

III
Himmel und Hölle

In vielleicht zu großer Verallgemeinerung gibt es im Leben Malcolm Lowrys zwei «ausschlaggebende» Orte, an denen sich wie um magnetische Felder seine Kraftlinien abgebildet haben. Andere Städte oder Gegenden bleiben als literarische Anstöße bloß akzessorisch.

Der erste Ort ist die «Stadt des ewigen Frühlings»: Cuernavaca, mit ihren weißen Schmetterlingen, traurig und groß wie fallende Tempo-Taschentücher, und ihren 57 Cantinas, das Quauhnahuac in ‹*Unter dem*

Vulkan›. Von hier aus erreicht man Toluca, Mexico City, Cuautla, Oaxaca, Xochitepec, eben die spirituellen und spirituosen Folien von Lowrys Briefen, Poemen und Romanen, seinen Alpträumen und Verklärungen. Von hier aus sieht man bei (heute kaum noch) klarem Himmel den fast fünfeinhalbtausend Meter hohen Popocatepetl, von den Heimischen zärtlich El Popo genannt, der ernst und erhaben über Iztaccihuatl, die aztekisch so genannte ‹Weiße Frau›, wacht.

Hier lebt Lowry, siehe die Titelstelle seines (einzigen?) großen Romans: ‹*Unter dem Vulkan*›. Nicht umsonst hatten die Alten den Tartarus unter dem Ätna angesiedelt und den Typhon in seinem Innern ...»

Die «andere Welt», die vierzehn Jahre lang in Malcolm Lowry ihre starken und ängstlichen, schmerzhaften und begeisterten Briefe anzettelt, ist die Küste von Dollarton in Kanada. Hier sitzt der Sekretär des Konsuls und erledigt die zerreibende Korrespondenz zwischen Schöpfung und Selbstbezweiflung vor der brausenden Natur von British Columbia. Die Wälder treten da bis unmittelbar an die Küste und sind voller Wild, das Wasser ist klar, kalt und fischreich, die Menschen simpel und unverdorben. Hier ist der Schauplatz der ‹*Oktoberfähre nach Gabriola*›, der Arbeitsplatz für die fünf Fassungen von ‹*Unter dem Vulkan*› und der Kampfplatz gegen die in «glückliche Verhältnisse» eindringenden Hüttenbrände und Blizzards, Stürze, Wirbelbrüche und Stirnaderverletzungen, die Flutwellen, Ausweisungsandrohungen und tausend anderen Katastrophen der Zurückgezogenheit.

In Mexiko lebt Lowry von September 1936 bis Juli 1938. Er kehrt einmal zurück von November 45 bis Mai 46. 1936 beginnt er in Cuernavaca die Arbeit am ‹*Vulkan*›. Es ist die Zeit der Trennung von Jan, seiner ersten Frau, und seines Abstiegs in die blau oder türkisgrün wie Swimmingpools getünchten Cantinas: El Popo, El Petate, Todos Contendos y Yo Tambien und wie sie dann alle heißen.

Aus dem Hotel Francia in Oaxaca, aus dem D. H. Lawrence 1924 schrieb: «Man kann in 4 oder 5 Tagen hinreiten, sowohl zum Pazifik wie zum Atlantik – falls man nicht erschossen wird. Das Land ist immer unruhig ... dieses einsame, drohende Land», schickt Lowry seine düsteren Briefe an den englischen Freund John Davenport: «Es gibt keine Worte, die schreckliche Verfassung zu schildern, in der ich mich befinde», und an Conrad Aiken: «Glaub nicht, ich kann weitermachen. Wo ich bin, ist es finster. Verloren.»

Hier geht Lowry dem Konsul Geoffrey Firmin voran, um für ihn die horrenden Erfahrungen von Mescal und Strychnin, Tequila und Sonoryl, von Trennung und knapper Wiedervereinigung, Verfolgungswahn und seelischem Auseinanderfallen, Korruption, Bespitzelung und Beschmutzung zu machen. Hier hängt er über die stolze Heraldik der Natur das besudelte Hemd einer «verkommenden Existenz». Und! Er resorbiert den sozialen und politischen Dunst, den der Reisende, der Fremde, der Europäer so stark wahrnimmt, daß eine Briefstelle, wiederum bei Lawrence und an die Schwiegermutter, Baronin von Richthofen, sich anhört wie eine der parodistischen Stellen aus dem ‹*Vulkan*›: «Hier auch in Mexiko gibts Bolshevismus und Fascismus und Revolutionen und alles was. Es ist mir aber egal. Ich höre nicht. Und die Indianer sind immer draußen. Revoluzion kommt und Revoluzion geht, sie bleiben dieselben. Unsere Bewußtseinsmaschinerie haben sie nicht, sind wie schwarzes Wasser, darüber gehen unsere schmutzige Motorschiffe mit Stink und Lärm, das schwarze Wasser ist geschmutzt, aber nicht wirklich ändert.»

Mexiko ist beide Male die Hölle für Lowry. Wenn er 1937 an den zapotekischen Freund Fernando Márquez schreibt: «Auch hat natürlich kein Mensch ein Recht dazu, über einen Mann (der so draufgezahlt hat wie ich, dem das Haus ausgeraubt, die Frau weggenommen, kurz alles weggenommen wurde; schlicht, der in Mexiko ist) aus seinen gottverdammten blöden politischen reaktionären Gründen heraus zu richten, zumal es sich nur um ein Land handelt, das er selbst – ich meine den Gesetzgeber – in verbrecherischer Weise gestohlen hat», so findet das eine schauderhafte, kafkaeske Fortsetzung 1946 (nach der zweiten Reise) in dem Brief an den Anwalt Ronald Button. Mexiko ist die Hölle. Auch wenn er immer überraschend zwischen den Fingern die himmelblaue, die wilde und vegetative Seite des Landes aufschnappen läßt, wenn man falsch auf den höllischen Graben der Barranca geraten hat. Er liebt das Land und hängt daran wie an den schönen Dingen, die zerstören.

Anders Dollarton. Die Jahre zwischen 1940 und 1954 sind die eigentlich «paradiesischen». Malcolm Lowry hat sein «Problem» unter Kontrolle, schwimmt, schreibt, arbeitet, baut sein Holzhaus, ist glücklich mit seiner zweiten Frau Margerie, mit der er auch zusammenarbeitet. Die beiden beobachten sich mit liebevoller und besorgter Aufmerksamkeit – und die endlos in den Briefen variierten Widrigkeiten, Hausbrände, Unwetter, nicht angekommenen Überweisungen und Korrespondenzen weisen eher auf eine ruhige, ereignisarme Zeit hin.

Mußte er also, dieser Eindruck ließe sich aus den Briefen dieser Zeit gewinnen, ein bißchen Hölle in den gleichmäßigen Ton der Ereignisse einkolorieren? Oder weisen diese manischen, in immer engeren Spiralen der Introspektion sich drehenden Dollarton-Briefe vielmehr darauf hin, daß ihr Schreiber bereits an der Wand steht, von Sorgen um die nackte Existenz gestellt, vom Wegdrehen der Welt beleidigt, zu abgeschnitten, um noch «frei» zu denken, mit vom Erfolg des ‹*Vulkan*› durchgebrannten Halterungen, ein Unbefestigter, Wahnverfolgter? Die Anknüpfung an den ‹*Vulkan*›, in der kanadischen Zeit im Zentrum seines Wollens, mißlingt. Am Ende schreibt er (1954) an Erskine: «Ich kann keine weitere Entmutigung riskieren.»

IV
Tödlicher Unfall zu Gin und Strawinsky

Katalog

Hat Lowry recht, wenn er im Brief schreibt: «was soll man schon von einem Haß auf die Falschheit halten, wenn das, worauf es am meisten ankommt, dies ist, daß A ein beinahe krankhafter Lügner ist, unfähig, irgendeine vernünftige Beschreibung von sich zu geben. Immerzu erfindet er die abenteuerlichsten Geschichten über sich, die dann so lebensecht sind, daß sie eine Art selbständiges Leben führen (Und bitte vergiß nicht, A, BIN, ICH)?»

Trinkt Gott wirklich nicht vor dem Frühstück?

Würden, wenn – wie Kleist an Karoline von Zeuge schreibt – «... alle Menschen statt der Augen grüne Gläser hätten», diese mit Mescal gefüllt ein trunkenes Bild Malcolm Lowrys ergeben?

Haben die Literaturwissenschaftler recht, wenn sie M. L.s Meisterwerk ein «Buch über die Einsamkeit und existentielle Verlorenheit des Menschen» nennen, statt einen zu kippen?

Ist der Okkultismus, zu dem sich Lowry immer stärker verstört, der Versuch einer Selbstheilung von den überdrehten Wahrnehmungen in der Dipsomanie?

Wie übersetzt man «The element follows you around, Sir» aus dem Abergläubischen ins Literarische?

Bin ich als nüchterner Leser verantwortlich für manches mißlungene Gedicht unseres Helden?

Erinnert der Kopf Lowrys auf den späten Fotos, aufgenommen im Lake District, an den asketischen, alten Ezra Pound?

Hätte der Autor als Kommandant auf der *Samaritan* deutsche NS-Offiziere in die Heizöfen geworfen?

Erinnert Malcolm Lowry nicht nur deswegen an William Faulkner, weil sie beide Geschichten über ihre Großväter erfinden, sondern auch weil die Silberplatte am Schädel des einen ebenso erfunden ist wie die Verletzung am Knie des anderen, obwohl man mit weiteren Parallelen, den Alkohol zuzeiten ausgenommen, die Vergleiche arg strapazieren müßte?

Wird, wer sein Gärtlein zerstört, ein Leben ohne Liebe führen müssen?

Entstöpselung

Am 11. August 1954 verlassen Margerie und Malcolm Lowry Kanada. Der Sog kräuselt den Rand der Briefe:

Die Reise geht über Los Angeles nach New York. Von N. Y. nach Mailand, von dort nach Sizilien.

Ab 1955 London. Dort psychiatrische Behandlung im Atkinson Morley Hospital.

Ab 1956 in Ripe, Sussex. Verschiedene literarische Arbeiten.

Am 27. Juni 1957 findet man Malcolm Lowry tot.

Eine zerbrochene Flasche Gin und ein noch gehörtes Konzert von Strawinsky sind sicher.

Ein Päckchen Sodium amytal für manche ungewiß.

Zeittafel*

1909	Am 28. Juli wird Clarence Malcolm Lowry in Birkenhead, Cheshire, England, geboren.
1915–1923	Schulbesuch in Wirral und Hitchin.
1923–1927	Besuch der Leys School in Cambridge, England. Mai bis Oktober 1927 als Kammersteward zur See: fährt an Bord der S. S. *Pyrrhus* in den Fernen Osten.
1928	Besuch der Weber's School of Modern German in Bonn.
1929	April–September: Fahrt nach Cambridge, Massachusetts; langer Aufenthalt bei Conrad Aiken. Oktober: Beginn des Studiums am St. Catherine's College in Cambridge, England.
1930	Juli–September: Reise nach Norwegen auf einem norwegischen Frachter; Begegnung mit Nordahl Grieg.
1932	Mai: Abschlußexamen in Cambridge mit durchschnittlicher Note in Englisch. Mai–Dezember: London, dann Paris.
1933	Januar–März: Paris. März–Mai: mit den Aikens in Spanien; lernt Jan Gabrial kennen. November: ‹*Ultramarin*› erscheint bei Jonathan Cape in London.
1934	6. Januar: heiratet Jan Gabrial in Paris. Wenige Wochen später reist Jan in die USA. Herbst: Lowry fährt für kurze Zeit nach England zurück und dann mit dem Schiff nach New York; vorübergehende Aussöhnung mit Jan.

* Zusammengestellt aus der Kurzbiographie in der Originalausgabe der Briefe und der «Chronology» in: Douglas Day: ‹*Malcolm Lowry – A Biography*›, New York 1973

1935 Juni: zehntägiger Aufenthalt in der Psychiatrischen Abteilung des Bellevue Hospital; nach der Entlassung Beginn der Niederschrift der ersten Fassung von ‹*Die letzte Adresse*›.

1936 September: geht mit Jan nach Los Angeles. Oktober–Dezember: fährt mit Jan auf einem Schiff von San Diego nach Acapulco; mietet sich in Cuernavaca ein und beginnt ‹*Unter dem Vulkan*›.

1937 Arbeit an ‹*Unter dem Vulkan*›. Mai–Juli: Aiken und Freunde besuchen Cuernavaca. September: kurzer Besuch von Arthur und Ara Calder-Marshall. Dezember: Mexico City; Jan verläßt Lowry endgültig. Oaxaca: Freundschaft mit Juan Fernando Márquez; verbringt Weihnachten im Gefängnis.

1938 April–Juli: Acapulco und Mexico City; verläßt Mexiko im Juli via Nogales und fährt nach Los Angeles. Beginn der Arbeit an der zweiten Fassung von ‹*Unter dem Vulkan*›.

1939 7. Juni: lernt Margerie Bonner kennen. Juli: fährt nach Vancouver, British Columbia; Margerie folgt ihm einen Monat später. Arbeit an der dritten Fassung von ‹*Unter dem Vulkan*›.

1940 August: Umzug in eine Squatter-Hütte in Dollarton am Burrard Inlet. 1. November: Scheidung von Jan Gabrial. 2. Dezember: Heirat mit Margerie Bonner. Schickt die dritte Fassung von ‹*Unter dem Vulkan*› an seinen Agenten Harold Matson.

1941–1944 Beständige Arbeit an der vierten Fassung von ‹*Unter dem Vulkan*›. 7. Juni 1944: die Hütte der Lowrys brennt nieder. Zwei Wochen später Fahrt nach Oakville und Niagara-on-the-Lake, wo am Heiligabend die vierte Fassung von ‹*Unter dem Vulkan*› fertig wird.

1945 Februar: Rückkehr nach Dollarton, Wiederaufbau der Hütte. 28. November: Flugreise nach Mexiko, um Material für ‹*Dunkel wie die Gruft, in der mein Freund begraben liegt*› zu sammeln; von Mexico City nach Cuernavaca, Ausflug nach Oaxaca.

1946 8. März: Acapulco. 13. März: Verhaftung wegen angeblicher Nichtbezahlung einer Geldbuße aus dem Jahre 1938. 6. April: sowohl Jonathan Cape in London als auch Reynal & Hitchcock in New York akzeptieren telegraphisch *‹Unter dem Vulkan›*. 4. Mai: Lowry wird in Nuevo Laredo aus Mexiko abgeschoben. Rückkehr nach Vancouver. November: Fahrt mit dem Bus von Dollarton nach New Orleans. 26. Dezember: Schiffsreise von New Orleans nach Haiti, wo er Silvester eintrifft.

1947 Februar: Flug von Haiti nach Miami, von dort Busfahrt nach New York. 19. Februar: Ankunft in New York am Tag des Erscheinens von *‹Unter dem Vulkan›*. 4. März: Niagara-on-the-Lake. 10. März: Lowry kehrt nach Vancouver zurück, Margerie folgt ihm wenige Tage später. 7. November: fährt mit Margerie an Bord des französischen Frachters *Diderot* via Panamakanal nach Europa. *‹Unter dem Vulkan›* erscheint in England bei Jonathan Cape. 23. Dezember: Ankunft in Le Havre und Weiterfahrt nach Paris.

1948–1949 Aufenthalt in Paris und Umgebung; stationäre Behandlung im American Hospital von Paris. Reisen nach Florenz, Venedig, Rom, Neapel, Pompeji, Capri und in die Bretagne. Anfang Januar 1949: Zwischenstation in London auf dem Rückflug nach Kanada. In Dollarton beginnt Lowry wieder mit der Arbeit an *‹Dunkel wie die Gruft, in der mein Freund begraben liegt›*, *‹La Mordida›*, *‹Hör uns, o Herr, der Du im Himmel wohnst›;* schreibt zusammen mit Margerie ein Drehbuch zu F. Scott Fitzgeralds Roman *‹Zärtlich ist die Nacht›*. Am 14. Juli 1949 zieht er sich beim Sturz von seinem Pier einen Bruch des Rückgrats zu.

1950–1954 In Dollarton; Arbeit an *‹Oktoberfähre nach Gabriola›*, Erzählungen, Gedichten. 6. Januar 1954: wird von Random House fallengelassen. 11. August 1954: verläßt Dollarton endgültig und fährt über Los Angeles nach New York. September: von New York nach Mailand an Bord des italienischen Schiffs S. S. *Giacomo*. November: in Taormina auf Sizilien.

1955 Juni: London. 25. November: zur psychiatrischen Behandlung ins Atkinson Morley's Hospital.

1956 7. Februar: Umzug nach Ripe, Sussex. Arbeit an ‹*Oktoberfähre nach Gabriola*›, Erzählungen und einem politischen Essay.

1957 Juni: Reise durch den Lake District. 27. Juni: Lowry stirbt an einer Überdosis Schlaftabletten. 5. Juli: Beerdigung auf dem Friedhof von Ripe.

Erster Teil
1928–1940

An Conrad Aiken

5 Woodville Road
Blackheath, London S. E. 3
[1938]

Ich habe erst neunzehn Jahre gelebt, und alle davon mehr oder weniger schlecht. Und doch, als ich neulich in einer Teestube saß (einem jener schäbigen kleinen Läden, die der arme Demarest so gern hatte; je schäbiger desto besser, mir geht's genauso), wurde ich plötzlich und wunderbar lebendig. Ich las ... «Ich lag an einem blauen Maimorgen im warmen duftenden Gras, Mein Kinn auf einem Löwenzahn, meine Hände im Klee, Da schlummerte ich wie eine Biene ... Hinter mir streckten sich blaue Tage wie eine Kette tiefblauer magischer Teiche, Verzaubert, schweigend, zeitlos. Vor mir liegende Tage Raunten von blauen Meermorgen, goldnen Mittagen, fliedergestreiften grünen Abenden ...»

Ich saß gegenüber dem Bureau-de-change. Die große graue Teemaschine schwitzte. Und während ich las, nahm ich alle Gesichter nur verschwommen wahr: den Tee, der auf geheimnisvolle Weise aufgetaucht war, ließ ich klamm und milchsternig werden, das halbe Kalb und die Schinkenpastete in ihrem faltigen Papier liegen; undeutlich, als ob sie auf einem anderen Kontinent gesprochen hätte, hörte ich, wie das Mädchen mir gegenüber noch etwas Dundee-Kuchen bestellte. Meine Pfeife ging aus.

> ... Ich lag in den heißen hellen Dünen.
> Kleine gelbe Blumen starrten kraftlos, geduckt und dornig
> In den Himmel. Und über mir rauschten, schweigend,
> Tag um Tag, jenseits aller Träume und Erfahrungen,
> Erscheinungen; und über mich strichen ihre Schatten,
> Hurtig und blau, oder dunkel ...[1]

Ich zahlte die Rechnung und ging. Ich überquerte den Strand[2] und ging durch die Villiers Street zum Embankment. Ich sah nach den Möwen, hoch oben im Sonnenlicht. Das Licht der Sonne brauste über mir wie eine riesige unsichtbare See. Die Gesichtermasse schwankte und barst und floß vorbei.

Wenn Sie einmal nach London kommen, Conrad Aiken, machen Sie dann mal einen kleinen Umzug mit mir?[3] Sie werden mir, denke ich, meine Anmaßung, Sie dies zu fragen, verzeihen.

Tatsächlich bin ich mir meiner Anmaßung kaum bewußt. Es scheint geradezu vom Schicksal bestimmt, daß ich Ihnen in eben dieser Weise schreiben soll, an diesem warmen, freundlichen Tag, während draußen ein Mann Rag-a-bone Rag-a-bone schreit. Er mag Sie nicht einmal interessieren, mein Brief. Es mag gar nicht in Ihrer Absicht liegen, *jemals* nach London zu kommen, nicht einmal, um Ihre Verleger aufzuhetzen.

Wo ich schon mal bei Verlegern bin, kann ich auch gleich sagen, daß ich mich in einer Verlegenheit, die an Unmöglichkeit grenzt, befinde, Ihr ‹*Nocturne of Remembered Spring*› zu bekommen. Haben Sie davon in Rye ein Exemplar übrig, das Sie mir verkaufen könnten? Falls ja, wäre das eine gute Ausrede für Sie, mir zu schreiben und dies mitzuteilen. Sie könnten mir auch sagen, ob Sie irgendwann einmal nach London kommen; Sie könnten mich jederzeit besuchen. Charing X ist nur eine Viertelstunde von hier entfernt. Aber vielleicht hat Sie dieser Brief so aufgebracht, daß Sie gar nicht bis hierhin gelesen haben.

te-thrum te-thrum
te-thrum te-thrum[4]
Malcolm Lowry

1 Aus Aikens ‹*The House of Dust*›
2 Straße in London (A. d. Ü.)
3 Aus Aikens Roman ‹*Blue Voyage*› übernommene Formulierung. Dieser Roman hatte einen gewissen Einfluß auf Lowrys Erstling ‹*Ultramarin*›. (A. d. Ü.)
4 Dieser Refrain skandiert die letzte Seite von Aikens ‹*Blue Voyage*›. (A. d. Ü.)

An Conrad Aiken

5 Woodville Road
Blackheath
Dienstag nacht
[Poststempel vom 13.
März 1929]

Sir. (Was eine kalte, aber respektvolle Einleitung ist.)
Keine geringere Persönlichkeit als Chamon Lall, dereinst Chefherausgeber einer Vierteljahresschrift, deren amerikanischer Herausgeber Sie waren, hat einmal gesagt – Verzeihung, ich irre mich. Keine geringere Persönlichkeit als *Russell Green* hat einmal gesagt (und ich behaupte nicht, daß das ein Original-Aphorismus von ihm ist, denn einer seiner anderen, «Sentimentalität ist eine Bezeichnung für die Gefühle der anderen», ist purer Oscar Wilde), das einzige Kennzeichen der Liebe sei das Maß an Ungeduld, mit der man auf den Postboten warte.

Nun, ich bin ein Junge und Sie (ergebenst) sind ein Mann, alt genug, mein Vater zu sein, und so kann ich nicht von Liebe in dem Sinn sprechen, den Russell Green meinte; aber wie auch immer, ich kann hier Liebe durch – sagen wir mal – *kindliche Zuneigung* ersetzen, und um den Aphorismus anzuwenden, seit ich Ihnen geschrieben habe, hat sich meine Einstellung zu Postboten vollständig geändert. Früher waren sie bloß bourgeoisische Käfer, die ihre Lasten herumschleppten. Jetzt sind sie göttliche, doch hoffnungslose Boten. Der Spiegel gegenüber dem Fußende meines Betts reflektiert das Fenster zur Rechten des Kopfendes meines Betts (das zwischen zwei geheimnisvollen grünen Vorhängen steht), und dieses Fenster – ich rede mir ein, dies sei gut für meine Gesundheit – habe ich die ganze Nacht offen. In dem Spiegel kann ich auch, wenn es hell ist, die Straße hinter mir sehen. Gestern frühmorgens, es muß um die Zeit der Dämmerung gewesen sein, als ich mir das vorstellte, konnte ich tatsächlich in dem Spiegel eine lange und nicht endende Prozession von Postboten diese Straße entlangarbeiten *sehen*. Briefe wurden ausgetragen, und in dem großen Stapel für andere Leute war auch einer für mich von Ihnen.

Ich kann mich nicht mehr erinnern, was Sie schrieben. Sie waren entzückt darüber, daß ich meinen Brief an Sie mit *te-thrum te-thrum, te-thrum te-thrum* geendigt hatte; aber ich kann mich an nichts sonst als an Ihre Handschrift erinnern. Natürlich war das, wie ich beim Aufwachen bitter erkannte, nur eine rosengeschmückte Illusion. Sie hatten nicht die Absicht, mir zu schreiben. Ihnen hat die Art nicht gefallen, in der ich fragte, ob Sie Zeit haben würden, mich je in London zu besuchen, während Sie doch *Zeit* haben dürften, aber wohl kaum Zeit genug, sich daran zu bekümmern, mit jemandem, den Sie noch nie gesehen haben, einen Imbiß einzunehmen. Ich habe vielleicht nicht deutlich genug gesagt, daß ich innerhalb meiner Reichweite überall hingehen würde – von Pimlico bis zur Isle of Dogs –, wenn auch nur die geringste Aussicht bestünde, Sie zu treffen. Und dann hätte ich Ihnen vielleicht im voraus eine Postanweisung für ‹*Nocturne of Remembered Spring*› schicken sollen, denn selbst wenn Sie das überhaupt nicht haben, ja mir dünkt, selbst wenn Sie es als eine Belästigung empfunden hätten, würden Sie mir die Postanweisung zurückgeschickt haben, was immerhin einen behutsamen Brief erfordert hätte, gleich welcher Art. Aber ich entferne mich von der Sache.

Die Sache ist die.

Ich nehme an, es gibt nur wenige Dinge, die Sie mehr hassen, als mit irgendeiner akademischen Würde ausgestattet zu werden. Nun, ich sag's mal. Ab nächsten Oktober werde ich für drei oder vier Jahre nach Cambridge gehen und versuchen, einen Abschluß in Englisch zu machen und einen Grad zu erhalten. Bis Oktober bin ich mehr oder weniger eine Art Freibeuter und die ständige Sorgenquelle eines bestürzten Vaters. Der fragliche bestürzte Vater wäre willens, Ihnen 5 oder 6 Guineas pro Woche zu zahlen (ich sollte vertraulich, aber fühlbar sechs sagen), wenn Sie mich für irgendeinen Zeitraum, den Sie zwischen jetzt und dann bestimmen können, als Mitglied Ihres Haushalts dulden würden. Lassen Sie mich eilig hinzufügen, daß ich mich im Hintergrund halten und mich Ihrer Inspiration, wenn sie angezottelt kommt, nicht in den Weg stellen würde; daß mein Appetit lenksam und im allgemeinen mit Käse vollständig zufriedenzustellen ist; daß ich, obwohl ich nicht Schach spielen kann und mich mit den Feinheiten von Gladiolen nur wenig auskenne, ebenfalls das Geräusch des Meeres in fremden Gewässern gehört habe – sch-sch-sch wie das Rauschen in einer Muschelschale[1] –, und den Tennisschläger schwinge ich auch ganz ordentlich.

Alles, was ich wissen will, ist, warum es mir in einer Art Verzückung den Atem verschlägt, wenn ich lese:

Die trägen Meereswellen zerlaufen am Strand
Mit einem Surren wie von Glocken im Wind,
Er liegt im gelben windgetriebnen Sand
Und streckt seine träge Hand
In die Körnchen, die golden, und Muscheln, die meerweiß sind.[2]

Ich will in Rye die Dämmerung erleben und *selbst* mich an die alte Stadtmauer lehnen – *ich selbst,* alt geworden wie die alte Mauer und der Staub und der Himmel und die purpurne Dämmerung, im Herzen alt geworden. Denken Sie daran, wenn ich so schreibe, denken Sie daran, daß ich kein Schuljunge bin, der einen überspannten Brief an Jeffrey Farnol oder sonstwen schreibt. (Denken Sie auch daran, daß Sie mir schon dafür ein wenig Rücksicht schulden, daß ich Ihre Dichtkunst so leidenschaftlich bewundere.)

Ich weiß, in Amerika sind Sie ein großer Mann, und Sie haben eine richtige Anhängerschaft; aber für mich – in dem trüben Zirkel, in dem ich mich bewege, hatte niemand je von Ihnen gehört; meine vernünftigsten Augenblicke, wie sie nun einmal sind, verbringe ich vollständig allein – war es so, als ob ich Sie entdeckt hätte; ich möchte diese absurde Vorstellung in meinem Kindskopf bewahren und mir sehr viel unverdienten Lohn für diese Tat zukommen lassen. Also, um fortzufahren, ich werde Sie nicht damit langweilen, das, von dem Sie selber wissen, daß es gut ist, zu lobpreisen (gut ist ganz gewaltig das falsche Wort, aber ich will nicht als Schwärmer erscheinen, Sie verstehen schon).

Fast weiß ich, schon bevor Sie antworten – falls Sie antworten –, daß Sie entweder nicht da sein oder nicht die geringste Neigung haben werden, auch nur für den kleinsten Zeitraum als mein Vormund und Lehrer zu agieren; lesen Sie aber bitte auf jeden Fall diesen Brief mit Wohlwollen, denn Sie müssen als Kind mir in Ihrem Inneren ziemlich ähnlich gewesen sein. Und ich möchte wirklich von Ihnen lernen und Ihre frühesten und unzugänglichsten Arbeiten lesen, womöglich sogar Ihre Beiträge im *Dial.* Nächsten Montag gehe ich nach Hause zurück (hier meine Adresse: Inglewood, Caldy, Cheshire). Zu Hause liest niemand: die einzige Zeitung, die wir halten, ist *The British Weekly;* nur wenige Bücher im Haus sind anregender als ‹*Religions and Religion*› von James Hope Moulton (obwohl ein achtsamer Sucher in einer ziemlich unzugänglichen Ecke Donne finden würde und Chattertons ‹*The Smell of Lebanon*›, Crabbes ‹*Inebriety*› und ‹*Blue Voyage*›), und obwohl ich als Verfasser von langsamen und schlüpfrigen Blues einen gewissen Jugenderfolg gehabt habe, ist das soviel wie mein Leben wert, irgendeine Rolle im Haus zu spielen – das regt mich nicht sonderlich auf –; aber wenn sie mich irgend etwas Ernsthaftes schreiben sehen, halten sie mich nicht geradezu davon ab, sie sagen mir aber, daß ich es meiner richtigen Arbeit unterzuordnen hätte. Worin meine richtige Arbeit besteht, weiß allein der Himmel, da das einzige andere Gebiet, auf dem ich irgend Erfolg hatte, das ernsthafte Schreiben ist; dieser Erfolg bedeutete selten Anerkennung, aber recht oft aufrichtige Ermunterung durch Menschen, deren Stellungnahme man wohl kaum für unterwürfig halten darf.

Aber ich will Sie nicht mit irgend etwas, was ich geschrieben habe, belästigen; tatsächlich dürften Sie nach der Lektüre dieser liederlichen Zusammenhanglosigkeiten extrem abgeneigt sein, in dieser Weise belästigt zu werden. Sie hassen mich doch nicht etwa schon? (Hassen ist ein zu würdevolles Wort.)

Wenn Sie also zu irgendeiner Zeit zwischen dem Erhalt dieses Briefes und Sonntag (inklusive) in London sind, könnten Sie's mich wissen lassen? Denn wie Sie sehen, haben wir die Dinge auf eine Art Geschäftsgrundlage gestellt.

Ich könnte Sie in London überall treffen. Und jederzeit. Zwischen heute und Montag[3]. Falls nicht, schreiben Sie an meine Adresse im öden Sumpf.

Klioklio[4]
C. M. Lowry[5]

1 Von Aikens ‹*Blue Voyage*› übernommener Satz (A. d. Ü.)
2 Aus Aikens ‹*The House of Dust*›
3 Im Original deutsch (A. d. Ü.)
4 Onomatopöie aus Aikens ‹*Blue Voyage*› (A. d. Ü.)
5 Lowrys voller Name war Clarence Malcolm Lowry.

An Conrad Aiken

8 Plympton Street[1]
[vermutlich 1932]

Mein lieber Conrad:
Es war sehr lieb von Dir, mir zum Examen zu schreiben: was daraus wird, kann ich noch nicht sagen, aber wir haben unser Bestes getan – wir haben unser Bestes getan. Ich habe einen leidlich guten Aufsatz über Wahrheit und Dichtung geschrieben, worin ich Dich reichlich, um nicht zu sagen wörtlich, zitiert habe, auch Poe und die ‹*Melody of Chaos*›[2]; ich habe meinen kritischen Aufsatz ganz gut gemacht, und ich denke, ich habe mich ordentlich durch die Literatur um 1785 bis zur heutigen durchgemogelt – meinen Keats kannte ich besser als ich dachte, zum Beispiel –; über die schriftlichen Arbeiten (ich werde versuchen, sie zusammenzubekommen und Dir schicken) kann ich mich im großen ganzen nicht beklagen, und wenn ich durchgefallen bin, was ja möglich ist, war ich zu dieser Zeit einfältiger, als ich dachte.

Unterdessen habe ich ein nachlässiges und ziemlich verzweifeltes Leben geführt; Du kannst Dir wohl den Grund denken, warum ich nicht in der Lage war, sofort zu antworten. Doch hat mich Dein Telegramm wieder zur Besinnung gebracht und mich ordentlich über mich beschämt fühlen lassen.

Mein n. & z. v. L. folgt aus einem Komplex trauriger Einsichten, von denen keine besonders komplex, traurig oder einsichtig ist; ich bin erst bei einem Punkt dieser Geschäftsordnung des Lebens zu einem Entschluß gekommen, und zwar, daß ich sobald wie möglich eine bessere Aussicht vor mir haben muß: mit anderen Worten, ich muß einer vorgestellten Aussicht durch den unmittelbaren Eindruck einer tatsächlichen Erfahrung Identität verleihen usw. Dies, sagst Du, mag ich bereits in gewisser Weise verwirklicht haben und wird bei mir zu einem Verlangen nach Rückschritt, nach der Flucht vor dem Subtilen und Gekünstelten: welches Verlangen, wenn es nicht ganz und gar tief in ehrbarer Überlieferung wurzelt und nichts mit dem echten Wunsch nach mehr Erfahrung zu tun hat, dem Wunsch, weitere Vorurteile abzustreifen, mehr Mühen aufzuwenden, mich mit subtileren Bergen zu beladen und meine Leistungsfähigkeit mehr zu stärken, als es möglich wäre, indem ich zu Hause unter Büchern steckenbleibe (selbst wenn ich Homer erreichen sollte!), sonst nicht mehr ist als der Wunsch, abwechselnd Liverpool oder mich selbst umzubringen: daß ich *wahrhaftig* – obwohl ich mich inmitten einer grandiosen Finsternis gelegentlich bei Lichtpartikeln aufhalte – «ein kleiner, von Furien gehetzter Junge» bin und Du insofern mit mir fühlen kannst. Nun – wenn's so wäre, wär's ein schlimm Vergehn –

Manchmal ziehe ich den Gedanken vor, daß es daran liegt, daß ich wirklich lieber ein Mann als ein Männchen sein will – das bin ich gegenwärtig nicht – und daß ich von irgendwoher einen freien und furchtlosen Willen haben will, der grob gesagt nicht noch mehr Dreck in die Welt bringt, als da jetzt schon ist. Unsinn.

Und dann muß ich lesen – ich muß lesen – ich muß lesen! Dostojewski und Dante: Donne, Dryden, Davenant und Dean Inge ... Wieder Unsinn, aber andererseits verzweifle ich augenblicklich sowieso an der ganzen Literatur. Wenn ich Homer lesen könnte, ich bin sicher – wie sehr er auch unter den Pinien getost haben mag –, daß ich ihn hassen würde: Donne bedeutet mir jetzt verdammt viel, Herrick ist entsetzlich, Milton kann ich nicht und würde ich auch nicht, wenn ich könnte, lesen: die ganze Restaurations-Komödie und fast die ganze griechische Tragödie langweilen mich ... Tolstoi? Mein Gott, was für ein verflucht schrecklicher alter Schriftsteller das war!

Also, es gibt Melville und Goethe, sagst Du.

Also, da gab's die Geschichte mit Hamlet, sagte ich und verfiel in Schweigen –

(Übrigens, vor ein oder zwei Wochen wurde *Experiment*[3] im *Times Lit Sup* besprochen, gleich neben einer Rezension von Martin Armstrongs gesammelten – oder ausgewählten? – ungerührten, unbemerkten und wohlverbundnen Gedichten. Ich weiß nicht mehr, ob die Besprechung positiv war oder nicht, ich fürchte eher nicht – zu meinem Beitrag wurde bemerkt, er wäre eine Art Prosafuge mit wiederkehrenden Themen, bestehend aus rauhem Seemannsgespräch oder so was, «eindrucksvoll ersonnen» – ich kann mich an Einzelheiten nicht erinnern, aber ich fühlte mich ganz zufrieden. Ich habe Dir kein Exemplar davon geschickt, weil die Interpunktion, die Länge der Gedankenstriche und so weiter völlig falsch waren und ich sicher war, der Anblick würde Dir einen Stich in den Nacken versetzen: ein ziemlich selbstsüchtiger Grund, denn in der Tat ist der Rest der Zeitschrift meiner Meinung nach durchaus lesenswert. Also sollte ich Dir eigentlich doch ein Exemplar schicken!)

Es freut mich zu hören, daß ein Roman unterwegs ist: es ist wirklich ganz untragbar, daß ich so lange gebraucht haben sollte, Dir den tonalen Traum zu schicken – Trotzdem, hier ist er ...

Mir fällt auch mit einigem Schrecken ein, daß ich Dir die 4 Pfund, die ich Dir schulde, nicht zurückgezahlt habe. Dies nicht etwa, weil ich es mir nicht leisten kann, das zurückzuzahlen, sondern einfach, weil ich mein Vermögen durch mein liederliches Leben verschwendet habe – ich habe es bloß auf- und aufgeschoben, und es besteht überhaupt kein Zweifel, daß Du mit diesen 4 Pfund genauso gut leben kannst wie ich ohne sie, aber während ich das schreibe, trifft es sich, daß ich nur einen einzigen Farthing in meiner Tasche habe: außerdem vermag ich nicht ohne Entsetzen an die besonderen Umstände, unter denen die Schuld, oder dreiviertel davon, zustande kam, zu denken, Alpträume beginnen da auszubrechen – vielleicht liegt diese Verzögerung zu einem sehr kleinen Teil auch daran, daß, wenn ich die Schuld bezahle, ich über die Umstände schreiben und mich daher ihrer erinnern muß. Ha, ich bin nicht das Medium Mr. Sludge und sollte es auch nicht sein ... Aber ich möchte doch wissen, wo zum Teufel diese drei Pfund geblieben sind.

Der Grund, warum ich in meiner Tasche einen Farthing und nicht einen halben Penny oder einen Penny oder eine halbe Krone habe, ist ein ganz seltsamer. Vorige Nacht kam ich aus einem Fuller's Café, die Fenster sahen irgendwie nach Selfridge[4] aus und unterschieden sich kaum von denen in irgendeinem anderen modernen Gebäude, wie sie in ganz London oder Cambridge aufgestellt werden, außer vielleicht in der Größe – in all diesen Fenstern waren Schokolade und schokoladefarbene Kuchen ausgelegt –, ich war verzweifelt, als ich mich plötzlich in dem Schaufenster erblickte und mich murmeln sah: Kann er seine fahlen Hände wärmen, indem er sie hoch zu den grandiosen Nordlichtern hält? Wäre Lazarus nicht lieber in Sumatra als hier? Würde er sich nicht lieber der Länge nach auf den Strich des Äquators legen ... Als in diesem Augenblick ein kleiner Junge auf mich zukam, ein kleiner und sehr schmuddeliger Bengel, und sagte: «Möchten Sie gern einen Farthing?» Ich antwortete: «Ja, warum nicht – es bringt Glück, einen Farthing zu haben. Außer daß ich keinen Penny besitze, den ich dir dafür geben könnte.» Und er sagte: «Pah, den will ich nicht. Ich habe Ihnen Glück gebracht.» Dann rannte er weg. Merkwürdig!

7 Uhr morgens

Ich bin der Große König Elefant
Ich bin der Große König Elefant
von den rosrosa Berjen

Ich lege Dir einen Brief von einem Edward O'Brien bei, dadurch nur um so geheimnisvoller, daß er von meiner Antwort überhaupt keine Notiz genommen hat ... Überdies ging *mir* sein Brief verloren – er verfolgte Noxon[5] durch halb Europa –; ich schickte ihm hoffnungsvoll meine Biographie (als Kamee), wie sie auf der Rückseite des Briefs steht, und verriet ihm gleichzeitig, daß ich ein englischer und kein amerikanischer Schriftsteller sei. Falls Du irgendeine Ahnung hast, was O'Brien meint, meinte oder vorhat, falls überhaupt, könntest Du's mich irgendwann mal wissen lassen, wenn Dein Gehirn in dieser Richtung arbeitet? Ich habe ihm nie eine Erzählung angeboten, und die einzige Geschichte, die er in *Experiment* gelesen haben kann, ist die von dem Micky[6], was alles den Witz noch witziger macht.

Ich kann nur annehmen, daß er das Ding in der 1931er Ausgabe, der amerikanischen, zu veröffentlichen beabsichtigte, und habe bereits meinen alten Herrn darüber informiert, um damit die Wirkung meines (möglichen) Fehlschlags im Examen, welchen Gott verhüten möge, teilweise zu kompensieren. Entweder hat O'Brien etliche Antwortbriefe ignoriert, oder er hat sie nicht erhalten; und so habe ich ihm die Frage gedrahtet, ob er mich darüber aufklären könne, «was das mit Peru auf sich hat», worauf ich die Antwort erhielt: «O'Brien auf dem Balkan – O'Brien». Was mir komisch vorkommt. Dennoch hätte ich gern Deinen Rat. Es ist eine hübsche Sache.

Und es ist diese Geschichte[7], weißt Du, in all ihrer unverdorbenen Schönheit, Conrad, voller «hör auf, knurrte er» und «brummten sie» und «jaulten sie» und «na, geht's euch jetzt besser», weit weg, Hallos
lang her, Holla
Malc

1 Zu diesem Brief bemerkt Aiken: «Aus dem St. Catherine's College an mich in Rye geschrieben. 8 Plympton Street ist natürlich ein Scherz von M – das war *meine* Adresse in dem *anderen* Cambridge.»

2 *‹Melody of Chaos›* von Houston Peterson, Kritiker und Rezensent der Lyrik von Conrad Aiken (A. d. Ü.)

3 Es handelt sich um *Experiment 7* (Herbst 1931), eine Zeitschrift, in der Lowrys ‹*Punctum Indifferens Skribet Gaar Videre*› veröffentlicht worden war (später wiederveröffentlicht als ‹*Seductio ad Absurdum*› in dem von Edward O'Brien herausgegebenen Band ‹*Best British Short Stories of 1931*›; Lowry verwendete diese Erzählung dann in Kapitel IV von ‹*Ultramarin*›). (A. d. Ü.)
4 Londoner Geschäftshaus mit rasch in Mode gekommener extravaganter Ausstattung (A. d. Ü.)
5 Gerald Noxon, ein alter Freund aus Cambridge
6 Diese Erzählung (‹*Port Swettenham*› in *Experiment 5*, Februar 1930 [A. d. Ü.]) wurde schließlich Kapitel V in ‹*Ultramarin*›.
7 ‹*Seductio ad Absurdum*› (s. o.)

An John Davenport

Hotel Francia
Oaxaca de Oaxaca, Mexiko
[1936]

S. O. S. Sinke schnell mit Heck und Bug
S. O. S. Schlimmer als die *Morro Castle*
S. O. S. und die *Titanic* –
S. O. S. Kein Schiff kann, wenn es in Gefahr ist
S. O. S. an etwas anderes denken
S. O. S. als seinen besten Freund zu Hilfe zu rufen.
C. Q. D.[1] Selbst wenn er nicht kommen kann.

John:
Mein erster Brief an Dich wurde von der hiesigen Polizei beschlagnahmt. Er enthielt sowohl einen Glückwunsch an Dich als auch eine Selbstbejammerung.

Um so besser, denn es war ein Brief, den niemand lesen sollte. Bejammerung = Comisario de Policia.[2]

Ich habe diesen Brief jetzt vernichtet, aber mit ihm mich selbst. Dieser Brief könnte auch netter sein.

Es gibt keine Worte, den schrecklichen Zustand, in dem ich mich befinde, zu beschreiben.

Seitdem ich hier bin, war ich dreimal im Gefängnis.

Es gibt auch keine Worte, das zu beschreiben. Natürlich ist das das Ende der Introvertiertheit. Wenn man nicht nach außen anständig sein kann, kann man genausogut versuchen, nach innen anständig zu sein.

Hiermit hatte ich Erfolg; welche Versuche jetzt aber nötig sein werden, das wird noch nicht einmal Gott wissen wollen.

Ich werde auf Schritt und Tritt verfolgt, und sogar jetzt, während ich schreibe, beobachten mich nicht weniger als fünf Polizisten.

Es ist die vollkommene Kafka-Situation; aber Du wirst mir verzeihen, daß ich das nicht mehr komisch finde. Der Horror ist tatsächlich fast vollkommen, und er wird es völlig sein, wenn dieser Brief Dich nicht erreicht, was ich vermute.

Jedenfalls steht eine absolut phantastische Tragödie auf dem Programm – so tragisch und so phantastisch, daß ich beinahe wünsche, Du solltest sie Dir einmal ansehen. Einer der amüsantesten Aspekte der Chose ist, daß sogar ein Versuch, Sidney Carton zu spielen, zu einer Farce geworden ist. Ich habe gedacht, er wäre ein guter Mann, aber jetzt ist meine letzte Illusion zerstört. Nicht so sehr, daß er nicht gut war, sondern daß es ihm nicht erlaubt war, es zu sein. Verzeih mir, wenn ich in Rätseln spreche, aber die Augen der Polizei sind polyagon – oder heißt es polygan? Vielleicht polygam. Schließlich – kann ich nicht bei Harpo Marx die zweite Geige spielen. Ah, wie die Polizei versuchen wird, das zu enttüfteln – die werden denken, ich meine Karl! Aus offensichtlichen und blinden Gründen kann ich nicht an meine Familie schreiben; aus so offensichtlichen Gründen, daß sie schon fast nackt sind, darf ich meiner Frau nicht schreiben. Ich kann nicht glauben, daß das wahr ist; es ist ein beinah über jede Vorstellung gehender Alptraum. Ich habe mich in den schwarzen Tiefen dessen, was mal ein Geist war, umgesehen und zwei Freunde entdeckt – Dich und Arthur Calder-Marshall. Ich habe auch etwas nicht so Freundliches entdeckt: drohenden Wahnsinn. Ich kann mir nicht vorstellen, wie Du mir helfen könntest; oder irgendein anderer, außer man schickt mir Geld, das unvermeidlich schlecht angewandt werden wird. Ich kann nur Grüße vom Tod an die Geburt senden und beten gehen, zu etwas, was man in Mexiko «die Jungfrau für die, die niemanden haben» nennt.

Hier gibt es eine Kirche für die Einsamen, und der Trost, den man da erhält, existiert nicht; obwohl ich dort schon oft geweint habe.

Hinzu kommt die Komplikation, daß ich in meinem ganzen Leben noch nie an einem so phantastisch schönen Ort wie diesem gewesen bin, und es würde mir, trotz allem, schwerfallen, ihn zu verlassen. Er ist genauso phantastisch wie die eben erwähnte Tragödie, in die ich verwickelt bin. Die Leute sind reizend, sanft, höflich, leidenschaftlich, unergründlich und aufrichtig. Ich hoffe, die Polizisten, die das lesen, werden's glauben. Sogar diese sind – mit Einschränkungen – nicht anders. Aber – gut; bloß aber ...

Übrigens stinke ich.

Niemand außer den Oaxacanern wird ein gutes Wort für mich einlegen.

Die Spanier verabscheuen mich; die Amerikaner verachten mich; und die Engländer wenden sich von mir ab.

Wenn ich das könnte, würde ich mich von mir selber abwenden. Oder nicht?

Ich rieche – (oder könnte es, wenn ich nicht selbst so stinken würde) – in alldem eine gewisse Rechtschaffenheit. Wie Kolumbus habe ich eine Realität zerrissen und eine andere entdeckt, aber wie Kolumbus habe ich auch gedacht, Kuba läge auf dem Festland, und das tat es nicht, und möglicherweise hinterlasse ich auch wie Kolumbus ein Erbe der Zerstörung. Ich bin mir darüber kein bißchen im klaren, aber in einem mexikanischen Gefängnis muß man manchmal aus einem Pißpott trinken. (Besonders, wenn man keinen Ausweis hat.)

Aber sogar ohne das bin ich in schrecklicher Gefahr: und sogar mit ihm.

Das ist natürlich teilweise imaginär, wie üblich; aber für diesmal ist es nicht so imaginär wie üblich. Es droht tatsächlich von allen Seiten Gefahr – sowohl für meinen Geist als auch für mein Leben.

Ich bin nicht sicher, ob die Gefahr nicht noch zehnmal größer ist, als ich vorgebe.

Dies ist nicht das Gemälde des Burschen, der den Teufel an die Wand malte. Es ist der Teufel selbst, der malt, der um Hilfe schreit. Es ist unmöglich festzustellen, ob dies mehr ein Schreien oder ein Heulen ist.

Was unmöglich ist, ist essen, schlafen, arbeiten: und ich fürchte, es könnte auch rasch unmöglich werden zu leben. Ich kann mir nicht einmal entfernt vorstellen, daß ich diese furchtbaren Worte schreibe; aber hier bin ich, draußen ist die Sonne und drinnen – das weiß Gott allein und Er hat schon abgewunken.

Ich kann Jan jetzt nicht sehen. Aber sorg um Gottes willen dafür, daß es ihr gutgeht. Ich habe mein Schicksal zu gründlich vorausgesehen, um sie da mit hereinzuziehen.

Dich würde ich gerne sehen. Ob Du mich besuchen möchtest, ist Deine Sache. Zu so einer Zeit ist es wahrscheinlich nicht möglich und bei solchen Verantwortlichkeiten wie den Deinen: aber ich fürchte das Schlimmste, und ach, meine einzige Freundin ist die Jungfrau für die, die niemanden haben, und die hilft mir nicht viel auf diesem letzten tooloose-Lowrytreck.

Malc

1 = Come quick, danger!
2 Nicht übersetzbares Wortspiel mit commiseration (= Bejammerung)

An Juan Fernando Márquez

[Oaxaca, 1937]

Juan:
Ich bin hier, weil in meinem Hotel viel Feindseligkeit herrscht. Ich versuche hier etwas zu arbeiten, aber mein Leben wird von euren Geheimpolizisten, die die Straße auf und ab gehen und an der Ecke stehen, als ob es nichts Besseres zu tun gebe, als hinter einem Mann her zu spionieren, der ohnehin außerstande ist, irgend etwas zu tun, und der nie etwas anderes beabsichtigte, als gut zu sein und zu lieben und zu helfen, wo Hilfe nötig war, dermaßen eingeschränkt, daß ich rapide meinen Verstand verliere. Es ist nicht die Trinkerei, die das bewirkt, sondern Oaxaca.

Möchtest Du, daß ich Oaxaca, die liebenswürdigste Stadt der Welt mit einigen der liebenswürdigsten Menschen in ihr, mit dem Eindruck verlasse, sie bestünde aus nichts als Spionen und Schurken?

Das ist mir gegenüber unfair, aber es ist noch verdammt schäbig unfairer gegenüber Oaxaca.

Die Engländer sind schon dumm genug, aber die Dummheit und Scheinheiligkeit eurer Geheimpolizisten und der Motive, die hinter ihrer miesen ewigen Spitzelei stecken – ihre Aktivitäten –, übertreffen einfach jedes Verbrechertum und jede Dummheit, die ich jemals irgendwo auf der Welt angetroffen habe. Haben diese Kerle nichts Besseres zu tun, als einen Mann zu überwachen, der lediglich Gedichte schreiben will? Als ob ich nicht schon genug Ärger am Hals hätte!

Ich bin fest davon überzeugt, daß die Oaxacaner zu den höflichsten, herzlich freundlichsten und zutiefst anständigen Menschen auf der ganzen Welt zählen. Dasselbe denke ich auch von Deinem Boss und Dir und dieser lieblichen Stadt.

Jedenfalls werden die Verdächtigungen in dieser verfluchten Geschichte auf ein wahnsinniges Ausmaß getrieben.

Die Leute kampieren sogar vor meiner Tür, um zu sehen, ob ich drinnen trinke; und sicher, das tu ich natürlich, weil es so schwierig ist oder so schwierig wird, draußen zu trinken. Wenn ich jetzt nicht ein gewisses Quantum trinke, dann werde ich ohne allen Zweifel einen Nervenzusammenbruch bekommen. Und wenn ich den habe, werde ich mich gleichermaßen in diesem gottverdammten Gefängnis wiederfinden, auf das ich mich anscheinend in fast geometrischer Reihe zubewege und aus dem man, wie Du weißt, wenn man nüchtern reingeht, besoffen wieder rauskommt. Es scheint beinahe so, daß ich irgendwie auf diese Stätte fixiert bin, denn wie der Romancier Dostojewski hege ich wirklich eine pathologische Sympathie für die, die Unrecht tun (wer sonst befindet sich da?) und in die Scheiße geraten.

Für wen ich absolut keine Sympathie hege, das ist der Gesetzgeber, der Mann, der zu seinem eigenen Vorteil die Schwächen derjenigen auszubeuten sucht, die unfähig sind, sich selbst zu helfen, und dann noch eine moralische Überschrift darüberklebt. Ich verabscheue das dermaßen, daß ich nicht verständlich ausdrücken kann, wie sehr.

Auch hat – natürlich – kein Mensch ein Recht dazu, über einen Mann (der so draufgezahlt hat wie ich, dem das Haus ausgeraubt, die Frau weggenommen, kurz, alles weggenommen wurde; schlicht, der in Mexiko ist) aus seinen gottverdammten blöden politischen reaktionären Gründen heraus zu richten, zumal es sich nur um ein Land handelt, das er selbst – ich meine den Gesetzgeber – in verbrecherischer Weise gestohlen hat. Du weißt natürlich, wie ich das meine. Natürlich stimmt es, daß Montezuma – nicht das Bier – nicht viel besser als Cortez oder Alvarado gewesen sein dürfte. Aber das ist eine andere Geschichte.

Malcolm

An Conrad Aiken

[1937]

Lieber alter Knabe:
Bin nun in einem Zustand von Gedächtnisschwund, Zusammenbruch, gebrochenem Herzen, Auszehrung, Cholera, Alkoholvergiftung, und Gott wird nicht wissen wollen was sonst noch, wenn er nicht muß, was verdammt zweifelhaft ist.

Alles steigt hier um, alles steigt hier um, nach Oakshot, Cockshot, Poxshot und scheiß auf den ganzen Pott!

Mein einziger Freund hier ist ein Tertiarier, der mir ein Medaillon mit der Jungfrau von Guadelupe an den Mantel steckt; mich auf der Straße verfolgt (wenn ich nicht im Gefängnis bin; und dorthin folgte er mir auch schon einige Male); und der denkt, ich bin Jesus Christus, welcher ich, wie Du weißt, noch nicht bin, obwohl ich allmählich dahin komme zu denken, ich wär's.

Ich bin als Spion in ein Gefängnis gesteckt worden, verglichen mit dem das Château d'If – in dem Film – ein Sommerhäuschen mit Meerblick auf dem Lande ist.

Ich verbrachte dort Weihnachten – Neujahr – Hochzeitstag. Meine ganze Post kommt zu spät. Wenn sie überhaupt ankommt, ist sie voller Widersprüche, und Deine ist zu kleinen Löchern zerschnitten.

Glaub nicht, ich kann weitermachen. Wo ich bin, ist es finster. Verloren.

Frohes neues Jahr,
Malcolm

An Nordahl Grieg

[Los Angeles, 1938]

Lieber Nordahl:
Dank für Ihren fast auf den Tag 7 Jahre (d. M.) alten Brief. Ich las ihn am Atlantik – Atlanterhavet! –, als ich auf einem Felsen in der Sonne saß.

Obwohl ich Ihnen nicht geschrieben habe, war mein Bewußtsein nie fern von Ihnen: und meine Freundschaft auch nicht. Ich habe nicht geschrieben, weil ich mich zu tief in einem dunklen Vorhöllenverschlag verloren fühlte.

Wie ist Ihr Buch über Rupert Brooke gelaufen?

Ich wünsche, ich könnte Ihnen erzählen, welch außerordentliche Koinzidenzen zu unserem Treffen führten. Eines Tages werde ich das tun. Meine Identität mit *Benjamin*[1] brachte mich im Lauf der Zeit in geistige Schwierigkeiten. Vieles in ‹*Ultramarin*› ist Paraphrase, Plagiat oder Pastiche Ihrer Bücher.

Ich habe – abgesehen von anderen Fassungen – ‹*The Ship Sails On*› beendet und bin gewissenhaft damit verfahren.[2] Ich glaube, die US-Bühne könnte daran interessiert sein. Das wäre toll, aber ich benötige Ihre förmliche Erlaubnis, um weitergehen zu können. Ich wünsche, ich könnte Sie sehen und wir könnten zusammen daran arbeiten. Ich denke dabei nicht an den finanziellen Gesichtspunkt. Es war mein Traum, es hier auf der Bühne zu sehen.

Ich sitze allein hier rum und versuche schlecht und recht, 2 Kurzgeschichten von Thomas Mann zu Ende zu lesen. Wenn Sie mir einen Brief schrieben, würde mich das mehr aufmuntern, als ich sagen kann – wünschen Sie mir wenigstens viel Erfolg –, sonst werde ich, wie Herman Bang, vor Kummer sterben, kerzengerade in einem Pullmanwagen in Utah sitzend, heimatlos.

Ich habe einen Band Gedichte geschrieben: ‹*Der Leuchtturm zieht den Sturm an*›.[3] Ich werde Ihnen ein Exemplar schicken, wenn ich eins auftreiben kann. Ich denke, Sie werden es gutheißen.

Ich konnte ‹*Und das Schiff geht weiter*› nicht, wie ich Ihnen versprochen hatte, in England bekommen, da es vergriffen war. Es ist ein großes Buch. Ich hoffe, Edward Thomson geht es gut.

Ich habe Sie stets als den größten aller Dichter betrachtet. Sagen Sie mir, wo Sie sind, wo Sie sein werden. Denken Sie an mich. Vielleicht, weil ich Schwierigkeiten habe, an mich selbst zu denken.

Ich bin verheiratet gewesen, habe meine Frau verloren und wurde immer und immer wieder von Faschisten belästigt. Ich hatte einen entsetzlichen Aufenthalt in Mexiko. Ich bin nur noch ein Skelett – Dank sei Gott – meines früheren Ich. Ihre Worte über Ossietzky habe ich mit Vergnügen gelesen: aber während ich mich sehr über Hamsun ärgere, kann ich mich nicht, indem es von mir selber stammt, enthalten, zu wiederholen, daß Ihre Worte Tag und Nacht mich durchstürmen.

Ich bin jetzt so alt, wie Sie damals waren,
Aber ach, die Welt muß noch immer sehr jung sein.

Malcolm Lowry

1 Name des Helden in Griegs *‹Und das Schiff geht weiter›*
2 Lowry versuchte sich an einer Dramatisierung dieses Romans.
3 Beträchtliche Aufschneiderei Lowrys: er hatte eben erst damit begonnen, dieses Buch zu schreiben.

An Mrs. John Stuart Bonner

595 W. 19th Ave.
Vancouver, B. C., Kanada
19. Oktober 1939

Verehrte Mrs. Bonner:
Da ich der Grund für den gegenwärtigen Aufenthalt Ihrer Tochter in Kanada bin, erachtete ich es für ratsam, Ihnen zu schreiben: indem dieses Land sich im Kriegszustand befindet und ich Brite bin, werden Sie sich um ihretwillen in Sorge befinden. Zuvorderst möchte ich Sie, was ihre Sicherheit anbetrifft, beruhigen. Es ist unwahrscheinlich, daß dieses Land für viele Jahre zum Kriegsschauplatz wird, und nicht möglich, daß es bombardiert wird, solange die Monroe-Doktrin Bestand hat. Was den Krieg selbst angeht, obwohl er, trotz seiner Realität, hier nur mehr oder weniger als rauchiges Gerücht existiert, so ist er doch vollständig für jegliche Unklarheit und Verwickelung der Lage, in der Margerie und ich uns befinden, verantwortlich. Was mich angeht, ist jede fest umrissene Zukunft, wie ich sie ansonsten durchaus hätte vorhersagen oder versprechen können, ebenso in Dunkel gehüllt. Schlichtweg weiß weder ich noch sonst jemand, was geschehen wird. Angesichts all dieser Verhältnisse wird es für einen selbst doppelt notwendig, einen sicheren Standpunkt betreffs des Krieges einzunehmen, welcher ein veränderliches Prinzip darstellt, das jedwede Form annehmen und so jeden Vorsatz effektiv vereiteln kann, wenn man ihn außer acht läßt. Der einzige Standpunkt, den ich einnehmen kann, ist der, daß ich Margerie aufrichtig liebe, und ich fühle, daß ich sie, trotz welchen widrigen

Umständen auch immer, glücklich machen kann: der Standpunkt, den auch sie bezieht. Wir möchten daher so bald wie möglich heiraten. Von ihrem Gesichtspunkt aus, der, wie ich sage, der völligen Vorläufigkeit jeglicher in Kriegszeiten gegebenen Lage entspringt, gibt es nahezu jedes denkbare Argument gegen irgend solch ein Tun, und ich habe ganz sachlich versucht, ihr dies aus dem Sinn zu schlagen; auf der anderen Seite liebe ich sie so inniglich, daß ich die schmerzliche Halbherzigkeit meiner Überzeugungskünste empfinde, und hierzu tritt das sichere Wissen, daß ihr Glück untrennbar an das Zusammensein mit mir geknüpft ist und es sehr schwer fällt, jemanden auch nur sachlich dazu zu überreden, sein Glück fahrenzulassen, welche materiellen Entschädigungen auch immer vorhanden sein mögen.

Ich kann nur sagen, daß ich meinen Eintritt in die Armee bis zum letztmöglichen Augenblick hinauszögern werde, was die Ursachen ihrer Sorgen verringern sollte. Hätte ich vor einigen Wochen nach Amerika gehen können, wäre ich vermutlich schon früher nach England abgefahren und stünde bereits im Gefecht. Aber obgleich ich mich freiwillig hierfür meldete, wurde ich abgelehnt, und das Resultat ist: ich bin hier. Was die Zukunft bereithält, weiß ich nicht. Auch weiß ich jetzt nicht, ob sie, da ich schreibe, ihren Sinn ändern und nach Hollywood zurückkehren möchte. Aber soviel ist sicher, daß sie, solange sie bei mir ist, mit jemandem zusammen ist, den sie liebt und der sie aufrichtig liebt und dem ihr Glück am Herzen liegt. Ob dieses Glück das Wagnis eines Kummers von der Art, die der Krieg mit sich bringt, wenn man Pech hat, wert ist, darüber kann man streiten; aber vielleicht nimmt man ein ähnliches Wagnis immer irgendwie auf sich.

Es hat mir sehr leid getan, nicht die Gelegenheit gehabt zu haben, Ihnen in Hollywood zu begegnen; ich hoffe, das wird sich bald ergeben. Margerie wird immer mit Ihnen in Verbindung bleiben. Seien Sie bitte inzwischen auf alle Fälle beruhigt, denn sie befindet sich glücklich und wohl; und wir arbeiten zusammen an einem Buch.[1]

Ganz der Ihre
Malcolm Lowry

1 *‹Unter dem Vulkan›*

An Conrad Aiken

c/o Sergeant Major Maurice Carey
595 W. 19th
Vancouver, B. C., Kanada
[Frühjahr 1940]

Mein liber alter Senlin Forslin Malcolm Coffin Aiken:[1]
Seit meinem letzten Sack voll Neuigkeiten ist die Lage dermaßen verflucht complicado geworden, daß ich, wenn wir nicht, und zwar sofort, einige Hilfe erhalten, den Rest meines Verstandes, von meinem Leben nicht zu reden, verlieren werde. Das Ganze ist (wie auch sonst alles) solch eine Verwickelung melancholischer Widersprüchlichkeiten, daß ich, obgleich ich annehme, Du verstehst das alles, nicht versuchen werde, es zu erklären. Ich werde lediglich um so saftiger aussehende Schinken des Mißgeschicks ins Fenster hängen, in der Hoffnung, Dich da hineinzulocken, wo das ganze Schwein, das abgeschnitten werden soll, hängt.

Auf meiner Rückfahrt nach Los Angeles (von Mexiko) – diese Reise geschah auf Bitten meines alten Herrn – fuhr ich auch auf dem Großen Kreis; die Eisenbahn, mit britischer Konzession gebaut und nach Kilometern bezahlt, so daß sie natürlich den allergrößten Umweg machte, aber der Zug beeilte sich nicht, und es ist, wie Du weißt, etwas weiter als von New York nach Boston – ich ging praktisch in Stücke, einmal, weil ich krank war, zum andern wegen Jan, die direkt nach Santa Barbara ging und mich, eine Art Lear der Sierras, überm Glas im Brown Derby in Hollywood sterbend zurückließ: natürlich werfe ich ihr nichts vor; im Brown Derby hatte ich es besser, aber fahren wir fort.

Mein Einkommen wurde dann in die Hände eines liebenswerten Burschen mit Heuschnupfen und einer Art Rechtsbeziehung zu den Londoner Anwälten meines alten Herrn gelegt, der zwar meine Rechnungen bezahlte, mir aber kein Geld gab. Nachdem ich ein Jahr allein gewesen war, litt ich furchtbar, wurde aber von einem tollen Mädchen namens Margerie Bonner aus dem Brown Derby und der Verzweiflung geholt, doch war dies kaum geschehen, als ich plötzlich (von dem erwähnten Manne) nach Kanada gebracht wurde. Ich wurde unter der Voraussetzung nach Kanada gebracht, daß dieser Ausflug hierhin nur deswegen stattfände, damit ich ein neues Visum für die USA bekomme.

Hier legte er mein Geld in die Hände von *zwei* Männern, die er kaum kannte; den einen halte ich für ehrlich genug, er war und ist aber, indem er ständig in Geheimdienstsachen unterwegs ist, unzugänglich: der andere ist Mitglied der Moralischen Aufrüstung. Nach zwei Monaten, in denen ich wegen dieser Moralischen Aufrüstung gemächlich wahnsinnig wurde, wurde auch noch der Krieg erklärt. Alles hätte gut sein können, wenn dieser Moralische Aufrüster nicht entdeckt hätte, daß ich in Margerie verliebt war, die Du, hoff ich bei Gott, treffen und lieben wirst wie mich, die durch dick und dünn, meistens dünn, zu mir gehalten und Verhältnisse mit mir geteilt hat, die Gorkis ‹*Szenen aus der Tiefe*› wie eine Gesellschaftskomödie erscheinen lassen.

... An dieser Stelle sollte ich deutlicher feststellen, daß ich Margerie in der sicheren Erwartung meiner Rückkehr in Hollywood zurückgelassen hatte, daß ich nur für diese Rückkehr gelebt hatte, daß aber eine Reihe von Umständen, mit denen ich Dich nicht belasten will, mich an den Rand eines echten Zusammenbruchs geführt hatten, einen von der Sorte mit gußeisernen Backenbärten. Nicht nur Margerie, siehst Du, sondern auch meine ganze Arbeit befand sich in den Vereinigten Staaten, in dem einen oder anderen Hafen. Dann war auch noch Krieg, so daß ich nicht erwartete, meine ganze Arbeit zu beenden, aber ich erwartete, Dich zu sehen und, falls Du aufzutreiben gewesen wärst, zu meinem literarischen Nachlaßverwalter zu ernennen – und ich hatte eine Menge Arbeit zu Ende gebracht. Die Familie ließ keine Entschuldigung durchgehen, dabei hatte ich mich freiwillig gemeldet, in England für England zu kämpfen, und sogar eine Rückfahrkarte besessen, via die *Berengaria,* die, wenn auch schon lange als Feuerfalle verrottet, immer noch ein Schiff ist, und sei es auch nur in der Erinnerung; und eine Rückfahrkarte ist immer noch eine Rückfahrkarte, auch wenn man sie in Mexiko gelassen hat. Und so, Conrad, um eine lange Geschichte noch länger zu machen, drahtete ich – nachdem ich an der Kaikante kehrtgemacht hatte, ich wußte, wie kalt das Wasser war – Margerie, sie solle (mit dem Rest ihres Fahrgeldes) sofort nach Vancouver kommen, eine Strecke, die reichlich weiter ist als die von London nach Warschau, da ich sie brauchte. Als sie ankam, fand sie mich in einem solch verzweifelten Zustand, daß sie zurückschrieb und ihren Job aufgab, um für mich zu sorgen. Die Sache sieht nun so aus: 2 Dollar die Woche für mich und Margerie, wofür wir eine Mahlzeit am Tag bekommen, wenn wir Glück haben. Die Familie hier besteht aus sechs Leuten, dazu kommt ein Lautsprecher, ein heulender Wind, der den ganzen Tag durchs Haus tobt, Zwillinge und ein Kindermädchen. Ich vergaß den Hund, den Kanarienvogel und einen indischen Holzhändler, der in Corpus Christi – man kommt von Oxford nicht weg – ausgebildet wurde und im Keller auf seinem Holzhaufen schläft, in seiner edlen orientalischen Ruhe hoffend, daß er eines Tages für das Holz bezahlt wird.

Wir leben daher, wie Du Dir vorstellen kannst, mehr oder weniger heimlich hier – wir haben auch ziemlich kräftige, wenn auch ein wenig rissige Herzen –, denn wenn erst einmal herauskommt, daß Margie hier ist, wird sie, da sie sich zur Zeit illegal in Kanada aufhält, in eine unbekannte Gegend abgeschoben, und wir werden getrennt. Es ist nicht die Befürchtung, daß eines Tages der abscheulichere der beiden Zwillinge – es lag etwas Flehendes in seinem nach oben gebogenen Gesicht, als wir ihn liebevoll aus der Kloschüssel heraushoben – auf mysteriöse Weise ertrunken aufgefunden werden könnte; daß der übergeile Hindu da unten eine Axt hat und wir wissen, er hat vor, sie zu gebrauchen. Auch nicht, daß das Radio wie die Stimmen der Verdammten, die um Hilfe heulen, klingt oder daß —, ein Ex-Hauptfeldwebel, die Gewohnheit hat, um drei Uhr morgens einen eingebildeten Zug die Treppe rauf und runter exerzieren zu lassen; daß Vancouver wie eine einige tausendmal vergrößerte Portobello Road anmutet und die hoffnungsloseste aller Städte der Verlorenen ist; nicht all das Gebimmel und Geklirre der Nacht, was uns erschreckt: es ist eher der Gedanke an die absolute Ungerechtigkeit in alldem, an die Mißverständnisse und die Hoffnungslosigkeit zur Kommunikation. Denn inzwischen ist abzusehen, daß wir nicht länger hierbleiben können, oder es wird Gott weiß was geschehen.

Nun zu der Angelschnur, mit allem Drum und Dran, die wir für meinen alten Herrn auslegen wollen, falls Du es angebracht findest, eine zu benutzen. Bevor Du aber irgendeine nimmst, wäre es vielleicht besser für Dich zu wissen, daß mein Verhältnis mit — weiter dadurch kompliziert wird, daß er meinem Vater mit der Bitte geschrieben hat, er möge hier zum Verwalter meines Geldes gemacht werden, mit der Vereinbarung, daß er mir dann einen monatlichen Betrag davon aushändigen würde. Da ich so verzweifelt wünschte, mit Margie zusammenzusein, stimmte ich dem zu, zumal er zu dieser Zeit sympathisch wirkte – um ihm Gerechtigkeit widerfahren zu lassen: er ist es in gewisser Weise;

aber mit den Zwillingen und dem Hindu und alldem haben wir alle unsere verdammten Schwierigkeiten, und wir müssen bestimmte Methoden anwenden, um mit ihnen fertig zu werden, manchmal nicht die einzig wahren –, aber seitdem hat er sich als eigensinnig erwiesen; und irgendwie geht ständig die schreckliche Angst um, Margie könnte abgeschoben werden; also erzähl der Familie bloß nichts davon, denn wenn es Dir nicht möglich ist, uns zu helfen (und versuch Dir vorzustellen, daß Deine Hilfe nicht nur eine bloße Hilfe ist; ich muß Dich sehen, und außerdem stehe ich noch in Deiner Schuld), und wir gezwungen sind hierzubleiben, werden wir auf ihn angewiesen sein. Margie ist Amerikanerin, hilflos und völlig ohne Geld, und falls sie nach Hollywood abgeschoben würde, hätte sie nichts, wovon sie leben könnte; mehr als das, sie würde sich aus manchen Gründen in einer unhaltbaren Position befinden, und außerdem könnte sie es nicht ertragen, ohne mich zu sein. Wie auch immer, ich stehe ganz kurz vor einem geistigen und nervlichen Zusammenbruch, obwohl immer wieder Fröhlichkeit hereinbricht, und ich weiß, daß, wenn Margie und ich getrennt würden, außer wenn ich das Gefühl hätte, sie ginge zu Dir oder einem Deiner Freunde oder irgendwohin, wo sie wenigstens ansatzweise die Hoffnung hegen könnte, mich wiederzusehen, oder eine Bestärkung dieser Hoffnung oder eine Linderung ihres Verlusts erfahren könnte, sie zugrunde ginge – aber warum weiterreden?

Was Jobs hier angeht, so würde ich alles annehmen, aber ich kann nicht wegen meines Status; und Rekruten nehmen sie auch nicht mehr.

Es ist schon komisch, daß ich jetzt, wo ich nichts will als unabhängig sein, gewaltsam in eine Lage versetzt werden soll, in der das absolut unmöglich ist, obwohl dies alles bestens zu der generellen Einstellung meines Vaters paßt.

Nun könntest Du meinem Vater – wenn der Plan über Kabel nicht funktioniert (ein bißchen lang vielleicht), was besser wäre – neben anderem, was Dir einfallen mag, vorschlagen:

(1) Du würdest der Treuhänder meines Einkommens und mein Vormund sein wollen, aber Du sähest Deine Aufgabe darin, mir bei der Suche nach einer Position behilflich zu sein, in der ich unabhängig sein kann; kurz, Du weißt, daß Du einen Job für mich finden kannst, natürlich abhängig von den Einschränkungen meines Status und meiner Zeit.

(2) Du würdest es – das heißt mein Einkommen, falls was kommt – mit Sicherheit mit größerer Wahrscheinlichkeit zu meinem Nutzen

ausgeben als ein vollkommen Fremder, der mir unsympathisch ist und sich nichts aus mir macht.

(3) Mein Brief deutet Dir an, daß ich schrecklich unglücklich bin, völlig allein und ohne Freunde in einem gräßlichen Klima; unglücklich insbesondere wegen der Unbilligkeit, daß es mir nicht nur unmöglich gemacht wird, meine ganzen Arbeiten fertigzustellen, sondern auch unmöglich, England davon zu überzeugen, daß sie existieren und wichtig sind, oder daß die feste Abmachung bestand, daß ich nach Amerika würde zurückkehren dürfen.

(4) Meiner Fahrt auf eigene Faust in den Osten, um Verleger zu treffen, hat man sich zuvor widersetzt, weil man mir nicht vertraute: Du mußt daher deutlich machen, daß sie unter geeigneter Aufsicht vonstatten gehen wird: nämlich in Deinem Haus und unter Deiner beständigen Fürsorge: auch, daß ich Verleger *gefunden habe*, die einflußreiche Leute sind und Interesse für mein Werk haben.

(5) Daß ich offenbar jeden Versuch unternommen habe, hier in die Armee einzutreten, aber entweder aus Gesundheits- oder Statusgründen, Du weißt nicht was, abgelehnt wurde, und jetzt nehmen sie keine Rekruten mehr. Aber wenn man zwei Fliegen mit einer Klappe schlagen soll, Dein Wohnsitz ist nur eine kurze Fahrt von Ostkanada entfernt, und später, wenn mein Werk sich in den richtigen Händen befindet und sie wieder Rekruten einstellen, könnte ich es vom Osten aus noch einmal versuchen. (Wir sind uns wohl darüber einig, Conrad, daß es bessere Einrichtungen gibt als die Armee, aber es wäre wahrscheinlich nicht taktvoll, dies Leuten gegenüber zu erwähnen, die womöglich, gerade während man schreibt, bombardiert werden.)

(6) Kannst Du meinem Vater klarmachen, daß das, was er über mich gehört hat, meist durch andere Leute auf ihn gekommen ist und daß ich sehr bemüht bin, meinen Fall durch Dich, der mich besser kennt als irgendeiner, darzulegen.

(7) Daß ich spüre, daß mein Vater in der gegenwärtigen Situation (die unerträglich und hoffnungslos ist) ausgenutzt wird, daß ich es aber, da mein Wort offenbar unglaubwürdig ist, für zwecklos halte, irgendeine Erklärung des Falls meinerseits abzugeben, was mir ständige Qualen verursacht, und daß Du, der Du beide Parteien kennst und achtest, als Vermittler fungieren könntest.

(8) Daß mir Unrecht angetan wird, daß meine Anwesenheit in Kanada nicht in meinem Trachten lag und vor allen Dingen gar nicht not-

wendig war, da mein Visum verlängert worden wäre: oder daß ich über meine Entfremdung sehr unglücklich bin und ich Dich verzweifelt anflehe, das Mißverständnis, das zwischen mir und auch meiner Mutter besteht, persönlich ausräumen zu helfen.

(9) Daß ich vor allem unter Fremden lebe, die mich nicht verstehen, und falls ich in den Krieg ziehen sollte, würdest Du wenigstens wollen, daß ich seine Freundschaft besitze.

(10) Daß ich noch immer vollkommen willens bin, abzureisen und in England in die Armee einzutreten, aber da sie die Überfahrt nicht bezahlen wollen, könnte ich sie durch Dich verdienen, und überhaupt ist Boston der vernünftigste Hafen, von dem aus man auf dieser Hemisphäre abfahren kann.

(11) Du kannst ferner sagen, daß, wenn sie sich wegen der Trinkerei Sorgen machen, wenn auf ihrer Seite in dieser Hinsicht noch immer Bedenken bestehen, aus dem, was Du meinem Brief entnehmen kannst, dies unbegründet ist, daß Du mich aber in dieser Hinsicht streng beaufsichtigen wirst. (Da sieh mal an!)

(12) Wenn sie mir doch sowieso sehr bald den Unterhalt zu streichen beabsichtigen, warum sollten sie mir nicht genug geben, daß ich davon ein paar Monate in Boston einigermaßen leben kann – was Du verwalten würdest –, so daß ich wenigstens eine faire Chance hätte, während ich in Vancouver gar keine habe.

Nun dürfte sich die Familie, wie Du vermutlich erraten hast, wohl kaum zu meiner Absicht, so bald nach einem ehelichen Desaster wieder zu heiraten, hingezogen fühlen (wenn auch in diesem Zusammenhang erwähnt werden sollte, daß ich das gar nicht kann; ich habe nämlich nur einen einstweiligen Entscheid, nach dem ich ein Jahr lang nicht heiraten darf), und so müssen wir neben allem andern Margie vorläufig verheimlichen, und Du darfst sie in Deinem Brief nicht erwähnen. Nichtsdestotrotz müssen meine Pläne für die Zukunft Margie miteinschließen, wie Du wohl verstehen kannst; denn unsere Zuneigung zueinander ist das einzige, was mich am Leben und bei Gesundheit hält. Wir sind vollkommen aufeinander eingestellt und vollkommen glücklich: sie ist genauso ein Mädchen, wie Du es mir immer gewünscht hast: und Du hast immer gesagt, mir würde es gut gehen, wenn ich das richtige Mädchen hätte: ich habe wirklich das richtige Mädchen, und mir geht es so gut, wie es einem nur gutgehen kann, der spürt, daß er soeben aus einem Alptraum erwacht; und wäre nicht diese fürchterliche

Umgebung aus Regen und Angst – denn obwohl wir keine Angst mehr haben, ist die Angst selbst um uns und der Krieg mit dem Geruch seiner toten Wahrheit, seinem ersten Verlust, in unsern Nasenlöchern –, würde es uns beiden gutgehen.

Ich habe noch ein paar andere Ideen, wie der Familie näherzukommen ist: eine, im Ernst, die, wenn das über Kabel zu machen ist, andeuten würde, daß Du gehört hättest, ich wäre in Vancouver gestrandet, und daß Kanada keine Rekruten mehr nehmen würde, daß Du meine Verleger konsultiert hättest, die mich auf der Stelle haben wollten, und ob ich kommen könnte, denn es hätte sich etwas Wichtiges für mich entwickelt, und daß ich dann ja bei Dir wohnen könnte: oder stifte einen Verleger an oder Bernice[2] oder Linscott[3] oder auch irgend jemand frei Erfundenen, ein Kabel zu schicken, das besagt, ich würde in Amerika für eine Arbeit gebraucht, und ob das nicht ermöglicht werden könnte: oder so was Ähnliches. Irgendwas davon könnte gehen. Was den finanziellen Aspekt dieser Sache angeht, mein Gott, Conrad, Du weißt so gut wie ich, daß Du weit mehr mein Vater bist als mein eigener Vater und daß, wenn ich erst mal in *Boston* bei Dir zur Stelle wäre, alles von da aus geregelt werden könnte, das Finanzielle, hat ja schon mal geklappt: was uns selbst angeht, es würde uns das Leben retten: was mich angeht, für mich persönlich wäre es die völlige Aussöhnung, entweder mit einem glücklichen Tod oder mit einem neuen Leben: denn noch nie zuvor hatte ich mehr Lust zu arbeiten – trotz dieses ganzen Elends –, und nie zuvor war ich meiner selbst so sicher: dies wäre wahrhaftig ein großer Kreis.

Aber um auf Margie zurückzukommen. Ein Jahr lang können wir nicht heiraten, wir werden also während dieser Zeit hart am Wind steuern müssen. Ich möchte mich, um ihretwillen, lang genug von der Armee fernhalten, um sie zu heiraten, und wenn ich mich in den Staaten aufhielte, würde mir das Zeit geben, Gott weiß wieviel zu arbeiten; und wer weiß, der Scheißkrieg könnte aufhören; ich habe mich sowohl in England als auch in Kanada freiwillig gemeldet und wurde beide Male abgelehnt, mehr als das kann ich nicht tun. Wenn England mich noch will, halte ich es nur für logisch, daß ich Dich, bevor ich gehe, noch einmal sehen sollte. Aber um die Möglichkeit des Ausweisungsaspektes zu umgehen, würde es Dein Mitleid zu sehr beanspruchen, wenn ich andeute, daß ich Margie, die, im Gegensatz zu mir zur Zeit, die Grenze überschreiten darf, fürs erste, wenn ich über ein paar hundert Mäuse verfügen könnte, sozusagen zu Dir *schicke* als eine Art Botschafterin der ganzen Angelegenheit, während Du inzwischen wie der Teufel den alten Herrn bearbeitest. Wenn ich dann später nachkommen kann, wird alles phantastisch sein; wenn ich es aber tragischerweise nicht kann, könnte ich bis dahin vielleicht genug Geld aufgehäuft haben, um damit ausreichend weit in Kanada nach Osten vorzustoßen, um nicht mehr als eine Nachtfahrt von Margie entfernt zu sein – ich setze natürlich voraus, daß Du was finden könntest, wo Margie sich so lange aufhalten kann –, auch von Mary und Dir, und von diesem günstigen Punkt aus, indem ich einmal *da* und *nah* bin, könnte man noch mal von vorne anfangen, mit dem alten Herrn herumzuargumentieren. Falls dadurch Mary und Du nicht allzusehr mißbraucht werden. Wenn Du willst, kannst Du ganz plump beiläufig darauf hinweisen, mein Brief gebe Dir das sichere Gefühl, daß es jetzt unmöglich geworden sei, in Kanada in die Armee einzutreten, und daß, wenn sich mein Wunsch, Dich zu sehen und meine Arbeit in den Staaten zu beenden, nicht erfüllt, die Folgen unmittelbar und tragisch sein werden.

Natürlich werde ich mich sicherlich im Fall des Falles anwerben lassen und für die Streitkräfte der Vernunft kämpfen müssen, aber im Moment bin ich mehr damit beschäftigt, meine eigene zu bewahren, welche ich für nicht weniger wertvoll und für mit Sicherheit so bemerkenswert wie die Hitlers halte. In der Zwischenzeit wollen wir so lange wie möglich zusammenbleiben, was immer wir an kleinem Glück haben, festhalten und zusammenbleiben, bis wir, bevor ich gehe, heiraten können. Dies wird vermutlich in Kanada nicht möglich sein, denn noch vor Ende des Jahres wird die Wehrpflicht eingeführt sein, aber deute den alten Herrschaften nicht an, daß ich es auch in Amerika wegen meiner Nationalität für unmöglich halte, mit der Unterstellung, ich könnte einen blauen mit einem braunen Paß vertauschen wollen.

Beim Überlesen dieses Briefs, fürchte ich, wirst Du zu dem Schluß kommen, daß ich meinen Verstand bereits verloren habe, aber obwohl die Fröhlichkeit immer wieder hereinbricht, kannst Du sehen, daß wir uns wirklich in einer verzweifelten Lage befinden. Wenn Dir mein Vorschlag nicht praktikabel erscheint, kannst Du Dir irgendwas anderes ausdenken; was immer Du tust, tu es um Gottes willen schnell, bevor wir zum letztenmal untergehen.

Nun zu dem Arbeitsaspekt. Ich habe Whit Burnett geschrieben, er solle Dir einen Gedichtband, titels ‹*Der Leuchtturm zieht den Sturm an*›, schicken; habe Ann Watkins geschrieben, sie solle ‹*In Ballast*› an Bernice schicken; habe nach Los Angeles geschrieben wegen ‹*Unter dem Vulkan*› und des Schauspiels, und Dir schicke ich Anfang nächster Woche die Abschrift einer Sache mit dem Titel ‹*Die letzte Adresse*›, wovon ich das Original an Bernice schicken werde. Da dies unter anderem von der hysterischen Identifikation eines Mannes mit Melville handelt, denke ich mir, es könnte Harry Murry interessieren, und wäre dankbar, wenn Du es, falls Du auch so denkst, weiterleiten würdest.

Nun, Conrad, alter Junge, hilf bitte. Ich fühle so tief, daß Dein Stern der einzige ist, nach dem wir unsere Barke jetzt lenken können, daß ich spüre, daß mein Herz, als es sich schließlich auf seiner ersten Fahrt, vor Jahren, nach Boston und dem Cape[4], Dir zugewandt hat, vorgesorgt hat. Du kannst zwei gute Leben retten, denke ich, und zwei rettenswerte Leben, Leben, die Du einmal mit Freuden gerettet haben wirst. Ich danke Dir also aus tiefstem Herzen für die Vorschläge, die Du schon gemacht hast: meine besten Grüße an Mary; ich habe neulich einige ihrer Spanischen Bilder gesehen, reproduziert, ‹*Man with the Concertina*› usw., sie sind herrlich; und bitte gib mir Nachricht von Euch beiden und auch von der Reise, die nie endet. Margie läßt grüßen.

Malcolm

P. S. Heißt der neue Roman ‹*Reading a Book*›?

P. P. S. Seit ich letzte Nacht diesen Brief beendet habe, sind die Dinge plötzlich noch schlimmer geworden, und wenn nicht verdammt schnell irgendwas passiert, wird die Lage wie das postulierte Ende von Kafkas ‹*Schloß*› aussehen, das er wegen zu großer Zermürbtheit nicht mehr schreiben konnte. Hier fällt seit Tagen pausenlos ein eisiger Regen, wir haben uns beide erkältet, Margie hat Husten. – hatte uns gesagt, wir müßten am Dienstag hier raus, das ist der Tag, an dem er das Geld für die Unterkunft einkassiert, und wenn das geschieht, werden wir absolut ohne einen Pfennig in einem fremden und, glaub mir, verdammt feindseligen und häßlichen Land dastehen, ohne einen Ort, wo wir hingehen können und ohne Freunde. Die Lage ist zu verworren, als daß man erklären könnte, warum das so ist. Wenn Du schreibst, wendest Du Dich vielleicht besser über das Hotel Georgia an mich, wo ich zwar *nicht* wohnen werde, wo ich aber Vorkehrungen zum Empfang von Post treffen werde; und vielleicht schickst Du besser noch einen Brief hierhin, nur für den Fall. Noch eine Idee: ein Appell an Davenport, dessen Adresse ich nicht weiß, könnte helfen. Wir hatten darüber eine Vereinbarung. Oder wie wär's mit einem Vorschuß auf ein Buch von uns beiden, oder von uns allen, über diese Situation, mit dem Titel *Nächtliche Fahrt übers Meer*? Oder kannst Du sagen, daß sich irgendwas für mich ergeben hat, daß Du mich irgendwie treffen mußt, und auf diese Weise von dem alten Herrn Moneten bekommen: oder könntest Du ihn irgendwie dazu kriegen, eine Expedition hierhin zu finanzieren, da es so errnst steht: ich meine das wirklich, Conrad, es ist verdammt ernst: und dieses Mal kann man mir da keinen Vorwurf machen. Das Zimmer ist feucht, Muskeln verkrampfen sich vor Rheuma, Nasen laufen, wir husten wie die Schafe; ich fürchte, Margie könnte richtig krank werden. Wie Du siehst, zu dem Schnee gibt's auch Nebel.

1 So im Original; Anspielungen auf Werke Aikens
2 Bernice Baumgarten, Aikens literarische Agentin
3 Robert Linscott, zu der Zeit bei Houghton Mifflin; inzwischen verstorben
4 Cape Cod, Landzunge bei Boston, auf der Aiken seinen Wohnsitz hatte

An Mrs. John Stuart Bonner

595 W. 19th Ave.
Vancouver, B. C., Kanada
16. April 1940

Meine verehrte Mrs. Bonner:
Ein Briefchen, Ihnen für die sehr interessanten Zeitungsausschnitte zu danken! Indes sind, seit ich sie erhielt, Dänemark und Norwegen überfallen worden, eben jetzt zieht eine weitere Krise auf, so daß ich, da viele der politischen Spekulationen in diesen Ausschnitten inzwischen Wirklichkeit geworden sind, nicht über sie sprechen will.

Was diejenigen betrifft, die von der Erweiterung der Grenzen des Geistes, von Unsterblichkeit handeln – dies sind Gegenstände, die mich schon immer interessiert haben. Ich war stets davon überzeugt, daß das, was den Gang der Gedanken hindert, falsch ist und daß wir im täglichen Leben wahrscheinlich nicht mehr als einen Bruchteil unserer wahren Fähigkeiten gebrauchen. Haben Sie je etwas von Dunne gelesen? ‹*An Experiment With Time*› ist ein lohnendes Buch, wenn Sie es noch nicht kennen. Und Ouspenskij. ‹*A New Model of the Universe*›, das unter anderem versucht, die ewige Wiederkehr auf wissenschaftliche Tatsachen zu gründen, ist ein ungeheuer anregendes Buch, selbst wenn man ihm nicht zustimmt. Ebenso sein ‹*Tertium Organum*›. (In den Karteien der Bibliotheken erscheint er gewöhnlich unter «U», «d.h.», Uspenskij.)

Ein unbeachteter, aber anregender amerikanischer Autor, dessen Spezialität die Analyse gewisser Koinzidenzen ist, für die es keine wissenschaftliche Erklärung gibt, ist Charles Fort, besonders wegen der drei Bücher ‹*Lo!*›, ‹*The Book of the Damned*› und ‹*Wild Talents*›. Ich betrachte den Tag, an dem ich ‹*Lo!*› in einer öffentlichen Bücherei zum erstenmal zufällig entdeckte, als einen der Glückstage in meinem Leben. Ich kenne keinen anderen Autor, der das Unerklärliche so dramatisch hat erscheinen lassen wie Charles Fort.

Ich bemühe mich, von Margie einiges über Astronomie zu lernen, und mache langsam Fortschritte. Aber das wenige, was ich bis jetzt aufgenommen habe, hat meine Arbeit schon sehr bereichert.

Was die geheimnisvollen Köpfe von Tabasco betrifft – ja, das ist auch so etwas, was mich fasziniert und martert. Während ich schreibe, habe ich eine Broschüre der Compañía Mexicana de Aviación vor mir, die mich davon unterrichtet, daß man für 331 Pesos und 8 Centavos von Mexico City nach Yucatán und zurück fliegen kann. Wenn der Dollar bei fünf Pesos steht, macht das nur ungefähr $ 60. Ich sitze hier mit dieser Broschüre und spähe gleichsam mit einem Teleskop nach Mayaruinen, nach wundervollen Namen wie Chichen Itzá, Tekax, Izamal, Sayi, und wenn ich spazierengehe, gehe ich auf den weißglühenden Pflugscharen verlorener Gelegenheiten, denn als ich in Mexiko war, habe ich aus irgendeinem dunkeln Grund Itzá, Tekax und so weiter nicht besucht. (Allerdings habe ich in Oaxaca eine Zeitlang unter den Ruinen von Monte Alban und Mitlá gelebt, die Sie in Donnellys Buch über Atlantis erwähnt finden. Meine Freunde, Studenten aus Oaxaca, pflegten gelegentlich private Ausgrabungstouren durchzuführen, was sie «das Land ankratzen» nannten. Eines Tages, als wir «das Land ankratzten», stießen wir auf einen in der Lava versteinerten Mann. Wie alt er war, weiß ich nicht, aber er war mit Sicherheit kein antikes Stand- oder Götzenbild. Als wir versuchten, ihn hochzuheben, fiel ihm der Kopf ab. Der Rest war ein so unlösbarer Teil des Felsens geworden, daß wir ihn dalassen mußten. Ich werde nie vergessen, wie wir bei Sonnenuntergang nach Oaxaca zurückgingen und wie die Eingeborenen triumphierend den Kopf vor uns her trugen. Ich hatte Jack davon erzählt, und er wollte es mir nicht glauben; und jetzt, muß ich zugeben, glaube ich es selbst kaum noch.)

Margie und ich beenden soeben einen langen Roman von mir über Mexiko; seit Januar haben wir ¹⁄₁₀ von einer Million Wörtern geschrieben. So ausgedrückt, hört es sich nach sehr viel an.

Danach werden wir uns an die Revision einer von Margies Detektivgeschichten machen, *‹Dark Rendezvous›*, die nach meinem Empfinden hervorragend ist und sicherlich verkaufbar, wenn man sie an die richtige Stelle dirigiert, denke ich. Margie geht es gut; sie ist glücklich.

Nochmals Dank für die Zusendung der Zeitungsausschnitte, auf die ich mich stets freue.

Ihr ergebener
Malcolm

An James Stern

595 W. 19th Ave.
Vancouver, B. C., Kanada
7. Mai 1940

Lieber Jimmy:
Puh, das hat richtig gutgetan, von Dir zu hören, und auch der Gedanke, daß Du ein Jahr lang in dieser Hemisphäre geweilt hast, ohne daß ich etwas davon wußte! Als ich Deinen Brief bekam, bin ich tatsächlich karakoliert, und ich bin aufrichtig froh, daß Du glücklich verheiratet bist. Du bist einer der allerbesten Kurzgeschichtenschreiber, die wir haben, und so weiß ich, Du wirst nie zu schreiben aufhören, solange Du eine Feder besitzt. Freilich stimme ich mit Dir über das Romanschreiben überein. Für einen echten Kurzgeschichtenschreiber gibt es sozusagen keine befriedigende planleitende Haltung, und ich kann verstehen, wie Du, schwer zufriedenzustellen wie zu formen, Dich gegen die Formlosigkeit der Sache wehrst. Und so wandelt der Kurzgeschichtenschreiber (wie Tschechow) auf Friedhöfen herum und denkt, es ist nicht zu machen. Es verhält sich vermutlich nicht so, daß

Du nicht einen guten Roman schreiben könntest, aber kein Roman läßt in Dir den Wunsch entstehen, hinzugehen und desgleichen zu tun. Nichtsdestoweniger scheint mir, ein Schriftsteller wie Du könnte die beste Art von Roman hervorbringen, das heißt den ziemlich kurzen, in sich vollkommenen, der nicht voller Inventare ist (wie bei Joyce), oder Gedichte (wie bei Faulkner) oder Konjunktionen (wie bei Hemingway), oder voller Zitate von Zitaten aus anderen Romanen (wie bei mir vor 7 Jahren). Es ist möglich, ein befriedigendes Kunstwerk dadurch zu komponieren, daß man eine Reihe guter Kurzgeschichten schreibt, die in sich abgeschlossen sind, mit denselben Personen, untereinander zusammenhängend, aufeinander bezüglich, die einwandfrei sind, wenn sie gegens Licht, und stichhaltig, wenn sie verkehrtherum gehalten werden, und doch voller Effekte und Dissonanzen, die eine Kurzgeschichte nicht bieten kann, und von einer Reinheit der Form, die nur der geborene Kurzgeschichtenschreiber herzustellen fähig ist. Nun, wie dem auch immer sei. (Und ich meine nicht die Art von Roman, wie sie von nicht ganz echten Dichtern geschrieben wird, wie z. B. Kenneth Fearings ‹*The Hospital*› oder Prokoschs ‹*The Seven Who Fled*›, in denen die Formbesessenheit die Substanz beeinträchtigt, das heißt also von einem Schriftsteller, dessen Unfähigkeit, eine befriedigende Form für seine Gedichte zu finden, ihn dazu treibt, hierfür ein Ventil in einem Roman zu suchen. Nein. Das, was ich meine, kann nur von einem guten Kurzgeschichtenschreiber bewerkstelligt werden, der im allgemeinen die bessere Art Dichter ist, der, der nur deswegen keine Gedichte schreibt, weil sich ihm das Leben nicht artig zu jambischen Pentametern fügt, und dem losgelöste experimentelle Formen zuwider sind; ein solcher Mann wird ohnehin eines Tages zum Dichter werden, im Stil des späten Yeats, aber es ist meine These, daß er einstweilen in der Lage ist, die beste Art von Roman zu schreiben, etwas, was laublos und geworfelt ist wie Sibelius und was ein seltsames, aber prächtiges Getöse macht wie Bix Beiderbecke. Aber das ist alles nur nebenher gesagt, und mein Gott, welch ein brackiges Schlagwasser ist das eh an einem kalten postumen Montag!)

Ja, David Reeves kenne ich. Am Tag meiner Hochzeit fand ich ihn auf meiner Türstufe sitzend, und er schien sich um meine Wohnung herum besser auszukennen als ich selber. Aber ein netter Bursche; spielt auch gut Flöte. Und erfahren ist er: war mal Wolgaschiffer und ist auf einem Bein von Sofia nach Jerusalem gehüpft, um am Fuß des Tränenkreuzes zu schmachten. Solche Sachen. Sein Bruder, Dichter J. M., hat mich in Cambridge drei Jahre lang verachtet. An Peggy Lippe, Brock – wo ist Brock? – *et al.* denke ich mit wechselhafter Sehnsucht. Der arme Rollo in Gibraltar – na, Gott schütze sie irgendwie. Was mich betrifft, mein Leben war, seit ich Dich das letzte Mal gesehen habe, so eine Art Mischung von Manon Lescaut und ‹*Schuld und Sühne*›. In Mexiko wurde ich eine Zeitlang als Spion hinter Schloß und Riegel gesteckt, von ein paar Faschisten in Oaxaca (aus Versehen; sie waren hinter einem anderen her. Das kam so: er war ein Freund von mir, sehr nüchtern und ein Kommunist; und sie konnten nicht glauben – weil er nüchtern war –, daß er ein Aufwiegler sei, und deshalb dachten sie, er müsse ich sein, der ich zwar nicht nüchtern, aber nichtsdestoweniger weder ein Aufwiegler noch ein Kommunist war). In der Folge erwies es sich für mich als schwierig, zu erklären, warum ich unbedingt eine Karte der Sierra Madre in Tequila auf den Kneipentresen malen mußte (der einzige Grund war, daß ich deren Form mochte). Jan hatte mich einige Monate zuvor verlassen, und so hatte ich kein Alibi. Am ersten Weihnachtstag ließen sie alle Gefangenen frei, mich ausgenommen. Mir wurde das oaxakanische Folterverhör wegen Humbugs beschert. Zischten sie (wie *Time* sagen würde), «Du sagen, du Schriffsteller, wir aber lesen all deine Schreiben, und die aben keine Sinn. Du nix Schriffsteller, du Spion, und in Mechiko wir erschießen die Spione.» Aber es war eine heilsame Erfahrung. Ich erfuhr zum Beispiel die wahre Herkunft des Wortes *Spitzel*. Ein Spitzel ist jemand, der den ganzen Tag im Gefängnis auf einem Stuhl sitzt und politische Gefangene dazu anspitzt, sich zu unterhalten, und dann Nachrichten über sie verbreitet. Wenn er Glück hat, kriegt er zusätzlich ein bißchen Unzucht gratis dazu. So einfach, daß ich mir nicht denken kann, daß ich mein Leben, ohne zu wissen, zu welchen Höhen die Menschheit sich zu erheben vermag, verbracht haben sollte. In einer schönen Nacht haben sie auch versucht, mich zu kastrieren, ohne Erfolg, wie ich (manchmal) bedaure zu vermelden. Das Ganze endete in einer Art Toulouse-Lautrec-Szene: ich, Aufseher und alles, wir gingen einfach, vom Mescal voll, brüllend in die Nacht hinaus. Sie suchen mich immer noch.

Wir führen hier ein ganz fürchterliches Leben, verglichen mit dem mein Verlies in Mexiko (verglichen mit dem hinwiederum das Château d'If, möcht ich meinen, bloß aus sonnigen Zimmern in einem Sommersitz am Meer besteht) ein reines Picknick war. Ein paar Leute von der

Moralischen Aufrüstung sind nach meinen zahlreichen Pannen in diesem oder jenem Teil des Globus zu den Verwaltern meines Geldes ernannt worden, und sie geben mir nichts davon für mich selbst. Margie wird überhaupt nicht hier vermutet; wenn ich also ein paar Sachen verkaufen könnte, würde uns das wohl das Leben retten können. Auf jeden Fall haben wir gearbeitet wie die Teufel; Margie hat sich ganz und gar als das richtige Mädchen erwiesen, und da wir beide teilweise plemplem sind, wären wir natürlich ohne einander untergegangen. Um alles noch schlimmer zu machen, man droht uns, sowenig Geld wir auch haben, auch das noch abzudrehen. Durch Conrad Aiken hatte ich bereits Kontakt mit Baumgarten, aber sie fand das, was ich zu bieten hatte, zu anspruchsvoll und unverkäuflich. Aber die Arbeit, die ich gemacht habe und die ich fortführe, ist anders. Also, Jimmy, das komische honigsüße Wort, das diplomatische Lächeln Deinerseits an einen George Davis[1] hier und einen Herausgeber von *Esquire* da, könnte unsere Rettung bedeuten, was, mit einem mehr oder weniger objektiven Blick auf den kurz vor der Vollendung stehenden Roman, der Mühe wert wäre.

Wenn wir genug Zaster bekämen, würden wir Pläne für eine Fahrt nach Osten schmieden – Toronto, Montreal. Ich würde liebend gern im Herbst nach New York gehen, vorher kann ich nicht darum ersuchen; aber ich habe wenig Hoffnung. Wenn wir nach Osten gingen, in die Nähe von New York, aber in Kanada, bestünde irgendeine Möglichkeit für Dich, nach Kanada raufzukommen, um uns zu besuchen? Wenn wir zu dieser Zeit unabhängig sind, ist unser Haus das Deine. In Kanada ist das Leben übrigens extrem billig, aber freilich dürften Dich Deine Verpflichtungen als vorausblickender Bürger ohnehin in den Staaten halten. Nur ist dies vielleicht der letzte Sommer, den ich haben werde, denn im nächsten Sommer werde ich möglicherweise genügend bewandert in Brandstiftung und Mord sein, um an dem «Kreuzzug» gegen die DicktaToren teilnehmen zu können. Eine trübe Aussicht. Man wartet mit Spannung darauf, was Mussolini (den Haile Selassie einmal «Mein Enema die Dusche» genannt hat) tun wird. Zu den Gedichten: *Esquire veröffentlicht* Gedichte, Gedichte der Art, wie man sie von uns erwarten dürfte, Gedichte der Art, wie ich sie Dir geschickt habe, *auch mit 'n paa Bildern!* Vielleicht kannst Du sie also noch behexen???? Ich wäre Dir ungeheuer verbunden, wenn Du das komische Wort einlegen würdest.

Grüße an *zu haus*[2] und an Deine bessere Hälfte.

Malcolm

P.S. Wie sehe ich aus? Irgendwie weniger verschlampt. Ich scheine jünger zu werden: vermutlich zweite Kindheit. Wo ist McAlmon, wenn überhaupt? Ist er der letzte Mann beim Dome? Er war ein Mann von der anständigen Sorte. Es würde mich freuen, davon zu hören, wenn jemand irgend etwas Gutes über mich zu sagen hat: Dich wohl auch, wenn Du in einer eiskalten, nach Büffel stinkenden Mansarde in Vancouver lebtest, nie wüßtest, wann es an die Tür klopfen wird, mit Erpressern, Schuldeneintreibern und Engländern, die denken, Gott wäre ein acht Fuß großer Engländer auf Deinem Schreibstift. (Cape[3] freilich nicht, fürcht ich, der mir kürzlich einen Vorschuß verweigert hat; keine guten Nachrichten von ihm.) Übrigens, liegt East 68th halb in der Park Avenue, halb in Yorkville, in der Nähe der Metropolitan? Mir scheint, ich habe da oder da herum einmal gewohnt, und es könnte also durchaus sein, daß Du in einer Kneipe in dieser Gegend meine kleine doppelgänger-poltergeist[4]-Seele einen Drink einfahren siehst.

P.P.S. Habe just in diesem Moment die reizende Neuigkeit aus England erfahren, daß die Regierung zur Zeit *keinerlei* Gelder herauslassen will. Yes, Sir, das Ganze genau in diesem Augenblick über Kabel. Würdest Du also bitte um Gottes willen diese Gedichte unverzüglich an den *Esquire* schicken, denn es sind Gedichte von der Sorte, die sie drucken (*mit 'n paa Bildern,* wie ich schon gesagt habe). Da wir offenbar voll in der Klemme sind, in einem Land, in dem wir keinen Status besitzen und kein Recht, eine Arbeit zu bekommen, geschweige denn von der Fürsorge zu leben, wirst Du mir beipflichten, daß jetzt die Zeit zum Handeln gekommen ist. Die Gedichte mögen nicht gerade Taten darstellen, aber die gut 50 Dollar, die sie zahlen würden, könnten uns einen Monat lang am Leben erhalten, und obendrein bekommen die vielleicht dadurch Interesse an anderen Arbeiten, was uns genug für mehrere Monate einbringen würde. Ich habe da eine *sehr Esquirehafte* Geschichte, titels ‹*30. Juni 1934*›, die ich in ungefähr einer Woche druckreif machen könnte. Könntest Du mir den Namen des Herausgebers mitteilen – ist es Arnold Gringrich oder wer –, ich würde es dann direkt an ihn schikken, wenn Du mir den Gefallen tätest, mir nur in der Zwischenzeit ein bißchen den Weg zu ebnen, mit irgendeinem Quatsch über O'Brien oder so was. Die Geschichte hat ungefähr die richtige Länge, keine großen Erschütterungen, aber wie gesagt, sie ist *Esquirehaft* und potentiell *O'Brienhaft* und dürfte Dich nicht desavouieren. Tu Dich also bitte um, mein lieber alter Knabe, ja? Im Bahnhofswartesaal sehen wir uns knopflosen Stühlen für unsere nächste Mahlzeit gegenüber. Wir schreiten von Manon Lescaut fort über ‹*Schuld und Sühne*› zu – sollen wir vielleicht mal sagen? – «Zwei Jahre als schwarzarbeitender Klowärter in Saskatschewan.»

Prost,
Malcolm

1 Herausgeber von *Harper's Bazaar*
2 So im Original (A. d. Ü.)
3 Jonathan Cape, englischer Verleger
4 So im Original (A. d. Ü.)

An Harold Matson

1236 W. 11th Ave.
Vancouver, B. C., Kanada
27. Juli 1940

Lieber Hal:
In *Life* las ich diese Woche, daß das Wissen, gehängt zu werden, den Verstand eines Mannes mächtig stärkt.

Teils durch den Untergang des Abendlandes, teils durch den Popanz, die hier bevorstehende Wehrpflicht und den trotz meiner freiwilligen Meldung erfolgten Aufschub meiner Einberufung, der Gott weiß warum bis jetzt verlängert worden ist und vielleicht noch lange genug währt, daß ich noch mehr Arbeiten fertigstellen kann, hat sich bei mir solch eine Geistesschärfe ergeben.

Vor einigen sieben oder acht Monaten schrieb ich Ihnen über einen früheren Roman von mir, ‹*In Ballast to the White Sea*›, der Ann Watkins vorlag. Mein Motiv war damals, etwas Geld aus einer Quelle zu schöpfen, die hoffnungsvoll erschien. Das klappte nicht, ich habe es jedoch geschafft, die Arbeit, die ich zu tun hoffte, trotzdem zu machen – ohne das Geld bzw. mit einem bißchen von anderswoher.

Nachdem ich einen bedeutenden Teil davon abgeschlossen hatte, war es mein Wunsch zu erfahren, bei wem für mich Loyalität und Gefälligkeit lägen, für den Fall, daß es gelänge. Sie lagen nach meinem Gewissen ganz bestimmt bei Whit Burnett und Ihnen (über Ann Watkins bin ich mir nicht ganz im klaren, nicht weil ich ihr immer noch diese $ 20 schulde), aber ob das, was ich zu Ende gebracht haben mochte, etwas vom Wesen eines Indianergeschenks für jeden von Ihnen hätte oder nicht, war ich mir nicht so sicher.

Jedenfalls habe ich ein Buch geschrieben, von dem ich wirklich spüre, daß es wichtig sein könnte, ‹*Unter dem Vulkan*›, und das Gerechteste, was ich damit tun konnte, war meiner Meinung nach, es an Whit zu schicken und ihn zu bitten, daß Sie, wenn Sie es wünschten und wollten (denn ich bin so etwas wie ein verlorener Sohn), das Nähere dabei regeln; das heißt, entweder im Falle, daß er es annimmt, oder, falls nicht, daß er wirklich glaubt, es hätte anderswo eine gute Chance und wäre nicht so eine überflüssige Belastung der Abteilung für Minimalbeträge wie in der Vergangenheit. Ich habe von Whit noch nichts darüber gehört und möchte natürlich nicht mit ihm darüber schwätzen, solange er es hat. Selbstverständlich wäre ich völlig von den Socken, wenn er es veröffentlichen würde: ich beginne jedoch zu spüren, daß ich es unter Umständen überschätzt habe, daß er es nicht annehmen wird oder daß, wenn es ihm persönlich gefällt, es den anderen in der Firma nicht gefällt. Ich bin bei alldem zu so einer Zeit ziemlich kriecherisch, aber so ist das nun mal. Falls es bei ihm nicht ankommen sollte, Robert Linscott von Houghton Mifflin, Boston, hat durch Conrad Aiken ein enthusiastisches Verlangen bekundet, es zu sehen, was man – wenn es nicht unmoralisch ist – berücksichtigen sollte. Jedenfalls möchte ich in der Lage, in der ich mich befinde, nicht, daß es hin und her über die Grenze geschleudert wird, und so frage ich Sie, da die Zeit wieder einmal drängt, ob Sie mir den Gefallen tun, die Last auf sich zu nehmen und einen freundlichen Blick hineinzuwerfen, wenn es mit Whits Empfehlung kommt. Es ist «originell» – falls Sie von meiner Seite Nach-Webstersche, um nicht zu sagen Miltonsche kleinere ethische Mängel befürchten; es ist auch nicht trunken mit einer Handpumpe aus dem originalen Lettischen übersetzt. Es ist, soviel ich weiß, von mir.

Ich fühle, daß ‹*Unter dem Vulkan*› ein *wirklich* gutes Buch sein könnte: könnte, drohe ich. Einige Teile davon hat der Krieg zunichte gemacht. Es enthält manche Abstraktionen und Bedeutungslosigkeiten, die ein Zustand des Friedens aus der Sache herausgeschrieben hätte und die selbst jetzt ein freundliches Auge ausblenden würde – und sein Wert wäre noch größer.

Soviel dazu: andere sollen folgen, wenn die Zeit es zuläßt: aber es ist ein Anfang, oder ein Wiederanfang. An Ihnen liegt es, zu entscheiden oder nein zu sagen.

Indessen habe ich einen ganz anderen Kessel Fische am Kochen. Ich gehe davon aus, daß ich wieder heirate (wie auch gehängt zu werden), und zwar sobald wie möglich, was hoffentlich nicht zu spät ist. Meine Mitarbeiterin bei diesem Wagnis, eine gewisse Margerie Bonner, hat soeben einen «Mysterienroman» beendet, er heißt ‹*The Last Twist of the Knife*›. Sie lebt hier in Kanada genauso gezwungenermaßen wie ich. Falls ich Ihnen alles in allem von irgendeinem Blickwinkel doch zu sehr wie ein Jonas vorkomme, wäre ich Ihnen äußerst verbunden, wenn Sie dieses Buch lesen und seine Chancen kalkulieren würden und dafür einträten, wenn Sie sie für gut hielten. Ich kann, während ich das gegenwärtig für mich nicht kann, von dieser selben Feder noch eine Menge versprechen.

Das Buch, ihres, hat eine sich rasch bewegende, exzellent erzählte, dramatische und logisch ausgetüftelte Geschichte: es ist nicht voller solcher Permutationen und Kombinationen wie meins: und ich glaube, es besteht für dieses und für das, was noch folgen könnte, ein aufnahmebereiter Markt. Es besitzt kommerzielle Tugenden (denke ich mir), und es ist intelligent und feinfühlend geschrieben. Und es ist eine gute Erzählung.

Wie auch immer, darf ich Ihnen das Buch vorbeischicken, und – ganz abgesehen davon, was Sie in bezug auf mich zu tun sich entschließen, oder sollte ich sagen, mein anderes Ich (beides, indem es in diesem Falle bis zu einem gewissen Grad doch auch dem anderen nicht gehört) – darf ich Sie bitten, es sich zu überlegen? Ich würde das für einen Gefallen halten: und ich glaube nicht, daß Sie es bedauern müßten. Ihre Fähigkeiten sind stetiger und leichter abzuschätzen als meine. Wir sind eine Firma mit getrennten Wesensarten und gemeinsamem Zweck. Der Erfolg des einen verlängert das Leben des anderen unter sonst (wie sie es leider nicht sind) gleichen Umständen.

Hochachtungsvoll
Malcolm Lowry

P. S. Betr. Linscott von Houghton Mifflin. Ich bin durch Aiken mehr oder weniger festgelegt, ihm für den *‹Vulkan›* das Vorkaufsrecht einzuräumen, wenn es bei Whit fehlschlägt. Ich erwähne das Ihnen gegenüber, weil es sein könnte, daß Whit Ihnen das Buch bereits gegeben hat und, um meine Gefühle zu schonen, mir nichts darüber hat sagen wollen, bis Sie beide sich ein Urteil über seine Verkäuflichkeit gebildet haben. Es kann sehr gut sein, daß Sie sich überhaupt nicht damit abgeben wollen, eben wegen der Tatsache, daß sich mein Werk bereits nicht mehr in Ihren Händen befand. Aber was das betrifft, bin ich woanders keinerlei Verpflichtungen eingegangen. Als ich Ihnen das letzte Mal schrieb, befand ich mich in verzweifelter Geldnot, und Conrad Aiken hatte angedeutet, daß seine Agentin, Bernice Baumgarten, mir möglicherweise – gewissermaßen über Aiken – einen Preis für den ganzen Klump zahlen würde, zumal ich zu dieser Zeit glaubte, jeden Moment einberufen zu werden. Es war ein sehr vager Plan, aus dem höflicherweise nichts wurde: jetzt hat Conrad Aiken die meisten meiner Arbeiten. Falls der *‹Vulkan›* angenommen wird, gibt es mindestens drei schon geschriebene Bücher, die ihm folgen sollen. Das Motiv jedoch, aus dem ich Ihnen jetzt schreibe, ist ganz und gar nicht primär finanzieller oder geschäftlicher Art. Ich glaubte, ich hätte ein gutes Buch geschrieben, welches das Vertrauen, das Sie und Whit in mich gesetzt haben, rechtfertigte. Wenn Whit es annimmt, möchte ich, daß Sie es in Kommission nehmen und zukünftig mein Werk, das nun zu praktischen Ergebnissen gediehen ist, vertreten. Wenn nicht, und ich scheine noch Möglichkeiten zu haben, hätte ich die Befriedigung darüber zu wissen, daß ich meine beträchtlichen Dankesgefühle Ihnen beiden gegenüber so gut, wie ich es vermochte, bekannt habe. Dies hätte eine Art Überraschung – eine erfreuliche, hoffte ich – für Sie sein sollen, die von Whit zu Ihnen kommt. Die Ungewißheit über die Ereignisse und der bevorstehende Abschluß von Miss Bonners Buch treiben mich dazu an, Ihnen jetzt zu schreiben. Wenn Sie es für unorthodox halten, meine Werke zu vertreten, möchte ich wenigstens, daß Miss Bonner einen so guten Agenten hat, wie Sie einer sind. Lassen Sie mich auf jeden Fall wissen, was Sie denken und ob Sie zumindest ihr Buch lesen werden, was Sie selbstverständlich zu nichts verpflichtet. Falls ja, würde es in ungefähr zwei Wochen ankommen.

Zweiter Teil

1941–1945

An Harold Matson

Dollarton P. O.
Dollarton, B. C., Kanada
6. Januar 1941

Lieber Hal Matson:
Ich bin sicher, Sie werden beim Empfang dieses Briefs dasselbe Gefühl der Erleichterung empfinden wie wir, nachdem wir uns endlich entschlossen haben, ihn zu schreiben. Aber lassen Sie uns zuallererst unzweideutig und aufrichtig versichern: wir sind uns über die damit verbundenen Schwierigkeiten im klaren und sind Ihnen für Ihre Bemühungen unseretwegen zutiefst dankbar; die Tatsache, daß wir keinen Erfolg gehabt haben, ist sicherlich nicht Ihre Schuld. Vielleicht liegt dies zum Teil an unserer geographischen Entfernung und der Schwierigkeit der Kommunikation, zum Teil an der fast prohibitiven Bedrängnis durch die Zeitläufte, zum Teil bloß an schlichtem Pech und, wir wollen bescheiden sein, zum Teil an unserem Mangel an geeignetem Material. Wie auch immer, es scheint, daß wir für Sie nur zu einem Passivposten geworden sind und nicht zu dem Aktivposten, der wir zu sein hofften; daher halten wir es für unfair Ihnen gegenüber, daß Sie uns weiterhin auf dem Gewissen haben sollen.

Andererseits beabsichtigen wir nicht zu kündigen: weit davon entfernt haben wir vor, unsere Anstrengungen zu verdoppeln. Malcolm war entschlossen, und ist es noch immer, so Gott will und wenn die Zeit es erlaubt, die Arbeit, die er angefangen hat und die die Gedanken und Mühen so vieler Jahre darstellt, zu vollenden. Die neue Fassung von ‹*In Ballast*› hat er nahezu abgeschlossen (eine Zusammenfassung davon hat er für den Houghton Mifflin Fellowship-Wettbewerb eingereicht, sie wurde abgelehnt, und wir wollten Ihnen diesen Brief nicht schreiben, bis das entschieden war); zur Zeit arbeitet er fleißig an einer vollständig neuen und, da sind wir sicher, besseren Fassung des ‹*Vulkan*›. Nachdem wir ihn vor einiger Zeit noch einmal gelesen hatten, haben wir selbst erkannt, daß es nicht nur Ihnen, sondern auch ihm gegenüber unbillig gewesen war, den Versuch zu unternehmen, ihn in der Fassung, die Ihnen geschickt wurde, auf den Markt zu bringen. Sie werden sich erinnern, daß er Ihnen zu dieser Zeit mit der Bitte schrieb, ihn zurückzuziehen; mittlerweile wächst schon eine neue Fassung heran, die die meisten seiner offensichtlichen Mängel eliminieren und die

Erzählung klarer und kraftvoller machen wird usw. Als wir das Buch für so gut hielten und Ihnen schickten, verwechselten wir wahrscheinlich einen geistigen Sieg mit einem ästhetischen, denn es ist unmöglich, Ihnen eine Vorstellung von den Schwierigkeiten, unter denen es abgeschlossen wurde, zu geben – was selbstverständlich kein Ersatz für tatsächlichen Wert ist. Aber wir wissen, daß in seiner Grundmasse ein Roman *steckt,* der nicht nur wirklich gut, sondern auch verkäuflich ist, und wir fühlen uns nur erleichtert und irgendwie dankbar, daß es durch einen Glücksfall nicht in seiner gegenwärtigen Form verkauft wurde. Was *‹In Ballast›* angeht, so hat sich, wie wir glauben, auch dies, seiner Dunkelheit und Langatmigkeit entkleidet, zu seiner ihm gemäßen Gestalt entwickelt, und wir werden in den nächsten paar Monaten etwas Solides zum Weitermachen haben. Was mich angeht, nun, meine Arbeit schlägt selbstverständlich in ein völlig anderes Fach, und ich kann nur sagen, daß ich, während ich natürlich sehr enttäuscht bin, mich nicht entmutigt fühle und vorhabe, es weiterhin zu versuchen, bis irgend etwas klappt; ich spüre nämlich, daß es bei mir vielleicht eher bloß eine Sache des Glücks ist – und auch des besseren Schreibens, was sich bestimmt bei weiterer Arbeit entwickeln wird, womöglich durch so etwas wie die Versuchs-und-Irrtums-Methode. Jedenfalls mühe ich mich mit dem Grundriß eines Buchs ab, und ich weiß, daß, wenn ich erst einmal angefangen habe, ich zwei Bücher pro Jahr schreiben könnte.

Doch ändern Entschlossenheit und Optimismus auf unserer Seite Ihre gegenwärtige Lage nicht: diese erscheint praktisch als Sackgasse. Und so glauben wir, das einzig Faire, was wir tun können, ist, Sie von jeder weiteren Bemühung um unsretwillen zu entbinden; schnüren Sie also nur unser ganzes Zeug zusammen, und schicken Sie es per Nachnahme an uns zurück. Wahrscheinlich werden wir es von hier aus selbst verschicken, und falls wir irgend etwas verkaufen sollten, würden wir uns freuen, wenn Sie die Sache für uns in die Hand nähmen.

Wir hoffen, Sie werden Verständnis für unsere Empfindungen haben, so wie auch wir versucht haben zu verstehen, was *Sie* jetzt empfinden müssen; wir glauben, Sie werden erkennen, daß wir uns unserer Schuld Ihnen gegenüber zutiefst bewußt sind und nur versuchen, das zu tun, was am besten scheint. Lassen Sie uns Ihnen also noch einmal für alles, was Sie getan haben, danken, Sie unserer aufrichtigen Freundschaft und Dankbarkeit versichern, und Ihnen so viel welchen Glücks und Wohlstands auch immer wünschen, wie es in diesen beängstigenden Zeiten geben mag.

Hochachtungsvoll
Margerie Bonner
Malcolm Lowry

P. S. Malcolm sagt, vergeuden Sie kein Geld, indem Sie den ‹*Vulkan*› schicken; er hat eine Abschrift hier, also schmeißen Sie ihn einfach in den Ofen. Sie brauchen eigentlich nur meine zwei Bücher und Malcolms ‹*Die letzte Adresse*› zu schicken; ich glaube, das genügt.

An Harold Matson [1]

Dollarton P. O.
Dollarton, B. C., Kanada
4. März 1941

Lieber Hal:
Es tut mir leid, daß ich Ihnen mit ‹*Unter dem Vulkan*› bisher nur weitere Enttäuschungen bereitet habe, und es kann sein, daß die widrigen Umstände, unter denen das Buch schließlich geschrieben wurde, mich dazu gebracht haben, es für einen artistischen Triumph zu halten, wo es doch bloß eine Art moralischer war.

Bei nochmaligem Lesen denke ich, daß Martha Foleys Urteil vielleicht teilweise gerecht ist; die Zeit spielt wirklich eine zu große Rolle, und die Struktur kommt nicht ordentlich heraus.

So schreibe ich es denn neu. Ich hielte es für töricht, mich jetzt auf ein vollkommen neues Projekt einzulassen. Und um Ihnen zu zeigen, womit ich mich gerade beschäftige, schicke ich Ihnen einen Teil davon als Kurzgeschichte, die Sie, glaube ich, verkaufen können, wo Sie zum Beispiel ‹*June 30*›, ‹*1934*› oder gar das Buch selbst nicht verkaufen konnten. Ich habe gekürzt und gekürzt und gekürzt, und auf die Geschichte, so wie ich sie Ihnen schicke, bin ich äußerst stolz; ich würde sehr gerne wissen, was Sie davon halten, sobald es Ihnen paßt.

Ich hatte drei Zeitschriften im Auge: *Harper's Bazaar, Esquire* und *Decision*. Ich mag völlig falsch liegen. Wie auch immer, ich überlasse es Ihnen, was Sie damit machen, aber sagen Sie mir, wofür Sie sich entscheiden, denn ich glaube nicht, daß ich diesmal aus einem Gefühl der Wunscherfüllung heraus die Glocke geschlagen habe. Was ich im Auge hatte, war: daß die Veröffentlichung der «Story» ein guter Anfang wäre und dem Roman bei den Verlegern förderlich sein könnte. Ich weiß nicht, ob *Decision* geeignet ist: ich habe gehört, sie wäre einflußreich, und vielleicht könnten Sie mir etwas darüber erzählen. Wenn Sie es an *Harper's Bazaar* schicken (Hg. George Davis), könnten Sie vielleicht James Sterns Namen erwähnen, der meine Kurzgeschichten sehr gepriesen hat und ein regelmäßiger Mitarbeiter ist. Er sagte, ich könnte das anregen, aber womöglich nützte es überhaupt nichts. Würde es sich lohnen, es, um es schnell gedruckt zu bekommen, zuerst mit *Decision* zu versuchen, was mir nach einem aussichtsreichen Tip aussieht? Und wenn Sie es an *Esquire* schicken, senden Sie es vielleicht an Arnold Gingrich, den ich flüchtig kenne – über Jimmie Stern und durch Briefwechsel – nun, handeln Sie nach Ihrem Ermessen.

Ich habe den Eindruck, daß Sie nicht mit Gedichten handeln, Hal, ist das richtig? Unfähig, mir nun in dieser Hinsicht selbst zu helfen – und die Tatsache, daß ich bislang kein Dichter gewesen bin, war der psychologische Grund für die meisten meiner Unannehmlichkeiten und Ihrer mit mir –, habe ich eine Menge Gedichte geschrieben und hierhin und dorthin geschickt, bis jetzt ohne jeden Erfolg. Falls ich mich hinsichtlich Ihres Handels mit Gedichten irre, sagen Sie es mir. Wäre es zuviel verlangt, wenn ich Sie bitte, mir die Adresse von *Decision* zu schicken, die ich hier nicht bekommen kann, damit ich denen ein paar Gedichte schicken kann? Wenn ich für irgendeins meiner Gedichte einen Scheck erhalte, werde ich Ihnen diesen, ohne ihn einzulösen, direkt schicken, da ich auf andere Weise kein Geld aus dem Land schicken kann; wenn es auch zweifellos nur ein geringer Betrag wäre, so wäre es doch ein Symbol.

Oh, und Hal – haben Sie die unseligen und umherwandernden ‹*In Ballast to the White Sea*› und ‹*Der Leuchtturm zieht den Sturm an*›: ich dachte, ich würde sie in Form bringen. Sie werden die unbarmherzigen Streichungen in dem Auszug aus dem ‹*Vulkan*› bemerken, den ich Ihnen schicke, und so würde ich jene auch behandeln.

Nun – betr. Margerie Bonner. Sie vollendet soeben einen neuen und besseren Mord, versuchsweise ‹*Cloudburst in Deep Cove*› genannt. Ich helfe dabei, und es ist geplant, die endgültige Abschrift Ende des Monats fertig zu haben (früher, sagt sie), sie dann zwei Wochen gären zu lassen, während dieser zwei Wochen den früheren zu revidieren, ‹*The Last Twist of the Knife*›, dabei Virginia Stongs Anregungen zu beherzigen und Ihnen dann beide zusammen zu schicken.

Ist Ihnen das so recht? Wir glauben, daß der zweite das Versprechen des ersten erfüllen wird. Bitte sagen Sie mir über diese Dinge so schnell es geht Bescheid; ich bin fest entschlossen, Sie all diesen Ärger nicht umsonst gehabt haben zu lassen; eines Tages wird Ihr Vertrauen vergolten werden.

Ihr ergebener
Malcolm

1 Siehe Anhang I

An Harold Matson

Dollarton P. O.
Dollarton, B. C., Kanada
25. Juni 1942

Lieber Hal:
Wahrhaftig Fleckers Magie! Erlauben Sie mir, daß auch ich etwas mehr als kommissarisch triumphiere. Sie bringen Freude in unsere Hütte, und Gestalten, die Rechtfertigungen gleichen, beginnen den Fluß herabzutreiben. Für die unterhalb sieht es so aus, als ob einige davon an Land gebracht und für verkäufliches Holz befunden worden wären und sich nur als Treibholz maskiert hätten. Lassen Sie mich meine zu Margies tiefer Dankbarkeit hinzufügen! Aber da sie Ihnen etwas davon erzählen wird, wie die Neuigkeit sie berührt, eine vage Äußerung von mir.

Ich habe die letzten Monate wegen eines ziemlich seltenen und komischen Leidens, bekannt als «Taucherkrankheit», im Bett verbringen müssen. Während ich dagegen behandelt wurde, entdeckte man, daß ich ungefähr ein Dutzend Jahre lang eine Streptokokkeninfektion der Drüsen gehabt hatte. Das klingt nach unerfreulichen Nachrichten, aber ich halte sie für gut, weil seit der Behandlung Adler und Berge aus meinem Geist verschwunden sind. Mir geht es jetzt recht viel besser. Die Ärzte hier begriffen freilich gar nicht, daß ich überhaupt noch lebte. Daß die Toxizität somit – sie war während Ihrer großen und angestrengten Geduld mit mir unstreitig oft auf ihrem Maximum –, wenn sie den Tod erklären würde, in der Tat auch manche zu offenbarende Absonderlichkeiten und nicht ratifizierte Unzuverlässigkeiten meinerseits in der Vergangenheit erklären könnte, genauso wie die fast völlige Verworrenheit im ‹*Vulkan*›, dafür haben wir das Wort des Arztes. (Wie es Whit dürfte.) Mir ist, als sähe ich Ihr Gesicht, um Ecken herum, und es blickt mich jetzt, da wir weitermachten, weniger rügend an.

Aber ich werde Sie nicht wieder belästigen, bis ich das Risiko, eine Belastung der Abteilung für kleine Beträge zu sein, auf ein Minimum reduziert habe. Ich verspreche Ihnen: *diesmal ist* etwas wirklich *Gutes* unterwegs, *sans* Selbsttäuschungen auf dieser Seite. Sie werden wahrscheinlich öfter von der mehr versprechenden anderen hören, da, wie ich Margie klarmache, *jetzt* ihre Arbeit beginnt.

Nochmals danke und beste Wünsche.

Malcolm

An Harold Matson

Dollarton P. O.
Dollarton, B. C., Kanada
6. Juni 1945

Mein lieber Hal:
Vor ein paar Tagen habe ich nach einigem Nachdenken die Mss. des neuen ‹*Unter dem Vulkan*› an Sie abgeschickt: er dürfte einige Zeit brauchen, bis er bei Ihnen ankommt, daher schreibe ich diesen Brief jetzt, in der Hoffnung, daß er Sie ungefähr gleichzeitig damit erreicht.

Nachgedacht habe ich – und mir auch die außerordentliche Freiheit, die Sie mir hoffentlich verzeihen werden, genommen, es Ihnen überhaupt zu schicken –, wegen des Ärgers und der Geduld, die Sie damit in seinem früheren Zustand gehabt haben: nach alldem (ganz zu schweigen von den Ausgaben, die Sie seinetwegen gehabt haben müssen) hatte ich den Plan gefaßt, es selbst in seiner revidierten Fassung herumzuschicken und, wenn jemand es annähme, Sie dann um den Gefallen zu bitten, wieder dafür und für mich die Geschäfte zu übernehmen, falls es Ihrer Mühe wert schiene.

Ich glaubte jedoch, daß es in Ihren Händen sein müßte und schickte es daher los, zumal ich das Gefühl hatte, daß diesmal wohl eine ziemlich beträchtliche Chance bestünde, daß es bei irgendwem ohne soviel Ärger klappen könnte, und auch, ob dies nun stimmt oder nicht, weil ich sehr gern Ihre Meinung und Einschätzung darüber erfahren wollte.

Das Buch hatte der erste Teil einer Trilogie sein sollen: der dritte Teil existiert nicht mehr, völlig verzehrt (außer einer zerfetzten Reihe von drei oder vier Seiten, die alle aus einem gewissen Grund mehr oder weniger von Feuer handeln) in einem Holocaust, der morgen vor einem Jahr, es mußte an einem 7. sein, unser Haus dahinraffte; aber das kann mit der Zeit zweifellos neu geschrieben werden, und der zweite ist glücklicherweise noch vorhanden; ich spüre, daß ich ungefähr zehn solche Bücher in mir habe, falls und wenn ich dazu kommen kann, sie zu schreiben. Wie es dasteht, erfordert das Buch ein kurzes Vorwort und einige Anmerkungen, und falls das lohnend erscheinen sollte, werden diese rechtzeitig folgen. Es mag natürlich ganz und gar nicht gut sein: vor fünf Jahren verleitete ich mich zu der Ansicht, ich hätte es geschafft, was natürlich nicht der Fall war: jetzt aber glaube ich, es könnte eine recht gute Sache sein, und ich halte mich für berechtigt, es Ihnen zu schicken, denn ich habe den Eindruck, daß zum mindesten die meisten Mängel der ersten Fassung ausgeräumt sind und ebenfalls einige der Einwände, die verschiedene Verleger gegen seine Publikation erhoben haben.

‹*The Lost Weekend*› war ein beträchtlicher Schlag für mich, und ich weiß nicht, wie stark der Erfolg dieses Buchs gegen den Erfolg des meinen sprechen könnte: ich schätze, es wird Leute geben, die sagen werden, es sei nichts als ein fahler Abklatsch jener exzellenten Studie, denn die Tatsache, daß nahezu alle alkoholischen Teile geschrieben waren, bevor ich überhaupt von diesem gehört hatte, kann für den Leser nur von geringer Bedeutung sein; nachdem ich schließlich das entsetzliche Ding gelesen hatte, tat ich mein Äußerstes, mich nicht davon beeinflussen zu lassen und warf sogar etwas, das ich für eine ziemlich gute Passage hielt, heraus, weil es mir nach nochmaliger Prüfung etwas vom Rhythmus des anderen Buchs zu haben schien; ich für meinen Teil kann sagen, daß ‹*Unter dem Vulkan*› sozusagen da beginnt, wo das andere aufhört, und schließlich handelt das erstere auch noch von einer Menge anderer Dinge. Gar noch schädigender für mich war der Einfluß von ‹*The Lost Weekend*› auf den zweiten Teil der Trilogie, der auf einer

Novelle beruht, die ich ‹*Die letzte Adresse*› genannt hatte. Wie auch immer, in der entscheidenden Analyse habe ich etwas ganz anderes im Sinn, und all dies wird sich vermutlich als bedeutungslos erweisen, wenn ich meine unwürdige professionelle Eifersucht darauf überwunden habe. (‹*The Lost Weekend*› darf nicht mit ‹*The Last Week End*› verwechselt werden, das von meinem Freund John Sommerfield stammt, dem Verfasser von ‹*Volunteer in Spain*›; es wurde vor zehn Jahren geschrieben und ist, glaube ich, von Wishard in London verlegt worden; dort spielt keine geringere Figur als der arme alte Ex-Malcolm eine Rolle, die der des unglücklichen Birnam in ‹*The Lost Weekend*› nicht ganz unähnlich ist. Wie auch immer.)

Was Margie betrifft, so hat sie, während sie sich über den neuen Vertrag usw. freut, die korrigierten Abzüge des zweiten Teils von ‹*The Shapes That Creep*› von X bis jetzt noch nicht erhalten, wie er es ihr versprochen hatte; ob sie ihrerseits recht damit tut oder nicht, die unkorrigierten Abzüge des zweiten Teils nicht zurückzusenden (d. h., sie sind nur von ihr korrigiert), weiß ich genausowenig wie sie; aber zweifellos wird bald wieder einiges Licht von den unergründlichen Scribner's herdämmern, was alles etwas klarer machen wird. Sie hat gerade einen schlimmen Aufenthalt im Krankenhaus wegen einer Blutvergiftung überstanden, die sie sich beim Wiederaufbau unseres Hauses durch einen rostigen Nagel im Fuß zugezogen hat. Aber jetzt kommt sie wieder gut voran, wie auch das neue Haus, das wir buchstäblich selber bauen – irgendwer hat zu unserer Pein unser altes Schlafzimmer *über*baut, trotz unserer Pfähle, die wir an dieser Stelle zurückgelassen hatten; aber all das haben wir überwunden, und wir stellen ein wahrlich sehr hübsches Haus auf, das sogar noch besser als das alte werden wird.

Ein bedeutender Freund von mir, der mit mir im College war – bekannter Radiomann in Kanada, Exherausgeber von *Experiment* usw. und Exhilfsregisseur bei Lubitsch in Hollywood –, hat (worauf es mehr ankommt) einen sehr interessanten und bewegenden, im Vorkriegs-Italien angesiedelten Roman mit dem Titel ‹*Teresina Maria*› geschrieben: ich habe ihm gesagt, er könnte nichts Besseres tun, als ihn an Sie zu schicken, und ich hoffe, daß er das getan hat und falls ja, daß er Ihren Beifall erhalten wird. Whit hat einige seiner frühen Arbeiten veröffentlicht: er ist auch ein vorzüglicher Dichter und hat noch mehrere Sachen auf dem Feuer, unter anderem zwei weitere Romane und eine Menge Kurzgeschichten. Ich glaube, es wäre ein sehr lohnendes Wagnis, wenn man ihn noch einmal ins literarische Rennen schicken würde, aus dem er einigermaßen heraus war, während er mit Radio, Film usw. beschäftigt war, zu schweigen vom englischen Blitzkrieg. Er heißt Gerald Noxon – hier wie gesagt im Rundfunk sehr bekannt.

Daß Sie meiner so freundlich gedachten, wovon mir Margie berichtet hat, hat mich wirklich sehr berührt, und dies wird ganz aufrichtig erwidert. Ich danke Ihnen auch für den Hinweis auf die außerordentlichen Experimente, das Gedächtnis anzuzapfen, die Ihr Bekannter durchgeführt hat; und in der Tat, hätte ich zu der Zeit nicht so vieles im Kopf gehabt, das ich vergessen wollte, ich wäre auf der Stelle nach New York gekommen und hätte mich der Dienste Ihres Freundes bedient; vielleicht wird es zu einem späteren Zeitpunkt nicht zu spät sein, etwas in dieser Richtung zu versuchen, aber damals war ich nicht genügend im Gleichgewicht, denke ich. Mittlerweile arbeiten Margie und ich fleißig weiter. Ich danke Ihnen für alles, was Sie für sie und, nochmals, für mich getan haben, obwohl ich bis jetzt noch nicht die Glocke geschlagen habe.[1] Ich lege eine kurze Notiz von Duell, Sloan & Pearce bei, die von einigem Nutzen für Sie sein könnte, oder auch nicht.

Mit allerherzlichsten Grüßen,
glauben Sie mir,
Ganz der Ihre,
Malcolm

1 Siehe Anhang II

An Conrad Aiken

[Dollarton, Herbst 1945]

Lieber alter Conrad:
Dank für Deinen, hatte vor, einen richtig fetten, informativen und unterhaltenden Brief zu schreiben – habe in der Tat sämtliche Notizen für selbigen gemacht, aber ich will diesen Brief jetzt loswerden, damit er rechtzeitig ankommt, Dir gute Reise zu wünschen; ich muß daher den anderen vorläufig opfern. Ja, der Phönix hat mit seinen Flügeln geschlagen, ganz recht ganz recht, tatsächlich gab's einen dermaßen prächtig schallenden Schlag, daß der arme Vogel sich fast den Hals

gebrochen hätte und noch mal völlig geopfert werden mußte. Wie Du weißt, sind wir nach dem Feuer nach Osten gegangen. Das Grab ging uns aber voraus. Der endlose, goldne, bittersüße, schreckliche, schöne, östliche Herbst (den ich nie zuvor kennengelernt hatte) hat Margie, die ihre Kindheit in Michigan verbracht hat, *einiger*maßen wiederhergestellt, mich aber hat er fast erschlagen. Er hatte auf mich tatsächlich eine schlimmere Wirkung als auf Henry Adams, obwohl das Niagara-on-the-Lake der Noxons [1] etwas Sehenswertes ist: wirklich schön. Ich war in einer scheußlichen Verfassung und in noch schlimmerer Gesellschaft, so daß ich es wohl alles in allem, obwohl ich sehr enttäuscht war, Dich nicht zu sehen – gleichwohl habe ich Dich *gehört* –, genausogut hätte sein lassen können. Wie die Noxons mich – wenn sie das wirklich getan haben – ertragen konnten, weiß ich nicht. In Wahrheit schien uns die Sache mit dem Feuer beide ein bißchen plemplem zu machen. Allein ihr traumatischer Effekt war zermürbend. Jede Nacht mußten wir dieses verdammte Feuer von neuem durchleben. Regelmäßig wachte ich von Margies Schreien auf, oder sie wachte regelmäßig von meinem Kreischen und Zähneknirschen auf. Abgesehen von diesen Zerstreuungen (zum Glück waren die Noxons feste Schläfer, aber als wir in ein eigenes Haus umzogen, wurde es noch viel schlimmer), schien uns das Feuer in einer nichts weniger als teuflischen Art zu verfolgen.[2] Betty hatte ein Bild von dem Haus eines Nachbarn in Oakville gemalt, das Margie und ich für den Winter hatten mieten wollen, weil es vage unserem alten Heim ähnelte; und eines Tages, als alle ausgegangen waren, saß ich in der Mansarde und studierte dieses Bild, das mir sehr gut gefiel. Meine Konzentration auf das Bild wurde ziemlich dadurch beeinträchtigt, daß das Haus in meiner Einbildung andauernd in Flammen ausbrach, und natürlich war es ungefähr eine Woche später genau das, was das Haus tat; die Feuerspritze war nicht durch den Wald zu bringen, so was war auf diesem Landweg fünfzig Jahre lang nicht vorgekommen, und es gab ein fürchterliches Gelärme, das Margie und ich ausnahmsweise ruhig durchschliefen. Dann, als wir nach Niagara-on-the-Lake umzogen, ging das Haus neben unserem, eines Nachts als wir drüben bei den Noxons waren, in Flammen auf. Wir hörten die Rufe und Glocken und sahen die schreckliche Sonne (keine Ahnung, warum ich heute so Emily-Dickinsonhaft bin) und dachten natürlich, es wäre *unser* Haus, rannten in einer solchen Panik rüber, daß Margie noch nicht einmal überzeugt war, daß es *nicht* unser Haus wäre, als wir schon dort angekommen waren, und brachten unsere ganzen Manuskripte auf die Straße. Und um dem allen die Krone aufzusetzen, als wir hierher zurückkamen, stellte es sich heraus, daß das Haus, das uns freundlicherweise von jemandem zur Verfügung gestellt worden war, damit wir dort unser Bettzeug und ein paar Sachen, die wir nach *unserem* Feuer noch übrigbehalten hatten, unterstellen konnten, während unserer Abwesenheit selber abgebrannt war, vollständig zerstört, und unser Bettzeug und der andere Krempel mit ihm; wobei dieses Haus rätselhafterweise offensichtlich ohne jeden Grund eines windstillen milden Abends in Brand geriet, als die Eigentümer nicht einmal da waren. Margie und ich hatten eine Horrorgeschichte erfunden, von einem Mörder, einem schwarzen Magier, dessen Spezialität es unter anderm war, mittels unbegreiflicher Zauberzeichen Feuer ausbrechen zu lassen. Der Name dieses fiktiven Herrn war Pell, und die von ihm handelnden Mss. hatte ich zufällig aus unserem Feuer gerettet. So Gott helf, daß sich die Besitzer dieses Hauses nicht auch als Pell entpuppen, obwohl da ursprünglich überhaupt keine Verbindung bestanden hatte. Und so fort; insgesamt etwa fünfzig weitere seltsame, sinnlose, traurige, erschreckende und merkwürdig verknüpfte Dinge, die mich bisweilen glauben machen (alles in allem genommen), ich sei womöglich der von Gott oder dem Teufel ausersehene Kerl, der das Gesetz der Serie erläutern soll. Leider scheint es einen gewöhnlich in solch drekkige böse Kniffe zu verwickeln: oder braucht es das nicht? Für alle Fälle habe ich Kants *‹Kritik der reinen Vernunft›* gelesen, um zu sehen, ob die was helfen würde.

Als wir hierhin zurückkamen, stellte sich ferner heraus, daß jemand, Fremde und Aasgeier, unsere angekokelten Pfähle und Hinweise mißachtet und mitten auf der Hälfte unseres Bauplatzes eine riesengroße häßliche Kreation gebaut hatte, die unseren Blick nach Süden verstellt und im Sommer voller lärmender, schwärmender Kinder und hysterischer fetter Weiber sein soll, die inzwischen schon die von uns – vielleicht zu dramatisch – auf unserer armen alten Ruine flatternden zurückgelassenen Flaggen eingeholt, tote Mäuse in unseren Brunnen geschmissen und unser ganzes Klo – sogar an den Wänden – vollgeschissen haben. Dies ist natürlich nach der hiesigen Lebensart, den Sitten oder was auch immer ein Verbrechen, wenn wir auch in dieser Angelegenheit keinen legalen Halt besitzen, da die Rechte der Pioniere und Squatter aufgehoben worden sind: unsere wenigen Fischerfreunde

– mit uns die einzigen ständigen Bewohner – kamen zu spät von Alaska zurück, um es zu verhindern, und unser hiesiger Bootsbauer von der Insel Man wurde nur angepöbelt und beinahe zusammengeschlagen, als er versuchte, dem Einhalt zu gebieten. Sie hatten keine Entschuldigung; wußten, daß wir zurückkommen würden. Wir hätten ihr Haus selber abreißen können und dabei die Unterstützung sogar des größten Teils der Sommergesellschaft gehabt, aber wie ein Trottel oder keiner beschloß ich, mich hierbei wie Christus zu verhalten, mit dem Ergebnis, daß sie uns den ganzen Sommer auf die Nerven gingen, während wir auf dem Platz, der uns geblieben war, bauten; unsere neuen Nachbarn bezeichneten uns sogar als habsüchtig, wo wir nur das Beste daraus machten, bis eines Tages der Eigentümer rüberkam und fragte, warum wir nicht öfter mit denen sprechen würden, und mich beschuldigte, ich hätte sie und ihr Haus mit einem Fluch belegt, daß sie dort nicht glücklich würden, daß das jüngste Kind tags zuvor fast ertrunken wäre und so weiter und daß sie ein Unglück nach dem andern träfe, seit sie dort gebaut hätten, worauf ich erwiderte, daß, während wir ihnen vergeben hätten, alles in Ordnung, sie nie die Güte gehabt hätten zu erkennen, daß es da etwas zu vergeben gäbe, und außerdem, wenn man mitten auf der Seele eines Burschen baute, könnte man nie sicher sein, was passieren würde, und wenn irgendwas passierte, das einem nicht paßte, hätte es keinen Sinn, zu uns zu kommen und sich zu beschweren und dreinzublicken, als ob sie Paddy Murphys Ziege verschluckt hätten und die Hörner ragten ihnen aus dem Arsch. Rundum, ein wirklich ethisches Problem.

Um offen zu sein, wir selbst sind es, die den größten Teil dieses Unglücks abbekommen haben. Gleich an dem Tag, als wir das Bauholz hineinbrachten, trat Margie sich einen Nagel durch den Fuß – eine Zellgewebsentzündung stellte sich ein, dann Blutvergiftung, Ärztemangel und schließlich Krankenhaus und Untersuchungen, das war eine schreckliche, entsetzliche und angstvolle Zeit. Inzwischen bekam sie den ersten Teil der Abzüge ihres Romans, wir warten aber immer noch auf das versprochene Korrekturleseexemplar des zweiten Teils, nachdem Scribner's jetzt ihren ersten Roman mehr als vier Jahre lang zurückgehalten hat (es geht ins fünfte Jahr), ohne ihn zu veröffentlichen, und obwohl sie einen Vertrag über einen zweiten Roman unterschrieben haben, mit einer für den Veröffentlichungszeitpunkt gesetzten Frist bis zu diesem Herbst, haben wir jetzt diesen Herbst, und Margie hat die Abzüge dieses zweiten Romans, der eigentlich vorige Weihnachten beim Drucker hätte sein sollen, noch nicht einmal von weitem gesehen, und es sieht also so aus, als ob ein Vertragsbruch drohe, was nur einen recht kleinen Trost für die arme Autorin mit sich bringt. Ich fuhr dann fort, indem ich mir die Spitze meines Daumens abschnitt, als ich mit einer gewöhnlichen Säge ein bißchen mit dem Strich sägte, was uns beim Bauen weiter aufhielt, und die letzten beiden Monate habe ich praktisch bewegungsunfähig mit einer Toxikämie im Bett verbracht, verursacht von einer Osteomyelitis, die von einem Zahn herrührte, der vereiterte und gezogen werden mußte. Hier besteht ein Zahnärztemangel – sie nehmen keine neuen Patienten, selbst wenn man vor Schmerzen zerspringt wie ich, und das auch noch am V. J. Day[3], wo alle Apotheken geschlossen sind. Andererseits besteht aber auch offenbar ein Überschuß an Zahnärzten: sie drohen damit, wegen der Wohnungsnot ihre Sprechzimmer auf den Straßen zu eröffnen. Ich selbst aber konnte nicht eine Spur dieser Zahnärzte entdecken. Mittlerweile gibt es hier durchschnittlich zwei Morde pro Woche, die meisten davon an oder von Kindern verübt: des weiteren ist ein Haustiermörder unterwegs, der schon dreizehn Ziegen, mehrere Affen von Matrosen und zwölf Hauskaninchen aufgeschlitzt hat und zweifellos auch irgendwie für das Auftauchen eines halben Cockerspaniels auf einem Weg in der Nähe von West Vancouver verantwortlich ist. Trotz alldem haben wir unser Haus gebaut, und das Paradies wurde wiedererlangt. Ich vergaß zu sagen, daß, kaum war das Paradies wiedererlangt, wir benachrichtigt wurden, daß ein neues Gesetz verabschiedet worden sei und unser ganzer reizender Wald und wir selbst mit ihm innerhalb eines Jahres abgeholzt und zu einem «Autocamp für die gehobene Schicht» umgebaut werden sollen. Dies war für unser neues Haus – das sich übrigens dadurch auszeichnet, daß es das letzte Beispiel derartiger Pioniertätigkeit auf dem Strandbezirk Vancouvers ist – das Todesurteil, und das war endgültig zuviel für unseren Sinn für Humor, und meine Temperatur stieg innerhalb einer Viertelstunde auf über 39. Eine traurige Geschichte, sagst Du, fast so rührend wie der «Triumph of the Egg». Nicht im geringsten. Es kam ein Aufschub. Es wird kein Autocamp für die gehobene Schicht geben und auch keine Nachbarn der niederen Schicht. Wir dürfen hier noch mindestens drei Jahre lang wohnen, wie gehabt, ohne Belästigung und ohne auch nur die geringste Miete zu zahlen, und dann dürfen wir das Land auch kaufen, das ist genau das, was wir wollen, und uns wurde das Vorkaufsrecht eingeräumt – zu einem annehmbaren Preis. Somit tritt Dein alter Malc, wenn auch im Herzen noch immer ein konservativer christlicher Anarchist, schließlich dem Heer der Kleinbürgerlichkeit bei. Ich fühle mich etwas wie ein Prometheus, der auf einmal an Grundbesitz interessiert ist und sich entschließt, seine Schlucht im Kaukasus aufzukaufen.

Zur Zeit wohnen wir in dem Haus ohne Innenwände, es regnet wie aus Eimern, und es hält dicht. Welch ein Triumph. Bei unserem Eigenbau – auch den Pier, alles was von unserem alten Haus übriggeblieben war, haben wir selber gebaut – pflegte er aus unserer Vordertür herauszutreten: die Aasgeier zwängten sich genau gegenüber dazwischen, in der Hoffnung, unseren Pier ebenfalls zu benutzen, ganz zu schweigen von unserem Brunnen. Mein Roman – der ‹*Vulkan*› – scheint direkt ins Nichts getroffen zu haben; bis jetzt weder intelligente Kommentare noch Ermutigung. Ich denke, er ist wirklich gut, obwohl ‹*The Lost Weekend*› ihn ein wenig seiner Wirkung beraubt haben mag – o weh! prosaische Gerechtigkeit? –, wenn es nicht mit ‹*The Last Week End*› von John Sommerfield verwechselt wird, in der tatsächlich der alte Malc nur zu erkennbar in der Gosse versinkt und auch ziemlich lahm. Ich hatte mit einigem Kleinmut, aber auch mit einigem Stolz vor, Dir den ‹*Vulkan*› zu schicken, doch möchte ich Dich nicht mit der einzigen in meinem Besitz befindlichen Abschrift belasten, und ich sehe momentan nicht, wie ich die einzige verfügbare andere zurückbekommen kann, bevor Du abfährst. So nimm fürs erste den Willen für die Tat. Ich werd's schon noch lernen, wie Mr. Wolfe einmal gesagt hat, glaube ich.

Der einzige Unterschied in meinem gegenwärtigen Zustand, seit ich das vorstehende schrieb, ist, daß, während wir noch immer in dem Haus ohne Innenwände wohnen, jetzt das Dach an sechs verschiedenen Stellen undicht ist. Aber jetzt ist Dein Brief über die ‹*Gesammelten Gedichte*› angekommen, und ich beeile mich, noch rechtzeitig zu antworten, also verzeih mir bitte, wenn Dir das, was ich sage, zu schnell verdaut vorkommt. Kurz, die folgenden Ideen kommen mir unmittelbar, und ich hoffe, sie sind nicht nur verwirrend. Ich halte die Idee, die chronologische Ordnung umzukehren, für sehr gut, tatsächlich für die einzig wahre – wenn ich auch vielleicht denke, daß «The Soldier» gewinnen könnte, wenn er aus der neuen Reihenfolge herausgenommen und irgendwo, wenn nicht tatsächlich unter die Symphonien, so doch in ihre Nähe im zweiten Band versetzt würde. Was ich meine, ist, daß, wenn das Gedicht auch nicht zu den Symphonien gehört, es doch zu der Vorstellung vom Göttlichen Pilger paßt. Houston Peterson oder sonstwer hat mir die vermutlich irrige Idee in den Kopf gesetzt, Du hättest mal vorgehabt, «Tetélestai» ebenfalls unter der Überschrift des Göttlichen Pilgers einzuordnen, und selbst wenn das irrig und «Tetélestai» keine Symphonie ist, ist das bedenkenswert, falls Du es nicht schon verworfen hast. Was die frühen Gedichte angeht, so würde ich da sicherlich alles reinpacken, was nur irgend dem Dichterkollegen und dem Erforscher Deiner Werke nützlich sein könnte – «Discordants with Youth that's now so bravely spending» und so viele von den aktuellen «Cats and Rats»-Nummern und Filmen, wie Du Platz hast. Ich halte sie neuerdings ganz sicher für unerreichte und kraftvolle Arbeiten, was auch immer Du darüber denken magst. Ich würde auch die Gelegenheit nutzen und Stücke wie «Red petals in the dust under a tree», «Asphalt», «Tossing our tortured hands to no Escape» (obwohl kein sehr frühes, 1925er Modell? aber sehr schön) und sogar das «Succubus you kissed»-Pamphlet, das Du gegen die Imaginisten geschrieben hast und das von historischem Interesse ist, dem unverdienten Limbus entreißen, und für alle diese auch die Entstehungsdaten angeben.

Von einer Auswahl aus «Earth Triumphant» weiß ich nichts, aber ich würde dazu neigen, sie kurz zu halten – vermutlich hast Du recht, das abzulehnen, aber ich selbst kann die «ungewohnte Nässe in meiner Hose», mit der ich es bei Deinem Uncle Potter's gelesen habe, nicht vergessen. Die einzige andere Abweichung, die mir einfällt, wäre, «The Morning Song of Senlin» an den Anfang der ganzen ‹*Gesammelten Gedichte*› und «The Coming Forth by Day of Osiris Jones» an deren Ende zu setzen. Ich muß sagen, diese Vorstellung an sich gefällt mir außerordentlich, wenn sie nicht mit Deiner umgedrehten Chronologie allzuviel Unfug treibt. Was Du auch tust, ich bin sehr froh, daß die ‹*Gesammelten Gedichte*› herauskommen, und wünsche Dir sehr viel Glück damit.

Apropos, falls Du irgendwelche *Harper's Bazaars, Vice Versas, Southern Reviews* oder sonst so was besitzt, was Du vielleicht wegwerfen willst – ach je, keine alten *Dials*? –, wir wären Dir ungeheuer verbunden, wenn Du sie in ein Stück Papier wickeln und per Nachnahme oder so in diese Richtung schießen würdest, denn wir sitzen hier absolut auf dem trockenen, was solchen Lesestoff angeht, da hier sämtliche intelligenten amerikanischen Zeitschriften seit einer Ewigkeit nicht mehr erhältlich sind: andererseits fällt mir ein, es ist wahrscheinlich ein ungünstiger Zeitpunkt, um so etwas zu bitten, wo Du am Packen bist und alles: wenn's also zuviel Mühe macht, vergiß es.

Also, bon voyage, alter Knabe, und unsere liebsten Grüße an Euch beide, beste Wünsche für Marys Erfolg und noch mal unsere allerbesten an sie und Dich und auch an Jeakes.[4]

Malc

1 Gerald Noxon und seine Frau Betty
2 Vgl. das Kapitel «Das Element verfolgt Sie, Sir!» in ‹*Oktoberfähre nach Gabriola*›
3 2.9.1945; Tag des Sieges der Alliierten über Japan im Zweiten Weltkrieg (A. d. Ü.)
4 Jeakes House, Conrad Aikens Wohnsitz in Rye, Sussex

An Mrs. John Stuart Bonner

Cuernavaca, Mexiko
[November 1945]

Liebste Mutter:
Ich war so stolz und so erfreut, Dich zu treffen, und die Spuren Deiner Güte, Rücksichtnahme und Feinfühligkeit waren so sehr überall im Haus zu finden, selbst an den Büchern neben unseren Betten, daß ich bei dem Gedanken daran, wie unzulänglich ich meiner Wertschätzung Ausdruck verliehen haben muß, sehr ärgerlich war: aber es war wunderbar, endlich das Privileg zu haben, Dich zu sehen und mit Dir zu reden, und ich habe meinen Besuch ungeheuer genossen.

Wir hatten eine sehr schöne Fahrt hierhin; diese habe ich teilweise Priscilla und Bert beschrieben, die es Dir zweifellos weitererzählen werden. Vorletzte Nacht sah Margie zum erstenmal Achernar und Canopus; wie aufregend das war! (Ich hätte sagen sollen, nur Achernar im Eridanus zum erstenmal, denn natürlich ist Canopus in Los Angeles manchmal zu sehen.) Vorige Nacht sind wir in etwas geraten, was Dich interessiert hätte. Wir gingen einen alten Freund von mir besuchen, nachdem wir vorher den Vollmond über dem Vulkan Ixtaccihuatl hatten aufgehen sehen, und als wir dann auf die Straße kamen, sahen wir eine fortschreitende Mondfinsternis, die eine totale wurde, als wir wieder zu unserer Pension zurückgingen. An jeder Mauerlücke hatten wir durch eine Reihe von Bäumen hindurch einen seltsam schönen, flüchtigen Blick auf die zunehmende Finsternis, bis sie schließlich, hinter einer Ecke, vollständig war und der Mond eine rostbraune Farbe annahm. Nach dem Dinner hatten wir noch einige Besuche in völliger Dunkelheit zu erledigen, aber als wir schließlich zu Hause waren und auf unseren Balkon kletterten, war der Mond aus seiner Verfinsterung herausgetreten, und die Sterne schienen. Sie blinkten wie Juwelen aus weißen flockigen Wolken, und hoch oben glitt der glänzende normale Vollmond einen weiten saphirenen Nachthimmel herunter in eine Art weißen Vlies-Ozean. Wir beide dachten an Dich und wünschten, Du wärest hier, um das alles mit uns zu teilen.

Am anderen Ende unserer Veranda sang ein Mexikaner vor sich hin, und wir fragten uns, ob er nicht halb aus Erleichterung darüber sänge, daß die Welt nach alldem doch nicht untergegangen und der Mond wieder wie üblich bei uns sei! (Ich muß gestehen, daß ich selber ziemlich erleichtert darüber war, daß die Erde ihren Schatten zurückgezogen hatte, denn aus irgendeinem Grund habe ich noch nie zuvor noch nicht einmal eine partielle Mondfinsternis erlebt und mich daher den ganzen Abend entschieden unbehaglich gefühlt.)

Nun, Mutter, das soll nur ein kleines Briefchen sein, um Dir zu sagen, daß wir oft an Dich denken, und auch um Dir zu versichern, wie ungeheuer ich es zu schätzen weiß, wieviel Mühe und Arbeit Priscilla und Du auf Euch genommen habt, um mich wie zu Hause und glücklich bei Euch fühlen zu lassen, was ich ganz bestimmt war!

Und jetzt *hasta la vista*, und leb wohl – bis zum nächstenmal.

Dein Dich liebender Sohn
Malcolm

Dritter Teil

1946

An Jonathan Cape

24 Calle de Humboldt
Cuernavaca, Morelos
Mexiko
[2. Januar 1946]

Sehr geehrter Mr. Cape:
Recht herzlichen Dank für Ihr Schreiben vom 29. November[1], das mich jedoch erst Silvester erreichte, und überdies hier in Cuernavaca, wo ich durch einen puren Zufall in eben dem Turm wohne, der das Modell zu M. Laruelles Haus war und den ich vorher nur von außen gesehen hatte – und das vor zehn Jahren –, aber genau an dem Ort, an dem rein zufällig der Konsul im ‹*Vulkan*› ebenfalls eine kleine Komplikation mit verspäteter Post hatte.

Ich übergehe meine – wie Sie sich ohne weiteres vorstellen können – dazugehörigen Triumphgefühle und komme, damit diese sich nicht zu völliger Schreibunfähigkeit verdichten, unverzüglich auf das anstehende Geschäft.

Mein erster Eindruck ist der, daß der Lektor, von dessen Bericht Sie mir eine Abschrift schicken, nicht so einfühlsam gewesen sein kann (nach Ihrem ersten Brief an mich zu urteilen) wie der Lektor, dem Sie es zuerst gegeben haben.

Andererseits – während ich vielem von dem, was dieser zweite Lektor sehr verständnisvoll sagt, eindeutig zustimme und ich an seiner Stelle zwecks Kritik so ziemlich dasselbe gesagt hätte – bringt er mich in einige Verlegenheit, Ihre Fragen betreffs Revision klar und deutlich zu beantworten, und zwar aus Gründen, die ich darzulegen versuchen werde und die nach meiner Überzeugung sowohl Sie als auch er für triftig – zumindest für den Autor – halten werden.

Es stimmt, daß der Roman gemächlich anhebt, und während er dies mit Recht als einen Fehler ansieht (und dies freilich ganz allgemein in jedem Roman ein Fehler sein mag), halte ich es aus diversen menschlichen Gründen für möglich, daß seine Schwere auf ihm stärker gelastet haben könnte, als sie es auf dem Leser per se täte, wären nur gewisse Vorkehrungen für ihn getroffen worden. Wenn das Buch jedenfalls schon gedruckt wäre und seine Seiten nicht das stumme, flehende, disparate und desperate Aussehen des unveröffentlichten Manuskripts hätten, beschäftigte sich das Interesse eines Lesers viel stärker mit dem

Anfang, wie dieser auch ganz andere Gefühle hätte, wenn das Buch etwa schon ein etablierter Klassiker wäre: wenn er vielleicht auch sagen würde: *Gott, läuft das zäh*, würde er sich doch tapfer durch den finstren Morast beißen – tatsächlich könnte er sich schämen, wenn er es nicht täte –, und zwar wegen der Berichte über die lohnenden Ausblicke, die sich, wie ihm zu Ohren gekommen ist, weiter hinten bieten.

Wenn ich das Wort *Leser* einmal im allgemeineren Sinne gebrauche, möchte ich vermuten, daß die Frage, ob der ‹*Vulkan*›, wie es aussieht, am Anfang weitschweifig erscheint oder nicht, ein wenig vom Geisteszustand des Lesers abhängt und davon, wie gut er ausgerüstet ist, um sich mit der Form des Buches und mit der wahren Absicht des Verfassers auseinanderzusetzen. Da er, während er für beides ausgestattet und gerüstet sein mag, die Natur dieser beiden am Anfang gar nicht kennen *kann*, könnte ich mir denken, daß eine kleine, aber feine Erklärung in einem Vorwort oder Waschzettel die von Ihnen befürchtete Reaktion größtenteils unwirksam machen oder einschränken könnte – daß Sie anfangs so reagiert haben, und ich an Ihrer Stelle hätte es wohl genauso getan, bitte ich Sie vorläufig großzügig beiseite zu lassen; wenn er, sage ich, und sei es noch so oberflächlich, auf die Anerkennung dieses gemächlichen Anfangs als unvermeidlich *vorbereitet* wäre, angenommen, ich überzeuge Sie davon – gemächlich, aber nach alledem nicht unbedingt so weitschweifig –, könnte es überraschende Resultate geben. Wenn Sie sagen, nun ja, ein guter Wein braucht kein Reklameschild, dann kann ich nur antworten: tja, ich spreche aber nicht von gutem Wein, sondern von Mescal, und ganz abgesehen von dem Schild, ist man erst einmal in der Cantina, braucht man Salz und Zitronen, um den Mescal herunterzubekommen, und vielleicht würde man ihn überhaupt nicht trinken, wenn er nicht in einer so verführerischen Flasche wäre. Wenn auch dies nebensächlich sein sollte, dann lassen Sie mich fragen, wer sich wohl ohne vorhergehende Kenntnis seiner poetischen Tatsachen ermutigt gefühlt hätte, sich in die Dürrnis von ‹*Das wüste Land*› zu wagen?

Nachdem mithin einige Schwierigkeiten der Annäherung aus dem Weg geräumt sind, halte ich zum Beispiel das erste Kapitel, so wie es dasteht, für notwendig, da es, auch wenn der Leser nichts davon weiß, die Stimmung und Tonlage des Buches festlegt und auch den gemächlichen, traurigen, tragischen Rhythmus von Mexiko selbst – seine Schwermut – und vor allem das *Terrain* absteckt: sollte hier irgend etwas jemandem einfach zu schwach ausgedrückt scheinen, würde ich es mit dem größten Vergnügen streichen, aber wie können Sie sicher sein, daß Sie nicht durch irgendwelche beträchtliche Streichungen hier, besonders durch solche, die die Form von Grund auf ändern, die Fundamente, die Grundstruktur des Buches untergraben, ohne die Ihr Lektor es vielleicht gar nicht gelesen hätte?

Schließlich wage ich anzudeuten, daß das Buch um einiges dichter, tiefer, besser und erheblich sorgfältiger geplant und ausgeführt ist, als er vermutet, und daß, wenn Ihr Lektor nicht auf der falschen Fährte ist, indem er einige der tieferen Bedeutungen übersieht oder sie dort als prätentiös oder irrelevant oder uninteressant abtut, wo sie an die Oberfläche des Buches kommen, dies jedenfalls teilweise auf Grund einer Tugend und nicht eines Fehlers meinerseits geschieht, nämlich daß die Hauptebene des Buches, ungeachtet all ihrer Längen, im großen und ganzen so zwingend geplant worden ist, daß der Leser sich nicht die Zeit nehmen will, innezuhalten und unter die Oberfläche zu tauchen. Wenn dies wirklich stimmt, von wie vielen Büchern kann man das sagen? Und von wie vielen Büchern, von denen man das sagen kann, kann man auch sagen, daß man sich nicht irgendwann bei der ersten Lektüre gelangweilt hat, weil man «vorwärtskommen» wollte? Ich will keine kindischen Vergleiche anstellen, aber um auf die offensichtlichen Klassiker zu kommen: wie steht's mit ‹*Der Idiot*›? ‹*Die Dämonen*›? Was ist mit dem Anfang von ‹*Moby Dick*›? Ganz zu schweigen von ‹*Sturmhöhe*› [‹*Wuthering Heights*› von Emily Brontë]. E.M. Forster sagt, glaube ich, irgendwo, daß es ein größeres Kunststück ist, mit dem Ende zurechtzukommen, und ich behaupte, daß mir dies wenigstens im ‹*Vulkan*› gelungen ist; aber ohne den Anfang oder eher das erste Kapitel, das jenem gleichsam entspricht, ihm über die Brücke der dazwischenliegenden Kapitel zuruft, würde das Ende – und ohne dieses das Buch – viel von seiner Bedeutung einbüßen.

Da ich um eine nochmalige Lektüre von ‹*Unter dem Vulkan*› im Lichte gewisser Aspekte bitte, die Ihnen vielleicht noch gar nicht aufgefallen sind, und da ich irgendwelche Änderungen nicht ausschließe und nicht jedes einzelne Wort zu verteidigen gedenke, sollte ich besser sagen, daß ich für meinen Teil glaube, daß der Hauptfehler von ‹*Unter dem Vulkan*›, aus dem die anderen sich ableiten, in etwas Unabänderlichem liegt. Er besteht darin, daß das Rüstzeug des Verfassers, so wie es ist, eher subjektiv denn objektiv ist, kurz: eher das Rüstzeug für eine gewisse Art von Dichter als für einen Romanschreiber. Andererseits behaupte ich, daß ich, so wie ein Schneider den Mißwuchs seines Klienten zu verschleiern suchen wird, im Bewußtsein dieses Fehlers versucht habe, im ‹*Vulkan*› die Mißbildungen meines Verstandes so gut wie möglich zu verschleiern, wobei ich Mut geschöpft habe aus der Tatsache, daß diese Mißbildungen vielleicht, da die Konzeption des Ganzen im wesentlichen poetisch war, am Ende gar keine so große Rolle spielten, selbst wenn sie zu sehen wären! Auch Gedichte müssen oft mehrere Male gelesen werden, bevor ihre volle Bedeutung sich enthüllt und sie – wie Hopkins wohl sagt – im Geist explodieren, und genau diese poetische Konzeption des *Ganzen* ist es, die übersehen wurde, falls ich mich verständlich machen kann. Aber ich will mich deutlicher ausdrücken: die Haupteinwände Ihres Lektors gegen das Buch sind:

1. Die lange Weitschweifigkeit des Anfangs, die ich schon teilweise besprochen habe, auf die ich später aber noch einmal kommen werde.

2. Die Schwäche der Charakterzeichnung. Diese Kritik lasse ich gelten. Aber ich habe es eben gar nicht darauf angelegt, Charaktere im üblichen Sinne zu zeichnen – auch wenn es, Gott hilf mir, nur Aristoteles war, der meinte, Charakter zählte am wenigsten. Aber hier ist dafür, wie ich woanders darlegen werde, einfach kein *Raum*: die Charaktere werden auf ein anderes Buch warten müssen, obwohl ich mir unglaubliche Mühe gegeben habe, meine Hauptpersonen auf der *oberflächlichsten* Ebene, auf der dieses Buch gelesen werden kann, glaubwürdig erscheinen zu lassen, und ich glaube, daß manch einer die Charakterzeichnung für das Gegenteil von schwach halten wird. (Was ist mit weiblichen Lesern?) Die Wahrheit ist die: die Charakterzeichnung ist nicht nur schwach, sondern im Grunde gar nicht existent, außer bei gewissen Nebenpersonen; denn die vier Hauptpersonen sollen, in einer der Bedeutungen des Buchs, Aspekte ein und desselben Menschen darstellen oder des menschlichen Geistes; und bei zwei von ihnen, bei Hugh und dem Konsul, ist das deutlich genug. Ich weise darauf hin, daß hier und da etwas, was vielleicht wie der erfolglose Versuch einer Charakterzeichnung aussieht, nur die konkrete Basis des Lebens der betreffenden Person sein könnte, ohne die wieder einmal das Buch überhaupt nicht zu lesen wäre. Aber ob nun schwach oder nicht: ich kann nichts daran verbessern, ohne das Buch neu zu überdenken oder neu zu schreiben, falls ich nicht einfach etwas streichen sollte – dabei aber könnte man, wie gesagt, einen Stützbalken entfernen, der, wäh-

rend er Ihnen im Vorübergehen vielleicht störend erschien, in Wirklichkeit etwas Wichtiges aufrechterhalten hat.

3. «Der Verfasser hat sich zu sehr ausgebreitet. Das Buch ist für seinen Inhalt *viel zu lang* und viel zu kompliziert und hätte wesentlich wirkungsvoller sein können, wenn es nur die Hälfte oder zwei Drittel seiner gegenwärtigen Länge besäße. Der Verfasser hat sich übernommen; er gibt sich exzentrischen Wortspinnereien und zu viel Bewußtseinsstromexperimenten hin.» Das mag schon so sein, aber dem Verfasser wird wohl verziehen, wenn er um eine eingehendere Würdigung dieses Inhalts – ich sage es noch einmal – im Sinne der Absicht des Verfassers bittet: nämlich als eines Ganzen und Kapitel für Kapitel, bevor er mit irgend jemandem zu einer Übereinkunft darüber kommen kann, was genau es überkompliziert macht und weshalb es gekürzt werden sollte, um dieses Ganze wirkungsvoller zu gestalten. Wenn der Lektor den Inhalt beim ersten Versuch nicht erfaßt hat, wie kann er dann beurteilen, was es viel zu lang macht, besonders wenn seine Reaktion bei einer zweiten Lektüre womöglich ganz anders ausfallen könnte? Und: vielleicht können sich nicht nur Autoren, sondern auch Lektoren übernehmen, wenn sie zu schnell lesen, wie sorgsam sie auch immer vorzugehen glauben – und was ist das für ein langweiliges Buch, das man so schnell lesen muß? Ich glaube, es gibt so etwas wie ein Abschweifen der Aufmerksamkeit, das weder Schuld des Lesers noch des Schriftstellers ist: aber davon später. Was die exzentrischen Wortspinnereien angeht, so glaube ich wirklich nicht, daß es da viel gibt, was nicht in irgendeiner Hinsicht zum Thema gehört. Und was die «Bewußtseinsstromexperimente» angeht: hier wurden viele Techniken angewandt, und während ich versucht habe, die bloßen «Experimente» auf ein Minimum zu begrenzen, vermute ich, daß Ihr Lektor, stände er vor denselben Problemen, am Ende zustimmen würde, daß das meiste davon anders gar nicht zu machen war: vieles von den sogenannten «Experimenten» halte ich einfach aus poetischen oder dramatischen Gründen für gerechtfertigt: und ich glaube, Sie würden überrascht sein, wenn Sie merkten, wieviel von dem, was, selbst in diesen «Experimenten», auf den ersten Blick überflüssig erscheint, einfach verkleidete, rechtschaffene Exposition ist, indem der Verfasser gemäß Henry James' Maxime zu verfahren sucht: was nicht lebendig ist, ist nicht dargestellt, und was nicht dargestellt ist, ist keine Kunst.

Ich komme auf die Kritikpunkte auf der ersten und zweiten Seite des Berichts Ihres Lektors zurück:

1. «Rückblenden auf das frühere Leben von Personen und frühere und gegenwärtige Gedanken und Gefühle derselben ... [sind] oft langatmig und nicht überzeugend.» Diese Rückblenden sind jedoch meiner Überzeugung nach notwendig: wo sie wirklich langatmig oder nicht überzeugend sind, würde ich sie natürlich mit Vergnügen streichen, aber ich denke, es ist dem Buch gegenüber nur fair, daß dies erst unternommen werden sollte, nachdem das, wovon ich später sprechen werde (und auch schon gesprochen habe), in Betracht gezogen worden ist. Was jetzt noch als unorganisch erscheinen mag, könnte sich vermittels der ganzen churrigueresken Struktur, die mir vorschwebte und die, wie ich hoffe, bald vor Ihnen wie Bordas schrecklich-schöne Kathedrale in Taxco aus dem Nebel auftauchen wird, als angemessen herausstellen.

2. «Schaufelweise aufgehäuftes mexikanisches Lokalkolorit ... ist sehr gut ausgeführt und vermittelt einen erstaunlichen Eindruck vom Schauplatz und seiner Atmosphäre.» Vielen Dank, aber gestatten Sie mir festzustellen, ich habe das Lokalkolorit, was auch immer das sein mag, nicht schaufelweise aufgehäuft. Ich bin entzückt, daß ihm das gefällt, aber ich lege Widerspruch ein, weil das, was er sagt, mangelnde Sorgfalt unterstellt. Ich hoffe Sie davon zu überzeugen, daß alles, genau wie ich es in meinem ersten Brief geschrieben habe, aus einem bestimmten Grund so dort steht. Und was ist mit der Verwendung der Natur, wovon er überhaupt nichts sagt?

3. «Die mescalinspirierte Phantasmagorie, oder die Säuferwahngebilde, denen Geoffrey erlegen ist ... sind eindrucksvoll, meines Erachtens aber zu lang, launenhaft und künstlich. Was Punkt 3 anbelangt, so erinnert das Buch unwiderstehlich ... an ‹*The Lost Weekend*›.» Ich werde darauf zusammen mit den letzten und willkommenen Bemerkungen Ihres Lektors betr. die Tugenden des Buchs und dem letzten Satz seines Berichts eingehen, in dem er sagt: «Es sollte sich alles konzentrieren auf die Unfähigkeit des Säufers, dem Ereignis von Yvonnes Rückkehr gewachsen zu sein, auf sein wahnhaftes Bewußtsein (das sehr gut ausgeführt ist) und auf das Lokalkolorit, das durchweg hervorragend gelungen ist.» Ich möchte nicht spitzfindig werden, aber ich glaube, hier so etwas wie einen Widerspruch zu entdecken. Da haben wir meine mescalinspirierte Phantasmagorie, die zwar eindrucksvoll,

aber schon zu lang ist, und zu launenhaft und künstlich – ganz zu schweigen von viel zuviel exzentrischen Wortspinnereien und Bewußtseinsstromexperimenten –, und doch werde ich andererseits dazu aufgefordert, mich noch *stärker* darauf zu konzentrieren, da all dies doch nach alledem nichts anderes sein kann als das phantasierende Bewußtsein (das sehr gut ausgeführt ist) – und ich würde schon sehr gerne wissen, wie ich mich noch stärker auf ein phantasierendes Bewußtsein konzentrieren soll, ohne es noch länger-launenhafter-künstlicher zu machen und, da dies doch nun einmal die Natur des phantasierenden Bewußtseins ist, ohne es mit noch mehr Bewußtseinsstrom auszustatten: und obendrein haben wir hier auch mein Lokalkolorit, und obwohl das bereits «schaufelweise aufgehäuft» ist (wenn auch durchweg hervorragend), werde ich dazu aufgefordert, mich noch mehr darauf zu konzentrieren, und dies, ohne mich der Hilfe jenes doch großen, langstieligen und baggerähnlichen Gerätes zu bedienen, das beim Heben und Aufschütten von Erde, Kohle, Korn und so weiter Verwendung findet: ferner sehe ich auch nicht, wie ich mich sehr gut sehr viel stärker auf die Unfähigkeit des Säufers, dem Ereignis von Yvonnes Rückkehr gewachsen zu sein, konzentrieren soll, ohne das Risiko einzugehen, daß ich beschuldigt werde, die mescalinspirierte Phantasmagorie mit – wenigstens! – einem Schneepflug anzuhäufen. Nachdem er mich meinen Spaß hat haben lassen, muß ich sagen, daß ich die kritische Redlichkeit in den letzten Bemerkungen Ihres Lektors anerkenne, daß es mir aber unmöglich wäre, seinen Anregungen zu folgen, ohne ein neues Buch zu schreiben, vielleicht ein besseres, aber jedenfalls ein neues. Ich achte das, was er sagt, denn was er wohl sagen will, ist (genau wie Yeats, als er nahezu alle berühmten, aber nicht zur Sache gehörigen Zeilen aus der ‹*Ballad of Reading Gaol*› herausstrich und sie dadurch, leider zuungunsten meiner These, wesentlich verbesserte): ein Kunstwerk sollte nur ein Thema haben. Vielleicht wird man einmal sehen, daß der ‹*Vulkan*› im Grunde auch nur ein Thema hat. Was mich auf das (für mich) unglückselige Thema von ‹*The Lost Weekend*› bringt; auch Mr. Jackson folgt der Ästhetik Ihres Lektors, und er leistet für meinen Geschmack eine ausgezeichnete Arbeit innerhalb der von ihm selbst gesteckten Grenzen. Ihr Lektor konnte natürlich nicht wissen, daß es eigentlich andersherum hätte sein sollen: daß nämlich ‹*The Lost Weekend*› unvermeidlich an den ‹*Vulkan*› hätte erinnern sollen. Ob dies auf lange Sicht eine Rolle spielt oder nicht, hat zufällig eine reichlich zermürbende Wirkung auf mich. Ich habe den *‹Vulkan›* 1936 begonnen, nachdem ich im selben Jahr in New York einen Kurzroman von etwa 100 Seiten über einen Alkoholiker geschrieben hatte, mit dem Titel *‹Die letzte Adresse›*, der hauptsächlich in derselben Krankenhausabteilung spielt, in der Don Birnam einen interessanten Nachmittag verbringt. Ich hielt dies für zu kurz, um es separat zu veröffentlichen, sonst hätte ich es Ihnen geschickt, denn, wie ich glaube, war und ist es bemerkenswert gut – es wurde zwar von *Story Magazine* angenommen und bezahlt – die druckten damals Kurzromane ab, aber nicht veröffentlicht, weil die inzwischen ihre Politik wieder auf kürzere Sachen verlegt hatten. Jedoch wurde es, trotz Zola, mehr oder weniger als eine Pionierarbeit auf diesem Gebiet angenommen, und als ich vor neun Jahren und zwei Monaten hier in dieser selben Stadt in Mexiko war, habe ich mir den *‹Vulkan›* ausgedacht, und ich beschloß, die poetischen Möglichkeiten dieses Themas voll und ganz auszuloten. Um 1937 hatte ich eine Fassung von 40000 Wörtern geschrieben, die Arthur Calder-Marshall gefiel, aber sie war weder gründlich noch ehrlich genug. 1939 meldete ich mich freiwillig für England, erhielt aber den Bescheid, ich sollte in Kanada bleiben; und während ich 1940 auf meine Einberufung wartete, schrieb ich das ganze Buch in sechs Monaten um, aber es war kein bißchen gut: ein Fehlschlag, abgesehen von den Saufpassagen über den Konsul, aber selbst davon schien mir manches nicht gut genug. 1940 bis 41 schrieb ich auch *‹Die letzte Adresse›* neu und taufte sie in *‹Lunar Caustic›* um, und ich entwickelte den Plan für eine Trilogie mit dem Titel *‹The Voyage That Never Ends›* für Ihre Firma (unter einer Trilogie kam nichts in Frage), mit dem *‹Vulkan›* als erstem, höllischem Teil, einem stark erweiterten *‹Lunar Caustic›* als zweitem, Fegefeuer-Teil, und einem riesigen Roman, an dem ich ebenfalls arbeitete, mit dem Titel *‹In Ballast to the White Sea›* (den ich verloren habe, als mein Haus niederbrannte, wie ich Ihnen wohl geschrieben habe) als drittem, paradiesischem Teil; das Ganze sollte die Abnutzung behandeln, die dem menschlichen Geist (zweifellos, weil er sich dabei übernimmt) bei seinem Aufstieg zu seiner wahren Bestimmung blüht. Ende 1941 legte ich *‹In Ballast›* beiseite – bis dahin hatte ich 1000 Seiten exzentrischer Wortspinnereien fertig – und beschloß, diese mescalinspirierte Phantasmagorie, den *‹Vulkan›*, bei der Kehle zu packen und wirklich etwas daran zu tun, denn zu dieser Zeit war das für mich etwas Spirituelles geworden. Ich habe auch meiner Frau gesagt, daß ich mir wahrscheinlich die Kehle durchschneiden würde, wenn in dieser Zeit der Trunkenheit der Welt jemand anders dieselbe nüchterne Idee haben sollte. Ich arbeitete noch einmal zwei Jahre, acht Stunden am Tag, und hatte gerade sämtliche berauschten Partien asketisch und zu meiner Zufriedenheit vollendet und brauchte nur noch drei Kapitel umzuschreiben, als ich eines Tages um Neujahr '44 herum zufällig auf eine amerikanische Besprechung von ‹*The Lost Weekend*› stieß. Zuerst hielt ich das für ‹*The Last Week End*› von meinem alten Freund John *(‹Volunteer in Spain›)* Sommerfield, ein sehr merkwürdiges Buch, in dem kein geringerer als ich selbst eine ziemlich verfallene Rolle spielt, und ich frage mich noch immer, was John sich dabei denkt: aber der alte Knabe schreibt das zweifellos dem kapitalistischen System zu. ‹*The Lost Weekend*› erschien in Kanada erst im April '44, und nachdem ich das Buch gelesen hatte, wurde es für mich äußerst schwer, an meinem weiterzuschreiben und daran zu glauben. Noch konnte ich mir dazu gratulieren, daß ich immerhin noch ‹*In Ballast*› im Ärmel hatte, aber das ging kaum einen Monat später zusammen mit meinem Haus vollständig drauf. Meine Frau rettete, Gott weiß wie, das Ms. des ‹*Vulkan*›, während ich mich um den Wald kümmerte, und das Buch wurde vor etwas über einem Jahr in Niagara-on-the-Lake, Ontario, fertig. Dann kehrten wir nach British Columbia zurück, um unser Haus wiederaufzubauen, und da wir dabei einige schwere Rückschläge und Unfälle erlitten, dauerte es einige Zeit, bis das Typoskript in Ordnung gebracht war. Inzwischen hatte mich jedoch die Sache mit ‹*Lost Weekend*›, die noch zu allem anderen hinzukam, ziemlich niedergeschlagen. Ich kann das nicht anders sehen als eine Form von Strafe. Mein Fehler in der Vergangenheit bestand genaugenommen in einem Mangel an Ehrlichkeit, und es ist besonders hart, dem sich in der eigenen Arbeit gegenüberzusehen. Jugend plus Suff plus hysterische Identifikationen plus Eitelkeit plus Selbstbetrug plus keine Arbeit plus mehr Suff. Aber dann, wenn dieser Ex-Pseudo-Autor von seinem Kreuz in seinem kleinen Oberammergau herunterklettert, wo er all diese Jahre überwintert hat, um zur Buße für seine Sünden etwas wirklich Originelles und Schreckliches abzuliefern, da stellt sich heraus, daß irgend jemand aus Brooklyn genau dieselbe Sache schon besser gemacht hat. Oder hat er das nicht? Und wie oft ist diesem Autor gesagt worden, daß *dieses* Thema sich am wenigsten von allen Themen verkaufen ließe, daß nichts langweiliger sei als Dipsomanie! Immerhin hätte Papa Henry James bestimmt zugestimmt, daß mit alldem ein Fortschritt erzielt wurde. Aber ich halte es auch nicht für unvernünftig anzunehmen, daß er vielleicht hinzugefügt hätte, mit dem ‹*Vulkan*› seien, was das betrifft, sozusagen ein paar Schritte mehr nach vorn gemacht worden als mit ‹*The Lost Weekend*›. Jedenfalls habe ich versucht, Ihnen einige der Gründe darzulegen, warum ich den ‹*Vulkan*› nicht einfach zu einer Art *Quidproquo* davon machen kann, worauf die Anregungen Ihres Lektors hinauslaufen oder, falls das Ihrem Lektor gegenüber unfair sein sollte, worauf es bei mir dann hinauslaufen würde. Diese Gründe mögen noch einmal kurz konkretisiert werden. 1. Ihr Lektor verlangt, daß ich etwas tue, was ich selbst hatte tun wollen (und manchmal bedauere ich es noch, es nicht getan zu haben), was ich aber unterließ, weil 2. ‹*Unter dem Vulkan*› so, wie er jetzt ist, besser ist. Nach dieser langen Abscheifung komme ich wieder zur letzten Seite des Berichts Ihres Lektors: ich stimme zu:

A. Ich halte es für lohnenswert – und bemühe mich, das Buch so wirkungsvoll wie nur möglich zu machen. Aber ich denke, es ist dem Buch gegenüber nur fair, wenn seine Längen, die es nur hat, damit es so wirkungsvoll wie nur möglich ist, *aus sich heraus* von jemandem gewürdigt werden, der das Ganze sieht.

B. Streichungen könnten möglicherweise in einigen der angestrichenen Passagen vorgenommen werden, aber mit denselben Vorbehalten.

Ich stimme nicht zu, daß:

A. Hughs Vergangenheit von geringem Interesse

B. oder wenig relevant ist,

und zwar aus Gründen, die ich darlegen werde. Einer, der seltsam erscheinen mag, ist der: es gibt nicht einen einzigen Teil dieses Buchs, den ich nicht Flauberts Feuerprobe unterworfen habe, die darin besteht, seinen Text solchen Leuten häufig laut vorzulesen, von denen man erwartet, daß sie ihn nicht leiden können, und fast immer Leuten, die sich nicht scheuen, ihre Meinung frei herauszusagen. Bei Kapitel VI, das von Hughs Vergangenheit handelt, haben sich die Leute stets vor Lachen gebogen, oftmals so sehr, daß der Vorleser nicht weitermachen konnte. Einmal abgesehen von allem anderen, und es gibt da noch viel anderes – was ist mit diesem Humor? Dies hat nichts mit der Relevanz des Kapitels zu tun, wie ich noch erläutern werde: aber um auf etwas zurückzuverweisen, was ich schon gesagt habe: ich räume ein, daß der wahre Grund, aus dem Ihr Lektor dieses Kapitel für uninteressant und irrelevant gehalten hat, vielleicht darin bestand, daß ich im vorhergehenden Kapitel besser, als mir bewußt war, vorgebaut hatte und er den Wunsch verspürte, weiterzublättern und wieder zum Konsul zu kommen. Tatsächlich ist dieses Kapitel das Herz des Buchs, und falls hier gekürzt werden sollte, sollte dies auf den Rat von jemandem geschehen, der erkannt hat, worauf der Verfasser hinauswill, und wenigstens in etwa gleich inspiriert ist wie der Verfasser, der es geschrieben hat.

Auf den folgenden Seiten wollte ich eigentlich so etwas wie eine kapitelweise Übersicht über den ‹*Vulkan*› geben, aber da meine zweite Abschrift des Ms. mich noch nicht aus Kanada erreicht hat, werde ich einfach, so gut ich kann, auf einige seiner tieferen Bedeutungen hinweisen und etwas über die Form und Absicht schreiben, die der Autor im Sinn hatte, und über das, was seiner Meinung nach berücksichtigt werden müßte, falls Änderungen notwendig sein sollten. Die zwölf Kapitel sollten als zwölf Blöcke betrachtet werden, deren jedem einzelnen ich über einen Zeitraum von Jahren sehr viel Arbeit gewidmet habe; und ich hoffe, Sie davon zu überzeugen, daß, welche Kürzungen hier auch immer vorgenommen werden mögen, es immer bei zwölf Kapiteln bleiben muß. Jedes Kapitel ist eine in sich geschlossene Einheit, und alle stehen mit- und untereinander in Beziehung. Zwölf ist eine universelle Einheit. Ganz zu schweigen von den 12 Arbeiten des Herkules, der Tag hat 12 Stunden, und das Buch behandelt nicht nur einen einzigen Tag, sondern auch, obwohl rein zufällig, die Zeit: das Jahr hat 12 Monate, und der Roman umschließt ein Jahr; während die tief vergrabene Schicht des Romans oder Gedichts sich nicht nur an die Mythen, sondern auch an die jüdische Kabbala anschließt, in der die Zahl 12 von höchster symbolischer Bedeutung ist. Die Kabbala kommt aus poetischen Gründen zur Anwendung, denn sie steht für das geistige Trachten des Menschen. Der Baum des Lebens, der sein Sinnbild ist, ist eine Art von komplizierter Leiter, an deren Ende sich Kether, oder das Licht, befindet, und etwas über der Mitte ein äußerst unangenehmer Abgrund. In dieser Hinsicht sind die Keliphot sicher die geistige Heimat des Konsuls, jene Welt voller Schalen und Dämonen, die von einem auf dem Kopf stehenden Baum des Lebens dargestellt wird – all dies ist für das Verständnis des Buchs gar nicht wichtig; ich erwähne es nur beiläufig, um darauf hinzuweisen, daß sich hier, wie Henry James es ausdrückt, «Tiefen befinden». Aber auch deshalb, weil ich meine 12 unbedingt erhalten muß: es ist, als hörte ich eine Uhr langsam Mitternacht schlagen für Faust; wenn ich den langsamen Fortgang der Kapitel bedenke, dann spüre ich, daß es dazu bestimmt ist, 12 Kapitel zu haben, und nichts mehr oder weniger wird mich befriedigen. Was das übrige anbetrifft, so ist das Buch auf zahlreichen Ebenen geschrieben, wobei, wie ich zuversichtlich hoffe, für praktisch jede Art von Leser gesorgt wurde, und ich fand, mit aller Bescheidenheit, meinen Weg grundverschieden von dem von Mr. Joyce, d.h. ich habe, soweit es möglich war, dasjenige vereinfacht, was sich mir ursprünglich in weit verwirrenderen, komplizierteren und esoterischeren Worten darbot und nicht etwa umgekehrt. Der Roman kann einfach als eine Geschichte gelesen werden, die man überblättern kann, wenn man will. Er kann aber auch als eine Geschichte gelesen werden, von der man mehr haben wird, wenn man sie nicht überblättert. Er kann als eine Art Symphonie betrachtet werden, oder in anderer Hinsicht als eine Art Oper – oder sogar als eine Pferdeoper. Er ist feurige Musik, ein Gedicht, ein Lied, eine Tragödie, eine Komödie, eine Farce und so weiter. Er ist je nach Geschmack seicht oder tiefgründig, unterhaltsam oder langweilig. Er ist eine Weissagung, eine politische Warnung, ein Kryptogramm, ein absurder Film und ein Menetekel. Er kann sogar als eine Art von Maschine angesehen werden: glauben Sie mir, auch das geht, wie ich herausgefunden habe. Falls Sie nun meinen, ich halte ihn für alles andere als einen Roman, sollte ich besser sagen, daß er trotz alledem ein Roman sein soll, und zwar, auch wenn ich das selber sage, zudem ein zutiefst ernster. Ich behaupte allerdings auch, daß er ein Kunstwerk ist, das sich um einiges von dem unterscheidet, wofür Sie es gehalten haben, und auch besser gelungen, wenn auch nur in seinem eigenen Licht.

Dieser Roman also handelt hauptsächlich, um mit Edmund Wilson zu sprechen (wo er über Gogol schreibt), von den Mächten im Menschen, die ihn in Schrecken vor sich selbst versetzen. Er handelt auch von der Schuld des Menschen, von seiner Zerknirschung, von seinem unaufhörlichen Streben zum Licht unter dem Gewicht der Vergangenheit und von seinem Verhängnis. Das Sinnbild ist der Garten Eden, der Garten steht für die Welt, woraus wir heute vielleicht ein wenig mehr Gefahr laufen, vertrieben zu werden, als zu der Zeit, als ich das Buch geschrieben habe. Die Trunksucht des Konsuls steht auf einer Ebene als Symbol für den universellen Rausch der Menschheit während des Krieges oder während der Periode, die ihm unmittelbar vorausging, was fast das gleiche ist, und welche Tiefe und letztendliche

Bedeutung in seinem Schicksal liegt, sollte man auch in seiner allgemeinen Verwandtschaft mit dem endgültigen Schicksal der Menschen erkennen können.

Da ich glaube, daß Kapitel I hauptsächlich verantwortlich ist für die von Ihrem Lektor erhobene Anklage der Weitschweifigkeit, und da ich – wie gesagt – glaube, daß ein Leser nur einen kleinen fliegenden Start braucht, damit sich diese scheinbare Langweiligkeit in eine sich gleich von Anfang an steigernde Spannung verwandelt, werde ich dem ersten Kapitel mehr Raum widmen als allen anderen, abgesehen vom sechsten; und ich werde auch beiläufig sagen, daß bei einer zweiten Lektüre – wie ich glaube – klarwerden wird, daß praktisch das ganze Material in I notwendig ist und daß, falls jemand versuchen sollte, dieses Kapitel vollständig zu streichen oder den ganzen Stoff darin zu zerhacken und hier und da in Keilen und Klötzen in das Buch zu stopfen – ich habe das auch einmal versucht –, dies nicht nur sehr lange Zeit brauchen würde, sondern die Ergebnisse nirgends auch nur annähernd so wirkungsvoll wären, wohingegen dies die ganze Form des Buchs verzerren würde, die man als die eines Rades ansehen muß, mit 12 Speichen, dessen Bewegung begreiflicherweise derjenigen der Zeit irgendwie ähnlich ist.

‹Unter dem Vulkan›

(*Hinweis:* das Buch beginnt im Casino de la Selva. Selva bedeutet Wald; damit wird der Anfangsakkord des «Inferno» angeschlagen – beachten Sie, daß das Buch als eine Art Inferno geplant war und noch immer ist, dem Purgatorio und Paradiso folgen sollen; in jedem dieser drei Teile wird deren tragischer Held, wie Tchitchikov in *‹Tote Seelen›*, ein wenig besser – in der Mitte unseres Lebens ... in einem dunklen Wald usw. Dieser Akkord wird wieder angeschlagen in VI, dem Mittelpunkt und Herzen des Buchs, wo Hugh, in der Mitte seines Lebens, sich zu Anfang dieses Kapitels der Worte Dantes erinnert: der Akkord wird noch einmal leise gegen Ende von VII angeschlagen, wo der Konsul eine düstere Cantina namens El Bosque betritt, was wiederum Wald bedeutet (übrigens gibt es diese beiden Lokale wirklich, das eine hier, das andere in Oaxaca), und aufgelöst wird der Akkord in XI, in dem Kapitel, das von Yvonnes Tod handelt und wo der Wald wirklich wird und dunkel.)

I

Der Schauplatz ist Mexiko, der Treffpunkt, wie manche sagen, der Menschheit selbst, der Scheiterhaufen von Bierce und das Sprungbrett von Hart Crane, die uralte Arena rassischer und politischer Konflikte jeder Art; hier hat ein lebhaftes und begabtes Volk von Einheimischen eine Religion, die wir grob als eine des Todes bezeichnen können, so daß dies ein geeigneter Ort ist, mindestens so gut geeignet wie Lancashire oder Yorkshire, für unser Drama vom Kampf eines Menschen zwischen den Mächten der Finsternis und des Lichts. Sowohl seine geographische Entfernung von uns als auch die Nähe seiner Probleme zu den unseren werden jeweils auf ihre Art die Tragödie fördern. Wir können es als die Welt selbst betrachten oder als den Garten Eden, oder als beides auf einmal. Oder wir können es als eine Art zeitloses Symbol der Welt betrachten, auf der wir den Garten Eden, den Turm von Babel und wahrhaftig alles andere ansiedeln können, was uns einfällt. Es ist paradiesisch: und es ist unzweifelhaft infernalisch. Es ist in der Tat Mexiko, das Land des Pulque und der Wanzen, und es ist wichtig, im Auge zu behalten, daß der Anfang des Geschehens im November 1939, nicht im November 1938, spielt, am Tag der Toten und genau ein Jahr nachdem der Konsul in die Barranca geworfen wurde, in die Schlucht, den Abgrund, dem der Mensch sich jetzt gegenübersieht (um den Erzbischof von York zu zitieren), den schlimmeren in der Kabbala, den noch unaussprechlich schlimmeren in den Keliphot oder einfach in die Gosse – je nach Geschmack.

Ich habe bereits von einem Grund gesprochen, aus dem ich dieses Kapitel mehr oder weniger so, wie es ist, für notwendig halte: wegen des Terrains, der Stimmung, der Melancholie Mexikos usw., aber bevor ich auf weiteres eingehe, muß ich sagen, daß ich einfach nicht sehe, was an diesem Anfang falsch sein soll, wo Dr. Vigil und M. Laruelle, am letzten Tag des letzteren in Mexiko, über den Konsul sprechen. Der auf ihre Trennung folgenden Exposition kann man vielleicht nur schwer folgen, und man kann es einen melodramatischen Fehler nennen, daß ich durch die Verheimlichung der wahren Natur von Yvonnes und des Konsuls Tod mit den falschen Mitteln Spannung erzeugt habe: ich persönlich halte diese Verheimlichung für organisch, aber selbst wenn sie das nicht wäre: das Kriterium, nach dem die meisten Kritiker solche Kunstgriffe verdammen, scheint mir das der reinen Berichterstattung zu sein, und ich lehne mich auf gegen die Art von Roman, die sie bewundern, als Revolutionär und als Reaktionär zugleich. Man kann auch sagen, es sei ein übler und veralteter Trick, mit dem Ende eines Buchs anzufangen: das ist es gewiß: in diesem Fall gefällt es mir aber, und obendrein gibt es ein tiefes Motiv dafür, wie ich schon teilweise erläutert habe und wie Sie es wohl bald einsehen werden. Während Laruelles Spaziergang müssen wir davon berichten, wer er ist; dies geschieht so deutlich wie nur möglich, und wenn das auf eine kürzere und meisterhaftere Art erreicht werden könnte, wäre ich nur zu willens, mir raten zu lassen: eine zweite Lektüre wird Ihnen jedoch zeigen, welche thematischen Probleme wir unterwegs auch noch lösen – ganz zu schweigen von den Schinken, die hierhin gehören und ins Fenster gehängt werden. Unterdessen entfaltet sich die Geschichte, während der mexikanische Abend sich zur Nacht verdichtet: dem Leser wird von der Liebe M. Laruelles zu Yvonne erzählt, der Akkord tragischer Liebe wird angeschlagen mit dem Abschiedsbesuch bei Sonnenuntergang beim Palast Maximilians, wo mittags in Kapitel IV Hugh und Yvonne stehen werden (oder gestanden haben), und während M. Laruelle über dem verhängnisvollen Abgrund lehnt, haben wir – in seiner Erinnerung – die Taskerson-Episode. (Taskerson taucht wieder auf in V, in VII singt der Konsul bei sich das Taskerson-Lied, und sogar in XII versucht er noch, mit der taskersonschen «aufrecht männlichen Haltung» zu gehen.) Die Taskerson-Episode in diesem Kapitel I – von Ihrem Lektor ohne weiteres verurteilt – mag anfechtbar sein, wenn man sie ernsthaft im Licht einer psychologischen Ätiologie der Trunksucht oder des Untergangs des Konsuls betrachtet, aber ich bin aufrichtig und nicht unberechtigt davon überzeugt, daß sie in sich überaus komisch und aus sich selbst heraus an dieser Stelle aus musikalischen und künstlerischen Gründen als Pause gerechtfertigt ist, wie auch noch aus einem anderen Grund: könnte Ihr Lektor nicht in eben dieser Passage die nötige *Sympathie* mit Geoffrey Firmin erlangt haben, die ihn dazu befähigte, über Kapitel II hinaus und bis in III hinein zu lesen, ohne von der dort herrschenden Weitschweifigkeit bedrängt zu werden – und folglich beim Weiterlesen wesentlich interessierter zu werden? Ihr Lektor hat die Möglichkeit außer acht gelassen, daß der arme Verfasser irgendwo etwas Witz haben könnte. Wenn Sie diese Taskerson-Sache nicht für komisch halten, versuchen Sie einmal, sie laut zu lesen. Ich denke, dieser Witz könnte beim zweiten Lesen ein wenig stärker erscheinen: desgleichen könnte der Betrunkene auf dem Pferd, der jetzt auftaucht, um M. Laruelles Gedankenspiele zu unterbrechen, indem er die Calle Nicaragua hochpoltert, eine größere Bedeutung haben: und eine noch größere bei einer dritten Lektüre. Dieser betrunkene Reiter ist eigentlich der erste Auftritt des Konsuls selbst als ein Symbol der Menschheit. Ferner wird hier wie nebenher (auch wenn Ihr Lektor dies nur als eine weitere Schaufel voll Lokalkolorit ansah) der Akkord von Yvonnes Tod in XI angeschlagen; es stimmt: dieses Pferd ist noch nicht reiterlos, aber das könnte es doch bald sein: hier sind der Mensch und die Kräfte, die er freisetzen wird, für einen Moment verschmolzen. (Da sich im Bericht Ihres Lektors übrigens kein Hinweis darauf befindet, daß er das ziemlich wichtige Kapitel XI überhaupt gelesen hat, in dem sich doch einiges von der Handlung findet, die er vermißt, sollte ich an dieser Stelle besser sagen, daß Yvonne in XI schließlich von einem durchgehenden Pferd getötet wird, das der Konsul in betrunkenem Zustand während eines Gewitters in XII freiläßt [die 2 Kapitel überlappen sich hier zeitlich], und zwar in dem irrigen, besoffenen und doch fast lobenswerten Glauben, daß er damit jemandem einen guten Dienst erweist.) M. Laruelle geht nun um das Haus, in dem ich diesen Brief schreibe (und das sicherlich eins der Dinge ist, die gestrichen werden müssen, falls ich nicht mein Erbe ausgeben soll, wenn ich dies mit Luftpost schicke), in düsterer Stimmung auf das hiesige Kino zu. Im Kino und in der Bar suchen die Leute Zuflucht vor dem Gewitter, so wie sie in der Welt in Luftschutzkeller kriechen, und die Lichter sind ausgegangen, so wie sie in der Welt ausgegangen sind. Der Film, der gerade gespielt wird, ist *Las Manos de Orlac*, derselbe Film, der vor genau einem Jahr gezeigt wurde, als der Konsul umgebracht wurde, doch symbolisiert der Mann mit den blutigen Händen auf dem Plakat, via den deutschen Ursprung des Films, die *Schuld* der Menschheit, was ihn wiederum mit M. Laruelle und dem Konsul in Beziehung setzt, während er auch ganz speziell auf den Dieb hinweist, der dem sterbenden Mann am Straßenrand in Kapitel VIII das Geld wegnimmt und dessen Hände ebenfalls mit Blut bedeckt sind. In der Kinobar hören wir mehr über den Konsul vom Betreiber des Kinos, Bustamente, wovon vieles wiederum unser Mitgefühl und Interesse für den Konsul wecken kann. Man sollte nicht vergessen, daß es der Tag der Toten ist und daß man in Mexiko glaubt, daß an diesem Tag die Toten mit den Lebenden sich in Verbindung setzen. Gleichwohl ist das Leben allgegenwärtig: aber inzwischen sind im Hintergrund sowohl politische (der deutsche Filmstar Maria Landrock) als auch historische (Cortez und Montezuma) Töne angeschlagen worden; und während die Geschichte selbst sich entfaltet, werden die Themen und Gegenthemen des Buchs festgelegt. Schließlich kommt Bustamente mit dem Band Elisabethanischer Schauspiele zurück, den M. Laruelle vor achtzehn Monaten dagelassen hatte, und das Thema Faust wird angeschlagen. Laruelle hatte geplant, einen modernen Film über Faust zu drehen, aber einen Augenblick lang scheint der Konsul selbst sein Faust zu sein, der seine Seele an den Teufel verkauft hatte. Jetzt erfahren wir mehr über den Konsul, seinen tapferen Kriegsbericht, und etwas über ein Kriegsverbrechen, das er möglicherweise an ein paar deutschen U-Boot-Offizieren begangen hat – ob man ihm nun wirklich soviel Schuld daran geben kann, wie er sich einredet, ist egal, aber am Ende des Buchs wird es ihm in barer Münze heimgezahlt, und man kann sagen, daß hier der Konsul durchaus in griechischer Manier als ein Zeitgenosse von einigem Format eingeführt wird, damit sein Fall dann um so tragischer wirkt: das könnte vermutlich gestrichen werden, auch wenn dies exakt dem entspricht, wie ich den Konsul sehe – aber betrachten wir ihn danach nicht mit gesteigertem Interesse? Wir erfahren auch, daß man den Konsul als englischen Spitzel oder «Spion» verdächtigt hat, und obwohl er furchtbar an Verfolgungswahn leidet – und manchmal spürt man ganz objektiv, daß er in der Tat das ganze Buch hindurch verfolgt wird –, scheint es, als sei der Konsul selbst sich dessen nicht bewußt und als fürchte er sich vor etwas ganz anderem: mangels eines Gegenstandes war es daher des Verfassers billige Hoffnung, dieses erste Gefühl des Verfolgtseins möge sich dafür im Leser festsetzen und ihn verfolgen. Für den Augenblick sollte jedoch Bustamentes Sympathie für ihn *unsere* Sympathie für ihn wecken. Ich finde, diese Sympathie müßte ganz beträchtlich zunehmen durch den Brief des Konsuls, den Laruelle liest und der nie aufgegeben wurde; und ich halte diesen Brief für wichtig: sein gequälter Aufschrei wird erst im letzten Kapitel, XII, beantwortet, wenn der Konsul im Farolito Yvonnes Briefe wiederfindet, die er verloren und nie richtig gelesen hat, bis zu diesem Zeitpunkt kurz vor seinem Tod. M. Laruelle verbrennt den Brief des Konsuls; diese Handlung hat ihre poetische Entsprechung in dem Flug der Geier («wie verkohlte Papierschnitzel über einer Feuerstelle») am Ende von III, und auch in der Verbrennung der Mss. des Konsuls in Yvonnes Sterberaum in XI: der Sturm ist vorüber: und –

Draußen in der finstren stürmischen Nacht kreiste rückwärts das Lichterrad.

Dieses Rad ist natürlich das Riesenrad auf dem Marktplatz, aber es ist auch, wenn Sie wollen, vieles andere: es ist Buddhas Rad des Gesetzes, es ist das Werkzeug der ewigen Wiederholung, die ewige Wiederkehr, und es ist die Form des Buchs; oberflächlich kann man es auch einfach – in einem durchsichtigen Filmsinn – als das Rad der Zeit ansehen, das sich rückwärts dreht, bis wir in dem Jahr davor und Kapitel II angekommen sind, und in diesem Sinn können wir, wenn wir wollen, den Rest des Buchs durch Laruelles Augen sehen, als wäre es seine Schöpfung.

(*Hinweis:* In der Kabbala wird der Mißbrauch magischer Kräfte mit dem Rausch oder dem Mißbrauch des Weins verglichen, was, wenn ich mich recht erinnere, im Hebräischen *sōd* heißt und uns unsere Parallele gibt. Das Wort *sōd* besitzt auch eine Nebenbedeutung, die soviel heißt wie Garten oder verwahrloster Garten, meine ich mich ebenfalls zu erinnern, denn die Kabbala wird zuweilen für den Garten selbst gehalten, in den der Baum des Lebens gepflanzt ist, der natürlich zu jenem Baum in Beziehung steht, dessen verbotene Frucht einem die Kenntnis von Gut und Böse und uns die Legende von Adam und Eva gab. Mag das alles sein wie es will – und es steht bestimmt am Ursprung fast all unseres Wissens, der Weisheit unseres religiösen Denkens und des größten Teils unserer angeborenen abergläubischen Vorstellungen über die Herkunft des Menschen –, William James, wenn nicht gar Freud, würde mir sicherlich zustimmen, wenn ich sagte, daß die Qualen des Säufers ihre genaueste poetische Entsprechung in den Qualen des Mystikers finden, der seine Kräfte mißbraucht hat. Der Konsul hat hier selbstverständlich das Ganze auf großartige und berauschte Weise durcheinandergebracht: Mescal in Mexiko ist ein teuflisches Getränk, aber es ist immer noch ein Getränk, das man in jeder Cantina bekommen kann, und zwar leichter, möchte ich sagen, als Scotch heutzutage im guten alten Horseshoe. Mescal ist aber auch eine Droge, die man in Form von Tabletten einnimmt, und das Transzendieren ihrer Wirkungen ist eine der wohlbekannten schweren Prüfungen, die die Okkultisten durchzustehen haben. Es könnte so scheinen, als ob der Konsul die beiden im Rausch verwechselt hat, und vielleicht liegt er damit gar nicht so falsch.)

Letzte Bemerkung zu Kapitel I: Wenn das Kapitel gekürzt werden muß, kann es dann nicht mit soviel Weisheit geschehen, daß das Kapitel und das Buch dadurch besser werden? Ich finde, das Kapitel ist ein wunderbares Gebilde, und es darf, wenn überhaupt, nur von jemandem gekürzt werden, der seine Wirkungsmöglichkeiten auf das ganze Buch erkennt. Ich selbst sehe nicht viel Falsches darin. Von dem Vorhalt der entsetzlichen Anmaßung, der von jedem, der diesen Brief gelesen hat, als einleuchtendster erhoben werden kann, fühle ich mich nicht angesprochen; weil jene anderen Bedeutungen und Dumpf- und Dunkelheiten ganz und gar nicht weithergeholt sind: nur wenn der Leser selbst sie, von Instinkt oder Neugier bewegt, heraufzubeschwören Lust hat, werden sie ihre Dämonenhäupter aus dem Abgrund strecken oder von oben auf ihn hinuntersehen. Aber selbst wenn er von gar nichts bewegt ist, werden sich ihm gewiß neue Bedeutungen enthüllen, wenn er dieses Buch noch einmal liest. Ich hoffe, Sie werden die Güte haben, mich nicht daran zu erinnern, daß man dasselbe auch von ‹*Orphan Annie*› oder ‹*Jemina Puddleduck*› sagen kann.

II

Man befindet sich jetzt genau am selben Tag vor einem Jahr – dem Tag der Toten 1938 –, und die Geschichte vom letzten Tag Yvonnes und des Konsuls beginnt um sieben Uhr morgens bei ihrer Ankunft. Hier sehe ich überhaupt keine Schwierigkeiten. Der mysteriöse kontrapunktische Dialog, den man in der Bella Vista-Bar hört, wird von Weber geliefert, wie Sie später sehen werden, wenn Sie sorgfältig beobachten und zuhören, jenem Schmuggler, der Hugh nach Mexiko geflogen hat und der mit den Schurken des Ortes – wie Ihr Lektor sie nennt – und den Sinarchistas[2] im Farolito in Parián in Verbindung steht, die am Ende den Konsul erschießen. Der Akkord des *no se puede vivir sin amar*, die Schrift in Blattgold vor M. Laruelles Haus (in dem ich diesen Brief schreibe, mit dem Rücken zu dem degenerierten Gußerker, und auch wenn Sie nicht an meine Räder glauben – in diesem Kapitel taucht das Rad im Schwungrad der Druckerwerkstatt auf – und so weiter, müssen Sie zugeben, daß das komisch ist, so wie es auch ziemlich komisch ist, daß hier in der Stadt zufällig derselbe Film läuft wie vor neun Jahren, und zwar nicht, wie es nun einmal so geht, *Las Manos de Orlac*, sondern *La Tragedia de Mayerling*), wird ironisch von dem Barmixer mit seinem «absolutamente necesario» angeschlagen; die immer wieder auftauchenden Ankündigungen für den Boxkampf symbolisieren den Konflikt zwischen Yvonne und dem Konsul. Das Kapitel ist so etwas wie eine Brücke, es wurde mit größter Sorgfalt geschrieben; ich denke, auch dies ist absolutamente necesario, wie Sie wohl nach einer zweiten Lektüre beipflichten werden: es ist ein Gebilde, eine geschlossene Einheit wie alle anderen Kapitel; es ist, behaupte ich, dramatisch, amüsant, und innerhalb seiner Grenzen halte ich es für vollkommen gelungen. Auch hier sehe ich keinerlei Möglichkeiten für Kürzungen.

III

wird nach einer zweiten Lektüre wohl noch gewinnen, und noch mehr bei einer dritten. Da ich aber glaube, daß Ihr Lektor davon beeindruckt war, werde ich schnell darüber hinweggehen. Die wortspinnerische Rückblende, während der Konsul mit dem Gesicht nach unten in der Calle Nicaragua liegt, ist wirklich sehr sorgfältige Exposition. Dieses Kapitel wurde zum erstenmal 1940 geschrieben und 1942 fertiggestellt, lange bevor Jackson sich ans Lostweekenden machte. Streichungen sollten mit viel Einfühlungsvermögen (das Stückchen «Mit Empfehlungen der venezolanischen Regierung» ginge zum Beispiel) von jemandem vorgenommen werden – oder vom Verfasser in Verbindung mit jemandem –, der darauf gefaßt ist, daß die Handlung des Buchs bald zu einer geistigen wird, und der davon nicht unbedingt aus der Fassung gebracht wird. Der Szene zwischen dem Konsul und Yvonne, wo er sich als impotent erweist, hält die Szene zwischen Konsul und Maria im letzten Kapitel die Waage: die Bedeutungen der Impotenz des Konsuls sind praktisch unerschöpflich. Der Tote mit dem Hut überm Gesicht, den der Konsul im Garten sieht, ist der Mann am Straßenrand in Kapitel VIII. So was kann in einem richtig starken DT[3] passieren. Paracelsus wird mir beipflichten.

IV

Halte ich im großen und ganzen für notwendig, besonders mit Blick auf meinen letzten Satz betr. III über die geistige Handlung. Hier ist Bewegung und Schnelligkeit, es ist ein Kontrast, es sorgt für den nötigen *Ozon*. Es vermittelt von einem materiellen Standpunkt aus auch die notwendige Sympathie mit und ein Verständnis für Mexiko und sein

Volk und seine Probleme. Falls einem der Anfang reichlich lächerlich vorkommt, kann man ihn ja als Satire lesen, aber ich denke, bei einer zweiten Lektüre wird das Ganze ungeheuer gewinnen. Wir haben hier jetzt die Gegenbewegung zu der Schlacht am Ebro, die verlorengeht, solange niemand etwas daran tut; und dies ist eine Art Korrelat zu der Szene am Straßenrand in VIII, deren Opfer hier zum erstenmal auftritt, nämlich vor der Cantina La Sepultura, in deren Nähe sein Pferd angebunden ist, das Yvonne töten wird. Die politischen Bestrebungen des Menschen geraten – als den geistigen feindliche – ins Blickfeld, und Hughs Schuldgefühl hält dem des Konsuls das Gleichgewicht. Wenn hier etwas gestrichen werden muß, sorgen Sie dafür, daß es mit Blick auf das Ganze geschieht – und wenigstens mit Geist, habe ich Lust zu sagen –, und lassen Sie es nicht so kürzen, daß es blutet. Fast alles darin ist von Bedeutung, bis hin zu den Pferden, den Hunden, dem Fluß und dem Geplauder über den hiesigen Film. Und was das nicht ist, sorgt, wie gesagt, für den nötigen Ozon. Ich selbst halte diesen Ritt durch die mexikanische Morgensonne für eine der besten Stellen des Buchs, und falls Hugh Ihnen hier ziemlich absurd vorkommen sollte, so hat das seine Bedeutsamkeit für das Thema in der Passage über seine leidenschaftliche Sehnsucht nach *Rechtschaffenheit* am Schluß.

V

bildet einen gegenläufigen Kontrast; die Worte am Anfang haben einen ironischen Bezug auf die letzten Worte von IV. Die Handlung des Buchs wird jetzt rasch zu einer geistigen und entfernt sich von normaler Handlung; und doch glaube ich, daß Ihr Lektor hier bereits wirklich am Konsul interessiert, ja tatsächlich zu sehr an ihm interessiert war, um es mit dem VI. Kapitel aufzunehmen. Hier erscheint jedenfalls das wichtigste Thema des Buchs: «Le Gusta este Jardín?» auf dem Schild. Der Konsul übersetzt dieses Schild ein wenig falsch «Gefällt dir dieser Garten? Warum gehört er dir? Verboten für alle Zerstörer!», wird aber so bleiben müssen (während wir woanders noch erklären werden, daß die richtige Übersetzung in einem gewissen Sinne sogar noch schrecklicher sein kann). Der Garten ist der Garten Eden, über den er gerade mit Mr. Quincey spricht. Er ist auch die Welt. Er hat auch alle kabbalistischen Attribute von «Garten». (Obwohl all dies tief unten im Buch begraben ist, so daß man sich, wenn man nicht will, nicht damit abgeben muß. Ich wünsche indes, daß Hugh I'Anson Fausset, einer Ihrer Autoren, einer, dessen Schriften ich sehr bewundere und von denen einige einen sehr gestaltenden Einfluß auf mein Leben gehabt haben, den ‹*Vulkan*› lesen könnte.) An der Oberfläche setze ich mich hier mit dem Thema des Säufers auseinander, und das tue ich hoffentlich gut und unterhaltend. Parián bedeutet wieder Tod. Die wortspinnerische Phantasmagorie irgendwo am Ende des ersten Teils ist notwendig. Es sollte klar sein, daß der Konsul einen Blackout hat und daß der zweite Teil im Badezimmer von dem handelt, was er von der fehlenden Stunde halb im Delirium noch weiß. Das meiste von dem, woran er sich erinnern kann, ist wiederum verkleidete Exposition und Dramatik, die die Geschichte auf die Frage zuführt: sollen sie nach Guanajuato (Leben) gehen oder nach Tomalín, was natürlich Parián (Tod) mit sich bringt? Im übrigen identifiziert sich der Konsul an einer Stelle mit dem jungen Horus, über was oder wen je weniger desto besser gesagt ist; einige Mystiker meinen, er sei für diesen letzten Krieg verantwortlich, aber ich glaube, ich brauche eine andere Sprache, um zu erklären, was ich meine. Vielleicht würde Mr. Fausset es Ihnen erklären, Sie brauchen aber auf alle Fälle nicht darüber nachzudenken, weil diese Passage nur kurz ist und sich wie ganz guter Wahnsinn liest. Der Rest ist, wie ich glaube, vollkommen gutes, sauberes DT, so wie Ihr Lektor es wohl billigen würde. Dies wurde 1937 zum erstenmal geschrieben. Die endgültige Revision fand im März 1943 statt. Auch dies ist ein in sich geschlossenes Gebilde. Einwände wären gegen die Technik des zweiten Teils möglich, doch halte ich dies für eine subtile Methode, eine schwierige Sache zu meistern. Hier könnten wohl Kürzungen vorgenommen werden, aber die müßten mindestens so inspiriert sein wie das Kapitel selbst.

VI

Nun kommen wir zum Herzen des Buchs, das, anstatt einen hohen deliriösen Gang des Konsuls einzulegen, zurückschaltet in die – wenn auch überraschend, so doch unvermeidlich, wenn Sie's überdenken – unruhige, aber gesunde Systole-Diastole Hughs. In der Mitte unseres Lebens ... und wieder wird das Thema des Infernos angesprochen; darauf folgt die enorm lange, *normal* erzählte Passage. Diese Passage ist diejenige, von der Ihr Lektor behauptet, sie hätte wenig oder keine

Anziehungskraft oder Bedeutung, und ich behaupte, er hat sie auf Grund einer Tugend meinerseits überschlagen: er war nämlich mehr am Konsul selbst interessiert. Hier bekommt jedoch das Thema der Schuld, und das Thema der Schuld des Menschen, eine neue Bedeutungsnuance. Hugh mag ja ein kleiner Narr sein, aber nichtsdestoweniger verkörpert er die Art von Menschen, die unsere Zukunft erschaffen oder zerstören können: tatsächlich ist er in einem gewissen Sinne die Zukunft. Er ist der eine Stufe höher stehende Jedermann, denn er ist gerade etwas über das Mittelmaß hinaus. Und er ist die Jugend des Jedermann. Noch mehr: seine Enttäuschungen über seine Musik, über das Meer, sein Verlangen, gut und anständig zu sein, seine Selbsttäuschungen, Triumphe, Niederlagen und Unredlichkeiten (und noch einmal weise ich darauf hin, daß hier ein sehr benötigter Ozon in das Buch weht mit der Seeluft), sein Ärger mit seiner Gitarre – all dies sind Jedermanns Enttäuschungen, Triumphe, Niederlagen, Unredlichkeiten und Ärgernisse mit seinem jeweiligen *Quidproquo* einer Gitarre. Und seine Sehnsucht danach, ein Komponist oder Musiker zu sein, ist Jedermanns angeborene Sehnsucht, auf irgendeine Weise ein Poet des Lebens zu sein, während seine Sehnsucht, auf See anerkannt zu werden, Jedermanns bewußtes oder unbewußtes Verlangen ist, ein Mitglied der – selbst wenn sie gar nicht existiert – Menschenbruderschaft zu sein. Er wird als ein enttäuschter Bursche vorgestellt, dessen Frustrationen ihn ebensogut wie den Konsul zum Säufer hätten machen können. (Der als Poet enttäuscht wurde – und wer wird das nicht?: dies ist in der Tat noch so etwas, das uns alle verbindet –, für dessen Trunksucht jedoch erst in VII eine befriedigende Ätiologie gegeben wird. «Aber die kalte Welt soll es nicht wissen.») Hugh spürt, daß er sich selbst verraten hat durch den Verrat an seinem Bruder und daß er auch dadurch, daß er einmal ein Antisemit gewesen war, die Menschenbruderschaft verraten hat. Wenn aber in der Mitte des Kapitels, die auch die Mitte des Buches ist, seine Gedanken durch Geoffreys Ruf nach «Hilfe» unterbrochen werden, kann man, behaupte ich, einen Schauder verspüren, der von einem ganz anderen Kaliber ist als der, den man verspürt, wenn man solche Stücke wie ‹*William Wilson*› oder andere Geschichten über Doppelgänger liest. Hugh und der Konsul sind dieselbe Person, jedoch in einem Buch, das nicht den Gesetzen anderer Bücher folgt, sondern solchen, die es im Fortschreiten selbst erschafft. Ich habe guten Grund zu der Annahme, daß ein großer Teil dieser langen, normal erzählten Passage immerhin extrem komisch ist und die Leute zum lauten Lachen reizen wird. Wir schreiten nun zu dem noch größeren Unsinn und gleichzeitig bei weitem verzweifelteren Ernst der Rasurszene vor. Hugh rasiert die Leiche – und doch kann ich mir nicht einreden lassen, daß nicht trotzdem vieles davon tatsächlich überaus lustig ist. Darauf werden wir in Geoffreys Zimmer eingeführt, mit dem Bild seines alten Schiffs *Samaritan* (und dieses Motiv wird noch einmal leise in dem Mann am Straßenrand in VIII berührt), auf welchem Schiff er, wie bereits in I usw. erwähnt, entweder tatsächlich oder in der Einbildung – mit Sicherheit aber wurde er teilweise dafür verantwortlich gemacht – ein Verbrechen an einer Anzahl deutscher U-Boot-Offiziere begangen hat – das wenigstens ebensoviel wog wie jedes andere Verbrechen, das wir in der Vergangenheit an Deutschland im allgemeinen begangen haben, jenem abscheulichen Kind Europens, dessen böse und zerstörerische Energie so sehr für unseren ganzen Fortschritt verantwortlich ist. Gleichzeitig zeigt er Hugh seine alchimistischen Bücher, und einen Augenblick lang stehen wir, wenn auch in einer pseudo-possenhaften Situation, vor nichts weniger als dem magischen Urgrund der Welt. Sie glauben nicht, daß die Welt einen magischen Grund hat, besonders dann, wenn die Schlacht am Ebro tobt, oder schlimmer, wenn Bomben am Bedford Square fallen? Nun, vielleicht tue ich das auch nicht. Aber die Pointe ist: Hitler *tat* es. Und Hitler war auch nur ein weiterer Pseudo-Schwarzer-Magier aus derselben Schublade wie Amfortas im ‹*Parzival*›, den er so sehr bewunderte und der dasselbe unausweichliche Schicksal hatte. Und wenn Sie nicht glauben, daß mir ein britischer General tatsächlich erzählt hat, der wahre Grund, warum Hitler die polnischen Juden vernichtet hätte, sei sein Wunsch gewesen zu verhindern, daß ihr kabbalistisches Wissen gegen ihn zur Anwendung käme, dann lassen Sie mir doch meinen poetisch begründeten Standpunkt, ich wiederhole es, da dieser auf einer sehr tief liegenden Schicht des Buchs liegt und hier jedenfalls nicht besonders wichtig ist. Saturn wohnt in Nr. 63 und Bahomet wohnt nebenan, sagen Sie mir also nicht, ich hätte Ihnen das nicht gesagt!

Der Rest des Kapitels, und all dies ist vielleicht zu lang, begleitet Hugh, den Konsul und Yvonne, wobei sie unterwegs Laruelle treffen (ich hoffe, auf dramatische Weise), auf dem Weg zu dem Haus, in dem ich jetzt diesen Brief schreibe: der Witz an Yvonnes Postkarte, die der Konsul erhält (von demselben winzigen bärtigen Briefträger, der mir Silvester Ihren verspäteten Brief brachte): sie wurde schon vor einem Jahr

(1937), kurz nachdem sie den Konsul verlassen oder er sie fortgeschickt hatte, abgeschickt (nach ihrer Affäre mit Laruelle; aber vermutlich, damit der Konsul in Ruhe trinken konnte), und daß ihr Ton anzudeuten scheint, daß ihr Weggehen nur im Kopf des Konsuls endgültig war, daß sie sich in Wirklichkeit die ganze Zeit über geliebt, bloß einen Streit unter Liebenden gehabt hatten und die ganze Sache trotz M. Laruelle vollkommen überflüssig gewesen war. Das Kapitel klingt langsam aus wie der Schluß eines Gitarrenstücks von Ed Lang oder denkbarerweise von Hugh (und in dieser Hinsicht könnten die davorstehenden Klammern die «Breaks» darstellen) – seltsam, aber richtig fand ich, wie das Pfadmotiv Dantes mit dem sich verlierenden Weg wiederauftaucht und schwindet.

Ich glaube, wenn man dieses Kapitel ein zweites Mal liest, wird es viel mehr Relevanz haben als beim erstenmal, und sein Humor wird beträchtlicher erscheinen. Andererseits ist es zweifellos die saftigste Stelle für Ihr Seziermesser. Der mittlere Teil der Rasurszene wurde, wie auch der Schluß, 1937 geschrieben und umfaßte damals fast das ganze Kapitel. Die neue Fassung entstand 1943, aber ich hatte sie noch nicht endgültig umgeschrieben, als 1944 mein Haus abbrannte. Die Schlußrevision 1944 war die erste Arbeit, zu der ich imstande war nach dem Brand, in dem mehrere Seiten dieses Kapitels und Notizen für Kürzungen verlorengingen, und es kann gut sein, daß das Ergebnis hier und da schwach und gekünstelt ist. Dies ist die erste Stelle in dem Buch, wo ich mich überreden lassen könnte, den Einwänden Ihres Lektors in gewissem Ausmaß zu folgen. Einiges davon mag irgendwie geschmacklos sein. Andererseits finde ich, daß es verdient, noch einmal sorgfältig gelesen zu werden – und zwar, ich sag es wieder und wieder, mit Blick auf die Form und die Absicht, die ich angedeutet habe, und wobei man beachten sollte, daß der journalistische Stil des ersten Teils Hugh selbst darstellen soll. Kurz: ich könnte sogar drastische Kürzungen hinnehmen, wenn Ihr Chirurg sagen würde: «Das wäre wirkungsvoller, wenn man dies und jenes täte», und wenn ich sähe, daß er alles berücksichtigt hätte. Wenn eine größere Operation durch einen einfühlsamen Chirurgen dem Patienten das Leben rettet, o. k., aber auch wenn ich jetzt in Mexiko lebe, ich will mich hängen lassen, wenn ich ihm helfen sollte, ihm das Herz rauszuschneiden. (Und dann, wenn er tot ist, sagen: «Knallen Sie's irgendwie wieder rein», wie die Krankenschwester zu mir sagte, nachdem ich eben einer Leichenöffnung beigewohnt hatte.)

VII

Hier kommen wir zur Sieben, der verhängnisvollen, der magischen, der glücklichen gutschlechten Zahl; die Szene spielt in dem Turm, in dem ich diesen Brief schreibe. Durch eine Koinzidenz zog ich am 7. Januar in den Turm um – als ich Ihren Brief bekam, wohnte ich in einer anderen Wohnung desselben Hauses, aber weiter unten. Mein Haus brannte am 7. Juni ab; als ich zu der abgebrannten Stelle zurückkehrte, hatte jemand aus irgendeinem Grund die Zahl 7 in einen verkohlten Baumstamm eingebrannt; warum bin ich kein Philosoph geworden? Die Philosophie ist tot seit den Tagen Duns Scotus', obwohl sie unterirdisch, wenn auch nur kleinlaut quakend, noch fortwirkt. Böhme würde mir beipflichten, wenn ich von dem leidenschaftlichen Verlangen nach Ordnung selbst der kleinsten im Universum existierenden Dinge spreche: 7 ist die Zahl auf dem Pferd, das Yvonne töten wird, und 7 ist die Stunde, in der der Konsul sterben wird – ich glaube, die Absicht dieses Kapitels ist ziemlich deutlich, und daß es eins ist, das die Zustimmung Ihres Lektors findet, und ich halte es auch für wahrscheinlich eins der besten des Buchs. Es wurde zum erstenmal 1936 geschrieben, umgeschrieben 1937, 1940, 1941, 1943 und abgeschlossen 1944. Die Parallelen zu ‹*The Lost Weekend*› sind in diesem Kapitel wohl am auffälligsten. Eine lange Stelle, die jetzt nicht mehr da ist und die lange vor dem L. W. E. geschrieben wurde, habe ich schwerzen Herzens, aber vom Wettstreit angespornt, herausgeschmissen und dafür meiner Telefonszene etwas anderes hinzugefügt, um ihn auszustechen. Besonders habe ich mich geärgert, weil meine Telefonszene in III und diese, ehe ich sie umgeschrieben hatte, wie gesagt schon lange vor dem Erscheinen von Jacksons Buch geschrieben waren. Eine andere Parallele gegen Ende, wo er seinen Drink vor sich stehen hat und ihn nicht nimmt, wird stehenbleiben müssen: das war sowieso 1937 geschrieben. Ich habe mir auch in dem Gespräch in der Mitte mit Laruelle ein wenig des Konsuls professionelle Verachtung für den Glauben zugestanden, daß das DT der Anfang vom Ende sei, und ich denke, wenn Sie dieses Buch je veröffentlichen sollten, könnten Sie mir die Gerechtigkeit widerfahren lassen und sagen, daß es da beginnt, wo Jackson aufhört. Falls hier Kürzungen vorgenommen werden müssen, ich sage es noch einmal, sollte das jemand tun, der dieses Kapitel bis hinunter zu dem Stückchen über Samaritana mia als geschlossenes Gebilde zu würdigen weiß und der Rücksicht auf das Buch als Ganzes nimmt. Hier und da in diesem Kapitel gab es wieder die üblichen Verschwommenheiten und Unregelmäßigkeiten und einzelne Tarockkarten, und gelegentlich wurden politische und mystische Akkorde und Dissonanzen angeschlagen, aber darauf will ich jetzt nicht eingehen: vor allem aber wird auch hier der *Geschichte* weitere Aufmerksamkeit gewidmet. Der Reiter, der zuerst in IV und später als der Mann am Straßenrand erscheint, taucht wieder auf, als er den Hügel hochgeht, und sein Pferd mit der Nummer 7 wird Yvonne töten. Dieses Kapitel stellt praktisch die letzte Chance des Konsuls dar, und wenn man das Buch aufmerksam gelesen hat, sollte man jetzt ein zartes Gefühl von Verhängnis spüren. *Es inevitable la muerte del Papa* ist höchstwahrscheinlich nur ein Anachronismus, aber ich finde, es muß stehen bleiben, denn ich halte dies für einen schönen Schluß.

(Hinweise betr. Lokalkolorit, schaufelweise aufgehäuft: dieses Kapitel ist ein gutes Beispiel, und jede verdammte Kleinigkeit darin ist organisch. Der Verrückte, der vergeblich und unermüdlich einen Fahrradreifen vor sich hinwirft; der Mann, der auf halbem Weg nach oben an der glitschigen Stange hängenbleibt – das sind Projektionen des Konsuls und der Sinnlosigkeit seines Lebens, und zugleich sind sie *echt*, sind *wahr*, sind das, was man hier sieht. Das Leben ist ein Wald von Symbolen, wie Baudelaire sagte, aber man soll mir nicht sagen, man könnte hier den Wald vor lauter Bäumen nicht sehen!)

VIII

Hier verkehrt sich das Buch sozusagen ins Gegenteil – oder, genauer gesagt: es beginnt, bergab zu gehen, wenn ich allerdings auch nicht hoffe, in dem Sinne, daß es schlechter wird! Bergab (das erste Wort) auf den Abgrund zu. Ich halte es für eins der besseren Kapitel; ich glaube, obwohl es sorgfältig gelesen werden muß, wird der Leser gut belohnt werden. Der sterbende Mann am Straßenrand mit seinem Pferd mit der eingebrannten Nr. 7 ist natürlich der Bursche, der in IV vor der Pulquería gesessen hatte und in VII als Sänger aufgetaucht war, als der Konsul sich mit ihm identifizierte. Er ist offensichtlich die Menschheit selbst, die sterbende Menschheit – die damals in der Schlacht am Ebro starb, oder jetzt in Europa, während wir nichts dagegen tun bzw. wenn wir es wollten –: wir haben uns in eine Lage gebracht, in der wir nichts tun *können* außer reden, während sie weiter stirbt – in einem anderen Sinn ist er auch der Konsul. Ich behaupte, das Kapitel entwickelt sich gut aus sich selbst heraus fort, während diese Bedeutungen ohne allzu große Gezwungenheit enthüllt werden. Ich finde, der Sinn liegt auf der Hand, absichtlich in gewisser Weise fast wie eine Karikatur; und auf einer Ebene auch absichtlich so übervereinfacht wie Journalismus, da es durch Hughs Augen gesehen ist. Die Geschichte auf der oberen Ebene wird jedenfalls normal fortgeführt, und während die örtliche politische Bedeutung jedem, der Mexiko kennt, klar sein dürfte, müßte die allgemeinere politische und religiöse Bedeutung für jedermann selbstverständlich sein. Dieses Kapitel war das erste, das für das Buch geschrieben wurde; der Vorfall am Straßenrand, der auf einem persönlichen Erlebnis beruht, war die Keimzelle des Buchs. An dieser Stelle könnte mir ein Ihrem Lektor nicht zu unähnlicher Spaßvogel raten, daß ich besser daran täte, das Buch auf seine ursprüngliche Keimzelle zu reduzieren, so daß wir das Ganze, wenn wir Glück haben, in O'Briens *Best Short Stories of 1946* abdrucken könnten und nicht als Roman; gegen diesen pfiffigen Einfall kann ich nur das Beispiel Beethovens anführen, der ebenfalls leicht dazu neigte, sich weitläufig auszudrücken, bilde ich mir ein, auch wenn die meisten seiner Themen in Wahrheit so einfach sind, daß man sie spielen könnte, indem man eine Apfelsine über die schwarzen Tasten rollen läßt. Das Kapitel ist jetzt relevanter als damals, 1936: damals gab's da keine Abgeordneten – obwohl ich sie 1941 erfunden habe –: jetzt gibt es sie; tatsächlich wohnt einer in einer Wohnung unter mir. Ich glaube nicht, daß es sich kürzen läßt: aber wenn es sein muß, sollte es mit denselben Vorbehalten geschehen, die ich woanders schon gemacht habe. Was die *Xopilotes*, die Geier, betrifft, sollte ich hinzufügen, daß sie mehr sind als bloße Karikatur-Vögel: es gibt sie wirklich in dieser Gegend, tatsächlich sieht mir jetzt einer beim Schreiben zu, und zwar nicht gerade freundlich: sie fliegen durch das ganze Buch, und in XI werden sie gewissermaßen archetypisches, prometheisches Federvieh. Von Ornithologen wurden sie einmal für die ersten Vögel gehalten, aber ich kann nur sagen, daß sie höchstwahrscheinlich die letzten sein werden.

IX

Dieses Kapitel wurde ursprünglich 1937 geschrieben, aber damals noch aus Hughs Sicht. Dann wurde es umgeschrieben aus der Sicht des Konsuls. Und jetzt ist es – wie es aus Gründen des Gleichgewichts sein muß, wenn Sie darüber nachdenken – aus Yvonnes Sicht. Wahrscheinlich hätte es genausogut aus der Sicht des Bullauges sein können, aber es läßt sich sehr gut laut lesen, und ich halte es unter anderem für ein gelungenes und farbenfrohes, in sich geschlossenes Gebilde, und es sollte, musikalisch ausgedrückt, einen überaus guten Kontrapunkt zu VIII und X bilden. Über die Rückblenden hier könnten die Meinungen der Leser auseinandergehen – einige halten sie für gut, andere argwöhnen einen verspäteten und obendrein kitschigen Versuch der Charakterzeichnung –, obwohl ich mir denke, daß viele Ihrer *weiblichen* Leser sie billigen dürften. Diese Rückblenden stehen hier aber weder um ihrer selbst willen noch insbesondere um der Charakterzeichnung willen, was, wie gesagt, mein unbedeutendster Beweggrund war, genau wie bei Aristoteles – denn hierfür ist, um nur eins zu nennen, gar kein *Platz*. (Es war, glaube ich, einer Ihrer Autoren, und zwar ein großartiger, nämlich Sean O'Faolain, der mir diese ketzerische Vorstellung von der relativen Nebensächlichkeit der Charakterzeichnung noch stärker im Oberstübchen verankert hat. Da er selbst ein wunderbarer Charakterzeichner ist, machten seine Worte Eindruck auf mich. Waren Hamlet und Laertes, sagt er, im entscheidenden Augenblick nicht fast dieselbe Person? Daher sollte sich der Roman, fuhr er in seiner Argumentation fort, durch die Inanspruchnahme seines alten äschyleischen und tragischen Erbes reformieren. Es kommen tausend Schriftsteller, die Charaktere zeichnen können bis zum Gehtnichtmehr, auf einen, der Ihnen etwas Neues über das Höllenfeuer erzählen kann. Und ich erzähle Ihnen etwas Neues über das Höllenfeuer. Ich sehe die Fallgruben –: so was kann ein bequemer Ausweg aus harter Arbeit sein, eine Einladung zu exzentrischen Wortspinnereien und künstlichen Phantasmagorien und subjektiv zweitklassigen Meisterwerken, die sich bei näherer Prüfung nicht einmal als aufrichtige Dokumente erweisen, sondern wie mein ‹*Ultramarin*› offenbar mit einer Windmühle aus dem unechten Lettischen übersetzt sind, aber gleichwohl wurde in unseren elisabethanischen Zeiten wenigstens mit Leidenschaft poetisch über die Dinge geschrieben, die immer etwas bedeuten werden und nicht bloß alberner Eselsstil und Semikolontechnik sind: und in diesem Sinne versuche ich, einem Mangel abzuhelfen, einen Schlag zu führen, sozusagen einen Schuß für sie abzufeuern, und zwar, sagen wir, in Richtung einer neuen Renaissance: vermutlich wird er genau durch mein Gehirn fahren, aber das ist etwas anderes. Vielleicht ist die Renaissance auch schon voll im Gang, aber wenn das so ist – in Kanada habe ich noch nichts davon gehört.) Nein: der wahre Gegenstand dieses Kapitels ist die Hoffnung, groß geschrieben, denn dieser Ton muß angeschlagen werden, um den späteren Untergang hervorzuheben. Auch wenn die Fähigkeit des intelligenten Lesers, seinen Zweifel zurückzuhalten, beträchtlich ist, ich habe nicht beabsichtigt, daß dieses Gefühl von Hoffnung auf die ganz gewöhnliche Art und Weise vom Leser erlebt werden sollte, obwohl er das kann, wenn er will. Meine Absicht war, daß das Gefühl der Hoffnung als solches das Interesse an den Charakteren irgendwie überlagern sollte. Da diese Charaktere in einer Hinsicht «Sachen» sind, wie jener französische Philosoph des Absurden meint – bzw. selbst wenn man daran glaubt, weiß man genau, daß sie ohnehin in einen Graben stürzen werden –, sollte diese Hoffnung eher transzendent, universell sein. Inzwischen schaukelt der Roman sozusagen zwischen Vergangenheit und Zukunft – zwischen Verzweiflung (Vergangenheit) und Hoffnung – daher diese Rückblenden (einige davon könnte man zweifellos ein wenig kürzen, aber ich glaube nicht, daß ich das tun könnte). Wird der Konsul noch einmal neu geboren werden und vorwärtsschreiten, wie zuvor nach Guanajuato – besteht für ihn überhaupt eine Chance, daß er noch einmal nach oben kommt? – oder wird er zurückfallen in Degeneration und Parián und Untergang. Er ist der eine Aspekt des Jedermann (so wie Yvonne sozusagen die ewige Frau darstellt, wie Kundry im *‹Parzival›*, die, wer immer sie auch war, Engel und Zerstörer zugleich war). Der andere Aspekt des Jedermann ist selbstverständlich Hugh, der die ganze Zeit über auf etwas lächerliche Weise den Stier bändigt: kurz gesagt, wenn auch absichtlich absurd: das ganze Buch kann als eine Art grausiger und ernster Absurdität betrachtet werden, wie in der Tat die Welt ja auch –: er bezwingt die tierischen Mächte der Natur, die der Konsul später freilassen wird. Die Fäden der verschiedenen Motive des Buchs beginnen sich zusammenzuziehen. Der Schluß des Kapitels mit dem Indianer, der seinen Vater trägt, ist eine neue Darstellung und Verallgemeinerung des Themas der Menschheit, die sich unter dem ewigen tragischen Gewicht der Vergangenheit abmüht. Aber es ist auch freudianisch (der ewig die psychologische Last seines Vaters schleppende Mensch), sophokleisch, ödipeisch und dergleichen, was den Indianer wiederum mit dem Konsul in Beziehung setzt.

Bei etwaigen Kürzungen sollten diese Dinge und die Tatsache, daß es wie gewöhnlich eine geschlossene Einheit bildet, berücksichtigt werden. Endgültig abgeschlossen wurde es 1944.

X

Dies wurde zuerst '36/'37 geschrieben und bis 1943 verschiedene Male umgeschrieben. Die endgültige Fassung wurde im Sommer und Herbst 1944, nach dem Brand, geschrieben, und ich glaube wohl, daß dies ein weiterer klarer Kandidat für Ihr Seziermesser ist. Nichts von dem, was ich nach dem Feuer geschrieben habe, außer dem größten Teil von XI, besitzt ganz die Reinheit dessen, was ich vorher geschrieben habe, aber obwohl dieses Kapitel absolut endlos, ja unerträglich erscheint, möchte ich behaupten, daß es laut vorgelesen ein beachtliches Stück Inspiration darstellt und eins der besten von allen ist. Das Zug-Motiv am Anfang bezieht sich auf freudianische Todesträume und auch auf «Eine Leiche wird per Expreß befördert» zu Anfang von II; und ich sehe nicht ein, warum es auf seine grausame Art nicht äußerst mitreißend sein sollte. Die folgende Passage über die «Jungfrau für jene, die niemanden haben» verbindet sich mit den ersten Seiten von Kapitel I und wurde vorher geschrieben, wie auch das witzige Menü. Ich sehe freilich triftige Einwände gegen die enorme Länge dieses Zeugs über Tlaxcala aus der Broschüre: aber ich war völlig unfähig, mich dessen zu enthalten. Ich habe wirklich gekürzt und gekürzt, ich habe sogar zwei gute Pointen geopfert, nämlich daß Tlaxcala wahrscheinlich die einzige Hauptstadt der Welt ist, in der die schwarze Magie noch immer praktiziert wird, und daß man sich in dieser Stadt am leichtesten scheiden lassen kann – und dann konnte ich nichts mehr streichen: ich hielt es für zu gut, obwohl die ständige Nachbildung churrigueresken, «überladenen» Stils die Vermutung nahezulegen schien, daß das Buch eine Satire auf sich selbst mache. Dieser Teil mit der Tlaxcala-Broschüre wirkt völlig anders, wenn man ihn mit den Augen liest, wie es ja (hoffentlich) geschehen wird – dann kann man ihn natürlich sehr viel schneller aufnehmen; ursprünglich hatte ich gedacht, er würde vielleicht noch schneller ablaufen, wenn man einige Experimente mit dem Satz anstellte, wie etwa den gelegentlichen Gebrauch von Fraktur für die Überschriften oder die Nebeneinanderstellung von allen möglichen Schrifttypen von Kursiv bis Diamant für den Rest und wiederum mit Rücksicht auf das Interesse des Lesers oder den deliriösen Zustand des Konsuls: eine leicht vereinfachte Durchführung dieser Idee könnte außerordentlich wirkungsvoll sein, aber ich wüßte nicht, warum sie bei Ihnen ankommen sollte, und vielleicht ist sie ja auch ein bißchen übertrieben. Jedenfalls glaube ich, daß hier merkwürdige Beschwörungen und Expositionen stattfinden, die in sich selbst Sinn machen, auch wenn man dem Geschehen nicht genau folgt, ja, selbst wenn man gar nicht verstehen kann, was Harpo eigentlich sagt, mag der Klang der Worte an sich lustig sein. Enthüllungen wie die, daß Pulquería, wie in Mexiko manche Kneipen heißen, auch der Name von Raskolnikovs Mutter ist, sollten zweifellos nicht allzu ernst genommen werden, aber die ganze Tlaxcala-Sache *hat* einen unter der Oberfläche liegenden tiefen Ernst. Tlaxcala bedeutet natürlich, genau wie Parián, Tod: die Tlaxcalaner waren aber die Verräter Mexikos – hier gibt der Konsul den in ihm wohnenden Mächten nach, die ihn selbst verraten und die ihn tatsächlich jetzt endgültig verraten haben; und mir scheint der allgemeine Plan der ganzen Phantasmagorie in Ordnung zu sein. Das Gespräch bringt hier das Motiv des Krieges auf, das natürlich mit der Selbstzerstörung des Konsuls zu tun hat. Dieses Kapitel wurde ungefähr ein Jahr vor den Atombomben usw. endgültig abgeschlossen. Aber wenn der Mensch nun zufällig vor der Gefahr steht, sich in der üblen Lage des schwarzen Magiers alter Zeiten zu finden, der plötzlich entdeckt, daß sämtliche Elemente des Universums gegen ihn stehen, dann könnte man es doch eigentlich dem Konsul als Verdienst anrechnen, daß er genau das in einer verrückten Passage erklärt, in der er sogar die Elemente Uran, Plutonium usw. beim Namen nennt; ohne Zweifel ist das als Prophezeiung nicht mehr von Belang, aber ich kann nicht sagen, daß es sich überlebt hat! Dieses kleine Stück ist, wenn Sie darüber nachdenken, natürlich thematisch. Am Ende dieses Kapitels werden die Vulkane, die die ganze Zeit über näher gerückt sind, als Symbol des heraufziehenden Krieges verwendet. Trotz seinem scheinbaren Chaos ist dieses Kapitel sehr sorgfältig und mit Aufmerksamkeit auf jedes einzelne Wort geschrieben worden. Auch dieses ist ein in sich geschlossenes Gebilde, und wenn es gekürzt werden muß, bitte ich darum, daß der Kürzer es ebenfalls als eine Einheit sieht und seine Lage im Buch beachtet. Obwohl ich es, was das

Dramatische betrifft, für außerordentlich kraftvoll halte, in gewissem Licht betrachtet, bin ich doch eher bereit, dieses Kapitel und Kapitel VI kürzen zu lassen als irgendein anderes, wenn denn überhaupt Kürzungen nötig sind und wenn dieses Kapitel dadurch lediglich dramatischer und kraftvoller wird.

XI

Dieses Kapitel habe ich als letztes geschrieben – es ist Ende 1944 fertig geworden –, obwohl ich den Plan dafür schon lange vorher im Kopf hatte. Es war mein Ziel, hier alle Register der Natur zu ziehen, sozusagen kräftig loszulegen mit der natürlichen elementaren Schönheit der Welt und der Sterne, und durch letztere das Buch, so wie am Ende des ersten Kapitels durch das Rad, mit der Ewigkeit in Beziehung zu setzen. Hier erscheint das Rad in einer anderen Gestalt, das Rad der Bewegung der Sterne und Sternbilder selbst durch das All. Und hier erscheint auch wieder der finstere Wald Dantes, diesmal als richtiger Wald und nicht bloß als eine Cantina, die so heißt. Hier erscheint auch das Thema des Tags der Toten wieder, wobei die Szene auf dem Friedhof das Gegengewicht zu der Szene der Trauernden am Anfang des Buchs bildet, nur daß das jetzt ungeheuer mehr menschliches Gewicht besitzt. Des weiteren bildet das Kapitel einen doppelten Kontrast zu den milderen Schrecknissen von X und den schlimmeren von XII. Auf der oberen Schicht suchen Hugh und Yvonne einfach nach dem Konsul, jedoch würde eine solche Suche für jeden eine zusätzliche Bedeutung gewinnen, der etwas von den Eleusinischen Mysterien versteht, und dieselbe esoterische Idee von dieser Art Suche kommt auch in Shakespeares ‹*Sturm*› vor. Allerdings mußten hier sämtliche Bedeutungen des Buchs im Interesse der Erzählung selbst irgendwie auf schlichte und organische Weise miteinander verschmolzen werden, und das war keine geringe Aufgabe, zumal da Yvonne während eines Gewitters von einem Pferd getötet wird und Hugh in einem dunklen Wald allein gelassen werden mußte, zur Gitarre betrunkene Lieder über die spanische Revolution singend. Hätte Thomas Hardy das auch so gekonnt? Ich hege den Argwohn, daß Ihr Lektor, der den sehr wichtigen Tatbestand von Yvonnes Tod überhaupt nicht erwähnt, dieses Kapitel gar nicht gelesen hat – und auch dies nehme ich wieder als ein Kompliment dafür, daß er zu stark am Schicksal des Konsuls interessiert war, um mehr als einen flüchtigen Blick darauf zu werfen. Wie dem auch sei, ich fühle leidenschaftlich, daß dieses Kapitel geglückt ist, teils wohl, weil ich inzwischen völlig daran glaube. Tatsächlich ist es auch bei weitem kein so ungewöhnliches Ereignis, daß in dieser Gegend jemand während eines Gewitters von einem Pferd getötet wird, wie Sie vielleicht vermuten; denn die Waldwege hier sind schmal, und die Pferde geraten, wenn sie erschreckt werden, viel unbändiger in Panik als die Vorfahren ihrer Reiter, die die Pferde, die Cortez gegen sie schickte, für übernatürliche Wesen hielten. Ich finde, daß dieses Kapitel wie alle anderen nach einer einfühlsamen zweiten Lektüre verlangt. Es ist ziemlich kurz, und ich glaube nicht, daß es gekürzt werden kann; und es ist *absolut notwendig*. Yvonnes Todesvisionen gehen auf ihre ersten Gedanken am Anfang von Kapitel II und ferner auf Kapitel IX zurück, aber der Schluß dieses Kapitels ist praktisch ganz und gar über die Grenzen des Buchs hinausgestiegen. Yvonne bildet sich ein, sie werde emporgehoben und zu den Sternen hochgerissen: am Ende eines Buchs von Julien Green erscheint ein nicht unähnlicher Gedanke, aber meine Idee stammt offensichtlich aus ‹*Faust*›, wo Margarete mit einem Flaschenzug in den Himmel gehoben wird, während der Teufel Faust in die Hölle herunterzieht. Hier stellt Yvonne sich vor, sie würde geradewegs durch die Sterne zu den Plejaden reisen, während der Konsul, gleichzeitig und zufällig, geradewegs in die Schlucht geworfen wird. Das Pferd ist natürlich die böse Macht, die der Konsul freigelassen hat. Inzwischen kennt man aber den bescheideneren Aspekt dieses Pferdes. Es ist genau das Pferd, von dem man zuletzt in X hörte und das zuerst in IV vor der Pulquería La Sepultura auftauchte – ebenfalls reiterlos –, während Hughs und Yvonnes Ritt.

(*Hinweis:* Ist es zuviel gesagt, daß all diese angeschlagenen und aufgelösten Akkorde, auch wenn der Leser sie vielleicht beim ersten oder gar beim vierten Lesen nicht bewußt wahrnehmen kann, gleichwohl im *Unbewußten* enorm zu dem schließlichen Gewicht des Buchs beitragen?)

XII

Dieses Kapitel wurde zum erstenmal Anfang 1937 geschrieben, und ich halte es entschieden für das beste von allen. Seit 1940 habe ich kaum etwas daran geändert – obwohl ich 1942 ein paar kleine Hinzufügungen und Streichungen vorgenommen und die Passage «Wie ähnlich ist das Ächzen der Liebe dem der Sterbenden» usw. für eine andere, die nicht so gut war, eingesetzt habe. Ich denke wirklich, es verdient, mehr als zweimal aufmerksam gelesen zu werden, und daß es nicht nur nicht fair, sondern lächerlich ist zu behaupten, es erinnere lediglich an *‹The Lost Weekend›*. Jedenfalls bin ich davon überzeugt, daß es sogar an der Oberfläche ein beträchtliches Stück weitergeht als jenes, nämlich in bezug auf die Qual des Menschen, und daß es, wie sein Buch auch, das Wissen über die Hölle erweitern kann. Tatsächlich ist es ein fast biblisches Gefühl, das man durch dieses Kapitel bekommen soll. Hat der Bursche nicht schon genug gelitten? Jetzt sind wir doch sicher am Ende angekommen. Aber nein. Offenbar fängt es jetzt gerade erst an. Alle Fäden des Buchs – die politischen, esoterischen, tragischen, komischen, religiösen und welche noch – schießen hier zusammen; und im Farolito in Parián befinden wir uns mitten in der Sprachverwirrung der biblischen Weissagung. Parián hat wie gesagt die ganze Zeit den Tod symbolisiert, aber dies hier ist – und dieses Gefühl will ich dem Leser vermitteln – noch viel schlimmer. Dieses Kapitel ist der Ostturm und Kapitel I der Westturm an den beiden Flanken meiner churrigueresken mexikanischen Kathedrale, und sämtliche Wasserspeier des letzteren werden in diesem mit Nachdruck wiederholt. Indes klingen die trübseligen Glocken des einen in den trübseligen Glocken des anderen wider, genau wie die verzweifelten Briefe Yvonnes, die der Konsul hier schließlich wiederfindet, auf den verzweifelten Brief des Konsuls antworten, den M. Laruelle genau ein Jahr später in Kapitel I liest. Vielleicht fanden Sie an diesem Kapitel gar nicht viel zu kritisieren, aber ich glaube, es wird noch unermeßlich gewinnen, wenn man das Ganze berücksichtigt. Das ein wenig lächerliche Pferd, das der Konsul freiläßt und das Yvonne tötet, ist natürlich jene zerstörerische Macht, von der wir in diesem Brief nun schon, fürchte ich, einige fünfzehnmal gehört haben und die zuerst in I erwähnt wurde und die am Ende sein eigenes Verschlungenwerden von den Mächten des Bösen verursacht. Eine halb spaßhafte Vorandeutung dieser Handlung gab es in VII, und zwar in Form eines Zitats von Goethe, als an ihm und Laruelle ein Pferd mit seinem Reiter vorbeikam, der ihnen zuwinkte und singend fortritt. Es gibt noch einige humorige Stellen in diesem Kapitel, und die sind notwendig, weil man trotz alledem von uns erwartet, daß wir daran glauben und nicht glauben und dann wieder glauben sollen: der Humor ist so etwas wie eine Brücke zwischen dem Naturalistischen und dem Transzendentalen und dann wieder zurück zum Naturalistischen, obwohl dieser Humor meiner Meinung nach immer der besonderen Wirklichkeit, die durch dieses Kapitel geschaffen wird, treu bleibt. Ich bin auf dieses Kapitel so unmäßig stolz, daß es Sie vielleicht überrascht, wenn ich sage, daß ich es für möglich halte, daß es ebenfalls hier und da gekürzt werden könnte, wenn mir auch das todlangweilige Tempo des Anfangs wesentlich und wichtig vorkommt. Ich glaube nicht, daß die letztliche Wirkung dieses Kapitels deprimierend sein sollte: vielmehr wird man mit größter Sicherheit eine Katharsis erfahren, zumal doch sogar am Ende eine Andeutung von Erlösung für den armen alten Konsul erscheint, indem er erkennt, daß er trotz allem ein Teil der Menschheit ist: und tatsächlich sollte man das – wie bereits gesagt –, was hier an Tiefe und letzter Bedeutung in seinem Schicksal liegt, auch in seiner universellen Beziehung zum endgültigen Schicksal der Menschheit sehen.

Gefällt dir dieser Garten?
Warum gehört er dir?
Verboten für alle Zerstörer!

Indem ich dies noch einmal lese, fällt mir unter anderem auf – wie zum Beispiel, daß Schriftsteller über ihre Bücher immer phantasievoll und gelehrt sprechen und praktisch geradezu alles darüber sagen können, wie Sherwood Anderson es einmal in anderem Zusammenhang formuliert hat –, wieviel Gewicht ich auf das esoterische Element gelegt habe. Das hat natürlich überhaupt nichts zu sagen, wenn das Ganze kein ordentliches Kunstwerk ist; aber meine ganze Arbeit hat darin bestanden, es zu einem solchen zu machen. Das Esoterische war sowieso nur ein tief im Verborgenen angebrachter Grund, aber man wird mir wohl verzeihen, daß ich ihn ans Tageslicht bringe, da Ihr Lektor überhaupt keinen tieferen Sinn in dem Buch gesehen hat. Auch das ist in Ordnung; es ist mir egal, ob der Leser ihn erkennt oder nicht, aber der Sinn ist trotzdem da, und ich hätte genausogut ein anderes Element des Buchs hervorheben können. Denn sie haben alle miteinander zu tun, und ihre Verschmelzung ist das Buch. Das glaube ich mehr, als insgesamt daraus hervorgeht, und auf Grund dieses Glaubens bitte ich Sie um eine Neu-Bewertung, und zwar im Lichte der Konzeption des Buchs und aus sich selbst heraus. Obwohl es mich schmerzlich enttäuschen würde, wenn Sie es nicht veröffentlichten, kann ich nicht anders als glauben, daß die Dinge, die seiner Anerkennung im Wege stehen, großenteils oberflächlicher Natur sind. Andererseits bin ich mir der Ehre, die Sie mir antun, indem Sie es in Betracht ziehen, außerordentlich bewußt, und ich möchte weder eitel noch stur sein in bezug auf Streichungen, sogar auf größere, an Stellen, wo ein durchdringenderes und reiferes Auge als das meine hierin einen Vorteil für das *Ganze* erblickt, wenn die Wunde zusammengezogen wird. Ich kann nur hoffen, daß ich einige Argumente vorgetragen habe, die einen weiteren Blick auf das Ding als lohnend erscheinen lassen. Ob es sich verkauft oder nicht, scheint mir so oder so ein Risiko zu sein. Aber etwas am Schicksal der Entstehung dieses Buchs scheint mir zu sagen, es könnte sich womöglich eine sehr lange Zeit verkaufen. Ob dies bestenfalls dieselbe Art von Selbsttäuschung ist, die einen anderen Ihrer Autoren befallen hat, nämlich Herman Melville, als er solch rasende Stücke wie ‹*Pierre*› geschrieben hat, bleibt abzuwarten; fest steht aber in diesem Fall, daß keine größeren Änderungen sein Schicksal verändert, seine Druckplatten am Verbranntwerden oder seinen Verfasser gehindert haben würden, ein Zollbeamter zu werden. Ich habe irgendwo von jenem inneren, fundamentalen Gebrauch der Zeit gelesen, mit dem ein Film steht oder fällt und der das Werk des Regisseurs oder Cutters ist. Das hängt von der Geschwindigkeit ab, mit der eine Szene sich bewegt, und von der Anzahl Meter, die einer anderen gewidmet ist: und es hängt auch davon ab, welche Sequenzen zwischen andere geschnitten werden, denn die Art und Weise, wie Filme gemacht werden, erlaubt es, ganze Sequenzen hin und her zu schieben. Ich glaube, daß der Lektor, dessen Bericht Sie mir geschickt haben, wenigstens bis zu dem Grad beeindruckt war, daß er das Buch schöpferisch gelesen hat; allerdings hielt er sich bereits zu sehr für Regisseur und Cutter in einem von einem *potentiellen* Werk, und ohne innezuhalten und sich zu fragen, wie weit es schon von einem Regisseur und Cutter bearbeitet worden sei, und welcher innere, fundamentale Gebrauch der Zeit und so weiter denn so sein Interesse geweckt habe.

Aber was ist, wiederhole ich, mit der Reaktion Ihres ersten Lektors? Der Ton Ihres ersten Briefs vom 15. Oktober (erhalten in Kanada am 2. Nov.) unterscheidet sich in gewisser Weise von Ihrem zweiten vom 29. Nov. (erhalten hier in Mexiko am 31. Dez.), d. h.: in Ihrem ersten erwähnen Sie keinerlei Kritik, sondern sagen einfach, Ihr Lektor sei sehr beeindruckt gewesen und Sie hätten schon lange kein Buch mehr zu lesen begonnen, das Sie so hoffnungsfroh und erwartungsvoll gestimmt hätte wie ‹*Unter dem Vulkan*›; und indem ich mich, vielleicht zu hastig, daran klammere, kann ich nur schließen, daß Ihr erster Lektor dem wesentlich wohlwollender gegenübergestanden hat??? Sie sagten ferner: «Ich werde Ihnen ein Kabel schicken, sobald ich es zu Ende gelesen habe; es ist also möglich, daß Sie vor diesem Brief noch ein Kabel erhalten können.» Jetzt sehe ich natürlich, warum Ihnen dies so extrem schwer oder unmöglich gewesen ist, aber damals habe ich vergeblich auf dieses Kabel gewartet und gewartet, wie man nur im Winter in der kanadischen Wildnis warten kann, es sei denn, man ist in Reckmondwike, Yorks. Als ich daher hier Silvester Ihren Brief vom 29. Nov. bekam, mit dem Bericht Ihres zweiten Lektors, bewirkte das im Verein mit dem Triumphgefühl einen jener Barranca-ähnlichen Stimmungsstürze, wie sie Schriftstellern eigen sind, und dem muß ich auch die Zeit zuschreiben, die ich mir für die Antwort genommen habe. Reden Sie mir nicht davon, die Leistung vieler Jahre in ein Stundenglas zu verwandeln – ich habe noch nie gehört, daß sie jemals in ein Mescalglas verwandelt wurde, und dazu noch in ein so kleines! Nachdem ich mir darüber den Kopf zerbrochen hatte, kam ich zu der Einsicht, daß Sie mich, ob sich ihre Gefühle nun der x- oder y-Achse der Kristallisation der Reaktion zubewegten, in Verlegenheit bringen wollten – wozu Sie ja auch jedes Recht besaßen. Kurz, daß Sie sich gesagt hätten: «Wenn an diesem Buch, so wie es jetzt ist, irgend etwas Gutes ist, dann wird er schon erklären, warum!» Ich wurde dazu aufgefordert, dachte ich, falls nötig zu kämpfen. Hier ist also der Kampf. Daß ich so lange dafür gebraucht habe, bitte ich aufrichtig zu verzeihen, aber dies war ein recht schwieriger Brief.

Nun habe ich Ihren zweiten Brief mit einer Abschrift des Gutachtens erhalten, wofür ich Ihnen danke. Zu Ihrem fünfundzwanzigjährigen Jubiläum gratuliere ich Ihnen herzlich. Mir scheint, Ihre Firma hat – unter anderem – auf internationaler Ebene nützlichere Arbeit geleistet als jede andere. Was mich betrifft, so war mein erster Schulpreis ‹*Der haarige Affe*› – wenn es Bücher waren, durften wir uns unsere Preise selbst aussuchen –, und so überreichte mir am Tag der Auszeichnung der Direktor ‹*Der haarige Affe*› aus Ihrer Reihe mit den Stücken O'Neills, komplett mit lateinischer Inschrift. Es waren wohl diese O'Neill-Bände mit den Schildchen, die mich zur See und anderswohin geschickt haben; aber auch für die Melville-Ausgabe, die Bücher von O'Brien und Hugh I'Anson Fausset, und unter den weniger bekannten die merkwürdigen Novellen Leo Steins und Calder-Marshalls ‹*About*

Levy› – für diese und Hunderte andere obendrein werde ich ewig dankbar sein. Als ich '28 oder '29 in England nach einem Buch des Amerikaners Conrad Aiken suchte, fand ich *‹Costumes by Eros›* tatsächlich in einer Ausgabe Ihrer Firma, und das führte zu einer dauerhaften und wertvollen Freundschaft. (Ich halte ihn unstreitig für einen der neun oder zehn größten zur Zeit lebenden Schriftsteller der Welt, und nur im Vorübergehen erwähne ich, daß ⅔ seiner Sachen in England nie richtig gehört wurden und vermutlich nur irgendwo herumliegen. Ich glaube, er lebt jetzt wieder in seiner alten englischen Heimat in Jeakes House, Rye, Sussex.) All dies nur nebenbei.

Ich habe davon gesprochen, daß man das Buch als eine Art mexikanische churriguereske Kathedrale betrachten kann: aber das ist wahrscheinlich nur verwirrend, und das um so mehr, als ich Ihnen gegenüber Aristoteles zitiert habe; und das Buch hat in seiner seltsamen Art tatsächlich ein streng klassisches Muster – man kann sogar sehen, wie die deutschen U-Boot-Offiziere in Form der *Sinarchistas* und semifaschistischen *Brutos* am Ende, wie bereits gesagt, am Konsul Rache nehmen. Nein – schreiben Sie das alles bitte dem hier herrschenden Tropenfieber zu, das erst kürzlich meine Temperatur zu sehr in die Höhe getrieben hat. Nein. Das Buch sollte im wesentlichen als *radförmig* angesehen werden, wiederhole ich; es besitzt die Form eines Rades, so daß man, wenn man ans Ende kommt und es aufmerksam gelesen hat, den Wunsch haben sollte, sich wieder dem Anfang zuzuwenden, wo es dann auch nicht ausgeschlossen ist, daß Ihr Auge noch einmal zufällig auf das Sophokles-Zitat stößt: *Der Wunder gibt es viele, aber nichts ist wunderbarer als der Mensch* – nur um Sie aufzuheitern. Das Buch war nämlich so geplant und gegengeplant und in sich zusammengeschweißt, daß man es unendlich oft lesen können sollte, ohne je alle seine Bedeutungen oder seine Dramatik oder Poesie auszuschöpfen: und auf diese Tatsache gründe ich meine Hoffnung, und in dieser Hoffnung habe ich es Ihnen, mit all seinen Mängeln und nun auch noch mit all den Weitschweifigkeiten meines Briefes, angeboten.

Ihr sehr ergebener
Malcolm Lowry

1 Siehe Anhang III
2 Mexikanische Faschisten um 1937 (A. d. Ü.)
3 Delerium tremens

An Dr. E. B. Woolfan

Cuernavaca, Mexiko
[April 1946]

Lieber alter Bert:
Margie ist, wie ich sehe, wieder so spritzig wie früher. Was sie mit Tusch meint, weiß ich nicht. Aber ich bin sicher, der Engel glaubt, er weiß es. Es wird wohl auf ein paar schlechte Cocktails und einige Publicity hinauslaufen, auf die das Buch und ich gut verzichten könnten. Die Wahrheit ist die: die von Reynal & Hitchcock[1] in New York angebotenen Bedingungen waren ja wirklich hinreißend, aber heute haben sie plötzlich die Waffen gestreckt, und die Bedingungen sind etwas besser geworden. Sie werden mir, wie Cape, jedes meiner heiligen Worte lassen und keine einzige Zeile abändern. Außerdem schlagen sie vor, daß ich nicht jetzt gleich, sondern erst zur Zeit der Veröffentlichung nach New York kommen soll. Ich selbst habe bereits völlig vergessen, worum es in dem Buch geht; denn der Doppelerfolg an ein und demselben Tag ist bei mir eingeschlagen wie eine Atombombe zwischen Rolandos Spalt und der Reilschen Insel. Ich gehe am heutigen Karfreitag nicht einmal spazieren, und obwohl ich mich ganz harmlos und heiter fühle, kannst Du Dir wohl vorstellen, wo ich zu sein glaube. Da meine englische Mutter bei der Lektüre des Buchs wahrscheinlich mausetot umfallen wird, falls sie es jemals lesen sollte (was sie zweifellos, genau wie mein amerikanischer Bruder, nicht tun wird), möchte ich Dich fragen, ob Du so gut sein willst, die folgenden Telegramme (a) an meine Mutter, (b) an meinen älteren Bruder zu schicken, welchen ich gemäß einem zählebigen vornehmen Vorrecht diese Neuigkeit zuerst zu berichten habe. Werde Dir das natürlich, wie auch das andere, zurückerstatten, wenn ich nach Los Angeles komme. Nochmals meinen ganzen Dank an Schwester Priscilla für ihr Vertrauen zu dem Buch und an meine amerikanische Mutter für das ihre, und sag ihr auch, daß ich ihren herrlichen und wunderschönen Brief beantworten werde, sobald ich das alles hinter mir habe, und grüße sie herzlich von mir. Ich hoffe, daß ich bei Euch – oder in der Nähe – wohnen kann, wenn wir nach L. A. kommen. Ich weiß, daß ich eine Last bin, aber ich könnte ja auch in der Garage oder sogar bei Ichabod im Käfig hausen, vorzugsweise, wenn er

auch Bourbon trinkt. Wir würden ganz unschuldig miteinander schnattern.

Liebste Grüße
Malcolm

Evelyn Lowry, Inglewood, Caldy, Cheshire, England. Schreiben verzögert infolge erfreulichster Nachrichten betreffs Arbeit liebste Grüße schreibe. Malcolm Lowry.

Stuart Lowry, Corvalley, Upton, Cheshire, England. Buch England Amerika gleichzeitig angenommen verzeih vormaliges Schweigen Donald einigen Dank schreibe Gruß Malcolm Lowry

P. S. Die können als, ich glaube, man nennt das Nacht-Brieftelegramm oder so ähnlich gehen, was einschließlich Adresse und Unterschrift 20 Wörter erlaubt. Nochmals Dank für Deine Mühe.

1 Amerikanische Herausgeber von ‹*Unter dem Vulkan*›

An Mrs. John Stuart Bonner und
E. B. und Priscilla Woolfan

Dollarton, B. C., Kanada
7. Juni 1946

Liebe Mutter, Priscilla und Bert:
Nur eine Zeile, um Euch riesig zu danken für all Eure Güte und Gastfreundschaft mir gegenüber.

Ich weiß, daß Ihr Euch meinetwegen eine ganze Menge Ärger aufgeladen habt, um mich glücklich und zufrieden und wie daheim fühlen zu lassen, und das habt Ihr geschafft; und obwohl umgekehrt mein Beitrag dazu gleich Null war, sollte das nicht heißen, daß ich das alles in meiner faultierhaften Weise nicht mit tiefer Dankbarkeit empfangen habe: und ich kann nicht anders als mit einem recht herzerwärmenden Gefühl an Euch denken.

Für die Schreibmaschine danke ich Dir ganz herzlich, Bert. Ich finde, diese Schreibmaschine ist viel besser als die von Margie, und nein, gib die Schuhe, die Du mir geliehen hast, bitte keinem anderen.

Erlaub statt dessen meinem Geist, in ihnen durch das Haus zu wandeln, was auch den zusätzlichen Vorteil hat, daß der fragliche Geist nicht sämtliche Ecken und Winkel mit Zigarettenrauch vollqualmen wird.

Unser Haus ist noch da, aber die sogenannte Zivilisation dringt für unseren Geschmack ein wenig zu stark auf uns ein: es gibt hier noch einen anderen Engländer, der lebt auf einem Baum und hat vielleicht die richtige Vorstellung, oder jedenfalls eine intelligente Auffassung vom Platz des Menschen in der Welt.

Ich glaube, wir sollten eine Insel kaufen: ein halbes Jahr da leben und arbeiten und in der anderen Hälfte reisen.

Ich vermute wohl, daß Ihr in den Zeitungen oder in *Time* (Ausgabe vom 13. Mai) davon gelesen und es freundlicherweise vor mir zu verbergen gesucht habt, daß Curtice Hitchcock[1] nach einer Koronarthrombose tot umgefallen ist. Abgesehen von allen meinen anderen Gefühlen war mir nicht klar, in welchem Maß dies die Dinge beeinflussen würde. Er war derjenige, der ursprünglich am stärksten am ‹*Vulkan*› interessiert war: mein Agent hat mir versichert, daß sämtliche Herausgeber gleichermaßen begeistert sind, aber es war schon eine unheimliche Koinzidenz, wenn man das Thema des ‹*Vulkan*› bedenkt (nur den Tod verdammt der Mensch vergeblich); und unheimlich war es auch, als ich seine Unterschrift auf meinem Vertrag sah, der uns hier erwartete, denn das legte nahe, daß dies ungefähr das letzte gewesen sein muß, was er getan hat.

In San Francisco sahen wir dicht bei den Matson Line-Schuppen zwei Frachter vertäut: der eine hieß *Cape Friendship*, der andere *Hitchcock Victory*; und es dürfte einem wohl verziehen werden, wenn auch dies einem einen Schauder über den Rücken jagte.

Nun, wir sind glücklich hier – abgesehen davon, daß mich der Gedanke beunruhigt, unsere Beanspruchung durch meine Arbeit könnte die von Margie behindern; aber das wird sich wohl am Ende alles ausgleichen.

Ich kann gar nicht glauben, daß unsere Manuskripte nicht doch noch schließlich aus Mexiko eintreffen werden, also macht Euch darüber unsretwegen keine Sorgen. Unsere herzlichsten Grüße an Edna und ihren Mann. In innigster Liebe zu Euch allen

Malcolm

1 Mitglied des Verlagshauses Reynal & Hitchcock

An A. Ronald Button

Dollarton, B. C., Kanada
15. Juni 1946

Das folgende ist eine Darstellung der Dinge, die meiner Frau und mir in Mexiko zugestoßen sind; wo immer möglich, belegt durch Daten, Namen und Ortsangaben.

Ich bin ein in Kanada wohnhafter Engländer. Meine Frau ist Amerikanerin. Wir verließen Kanada am 28. November 1945 und flogen mit United Air Lines nach Los Angeles, um in Hollywood, Kalifornien, 1643 Queens Road, die Mutter meiner Frau, Mrs. J. S. Bonner, sowie ihre Schwester und ihren Schwager, Dr. und Mrs. E. B. Woolfan, zu besuchen. Wir beabsichtigten, von dort weiter nach Mexiko zu fahren, um dort des Reisens und der Gesundheit wegen den Winter zu verbringen. Im mexikanischen Konsulat in Los Angeles erhielt ich, nachdem ich den Antrag gestellt und die erforderlichen 24 Stunden gewartet hatte, ein Visum in meinen englischen Paß, und wir beide bekamen Touristenkarten. Letztere waren gültig bis zum 10. Juni, aber wir hatten zu dieser Zeit vor, nicht später als Ende April nach Kanada zurückzukehren. Ich führte zwei Pässe bei mir: meinen alten, der Ende Dezember auslief, in den ich aber mein amerikanisches Visum – Gültigkeitsdauer ein Jahr – vom amerikanischen Konsulat in Vancouver, B. C., Kanada, erhalten hatte; und meinen neuen, den ich mir beim britischen Konsulat in Los Angeles beschafft hatte und in den ich das Visum für Mexiko erhalten hatte. Wir hatten außerdem meine Geburtsurkunde dabei, die Geburtsurkunde meiner Frau, die sie als amerikanische Bürgerin auswies, unsere Heiratserlaubnis sowie Briefe von unserer Bank in Vancouver. Im mexikanischen Konsulat in Los Angeles legte ich meine beiden Pässe vor und erklärte, daß ich schon einmal, vom November 1936 bis Juli 1938, in Mexiko gewesen war. Ich war mir gar nicht sicher, ob ich, als Engländer, mich nicht noch weiteren Formalitäten unterziehen mußte; mir wurde jedoch versichert, daß alle Vorschriften erfüllt wären und alles in Ordnung sei.

Nach dem Besuch bei der Familie meiner Frau flogen wir mit American Airlines ab und kamen ungefähr am 12. Dezember 1945 in Mexico City an. Einige Tage später reisten wir nach Cuernavaca, Morelos, ab, wo wir in der Calle de Humboldt 24 eine Wohnung mieteten, deren

Eigentümerin Señora Maria Luisa Blanco de Arriola ist. In dieser Wohnung in Cuernavaca lebten wir, abgesehen von einigen Ausflügen nach Oaxaca, Puebla, Tlaxcala usw.

An dieser Stelle sind gewisse Erklärungen notwendig. Ich hatte einen in Mexiko spielenden Roman geschrieben mit dem Titel ‹*Unter dem Vulkan*›, der von meinem Verleger Jonathan Cape in London faktisch angenommen worden war (Belege später). Ein zusätzlicher Grund, der für diese Reise sprach, bestand darin, daß ich dadurch die Gelegenheit bekam, falls nötig das idiomatische Spanisch in jenem Buch zu korrigieren und womöglich ein paar Notizen für ein freundliches Vorwort über Mexiko zu machen. Nicht als ob das Buch als unfreundlich aufgefaßt werden sollte: im Gegenteil: Andererseits spürte ich aber, daß es in Mexiko mißverstanden werden könnte, da darin viele verschiedene Meinungen reflektiert werden – was nicht überraschen kann, da dieses Land als ein Symbol für die Welt selbst gebraucht wird. Aber es bestand kein politischer Vorsatz, das muß gesagt werden, und wenn, dann nur ein demokratischer: tatsächlich überhaupt kein Vorsatz, außer vielleicht einem moralischen. Auf unseren Touristenkarten gaben wir unseren Beruf als Schriftsteller an (escritores), aber wir reisten als Touristen ein und blieben Touristen, ohne die Absicht, in Mexiko zu «arbeiten» oder mit irgendeiner dort geleisteten Arbeit Geld zu verdienen, und in der Tat haben wir während unseres Aufenthalts nicht gearbeitet, wenn man von ein paar Notizen absieht.

Am Freitag, dem 8. März, verließen wir Cuernavaca nach einigen glücklichen Monaten für einen weiteren kurzen Ausflug und kamen, nach Zwischenstationen in Taxco und Iguala, am Sonntag, dem 10. März 1946, in Acapulco an. Wir wohnten im Hotel Quinta Eugenia, Caleta Beach. Am folgenden Donnerstag (14. März) kamen zwei Männer von der Einwanderungsbehörde ins Hotel und verlangten, unsere Papiere zu sehen. Ich weise darauf hin, daß Acapulco ein Einfahrtshafen ist und als Folge davon sämtliche Namen von Touristen dieser Behörde selbstverständlich gemeldet werden. Während ich die Reservierungen usw. vorgenommen hatte, hatte meine Frau die Koffer gepackt, und da wir nur höchstens eine Woche wegbleiben wollten und sie fürchtete, bestohlen zu werden (uns war bereits einiges gestohlen worden), hatte sie unglücklicherweise unsere Papiere in der Wohnung in Cuernavaca gelassen. Ich brauche nicht zu sagen, daß ich aus Erfahrung wußte, wie wichtig es ist, seine Papiere bei sich zu haben, wenn man im Ausland herumreist. Jedoch veranlaßte uns eine neue Politik des Wohlwollens gegenüber Touristen, die im Bundesstaat Morelos (zumindest oberflächlich) praktiziert wurde, unser Versäumnis nicht sehr ernst zu nehmen. Seit wir uns am Flughafen in Mexico City angemeldet hatten, waren wir nicht mehr nach unseren Papieren gefragt worden. Übrigens glaube ich auch nicht, daß es illegal ist, seine Papiere nicht bei sich zu haben, solange man sie an seinem Wohnsitz hat. Wir erklärten daher den Männern von der Migración, wo sich unsere Papiere befänden, und fragten sie, was denn anstünde. Sie bedeuteten uns, daß wir in Acapulco, und zwar im Hotel, bleiben müßten, bis sie unsere Touristenkarten in Mexico City überprüft hätten; sie würden noch heute in dieser Sache ein Telegramm abschicken. Sie sagten mir ferner, daß noch eine unbezahlte Geldbuße in Höhe von 50 Pesos[1] gegen mich vorliege, weil ich 1938 meine Aufenthaltserlaubnis überschritten hätte; außerdem hätten sie – offensichtlich war ihnen nicht klar, daß ich das Land im Juli 1938 verlassen hatte, denn sie hätten diese Buße bis 1943 verfolgt – in ihren Akten einen Brief des Inhalts, daß ich Mexiko nicht ohne Erlaubnis des Chefs der Einwanderungsbehörde betreten dürfe. Von diesem letzteren gerichtlichen Verbot wußte ich überhaupt nichts. Zu der 50-Peso-Geldstrafe für die Überschreitung meiner Aufenthaltsgenehmigung muß ich jetzt eine weitere Erklärung abgeben.

Im November 1936 war ich zum erstenmal in Mexiko. Ich war mit einem Schiff in Acapulco angekommen und zu Anfang des Frühjahrs 1938 wieder nach Acapulco zurückgekehrt. Da ich damals den Status eines «rentista» (Rentner) besaß, war mir mein ursprüngliches Visum oder Papier oder was auch immer bereits mehrmals verlängert worden, aber als ich nun eine weitere Verlängerung beantragte, habe ich, soweit ich mich erinnere, den falschen Rat erhalten, daß ich diese in Acapulco bekommen könnte, da dies mein ursprünglicher Einfahrtshafen gewesen sei; außerdem hatte ich vor, von dort mit der Panama Pacific Line abzureisen. Ich suchte also um diese Verlängerung nach und erhielt dann nach vielen Verzögerungen den Bescheid, daß ich nach Mexico City fahren müsse, um sie mir dort zu holen. Höchstwahrscheinlich spielten hier noch andere Umstände mit, die ich vergessen habe: ich erinnere mich vage daran, daß Panama Pacific plötzlich den Betrieb ihrer Schiffe eingestellt hat, und zwar zu einer Zeit, als ich Mexiko noch innerhalb des bereits bewilligten Zeitraums hätte verlassen können. Entweder war es das, oder das Eintreffen meines Geldes vom American Express in New York hatte sich verzögert. Jedenfalls bin ich nach Mexico City gefahren, in Begleitung des damaligen Chefs der Einwanderungsbehörde in Acapulco, dessen Fahrgeld ich nach und vermutlich auch zurück von Mexico City bezahlt habe und ferner sein Hotelzimmer im Biltmore Hotel und diverse andere Ausgaben. Inzwischen hatte ich meine Aufenthaltserlaubnis um nicht mehr als ein paar Tage überschritten, denke ich. Das kann ich jedoch nicht beschwören. In Mexico City ging ich mit jenem Chef der Migración – einem Mann namens Guyou (an die genaue Schreibweise kann ich mich nicht mehr erinnern) – ins Hauptbüro der Einwanderungsbehörde in der Bucarelli St. und erhielt, nach meinem besten Wissen, eine weitere Verlängerung um sechs Monate. Jedenfalls habe ich Mexiko mit Sicherheit innerhalb der neu gesetzten Frist verlassen, ohne daß ich mich irgendwelcher weiteren Schwierigkeiten mit meinen Papieren erinnern könnte, wenn ich auch andere, hauptsächlich persönliche Schwierigkeiten hatte. Meine erste Frau war im Dezember 1937 nach Amerika zurückgekehrt, und ich war immer noch ziemlich krank – eine Folge von Dysenterie, Malaria und Gelenkrheumatismus. Außerdem hatte es, auf Grund meiner Wohnungswechsel oder anderer Mißverständnisse, einige Verwirrung über das an mich zu überweisende Einkommen gegeben, und als Folge davon war ich ein wenig in Schulden geraten. Meine Eltern, die sich um meine Gesundheit Sorgen machten, stellten mir einen Anwalt zur Verfügung, über den mir mein Einkommen gezahlt wurde, und bevor ich Mexiko verließ, hatte ich sämtliche Schulden in voller Höhe bezahlt. Ich bin sicher, daß, wenn mir irgendeine Strafe auferlegt wurde, diese zu diesem Zeitpunkt bezahlt war – tatsächlich *muß* sie das gewesen sein, sonst hätte ich das Land bestimmt nicht verlassen dürfen. Ich verließ Mexiko im Juli 1938 und wurde in Nogales nach Amerika hereingelassen. Ich wiederhole, daß mir von irgendeiner unbezahlten Geldbuße oder einem diesbezüglichen Schreiben des Chefs der Migración nichts bekannt war. Ganz und gar nicht daran denkend, daß dort irgend etwas gegen mich vorliegen könnte, beantragte ich dann 1946 in gutem Glauben mein Visum und die Touristenkarte für Mexiko, die ich auch, wie gesagt, vom mexikanischen Konsulat in Los Angeles erhielt.

Um auf Acapulco und meine Darstellung der dortigen Geschehnisse im März 1946 zurückzukommen: meine Frau, deren Gesundheitszustand noch immer nicht zum besten stand, und ich gingen täglich zur Einwanderungsbehörde und warteten dort mehrere Stunden, ohne daß jedoch eine Nachricht aus Mexico City eintraf. Inzwischen zerbrach ich mir den Kopf, um herauszufinden, ob womöglich noch irgend etwas anderes jenen gerichtlichen Beschluß gegen mich bewirkt haben könnte, und mir fiel folgendes ein: 1937 hatten meine erste Frau und ich eine Bürgschaft als «rentistas» gestellt. Dies war hauptsächlich von ihr und einem Freund erledigt worden, und als sie 1937 abreiste, nahm sie die diese Bürgschaft betreffenden Papiere mit sich. Soweit ich weiß, habe ich mich 1938 in Acapulco noch innerhalb der Laufzeit dieser Bürgschaft befunden, und ich glaube kaum, daß mir eine Verlängerung bewilligt worden wäre, wenn diese Bürgschaft ausgelaufen wäre. Ende 1939 oder Anfang 1940 erhielt ich jedoch in Kanada durch den Anwalt meines Vaters die Nachricht, daß der Mann, der diese Bürgschaft unterzeichnet hätte, ein ganzes Jahr lang von den Behörden mit der falschen Begründung eingeschüchtert worden war, daß ich das Land noch gar nicht verlassen hätte. Um diese Angelegenheit in Ordnung zu bringen, ging ich unverzüglich zu dem amtierenden mexikanischen Konsul hier in Vancouver und führte den Nachweis, daß ich das Land tatsächlich im Juli 1938 verlassen hatte; dieser Nachweis wurde an die zuständigen Behörden weitergeleitet, damit sie aufhörten, diesen Mann einzuschüchtern, an dessen Namen ich mich jetzt nicht erinnern kann. Ferner bin ich mir sicher, daß, falls ich ihm irgend etwas geschuldet habe, dies bezahlt worden ist, und zwar aus mir in Amerika zur Verfügung stehenden Geldern, da ich glaube, daß es damals unmöglich war, Geld aus diesem Land herauszuschicken.

In dem Bemühen, die genaue Wahrheit herauszufinden, um die Sache bereinigen zu können, bat ich nun den Unter-Chef der Migración in Acapulco, meiner Frau und mir zu zeigen, was in seinen Akten gegen mich vorliege, und er war großzügig genug, dies zu tun. Er ließ uns aber nur einen kurzen Blick hineinwerfen, und das Spanisch war zu kompliziert, um es so schnell zu erfassen. Ich stellte jedoch fest, daß dort von irgendeiner Bürgschaft gar keine Rede war und daß die Akte hauptsächlich von dem erfolglosen Versuch der Regierung handelte, jene 50-Peso-Geldbuße einzutreiben. Guyou wurde jedoch erwähnt, ebenso meine Fahrt mit ihm nach Mexico City. Ich mußte freilich bemerken, daß die Ausrede, die er für meine Nichtbezahlung der Buße produziert hatte, die ich aber selbstverständlich bezahlt *hatte*, dahingehend lautete, daß ich viel zu *ebriadad* gewesen sei, als daß man mit mir hätte Geschäfte machen können.

Ich brachte jedoch zwei wichtige Tatsachen aus diesen Akten heraus. Erstens, daß der Erlaß, der mir die Wiedereinreise ohne besondere Erlaubnis untersagte, etwa zwei Monate nachdem ich das Land verlassen hatte, also im September 1938, herausgekommen war, wodurch erklärt war, warum dort von dieser Bürgschaft keine Rede war. Konnte man mir doch wohl kaum die Wiedereinreise ohne vorherige Kenntnis davon verbieten, daß ich das Land verlassen hatte, und wenn sie das wußten, welches Recht hatten sie dann dazu, den Unterzeichner meiner Bürgschaft ein Jahr lang mit der Begründung zu verfolgen, daß ich noch in Mexiko wäre? Zweitens, daß als Datum meiner Einreise nach Mexiko fälschlich der September 1936 angegeben war. Tatsächlich war es November 1936: offenbar ein unbeabsichtigter Fehler, der es aber gleichwohl so aussehen lassen konnte, als hätte ich meine Aufenthaltserlaubnis um soviel länger überschritten, denn hier wurden mir zwei zusätzliche Monate angerechnet, in denen ich überhaupt nicht im Land gewesen bin. Ich habe all dies so vollständig wie möglich dargestellt, da dies das einzige Mal war, wo ich einen flüchtigen Blick werfen konnte auf das, was angeblich gegen mich vorlag. Als das britische Konsulat nachfragte, ist es nie informiert worden, sondern erhielt lediglich die vage Auskunft, daß es da «einigen Ärger gegeben» habe. Als meine Frau und ich später mit einem Dolmetscher und Zeugen in Mexico City waren, gaben wir uns jede Mühe, wie man noch sehen wird, den Grund für unsere Behandlung herauszufinden, aber da stritt man entschieden ab, daß irgend etwas gegen mich vorläge.

Nun beobachtete ich etwas anderes. Der Unter-Chef der Migración zeigte mir das Telegramm, das er nach Mexico City geschickt hatte und in dem er erklärte, daß wir unsere Touristenkarten usw. nicht bei uns hätten, und um Instruktionen bat. In diesem Telegramm hatte er den Namen meiner *ersten* Frau angegeben: sie sei mit mir hier in Acapulco, obwohl wir ihm die Situation mehrmals erklärt hatten. Meine Frau hatte ihm ihren Namen angegeben und erklärt, daß sie 1938 *nicht* mit mir in Mexiko, ja überhaupt noch nie in Mexiko gewesen sei und daß sie sich 1938 tatsächlich in Los Angeles aufgehalten und von meiner Existenz noch gar nichts gewußt habe. Er erwiderte, daß er in meine alte

Akte gesehen und den Namen meiner Frau herausgefunden habe, und wir bräuchten gar nicht erst versuchen, ihm zu erzählen, daß er anders laute. Ich glaube, schließlich haben wir ihn doch von der Wahrheit überzeugt. Er wollte am nächsten Tag nach Mexico City fahren und gab an, daß er selbst diesen Irrtum korrigieren würde. Ich weiß nicht, ob dieser Irrtum auf seiten des Unter-Chefs der Migración in Acapulco jemals aufgeklärt wurde oder nicht, und das trotz wiederholter Bemühungen, denn später, in Mexico City, schien, wenn nicht Sr. Corunna selbst, so doch jemand in seinem Büro immer noch den Eindruck zu haben, daß meine jetzige Frau meine erste Frau sei, die das Land zu irgendeinem dunklen Zweck unter falschem Namen betreten habe; und soweit ich weiß, ist dort nie jemand wirklich vom Gegenteil überzeugt worden.

Am Donnerstag, dem 20. März 1946, kam ein Mann von der Oficina Federal de Hacienda zu uns ins Hotel. Er weigerte sich, in unser Zimmer zu kommen, sondern blieb in der Vorhalle und, nachdem er den Hotelführer und einige der Bediensteten gerufen hatte, forderte uns drohend und mit beleidigenden Ausdrücken und lauter Stimme auf, auf der Stelle die 50-Peso-Geldstrafe zu bezahlen. Es war sehr schwer, ihn zu verstehen, da er am Ende ziemlich unzusammenhängend wurde, aber schließlich beredeten wir ihn dazu, uns an diesem Nachmittag um 4 Uhr im Büro der Touristenbehörde zu treffen, wo jemand wäre, der als Dolmetscher und Zeuge für uns agieren würde. Wir trafen uns daher in diesem Büro, wo der Untervorsteher dieses Büros, Sr. Obregon, für uns dolmetschte und uns sagte, wenn ich nicht auf der Stelle die Geldstrafe bezahlen würde, käme ich ins Gefängnis. Es muß wiederholt werden, daß unsere Papiere und unser Geld noch in Cuernavaca waren; wir hatten für den Ausflug nur eine begrenzte Menge mitgenommen und bereits einiges für Telegramme, Ferngespräche et al. nach Mexico City ausgegeben, um damit diese Angelegenheit zu beschleunigen; unsere Hotelrechnung in Acapulco schwoll ständig an, und jetzt war auch unsere Miete in Cuernavaca fällig; und all dies hatten wir lang und breit erklärt, ohne auf das geringste Mitgefühl für die auf uns zukommende unangenehme Lage zu stoßen. Man sagte bloß immer, morgen werde man zweifellos von Mexico City hören, oder: «Mexico City ist sehr langsam.» Schließlich sagte der Mann von der Hacienda, er würde mir bis Samstag morgen Zeit geben, meine Strafe zu bezahlen, und als Sicherheit meine Uhr (oder etwas anderes) nehmen. Sr. Obregon, der die ganze Zeit überaus freundlich war, sagte daher, daß, wenn ein solches Vorgehen nötig sei, er selbst die Uhr als Sicherheit nehmen würde; und das tat er auch. Der Chef der Touristenbehörde hatte inzwischen mit der Migración telefoniert und auf unser Ersuchen nach einem Ferngespräch gefragt, das angeblich an diesem Tag in betreff unseres Falles nach Mexico City – auf unsere Kosten – geführt worden sei. Er berichtete, man hätte ihnen in Mexico City erzählt, daß man dort von diesem Fall überhaupt nichts wisse und auch von mir nichts bekannt sei, daß sie uns aber trotzdem nicht freilassen würden. Ich protestierte, daß – da gegen meine Frau absolut nichts vorliege – es unrecht sei, sie festzuhalten, und sie fügte noch hinzu, daß es ihr erlaubt werden sollte, nach Cuernavaca zu fahren und unsere Papiere und unser Geld zu holen, und falls ihr dies nicht gestattet werde, würde sie den amerikanischen Konsul in Mexico City anrufen und um Unterstützung bitten. Dies wurde telefonisch weitergegeben, und dann sagte uns der Chef der Touristenbehörde, der Chef der Migración hätte nun gesagt, daß es meiner Frau gestattet sei, nach Cuernavaca zu fahren, daß sie aber unverzüglich fahren und Samstag zurück sein müsse. Da es unmöglich war, so kurzfristig etwas zu reservieren, war sie gezwungen, mit einem Zweiter-Klasse-Bus abzureisen und alleine eine nächtliche Fahrt durch Mexiko zu machen. Auf die offensichtlichen Gefahren einer solchen Fahrt will ich nicht eingehen. Sie kam um 5 Uhr morgens in Cuernavaca an, holte unsere Papiere und unser Geld und fuhr dann weiter nach Mexico City, wo sie sich ans britische Konsulat wandte. Ins britische Konsulat ging sie, da ich, wie gesagt, Engländer bin und die Schwierigkeiten anscheinend in meiner Person und der 50-Peso-Geldstrafe bestanden. Überdies hatte sie als britische Staatsangehörige durch Heirat einen Rechtsanspruch auf seinen Schutz. Es war ihr nicht möglich, den Generalkonsul zu sprechen, aber sie stellte unseren Fall Mr. Percival Hughes, dem Vizekonsul, dar. Er sah unsere Papiere sehr sorgfältig durch, sagte, sie seien völlig in Ordnung, gab sich sehr verständnisvoll, schrieb sich die Nummern unserer Touristenkarten und meines Passes auf und auch sämtliche anderen Daten, die mit der Sache zu tun hatten usw. usw. Sie erzählte ihm von der Geldbuße und allem, was sie über die damit zusammenhängenden Gründe wußte, und er sagte, er würde am nächsten Morgen mit ihr zur Migración gehen und die ganze Sache bereinigen, wenn sie noch über Nacht in Mexico City bliebe. Am nächsten Morgen, Freitag, dem 22. März, informierte er sie, daß der Generalkonsul sie angewiesen hätte, nach Acapulco zurückzufahren und dort die Geldbuße zu bezahlen. Er sagte, daß sie trotzdem an diesem Morgen zur Migración gehen und dafür sorgen würden, daß wir sofort freigelassen würden. Sie fuhr mit dem Bus nach Acapulco zurück, und Samstag morgen gingen wir mit einem Mr. W. Hudson, der als Dolmetscher und Zeuge fungierte, zur Oficina Federal de Hacienda. Dort bezahlten wir die Geldbuße. Wir sahen den Mann, der in unser Hotel gekommen war, um die Zahlung zu verlangen, und den Chef der Hacienda. Wir baten um die Herausgabe meiner Uhr und sagten, daß wir Einspruch erhöben gegen die Art und Weise, in der dieser Mann sich in unserem Hotel völlig überflüssig und peinlich aufgeführt habe. Darauf stritt er ab, uns mit Gefängnis gedroht oder meine Uhr genommen zu haben. Wir baten darum, daß man Sr. Obregon hole, was auch getan wurde. Als er kam, gab er mir sehr gnädig die Uhr zurück und bestätigte unsere Aussage betr. Drohungen usw. völlig. Dann informierte uns der Chef der Hacienda, daß ihr Mann nicht das Recht gehabt hätte, uns zu drohen oder die Uhr an sich zu nehmen, und daß er einzig dazu ermächtigt gewesen sei, mir stillschweigend eine Rechnung vorzulegen. Des weiteren ordnete er eine Entschuldigung an und sagte, diese Handlung sei ein Bruch der mexikanischen Verfassung gewesen und wir könnten dagegen klagen, wenn wir es wünschten, schließlich hätten wir zwei Zeugen. Dies lehnten wir ab in Erwiderung der Höflichkeit, die uns zu diesem Zeitpunkt vom Büro der Hacienda entgegengebracht wurde. Mr. Hudson, der auch schon bei einer anderen Gelegenheit mit uns in der Migración gewesen war, erklärte, das alles sei ein Fehler in ihrer Behörde gewesen und nicht meine Schuld. Dem stimmte der Chef der Hacienda, der während des ganzen Gesprächs überaus höflich war, zu, während Sr. Obregon seinem Zweifel darüber Ausdruck gab, ob eine Geldbuße von 50 Pesos überhaupt 8 Jahre lang verfolgt werden dürfe, und uns ganz fair versprach zu versuchen, sie für uns zurückzuerhalten, wenn er könne.

Darauf nahmen wir die Quittung für die Geldbuße sowie unsere Papiere und gingen mit Mr. Hudson zur Migración, wo wir unsere Papiere und die Quittung vorlegten und fragten, ob wir nun gehen könnten. Man sagte uns, wir dürften erst gehen, wenn man von Mexico City gehört habe. Der britische Vizekonsul hatte versprochen, uns sofort zu telegrafieren, wenn bei ihm irgend etwas nicht stimme: er telegrafierte uns nicht. Er hatte uns auch angewiesen, daß wir ihm telegrafieren sollten, wenn wir nicht sofort nach der Rückkehr meiner Frau aus Mexico City freigelassen würden. Das taten wir, erhielten aber keine Antwort.

Man hielt uns in Acapulco fest, wo wir gezwungen waren, täglich ins Büro der Migración zu gehen, das in der Stadtmitte von Acapulco liegt, wo die Hitze außerordentlich groß ist; dort mußten wir regelmäßig stundenlang in einem leeren Büro warten.

Inzwischen war jedoch der Unter-Chef der Migración aus Mexico City zurück, und als wir ihn sahen, gab er folgendes bekannt: in Mexico City hätte man leider bestritten, sein Telegramm erhalten zu haben, was die Verzögerung einigermaßen erklären könnte. Er sagte allerdings, daß man inzwischen meine Akte hier gefunden habe, in der von einer weiteren Geldbuße, diesmal über 100 Pesos, die Rede sei, die bezahlt worden wäre. Des weiteren sagte er, daß sich darin eine Fotografie von mir mit einem Bart befinde. Dies war zutreffend, denn ich hatte mir 1937 aus Spaß einen wachsen lassen, und dieses Bild befand sich auf dem Duplikat meines Papiers oder was immer als «rentista». Auf meine Frage, ob wir jetzt gehen könnten, antwortete er, daß er den Sekretär der Migración dort gefragt habe, ob er uns nicht gehen lassen wolle, worauf der Sekretär geantwortet habe: «Nein, tun Sie das nicht.» Als ich ihn fragte, ob in dieser Akte noch etwas – wahr oder imaginär – stehe, was diese Behandlung erklären könnte, sagte er: «Ich weiß nicht.» Er deutete aber an, daß der Bart eine schlimme Sache sei, wahrhaftig eine so schlimme Sache, daß nun auch meine Frau nicht gehen dürfe, obwohl ihre Papiere völlig in Ordnung seien, obwohl ganz und gar nichts gegen sie vorliege und obwohl sie amerikanische Bürgerin sei. Also blieben wir in Acapulco.

Eine Erklärung dieser Art ist nicht der rechte Ort, die Gefühle zu beschreiben, mit denen wir die Nachricht empfingen, daß Mexico City jede Kenntnis vom Erhalt dieses Telegramms abgestritten hatte. Aber wir fragten uns natürlich, ob es nicht viel später als behauptet abgeschickt worden ist, während man uns in der Zwischenzeit warten ließ; genau wie wir uns fragten, ob das Telefonat nach Mexico City von der Migración überhaupt jemals geführt worden sei.

Also warteten wir in Acapulco.

Ungefähr 10 Tage nach der Rückkehr meiner Frau aus Mexico City erhielten wir von dem britischen Generalkonsul, Mr. Rogers, einen Brief, in dem er sagte, daß die mexikanischen Behörden beschlossen hätten, mich abzuschieben; und er fragte, ob meine Papiere in Ordnung wären, so daß ich nach Amerika ausreisen könnte, obwohl meine Frau diese Papiere im britischen Konsulat dem Vizekonsul, Mr. Hughes, vorgelegt hatte, der sich all dies, wie bereits erklärt, aufgeschrieben hatte. Wir riefen per Ferngespräch das Konsulat an und sprachen mit Mr. Hughes, der absolut keinen Grund für dieses Vorgehen der mexikanischen Behörden angeben konnte und sagte, er wisse nicht, warum dies geschehen sei. Er sagte, er würde noch einmal mit ihnen reden und mir dann telegrafieren. Dies hat er nicht getan, und so rief ich ihn einige Tage später wieder an. Jetzt sagte er, daß ich nicht abgeschoben werden sollte, vielleicht aber gebeten werden würde, das Land zu verlassen; aber wieder konnte er nicht sagen, warum, da sie ihm keinen Grund genannt hatten. Schließlich erklärte am Donnerstag, dem 4. April, die Migración in Acapulco, die selbst jede Kenntnis dieses Abschiebungsbefehls bestritt, man sei von sich aus zu dem Schluß gekommen, daß wir schon viel zu lange hier wären und daß man uns am folgenden Tag ein Schreiben geben werde, das uns die Abreise gestatten würde; verpflichtete uns jedoch dazu, daß wir am Montag, dem 8. April, in der Migración in Mexico City zu erscheinen hätten. Am nächsten Tag, 22 Tage nachdem sie zum erstenmal in unser Hotel gekommen waren, gaben sie uns dieses Schreiben, das uns die Abreise gestattete.

Wir fuhren zu unserer Wohnung in Cuernavaca (wo ich prompt die fast wahnsinnige Nachricht erhielt, daß mein in Mexiko spielendes Buch, zu dem ich ein freundliches Vorwort schreiben wollte, gleichzeitig in England und Amerika angenommen worden war) und Montag morgen mit einem Dolmetscher – Sr. Eduardo Ford, Besitzer und Eigentümer des Restaurants «Bahia», 12 Jardín Morelos, Cuernavaca, Mexiko – nach Mexico City. Dort ließ man uns in dem Büro warten, bis es zu spät geworden war, um noch etwas zu erreichen, und beschied uns, in ein paar Tagen wiederzukommen.

Es sollte dazu gesagt werden, daß es von Cuernavaca nach Mexico City rund 50 Meilen sind, aber davon bekommt man keine Vorstellung von der Art der Fahrt. Obwohl sie nur zwei oder zweieinhalb Stunden dauert, muß eine Höhe von über 10 000 Fuß überwunden werden, und man kommt regelmäßig betäubt an. Das Klima ist ebenfalls vollständig anders: man verläßt Cuernavaca in tropischer Hitze und gerät in dieser Jahreszeit mit einiger Sicherheit in den Bergen in einen Schneesturm: wenn eine solche Reise auch an sich schön ist, unter solchen Bedingungen endlos wiederholt wird sie zu einem Alptraum, zumal es schwierig ist, Platzreservierungen in Auto oder Bus vorzunehmen, und beides regelmäßig unterwegs von Pannen befallen wird; durch all dies begann insbesondere der Gesundheitszustand meiner Frau zu leiden. Trotzdem schafften wir es, in den folgenden vier Wochen sämtliche Verabredungen pünktlich einzuhalten, doch warteten wir niemals unter drei und meistens vier bis fünf Stunden. Wir sind bei weitem keine reichen Leute; hatten unsere Ferien finanziell sehr sorgfältig geplant, und diese häufigen Fahrten, oft mit einem Dolmetscher, verursachten uns geradezu fatale Kosten. Denn obwohl wir nur die Ereignisse bestimmter Besuche genau beschreiben können, sollte man dabei stets bedenken, daß weitaus mehr Besuche stattgefunden haben, bei denen entgegen allen Versprechungen überhaupt nichts geschah und man uns in einem Vakuum hängen ließ: wir haben ausgerechnet, daß wir während dieser vier Wochen weit über 1000 Meilen einfach zwischen Cuernavaca und Mexico City hin- und hergefahren sind, wahrscheinlich waren es sogar zwölfhundert.

Zusammenfassung: als wir am Freitag, dem 12. April, zurückkamen, wurde uns gesagt, unser Fall sei ans Aufsichtsamt weitergeleitet worden. Dort warteten wir die üblichen Stunden und sahen schließlich einen Inspektor, dessen Namen ich nicht weiß, der aber unseren Fall bearbeitete und auf den ich mich mit Gründen noch oftmals werde beziehen müssen; ich werde ihn einfach Inspektor nennen. Er nahm unsere sämtlichen Papiere (einschließlich der Quittung für die Geldbuße, die uns übrigens nie zurückgezahlt worden ist) und unsere Ausweise und beriet sich dann mit dem Chef der Inspección, einem Sr. Corunna. Die Buße war bezahlt und unsere Papiere in Ordnung. Nun aber bemerkte der Inspektor, daß wir auf den Touristenkarten unseren Beruf als Schriftsteller angegeben hatten. Darauf sagte er, daß wir als Schriftsteller Mexiko überhaupt nicht als Touristen hätten betreten dürfen und eine Arbeitserlaubnis oder einen anderen Paß haben müßten, und er fragte, ob wir Einwanderungspapiere haben wollten. Sowohl wir selbst als auch unser Dolmetscher waren von dieser Erklärung überrascht. Unser Dolmetscher bemerkte, daß es in Mexiko Tausende von Schriftstellern, Sängern und Malern gebe, die überall eifrig Bilder malten, und er fragte, ob die alle das Land mit Einwanderungs- oder Arbeitspapieren betreten hätten und ob ein Künstler gegen das Gesetz verstoße, wenn er in Mexiko seine Ferien verbringe. Der Inspektor geriet etwas aus der Fassung, erholte sich aber und erklärte, daß es zwar stimme, daß sie keine Einwanderungs- oder Arbeitspapiere hätten, daß sie tatsächlich aber welche haben sollten. Da wir selbst drei Künstler persönlich kannten, die nur mit Touristenkarten in Mexiko malten und von denen einer Mexikanern Unterricht gegeben und dafür Geld genommen hatte, außerdem Schriftsteller, die mit Sicherheit für in Mexiko erscheinende Zeitschriften Artikel geschrieben hatten, z. B. für *Modern Mexico* usw., und keiner dieser Leute auf irgendeine Weise von der Regierung behelligt worden war, waren wir einigermaßen verwirrt. Wir protestierten gegen diese offensichtliche Diskriminierung und sagten, falls das so wäre, dann wäre das nicht unsere Schuld, sondern die des mexikanischen Konsulats in Los Angeles; aber ohne Erfolg. Ich sagte, daß wir in Mexiko nicht gearbeitet, kein Geld für irgendeine in Mexiko geleistete Arbeit angenommen und auch nicht die Absicht dazu gehabt hätten; daß wir uns als Schriftsteller natürlich Aufzeichnungen gemacht hätten, hauptsächlich in Form eines simplen Tagebuchs oder flüchtig hingeschriebener Notizen, die später vielleicht für eine Kurzgeschichte oder ein paar Reiseartikel verwendet werden sollten, die meine Frau nach unserer Rückkehr nach Kanada hatte schreiben wollen und so weiter. Ob ich etwas über meine Notizen für das geplante Vorwort gesagt habe oder nicht, weiß ich nicht mehr. Der Inspektor gab zu, daß das Aufzeichnen derartiger Notizen kaum als «Arbeit» in Mexiko bezeichnet werden könne. Gleichwohl beharrte er darauf, daß wir *arbeiteten*, und verlangte von uns, daß wir pro Person eine Bürgschaft von 500 Pesos stellen und versprechen sollten, *nicht mehr* zu arbeiten, solange wir noch in Mexiko wären. Wir bestanden darauf, daß wir nicht eigentlich gearbeitet hätten. Er sagte, die Bürgschaft sei trotzdem notwendig, und gab uns Zeit bis Montag, entweder das Geld oder die Bürgschaft vorzulegen. Mir kam dies als bloß vielleicht poetische Gerechtigkeit in meinem Fall vor, aber unser Dolmetscher, Sr. Ford, war äußerst aufgebracht und sagte, der Inspektor hätte eben zu ihm bemerkt, daß dies natürlich in Wirklichkeit mehr oder weniger außeramtlich sei, und weiter hätte der Inspektor gesagt, daß, wenn ich dem Chef der Migración in Acapulco 50 Pesos in die Tasche gesteckt hätte, die ganze Sache dort erledigt worden wäre und das Hauptbüro nie davon erfahren hätte. Und das bekam ich noch mehrmals zu hören: daß mein Vergehen ursprünglich darin bestanden habe, die «mordida» nicht zu bezahlen. Der britische Vizekonsul selbst hat mir das später in eben diesem Büro offen gesagt und mir des weiteren den Rat gegeben, daß ich genausogut dem Inspektor 100 Pesos oder so hätte anbieten können; und tatsächlich *mußte* man, wenn man so lange in diesem Büro saß wie wir, mit eigenen Augen Zeuge der Wahrheit dieser Behauptung werden.

Aber irgendwie haben wir in der vorhergehenden Diskussion in aller Unschuld etwas getan, was die Angelegenheit zweifellos noch weiter komplizierte. In dem Glauben, daß der Inspektor bezweifelte, daß wir diejenigen wären, als die wir uns ausgaben, vielleicht auch, weil wir inzwischen an unserer eigenen Identität zu zweifeln begannen, zeigte ich ihm ein Exemplar des Romans meiner Frau (‹*The Shapes That Creep*›, bei Scribner's erschienen am 14. Januar dieses Jahres), meinen Vertrag mit Jonathan Cape in London und ferner das Telegramm von Reynal & Hitchcock in New York über die Annahme meines Buchs. Das Buch war 1944 in Kanada zu Ende geschrieben worden.

Jedenfalls sagte an diesem Tag, dem 12. April, der Inspektor zu unserem Dolmetscher, Sr. Ford, daß, wenn wir bis Montag morgen diese Bürgschaft oder denselben Betrag in bar vorlegen würden, wir unsere Papiere zurückbekämen und frei sein würden, ohne weitere Belästigung in Mexiko zu bleiben, bis unsere Touristenkarten am 10. Juni auslaufen würden.

Man muß natürlich schon jemand mit Vermögen bekommen, der einem eine solche Bürgschaft unterschreibt, und das war so kurzfristig kaum möglich, da ich in Mexico City niemanden kannte, der das machen konnte, und überdies war die nächste Woche die Karwoche, und am Montag hatten alle Kreditanstalten geschlossen. Jedenfalls war unser Dolmetscher und Zeuge, Sr. Ford, ganz außer sich über dieses Vorgehen und erbot sich (obwohl ich ihn vollständig über meinen früheren Irrtum – wenn es ein Irrtum war – in eben einer solchen Sache unterrichtet hatte), die Bürgschaft selbst zu unterzeichnen und als Sicherheit sein Restaurant in Cuernavaca zu geben. Es gelang uns, diese Bürgschaft zu erhalten, und am nächsten Morgen legten wir sie vor und baten um unsere Papiere. Wir wurden zum Chef dieser Abteilung geführt, Sr. Corunna, der sich meiner Frau gegenüber äußerst beleidigend verhielt und sie aus seinem Büro wies und sich weigerte, uns unsere Papiere zu geben. Wir hatten erklärt, daß wir Mexiko sobald wie möglich verlassen wollten, und Corunna, dessen Redeweise in Schreien besteht, verlangte das Datum unserer Abreise. Ich sagte, daß wir fliegen wollten, da ich die lange Zugfahrt meiner Frau nicht zumuten wollte, und da Mexico City für Flugreisen der Ausfahrtshafen wäre, könnten wir unsere Tickets wohl kaum ohne unsere Papiere bekommen. Darauf fragte er nach dem ungefähren Datum unserer Abreise, und ich sagte ihm, wir würden abreisen, sobald wir nur nach der Herausgabe unserer Papiere die Platzreservierungen vornehmen könnten. Darauf beruhigte er sich etwas und sagte, wir sollten, wenn ich mich recht erinnere, in etwa einer Woche wiederkommen; dann würden wir unsere Papiere bekommen, die jetzt in Ordnung seien. Abschließend versicherte er uns, daß alles in Ordnung sei, daß es keinen Grund zur Beunruhigung gebe und daß es eine belanglose Sache sei.

Hier kann man natürlich fragen, warum ich mich nicht noch einmal um Unterstützung an das britische Konsulat gewandt habe oder warum meine Frau nicht zu ihrem amerikanischen Konsul gegangen ist, wenn sie auch kraft Heirat mit mir ebenfalls britischer Staatsbürger ist und gleichermaßen das Recht hat, sich an das britische Konsulat zu wenden. Sie ist deswegen nicht zum amerikanischen Konsul gegangen, weil es mein Status war, der diese Lage herbeigeführt hatte und sie nur aus diesem Grund da hineingeraten war, und für mich konnte der amerikanische Konsul nichts tun, weshalb wir, wie wir dachten, durch dieses Vorgehen nichts erreichen würden. An das britische Konsulat habe ich mich nicht mehr gewandt – außer bei einer anderen Gelegenheit –, weil ich inzwischen das Vertrauen auf deren Fähigkeit oder Geneigtheit, mir zu helfen, verloren hatte. Und schließlich auch, weil uns von jedermann in der Aufsichtsbehörde – trotz der psychischen Grausamkeit dieser Behandlung – bis zum allerletzten Augenblick fortgesetzt versichert wurde, daß unsere Papiere in Ordnung seien, daß man absolut nichts gegen uns habe und daß es keinerlei Grund zur Beunruhigung gebe; und die diversen Verzögerungen ergäben sich lediglich aus der Paragraphenreiterei und Langsamkeit der Regierung.

Am Tag vor unserer nächsten Verabredung mit Sr. Corunna ließen wir ihn durch Sr. Ford per Ferngespräch aus Cuernavaca anrufen. Sr. Ford sprach mit Corunna, der ihm versicherte, daß unsere Papiere, vollkommen in Ordnung, da wären, und daß wir jetzt jederzeit kommen und sie abholen könnten. Wir fuhren daher um den 23. April nach Mexico City, um unsere Papiere abzuholen; wir hatten vor, sofort nach deren Empfang unsere Flugreservierungen zu beantragen. Inzwischen hatte ich meiner Bank in Kanada telegrafiert, sie solle an die Banco Nacional de Mexico in Cuernavaca Geld überweisen. Uns ging jetzt nämlich auf Grund all dieser Sonderausgaben das Bargeld aus, aber ich konnte weder das Geld von meiner Bank noch im Telegrafenamt das von meinem Agenten bekommen, da ich mich nicht ausweisen konnte, schließlich hatte die Regierung ja meine sämtlichen Papiere; aus diesem Grund konnte ich mir also auch nicht die Tickets für die Ausreise kaufen, obwohl zwischen der Bank und dem Telegrafenamt mehrere hundert Dollar für mich lagen. Sr. Corunna weigerte sich wiederum, uns unsere Papiere zu geben, die, wie er jedoch wiederholte, nun vollkommen in Ordnung seien; und es bestünde für uns keinerlei Grund zur Beunruhigung. In diesem Moment kam zufällig Mr. Hughes, der britische Vizekonsul, in irgendeiner anderen Angelegenheit in das Büro, und da er einmal da war, bat ich ihn noch einmal dringend zu versuchen, mir einen Teil meiner Papiere zu beschaffen, irgendeinen Ausweis, den ich vorlegen konnte, um mein Geld zu bekommen, da das Telegrafenamt das Geld nach New York zurücküberweisen würde, wenn ich es nicht innerhalb der nächsten ein oder zwei Tage abholen würde. Mr. Hughes sprach darauf unsretwegen mit Sr. Corunna, und Corunna versicherte ihm, daß alles in Ordnung wäre und daß wir unsere Papiere nur deswegen nicht heute bekommen würden, weil sie noch einmal zur Migración geschickt worden seien, wo sie nun auf dem Schreibtisch eines Mannes lägen, der an eben diesem Tage nicht in seinem Büro wäre. Er sagte, wenn wir am Freitag wiederkämen, würde er die Papiere für uns haben, und es werde keine weiteren Fragen oder Verzögerungen geben. Wir verabredeten uns daher fest für Freitag vormittag um 11 Uhr 30; Mr. Hughes bot sich an, dann ebenfalls zu erscheinen. Des weiteren gab Mr. Hughes an, er selbst sei es gewesen, der für unsere Freilassung aus Acapulco am Morgen des 9. April (Freitag) von der Migración in Mexico City aus gesorgt und auch das Telegramm gesehen habe, das abgeschickt worden sei. Es kam uns ziemlich merkwürdig vor, daß am Donnerstag, dem 8. April, die Migración in Acapulco gesagt hatte, daß sie selbst uns freilassen würden, aber wir machten daraus kein großes Aufsehen. Mr. Hughes sagte ferner, daß sie, eine Woche nachdem meine Frau zum erstenmal zur Rückkehr nach Acapulco aufgefordert worden sei (auf das Versprechen hin, daß er oder der Generalkonsul an diesem Morgen zur Migración gehen würde), einen Laufburschen herübergeschickt hätten, der mit dem Bericht zurückgekehrt sei, daß ich abgeschoben werden sollte. Dieser Unglücksrabe hat, wie sich zeigen wird, wenigstens teilweise die Wahrheit gesagt.

Am Freitag, dem 26. April, fuhren wir daher noch einmal nach Mexico City zu unserer Verabredung mit Mr. Hughes und Sr. Corunna. Als wir nach einer Fahrt, die von überdurchschnittlichen Schwierigkeiten begleitet war – unsere Beförderung brach zweimal zusammen; insgesamt brauchten wir vier Autos, um hinzukommen –, doch noch rechtzeitig ankamen, war Mr. Hughes nicht da; meine Frau rief ihn an, während ich eine Gelegenheit suchte, noch einmal mit Sr. Corunna zu sprechen. Mr. Hughes erklärte meiner Frau, er sei im Konsulat zu beschäftigt gewesen, um die Verabredung mit Sr. Corunna einzuhalten [aber er habe Corunna angerufen und erfahren], daß unsere Papiere noch immer auf dem Schreibtisch in der Migración lägen und daß der Sachbearbeiter wieder einmal nicht in seinem Büro wäre bzw. zwar dagewesen wäre, sich aber schlicht dazu entschlossen hätte, an diesem Tag nichts mehr zu arbeiten. Mr. Hughes habe ihm unsere Misere mehrmals auseinandergesetzt: daß wir unsere Ausweise unbedingt brauchten usw., aber Sr. Corunna habe erwidert, er sei nicht in der Lage, uns irgend etwas zu geben. Meine Frau bat Mr. Hughes dringend, sich weiter darum zu bemühen, uns zu helfen oder herauszufinden, was denn nun überhaupt nicht stimmen würde, aber er antwortete, daß er für uns gar nichts mehr tun könne.

Dann sprach ich Sr. Corunna, der mir sagte, ich solle am nächsten Tag wiederkommen. Also fuhren wir am nächsten Vormittag wieder nach Mexico City, und wieder sprach ich mit Sr. Corunna. Nach einer langen Diskussion, in deren Verlauf er mich mehrmals in seiner üblichen beleidigenden Weise anbrüllte – ich hielt meine Frau soweit es ging aus diesen Gesprächen heraus wegen der wüsten, hysterischen Art, mit der er sie führte –, ging er schließlich zur Migración und brachte mir meinen alten, abgelaufenen Paß mit. Dann sagte er mir, ich solle noch einmal am folgenden Dienstag, dem 30. April, nach Mexico City kommen; der Mann, der unsere Papiere habe, werde dann ganz gewiß dasein, und wir würden sie dann auf jeden Fall zurückerhalten. Jedoch verlangte er noch einmal zu wissen, wann wir abzureisen gedächten, und ich erklärte wieder einmal, daß wir ohne unsere Papiere keine Flugreservierungen vornehmen könnten und erst dann Tickets kaufen könnten, wenn ich an mein Geld herankommen könnte.

Wir fuhren nach Cuernavaca zurück, und ich erhielt an diesem Samstagnachmittag gerade noch rechtzeitig mein Geld vom Telegrafenamt, denn dort war man gerade im Begriff, es nach New York zurückzuüberweisen. Am Montag ging ich zur Bank und holte das Geld ab, nachdem ich an meine kanadische Bank telegrafiert hatte.

Dienstag vormittag fuhren wir noch einmal nach Mexico City und gingen zur Aufsichtsbehörde. Hier unterrichtete uns der Inspektor davon, daß wir mit ihm kommen und uns für unsere Einwanderungspapiere fotografieren lassen müßten. Daraufhin sagte wohl meine Frau – ziemlich verständlich –, daß sie keine Einwanderungspapiere haben, sondern nur Mexiko verlassen wolle; und wenn ich das nicht selbst gesagt habe, dann nur deshalb, weil ich mich darum bemühte, meine Ruhe zu bewahren, denn ich wußte, daß es deren Hauptziel war, mich aus der Ruhe zu bringen. Ich bat um Erlaubnis, mit Sr. Corunna sprechen zu dürfen und sagte, daß er uns versprochen habe, uns unsere Papiere auf jeden Fall an diesem Vormittag auszuhändigen. Dies wurde verweigert. Darauf wollte ich wissen, warum man plötzlich beschlossen habe, unsere Papiere zu ändern; und meine Frau bat um die Erlaubnis, zur Touristenbehörde gehen zu dürfen, um einen Dolmetscher zu holen, der das Ganze ausführlicher erklären könnte, denn wir sprachen nicht fließend Spanisch, und der Inspektor war schwer zu verstehen, wenn er wütend wurde. Auch dies wurde verweigert, und wir wurden über die Straße gebracht, wo man Fotos von uns machte, unter der Versicherung, daß diese Fotos für unsere Einwanderungspapiere bestimmt seien. Ich sehe darauf aus wie ein Krimineller und meine Frau (der Inspektor riß ihr im Moment der Aufnahme auf rüde Art den Hut herunter, und ihr Haar geriet in Unordnung) wie eine Irre. Niemand, der diese Bilder sähe, würde sich darüber wundern, daß wir abgeschoben werden sollten, höchstens darüber, daß man solche Leute überhaupt auf freiem Fuß herumlaufen läßt; und ich nehme an, einen solchen Eindruck sollen derartige Bilder auch machen. Andererseits begann sich nun die Anspannung auszuwirken. Inzwischen hatte man uns gesagt, diese Fotos würden um 2 Uhr fertig sein und wir müßten bis dahin im Büro der Einwanderungsbehörde warten. Wir erhielten keine Genehmigung, essen zu gehen oder auch nur eine Tasse Kaffee zu trinken – obwohl ich darlegte, daß wir wie gewöhnlich Cuernavaca sehr früh am Morgen hätten verlassen müssen und meine Frau erschöpft sei –, ja wir durften das Büro aus überhaupt keinem Grund verlassen; wurden jedoch fortwährend versichert, daß Sr. Corunna jeden Augenblick zu mir käme und alles völlig in Ordnung sei. Um 2 Uhr holte meine Frau die Bilder ab, die der Inspektor zum Schreien lächerlich fand und über die er laut und lange lachte. Um halb drei sagte der Inspektor auf einmal, nachdem Sr. Corunna das Büro verlassen habe und es gleich geschlossen werde, müßten wir am Vormittag des 2. Mai (der 1. Mai ist Feiertag) um 12 Uhr noch einmal ins Büro kommen; und zwar mit unserem ganzen Gepäck.

Wir protestierten dagegen und sagten, daß wir den Grund dafür nicht einsehen könnten. Wir wollten in Cuernavaca bleiben, wo wir die Miete für unsere Wohnung schon bezahlt hätten, bis wir aus Mexiko abreisten, und wir wollten uns nicht noch weitere Ausgaben aufladen und in Mexico City in einem Hotel wohnen. Außerdem verstünden wir nicht, wieso wir, nachdem uns, auch vom Konsul, versichert worden sei, daß unsere sämtlichen Papiere in Ordnung seien und ganz und gar nichts gegen uns vorliege, und nachdem wir die Bürgschaft gestellt hätten usw. usw., wieso wir, wiederholten wir, jetzt so plötzlich aufgefordert würden, unser Gepäck nach Mexico City zu bringen. Der Inspektor geriet völlig außer sich und packte mich am Arm und sagte, wenn ich das nicht verstünde, sollte ich auf der Stelle mit ihm ins Gefängnis gehen. Außerdem beschimpfte er uns, daß wir nicht in Mexico City leben würden. Als ich verzweifelt erklärte, daß wir Cuernavaca lieben würden und dort bis zu unserer Abreise so lange wie möglich wohnen wollten, verlangte er den Namen des Hotels zu erfahren, in dem wir in Mexico City wohnten. Außerdem sagte er, wenn wir nicht am 2. Mai um 12 Uhr mit unserem Gepäck im Büro erscheinen würden, könnte er nach Cuernavaca kommen und uns unter Arrest stellen. Dann wurde das Büro geschlossen; niemand war mehr da, und wir konnten an diesem Tag nichts mehr erreichen. Wieder einmal fuhren wir daher nach Cuernavaca zurück. Am Abend trafen wir Sr. Ford, der uns davon informierte, daß am Nachmittag die Kreditanstalt Central de Fianzas, S. A., Motolinia 20, Mexico City, ihn per Ferngespräch angerufen und ihm gesagt habe, daß die Regierung unsere Bürgschaft einkassiert und ihn, Sr. Ford, aufgefordert habe, unverzüglich die 1000 Pesos zu bezahlen, oder er werde ins Gefängnis gesteckt und sein Geschäft konfisziert. Offensichtlich hatte man diese Bürgschaft einkassiert, während man uns im Büro hatte warten lassen und uns beharrlich versicherte, daß alles völlig in Ordnung sei. Am nächsten Tag, dem 1. Mai, erhielt Sr. Ford ein Telegramm von der Kreditanstalt, die die Tatsache bestätigte, daß die Regierung tags zuvor die Bürgschaft einkassiert hatte. Dieses Telegramm befindet sich in unserem Besitz und lautet: *Hoy hizo efectivas secretarias Gobernación fianzas esponsos Lowry. Suplicamosle remitirnos inmediatamente un mil pesos importe garantias objeto no perjudicar interés. Central de Fianzas, S. A.* Wir gaben daher Sr. Ford die 1000 Pesos; die Quittung für dieses Geld besitzen wir noch.

Am Morgen des nächsten Tages, Donnerstag, dem 2. Mai, verließen wir Cuernavaca mit unserem Gepäck und in Begleitung von Sr. Ford, der zu der Kreditanstalt fuhr, um die 1000 Pesos zu bezahlen, und fuhren nach Mexico City. Wir kamen schon 2 Stunden vorher an, in der Hoffnung herauszufinden, worin die Schwierigkeiten beständen, und um uns ein letztes Mal zu bemühen, unseren Fall den Behörden im richtigen Licht darzustellen. Es hatte sich auch ein weiterer mexikanischer Bürger, dem unser Fall naheging und der einigen Einfluß besaß, angeboten, sich um 10 Uhr mit uns zu treffen und als Dolmetscher und Zeuge für uns zu fungieren. Wir warteten bis 10 Uhr 45 auf ihn, aber er kam nicht. Dann gingen wir zur Touristenbehörde, wo wir für die Zwischenzeit unser Gepäck gelassen hatten, und sprachen mit Sr. Buelna, dem Chef dieser Abteilung. Die Zeit war knapp, da wir um 12 Uhr mittags mit unserem Gepäck im Büro der Inspección zu erscheinen hatten, aber wir legten unseren Fall dar und baten um Hilfe. Zuerst erklärte er, daß er überhaupt nichts für uns tun könne, da es nicht in seine Abteilung falle. Jedoch befanden sich zu dieser Zeit ein paar amerikanische Touristen in seinem Büro, die nicht umhin konnten zuzuhören, und schließlich rief er freundlicherweise jemanden im Büro des Sub-Secretario des Büros für innere Angelegenheiten an und vereinbarte für uns ein Treffen mit dem Sub-Secretario, Dr. Pérez-Martínez, in wenigen Minuten, wenn er seine Konferenz mit dem Secretario beendet habe. Er sagte, Dr. Martínez würde uns zumindest anhören. Wir gingen in das Büro des Sub-Secretario, wir wurden ihm gemeldet, sagten, die Angelegenheit sei äußerst dringend, und warteten über eine Dreiviertelstunde. Inzwischen war es kurz vor 12 Uhr; der Inspektor kam in das Büro und beorderte uns hinunter in das Büro der Inspección. Wir erklärten, daß wir darauf warteten, unseren Fall dem Sub-Secretario vortragen zu können, da man uns gesagt hätte, er wäre die letzte Autorität in derartigen Angelegenheiten. Der Inspektor befahl uns noch einmal, auf der Stelle in das andere Büro mitzukommen; aber da wir immer noch auf eine Anhörung unseres Falles hofften, warteten wir weiter.

Während ich in der Hoffnung dablieb, doch noch im letzten Moment meinen Fall vortragen zu können, ging meine Frau noch einmal zu Sr. Buelna, um ihn zu bitten, daß uns wenigstens ein Dolmetscher und Zeuge zur Verfügung gestellt würde. Sr. Buelna erwiderte zunächst, daß das unmöglich sei, war aber schließlich doch so freundlich, uns jemanden zu verschaffen. In Begleitung dieses Zeugen gingen wir zum Büro der Inspección. Hier warteten wir und baten darum, Sr. Corunna sehen zu können. Man sagte uns, Sr. Corunna habe vom Sub-Secretario seine uns betreffenden Anweisungen, und es wäre nicht möglich, daß wir ihn sehen könnten. Noch einmal versuchten wir herauszufinden, warum wir auf so ungewöhnliche Weise behandelt würden, worauf der Inspektor sehr wütend wurde und behauptete, wir hätten «schlecht von Mexiko geredet». Das stritten wir ab – zutreffend hätte es nur in dem Sinne genannt werden können, daß wir gegen unsere jetzige Behandlung protestierten – und erklärten, wie schon oftmals zuvor, daß wir Mexiko und sein Volk liebten, was nicht nur früher, sondern auch jetzt noch, trotz dieser Erfahrungen, zuträfe, und daß wir noch immer herauszufinden wünschten, was denn nicht in Ordnung sei, daß wir immer noch eine faire Anhörung wünschten, da wir überzeugt davon seien, daß irgendwo ein fundamentales Mißverständnis vorliegen müsse, das schlimmer wäre als alle anderen in unserem Fall. Darauf sagte man uns, daß wir den Inspektor nach 113 Bucarelli begleiten müßten, wo wir unsere Papiere erhalten würden und dann gehen dürften. Da wir wußten, daß dies (sozusagen) ein Gefängnis war und keine Regierungsbehörde, protestierten wir. Wir fragten nach dem britischen Konsul. Meine Frau fragte nach dem amerikanischen Konsul. Beides wurde abgelehnt. Wiederum sagte man uns, daß wir zu diesem 113 Bucarelli lediglich deshalb gehen würden, um unsere Papiere ausgehändigt zu bekommen, und wir wurden unter Protest dorthin gebracht. Nachdem wir drinnen waren, zwang man uns, unsere Namen in eine Liste einzutragen. Wir protestierten wieder und verlangten, unsere Konsuln sehen zu dürfen, und wir fragten, was man mit uns vorhabe und, wenn man uns abschieben wolle, warum? Der Inspektor stritt nachdrücklich ab, daß wir abgeschoben werden sollten. Darauf baten wir den Dolmetscher, der sichtlich den Mut verlor, um Himmels willen sofort unseren Konsul anzurufen, worauf er erwiderte, daß er Sr. Buelna von der Lage unterrichten werde.

Darauf wurden meine Frau und ich in einen kleinen abgeriegelten

Raum gebracht, in dem sich bereits zwei andere Männer befanden; es gab keine Toiletteneinrichtung für meine Frau, sondern nur ein äußerst verdrecktes Klo für uns alle vier, und das hatte keine Tür und öffnete sich direkt in den Raum hinein, in dem wir festgehalten wurden. Man sagte uns, daß wir incomunicado gehalten würden, und schloß uns ein. Der Chef dieser Anstalt war jedoch extrem höflich, und er war über den Mangel an Zurückgezogenheit für meine Frau bekümmert. Er ließ auch für uns nach gutem Essen schicken, natürlich auf unsere Kosten, und sagte, daß wir auf keinen Fall das Gefängnisessen zu uns nehmen könnten. Stimmt: es gab überhaupt kein Gefängnisessen. Beziehungsweise, falls doch, kostenlos wollte man uns jedenfalls keins geben. Jedermann hier war freundlich und verständnisvoll, und schließlich machte der Chef einen anderen Raum hinter dem ersten für uns auf und brachte uns sein eigenes Laken, das, wie er erklärte, sauber sei. Es sollte aber dazugesagt werden, daß inzwischen unser Gepäck hierhin gebracht und in einem Außenzimmer abgestellt worden war. Später entdeckten wir, daß man unsere Schrankkoffer aufgebrochen hatte und die Hälfte der Kleider meiner Frau sowie unsere Kamera fehlten. Dieser Diebstahl kann nur in der Touristenbehörde oder in der 113 Bucarelli stattgefunden haben, da es ansonsten keine Gelegenheit dazu gegeben hat. Wir hatten den ganzen Tag noch nichts gegessen, und unser Essen traf erst nachmittags ein, zusammen mit dem Inspektor. Er gab uns lediglich fünf Minuten Zeit zum Essen, dann kommandierte er uns in ein Taxi, in dem wir zum Bahnhof gebracht wurden; dort setzte man uns sofort in einen Zug. Alle weiteren Proteste oder Forderungen, unsere Konsuln sprechen zu dürfen, waren vergeblich. Flucht war unmöglich: der Inspektor war bewaffnet.

Unser Zug hatte nur Tageswaggons ohne Betten, und meine Frau und ich waren gezwungen, die ganze Nacht aufrecht zu sitzen und jederzeit in Sichtweite des Inspektors zu bleiben. Wir verlangten beide mehrmals, von ihm den Grund für diese Behandlung zu erfahren. Wir fragten, ob wir abgeschoben werden sollten, und er antwortete entschieden: nein. Er erklärte, seine Anweisungen gingen dahin, uns nach Nuevo Laredo zu bringen, uns dort unsere Papiere auszuhändigen und uns zu erlauben, allein und unbehelligt die amerikanische Grenze zu überschreiten. Wir fragten ihn, warum die Kaution einkassiert worden sei, und er beharrte darauf, daß sie nicht einkassiert worden sei. Darauf zeigten wir ihm das Telegramm, das bewies, daß sie wohl einkassiert worden war, worauf er sagte, davon wisse er überhaupt nichts. Die Fahrkarten hatte natürlich er. Er saß so, daß er jede unserer Bewegungen sehen konnte, aber einmal abgesehen von dem beschämenden und peinlichen Gefühl, das er damit hervorrief, belästigte oder drangsalierte er uns nicht direkt; er erlaubte uns sogar tatsächlich, alleine im Speisewagen unsere Mahlzeiten zu uns zu nehmen. Die Bedienung, die Schaffner und Zugleute wurden allerdings über unseren Status nicht im Zweifel gelassen, und im großen und ganzen mußten wir uns wie Kriminelle vorkommen.

Es war nach Mitternacht der zweiten Nacht, als der Zug in Nuevo Laredo ankam: ein heftiges Gewitter tobte, und im Zug waren sämtliche Lichter ausgegangen. Wir baten ihn dann um die von ihm versprochenen Papiere, woraufhin er begann, unser Gepäck aus dem Zugfenster zu werfen, und da der Zug schon wieder losfuhr (er hatte nur sehr kurzen Aufenthalt), befahl er uns auszusteigen; und meine Frau, die an der falschen Seite des Zugs ausgestiegen war, mußte tatsächlich durch den schon fahrenden Zug hindurchsteigen und entging nur knapp einem schweren Unfall.

Wir fuhren dann mit unserem Gepäck mit einem Taxi zur mexikanischen Einwanderungsstelle weiter, die direkt vor der Brücke über den Rio Grande liegt. Dort warteten wir wieder und beobachteten die Lichter von Laredo auf der amerikanischen Seite der Brücke, während der Inspektor sich mit einem Schreiber beriet, dem er befohlen hatte, etwas auf einer Schreibmaschine zu schreiben. Es war jetzt etwa 2 Uhr morgens. Bald darauf wurde dieses Dokument, das der Schreiber getippt hatte, meiner Frau zur Unterschrift vorgelegt. Sie las es und merkte, daß es ein Abschiebebefehl war: sie gebe zu, daß sie wegen des Bruchs der Einwanderungsgesetze von Mexiko abgeschoben werde. Meine Frau verweigerte die Unterschrift, da immer wieder abgestritten worden war, daß wir abgeschoben werden sollten, da wir niemals einen Grund zu einer solchen Maßnahme gegeben hatten – wenn man von der Bemerkung des Inspektors absieht, wir hätten «schlecht von Mexiko geredet» – und uns zu keiner Zeit eine faire Anhörung gewährt worden war, und es in ihrem Fall absolut unwahr war, daß sie irgendwelche Einwanderungsgesetze gebrochen hätte, und da mir überdies bekannt ist, daß man 24 Stunden vorher von einer solchen bevorstehenden Abschiebung unterrichtet werden muß. Der Schreiber wurde sehr unruhig und bat sie zu unterschreiben, wobei er andernfalls ernsthafte Gefahr andeutete. Ich sagte ihr, sie solle nicht unterschreiben, und erklärte, daß auch ich nicht die Absicht hätte, irgendeinen derartigen Befehl zu unterschreiben. Der Inspektor geriet in heftige Rage und wurde unglaublich beleidigend, und da er eine Pistole hatte und sie mit unzweideutigen Ausdrücken bedrohte, sagte ich ihr schließlich, sie solle unterschreiben: es gab keine andere Wahl, und um nicht Gefahr zu laufen, von ihr getrennt zu werden, unterschrieb ich ebenfalls; aber wir beide erklärten, daß wir die Anklage vollständig zurückweisen und das Dokument gezwungenermaßen unterschreiben würden. Dann wurde meiner Frau gesagt, da sie eine Amerikanerin sei, sei sie nun frei, sie könne über die Brücke gehen; da aber die amerikanische Einwanderungsstelle jetzt über Nacht geschlossen sei, könnte ich erst gehen, wenn sie am Morgen aufmache. Sie weigerte sich, ohne mich zu gehen, worauf man sie merkwürdigerweise geradezu bekniete zu gehen. Ich hatte zu diesem Zeitpunkt kein Zutrauen zu ihrem guten Willen in dieser Sache – wenn schon das alles, warum nicht *ley fuga*? –, und obwohl ich ihr zuerst gesagt hatte, sie solle gehen, hielt ich es nun doch für sicherer, wenn sie bei mir bliebe. Der Inspektor ging dann, nachdem er Anweisung gegeben hatte, daß wir beide bis zum Morgen im Büro festgehalten werden sollten. Nachdem der Inspektor einmal weg war, bekam jedoch der Schreiber Mitleid mit meiner Frau, die völlig erschöpft und in einem Zustand nervöser Gereiztheit war, und er sorgte dafür, daß wir – unter Aufsicht – für eine kurze Zeit in ein Hotel gehen konnten, damit wir wenigstens ein Bad nehmen und uns etwas ausruhen konnten. Morgens um halb sechs kam ein anderer Mann von der Einwanderungsstelle ins Hotel und brachte uns zurück ins Büro.

Wieder einmal warteten wir in der Einwanderungsstelle. In der Nacht zuvor hatte man uns davon unterrichtet, daß das amerikanische Einwanderungsamt um 7 Uhr morgens aufmachen würde und daß wir dann gehen dürften. Kurz nach 7 fragten wir daher, ob wir jetzt gehen und nach Amerika überwechseln dürften. Man sagte uns, daß wir noch mit dem Chef dieser Einwanderungsstelle sprechen müßten und daß er zwischen acht und neun Uhr da sein würde. Um neun Uhr traf der zweite Vorsteher dieses Amtes ein, und wir legten ihm, so gut wir konnten, unseren Fall dar. Wir versicherten ihm, daß wir absolut sicher seien, daß hier irgendwo ein gravierender Irrtum vorliegen müsse; immer und immer wieder sei uns gesagt worden, daß unsere Papiere in Ordnung seien, und wir hätten nichts getan, was diese seltsame Behandlung rechtfertigen könne; wir hätten dieses Papier vorige Nacht nur unter scharfem Protest unterschrieben und so weiter. Er war zwar höflich, sagte aber, daß wir auf den Chef warten müßten. Wieder warteten wir; ein bißchen später sprach meine Frau, während ich mit jemand anderem im Büro redete, wieder mit dem zweiten Vorsteher. Er sagte ihr, der Inspektor habe Anweisung hinterlassen, daß wir hier festgehalten werden sollten, bis er an diesem Morgen noch einmal mit uns gesprochen habe. Welche Entscheidung dann über uns getroffen werden sollte, ist uns nie genau gesagt worden; es wurde aber angedeutet, daß meine Frau von dem Inspektor über die Grenze gebracht und nach Amerika abgeschoben werden sollte, da sie sich vorige Nacht geweigert hatte, ohne mich zu gehen. Darüber, was man mit mir vorhatte, kann ich keine eidliche Aussage abgeben, aber die Folgerungen waren nicht erfreulich. Wir erklärten nun noch einmal kurz unseren Fall diesem Unter-Chef, der gegenüber der ganzen Sache eine äußerst nachsichtige und christliche Haltung einnahm. Er erlaubte uns sehr freundlich, zu gehen und eine Tasse Kaffee zu trinken, und sagte, er würde mit dem Chef über uns sprechen, wenn er käme. Es folgten Augenblicke der Ungewißheit. Als wir zurückkamen, hatte der Unter-Chef bereits mit dem Chef gesprochen, und er sagte uns, wir dürften sofort gehen, wie wir es gewünscht hatten, noch vor der Attacke des Inspektors, der inzwischen – es war nach zehn Uhr morgens – natürlich längst überfällig war. Ich glaube, daß wir diesen Unter-Chef zumindest von unserer Rechtschaffenheit überzeugt hatten, denn er händigte uns jetzt unsere Papiere aus und gab sich alle Mühe, uns zu helfen, so schnell wie möglich von dort wegzukommen. Er beschaffte uns ein Taxi, wir wurden durch den mexikanischen Zoll gehetzt, ohne daß auch nur unser Gepäck geöffnet wurde (während der Unter-Chef sozusagen draußen Wache stand und nach dem Inspektor Ausschau hielt), und schnell fuhren wir über die Brücke nach Amerika.

Unsere Freude und Erleichterung beim Betreten der Vereinigten Staaten waren grenzenlos.

Während ich im Büro des Einwanderungsamtes von Laredo, Texas, wartete – da ich britischer Staatsangehöriger war, mußten natürlich meine Papiere untersucht und eine Wiederzulassungskarte ausgefüllt werden –, sahen wir den Inspektor, der uns offenbar geradewegs über die Grenze gefolgt war, in maßloser Wut vorbeigehen; und das war, wie ich freudig berichten kann, das letzte, was wir von diesem

Mann gesehen haben. Was er getan oder gesagt hat, davon weiß ich keine Spur. Da meine Papiere in Ordnung waren, wurde ich an jenem Morgen, am Samstag, dem 4. Mai, in die Vereinigten Staaten hineingelassen.

Von Laredo aus flogen wir mit Braniff, Continental and American Airlines, nach Los Angeles weiter, wo wir die Familie meiner Frau besuchten; von dort flogen wir dann zurück zu unserem Haus in Kanada. Unmittelbar nach unserer Ankunft in Los Angeles konsultierten wir einen Anwalt, der uns riet, diese Erklärung zu verfassen und notariell beglaubigen zu lassen.

Eine zusammenfassende Formulierung unseres Falles würde auf etwa das folgende hinausgehen:

Daß gegen meine Frau überhaupt nichts vorlag, daß sie keine einzige Einwanderungsbestimmung verletzt hat und daß ihr einfach deswegen Leid zugefügt worden ist, weil sie meine Frau ist. Daß gegen mich, abgesehen von solchen beiläufigen Umständen wie der 50-Peso-Geldbuße, im Grunde nur sprach, daß ich ein Land betreten hatte, das ich nur mit besonderer Genehmigung des Sekretärs der Gobernación hätte betreten dürfen; meine Verteidigung für diese Tat besteht darin, daß mir von der Existenz eines derartigen Erlasses gegen mich nichts bekannt war; und mein Beweis dafür, daß mir von diesem Erlaß nichts bekannt war, steht in ihren eigenen Akten, in denen erklärt wurde, daß man bis zum Jahre 1943 eine gegen mich verhängte, angeblich nicht bezahlte Geldbuße verfolgt habe, ohne auch nur meine Adresse feststellen zu können. Wenn man, da der fragliche Erlaß gegen mich im September 1938, zwei Monate nachdem ich das Land verlassen hatte, in die Akten kam, zu diesem frühen Zeitpunkt irgend etwas davon irgendeiner zweiten Partei, z. B. einem für meinen Vater in Mexiko oder Los Angeles arbeitenden Anwalt, der auch meine Adresse hätte wissen können, mitgeteilt hat, dann bin ich nach meinem besten Wissen und Gewissen nicht von dieser Tatsache benachrichtigt worden, und der Beweis dafür, daß keine derartige Mitteilung ohne Doppelzüngigkeit vonstatten hätte gehen können, lag in der Tatsache, daß die einzige weitere Mitteilung, die ich je betr. meines früheren Besuchs in Mexiko erhalten habe, 1939 oder 1940 kam, als ich etwas erfuhr, was mit einem Erlaß, der meine Rückkehr untersagte, unvereinbar war: die Behörden behaupteten zu glauben, daß ich mich noch im Lande aufhielte. Wie ich schon erklärt habe, ging ich daraufhin zu dem amtierenden mexikanischen Konsul hier in Vancouver und bewies die Tatsache, daß ich im Juli 1938 ausgereist war. Mehr noch: das mexikanische Konsulat bewilligte mir mein Visum und die Touristenkarte, obwohl ich dort gesagt hatte, daß ich schon einmal in Mexiko gewesen war und, wie bereits gesagt, 24 Stunden gewartet hatte. Und schließlich: Wenn Sr. Corunna nicht geglaubt hat, daß ich in bestem Glauben gehandelt habe, warum hat er dann einen Monat lang immer wieder behauptet, daß alles bestens sei und meine Papiere in Ordnung seien und wir unbehelligt abreisen könnten? Warum hat man uns erzählt, die Fotos würden lediglich für Einwanderungspapiere angefertigt; oder warum beharrte man bis zur letzten Minute, bis um 2 Uhr morgens an der Grenze, darauf, daß man uns unsere Papiere zurückgeben und uns die Ausreise gestatten würde? Warum wurde es uns unmöglich gemacht, irgendeine Grundlage für eine korrekte Erklärung dafür zu erhalten, was mit unserer 1000-Peso-Bürgschaft geschehen war, indem man uns zum Verlassen unserer Wohnung in Cuernavaca eine so kurze Frist setzte und uns im letzten Moment konsularischen Beistand vorenthielt, indem man uns in 113 Bucarelli incomunicado hielt? Warum verlangte man, nachdem man dem britischen Konsulat mitgeteilt hatte, daß ich gebeten werden würde, das Land zu verlassen, die Hinterlegung einer Bürgschaft von uns und versprach feierlich, daß wir, wenn wir das täten, frei wären, bis zum Auslaufen unserer Touristenkarten im Juni im Land zu bleiben? Und vor allem: warum, wenn man uns aufrichtig loswerden wollte, ließ man uns dann nicht einfach gehen?

Während dieser ganzen sieben Wochen gaben wir uns jede Mühe, wo es auch ging, mit diesen Behörden zusammenzuarbeiten, um genau herauszufinden, worin die Schwierigkeiten bestünden, und zwar mit dem Ziel, die Sache falls möglich zu bereinigen. Aber der genaue Grund für jene Anordnung wurde mir nie gesagt, und mir wurde auch nie gestattet, meinen Fall irgendeinem Bevollmächtigten darzulegen, der mir zuhören würde. Soweit die Gobernación damit zu tun hatte, ist uns niemals eine faire Anhörung gewährt worden. In der Tat ist uns von ihr überhaupt keine Anhörung gewährt worden. Worin auch immer ihre Motive in meinem Fall bestanden haben mögen, für diese langwierige Verfolgung der Angehörigen zweier befreundeter Staaten scheint es weder eine Entschuldigung noch eine Berechtigung zu geben: und was meine Frau betrifft, eine unschuldige amerikanische Bürgerin, so läuft das, was man ihr angetan hat, auf ein Verbrechen hinaus.

Ich schwöre, daß diese Erklärung nach meinem besten Wissen und Gewissen absolut wahr ist.

Hochachtungsvoll
Malcolm Lowry

1 Damals rund 10 Dollar

An Albert Erskine

Dollarton, B. C., Kanada
22. Juni 1946

Sehr geehrter Mr. Erskine:
Herzlichen Dank für Ihren Brief und Ihre mehr als ermutigenden Worte, worauf ich antworte, so schnell ich kann.

Meinen Durchschlag von ‹*Unter dem Vulkan*› habe ich in Mexiko zurückgelassen, er sollte mir nachgeschickt werden (zusammen mit einer Menge Notizen und dem Entwurf eines anderen Romans), aber bis jetzt, nach 7 Wochen, ist er noch nicht eingetroffen, und ich besitze also nur eine Arbeitskopie mit anderen Seitenzahlen, woran ich mich halten kann. Natürlich kann ich mich einfach an ein oder zwei Worten orientieren, und ich glaube, ich habe immer dort das richtige getroffen, wo Sie einen bestimmten Satz erwähnt haben.

Zusätzlich zu den Ihren habe ich einige weitere Punkte aufgebracht, wo ich schon einmal dabei war, und verzeihen Sie mir bitte, daß ich sie hier und nicht in den Anmerkungen unterbringe, da ich mich beeile, alles mit Luftpost abzuschicken.

Kann La Despedida als Die Trennung in dem Sinne gebraucht werden, in dem ich das als Namen für das Bild des gespaltenen Felsblocks in Kapitel II gebraucht habe? Wenn nicht, sollte es einfach sein, das richtige Wort zu finden. Ich hatte eigentlich vor, alle diese Punkte in Mexiko nachzuprüfen, aber am Ende hatte ich keine Zeit, sie alle zu erledigen. Los Manos de Orlac soll natürlich überall *Las* Manos de Orlac heißen. Mit einigen weiteren solchen Fehlern im Spanischen muß gerechnet werden, also Tippfehler und ähnliches dort, wo das Spanische konventionell gebraucht wird und korrekt sein soll. Cervantes'

Bemerkung in Kapitel X (letztes Viertel) zum Beispiel, wo man darüber spricht, wie man 3 Zigaretten mit einem Streichholz anzündet, und die beginnt: *La superstición dice* ... sollte vielleicht überprüft werden. Auf den Fässern von Señora Gregorio (am Ende von VII) muß es statt mansanillo manzanilla heißen, und statt rumpopo rumpope. (Vor ein oder zwei Monaten habe ich sie übrigens wiedergesehen, es ging ihr immer noch gut. Ich sagte: «Leben Sie wohl»; und sie: «Das wünsch ich Ihnen auch.» Die Person namens Juan Cerillo in IV – und auch Dr. Vigil – war, ach, nach zuviel Mescal ermordet worden.) Es kann auch sein, daß ich einige der perfectamentes und excelentísimos trotz aller Sorgfalt in I und V falsch geschrieben habe. Ich könnte beschwören, daß das Bild mit den Dämonen und Betrunkenen in VII, das ich Los Borracheros nenne (am Anfang in Laruelles Haus), tatsächlich so geheißen hat: aber ich war nicht in der Lage, die Existenz eines solchen Wortes nachzuweisen, so daß wir uns vielleicht etwas anderes ausdenken sollten.

Es schmeichelt mir sehr, daß Sie nach ‹*Ultramarin*› fragen. Ich besitze ein Exemplar davon, aber ich halte dieses Buch, das sich einmal gut angelassen hat, für ein unverzeihliches Durcheinander, für das ich mich nun schon seit 13 Jahren schäme. Die erste und einzig richtige Fassung wurde von Chatto & Windus [1] verschlampt, und ich schrieb es in zwei Monaten neu nach Notizen, die aus einem Papierkorb geborgen worden waren, und ein paar veröffentlichten Stückchen. Ich würde Ihnen mein Exemplar nur ungern schicken, ohne erst einmal mindestens die Hälfte davon gestrichen zu haben. Da blieben immerhin noch rund 125 Seiten guter, origineller Arbeit übrig; und ich habe es schon immer umschreiben wollen. Aber es ist im Grunde ein Kurzroman. Ich hoffe, es gibt keine Schleichwege, daranzukommen, außer durch mich: es ist Gott sei Dank vergriffen.

1936 habe ich noch einen Kurzroman geschrieben, ‹*Die letzte Adresse*› (1940 umgeschrieben), der nie das Licht der Welt erblickt hat. ‹*Unter dem Vulkan*› war ursprünglich als das Inferno einer dantesken Trilogie mit dem Titel ‹*The Voyage That Never Ends*› geplant. ‹*Die letzte Adresse*› sollte das Fegefeuer sein, mußte aber noch stark erweitert werden. Ich habe sämtliche Notizen für diese Erweiterung bei einem Brand verloren, aber es ist vielleicht, obwohl ziemlich unbegründet, besser so, wie es jetzt dasteht, wenn es auch ein oder zwei Monate brauchen würde, es zu überarbeiten. Das Paradies sollte ‹*In Ballast to the White Sea*› heißen; es war erheblich länger als der ‹*Vulkan*› und wurde bei dem Brand hier, der unser Haus und alle unsere Bücher verschlang, vollkommen zerstört. Das Haus haben wir wieder aufgebaut.

Gedichte habe ich massenweise übrig (eins davon wurde in *The Atlantic Monthly* veröffentlicht) – genug, um zwei Bände daraus zu machen, wofür ich als Titel *‹Der Leuchtturm zieht den Sturm an›* vorgesehen hatte.

Ich bin wahrhaftig so begeistert, daß Sie den *‹Vulkan›* veröffentlichen, daß Sie mir meine Abschweifungen bitte verzeihen wollen.

Antwort auf Ihre Anmerkungen folgt.

Hochachtungsvoll und mit tiefstem Dank
Malcolm Lowry

P. S. Übrigens sind ausgerechnet voriges Jahr zwei andere Bücher mit dem Titel «Vulkan» (genauso) erschienen – eins über Paracutín, das andere ein Krimi von einem Hugh Soundso im *American Magazine*. Macht das etwas aus? Es wäre mir sehr zuwider, den Titel nach so langer Zeit zu ändern. «Tag der Toten» ist meine einzige Alternative, aber das ist nicht halb so gut. Und außerdem bringt so was Pech, wie wenn man den Namen eines Schiffes ändert.

1 Englische Verlagsfirma

An Albert Erskine

Dollarton, B. C., Kanada
30. Juni 1946

Sehr geehrter Mr. Erskine:
Ich habe nun meinen Durchschlag vom *‹Vulkan›*, mit denselben Seitenzahlen wie Ihrer, zurückbekommen, und ich werde ihn jetzt mit einem feinen Staubkamm durchgehen, wobei ich Ihre Anmerkungen im Auge behalten werde; ich werde Ihnen meine Ergebnisse Kapitel für Kapitel per Luftpost zufliegen lassen – manchmal vielleicht auch zwei oder drei Kapitel auf einmal, da sie ja ohnehin fertig sind, und ich werde versuchen, Ihnen soviel Mühe wie möglich zu ersparen. Sollte ich langatmig werden oder irrelevante Fragen stellen, die nicht beantwortet werden

können, gehen Sie bitte darüber hinweg, da Zeit jetzt das Wesentliche ist; ich werde mit der Revision nicht aufhören, und es kann sein, daß ich gewisse Fragen selbst im Fortschreiten der Arbeit beantworten werde; in diese Kategorie gehört wahrscheinlich die Frage über «Le Gusta este Jardín» usw., obwohl ich natürlich stets für Ihren Rat dankbar sein werde, und wenn ich Zweifel übrigbehalte, soll Ihr letztes Wort gelten.

Nicht in diese Kategorie fällt die folgende Frage. Ich hatte einmal geplant, dem Buch eine Liste mit Anmerkungen anzuhängen, die zur Erläuterung von Sachverhalten in den tiefergelegenen Schichten hilfreich sein könnten, z. B. daß der Garten nicht nur als die Welt betrachtet werden kann, oder als der Garten Eden, sondern auch regelrecht als die Kabbala selbst, und daß der Mißbrauch des Weins (*sōd*) in der Kabbala mit Mißbrauch magischer Kräfte gleichgestellt wird, und so weiter, à la Childe Harolde. Ferner hatte ich die Absicht, in diesen Anmerkungen alle möglichen Entlehnungen, Anklänge, planleitenden Haltungen und so weiter aufzudecken, wie es bei Poeten Sitte war und auch bei Romanschreibern wohl sein könnte. Es gibt davon außerordentlich wenige, und während ich das Buch zu seiner endgültigen Form schliff und meißelte, wurden es immer weniger, so daß etwa von den planleitenden Haltungen praktisch keine mehr übrig ist. Einige wenige Anklänge sind jedoch stehengeblieben; sie sind fast sämtlich wohlerwogen. Die Frage ist, ob es sich noch lohnt, diese in Anmerkungen am Schluß aufzudecken – als eine Sache von Bedeutung, wenn schon als nichts anderes, falls ich Zeit dafür habe –, oder ob sie, wenn das fallengelassen wird, geändert werden sollten, was schmerzlich und wahrscheinlich überflüssig wäre. Da das Buch mit enormer Sorgfalt und peinlicher Genauigkeit geschrieben wurde – und seine Vollständigkeit wird von mir nicht bezweifelt –, müssen Sie das einer leichten Neurose von mir in bezug auf diesen Gegenstand zuschreiben, die zweifellos auf eine elisabethanische Skrupellosigkeit meiner schlechten Jugend in anderen Arbeiten zurückgeht, die außer vom mittelalterlichen Bewußtsein des Verfassers von allen gnädig vergessen worden ist.

Diese Anklänge befinden sich hauptsächlich im ersten Kapitel, und hier scheint mir nur einer bedenklich (p. 16), wo ich mir meiner Anspielung selbst nicht sicher bin. Aber ich will sie der Reihe nach aufführen: p. 3 der einzelne Ausdruck «Geschrei und Getümmel» (der Fiesta) – sonst aber nichts in dieser Passage – stammt aus einer ziemlich stupiden Geschichte von J. C. Squire, die hauptsächlich von der Entenjagd handelt, aber auch etwas mit einem Jahrmarkt zu tun hat, aber trotz alledem kann ich diese Worte nicht verbessern und möchte sie auch nicht ändern, es sei denn, ich müßte. P. 11 die Worte «persönlicher Kampf» tauchen irgendwo in den Briefen von D. H. Lawrence auf, wo er über den Ersten Weltkrieg spricht und irgend etwas dahingehend äußert, es wäre der «persönliche Kampf», der in die Seele jedes Engländers getragen werden sollte – ein ähnlicher Gedanke, aber ich mag ihn nicht in Anführungszeichen setzen, und meine Frau sagt, er stamme auch gar nicht von Lawrence. P. 16: hier befindet sich wohl noch ein Anklang an Lawrence' Briefe, und zwar in der Passage, die anfängt: «Und jetzt fühlte M. Laruelle, wie diese Last von außen her auf ihn eindrang ...», und hier wäre ich Ihnen sehr verbunden, wenn Sie dies für mich nachschlagen würden, falls Sie die *‹Briefe›* zur Hand haben, denn ich selbst kann es nicht: ich kann das Buch hier nicht auftreiben. Auch wenn ich recht haben sollte, ist es ärgerlich, denn ich habe lange gebraucht, diesen Satz zu schreiben: der Anklang dürfte zu dem Ausdruck «mit ihren verborgenen Silberminen» gehören, zu sonst nichts: könnte also nur aus einem von den Briefen Lawrence' stammen, die er geschrieben hat, als er im Hotel Francia in Oaxaca gewohnt hat, circa 1924 (so wie ich 1938 und 1946); zu der Zeit machte er gerade Murry herunter, so daß das leicht zu überprüfen sein sollte – was ich wissen will ist, ob die Ähnlichkeit irgendeine leichte Änderung oder weitere Aufmerksamkeit meinerseits erfordert oder ob man sie so durchgehen lassen kann: ich weiß, daß er von den «herumstehenden, unmenschlichen» oaxacanischen Bergen spricht und von den versteckten (oder verborgenen) Silberminen, und ich habe natürlich an dieselben Berge und dieselben Minen gedacht, auch wenn ich sie nach Quauhnahuac versetzt habe – o weh, kaum habe ich das geschrieben, und streichen kann ich es wohl nicht, da sagt meine Frau, daß die Stelle mit den «verborgenen Silberminen» – falls sie überhaupt so ausgedrückt ist – gar nicht da zu finden ist, wo Lawrence aus oder über Oaxaca schreibt, sondern da, wo er aus einem trostlosen Nest weiter nördlich in Mexiko schreibt, so was wie Chihuahua oder Sonora – kurz, aus dem Land der *‹Frau, die davonritt›* –, aber das steht in den *‹Briefen›* nicht weit von dem Datum, das ich erwähnt habe. P. 19 «Überall lauerte der Abgrund»: ein ähnlicher Gedanke erscheint in Julien Greens *‹Personal Record›* – Gott weiß wo, und es ist fast zu banal, es zu erwähnen, aber ich hatte mir gedacht, daß M. Laruelle dieses Buch gelesen haben könnte, und ursprünglich hatte ich versucht, so etwas wie «Wie Julien Green schon angedeutet hatte» einfließen zu lassen, hatte es dann aber zu schwierig gefunden, das mit Quauhnahuac zu vereinbaren. P. 46 «Schreien entfesselter, mächtiger Riesen» – in Virginia Woolfs ‹*Die Fahrt zum Leuchtturm*› findet sich ein diesem nicht unähnliches Bild für nächtliche Geräusche in einem verlassenen Haus, aber dieses Buch hatte ich noch gar nicht gelesen, als ich diese Stelle schrieb. P. 47 «Narzissen» mit Bezug auf die Dämmerung ist leider auch eins von Faulkners Lieblings-Beiworten in diesem Zusammenhang. Es ist hier natürlich berechtigt, und ich habe mir alle Mühe gegeben, es woanders wegzulassen, obwohl ich es in VII und XII dringend gebraucht habe, da weder Violett noch Lila noch etwas anderes genau das ausdrückten, was ich brauchte. Im Augenblick fallen mir in den übrigen Kapiteln nur sehr wenige Dinge dieser Art ein, abgesehen von dem wiederholten «Compañero» in VIII und XII, das vage von einer Stelle in Ralph Bates' ‹*The Rainbow Fields*› angeregt worden ist, obwohl es da noch eine Reihe dunkler Punkte gibt, die – zusammen mit den schon aufgeführten – ein paar interessante Seiten mit Anmerkungen abgeben würden. Ich habe noch nie einen Roman mit Anmerkungen am Schluß gelesen, aber ich wüßte nicht, warum man das nicht einmal machen sollte. Auf jeden Fall habe ich schon viele gelesen, die so etwas vertragen könnten. Dagegen spricht (a) die Zeit und (b) daß so etwas die Reinheit des üblichen Buchformats beeinträchtigen könnte. Ich hätte aber gern Ihren Rat in dieser Sache.

Ich bitte aufrichtigst um Verzeihung, falls ich Sie damit übermäßig belästigen sollte, aber wir leben hier unter schwierigen Bedingungen, und ich will nichts anderes, als Ihnen in der kürzestmöglichen Zeit so behilflich wie möglich zu sein.

Mit herzlichen Grüßen
Malcolm Lowry

P. S. Übrigens: Werden Sie die Fahnen alle auf einmal schicken oder in Schüben? Es tut nichts zur Sache, aber ich möchte es unbedingt wissen.

An Albert Erskine

Juli 1946

Lieber Albert Erskine:
Ich habe den ersten Schub des Manuskripts bis einschließlich Kapitel IV erhalten, aber noch nicht die zweite Hälfte des Manuskripts und auch kein Fahnenduplikat. Jedenfalls haben wir Tag und Nacht gearbeitet und die Korrekturen fast fertig; wenn also der Rest der Sachen eintrifft, werde ich es Ihnen unverzüglich zurückschicken. Andererseits ist heute Freitag; und Mittwoch habe ich mir als Termin gesetzt, Ihnen das alles zurückzuschicken – und die Fahnenduplikate sind immer noch nicht da: para consecuencia wüßte ich nicht, wie Sie es bis zu diesem Tag bekommen sollten, es sei denn, ich schickte es Ihnen mit einer V2-Rakete oder einem Raumschiff. Es stimmt, sie könnten jetzt im Postamt auf mich warten, aber ich werde mindestens einen Tag brauchen, um alles von dem einen Fahnenabzug auf den anderen zu übertragen, so daß ich es im besten Falle morgen abschicken könnte: und sonntags ist die Post geschlossen. Ich hoffe, das wird uns nicht zurückwerfen; man ist hier plötzlich recht lässig mit Luftpost und Büchern geworden, und auch an der Grenze oder beim Zoll werden die Dinge verzögert.

Inzwischen habe ich mich zum einen in die Abteilung für den Klang eigener Worte vernarrt (unglaublich, unbeschreiblich), zum anderen in die Abteilung für die Worte anderer Leute: ungewöhnlich (E. A. Poe), Flehen (Nordahl Grieg), Brodeln (Conrad Aiken).

Hoffentlich werde ich nicht zu beschwerlich. Wenigstens habe ich Ihnen (bis jetzt) noch nicht telegrafiert, daß Sie das Ganze im letzten Moment noch in die erste Person umschreiben sollen. Und auch noch nicht SOS gefunkt wegen Napiers ‹*Peninsular War*› oder Ciceros ‹*Briefen*›, ohne die es eigentlich gar nicht korrigiert werden könnte. Sie haben bei den Fahnen eine ganz phantastische Arbeit geleistet – bei Typographie et al. –, und das wie auch Ihr Verständnis für das Buch, das besser ist als mein eigenes, bewegt mich so, daß ich glaube, die Wörter sollten dem allen irgendwie angemessener sein.

Hasta la vista
Malcolm L.

An Albert Erskine

Dollarton, B. C., Kanada
17. August 1946

Lieber Mr. Erskine:
Nur ein kurzer Brief, um Ihnen zu sagen, daß ich noch existiere und wie sehr mir unsere Korrespondenz gefallen hat und wie dankbar ich für die Mühe bin, die Sie meinetwegen auf sich genommen und durchgestanden haben.

Ich hoffe, Sie haben die Korrekturen rechtzeitig bekommen.

Ich habe Ihnen deswegen nicht weiter geantwortet, weil ich plötzlich von einem unbeschreiblichen Ekel vor dem bloßen Anblick meiner Prosa gepackt wurde, ja vor dem bloßen Anblick aller Sachen, die ich schreibe, sogar eines Schecks (vielleicht gerade eines Schecks).

Ich habe eine junge Robbe erworben, und dieselbe schwamm ins Meer hinaus: zweifellos eine gute Sache. Unser Auto wurde auf einen Baum geschwemmt, und wir holten es herunter. Kürzlich erschien ein Kriminalroman meiner Frau – ohne das letzte Kapitel: da darin die Morde aufgeklärt werden, dürfte dies etwas Einmaliges in der Literaturgeschichte sein. Bloß wir wissen nichts, da wir nicht an das Buch herankommen können. Ja, wir haben nicht einmal die Fahnen bekommen. Es regnet. Mein Onkel ist im Garten mit seinem guten starken festen Stock. Ich hoffe, es ist alles in Ordnung.

Hochachtungsvoll
Malcolm Lowry

An Maxwell Perkins

Dollarton
British Columbia, Kanada
15. September 1946

Sehr geehrter Mr. Perkins:
Ich möchte Ihre Aufmerksamkeit auf eine von Ihrer Firma verübte schreiende und zynische Ungerechtigkeit lenken. Da ich Sie als rechtschaffenen Mann kenne, wäre ich Ihnen außerordentlich verbunden, wenn Sie sich meiner annehmen und dies nicht gleich an die Ihnen zu-

ständig erscheinende Abteilung verweisen würden – was in diesem Fall eine völlig unnütze Prozedur wäre, wovon ich Sie hoffentlich in Kürze überzeugt haben werde.

Zu meiner Person: ich bin Schriftsteller; meine Verleger sind Reynal & Hitchcock, New York, und Jonathan Cape, London; mein Name ist Malcolm Lowry (nicht zu verwechseln mit Malcolm Cowley, der einmal in einem Artikel über Sie und Scribner's geschrieben hat, daß Sie den alten Typus des geschäftsmäßigen Schurken nur um weniges verfehlt hätten oder etwas dergleichen). Die fragliche Ungerechtigkeit betrifft jedoch eine Ihrer Autorinnen, Margerie Bonner, und mich nur insofern, als sie meine Frau ist. Ich schreibe diesen Brief für sie, da sie momentan krank ist und nicht selbst damit fertig werden kann. Dieses Jahr sind zwei Bücher von ihr von Ihrer Firma veröffentlicht worden, beides Kriminalromane: ‹*The Shapes That Creep*›, das gute Kritiken erhielt und – laut einer kürzlich erfolgten Aufstellung der ihr zukommenden Tantiemen – gut verkauft wird; und ‹*The Last Twist of the Knife*›.

‹*The Shapes That Creep*› ist Ihrer Firma vor genau einer halben Dekade angeboten worden, wurde neun Monate dabehalten und schließlich im Juni 1942 angenommen. Der Vertrag wurde unterzeichnet, die Veröffentlichung für den Herbst dieses Jahres angekündigt (obwohl sich in dem Vertrag keine Zeitklausel befand), und es wurde ihr gesagt, daß sie in Kürze die Fahnenabzüge erhalten würde.

Ich sollte hier erwähnen, daß zu dieser Zeit ein Mr. X für Scribner's das Buch meiner Frau sozusagen behandelte (ich sage «behandel*te*» mit Bedacht, denn offensichtlich wird es zur Zeit von niemandem, der mir bekannt wäre, «behandelt»); der hatte in diesen Jahren ohne Zweifel auch seine Schwierigkeiten, und ich bin davon überzeugt, daß er ein vortrefflicher, liebenswürdiger und fähiger Zeitgenosse ist. Allerdings dürfte dies weniger ins Gewicht fallen als das, was eben dieser vortreffliche, liebenswürdige und fähige Zeitgenosse hinsichtlich des Buchs meiner Frau geleistet oder zu leisten verfehlt hat. Hier also die Tatsachen:

Zuallererst: ‹*The Shapes That Creep*› sollte laut Mr. X wie gesagt im Herbst 1942 erscheinen – dies erfuhren wir von ihrem Agenten, denn von Mr. X bekam sie zu dieser Zeit keine direkte Nachricht. Über einen Zeitraum von sechs Monaten, von etwa August 1942 bis Januar 1943, wurde meiner Frau regelmäßig versprochen, daß sie in «etwa 14 Tagen» die Fahnen bekommen würde. Wir leben hier in der Wildnis von British Columbia, und da ist ein Brief schon so etwas wie ein Ereignis (was natürlich nicht Ihre Schuld ist), und dies sollte ihr erster veröffentlichter Roman sein. Jeden Tag ging sie die Post abholen, und jeden Tag wurde sie enttäuscht; dies ging noch einmal sechs Monate so weiter, als sie von ihrem Agenten informiert wurde, daß das Buch noch einmal auf den Winter 1943 verschoben worden sei: wieder begann sie auf die Fahnen zu warten, wieder gab es die tägliche Zerreißprobe mit der Post und wieder die tägliche Enttäuschung.

Solche Enttäuschungen haben Sie zweifellos selbst erleben müssen, jeder Schriftsteller muß das: aber gedulden Sie sich noch einen Augenblick, denn ich halte das folgende für einen fast einmaligen Vorgang in den Annalen der Verlegerei. Dieses: Fahnen in 14 Tagen, Aufschub, monatelang überhaupt keine Nachricht, die tägliche Kreuzigung durch die Post und so weiter – begann 1944 noch einmal und dauerte das ganze Jahr hindurch an.

An dieser Stelle sollte, um Ihrer Firma gegenüber vollkommen fair zu sein, gesagt werden, daß es natürlich jede Menge guter Gründe gegeben hat, die für diese Aufschübe vorgebracht werden konnten: der Krieg, Papierknappheit usw. usw. Wir wissen wohl, daß die Bücher vieler bekannter Schriftsteller aufgeschoben wurden. Im März 1944 fragte meine Frau ihren Agenten, ob sie womöglich selbst an Ihre Firma schreiben sollte, um festzustellen, wie es um ihren Roman stand, denn sie meinte, daß irgendeine Art von Vertrag geschlossen werden sollte, der sie ein wenig ermutigen würde. Ihr Agent antwortete, daß jeder Versuch lohnenswert wäre: er selbst habe – und das sogar zu diesem vergleichsweise frühen Zeitpunkt in der langen Geschichte ihrer Schwierigkeiten mit Scribner's – so etwas noch nie mit einer so angesehenen Firma wie der Ihren erlebt, und er wisse nicht, was er noch tun könne. Er nannte ihr den Namen von X, und sie schrieb ihm sofort. Es kam keine Antwort. Sie schrieb noch einmal, diesmal per Einschreiben: keine Antwort. Sie telegrafierte: keine Antwort. Dieses völlige Fehlen irgendeines Kontaktes mit ihrem Verleger war für eine junge amerikanische Schriftstellerin, die gerade erst am Anfang stand, nicht eben stimulierend oder hilfreich, aber ich sollte hier sagen, daß sie in der Zwischenzeit nicht müßig gewesen war. Sie hatte ihr erstes Buch, das kürzlich erschienene ‹*The Last Twist of the Knife*›, vollständig neu geschrieben und revidiert und einen ernsten Roman geschrieben, ‹*Horse in the Sky*›. Außerdem hatte sie einen weiteren Kriminalroman fast beendet, der ‹*The Moon Saw Him Murdered*› hieß; aber da ist (wiederum nicht durch Ihre Schuld) unser Haus abgebrannt.

Das war schlimm, allerdings, wie der Zufall so spielt, hauptsächlich für mich. Sie hat nichts eingebüßt außer ihren überschüssigen Kopien von ‹*The Last Twist of the Knife*›; die einzige übrige befand sich bei ihrem Agenten in New York, der das Erscheinen von ‹*The Shapes That Creep*› abwartete, bevor er es Ihrer Firma anbieten wollte. Wie auch immer, nachdem wir unser Haus verloren hatten, fuhren wir in den Osten, wo wir in der Nähe von Toronto bei dem Nachrichten-Kommentator Gerald Noxon wohnten.

Zu dieser Zeit hatte meine Frau sich mit den Aufschüben beinahe abgefunden; die Papierknappheit war sicherlich etwas Reales, und es war eher die zynische Art, mit der die ganze Angelegenheit betrieben oder nicht betrieben zu werden schien, die es unerträglich machte – besonders im Licht jener Artikel über Sie in *The New Yorker* von Malcolm Cowley, nach denen Scribner's sehr gut zu sein schien und anscheinend eine Firma war, von der verlegt zu werden jeden Schriftsteller aus dem Häuschen bringen würde.

Darüber hinaus lasen Noxon und ich meiner Frau Passagen aus Kafkas ‹*Schloß*› sowie Auszüge aus Joyces Briefwechsel mit Grant Richards vor, um ihr zu helfen, «den langen Atem» zu bekommen. Sie hatte jedoch jede Hoffnung fahrenlassen, ihr Buch jemals gedruckt zu sehen, und ihr Agent, der auch schon die schwärzesten Gedanken hegte, stand kurz davor, ihr Manuskript von Scribner's zurückzuverlangen, als meine Frau im Juli 1944 auf meinen Rat hin selbst nach New York fuhr.

Dort begegnete sie dem geschäftstüchtigen, gelehrten und liebreichen Mr. X, der ihr – man staune! – versicherte, daß es Scribner's sehr leid tun würde, sie zu verlieren; daß ‹*The Shapes That Creep*› bereits im Druck und seine Veröffentlichung für Oktober dieses Jahres vorgesehen sei; und daß die Fahnen in «etwa 14 Tagen» da sein würden. Des weiteren erkundigte er sich, ob sie noch andere Bücher als Nachfolger für ‹*The Shapes That Creep*› habe; und meine Frau ließ ihm von ihrem Agenten das Exemplar (das einzige, das wegen unseres Feuers noch existierte; X war von dieser Tatsache unterrichtet) von ‹*The Last Twist of the Knife*› schicken. Tatsächlich bestand die einzige enttäuschende Nachricht, die sie mitbrachte, darin, daß Mr. X es abgelehnt hatte, ihren ernsten Roman zu lesen, da es sich herausgestellt habe, daß es sich für einen Schriftsteller nicht auszahle, «zwei Karrieren» zu haben, d. h. eine seriöse und eine krimihafte. Da meine Frau noch nicht einmal *eine* Karriere begonnen hatte und ihr ‹*The Shapes That Creep*› allmählich überholt vorkamen, promovierten Noxon und ich sie vom ‹*Schloß*› Kafkas zu dessen ‹*Prozeß*›, in der Hoffnung, daß sie dadurch im Fall des Falles einen noch längeren Atem bekäme.

Jetzt fing nämlich die Warterei auf die Fahnen wieder von vorne an, die diesmal, wie X sagte, ganz bestimmt «in 14 Tagen» kommen würden. September, Oktober, November, Dezember kamen und gingen ohne die Fahnen, aber unterdessen hatte X sie benachrichtigt, daß Scribner's ‹*The Last Twist of the Knife*› angenommen hätte. Nach vier bis sechs Wochen – und das erwähne ich nicht, weil es normalerweise eine lange Zeit wäre, sondern bloß, weil damit wieder ein Versprechen gebrochen wurde – kamen der Vertrag und ein Vorschuß von 350 Dollar; nur daß diesmal in dem Vertrag eine Frist gesetzt war: ‹*The Last Twist of the Knife*› sollte spätestens im Herbst 1945 erscheinen. X sagte, Scribner's wünschte von ihr bestimmte Änderungen und Zusätze, womit sie einverstanden war; und er behauptete, er habe das Ms. für diese Korrekturen zusammen mit seinen Anmerkungen an sie *abgeschickt*, und sie müßte es in ein oder zwei Tagen erhalten. Jetzt hatte sie bei der Post auf zweierlei zu warten: es kam nichts. Die Zeit verging, und ihre Sorgen um das Ms. wuchsen ständig, schließlich war es das einzige. Wir versuchten noch, es durch die Post aufspüren zu lassen, als schließlich diverse Ferngespräche und Telegramme aus X die Nachricht herauslockten, daß das Ms. trotz alledem *nicht* abgeschickt, sondern «verlegt» worden sei. Außerdem stellte sich heraus, daß Scribner's es sich anders überlegt hatte mit den Zusätzen und Änderungen, um die man sie gebeten hatte. Ich zitiere aus einem Telegramm von X vom 12. Januar 1945, das sich in meinem Besitz befindet: «‹*Last Twist*› wiedergefunden Ist im Druck Sie können kleinere Korrekturen vornehmen in Druckfahnen Kommen bald Planen Veröffentlichung Herbst – X».

Im Februar 1945 kehrten wir nach British Columbia zurück, um unser niedergebranntes Haus wiederaufzubauen; jetzt war die Lage folgendermaßen: das Erscheinen von ‹*The Shapes That Creep*› war für Frühjahr geplant, und die Fahnen sollten «in 14 Tagen» da sein. Das Erscheinen von ‹*The Last Twist of the Knife*› war für Herbst geplant, und die Fahnen davon sollten ebenfalls «bald kommen», damit sie genug Zeit hätte, um diese (nun) kleineren Korrekturen vornehmen zu können, um die Ihre Firma sie gebeten hatte. Das war für sie natürlich von gleicher Wichtigkeit, da sie das Buch so gut machen wollte, wie es ihr überhaupt möglich war.

Im April dieses Jahres 1945 geschah etwas Verblüffendes. Die Fahnen von ‹*The Shapes*› tauchten *tatsächlich* auf. Das heißt: die *korrekturgelesenen* Fahnen der ersten Hälfte: mit diesen Fahnen kam ein Brief von X, in dem er erklärte, daß die gleichermaßen *korrekturgelesenen* Fahnen der zweiten Hälfte «in 14 Tagen» eintreffen würden; X hatte auch versprochen, diese Fahnen selbst zu lesen, bevor sie an sie abgeschickt würden, wie er es freundlicherweise auch schon bei der ersten Hälfte getan hatte. Und wirklich traf ein zweiter Schub Fahnen ein, aber nicht korrekturgelesen, so daß die Situation unklar war: meine Frau nun nahm ihre Korrekturen in den korrekturgelesenen Fahnen der ersten Hälfte vor und schickte diese unverzüglich zurück, den zweiten Teil aber wollte sie nicht korrigieren, weil sie dann ja laut X' Bemerkung die falschen Fahnen korrigiert hätte und die ganze Arbeit noch einmal hätte tun müssen. Sie schrieb an X und fragte, was er von ihr bezüglich dieser nicht korrekturgelesenen Fahnen der zweiten Hälfte zu tun wünschte: es gab keine Antwort, und sie hat, obwohl sie immer wieder deswegen schrieb, weder die korrekturgelesenen Fahnen noch irgendeine Nachricht darüber je erhalten. Ja, sie hat von damals bis heute keine einzige Zeile, kein Wort mehr von ihm oder irgendeinem Mitarbeiter Ihrer Firma gehört. So daß ‹*The Shapes*› schließlich ohne ihre Korrekturen der zweiten Hälfte erschienen ist und nicht nur das; viele der Korrekturen in der ersten Hälfte, die sie vorgenommen hatte, sind vollständig ignoriert worden. Es sollte auch erwähnt werden, daß sie zusätzlich zu den Briefen bezüglich ‹*The Shapes*› fortwährend und besorgt wegen ‹*The Last Twist*› geschrieben hat, das, wie Sie sich vielleicht erinnern, als im Januar 1945 in Druck gegangen gemeldet worden war. Aber sie hat von Ihrer Firma auch kein Wort mehr betreffs ‹*The Last Twist*› gehört. Wie auch immer, im Oktober letzten Jahres, 1945, schrieb meine Frau in der aufrichtigen Absicht, fair zu sein, an ihren Agenten und bat ihn, er solle X zu verstehen geben, daß er Sie wegen Vertragsbruchs belangen würde, falls die Vertragsbedingungen vergessen worden sein sollten. Hal Matson, der ihr Agent ist und auch meiner, war verreist, aber seine Sekretärin rief gleich nach Erhalt des Briefs meiner Frau zurück und berichtete, sie habe mit Mr. X wegen ‹*The Last Twist of the Knife*› telefoniert, und er habe erklärt, er habe meiner Frau geschrieben, oder er würde ihr schreiben, und die Fahnen wären in der Post, jedenfalls bald. Überflüssig zu sagen, daß weder Brief noch Fahnen, noch sonst eine Erklärung aufgetaucht sind.

Im Dezember letzten Jahres sind wir, nachdem wir für beide Bücher alle Hoffnungen aufgegeben hatten, nach Kalifornien und von dort nach Mexiko gereist – zu dieser Zeit hatten Sie Ihren Vertrag für *‹The Last Twist of the Knife›* bereits gebrochen. Als wir in Los Angeles ankamen, entdeckten wir in Buchhändlerzeitschriften, daß das Erscheinen von *‹The Shapes›* tatsächlich schon zweimal angekündigt worden war: im Juni 1945 und im Oktober 1945, dann wieder verschoben und nun zum drittenmal angekündigt, während *‹The Last Twist of the Knife›* ebenfalls, aber ohne Zeitpunkt, angekündigt worden war.

Da wie üblich keiner ihrer Briefe beantwortet wurde und ihr Agent genauso verwirrt war wie sie selbst, kam sie wegen beider Bücher gleichermaßen beunruhigt in Mexiko an. Es ist wahr: sie schienen ihrer Veröffentlichung ein wenig *näher* zu sein, aber in bezug auf *‹The Last Twist›* stand eine (für die Verfasserin) wirklich quälende Frage im Raum – warum hatte sie nie die Fahnen bekommen? Vielleicht war das Ms. tatsächlich verlorengegangen und nie wiedergefunden worden. Andererseits konnte sie immer noch die versprochenen Fahnen erhalten – und die korrekturgelesenen Fahnen der zweiten Hälfte von *‹The Shapes That Creep›*.

Damit diese utopischen Fahnen auf gar keinen Fall verlorengehen konnten, schrieb meine Frau im Januar 1946 an X per Einschreiben und gab ihm unsere Adresse in Mexiko. Dieser Brief war in sehr scharfen Ausdrücken gehalten: sie glaubte, da jeder andere menschliche Versuch fehlgeschlagen war, könnte dies vielleicht zu einem Ergebnis führen. Bezüglich *‹The Last Twist›* sagte sie, daß sie, falls sie nicht bald etwas von Scribner's höre, die ganze Angelegenheit – wozu sie ein volles Recht hatte und noch hat - einem Rechtsanwalt übergeben werde, sosehr es ihr auch widerstrebe, derartige Maßnahmen zu ergreifen. Aber auch das brachte keine Antwort.

Dann stieß ich durch reinen Zufall im Februar auf ein Exemplar von *‹The Shapes That Creep›* in einem amerikanischen Buchladen in Mexico City und kaufte es ihr.

Da war es also endlich erschienen. Selbstverständlich hatte sie die ihr versprochenen Freiexemplare nicht erhalten (und zwar bis heute noch nicht), aber infolge der Veröffentlichung schrieb sie noch einmal an

Scribner's, widerrief ihren vorigen Brief, erinnerte noch einmal an ihre Adresse und fragte, ob man, auf einer redlichen und anständigen Basis, nicht noch einmal von vorne beginnen könne; sie beglückwünschte sogar den Verlag zu dem im äußeren Erscheinungsbild des Buchs usw. gezeigten guten Geschmack und versuchte außerdem noch einmal, da man nicht alles durch seinen Agenten machen kann, eine freundliche Beziehung zu ihrem Verleger aufzubauen. Sie bat auch, zum zigstenmal, um Nachricht über ‹*The Last Twist of the Knife*› und um die Fahnen dieses Buchs.

Es kam, Gott steh Ihnen bei, keine Antwort.

Nach unserer Rückkehr nach Kanada im Mai dieses Jahres schrieb sie wieder, diesmal an unseren Agenten, wegen ‹*The Last Twist of the Knife*›, wovon sie noch immer irgendwie die Fahnen erwartete. Die einzige Antwort, die er geben konnte, war, daß er «keinen Grund zu der Annahme habe, daß irgendwelche neuen Methoden das Verhalten gewisser Leute bei Scribner's ändern könnten».

Dann bekam meine Frau Anfang August einen Verehrerbrief, der von Scribner's an sie weitergeleitet worden war und folgendermaßen lautet: «Ich habe soeben die Lektüre Ihres Kriminalromans ‹*The Last Twist of the Knife*› beendet und mich sehr geärgert, und ich schreibe, um gegen sein abruptes Ende zu protestieren. Das Buch endet mit Turgeons Geständnis der zwei Morde, und man erhält keinerlei Erklärung seines Motivs, warum er Paul ermordet hat, selbst wenn man unterstellt, daß Delight Turgeon erpreßt hat. Ich habe in der letzten Zeit eine Menge Bücher gelesen, in denen etliche Seiten fehlten, und jetzt frage ich mich, ob dies auch bei ‹*The Last Twist of the Knife*› der Fall ist, da mir die Geschichte nicht vollständig zu sein scheint. Wir Leser haben während des Kriegs auch Bücher mit schlechtem Druck, vielen Druckfehlern und durch fehlende Seiten verstümmeltem Inhalt freudig akzeptiert – aber wir finden es betrüblich, daß dieser Zustand bis heute anhält. Wenn Sie Ihre Geschichte wirklich mit Turgeons Geständnis beendet haben, bitte ich den Verlag um Entschuldigung, aber wenn dieser die letzten Seiten *weggelassen* hat, werde ich es ihm nie verzeihen, daß er eine gute Geschichte kaputtgemacht hat.»

Durch diesen Brief hat meine Frau zum erstenmal vom Erscheinen des Buchs erfahren; hierin wird, wie Sie sehen, angedeutet, daß dieses Buch, von dem sie – ich muß mich wiederholen – die Fahnen nie zu Gesicht bekommen und das sie bis heute noch nicht als Buch gesehen hat, ohne sein letztes Kapitel erschienen ist. Spätere Besprechungen, die sie von ihrem Zeitungsausschnittdienst erhielt, beweisen dies (…«Motiv und Auflösung sind auch für einen Krimifan wie mich schlichtweg zu nebulös» – «… die Auflösung, die plötzlich und ohne ausreichende Erklärung geschieht» – «… so unglaublich schlecht zu Ende geführt, daß es mir scheint, es könne unmöglich von der Verfasserin der herrlichen *‹Shapes That Creep›* stammen») und zeugen für die Schwäche des Schlusses und der Aufdeckung. Wir sind hier in Kanada bis jetzt nicht in der Lage, ein Exemplar dieses Buchs zu kaufen, aber meine Frau hat jemandem in Los Angeles geschrieben, der das Buch gekauft und gelesen und ihr einen Bericht darüber geschickt hat, der bei uns keinerlei Zweifel mehr darüber möglich läßt, daß das Buch ohne sein letztes Kapitel erschienen ist. Dies bringt auf sehr unfaire Weise meine Frau vor allem in die Lage, ein vom Standpunkt des Krimischreibers unverzeihliches Verbrechen begangen zu haben – ein Verbrechen, das sie nicht begangen hat; denn wenn ich auch dieses Buch für im ganzen nicht so gut halte wie *‹The Shapes›*, so war es doch außerordentlich perfekt, und die Aufdeckung an sich war tatsächlich besser als die in *‹The Shapes›*. Jedenfalls hat die Weglassung des letzten Kapitels mit seiner überaus wichtigen Verknüpfung der Motive und Fäden und allem anderen ihr einen beträchtlichen Schaden als Autorin von Kriminalromanen zugefügt, denn so, wie das Buch jetzt ist, sagt man uns, wird für die Morde absolut gar kein Grund angegeben.

Ich kann die Tatsache bezeugen, daß das letzte Kapitel, als wir das Buch an unseren Agenten schickten, unversehrt und vollständig dabei war; und meine Frau kann die Tatsache bezeugen, daß sie dieses Exemplar in New York im Büro ihres Agenten gesehen, und zwar kurz bevor es an Mr. X geschickt wurde, und daraufhin überprüft hat, daß es auch die richtige Fassung war – denn sie hatte das Buch, wie Sie sich erinnern werden, umgeschrieben – und daß es zu dieser Zeit vollständig war.

Es ist möglich, daß jemand bei Scribner's dieses letzte Kapitel verloren haben könnte und Ihre Firma dafür nicht verantwortlich ist; es könnte auch auf irgendeine andere Weise verlegt worden sein, für die Ihre Firma ebenfalls nicht verantwortlich zu machen wäre – in diesem Fall muß aber jemand bei Scribner's *gewußt* haben, daß es verschwunden war, und meiner Frau hätte die Möglichkeit gegeben werden müssen, diesen Teil noch einmal zu schreiben. Und wenn das Buch, wie X in seinem Telegramm vom 12. Januar 1945 behauptet hatte, in Druck gegangen ist, wie konnte er als Krimiexperte übersehen haben, daß ihm das letzte Kapitel fehlte? Wenn meiner Frau jemals die Fahnen geschickt worden wären, hätte sie natürlich sofort gesehen, daß es fehlte; und vielleicht war das – wer weiß? – der Grund, warum ihr die Fahnen nie geschickt worden *sind*. Beim Gedanken daran bin ich so angewidert, daß ich kaum das Herz habe, all die unnötigen Lügen, die Sorglosigkeiten, die fortgesetzte zynische völlige Mißachtung menschlicher Gefühle und allgemein üblicher Offenheit zu rekapitulieren, von denen Scribner's Umgang mit der Arbeit meiner Frau durchtränkt war und die diesen letzten Vorfall wirklich zum allerletzten machen. Das Ganze kommt mir schändlich und unsäglich vor, gleichzeitig aber auch völlig sinnlos – was ist Ihr Motiv dabei? Und wenn die Sache kein Motiv hat, wie es schon scheinen könnte, wie können Sie solche unverantwortlichen Leute weiterhin beschäftigen und dabei Ihren guten guten Ruf wahren bzw. überhaupt irgendeinen Ruf?

Schriftsteller neigen häufig dazu, überempfindliche Wesen zu sein, und meine Frau macht da keine Ausnahme: sie wird jetzt schon so viele Jahre lang so ausdauernd durch diese verdammte Sache malträtiert und beunruhigt, daß diese letzte Entmutigung geradezu ihre Gesundheit angegriffen hat. Von einem gewissen Standpunkt aus, betrachtet mit kaltem, unaufmerksamem und einschlägigem Blick, mag das alles nicht soviel bedeuten, aber es ist auch nicht möglich, in einem Brief wie diesem den Schmerz und die Belastung – für einen *Schriftsteller* – einer solchen Erfahrung zu vermitteln.

Es stimmt, daß wir diesen Winter wahrscheinlich wieder nach Osten reisen werden, da Reynal & Hitchcock mich zum Erscheinen meines Romans nach New York eingeladen haben; vielleicht werden Noxon und ich dann meine Frau mit Auszügen aus ‹*Schuld und Sühne*› unterhalten ... Mag sein, daß solche Zerreißproben und Enttäuschungen eines Tages wertvoll werden für jemanden, der im Grunde ein ernsthafter Künstler ist. Das macht aber Scribner's – oder X' – Schuld nicht geringer. Trotz alledem haben auch die Verfasser von Kriminalromanen eine Seele und wahrscheinlich sogar ein Schicksal.

Ich persönlich glaube nicht, daß man sich all dies gefallen lassen sollte. Ja, ich bin davon überzeugt, daß man das nicht sollte. Denn wie auch immer Ihre rechtliche Lage in dieser Sache ist, Ihre ethische Haltung verdient Ihre Aufmerksamkeit. Daher frage ich Sie ganz höflich, was Sie in ihrer Lage wohl tun würden?

Ich schicke diesen Brief eingeschrieben, um sicherzugehen, daß Sie oder sonst jemand bei Scribner's ihn auch erhalten.

Ihr sehr ergebener
Malcolm Lowry

An Maxwell Perkins

Dollarton, B. C., Kanada
20. September 1946

Sehr geehrter Mr. Perkins:
Recht herzlichen Dank für Ihr promptes und freundliches Telegramm.[1] Indem es schlicht ein Signal aus dem Jenseits war, möchte ich sagen, daß sein therapeutischer Wert ungeheuer war, denn Sie können sich wohl vorstellen, wie man über einen so langen Zeitraum allmählich nicht nur an seiner Leistung, sondern auch an seiner Existenz zu zweifeln beginnt.

Zu Ihrer Bitte an meine Frau, das letzte Kapitel von ‹*The Last Twist of the Knife*› nachzuliefern: daraus schließen wir, daß dieses Kapitel tatsächlich irgendwie verlegt worden ist oder zur Zeit nicht gefunden werden kann. Sie hatte die Möglichkeit erwogen, daß, wer auch immer dieses trefflich betitelte Buch herausgegeben hat, es einfach aus irgendeinem Grunde ohne dieses Kapitel hat erscheinen lassen und daß es noch zusammen mit dem Ms. in Ihren Akten wäre. Jedoch könnte sie das letzte Kapitel bestimmt rasch neu schreiben, wenn sie nur ein Exemplar des Buchs selbst hätte. Ich glaube, ich habe erwähnt, daß sie das Buch (oder die Fahnen) bis jetzt noch nicht gesehen hat und daß wir uns nur an einen «Fan»-Brief, einige Besprechungen und einen Bericht aus Los Angeles halten konnten, um festzustellen, daß es keinen Schluß hat, obwohl daran für uns wohl kein Zweifel besteht. Wir haben hier in Vancouver mehrmals erfolglos versucht, ein Exemplar aufzutreiben (Sie sollten wissen, daß es in Kanada von eindeutig niederer Gesinnung zeugt, irgendein Buch kaufen zu wollen, selbst bei einem Buchhändler: «Haben Sie ‹*The Last Twist of the Knife*›?» – «Nein, sämtliche Exemplare von *Life* von voriger Woche sind ausverkauft»), und da sie es vor so langer Zeit geschrieben hat, kann sie jetzt kaum die Fäden aufnehmen, ohne etwas zu haben, wonach sie sich richten kann – und ich habe wohl erwähnt, daß das bei Ihrer Firma befindliche Ms. auf Grund unseres Feuers ihr einziges war.

Nochmals Dank für Ihre Höflichkeit, so prompt zu antworten: wir erwarten Ihren Brief mit größtem Interesse und, auf seiten meiner Frau, mit erneuerter Hoffnung, daß all dies am Ende auf freundliche und zivilisierte Art gelöst werden kann.

Ihr sehr ergebener
Malcolm Lowry

1 Siehe Anhang IV

An Maxwell Perkins

Dollarton, B. C., Kanada
30. September 1946

Sehr geehrter Mr. Perkins:
Ich danke Ihnen für Ihren verständnisvollen Brief und auch für Ihr zweites Telegramm, was alles natürlich auch für Mrs. Lowry gilt.

Meine Behauptung betreffs kanadischer Buchläden war nicht übertrieben: wir hatten hier *‹The Last Twist›* einmal bestellt, aber es war nicht herauszufinden, ob die Bestellung jemals durchgegeben worden ist, obwohl man das behauptet hat.

Als ich an die Menge durchkreuzter Absichten, abgehängter Telefone und unerklärlicher Verwirrungen in dieser Episode dachte – zum Beispiel kamen wir im Mai aus Mexiko nach Kanada zurück; wir hatten Verbindung mit Hal Matson: da verstehe ich nicht, warum sie ihre Freiexemplare nicht bekommen hat –, begann ich zu glauben, daß, wenn es überhaupt eine Erklärung dafür gäbe, diese eher in einer metaphysischen Richtung zu finden sein müßte; und meine Neigung zu einer solchen Erklärung steigerte sich – zumindest teilweise –, jedenfalls nahm sie nicht ab, als wir beim Öffnen Ihres freundlich gemeinten Eilpakets – das macht der wackre Mann mit einem Messer! – entdeckten, daß zwar der Schutzumschlag des Buches meiner Frau in Ordnung, ja ausgezeichnet war und auch das, was darin war, aber es war nicht Margerie Bonners *‹The Last Twist›*, sondern Marion Strobels *‹Kiss and Kill›*!

Ich fürchte, ich konnte – obwohl es an Unsportlichkeit, wenn nicht an Sadismus grenzt – nicht widerstehen, Ihnen das zu erzählen, aber vielleicht wird der Fluch durch die Information wieder aufgehoben, daß wir als Ergebnis dieses unschuldigen Irrtums zwanzig Minuten lang lachen mußten.

Der andere Band war o. k.; das war tatsächlich ‹*The Last Twist of the Knife*›; hierfür vielen Dank. Obwohl es natürlich eher nur The Knife ohne The Last Twist war und obendrein etwas blutbefleckt, was das Korrekturlesen angeht – jedenfalls hat meine Frau es jetzt gelesen, gewisse alte Notizen für das letzte Kapitel haben sich gefunden, und obwohl die Aufgabe zunächst so aussah, als würde man einen Maschinenraum mit Linoleum auslegen müssen, kann ich jetzt wohl sicher sagen, daß Sie das letzte Kapitel innerhalb dieser Woche bekommen werden.

Meine Frau hat in der letzten Zeit ein wenig unter dem Wetter gelitten, wie ich wohl schon gesagt habe, aber es geht ihr beträchtlich besser, und sie wird Ihnen selbst schreiben, wenn sie das Kapitel schickt.

Ja, es war eine Freude, auch von Ihnen zu hören; diese unterschied sich allerdings erheblich von dem stets einmalig schrecklichen Erlebnis, im Recht zu sein, einem nur um weniges schrecklicheren Erlebnis, als im Unrecht zu sein, wenn es nicht gar schrecklicher ist.

Nun, ich muß aufhören, denn ich gehe gleich ins Kino, um mir Murnaus ‹*Last Laugh*› anzusehen – hat unwahrscheinlich lange gedauert, bis er hier war –, nächste Woche folgt dann gleich ‹*Der Untergang des Hauses Usher*› – vielleicht nehme ich mir Kants ‹*Kritik der reinen Vernunft*› mit, um sie im Bus zu lesen.

Beste Grüße von uns beiden,

Ihr
Malcolm Lowry

An Albert Erskine

[Dollarton, November 1946]

Lieber Albert Erskine:
Mein Gott, wie überlebt man das, falls man es überhaupt überlebt? Warum gibt es keine Fenster aus buntem Glas zur Erinnerung an all die Autoren und auch an all die Verleger. O Gott, St. Erskine. O Herr, St.

Lowry. Vorige Nacht suchte mich ein Individuum heim, kein Höhlenmensch – viel schlimmer –, sondern ein Mann, der von einem Buch völlig platt gehauen worden war, platt wie eine jener gepreßten Glockenblumen, die man hin und wieder von seiner Mutter aus England geschickt bekommt; und – glauben Sie's oder nicht – dieser Mann war ich.

Inzwischen wird meine Frau, nachdem sie sich im übrigen gesundheitlich glücklich erholt hat, nachts von Kommas belästigt, die wie Kaulquappen um ihre Knöchel schwänzeln, wenn sie sie nicht sogar beißen und *stechen:* von Doppelpunkten, die zu Kanonenkugeln anschwellen: und von Fahnengeistern, die versuchen, sich wie Leichentücher um sie zu wickeln. (Übermorgen wollen wir uns ‹*The Pirates of Penzance*› ansehen.)

Übermorgen werden wir uns ‹*The Pirates of Penzance*› nicht ansehen. Wenigstens glaube ich das nicht. (Lesen Sie dafür jetzt morgen.) Der Grund: das Duplikat der Fahnenabzüge. Gestern habe ich wegen des Nicht-Eintreffens ein Telegramm abgeschickt: heute bekam ich das Ihre (über Telefon falsch übertragen) und ferner eine Benachrichtigung von der Staatlichen Kanadischen Eisenbahn-Eilfracht (obwohl Sie es doch als Luft-Eilfracht geschickt haben) vom 4. November. Und obwohl Sie es per Eilboten geschickt haben. Das Problem ist auf rotem Paketaufkleber geschmackvoll ausgedrückt, wo es, soweit ich entziffern kann, heißt:

Staatliche Kanadische Eilfracht
UNTER ZOLLVERSCHLUSS
Vom Grab zur Prügel
Auszuhändigen an den Zoll- und Akzisenkassierer
Vancouver

Wichtiger Hinweis – der Bevollmächtigte am Bestimmungsort darf diese Sendung nur ausliefern, wenn er sich im Besitz eines Beleges über die Erledigung der Zollabfertigung befindet. Wenn vom Zollbeamten freigegeben, sollte der Zollhafenbevollmächtigte einen Aufkleber (Formblatt 5426) «Zollformalitäten erledigt» anbringen.

All das trotz Luft-Eilfracht-vorausbezahlter-Begleitschein-Nummern und weiß der Himmel, was Sie sonst noch auf sich genommen haben: ich hätte Sie gewarnt, wenn ich daran gedacht hätte, daß nichts als einfache Luftpost oder Post glatt durchgeht; aber ich hatte vergessen, daß wir im Ausland sind. Jedenfalls habe ich es, was die Hauptsache ist, nach einem alptraumhaften Tag in Vancouver bekommen, wo ich von Behörde zu Behörde gehetzt bin und denen vergeblich die Hölle heißgemacht habe: jetzt ist es 7 Uhr am Abend des Mittwoch, 6. November – Ihr Paket ist datiert 31. Oktober – heute ist der Tag, an dem Sie es zurückhaben sollten; morgen, 7. November, der Tag, an dem Sie es den Druckern geben wollten. Also sehe ich besser zu, wie schnell ich arbeiten kann – und wie.

Also, auf geht's: gelegentliche Sternchen auf den Fahnen werden Sie zu einem Buchstaben führen – und was da angebracht ist, werden Sie auf den folgenden Seiten irgendwo unter anderen Bemerkungen finden, die sich auf das jeweilige Kapitel beziehen.

In Eile
Malcolm Lowry

N. B. *Extra-Hinweis* betr. Widmung:
Für Margerie, meine Frau

An Jonathan Cape

[Dollarton, November 1946]

Sehr geehrter Mr. Cape:
Völlig bis über die Ohren in Fahnen – wollen Sie mir im Interesse Gottes, der Literatur und eines Ihrer Autoren einen riesengroßen Gefallen tun; ich spreche von dem spät-betrauerten Mr. Melville.

Vor etwa einem Jahr betraten meine Frau und ich die heiligen Stätten des Rundfunks – in *Time* wurde sogar lobend erwähnt, wir hätten eine der besten Sachen der Rundfunkgeschichte vollbracht. Um's kurz zu machen: wir haben endlich eine ernste Hörspielfassung von ‹*Moby Dick*› geschrieben, und zwar von einer das Radio völlig revolutionierenden Art.

Während die meisten Leute von der C.B.C. sich zunächst darin einig waren, daß dies das großartigste Skript sei, das sie je gehabt hätten, rangen sie sich doch im letzten Moment zu einer Meinungsänderung durch und sagten, die Öffentlichkeit würde das nicht hinnehmen; ob wir es ändern wollten, und wir sagten nein.

Wir haben das mit dem Radio dann auch aufgegeben; es war tatsächlich ein schlimmerer Job, als Gänse zum Wasser zu treiben, selbst auf dem Höhepunkt, oder jedenfalls kann man es mit dem ernsthaften Schreiben nicht allzu eifrig verbinden.

Wie auch immer; jetzt lesen wir, daß Branes an einer ernsten Dramatisierung von ‹*Moby Dick*› arbeitet, und ich verwette meinen letzten Dollar, daß er die Idee dazu von uns hat, durch dieses Rundfunk-Gerücht.

Das ist gar nicht mal so wichtig, daß niemand sonst ‹*Moby Dick*› so bearbeiten *könnte*, wie wir es getan haben – es ist ungeheuer schwer, und zu viele Probleme müssen da gelöst werden –; wenn wir ihm also *quam celerime* unser Skript schicken würden in der festen Gewißheit, daß er, wenn er *unser* Skript sähe, alles, was er schon zusammengebraut hätte, aus der Produktion herausreißen müßte, falls er schon soweit war.

Aber selbst im schlimmsten Fall ist unser Skript unbedingt eine Hilfe: es ist auf seine Art vollkommen.

Da ich die Adresse der B.B.C. nicht kenne, würden Sie dies bitte freundlicherweise mit einem Raumschiff und einem Schwarm Kuriere, oder wenigstens mit der nächsten Post, dorthin schicken; das ist der Gefallen, obwohl ich sagen muß, daß ich mir sowieso die Freiheit genommen hätte, Sie zu bitten, das weiterzuleiten, da es dann weit mehr Gewicht hätte, indem es von Melvilles Verleger käme oder gar von H. M. selbst, dessen Geist wir uns gern einbilden, sagen zu hören: «Rettet mich.»

Das Buch meiner Frau haben Sie nur deshalb nicht bekommen, weil sie es noch nicht von ihrem Agenten bekommen hat.

Meine Fahnen werden Sie in Kürze erhalten.

Wir wälzen uns in Erfolg; fühlen uns wirklich wie Verhungernde, denen man die Augen mit Kartoffeln vollstopft.

Ich bekam einen Brief von Innes Rose[1], der, wie ich erleichtert erfahre, aus dem Krieg zurückgekehrt ist; falls Sie ihm begegnen sollten, sagen Sie ihm bitte, daß ich ihm so bald wie möglich schreiben werde.

Fröhliches Halloween, fröhliche Weihnachten und ein fröhliches neues Jahr.

Immer der Ihre
Malcolm Lowry

P. S. Ich ertappe mich dabei, wie ich einige der von Ihrem Lektor angeregten Streichungen vornehme – trotz des ganzen Tumults, den ich geschlagen habe.

1 Britischer Literatur-Agent

An Albert Erskine

[New Orleans, Dezember 1946]

Lieber Erskine:
(Im guten alten Ultima Thule ist das eine ziemlich unfreundliche Anrede, so daß ich, wann immer ich als Lowry angesprochen werde, so höflich das auch sein mag, stets ein wenig erbebe, so, als ob darauf unmittelbar eine förmliche Einladung des Direktors folgen müßte, der mich fast zu Tode prügeln wird, oder eine Bemerkung wie diese: «Herrgott noch mal, hab ich dir nicht schon vor zehn Minuten gesagt, du sollst zum Ober-Maschinisten runtergehen und einen Eimer Dampf raufbringen?» Meine Frau sagt mir aber, daß in diesen Staaten diese Folgerungen – was ich natürlich wußte, und es gibt sie auch offensichtlich nicht – nicht stimmen. Bitte genießen Sie hier auf meine Kosten ein ruhiges Lächeln.) Ich habe eben mit meiner Frau einen herrlichen Nachmittag verbracht; wir sind durch das alte New Orleans gewandert, haben La Fittes Piratenhöhlen besucht, gewisse Überbleibsel von Folterungen besichtigt und auch ein köstliches Panorama mit gewissen Rotröcken beäugt – natürlich keine Tommies –, die, wie mir schien – aber konnte das sein? – in einem Hagelschauer hingeschlachtet platt auf dem Bauch lagen. Jedenfalls hatte man sie erledigt. Auch war ich von der Geschichte des Flußschiffs *Robert E. Lee* dermaßen fasziniert, daß ich mit aller Gewalt davon weggezogen werden mußte, jedoch erst, als ich das folgende gelesen hatte:

(EXTRABLATT!

Lee um 11:20 in St. Louis eingetroffen. Fahrzeit ab New Orleans 3 Tage 18 Stunden und 19 Minuten. *Natchez* nicht in Sicht. *Natchez'* alte Zeit: 3 Tage 21 Stunden und 58 Minuten.

EXTRABLATT!)

Bemerken Sie bitte, daß ich die Klammer geschlossen habe.

Ganz kurz.

Stellungnahme betr. Umschlag usw. – und weit mehr als der Umschlag. Bevor ich dazu komme: betr. das Buch: das «Alles darin», wie Sie es vorgeschlagen haben, ist eine wunderbare, kreative Sache.

Betr. den Umschlag – gefällt mir uneingeschränkt; hier wörtlich die Reaktion meiner Frau und einer sehr intelligenten Freundin von ihr – so genau, wie ich sie jetzt aus dem Stegreif hinschreiben kann:

«Wirklich ein Geniestreich; wenn man lang genug daraufstarrt, kommt man ganz runter in die entlegenste Grube der Finsternis, es ist nicht nur allein der Strudel, sondern der ZITTRIGE Strudel, – (beachten Sie Komma und Gedankenstrich) nicht bloß vom Standpunkt des Geschäftsmannes; sondern geradezu vom Standpunkt des Buchs – unheimliche Qualität, Qualität des Schreckens, und doch von hoher Würde.»

Das haben sie gesagt, und ich stimme zu.

Betr. Jimmy Stern – er ist ein alter Freund von mir, der beste und unterhaltsamste von allen Zeitgenossen und Schriftstellern – aber bis auf ein Gedicht konnte er meine sämtlichen alten Arbeiten nicht ausstehen; und das durchaus mit Recht: ich habe geglaubt, wenn überhaupt jemand dem ‹*Vulkan*› eine Abfuhr erteilen würde, wäre das, auch wenn es ihm weh täte, Jimmy. Haben Sie ‹*The Heartless Land*› gelesen? Ich bin ganz aus dem Häuschen, daß ihm der ‹*Vulkan*› gefallen hat.

Betr. das Paket, das Sie mir so großzügig geschickt haben – das mit dem anderen Buch –, weiß ich nicht, was ich sagen soll; tausend Dankeschön – aber wenn es bis morgen nicht kommen sollte, werde ich wohl tatsächlich Ihrem Vorschlag folgen müssen, falls es sich als unmöglich erweisen sollte, mit den postalischen Einrichtungen von Haiti fertig zu werden. Gott befohlen, und noch einmal fröhliche Weihnachten an Sie und Ihre Frau von uns beiden.

Malcolm Lowry

P. S. Auch wenn wir jetzt, wie die *Pequod*, am Heiligabend abfahren.

An Albert Erskine

New Orleans
26. Dezember 1946

Genau wie in den alten Zeiten meines Großpapas – die Mannschaft war so *perfectamente borracho*, daß sie das Schiff nicht auslaufen lassen konnten (und schließlich auch nicht wollten) – (ich mache ihnen keinen Vorwurf, es wird vermutlich noch am Pier sinken, bevor wir an Bord gehen, was vor 5 Minuten hätte geschehen sollen) – Egal, wir haben ein großartiges Weihnachtsfest verbracht: haben Ihre prächtige Ausgabe von Daumier gelesen und *verschlungen*, obwohl wir die Ihnen werden zurückschicken müssen. Nochmals vielen Dank an Sie und Mr. Taylor. Leben Sie wohl.

Lowry

Vierter Teil

1947

An Albert Erskine

Hotel Oloffson
Port-au-Prince, Haiti
25. Januar 1947

Lieber A. E. –
Tausendmal Dank. Und noch mal Dank. Aufrichtig, nicht im cyranoesken Sinne.

Unheimlich ist es hier: Puppenfriedhöfe und Tauben mit rubinroten Augen. Und ein amerikanischer Redakteur mit Kricketmütze und ‹*Moby Dick*› in der Tasche, dessen Haus kürzlich abgebrannt ist und der obendrein Experte für James Shirley ist, den einzigen anderen Ex-Dichter außer mir, den mein College St. Catherine – die man gerädert hat – je hat hervorbringen können.

Seltsame und immer wieder schreckliche, verblüffende und erstaunliche Dinge gibt es hier. M. Marcelin (‹*Canapé vert*›), ich und die Frauen trinken Coca-Cola, und der Himmel weiß warum oder wozu? Er, Marcelin, Philippe Thoby-Marcelin, ist ein prächtiger Bursche. Er ist auch ein vorzüglicher Dichter. Und er hat ein wunderbares Buch mit Kindergeschichten geschrieben. Rinehart wird das wohl nicht nehmen. Seine Gedichte sind noch nicht übersetzt. Die Hälfte davon hat er dem mexikanischen Botschafter geliehen, er hat sie nie zurückbekommen. Das kann ich immerhin verstehen. Sein letztes Buch ist gräßlich falsch übersetzt worden. Und er spricht nicht ein verdammtes Wort Englisch, und obwohl er ein sehr schönes Französisch schreibt, spricht er aus irgendeinem Grund fast nur Kreolisch. Ob Sie oder jemand anders ihm nicht mal auf französisch schreiben sollten? Ist das ein unsittlicher Vorschlag? Oder New Directions [1]? Oder überlegen Sie sich's? Ich will ihm unbedingt helfen, nein, vielmehr *sollte* man ihm helfen. Ich glaube fest an einen solchen Gedankenaustausch zwischen Leuten aus verschiedenen Ländern. Valéry Larbaud – er hat mir den Brief gezeigt – hält ihn für einen der größten Dichter, den Frankreich (sic!) je hervorgebracht hat, und obwohl er von Haiti stammt, keinen Pfennig besitzt und auf einem Berg lebt, stimme ich dem voll und ganz zu. Wir werden uns am Freitag in diese Berge verziehen. Voodoo? Das gibt es. Mit einem Schlag werden Rinehart, Scribner's und Reynal & Hitchcock ihrer größten Autoren beraubt sein. Hoffentlich lasse ich mir das nicht einfallen. So was nennt man gewöhnlich einen Witz. Ich meinte womöglich nur, daß ich mich an diesem blöden Jackson rächen würde, indem ich Rinehart einen wegnehme. Ist nicht ernst gemeint.

Folgendes ist ernster gemeint. Hat sogar mit Geschäftlichem zu tun. Lebt mein alter und verehrter und treuer norwegischer Ahnherr Harold Matson noch? Oder hat er sich vielleicht auch in einen Troll oder gar einen schwarzen Magier verwandelt, wie man es hier von mir sagt, und ist daher einfach zurück nach Grimanger entschwunden? Denn es scheinen da noch andere Unklarheiten aufgetaucht zu sein, die aus Fairness mir gegenüber ausgebügelt werden sollten, wie man ja auch vom Konsul zu sagen pflegte. Ihr unterschätztet mich, wenn Euch dünkte, ich bäte um einen weiteren Vorschuß. Ursprünglich, als Mr. Hitchcock den ‹*Vulkan*› annahm, geschah das unter der Bedingung, daß ich sofort nach N. Y. kommen und ihm bei der Herausgabe zur Seite stehen würde. Er bot mir an (zusätzlich zu dem großzügigen Vorschuß von 1500 Dollar), mir 500 Dollar Reisespesen zu zahlen, 250 davon direkt von der Firma und die restlichen 250 aus meinen späteren Tantiemen. Dem stimmte ich zu und drahtete Matson, daß ich kommen würde. Dann hat Mr. Hitchcock anscheinend den ‹*Vulkan*› noch einmal übers Wochenende gelesen und beschlossen, daß er doch nichts daran ändern oder ihn nicht zusammen mit mir herausgeben wollte. Also sagte Mr. Hitchcock darauf, er wolle, daß ich zur Zeit der Veröffentlichung nach New York komme und daß die erwähnten 500 Dollar (250 aus meinen späteren Tantiemen wie gehabt, 250 für meine Ausgaben – worin immer *die* bestehen) eben zur Anwendung gelangen würden, wenn ich dann käme. Wie ich Ihnen schon geschrieben habe, hatte ich selbst während der Zeit der Herausgabe nach N. Y. kommen wollen, aber ich fügte mich seinen Wünschen in dieser Sache und sagte schließlich zu, zur Zeit der Veröffentlichung nach N. Y. zu kommen. Ich kann nur vermuten, daß mein alter und verehrter Ahnherr, der circa 200 Jahre lang ohne jede Entlohnung verdammt geduldig mit mir gewesen ist, Sie nie davon unterrichtet hat, und es tut mir leid, aber ich wollte Ihnen klarmachen, daß ich keineswegs um einen *weiteren* Vorschuß gebeten habe, sondern mich lediglich in aller Unschuld (hic!) nach einem Angebot erkundigt habe, das mir gemacht worden ist und das ich noch für gültig hielt.

Das ist ungefähr alles.

Außer diversen Notizen für ein anderes Buch, wie etwa:

Zinnspielzeughaus mit Spitzdach

ein Haus wie ein Kinderspielzeug aus Spitzenpapier
strahlende, flammende Bäume aus Farn, «geneigt»
flammende Bäume, die flammende Bäume *verlassen*,
«Bäume, die nie geschrieben werden.»
Kater mit Enos Fruchtsalz heilen
D. T. dito – Paracelsus?

Der komische Amerikaner, dessen Haus gerade zu der Zeit abgebrannt war, als Marcelin und ich über Feuer sprachen, und der Kricket spielte. Möchten Sie meine Kricketmütze tragen? Singt morgens stampfend «Men of Harlech».

der finstere Mann, der uns hinter Gräbern verfolgt.

eine unsichtbare Stimme, die hinter der Wand her flüstert: «Gib mir bitte fünf Cents.» Ein Junge auf einem Trompetenbaum.

mittags gesund und leicht, normal, man fragt sich, wie schnell die Krise wieder zuschlagen würde: Diener kichern: «Fou» «Bonveur»

Eine donnernde Katze
förderlich sein
überzeugend sein

Gruß
Malcolm Lowry

P. S. Versuchen Sie bitte, Philippe Thoby-Marcelin zu helfen – er ist ein großer und wirklich guter Mann.

1 Amerikanischer Verlag

An Albert Erskine

Nirgendwo
[Haiti, Februar 1947]

Lieber Albert Erskine:
Ja, Sie hatten völlig recht mit dem Vorwort und Jackson und usw., und ich habe Cape geschrieben, er solle es mit Stumpf und Stiel vernichten.

Ich glaube, mein letzter Brief an Sie war wohl reichlich verdreht: ich habe wohl mit Fieber, Husten und so weiter im Bett gelegen; mein Arzt ist der Verfasser eines interessanten Buchs mit dem Titel ‹*La Crise de*

Possession dans le Vaudeau› (das Sie sich einmal ansehen könnten), und er hat mich viel früher aus dem Bett gelassen, als er sollte, damit ich mir eine Feierlichkeit ansehen konnte, die die Marcelins für uns ausfindig gemacht hatten und zu der sie uns mitnahmen: mit dem Ergebnis, daß wir zwei phantastische Tage und Nächte auf waren und Zeuge von etwas wurden, was der Arzt, der uns nicht begleitete, nie selbst gesehen hat und auch, wage ich zu behaupten, sonst kein Lebender.

Aber das entscheidende Ergebnis ist, daß ich mich viel besser fühle, wenn auch von den Spritzen ein bißchen angeschlagen; und der Voodoo: der Voodoopriester, der in mir vielleicht einen verwandten Geist erkannte, hat versprochen, mich durch Feuer zu initiieren, falls und wenn ich wiederkomme – meinen Sie, das ist wirklich eine gute Idee? (Trotzdem wäre ich wirklich gern ein Voodoopriester.)

Ich glaube, ich habe über Philippe Thoby-Marcelin und seinen Bruder auf ungebührliche Weise geschrieben.

Nanu, nanu – in diesem Augenblick bekomme ich (auf natürlichem Wege!) Ihren Brief. Aber wie können Sie es unterlassen haben – aber vielleicht sehe ich Ihr – jedenfalls sind wir inzwischen mit den Marcelins dick befreundet – ich wollte sagen der Dichter per se von den Brüdern ist Philippe Thoby, und zwar meiner und auch anderer Leute Meinung nach ein erstklassiger.

Jedenfalls werde ich heute nachmittag mit ihm sprechen, wenn wir ihn besuchen (falls ich es für passend halte).

Mein Krankenhaus hieß Notre-Dame in einem Ort namens Canapé-Vert.

Mein Gott, ich bin ganz konfus: aber ich werde später sachlich werden.

Die günstigen Besprechungen des *‹Vulkan›* haben mich furchtbar eingeschüchtert[1] – ich habe sie mir kaum ansehen können, aber ich danke Ihnen noch einmal aufrichtig für alles, was Sie getan haben.

Nein, ich habe bestimmt nicht versucht, noch einen Vorschuß aus Ihnen herauszuleiern – was für ein kolossaler Gedanke, auch nur für fünf Minuten im Äther zu sitzen – etwa nicht? Hört sich noch nicht einmal ehrlich an, auch wenn es wahr ist.

Vor meinem Fenster im Krankenhaus stand schief ein Wald aus kleinen grünen namenlosen Bäumen, gekrönt von einem sehr kleinen lieblichen Bäumchen, das blühte …

Morgen fliegen wir nach Miami ab, von da weiter mit dem Bus – ich sollte wahrhaftig denken –

Beste Grüße
Malcolm Lowry

1 Siehe Anhang V

An Frank Taylor

Harrison Hot Springs Hotel
[Frühjahr 1947]

Lieber Frank:
Ich komme mir wie eine Laus vor, Dir nicht früher geschrieben zu haben, aber ich versichere Dir, daß da einiges dazwischenkam und ich das aufgeschoben habe, weil ich Dir einen *guten* Brief schreiben wollte (ein Symptom des Narzißmus) und weil ich auch auf Nachrichten von Euch *beiden* gewartet habe; und so weiter; ich hoffe aber, Du wirst den Willen für die Tat nehmen. Falls die obige Adresse nicht gerade für sich selbst spricht – denn mir scheint Harrison Hot Springs ein prima Name für eine Jazz-Truppe zu sein, oder für Kanadische Kapriolen (ein Eingeborenentanz), dito für irgendeine Jazz-Nummer oder eine teuflische Matratze –, sollte ich hinzufügen, daß es sich tatsächlich um einen Badeort handelt, noch dazu um einen teuflischen, denn die Leute hier leben von einer Diät aus Schwefel, Pottasche, frisch geweißten Golfbällen und gelegentlich einem kalten Omelette, während Margie und ich hierhingekommen sind, um ein bißchen zu wandern, uns von unserer triefenden Behausung zu erholen, Briefe zu schreiben und ferner das gute starke weiße Pferd unseres Onkels zu besteigen, das mit unserem Neffen im Garten steht. Es hat uns sehr leid getan, daß wir Dich nicht mehr gesehen haben, bevor wir abgereist sind, aber mir ist klar, daß Du, wie mal jemand gesagt hat, wegen des Chicago-Projekts «auf den Hörnern einer Domelia» gewesen sein mußt, und ebenfalls tut es mir wirklich sehr leid, daß das nicht so gelaufen ist, wie Du es Dir wohl gewünscht hast; ich höre, Du gehst vielleicht zu Random House. Ich wünsche Dir und Albert alles Gute; bestimmt ist es, wie ich eben Albert

geschrieben habe, ein Glück für Random House, aber mehr werde ich nicht sagen, bevor ich nicht mehr gehört habe: ich selbst fühle mich in hohem Maße excomunicado und sehr wie der grollende Stiefsohn in meinem jetzigen geistig zarten Nexus mit Reynal Teamwork E. V. *Bisweilen*[1] bekomme ich fortwährend gute und großzügige Rezensionen des ‹*Vulkan*› aus den USA, bin allerdings hier mehr oder weniger verrissen worden, besonders in Vancouver und Toronto, und das von Leuten, die das Buch überhaupt nicht gelesen und auch gar keinen Versuch dazu unternommen haben. Im Gegensatz dazu sind aus San Francisco, Chicago und Dallas absolut umwerfend günstige gekommen und eine ganz wunderbare aus Providence – D. C. de J. – heißt das David Cornel de Jong? Ich arbeite an ‹*La Mordida*›. Albert hat Dir vielleicht erzählt, daß Margies ernster Roman ‹*Horse in the Sky*› von Scribner's angenommen worden ist. Aus dieser Richtung kommen noch eine Menge anderer guter Nachrichten. Eine sprachlose Millionmal Danke für alles, was Du getan hast, und für Deine wunderbare Großzügigkeit Margie und mir gegenüber in New York. Allerbeste Grüße von uns an Dich und Nan,

lebt wohl
Malcolm

1 Im Original deutsch; Lowry meinte wahrscheinlich «inzwischen».

An Fletcher Markle

[Dollarton, Mai 1947]

Lieber Fletcher (und Gerald[1], falls vorhanden??)
Um Himmels willen ... Ich habe mir um die Aufzeichnungen keine Sorgen gemacht, auch nicht um die Zeitungsausschnitte oder um Dilworth, aber trotzdem recht vielen Dank für das Telegramm.

Es war einfach nur so, daß ich *nichts* gehört hatte, weder die Sendung noch davon, ob es Dir persönlich und Gerald gefallen hat oder ob Ihr meintet, daß es ankäme, oder ob es tatsächlich angekommen ist, und auch sonst ganz und gar nichts; und wir haben uns hier inzwischen ruhig vor Spannung in die Hose gemacht.

Ich habe täglich mit einem Brief von Gerald gerechnet – es kam aber keiner. Ich bin mir natürlich über die Belastung, die diese Arbeit mit sich bringt, im klaren: dann also nach dem Ereignis?

Stell Dir vor, Du wärst in Sibirien, und in Moskau wird ein Stück aufgeführt, in das Du viel Ehrgeiz gesteckt hast: und keine Nachricht, außer daß Du nach sechs Monaten gespannten Wartens auf jede Post durch einen Kommissar vom Produzenten erfährst, daß Dir – immer vorausgesetzt, gewisse Nebenumstände sind gleich und die Hundegespanne nicht zu einem anderen Zweck beschlagnahmt – in einem oder zwei Monaten vielleicht gestattet wird, einen Teil des Umschlags zu sehen, auf dem einmal ein Teil des Skripts gelegen hat. Ich gebe zu, das ist übertrieben, aber ich wollte doch eigentlich nur ein einziges Wort oder eine Phrase hören wie: o. k., Hipp hipp hurra, oder auch Es macht uns keinen Spaß.

Ich war auch Euretwegen besorgt, denn die Vorstellung, daß gleich Euer erstes Werk nicht ankäme, hätte mich unglücklich gemacht, und ich hätte mich ziemlich verantwortlich dafür gefühlt.

Aber dieses Schweigen jetzt legt mir den Gedanken nahe, daß es nicht angekommen ist: andererseits aber vielleicht natürlich doch.

Ich kann mir denken, daß Ihr sehr beschäftigt seid und wahrscheinlich keine Zeit habt, auf so verwickelte Gefühle wie diese Rücksicht zu nehmen; vielleicht habt Ihr aber auch mit Recht gedacht, daß Ihr sie schon genug berücksichtigt hättet.

Gerald, Du Ekel, donde es that allerverdampfter carta?[2]

Jedenfalls allerbeste Glückwünsche an Euch in Babylon aus Ultima Thule.

Lebt wohl
Malcolm

1 Gerald Noxon dramatisierte den Roman für «Studio One».

2 So im Original; etwa: «Wo bleibt dein verdammter Brief?» (A.d.Ü.)

An Jacques Barzun

Dollarton, B. C., Kanada
6. Mai 1947

Sehr geehrter Mr. Barzun:
Sie haben meiner Ansicht nach eine solch schauderhaft ungerechte Rezension meines Buchs ‹*Unter dem Vulkan*› geschrieben, daß Sie mir wohl verzeihen werden, wenn ich zurückschieße.

Zugegeben: es ist dermaßen übertrieben gelobt worden, daß eine ungünstige Besprechung beinahe willkommen erscheint; auch zugegeben, daß Ihre Besprechung mir am Ende nützen könnte: aber sie schmerzt mehr, als eine gar noch härtere Kritik, solange sie nur gerecht ist, es je könnte; und ich finde, sie ist nicht nur unfair, sondern schwächt Ihre ganze Argumentation; die Leute werden Ihren notwendigen Wahrheiten nicht zuhören, wenn Sie so etwas allzuoft machen.

Aha, hör ich Sie sagen, also dem kann ich ja verdammt leicht das Herz rausreißen; die Ursprünge riech ich meilenweit; ja, ich brauch das Buch nur aufs Geratewohl aufzuschlagen, um genau das zu finden, was ich haben will, das gefundene Fressen für meinen Artikel: ich habe nicht das Gefühl, daß Sie auch nur die geringste kritische Anstrengung unternommen haben, sich mit seiner Form oder seiner Absicht auseinanderzusetzen. Was Ihnen aber wirklich gelungen ist, ist, einen Zeitgenossen zu verletzen, der sich selbst für einen Ihnen verwandten Geist hält.

Ich glaube auch nicht, daß man deswegen unbedingt so beleidigend werden muß. Es ist Ihr Recht, «geschmacklos und unecht» zu sagen, und Sie können auch sagen, wenn Sie wollen (obwohl es nicht eigentlich stimmt und bestimmt kein unwiderlegbarer Beweis des vorigen ist), daß ich «auf der Seite der Sittlichkeit stehe und eifrig bemüht bin, Sie mit Ekel vor tropischen Lastern anzufüllen». Aber wenn Sie sagen: «Er zeigt dies durch eine langwierige Regurgitation der Materialien, die er in ‹*Ulysses*› und ‹*Fiesta*› gefunden hat», schießen Sie dann nicht mit dieser bemühten Häme übers Ziel hinaus? Denn während nur wenige moderne Schriftsteller, mich eingeschlossen, sich dem direkten oder indirekten Einfluß von Joyce und Hemingway ganz und gar haben entziehen können, sind doch die «Materialien» in dem von Ihnen ausgedrückten Sinn in keinem von diesen Büchern zu finden. «Und während er die Eigenarten von Joyce, Dos Passos und Sterne nachahmt, gibt er uns Herz und Geist von Sir Philip Gibbs.» Welche Eigenarten genau meinen Sie? Ein junger Schriftsteller wird natürlich versuchen, von dem, was er gelesen hat, Nutzen und Gebrauch zu machen, mit dem Ergebnis, daß – insbesondere im technischen Bereich – gewisse «planleitende Haltungen», wie van Gogh es wohl nennt, hin und wieder unvermeidlich sind. Aber wenn ich in der Maschinerie einen anderen Schriftsteller entdeckt habe – wie Richards dargelegt hat, ist der Schriftsteller, den man gerade liest, fast immer der Bösewicht –, habe ich stets mein Äußerstes getan, ihn auszuschwitzen. Manchmal bleiben natürlich Scherben und Schnitzel davon übrig; auch in Ihrem Stil. Aber soweit ich weiß, habe ich keine der Eigenarten der Schriftsteller, die Sie erwähnen, nachgeahmt, von denen übrigens zumindest einer meine Originalität einmal bezeugt hat. Tatsache ist, ich habe – zu meiner Schande – den ‹*Ulysses*› nie zu Ende gelesen, von Dos Passos habe ich nur ‹*Drei Soldaten*› gelesen, und von Sterne habe ich nie mehr als eine einzige Seite von ‹*Tristram Shandy*› lesen können. (Dies schließt natürlich einen direkten Einfluß nicht aus, aber was ist mit dem, was ich selbst erfunden habe?) ‹*Fiesta*› hat mir gefallen, als ich es vor 12 Jahren gelesen habe, aber seitdem habe ich es nicht mehr gelesen, und ich glaube auch nicht, daß ich jemals besonders davon beeinflußt worden bin. Da, wo der ‹*Vulkan*› beeinflußt ist, sind diese Einflüsse größtenteils anderer Art und, wie ich wirklich glaube, auch größtenteils absorbiert. Wo nicht, können Sie das Unausgereiftheit zuschreiben. Ich habe das Buch 1936 mit 27 Jahren begonnen, und es hat, trotz vieler Revisionen, ohne Zweifel eine gewisse Spur davon an sich. Was Sir Philip Gibbs angeht: sind Sie da nicht einfach willkürlich grausam? Wenn Sie das Buch wirklich lesen würden, würden Sie vielleicht erkennen, daß recht vieles darin lustig sein soll – und auch wirklich ist –, gewissermaßen eine Satire auf mich selbst. Und ich glaube auch nicht, wage ich zu behaupten, daß Sie es nach einer zweiten Lektüre noch langweilig finden würden.

Nach Sir Philip Gibbs kann ich es Ihnen fast verzeihen, daß Sie blindlings zwei nicht sehr gute Stellen aus den Kapiteln III und IX nebeneinanderstellen, als ob sie zusammengehörten, und dies als Beispiel für schlechtes Erzählen anführen. Aber selbst wenn diese Stellen nicht so aufregend sind: ist diese Art von Kritik gerecht? Ich wüßte zu gern, was Sie mit einem lumpigen Forscher machen würden, der seine Würfel auf diese Weise für Sie gefälscht hätte.

Der Schluß soll mich wohl völlig zermalmen. «Mr. Lowry hat auch andere Momente; geliehen von anderen modischen Stilen, von Henry James, Thomas Wolfe, den Gedankenstromschreibern, den Surrealisten. Empfehlen kann man seinen Roman nur als eine Anthologie, die von Ernsthaftigkeit zusammengehalten wird.»

Worin auch immer Ihr allgemeineres Motiv bestanden hat – das ich übrigens für äußerst ehrenhaft halte –: kommt es Ihnen nicht auch so vor, als hätten Sie diese Stelle oder etwas Ähnliches schon einmal gehört? Ich ganz bestimmt. Mir kommt es vor, als würde ich, leicht entstellt, die Stimme wiedererkennen, die Mr. Wolfe selbst begrüßt hat, ganz zu schweigen von Mr. Faulkner, Mr. Melville und Mr. James – wahrlich eine unsterbliche Stimme, die einstmals Keats mit denselben Ausdrücken angesprochen hat, mit denen Mr. Whitman davon unterrichtet wurde, daß er von der Dichtkunst weniger verstünde als ein Schwein von Mathematik.

Aber wie dem auch sei. Was weh tut, sind die «modischen Stile». Da ich fast eine Dekade lang in der Wildnis gelebt habe, mir nicht einmal anspruchsvolle amerikanische Zeitschriften kaufen konnte (die waren hier bis vor kurzem alle verboten, falls Sie das nicht wußten) und ich völlig außer Reichweite war, hatte ich nicht die Spur einer Ahnung, welche Stile gerade in Mode waren und welche nicht mehr, und ich habe mir auch nicht viel daraus gemacht. Gewiß habe ich versucht, mir Henry James' ‹*Tagebücher*› zu Herzen zu nehmen, und was die Gedankenstromschreiber angeht (falls Sie an Quellen interessiert sind), wäre William zweifellos erfreut. Und ich bin immerhin froh, daß es Ernsthaftigkeit ist, die die Anthologie zusammenhält. Nichtsdestotrotz werde ich lachen – und Sie hoffentlich mit mir –, wenn in zehn Jahren oder so die STIMME wieder gehört werden sollte, wie sie eine ernstgemeinte zeitgenössische Bemühung mit der Begründung heruntermacht, daß ihr Verfasser bloß die Materialien regurgitiert, die man bei Lowry findet. Ich werde lachen, aber im Prinzip werde ich mit dem Autor fühlen, selbst wenn es stimmt.

Wie dem auch sei. Da jede andere Art von Duell auf eine solche Entfernung unvorteilhaft war, hatte ich diesen Brief in der Absicht begonnen, falls möglich genau so unerträglich grob zu sein wie Sie. Ich habe mir sogar die April-Nummer von *Harper's* gekauft, um mich mit Material zu versehen – und tatsächlich sprang es mir gleich in die Augen, so wie Ihnen Ihre Munition aus meinem Buch geliefert wurde: denn las ich nicht sofort, wie Sie Señor Steinbeck in ungefähr denselben Ausdrükken zusammenstauchten – wenn auch beträchtlich länger – und wie Sie ihm so ziemlich alles vorwarfen, außer daß er seinen Bus von mir gestohlen habe? Sie wußten natürlich nicht, daß ich einen hatte, und zwar in Kapitel VIII (ein Verbrechen, darf ich sagen, an dem er unschuldig ist und umgekehrt); und Sie sprechen von seiner unkünstlerischen Selbstbemitleidung, mit der Sie, wie ich annehme, natürlich nicht rein zufällig Ihre *eigene* unkünstlerische Selbstbemitleidung meinen?

Da ist noch eine interessante Passage:

Bei den Begründern der Tradition, also bei Balzac, Dickens, Zola, Hardy, Dostojewski bis hinunter zu Sinclair Lewis und Dos Passos, findet man hinter jeder Wildheit eine Bejahung, eine Wut oder Begeisterung der Verzweiflung, die den Kot mit Leben erfüllt und ihn wie Rubine glühen macht. Die Energie des Geistes macht sogar ein Übermaß an Fakten erträglich, während der Plot die Charaktere so vollkommen umstrickt, daß der Leser genau dann gezwungen ist, an ein dem Untergang geweihtes Dasein zu glauben, wenn er merkt, daß er nur nach dem Willen des Schriftstellers tanzt.

Gut: aber warum sind Sie, wenn das so ist, so bereit, die im ‹*Vulkan*› hinter der Wildheit steckende Bejahung herunterzuputzen? Tatsächlich so bereit, sie herunterzuputzen, sobald Sie ihrer ansichtig wurden (zweifellos, weil sie in Großbuchstaben dastand), daß Sie die Wut oder Begeisterung der Verzweiflung, die ihr folgte, völlig übersehen haben? Haben Sie nicht das eine zu Tode getrampelt, ohne sich auch nur die Mühe zu machen nachzusehen, ob das andere nicht auch da wäre, kurz: ohne sich *überhaupt* Mühe zu machen, außer Sir Philip Gibbs aus seinem faden Grab zu holen, um auf meine Kosten einen billigen Spott anzubringen? Und wenn, warum? Das könnte ich Ihnen sagen, aber weiter als bis hierhin treibt mich meine Grobheit nicht.

Zum einen habe ich gerade ein weiteres Bündel Besprechungen erhalten; alle sind gut, und alle sind irritierender als Ihre. Zum andern soll das Buch ins Französische übersetzt werden: die äußerst sturen Verlagsmenschen, sage ich mit Erleichterung, halten mehr davon als Sie, und das ist doch was. Und des weiteren erfahre ich soeben aus England, daß eine meiner besten Freundinnen – Anna Wickham, die Dichterin, falls es Sie interessiert – sich kürzlich in London erhängt hat.

Das Höllenfeuer hat Gott entfacht
Und sich dabei gedacht,
Deine Schwäche zu beheben
Und Stärke Deiner Zunge zu geben.

Hat sie einmal geschrieben. Meine Frau, die mir zufällig vor einer Woche die einzige Ausgabe ihrer Gedichte gekauft hat (von D.H. Lawrence gelobt – und warum haben Sie *den* nicht auch hereingezogen?), die in 20 Jahren in Kanada verkauft worden sein kann, kaufte sie mir, tatsächlich zwei Tage bevor Anna starb. Das Leben ist also zu kurz oder so was.

Und die Grammatik dieses Briefs ist schlecht. Und so wird sie bleiben. Die Semantik zweifellos auch. Und die Syntax. Und alles andere.

Mit dem allgemeinen Tenor Ihrer Kritik in *Harper's* stimme ich, wie schon angedeutet, in hohem Maße überein. Daß zum Beispiel politische Bücher mit der Skepsis des Historikers und auch mit der Bereitschaft des Historikers, das Drama beider Seiten zu sehen, gelesen werden sollten; daß wir an intellektueller Unreife, philosophischem Bankrott und dem einen oder anderen gepanschten «Gebräu» leiden – sei es behavioristisch oder was auch immer; daß wir von Halbgedanken und regurgitierten Ungedanken, die man da und da findet, übers Ohr gehauen werden – wie wahr: ich möchte Sie aber doch daran erinnern, daß es manchmal tiefer gelegene Quellen gibt und nicht alles mit Ihrem Betriebsaufzug hochkommt.

Ich sagte wohl schon, daß der ‹*Vulkan*› übertrieben und auch für Qualitäten gelobt worden ist, die er vermutlich nicht besitzt, und ich habe Ihnen wohl unter anderem sagen wollen, daß das kein triftiger Grund für Sie gewesen sein sollte, ihn wegen Fehlern zu verreißen, die er ebenfalls nicht besitzt.

Ich wünsche aufrichtig, Sie würden ihn noch einmal lesen, und daß Sie dann, da Sie nicht mehr darüber schreiben müssen, statt dessen nach dem Ausschau halten, was gut darin sein könnte. Ich glaube, das Ganze singt nicht wenig im Kopf, falls Sie den teilweisen Schiffbruch bei der Charakterzeichnung und das, was tatsächlich romanhaft daran *ist*, ertragen können – die Sätze wie Schopenhauers mit Äpfeln gefüllte Gänsebraten.

Aber nicht, was das Moralische angeht. Ich selbst habe das Buch für ein Vorwort der englischen Ausgabe brutal rezensiert – obwohl man nichts davon nehmen wollte – daher – stören Sie sich nicht an dem «daher», sondern es geht so aus: Alle Gesuche um Benutzung von Temperenzler-Gesellschaften sollten von einer Kiste Scotch an den Verfasser begleitet sein. Und nun stellen Sie's zurück in das Billigregal, wo sie es gefunden haben.

Außerdem hatte ich sogar einmal ganz liebevoll mit dem Gedanken gespielt, daß Hugh und Yvonne abgemurkst werden sollten, während sie zu nüchtern waren, und daß der Konsul dann unter einem wundersam verwandelten und huldvollen Papakriegtesfläschl fröhlich und betrunken an seine Pflichten gegenüber dem Mescal und der britischen Krone zurückkehrt.

Sie sollten auch nicht vergessen, daß ich, soweit es das letztere betrifft, wie ich (trotz ‹*L'Assommoir*›) törichterweise glaubte, Pionierarbeit geleistet habe. ‹*The Lost Weekend*› et al. tauchten erst auf, wie es immer geschieht, als das Buch praktisch fertig war, und das obendrein zum fünftenmal. Außerdem wird es Sie gleichzeitig erschrecken und erleichtern zu erfahren, daß dies nur ein Drittel eines Buches ist – wenn auch in sich vollständig –, da fast der ganze Rest einem Feuer zum Opfer gefallen ist.

Und wenn Sie Quellen haben wollen – wie wär's mit der Kabbala? Die Kabbala ist nur das Kellergeschoß des Buchs, aber darin würden Sie entdecken, daß die Kabbala selbst mit dem «Garten» und der Mißbrauch des Weins mit dem Mißbrauch magischer Kräfte gleichgesetzt ist und von daher mit der Zerstörung des Gartens und von daher mit der Welt. Dieser Mythos mag mich ein wenig eingeschränkt haben: denn wenn man auch mit Mephistopheles mitfühlen könnte – Faust ist doch etwas anderes. Aber das führe ich vielleicht nur an, um Ihnen zu zeigen, wie viel verabscheuenswerter das Buch für Sie hätte sein können, wenn ich dies auf der oberen Ebene angesiedelt hätte. Ich glaube aber sehr fest an die positiven Werte, die das Buch besitzt. (Ich weiß nicht, ob Sir Philip Gibbs je über die Kabbala nachgedacht hat, ich habe aber den grausigen Verdacht, daß es genau das ist, worüber er nachgedacht haben könnte.)

Jedenfalls schreibe ich jetzt wieder ein Buch, was Sie nicht interessieren dürfte; es handelt grob gesagt von der speziellen Strafe, die Leute zugemessen bekommen, denen der Sinn für Humor fehlt, um Bücher wie ‹*Unter dem Vulkan*› zu schreiben. Bis jetzt bin ich ziemlich davon überzeugt, daß dergleichen noch nicht geschrieben worden ist, aber Sie können sich darauf verlassen, daß, sobald ich damit fertig bin –

Sans blague. Man möchte lernen, man möchte lernen, ein besserer Schriftsteller zu werden, besser zu denken, und man möchte lernen, Punkt. Trotz so was wie sogenannter höherer Bildung (Cambridge, Engl.) bin ich gerade erst an den Punkt gelangt, wo ich erkannte, daß ich überhaupt nichts weiß. Ein Frachtschiff war, um Melville zu paraphrasieren, auch *mein* wirkliches Yale und Harvard. Zweifellos habe ich viel Falsches aufgenommen. Aber den guten Künstler (für den ich mich halte, obwohl ich das selber sage) führt der Instinkt zu dem, was er haben will. Wenn ich also diesen Brief nicht mit «möge der Herr Ihnen Kummer und Krankheit bescheren» beende, sondern damit, daß ich ungeheuer dankbar wäre, wenn Sie eines Tages Ihre Robe aus dem Fenster werfen und ein paar Bemerkungen über das Lesen von Geschichtsbüchern oder gar über das Schreiben und die Welt im allgemeinen in diese Richtung schicken würden,[1] nehmen Sie mir das hoffentlich nicht übel. Das werden Sie nicht, aber machen Sie sich nichts draus.

Mit besten Grüßen, hochachtungsvoll
Malcolm Lowry

P. S. Eine von Ernsthaftigkeit zusammengehaltene Anthologie – brrrrrr!

1 Siehe Anhang VI

An James Stern

Dollarton, B. C., Kanada
[Juni 1947]

Gott segne Dich alten Knaben für Deinen Brief, und viel Glück – dies als Bitte um weitere *chesterfieldsche* Ratschläge.

P. S. Wir beide versuchen, Dein neues Buch gleichzeitig zu lesen (Titel hab ich nicht richtig im Kopf: ‹*The Secret Damage*›? ‹*The Hidden Damage*›? Sei nicht beleidigt: neulich konnte ich mich nicht an den Titel vom ‹*Vulkan*› erinnern – den *Inhalt* Deines Buchs kenne ich aber).

P. P. S. Ich habe übrigens auch Jim Agees und Evans' Buch ‹*Let Us Now Praise Famous Men*› gelesen: mit Sicherheit eines der bedeutendsten aller amerikanischen Literatur, und eins der besten und schönsten: und *brauchbar* – ich denke, ich werde meine Ausbildung damit beginnen – hol mich der Teufel: der erzählt mir sogar da drin, wie ich (wir) mein (unser) Haus gebaut habe(n). Grüße ihn und seine – und Tanya – ganz herzlich von uns, richte ihnen Liebesbrief-Grüße aus. Ich hoffe, Dir geht's wieder gut, und danke, daß Du mein blutbeflecktes Unterhemd ausgewaschen hast.

Malcolm

Ich weiß, Du wirst mit Freude vernehmen, daß Maxwell Perkins soeben Margies ‹*Horse in the Sky*› angenommen hat!

An Albert Erskine

Dollarton, B. C., Kanada
24. Juni 1947

Lieber alter Albert:
Riesigen Dank für Deinen Brief, der sich wohl mit einer Taube gekreuzt hat, die ich durch den roten Wald der Post mit geheimem Flügelschlag habe abfliegen lassen.

Es war überaus aufmerksam von Dir, die Bücherliste zu schicken: Die Modern Library plagt mich dauernd mit unbeschreiblichen und wunderbaren Empfindungen früh genossener Schlucke und Tropfen: ‹*McTeague*› war wohl das erste Buch, das ich je gelesen habe; ‹*Seven That Were Hanged*› das zweite – beide in Ausgaben der Modern Library, die mir mein Bruder, als er aus Dallas zurückgekommen war, geschenkt hat. (Die Bibel kam erst viel später, ach, ist vielleicht noch gar nicht gekommen.) Sag mir den Preis – bekommen wir Preisnachlaß? (Ich glaube nicht, daß die Bibel in der Modern Library erschienen ist.) Jedenfalls habe ich manchmal das Gefühl, man sollte auf die schlampige Ausgabe jener Tage zurückkommen.

Bob Linscott mußt Du natürlich kennen – ein prächtiger Bursche!

Und wie geht es dem guten Frank?

Margie hat ihre Fahnen an Scribner's abgeschickt, und ich habe

Ohrenschmerzen – teils weil ich zuviel geschwommen bin, teils auf Grund der Tatsache, daß meine Gehörgänge sich falsch herum winden und vielleicht nicht einmal an der richtigen Stelle herauskommen, so daß mich ein Arzt in der Absicht, selbige zu behandeln, fast taub gemacht hätte.

Ja, ich war mal ein ziemlich guter Golfspieler, habe den Rekord bei Knaben unter 15 gebrochen und später, 1924, auch unter 18, der über fünfzig Jahre lang von Johnny Ball (der war später Champion der British Open) gehalten worden war: mit 14½ habe ich beim Royal Liverpool (Hoylake) während der jährlichen Knabenvorstellung dort die ersten 8 mit 28 geschafft, bin dann am 9., einem kurzen Loch, mit 6 eingebrochen (bis dahin immer noch zwei unter par), bin aber in den letzten 9 bis hoch in die Vierziger gekommen und habe trotzdem den Rekord gebrochen. Später habe ich mich aber auf socketing[1] und vielleicht auch auf Bier und furchtbar nervöses Gezucke auf dem Rasen verlegt. Als ich anfing, mich für wirklich gut zu halten, wurde ich ganz mies. Aber wenn Du – ähem – nachsehen wolltest, würdest Du noch heute meinen Rekord auf der Wand am Royal Liverpool eingeschrieben finden: hinter dem 17. Grün, auf der anderen Straßenseite, gibt es einen sehr netten Pub, der auch The Bull heißt. Mein Rekord ist im großen und ganzen nicht ganz gerecht, weil Johnny zu seinen Zeiten mit einem Guttaperchaball spielen mußte. Aber ich habe auch H. H. Hiltons Sieger-Punktzahl geschlagen, der das nicht mußte, und einige andere, die später Champions bei den Amateuren oder den Open wurden. Mein Rekord ist erst irgendwann in den Dreißigern geschlagen worden, als die Bälle und Schläger und vielleicht auch die Spieler besser wurden: für mich wurden die Löcher immer länger und komplizierter.

Ich habe fleißig an ‹*La Mordida*› gearbeitet, und da ist es genauso wie mit diesen Löchern: nur daß ich hier sowohl die Löcher anlegen als auch das Spiel spielen muß. Um sie einfacher zu machen, kann man sie kürzer machen oder was auch immer, aber dann schießt man übers Grün hinaus, oder aus dem Nichts tauchen Seitenwinde und Schafe, geisterhafte Viererspiele auf. Vielleicht sollte man wieder mit Tennis anfangen – na, jedenfalls was mit Bällen. Ich wüßte auch nicht, daß dieser Golfstil besonders hilfreich ist: vielleicht sollte man eher schreiben wie Edmund Wilson in ‹*Erinnerungen an Hekates Land*›, ein Mann, der einen Spaten einen Schläger nennt ...

Und sonst: eine sehr strenge Falte in meiner Seele, weil Du nicht *da* bist, sozusagen; in was für Roughs, Out-of-bounds und Moraste wir noch geraten werden, ehe das Buch fertig ist, und in was für Stymies im letzten Grün, weiß man nicht; schreib daher unser Handicap im Geiste auf, erhöhe es auf 24 und laß vom außerweltlichen Klubhaus am Ende ein Knallgas-Licht blinken, ansonsten sind wir im letzten Höllen-Bunker verloren.

Tatsächlich gibt es, abgesehen davon, daß ich den Parkverwalter nicht sonderlich mag, folgende Neuigkeit: ich habe Ohrenschmerzen, Margie hat etliche andere gesundheitliche Sorgen, obwohl ich glaube, daß dies alles sich als triumphal unbedeutend erweisen wird.

Außerdem sind wir zufällig an einen A. J. M. Smith geraten, von dem Du mal gesprochen hast: wir haben ihm auf der Gitarre den ‹*Memphis Blues*› vorgespielt, und zwar so heiß, daß er gleich aus dem Fenster gesprungen ist – allerdings ins Meer – wo er eine Zeitlang herumschwamm und schließlich sogar mit der Bitte um ein paar Gedichte für eine Anthologie herausrückte. Armes Schwein.

Margie hat rund 50 abgetippt, aber ich muß noch ein bißchen darin herumjäten, bevor ich Dir welche schicken kann.

Ich habe Farrar und Rinehart gebeten, Dir ein Buch von Antony Lespes mit dem Titel ‹*La Terre et les Hommes*› zu schicken. Die hatten dieses Buch schon abgelehnt, als ich in New York war, ihm aber bis dahin nichts davon mitgeteilt.

Es ist auf französisch, könnte aber Randoms Fall sein. Jedenfalls sollte sich irgendwer damit befassen.

Ferner – was ist mit Marcelins ‹*Tailleur pour Bêtes*›? Marcelin will noch ein oder zwei Geschichten dazutun, bevor es veröffentlicht wird.

Es ist mir endlich gelungen, ihm hier einen Acker für seine Gedichte zu finden, und die werden zweifellos wieder zurück nach Amerika durchsickern, und zwar irgendwo in eine Art anthologischer Unsterblichkeit.

Allerbeste Grüße an Peggy und Frank und Nan von uns beiden – und an Dich natürlich auch.

Lebt wohl
Malcolm

1 svw. «shanking»: das Eisen so schwingen, daß dessen Schlagfläche den Ball am Schnittpunkt von Schaft und Blatt trifft

An Albert Erskine

Dollarton, B. C., Kanada
13. August 1947

Albertissimo!
Himmel, was für ein Spektakel! Und noch mal: Himmel, was für ein Spektakel! Und noch mal: wie kann ich Dir danken. Oder wie kann ich mich erkühnen. Ich bin über Studs Mulligan und Buck Lonigan und den Elan des eingesperrten Dompfaffs und des nach einem Drink schmachtend heulenden Anthony, der von Kleopatra in einem Kohlenkorb mit Seilen einen Glockenturm hochgezogen wird – was ich noch gar nicht wußte, und warum hat Shakespeare das nicht verwendet – und Dryden, der Plutarchübersetzer, es in ‹*Alles für die Liebe*› gebraucht –, ich bin, wie man so sagt, ganz aus dem Häuschen; ja, ich bin ganz aus dem Häuschen. Ich bin unentschlossen und vom Blitz gerührt und auf den Hörnern einer Domelia. Ich danke Dir. Und noch einmal: wir danken Dir. Aber wie sollen wir Dir genug danken? Wir basteln ein extra Bücherregal, um die schönen Bücher unterzubringen, und allmählich sieht das Haus zum erstenmal wirklich aus wie ein Heim. Du kannst Dir nicht vorstellen, was das ausmacht und wie es die Gesichter der Lowrys, von den Penaten ganz zu schweigen, strahlen läßt.

Ansonsten hast Du recht: wir sind ein bißchen schlapp gewesen, ein bißchen trödelig: obwohl ich den Anfang einer ersten Fassung von ‹*Dunkel wie die Gruft*› geschrieben und mit der zweiten angefangen habe. Das erste Kapitel will mir noch nicht so richtig kommen, aber wenn ich's geschafft habe, werd ich's schicken: soll heißen, ich werde versuchen, es ratenweise zu schicken, falls mich nicht meine multiple Schizophrenie unterkriegt und ich mich dazu entschließe, daß ich doch besser erst ‹*Ultramarin*› und ‹*Die letzte Adresse*› revidieren sollte. Und dann auch noch die Gedichte. Aber wir haben wenigstens wieder einen Arbeitsrhythmus. Und daher ist freilich der Strand – obwohl wir am Anfang der Saison («Der König der Squatters») von Reportern heimgesucht wurden – ziemlich verlassen. Wir stehen um sechs Uhr auf und strahlen die geschmolzene Sonne an und schwimmen soviel wie früher, nur besser, außer daß wir unsre arme Gitarre im Meer verloren haben: Laokoon hat sie im Suff an Neptun zurückgegeben.

Ansonsten habe ich keine Neuigkeiten: mein Bruder hat mit einer Hand die Kanal-Inseln befreit, ohne daß ein Schuß gefallen ist, weil nämlich anscheinend keiner da war zum Erschießen; meine Mutter schickt mir das *British Weekly* und *Illustrated London* – oder es schickt sie jemand für meine Mutter, denn es steht immer «Master Malcolm» drauf –, und mein Neffe, ein Leutnant bei der R. A. F., hat seinen trunksüchtigen Onkel gebeten, er möge ihm ein paar ungebrauchte kanadische Briefmarken schicken. Bald erscheint Margies Buch, hoffentlich nicht rückwärts gedruckt; und ganz herzlichen Dank für die *Sewanee Review* – die ermunterndste und ermutigendste Besprechung des ‹*Vulkan*›, die ich bis jetzt gelesen habe (obgleich ich den kleinen Fehler begangen habe, gleich danach die *Kenyon Review* zu lesen).

Zu guter Letzt muß ich noch meine übliche unnütze Bitte betr. die Haitianer, Santo Dominikaner, Duchoborzen usw. anbringen.

Ganz ernst und deutlich: unser Freund Philippe Thoby-Marcelin schreibt mir in einem Brief, daß Rinehart sein letztes Buch ‹*The Finger of God*›, das er zusammen mit seinem Bruder geschrieben hat, abgelehnt hat. Ehe ich's vergesse, bevor ich fortfahre: ihr Roman ‹*Canapé vert*› hat den lateinamerikanischen Roman-Preis erhalten, und Mr. Edmund Wilson hat von dem Buch so viel gehalten, daß er ihm einen langen Artikel gewidmet hat, ja kürzlich hat er es wieder erwähnt – es ist wirklich ein äußerst bedeutsames Buch. (Ich zweifle wahrhaftig nicht daran, daß es verdient, in die Modern Library aufgenommen zu werden.) Aber wie dem allen auch sei, er hat da einen ziemlich verwirrenden und trübseligen Brief geschrieben, um so mehr, als er auf französisch abgefaßt ist und er um Ratschläge bittet, die ich ihm wohl nicht mit gutem Gewissen geben kann, da, soweit ich weiß, Ann Watkins noch immer seine Agentin ist. Anscheinend hat er aber das Buch direkt an Rinehart geschickt anstatt an Ann Watkins, und Rinehart hat Marcelin geantwortet – denen war ja bekannt, daß ich ein anderes Buch von dort an Dich verwiesen hatte – und angefragt, ob sie es an Dich weiterleiten sollten, worauf Marcelin mir geschrieben und mich gefragt hat, ob er Rinehart anweisen solle, es Dir zu schicken und wenn ja, ob irgendeine Chance bestünde, daß Du oder Random House daran interessiert sein könnten, worauf ich nur antworten kann (a) Wie zum Teufel soll ich das wissen, (b) Ich kann aufrichtigerweise nur bei solchen Sachen zu helfen versuchen, die Ann Watkins selbst nicht hat unterbringen können – (ich hatte übrigens hier mit den Gedichten einen potentiellen Erfolg) –, aber all das dauert so lange, und inzwischen hungert und müht sich der Autor weiter auf seiner Insel ab – ich glaube allerdings nicht, daß ihm bewußt ist, daß er näher an N. Y. ist als ich. Wenn Du all das bedenkst, meinst Du, Du kannst rausfinden, was los ist? Eins ist mir immerhin klar: hier besteht für jemanden die Möglichkeit, einen erstklassigen Künstler zu übernehmen, den Rinehart einfach weggeworfen hat. Ich befinde mich in einer etwas problematischen Lage. Mir kommt allmählich der Gedanke, ich könnte – durch gute, aber ungeschickte Absichten – seiner Position bei Rinehart und Ann Watkins geschadet haben. Aber das könnte angesichts der Tatsache, daß die Marcelins, soweit ich sehe, jetzt «frei» sind, nebensächlich erscheinen, und es wäre ein ehrenvolles Wagnis für einen Verleger, sie aufzunehmen. Marcelin ist eins der sehr wenigen erstrangigen Genies, die ich je kennengelernt habe. Könntest Du also Ann Watkins fragen, wie die Dinge stehen – oder könntest Du, auch wenn Du das Französische nicht liest, wenigstens Random House dazu veranlassen, sich das Vorkaufsrecht zu sichern? Oder den Parkverwalter – verwirf den Gedanken –, ein paar schmeichelhafte Worte dafür einzulegen? Aber wenn Du das nicht willst, würdest Du dann bitte Ann Watkins dazu bewegen, wieder für ihn zu arbeiten? Wenn sie das Ding direkt an Rinehart geschickt haben und er mich jetzt um Rat fragt, und dies beides über Ann Watkins hinweg, dann kann man dies wohl ohne weiteres deren Mangel an Geld und Mangel an Kenntnis der üblichen Vorgehensweise zuschreiben. Aber auf alle Fälle wäre ‹*The Finger of God*› und ‹*Tailleur pour Bêtes*› ein Anfang, eine Chance für jemanden, die Initiative zu ergreifen und zu kassieren, wo Rinehart etwas fallengelassen hat.

Wie auch immer – unsere allerbesten Grüße an Dich und Peggy – auch an Frank und Nan – und nochmals millionenfachen Dank.

Lebt wohl
Malcolm

An James Stern

Dollarton, B. C., Kanada
17. September 1947

Lieber alter Jim:
Es war toll, gleich zweimal von Dir zu hören, vom alten Schweinehund und von Paris: Du hast keinen Absender angegeben, und ich habe gezögert, Dir über den American Express in der Rue Scribe (übrigens ein guter Bühnenautor) zu telegrafieren; und jetzt bedaure ich, daß ich eben das nicht getan habe. Aber wir nahmen an, Du würdest um den 11. zurück sein, und so lösen wir und ich uns von der Betrachtung Deiner finsteren und stattlichen Visage auf dem Umschlag von ‹*The Hidden Damage*› – wahrlich die finsterste, die ich je gesehen habe, wenn auch das, was man üblicherweise Charakter nennt, von Seele ganz zu schweigen, groß darauf geschrieben steht –, um Dich willkommen zu heißen.

Wir selbst befinden uns auf einiger Höhe. Ich unterziehe mich einer Art indianischen Ringkampftrainings, um ein neues Opus zu verbrechen: Margies Buch kommt bald heraus (hast Du das Exemplar erhalten, das sie Dir von Scribner's schicken ließ?), und wir haben zusammen ein paar Kurzgeschichten geschrieben, beide gute Arbeit geleistet: immerhin geben wir uns Mühe. Man hat sogar einiges dazu getan – in Deinen Worten –, «sich seiner schäbigen kleinen Ängste zu entledigen». Immerhin haben wir unser Haus mit einem neuen Dach versehen, und wir stehen vor Sonnenaufgang auf. Es ist herrlich hier im Herbst – sind die einzigen Bewohner, und die Flut kommt so hoch rein, daß man vom Fenster aus ins Meer springen kann.

Es ist seltsam, mitten in dieser paradiesischen Atmosphäre die ‹*Studs Lonigan*›-Trilogie[1] zu lesen – ein monumentales Stück Selbstanalyse, wenn's je eins gegeben hat, und die Kritiker haben einen wohl über dessen Wert ziemlich in die Irre geführt, denn es ist trotz all seiner Monotonie und Abscheulichkeiten im wesentlichen ein Werk bester künstlerischer Pietät – in jeder Hinsicht dazu angelegt, einen Schriftsteller dazu zu veranlassen, sich die Ärmel hochzukrempeln, vorausgesetzt, er hat überhaupt welche.

Mittlerweile scheinen wir auch ausnahmsweise ein bißchen Geld zu haben, dank dem guten Albert und einigen darauf folgenden Stücken ungeheuren Glücks; tatsächlich eine ganze Menge Geld, und daher plane ich, da dieser Ort im Winter wirklich ein bißchen zu rauh ist, mich mit Margie und mir selbst dorthin zu begeben, wo es ohne Zweifel noch rauher ist, kurz: an den Ort, den Du kürzlich geräumt hast, nämlich Paris. Zu welchem Ende ich gern wissen möchte, ob Du der Familie irgendwelche Informationen (wir haben vor, mit einem Frachter zu fahren und falls möglich später für eine Weile nach Marokko rüberzugehen, auch Italien anzusehen, bevor wir hierhin zurückfahren) der folgenden Art geben kannst: Von wieviel kann man in Paris leben? Wie steht der Franc, bzw. spielt das eine Rolle? Kann man von 200 Dollar leben? oder kommt man auf 500? Hotel? Muß man schriftlich reservieren? Ist Sylvia Beach noch da? Wird verlangt, daß man irgendeine festgelegte Geldsumme besitzt? Allgemeine Ratschläge. Wo man essen, trinken, hungern kann; lebende oder tote Freunde – oder Botschaften, die wir für Dich überbringen sollen, und so weiter. Kann man sich in Frankreich das drei Monate gültige Touristenvisum, das man hier bekommt, verlängern lassen? Werden Touristen dort im allgemeinen mit Mißfallen betrachtet? Was man nicht tun sollte: chesterfieldsche Beratung. Wir haben beide den Status grundbesitzender kanadischer Einwanderer, daher fallen wir nicht unter die englische Regelung, die das Reisen verbietet; Margie hat noch die amerikanische Staatsbürgerschaft. Da ich ironischerweise wohl nicht nach England gehen kann – das heißt, ich könnte schon, aber es könnte zu lange dauern, wieder rauszukommen –: inwieweit betrifft das Reiseverbot Engländer aus England, die aus Geschäftsgründen reisen usw.? Kurz: alles was Dir einfällt oder wofür Du Zeit hast. Der *‹Vulkan›* wird ziemlich bald in Frankreich erscheinen, ferner in Norwegen, Schweden, Deutschland, Dänemark und der Schweiz, so daß ich also so was wie eine raison d'être habe, nach Europa zu fahren: aber vielleicht wäre das keine gute Idee, das zu erwähnen.

Unsere allerbesten Grüße an Tanya – auch an Albert, Jim Agee, Kazin, Dawn Powell – und natürlich an Djuna Barnes und den vom Winde verwehten Auden – trink in der Lafayette einen auf uns – ich hoffe, Du hattest eine gute Reise; und herzlichsten Glückwunsch zu dem tollen *‹Hidden Damage›*, ich hoffe, das bringt Dir ebenfalls die Pfennige rein – wo unter welchem Titel muß ich das nächste suchen? (Tadle mich auch nicht, daß mir *‹The Force›* so sehr gefällt – vielleicht wirst Du, wenn Du es noch einmal untersuchst, herausfinden, wie allgemeingültig es ist. Die Monotonie – der Traum – die Stadt, die so viel weniger war als ihr Glanz – die Enttäuschung; der ungestüme, fast schöpferische Geschlechtsakt; eine Art Paarung der Kluft zwischen Traum und Wirklichkeit. Auch die Tanzszene ist wunderbar, und das bleibt eine der besten Kurzgeschichten, die ich kenne, auch wenn Du bessere geschrieben hast und natürlich schreiben kannst.)

Hasta la vista
Malcolm

1 ‹*Studs Lonigan*› (1932f) von James T. Farrell

An Philippe Thoby-Marcelin

Dollarton, B. C., Kanada
30. September 1947

Cher Phito –
Da die Ausbrüche des ‹*Vulkan*› mich mit ein wenig Geld versehen haben und wir etwas davon avec notre frère teilen wollten, sind wir zur Bank geeilt, wo wir erfuhren, daß man genau 50 Dollar auf einmal aus Kanada schicken darf – hiermit – das mag in Gourden ziemlich viel aussehen und hat, betrachtet im Sinne von «trois étoiles», einen geradezu bacchanalischen Aspekt – wirst Du feststellen, daß eine ganze Menge étoiles auf den Scheck gestempelt sind, 40 in der Tat, so daß das zumindest eine gute «Marke» von Scheck sein muß. Er ist von Margie ausgestellt, weil mein Geld bei der Bank auf ihren Namen liegt, bzw. wir haben ein gemeinsames Konto, so daß Du Dir also vorstellen kannst, daß er mit lieben Grüßen von uns beiden kommt und mit der Bitte um Verzeihung, daß er so niedrig ist; trink aber bitte auf unsere Gesundheit.

Aus einem ähnlichen Grund können wir leider dieses Jahr nicht nach Haiti kommen; England ist bankrott, der kanadische Dollar hat nur auf dem Papier den gleichen Kurs wie der amerikanische, und für einen Kanadier ist es unmöglich, ohne endlose und komplizierte Schwierigkeiten mit mehr als 10 Dollar in der Tasche die Grenze nach Amerika zu überschreiten, und um nach Haiti zu kommen, muß man erst einmal durch Amerika, es sei denn, man reist mit dem Schiff.

Meine Erkundigungen hinsichtlich des letzteren sind verantwortlich dafür, wenn ich sagen kann, daß wir immerhin im Geiste trotz allem nicht sehr weit weg von Dir sein werden, da wir, wenn alles klappt, in ungefähr 7 Wochen von Vancouver mit einem französischen Frachter nach Frankreich fahren werden. Zuerst haben wir gedacht, daß dieser Frachter in Port-au-Prince haltmachen würde, aber nun scheinen die Chancen dafür, wie wir sehr traurig sagen müssen, gering zu sein. Mir steht jedoch in Frankreich noch einiges Geld zu, das mein Agent anscheinend unmöglich in die westliche Hemisphäre hinüberbringen kann, und als ich dies zusammen mit der Tatsache erwog, daß ich es ganz gerne hätte, daß Margie Paris und Europa sieht, solange es noch existiert, und auch mit der Möglichkeit, daß auch Du vielleicht immer noch nach Paris kommen könntest, habe ich dies für einen weisen Entschluß gehalten.

Revue Fontaine Mensuelle bringt irgendwann noch vor März den ‹*Vulkan*› heraus, und wenn Du nicht selbst kommst, gib uns bitte Anweisungen, wen wir in Paris für Dich besuchen sollen und was sonst noch getan werden kann, und ich werde versuchen, diese Anweisungen auf den Buchstaben genau auszuführen; in New York war ich behindert durch das Telefongeklingel wegen des ‹*Vulkan*›, durch einen schrecklichen Husten und das schreckliche Wetter, das mich fast umgebracht hat.

Margies Roman erscheint am 6. Oktober, und wir werden Dir ein Exemplar schicken.

Bis jetzt habe ich von Erskine noch nichts wegen Deines oder Lespes' (oder meines) Buchs gehört, und von hier gibt's bis jetzt noch keine weiteren Neuigkeiten: aber wenn was kommt, werde ich Dich benachrichtigen. Vielleicht wirst Du selbst etwas gehört haben.

Ich habe wegen Dir an Rose in London geschrieben und hoffe zuversichtlich, daß Du bald was Gutes von da hören wirst.

Grüße bitte Emmanuel, Deine Brüder Pierre und Emil, den Pfarrer John und alle unsere Freunde in Haiti ganz herzlich von uns; wir hoffen, sie trotz allem bald wiederzusehen.

Ganz liebe Grüße von Margie und mir, und *nous t'embrassons fraternellement.*

Dein
Malc

An Albert Erskine

Dollarton, B. C., Kanada
29. Oktober 1947

Mein lieber verehrter alter Albert:
Ich schreibe Dir, und draußen ist ein verzackter Himmel mit Wolken wie ein Strudel Haiflossen, die auch van Gogh, der Große Tupfer, in Grau und Winter so gesehen hätte, und in der Ferne schwebt ganz langsam ein klappriges Flugzeug vor einem gerupften Hurrikan, und, was noch wichtiger ist, davor schummern die Berge in einem obszönen sergeblauen Ton, und unter dem Haus ballert ein alter Benzinkanister und noch andre Glanzstellen, mit denen ich Dich nicht behelligen will (ganz zu schweigen auch von den beiden Raben, die am Freitag, dem 13., auf der riesigen abgestorbenen Tanne kopulierten), und eben jetzt steigt wie eine Rakete ein Regenbogen auf.

Nun, jedenfalls schreibe ich, weil es Neuigkeiten gibt. Die bedrükkendere spare ich mir für den Schluß auf; inzwischen schreibe ich an etwas, was man leidlich als ein gutes Buch bezeichnen kann – völlig sicher bin ich mir natürlich nicht, da es eine Art Nebenstraße meines Bewußtseins ist; von meinem Standpunkt aus sähe jedoch der Bericht über das, was passiert, ziemlich gut aus, als objektiver Beobachter würde ich mit Vergnügen meilenweit gehen, um mich anzustellen, als subjektiver würde ich ohne jede Einschränkung sagen, daß es *tremendo siniestro* ist: jedenfalls *pazienza* – Du wirst es tröpfchenweise erhalten; ich werde es noch eine Zeitlang durchgehen, bevor ich damit fertig bin, und einiges von dem, was ich Dir schicke, könnte ein wenig ungestüm erscheinen. Diesmal bewegen wir uns auf ein Gleichgewicht zu und nicht in die entgegengesetzte Richtung, und das Ergebnis ist wesentlich aufregender, wenn nicht gar schrecklicher, «inspirierender» soll's vielleicht heißen.

Zu Margie: das arme Mädchen hat wirklich ein Problem. Zu allem Überfluß ist auch noch Perkins gestorben, und daher scheinen seine Versprechen inhaltslos geworden zu sein. Der letzte Stand in Perkins' Korrespondenz mit Margie (das übrige kennst Du) war der, daß das Buch eine aussichtsreiche Chance haben würde. Und hier ein Urteil über die aussichtsreiche Chance ihres Buchs aus *Publisher's Weekly:* «Das Drama eines Mädchens für alles in einer ländlichen Familie in Michigan. Thurles Dungarvon erbt ein Vermögen und beginnt daraufhin, sich ihre Träume vom Leben einer vornehmen Dame und von einem Stall voller Pferde zu erfüllen.» Mein Gott – da hätte genausogut ein Verleger von ‹*Sturmhöhe*› sagen können: «Junge verliert Mädchen im Moor von Yorkshire, worauf er frei ist, sich seine Träume zu erfüllen, ein Vermögen zu machen und ein Eins-A-Arschloch zu werden» – obwohl das dem Buch zumindest etwas Snob-Appeal gegeben hätte. Ich halte ‹*Horse in the Sky*› für ein ganz reines, schönes, lichtes und ausgezeichnetes Kunstwerk. Margie hat nicht eine einzige Rezension oder eine Nachricht von irgendwem aus New York erhalten. Das ist zweifellos der Verwirrung bei Scribner's nach Perkins' Tod zuzuschreiben, aber was kann man da *machen*? Ich habe vor, selbst an einige Rezensenten zu schreiben und ihre Aufmerksamkeit auf ‹*Horse in the Sky*› zu lenken – nicht nach Art eines Ehemannes, der für seine Frau eintritt, sondern ganz objektiv, um ihre Aufmerksamkeit auf ein gutes Buch zu lenken.

Von uns beiden alles Liebe
Malcolm

An John Davenport

S. S. Brest
[November 1947]

Lieber alter Davvy:
Schreibe dies, während wir an der nordkalifornischen Küste entlangschippern; uns folgen drei schwarze Albatrosse, Eisenvögel mit Säbelschwingen.[1] Die üben offenbar die Linksaußen-Dreiviertelspieler-Position: gestern haben wir auf dem Bug eine tote Sturmschwalbe gefunden, hatte blaue Füße wie eine Fledermaus: ab und zu glitzert ein riesiger schwarzer Öltanker vorbei, leer wie die *Marie Celeste:* und die Sonnenuntergänge am blauen Himmel sind meistens golden.

Davon abgesehen habe ich keine bestimmten Neuigkeiten, außer daß wir nach Frankreich kommen sollen, offenbar aber nicht so direkt, wie wir gedacht haben: wir halten in Cristobal und Curaçao; und fahren offenbar auch nach Antwerpen; wir haben die Kabine des Ober-Geschützoffiziers, und soweit ich weiß, dürften wir um Heiligabend herum in Le Havre ankommen.

Die *Brest* ist ein Frachter der «French Line» – scheint aber in jedem Hafen einen anderen Agenten zu haben; aber Du könntest zweifellos sicherer als wir von der French Line in Le Havre per Brief herausfinden, wann wir tatsächlich ankommen.

Die Auslandskontrollbehörde in Kanada hat sich als sehr barsch erwiesen – und noch viel barscher in den letzten sechs Wochen, als wir mit ihr verhandelten –, weshalb wir wesentlich knapper bei Kasse sind, als wir es uns ausgemalt hatten: aber wir hatten uns entschlossen zu fahren, und deshalb fahren wir, und wir werden uns schon durchschlagen – aber ziemlich sicher nicht bis nach England, soweit ich das bis jetzt überblicke.

Immerhin hoffen wir, Dich irgendwie irgendwo zu sehen. Ich merke, wie das Meer mich zum erstenmal ein wenig einschüchtert: zu groß.

VERLASSEN DES SCHIFFS

Le Signal d'abandon est donné par 6 coups brefs suivis d'un coup long.
À ce signal vous embarquerez le canot No 1 Tribord ou 2 Babord.
Selon la direction du vent
Rettungsgürtel in dieser Kabine.
Anlegen wie eine gewöhnliche Jacke.

Beste Grüße von uns beiden an Dich und Deine Marjorie.

Leb wohl
Malcolm

1 Die Eindrücke dieser Fahrt verarbeitete Lowry in der Erzählung ‹*Durch den Panamakanal*›; zuerst erschienen in *The Paris Review*; jetzt in ‹*Hör uns, o Herr, der Du im Himmel wohnst*› (dnb 121).

An John Davenport

S. S. Brest
Durch den Golf von Darien
[November 1947]

Lieber alter Davvy:
Lautlos an der Landspitze vor Bragmann's Bluff…
Lautlos an der Landspitze von Monkey Point…

Der einzige Passagier außer Margie und mir ist ein Herr namens Charon: dessen Bekanntschaft Du zweifellos schon bei anderer Gelegenheit gemacht hast? Hier amtiert er als Robert Charon, Konsul von Norwegen; Papeete, Tahiti, Gesellschaftsinseln – lacht ziemlich kehlig, ist wohl ein Türke.

Oder der Tod macht Urlaub – auf einem Liberty Ship.

Wir hatten auch vier Albatrosse an Bord, einen davon gefangen; ein anderer hockte auf dem Fockmast, von der Kapitänsbrücke aus sah man seinen langen Schnabel golden in der Sonne; mit dessen Schnabel hatten wir ein drittes Licht.

Der kleine gefangene Albatros saß auf dem Achterdeck, rote Füße und blau glasierter Schnabel.

Mr. Charon wollte sich den Albatros nicht ansehen, sondern hielt vom Deck mit wildem Argwohn nach etwas Ausschau, was er vielleicht für eine Fähre hielt (und zwar durch einen Feldstecher, der nicht funktionierte – zweifellos, weil es meiner war).

So weit, so gut – außer daß ich das Wasser vergessen habe: Chacun est *prié* d'économiser l'eau attendu que nous ne pouvons pas nous en approvisionner avant Rotterdam. En cas où le gaspillage serait trop grand, nous serions obligés de rationner l'eau.

Le signal d'abandon est donné par 6 coups brefs suivis d'un coup long.

Rettungsgürtel in dieser Kabine.
Anlegen wie eine gewöhnliche Jacke.
Arme durch die Schulterschlaufen.

(Warum schlägst du nicht deinen Mantelkragen hoch?
29. November 1929)[1]

– Ich meine 1947. Fürchtet euch nicht. Monsieur Lowry ist ein erfahrener Seemann, hat der Steward zu Mlle. Zaza gesagt, der Frau eines neuen Mitreisenden aus Salvador, die überhaupt keinen Mantel hat.

Magst Du Bananenbäume? Hier gibts 'ne Menge.

Kurz gesagt, wir haben eine ganz wunderbare Reise – vollkommen jenseits aller Erfahrung, zumindest meiner: in den nächsten 2 ½ Wochen werden wir südlich von Hartland vorbeifahren – inzwischen ist die französische Regierung gestürzt, also werden wir vielleicht das Schiff wenden und mit Mr. Charon nach Tahiti gehen. Nicht ganz unklug, vielleicht fahren wir zuerst nach Rotterdam: hoffen (sic), Heiligabend in Le Havre zu sein; ich hoffe auch, Dich und Deine Marjorie uns vom Dock aus zuwinken zu sehen, auch wenn das nur eine Hoffnung ist; da ihr, soweit ich sehe, wohl kaum dasein werdet; aber wir werden trotzdem winken als ob – schreib bitte an: S. S. *Brest*, French Line, Les Consignaires Rennis, Boîte Postal, no. 965, Rotterdam, Hollande (danke) – das Schiff träumt seltsamerweise davon, am 18. Dezember dort zu sein.

Prächtige Leute an Bord: der Käpt'n, die Maschinisten, Matrosen, Jungs, Stewards; Pinard.

Lebt wohl, und Grüße von uns beiden,
Malcolm

Bitte gratuliere Wynyard[2] von mir, und richte ihm und Sommerfield[3] meine Grüße und ein Dankeschön aus; ich leide momentan ein wenig an einer Übersättigung an fliegenden Fischen, was nahezu prosaisch ist.

Jedenfalls kannst Du Dich über den seltsamen Kurs der S. S. *Brest* auf dem laufenden halten – sie rollt selten mehr als 35° nach Steuerbord oder Backbord –, indem Du mit dem Büro der French Line in London in Verbindung bleibst.

Schade um den Pinard.[4]

1 Zeile aus einem frühen Gedicht John Davenports
2 Wynyard Browne, Romancier und Bühnenautor
3 Der Romancier: ebenfalls ein ehemaliger Seemann
4 Bezieht sich auf etliche Flecken auf dem Brief

Fünfter Teil

1948–1949

An Harold Matson

c/o Mlle. Joan Black
La Cerisaie
Vernon, Eure, Frankreich
[12. März 1948]

Lieber alter Hal:
Ich habe einer äußerst vielversprechenden jungen Schriftstellerin namens Eda Lord, die schon so ziemlich jede sengende Hölle zwischen hier und Cathay[1] durchgemacht hat, geraten, eine ihrer Erzählungen, die ich sehr bewundere, an Whit zu schicken; und Whit habe ich gebeten, sie Dir zu schicken, wenn er es für richtig hält: und Dir rate ich ganz offen, Dich ihres Werks anzunehmen.

(Denk an *mich* – 14 Jahre lang keine langweilige Sekunde.) Aber sie hat eine Menge gutes Material – bis jetzt ist sie nur in deutsch veröffentlicht worden. Sie ist Amerikanerin, und es würde einen verteufelten Unterschied machen, wenn mal eine Erzählung von ihr in ihrer Muttersprache erscheinen würde.

Wir sind in einen Tornado geraten; 4 Schiffe sind untergegangen, und wir beinahe auch ... Ich vermisse Greenwich, Euren Schnee, Dich, Tommy, Eure Kinder und das Pingpong. Diesen Tag werde ich nie vergessen, obwohl die Fotos nichts geworden sind.

Margie hat einen ziemlich todsicheren Filmvertrag in Hollywood in Aussicht: Du hättest davon schon früher unterrichtet werden sollen, aber – nicht ein hingemurmeltes Wort: dies zu ‹*Horse in the Sky*›. (Anmerkung: ich sehe übrigens in *Time* den ‹*Vulk*› unter den Büchern des Jahres, ‹*Horse*› unter den B. des Monats: ‹*Vulk*› soll in Frankreich offenbar auch Buch des Monats werden.)

Ich habe Fontaine hinter Deinem Rücken um eine Art illegale und egozentrische Erlaubnis gebeten, die Vertragsbedingungen, soweit diese die darin festgesetzte Frist betreffen, zu überschreiten: und zwar deshalb, weil ich selbst mit denen daran arbeite und sicherstellen will, daß es gut wird. Weiß der Himmel, was die Tschechoslowakei machen wird!

Danke für Deine Briefe – wenn sie kommen.

Bin erkältet. Und bitte: vergiß Eda Lord nicht.

Leb wohl
Malcolm

1 Obsolet poetisch für China (A. d. Ü.)

An Albert Erskine

Hotel de la Plage
Cassis, B. du R., Frankreich
[Frühjahr 1948]

Gütiger Albert,

Tut mir leid, wollt vom Schreiben nichts wissen.
Bin vielleicht ein bißchen berausgeschimmer[1]:
Ich esse nichts und hab in mein Bett geschissen.
Jedenfalls schlägt hier mein Herz
Mit ziemlich mundialem Schmerz –
Grüß auch meinen lieben Zwiebad den Seefehler,
Ich meine den lieben Frank Taylor.
Dies schreib ich abends am 18. April –
So oder so rum: hier fehlt jetzt der Reim,
Und auch sonst keiner übrigbliebe

Außer Liebe
Malcolm

P. S. Wir sind in einen Tornado geraten – vier Schiffe untergegangen. Ziemlich sturmgepeitscht.

1 So im Original; mgw = «herausgeschmissen», eine der deutschen Lieblingsvokabeln Lowrys (A. d. Ü.)

An Albert Erskine

Hotel Belvedere e Tre Re
Marina Grande, Capri
[Juli 1948]

Lieber alter Albert:
Da wir beide Dich unbedingt in Europa treffen wollen, warten wir hier in Capri Deine Reisepläne (das heißt: meine) ab, bis wir von Dir hören. Bedenke das bitte und schicke uns gleich nach Erhalt dieses Briefs ein Telegramm an die obige Adresse; das heißt Bellevue oder sogar Bella

Vista. Der Besitzer ist ein Künstler, ein Litauer, dessen Papa ein Busenfreund Dostojewskis war. Papa hat erzählt, Feodor sei ein furchtbar netter Bursche gewesen, aber nichte ganz richtig in Kopf. Neulich haben wir den Vesuv bestiegen. Hat vor kurzem kräftig gebäbt.

Herzlichen Dank für alles. Grüße an Dich und Peggy.

Malc

An Albert Erskine

c/o Joan Black
La Cerisaie
Vernon, Eure, Frankreich
[Sommer 1948]

Lieber alter Albert – aus irgendeinem unklaren Grund kam Dein Brief ein klein wenig verspätet: & aus einem noch unklareren Grund konnte ich ihn erstens nicht verstehen und habe ihn – d. h. die Postkarte – zweitens verloren, vermutlich, um mich über jeden Zweifel erhaben als einen privilegierten Bürger Belgisch Kongos auszuweisen (in einem Gewitter) . ˙ . da ich auf die Hieroglyphen darin angewiesen war – von der Adresse ganz zu schweigen, damit ich antworten konnte – ich habe nicht geantwortet. Es wird mir ewig Kummer bereiten, falls mein Versagen in dieser Beziehung umgekehrt dafür verantwortlich gewesen ist, daß wir uns zunächst nicht haben treffen können. So gesehen war es allerdings erstaunlich & wunderbar, daß wir uns überhaupt getroffen haben. Und grüße bitte Peggy ganz herzlich von uns. Ich muß jedoch gestehen, daß es mit mir trotz diesem ziemlich prächtigen Ausbruch von Korrespondenz stetig & sogar schön bergab geht: mein Gedächtnis setzt jeden Augenblick einen Schlag aus, & meine Morgen kriechen auf allen vieren. Um die ganze Sache auf einen Nenner zu bringen: nüchtern oder fröhlich bin ich nur in einer Whiskyflasche, & da man hier unmöglich Whisky auftreiben kann, kannst Du Dir vorstellen, wie fröhlich ich bin, & wie klar, & bei Gott: ich bin klar. Und fröhlich. Aber Himmel. Sorge macht, abgesehen vom Ich, jener Teil, den man Bewußtsein nennt. Ich bin jetzt so weit, daß ich jede Nacht 5 Romane im Kopf schreibe, mich auch vollkommen daran erinnere (was auch immer das heißen mag), aber unfähig bin, auch nur ein Wort zu schreiben. Ich kann mit menschlichen Worten die wahnsinnige Mühe nicht beschreiben, die es mich gekostet hat, selbst diese alberne kleine Nachricht zu schreiben: in einem breughelschen Garten mit Hunden & Fässern & Weinkrügen & Hühnern & Sonnenuntergängen & Purpurwinden, mit einem aufziehenden Sturm & einer Flasche verdünnten Weins.

Und der Regen jetzt! Soll er kommen, wie ich hier auf einem breughelschen Faß sitze neben einem Hundegrab, gekrönt mit toten Lilien. Auch der Wind wird stärker, sowohl über dem Meer als auch im Magen. Und man war auf eine Weise freundlich zu mir, die ich nicht verdiene. Ich muß ziemlich schnell schreiben. Und ich werde dies pronto nach Brüssel schicken. Drahte bitte an c/o Joan Black, La Cerisaie, Vernon, Eure, ob wir uns noch einmal treffen können, und nimm keinerlei Rücksicht darauf, ob ich das überhaupt zuwege bringen kann. Eine Nachttaube hat zu schreien begonnen & sagt unaufhörlich «träume, träume». Glänzende Idee. Ich werde Deine Freundlichkeit und Großzügigkeit nie vergessen. Grüße an Euch beide.

Malcolm

An James Craige

Mont-Saint-Michel
[20. Oktober 1948]

Mein lieber Jimmy:
Die Flut steigt hier mit 60 Meilen pro Stunde und 48 Fuß hoch – überall ist Treibsand, und *zu Hause* in Dollarton kann man viel besser schwimmen. Bitte hüte unser geliebtes Haus und den Steg; steht Dir ganz zur Verfügung.

Liebste Grüße von Margie und Malcolm

An Albert Erskine

Dollarton, B. C., Kanada
25. Januar 1949

Lieber Albert:
– blind, Blinddarm, Blindekuh, Blindflug, Blindgänger, blindgeboren, blindlings, Blindschleiche, Blinklicht, blinzeln, Blitz, blitzblank, Blitzschlag, Blizzard – Millionen Dank für das Wörterbuch. Andere hatten nicht soviel Glück wie wir, letzteren zu überstehen, ich meine den Blizzard, wie Du vermutlich gelesen hast. Bin wieder bei der Arbeit, und dankbar, daß ich Paris gut hinter mich gebracht habe. Werde schreiben. Grüße an Euch beide. Leb wohl und nochmals danke.

Malcolm

An Mlle. Clarisse Francillon

Dollarton, B. C., Kanada
16. Februar 1949

Liebe Clarisse:
Fast wären wir nicht mehr hier angekommen; haben's grade noch geschafft. Ein amerikanisches Flugzeug, das gleich hinter uns war, konnte wegen des Blizzards nicht auf Island landen; es versuchte, über den Atlantik nach Schottland zurückzufliegen, stürzte aber ab, und alle Insassen kamen ums Leben. Wir wurden in Labrador aufgehalten und gerieten dann, als wir Kanada überquerten, in einen Hurrikan und Temperaturen von 44 unter Null (Fahrenheit). Wir sind hier praktisch eingeschneit; unser Steg ist ein halber Trümmerhaufen, was allerdings das einzige Unglück ist. Das Haus hatte nicht einmal geleckt und ist warm und behaglich.

(Bitte sag Dr. Courvoisier, daß ich mich auf sehr merkwürdige Weise allgemein erholt habe, ich werde das in einem anderen Brief genauer erklären, wenn ihm das bei anderen Patienten nützen kann. Kurz – wer war das, der gesagt hat: «Ich habe keine Zeit, Dir einen kurzen Brief zu schreiben»? –: das Beruhigungsmittel hat mir fast augenblicklich einen fürchterlichen Anfall von Schüttelfrost verursacht; daher nahm ich ausschließlich Sonoryl, am ersten Tag 3, am zweiten Tag 4, wenn auch wohl nie mehr als 4. Wegen der 14stündigen Verzögerung des Abflugs durch den Sturm habe ich in London allerdings Unmengen getrunken: unzählige Pints Bier und Brandy und Rum, den wir mitgebracht hatten. Am nächsten Morgen habe ich gut gefrühstückt: Kaffee, Speck, Kartoffeln, Brandy und Sonoryl; dann sind wir wieder über den Atlantik losgeflogen. Auf dem Flug nach Island habe ich an der Bar unzählige Whisky getrunken, dazu unzählige Brandy und noch mehr Sonoryl, obwohl ich nicht betrunken wurde; ich habe auch mit wachsendem Appetit im Flugzeug gegessen. In Island waren wir 3 Tage lang eingeschneit; der Proviant des Flugzeugs war an Bord eingeschlossen und unserer nahm ab; am zweiten Tag lebte ich von einer Flasche Bier und Sonoryl. Mein Appetit ließ entsprechend nach, aber ich habe phantastisch geschlafen, ohne irgendwelche Träume. Gegen Abend des zweiten Tages rebellierten die Passagiere gegen ihren trockenen Zustand, und obwohl es gegen das Gesetz verstieß, wurde irgendwie etwas Schnaps aus den am Abflug verhinderten Flugzeugen zu uns herausgeschmuggelt, und ich trank kaum mehr als ein Pint Whisky – wir mußten ihn zuteilen –, und am dritten Tag waren wir bis zum Abflug am Abend vollkommen trocken; im Flugzeug habe ich dann 6 doppelte Whisky getrunken. Als wir um etwa drei Uhr morgens in Labrador ankamen, bekam ich wieder Appetit und aß eine riesige Menge Truthahnbraten und Gemüse, trank ein Viertel Milch und viel Fruchtsaft. Dann 3 Whisky an der Bar und im Flughafen Sonoryl. Wir flogen los nach Montreal, mußten aber wegen Maschinenschadens nach Labrador zurück, wo wir in der Dämmerung schlafen gingen; ich schlief großartig. Noch seltsamer: am Morgen habe ich kalt geduscht und mich mit sicherer Hand rasiert und ungeheuer gefrühstückt: Fruchtsaft, Speck und Eier, Butterbrote und Milch. Auf dem Flug von Labrador nach Montreal habe ich gar nichts getrunken, auch kein Bedürfnis danach verspürt, sondern fast die ganze Zeit geschlafen, wenn ich auch zum ersten- und letztenmal seit der Abreise aus Frankreich ganz wüste Alpträume hatte: aber nicht allzu unangenehme, wenn auch sicher halb deliriöse: zum Beispiel habe ich jemandem, der vor mir saß, den Kopf abgehauen und mich dann auch noch dafür entschuldigt; oder ich glaubte, eine Art elektrischer Strom, der über den Boden lief, verbinde mich hin und wieder mit jemandem, der über mir war und den ich nicht sehen konnte. In Montreal hatten wir einen langen Aufenthalt; wir tranken ein paar Cocktails, aßen tüchtig Leber und Speck, Kartoffeln und Gemüse und spülten mit viel Milch nach. Während des kolossalen Flugs quer über Kanada von Montreal nach Vancouver war Schnaps im Flugzeug unglückseligerweise verboten, aber zum Glück hatten wir in Montreal eine Flasche ausgezeichneten Whiskys gekauft, die ich mit Margerie direkt unter der Nase der eingeschnappten Stewardess zur Hälfte austrank. In Vancouver gingen wir in einen Pub, tranken Bier, schütteten den Rest des Whiskys hinein, aßen Unmengen, kauften noch zwei Flaschen Whisky und fuhren nach Hause, wo wir eine Party veranstalteten, nach der ich mich mit Sonoryl in den Schlaf beförderte. Am nächsten Morgen stand ich, obwohl es fror, wie automatisch auf, machte Feuer und Kaffee und frühstückte Schinken und Eier, Sonoryl und den Rest des Whiskys und ging dann zum Laden, um was zum Essen einzukaufen. Diese beiden Handlungen, ja jede Handlung überhaupt mit Ausnahme des Whiskytrinkens und des Sonorylschluckens, hätten mir unter diesen Bedingungen eigentlich extrem schwer, wenn nicht unmöglich sein sollen: der Ofen hatte seit 15 Monaten kaum einmal gebrannt, der Pfad durch den Wald war vor Schnee und Eis nahezu nicht begehbar. Ich konnte meine Koordinationsfähigkeit kaum fassen. Ich hatte vorgehabt, bei dem Laden einen Bus zu nehmen, in die Stadt zu fahren und noch etwas Whisky zu kaufen, was vielleicht ein psychologischer Wendepunkt war, denn statt dessen kehrte ich so schnell wie möglich zurück: ohne Schnaps, und den Rest des Tages habe ich nichts mehr getrunken. Auch am nächsten Tag, einem Samstag, eine Woche nachdem wir aus Paris abgereist waren, stand ich bei Sonnenaufgang auf und machte die Hausarbeit: Margerie kaufte etwas Gin, von dem wir ein wenig tranken, aber am nächsten und übernächsten Tag trank ich überhaupt nichts. Inzwischen war mir das Sonoryl ausgegangen, und ich stieg um auf Allonal, ein Schlafmittel, das Margerie verschrieben worden war. Ich nahm abends eine Tablette und tagsüber anderthalb; verringerte die Dosis aber ständig, bis ich am nächsten Donnerstag kein Bedürfnis mehr danach hatte. Ich stand täglich bei Sonnenaufgang auf, verrichtete harte körperliche Arbeit in einem Wetter, das immer schlimmer geworden ist – das schlimmste in der Geschichte Vancouvers – Schnee, Blizzards, Eis: Vancouver ist praktisch lahmgelegt, sogar der Strom ist gesperrt, da er fast ganz ausgefallen ist –; ich habe gegessen und geschlafen wie ein Schwein. Aus irgendeinem Grund hatte ich auch auf einmal keine Lust mehr auf

Tabak, und ich hörte praktisch ganz auf, Zigaretten zu rauchen – höchstens 4 am Tag statt 60 oder mehr. Ab und zu trinken wir eine oder zwei Flaschen Bier oder ein paar Cocktails aus Gin und Fruchtsaft vor dem Essen; aber die Begierde, das absolute *Bedürfnis* nach Alkohol ist auf eine mir unerklärliche Weise verschwunden; tatsächlich hatte das eigentlich, eine Woche nachdem wir Paris verlassen hatten, aufgehört. Bemerkenswert daran ist (und ich habe Erfahrung), daß ich während dieser Zeit kein bißchen leide. Voriges Jahr bin ich im Durchschnitt täglich auf mindestens 2½ bis 3 Liter Rotwein gekommen, von anderen Drinks in Bars ganz zu schweigen, und während meiner letzten 2 Monate in Paris hatte sich das auf ungefähr 2 Liter Rum pro Tag gesteigert. Auch wenn es mich völlig um den Verstand brachte, ich konnte mich nicht bewegen, nicht denken ohne riesige Mengen Alkohol, ohne die es für mich, auch für wenige Stunden, eine unvorstellbare Tortur war. Während der letzten Zeit hier in Kanada habe ich vergeblich auf den Schüttelfrost, vergeblich auf das D. T. oder gar noch schrecklichere Sachen gewartet. Mein Übergang zu einer neuen Diät, mein Über-den-Berg-Kommen – wie der Arzt es ausdrücken würde –, hat sich, wenn es endgültig ist, eigentlich schmerzlos vollzogen, und die Versuchung ist schließlich auf einem Minimum. Und ich habe zwei Wochen lang keinerlei Sedativa angerührt. Die Moral dieser ganzen Geschichte kenne ich nicht; ich weiß auch nicht, wie eine solche, für mich einmalige Erfahrung jemand anderem helfen könnte. Ich schreibe diese Bemerkungen aufs Geratewohl hin. (a) Wenn der Patient einigermaßen intelligent und nicht bereits aufgegeben ist oder eine *Gefahr* darstellt, weiß er viel besser, als allgemein angenommen wird, *was er tut.* (b) Sein Verhalten gegenüber jemandem, der ihn zwingt aufzuhören, ist nicht unbedingt pathologisch: es gibt einen Punkt, an dem der Zwangausübende, der Mahner tatsächlich zum Feind wird, weil nämlich der Leidende weiß, daß er nun gewissermaßen aus Rache noch mehr trinken wird; und dieser Kreislauf aus einsamem Trotz und Traurigkeit bringt den Leidenden dazu, sich pathologisch zu zeigen; andererseits ist vielleicht sein Verhalten, soweit er es durchschaut, um so viel weniger pathologisch. Wiederum andererseits ist das Opfer vielleicht, während es keiner Beeinflussung zugänglich ist, die auf das Aufhören abzielt, extrem beeinflußbar durch Beispiele; d. h.: ein ehemaliger Säufer, der ihm trotzdem einen Drink statt eines Vortrags anbietet, kann auch ein Freund sein, der sich verstellt. Ein so offensichtlich ketzerischer Rat wie «In Ordnung, anstatt weniger zu trinken, warum trinkst du nicht viel *mehr*, bloß was Stärkeres, Reineres, und mehr *auf einmal*?» könnte durch Widerspruch Wunder bewirken. Ich glaube immer noch, daß schlechter französischer Rotwein meine Nemesis war: langsam erholt habe ich mich, als ich auf Rum umstieg und keine Vitamine mehr schluckte. Wie wär's mit einer Kampagne für besseren Schnaps anstatt einer gegen Alkohol? Der wahllose Konsum von Vitamin B1 Forte war ein weiterer scheußlicher Faktor (pur und ohne die gleichzeitige Einnahme anderer Vitamine der B-Gruppe usw.): dies wird, glaube ich, in ‹*L'Homme et l'Alcool*› dargelegt, obwohl darin wohl nicht erwähnt wird, daß man sich mit B1 den Körper verseuchen, im Sinne von *vergiften*, kann. Da die Furcht vor dem «Schüttelfrost» in manchen oder allen seinen Manifestationen die ganze Zeit über die größte unmittelbare Angst ist neben der, daß einem der Stoff ausgeht, will es mir scheinen, daß man das eine oder andere nicht suchterzeugende Barbiturat häufiger an Stelle von Strychnin oder Chloral anwenden sollte, da man von diesen beiden ebenfalls Schüttelfrost bekommen kann und beide Sucht erzeugen, die kaum schwächer ist als die nach Alkohol.

Ich nehme an, daß der ‹*Vulkan*›, so wie die Dinge bei meiner Abreise standen, in etwa einer Woche in Frankreich erscheinen wird; oder soll er bis März verschoben werden? Über irgendwelche Neuigkeiten, die Du mir darüber schreiben kannst, werde ich mich natürlich sehr freuen, und ich hoffe, daß er Euch nicht allzu viele Schwierigkeiten macht. Bitte grüße Gabriel herzlich von mir; ich hoffe, es geht ihm besser und er arbeitet wieder fleißig; und auch beste Grüße an Mike. Danke ihm bitte in meinem Namen für alles, was er getan hat, und ich hoffe, ihm gefällt die Übersetzung so wie Dir. Könntest Du von Simpson was über seinen Artikel in *Saturday Night* herauskriegen, der in Kanada erscheinen sollte? Und richte ihm bitte meine besten Empfehlungen aus. Sag ihm, ich wüßte gern mehr über diese Übersetzung von Gide und anderen meines ersten Buchs – ich wünschte zwar, es existierte gar nicht, aber trotzdem. Wenn er mir die Zeitschrift oder Zeitschriften schicken würde, in denen sie steht, würde ich sie sorgfältig behandeln und ihm zurückschicken: seine Adresse habe ich. Wenn er den Artikel für *Saturday Night* noch nicht fertig hat, könntest Du ihm vorschlagen, daß er dieses Zitat aus der ‹*Encyclopedia Britannica*› benutzt, das ich Dir zu schicken versprochen und das ich jetzt überprüft habe. Es steht im Jahrbuch der ‹*Encyclopedia Britannica*› für das Jahr

1948 unter der Überschrift Amerikanische Literatur (S. 49) und lautet wie folgt: «… Aber dieses Jahr hat keine neue Stimme hervorgebracht, die so dominierend wäre wie die des Kanadiers Malcolm Lowry in *‹Unter dem Vulkan›*; sie kündet einen wichtigen Aufbruch unter den jungen Prosaschriftstellern an.»

Hast Du was Neues über Margies *‹Horse in the Sky›* gehört? Oder über die *romans de policiers: ‹The Shapes That Creep›* und *‹The Last Twist of the Knife›*?

Bitte danke den Jungs vom Club Livres de France herzlich von mir: ich bitte um Vergebung, daß ich von keinem von ihnen den Namen buchstabieren kann, außer dem von M. Hôpital – wahrscheinlich deshalb, weil ich selbst in etwa einem Monat ins hôpital muß, um mich an den Venen operieren zu lassen. Die Verfärbung ist zwar sehr zurückgegangen, aber die Krampfadern müssen, da sie mir jetzt bis übers Knie gehen, abgebunden werden: eine unbedeutende Operation, und ich werde wieder gut dran sein. Inzwischen arbeite ich an einem neuen Buch. Danke und beste Grüße und alles Liebe von uns beiden.

Herzlich
Malcolm

An Harold Matson

Dollarton, B. C., Kanada
23. Februar 1949

Lieber Hal:
Margie hat Dir wohl gesagt, daß wir wieder zu Hause sind; tut mir leid, daß wir nicht in New York haltmachen und Dich besuchen konnten; aber das war nicht möglich. Nicht viel zu berichten in einem kurzen Brief.

Fontaine hat bei der französischen Übersetzung ziemlich versagt, und, um die Wahrheit zu sagen, ich kann nicht einmal feststellen, ob Fontaine noch existiert: den Vorschuß haben sie mir allerdings gezahlt, und ich danke Dir für Deine Genehmigung dafür. Inzwischen hat der Club Livres de Français den *‹Vulkan›* zum Buch des Monats gewählt – ich glaube, für diesen oder den nächsten Monat –, tatsächlich sollte er jetzt erschienen sein; die Übersetzung stammt von Leuten von Fontaine und vom Buchklub (vielleicht ist Fontaine ja zum Club Livres *geworden*), ich und Margie haben dabei geholfen. Dafür hat man mir 20000 Francs zusätzlich gezahlt, die bereits in Frankreich ausgegeben wurden; jetzt schuldet man mir noch einmal 20000 Francs bei Erscheinen (ich bezweifle, daß man die mir schicken kann, bei den augenblicklichen Zuständen in Frankreich). Da ich mich in Zeitnot zu entscheiden hatte, habe ich dem zugestimmt, ohne Dich zu befragen, obwohl Fontaine Dir hätte schreiben sollen. Nicht viel Geld für amerikanische Verhältnisse; aber der Club Livres de Français ist eine äußerst einflußreiche Gesellschaft, und ich war sicher, Du wärst damit einverstanden.

Gibt's was Neues von den anderen Übersetzungen? Die sollten alle längst erschienen sein. Den italienischen Übersetzer, Luigi Berti, habe ich in Florenz knapp verpaßt. Einaudi – Direktor der Firma – ist der Sohn des italienischen Präsidenten, wohnt aber in Turin, das wir nicht besucht haben.

Keine anderen Neuigkeiten außer der, daß ich versuche, an einem neuen Buch zu arbeiten: in etwa einem Monat muß ich ins Krankenhaus wegen einer Operation an den Beinen – Kreislaufbeschwerden –; immerhin was Vornehmes: die Krankheit des Königs, wenn auch zum Glück nicht so schlimm – werde vermutlich eine Woche danach wieder gesund und munter sein.

‹Horse in the Sky› hat keine Chance bekommen (obgleich es eine Empfehlung des Book of the Month-Clubs erhalten hat). Ich habe aufgebracht an jeden intelligenten Rezensenten geschrieben, der mir einfiel – die Antworten lauteten meistens, man habe nicht an das Buch herankommen können. Eine niederschmetterndere Saga als die Margies kann man sich kaum vorstellen.

Ich bin offenbar zu einem stattlichen Poeten gediehen: siehe *‹Book of Canadian Poetry›*, herausgegeben von A. J. M. Smith, zweite Auflage, University of Chicago Press – das ist mehr, als ich habe – und ferner *‹Encyclopedia Britannica›* (Jahrbuch für 1948, Seite 49) – ebenfalls mehr, als ich getan habe – unter der Überschrift Amerikanische Literatur: «... Aber dieses Jahr hat keine neue Stimme hervorgebracht, die so dominierend wäre wie die des Kanadiers Malcolm Lowry in *‹Unter dem Vulkan›;* sie kündet einen wichtigen Aufbruch unter den jungen Prosaschriftstellern an.» Ich habe Reynal deswegen geschrieben, da ich das einer Anzeige oder so was wert hielt, wenn es auch ein wenig spät käme, und er hat sofort geantwortet, daß er das allerdings auch denke und etwas ausarbeiten würde, um das groß herauszubringen.

Weihnachten und Neujahr haben wir mit Deinem Bruder Norman und seiner Frau äußerst vergnügt verbracht: haben Champagner und Whiskey getrunken und den Flohmarkt besucht. Norman und Anna hatten in einem Bistro mit jemandem ein Bier getrunken, der plötzlich ohne jeden Grund über den ‹*Vulkan*› zu reden anfing; sie sagten ihm, wir wären im Pub nebenan – und so sind wir uns zum erstenmal begegnet.

Mit allerbesten Grüßen von uns beiden
Malcolm

An Albert Erskine

Dollarton, B. C., Kanada
5. März 1949

Excellentissimo Albert:
Tut mir sehr leid, daß ich nicht früher geschrieben habe. Kann mich nur damit entschuldigen, daß ich Dir einen langen Brief schreiben wollte. Wer hat das gesagt: Ich habe keine Zeit, Dir einen kurzen Brief zu schreiben? Wir hatten hier den grimmigsten Winter seit Jahrzehnten, und es war für uns eine anstrengende Zeit, durch den Wald zu stapfen, um unser Holz zu holen. Als wir nach Hause kamen, stellten wir fest, daß nur der Steg zu Schaden gekommen war; wir haben ihn wiederaufgebaut und von seiner langsamem Entwicklung Fotos gemacht. Der Steg ist der empfindsamste Gegenstand, den ich kenne, und unsere Stellung zu ihm scheint mir ein wenig derjenigen der Bewohner der Trobriand-Inseln zu ähnlichen Lowrys und Penaten zu gleichen. Er kann weinen und singen und auch beträchtlich wütend werden, und gelegentlich habe ich mir auch schon eingebildet, daß er mit sich selbst sprechen würde: da hat er zweifellos so was wie ein bekneifertes Unterwasser-Gedicht verfaßt.

Herzlichen Dank für ‹*Intruder in the Dust*›[1]; wir schätzen beide nicht nur das Buch selbst, sondern auch Deine Freundlichkeit, es uns zu schicken. Allerdings gefällt es mir wohl nicht sonderlich, wenn Du gestattest. Zum einen kommt es mir trotz all seiner Vorzüge ständig so vor, es sei bloß der erste Teil der zweiten Fassung eines Romans mit dem Titel ‹*Intruder in the Dust*›. Lucas ist natürlich ein meisterhaft geschilderter Charakter, aber mir scheint, Faulkner strenge sich höllisch an, seine Idee in so was wie eine liberale Tradition zu stopfen; und selbst wenn das für das Buch unumgänglich sein sollte – wenn man es in sein Gesamtwerk einordnet, sehe ich nicht ein, warum seine Ausdrucksweise in technischer Hinsicht so vergleichsweise schwach sein sollte. Es kommt mir auch nachlässig vor, die Schlechtigkeit des Stils zuweilen erschreckend. Nicht daß er eben schwierig ist – sondern ich merke oft, wie ich im Treibsand eines Textes versinke, der nicht einmal nach Bebop klingt, ohne daß sich unten eine Substanz befände. Aber wenn Du sagst, daß ich mich da irre, werde ich es noch einmal aus einem anderen Blickwinkel lesen.

Riesigen Dank für Deinen Gedanken betr. Signet Books, der mir beim 3. Nachdenken wirklich eine gute Idee zu sein scheint, besonders wenn Du Dich dazu aufraffen könntest, wie angedeutet die Kurzfassung selbst zu machen. In welchem Fall ich versuchsweise folgendes vorschlage: brutale Kürzungen in Kapitel I, so daß vielleicht nur der Anfang, die Mitte und das Ende übrigbleiben (das klingt wie ein Witz, aber Du verstehst, was ich meine), oder sogar nur der Anfang und der Schluß: in II keine Streichungen. Eine Kurzfassung der Exposition in III, wo der Konsul auf der Straße liegt? Und andere kleine Kürzungen, keine Ahnung: IV unberührt, obwohl wir Juan Cerillo ganz rausstreichen könnten: V unberührt, denke ich; VI – Dein Ungünstling – eine riesengroße Kürzung der Gedanken Hughs, besonders über Bolowski (?), und bei der Rasurszene mit dem Konsul – Dämonen und das andere Nötige aber drinlassen: VII wohl großenteils ungekürzt, obwohl einige chirurgische Eingriffe möglich wären: VIII wahrscheinlich ungekürzt, aber wenn, dann so beschneiden, daß so was wie eine *Conte* herauskommt – scheint mir zweifelhaft: IX und X – in beiden Amputationen, und zwar in ersterem bei Yvonnes Gedanken, in letzerem das Zeug mit dem Reiseführer und vielleicht noch andere Lowreprisen, von denen ich mich schwer trennen kann: XI unberührt: XII, da könnten einige konfuse Lowromanzen wegfallen, und man könnte hier ein Auge ausstechen und da einen Arm abhacken (usw.).

(Im übrigen können wir das, was wir herausgenommen haben, immer noch in ein Vorwort oder Fußnoten usw. wieder hineinstecken.)

Nicht so übrigens das Jahrbuch der ‹*Encyclopedia Britannica*› für

1948, wo es auf Seite 49 unter der Überschrift Amerikanische Literatur heißt: «... Aber dieses Jahr hat keine neuc Stimme hervorgebracht, die so dominierend wäre wie die des Kanadiers Malcolm Lowry in *‹Unter dem Vulkan›;* sie kündet einen wichtigen Aufbruch unter den jungen Prosaschriftstellern an.»

Hast Du das zufällig gesehen oder es gar hineingezaubert? Man erzählte mir davon, und ich glaubte, man wollte mich auf die Schippe nehmen. Ich hielt es für besser, Dir das erst zu schreiben, wenn ich es verifiziert hätte, was ich jetzt habe. Ich habe mir jedoch den Spaß gemacht, Reynal davon zu schreiben, da ich sicher war, daß er es noch nicht kennen und es ihm nichts ausmachen würde, wenn es sich doch als Witz herausstellen sollte. (Er hat postwendend geantwortet, sie würden eine Anzeige damit ausarbeiten, und dieselbe Anzeige beigelegt, die Du auch geschickt hast, mit dem Kommentar: «Bücher wie *‹Unter dem Vulkan›* gibt es nicht alle Tage. Ich glaube, Knopf überdehnt seine Einbildungskraft ein wenig, wenn er denkt, er habe etwas Gleichrangiges.» Ha.)

Da Du im Zusammenhang mit der Penguin-Signet-Sache von Geld sprichst: ich würde sagen: ja, auch das kann man immer brauchen. Wie Du werde ich recht bald ins Krankenhaus müssen; wegen einer mehr oder weniger unbedeutenden Operation am Bein – dieselbe Sache, an der auch unser gnädiger König leidet, wenn auch auf niedrigerer Stufe, wie ich dankbar vermelde. Dürfte schnell wieder herauskommen. Davon abgesehen geht es mir sehr gut, ja wir beide hatten noch nie mehr Optimismus und Lebensfreude, obwohl meine Briefe sich manchmal vielleicht so anhören wie die von Mr. Micawber. Außerdem arbeite ich sehr fleißig an dem neuen Buch; momentan versuche ich, mich darin wie in einem finsteren Holzschuppen mit einer armseligen Taschenlampe zurechtzufinden. Aber wenn ich etwas davon ein bißchen in Ordnung gebracht habe, werde ich's vorbeischicken.

Margie sendet alles Liebe an Dich und Peggy und Frank Taylor und Nan. Ich auch.

Gruß
Malcolm

P.S. Grüße bitte auch Jimmy Stern ganz herzlich von uns, falls Du ihn sehen solltest, und sag ihm, wir würden schreiben. Via Frankreich haben wir erfahren, daß ihm ein Preis verliehen worden ist, was, falls das stimmt, doch sehr schön ist; und er hat es ja auch wahrlich verdient; wenn es also stimmt, übermittle ihm unsere Glückwünsche.

M&M

1 Roman von William Faulkner; deutscher Titel: *Griff in den Staub* (A. d. Ü.)

An Downie Kirk

Dollarton
Montag
[Anfang März 1949]

Caro Sr. Downie:

La ringrazio molto – soll heißen: darf ich Dir die Bitte aufhalsen, Dir mehr oder weniger *sine mora* – am besten *quam celerime* – eine Viertelstunde Zeit zu nehmen und mir zu erklären, wovon zum Teufel der beiliegende Brief handelt, falls er überhaupt von etwas handelt; leider sind nämlich so ziemlich die einzigen Wörter, die ich darin verstehe, Italo und Svevo.

Was ich zu kapieren glaube ist, daß er jemanden bittet – oder will, daß ich jemanden bitte –, daß ihm oder irgendwem oder irgendwelchen Unbekannten mehr Zeit für die Fertigstellung der Übersetzung des ‹*Vulkan*› gewährt werden möge, was mir nicht überraschend vorkommt, wenn man bedenkt, daß dieser Herr am 7. Februar den Eingang eines Briefs bestätigt, den ich augenscheinlich erst am 21. Februar geschrieben habe, und er daher vermutlich seine eigenen Vorstellungen über die Zeit hat. (Es könnte aber doch wichtig sein – zum Beispiel: was ist, wenn er darauf besteht, daß er es vor Februar 1946 nicht fertigstellen kann?)

Wir freuen uns darauf, Dich bald mal wieder hier draußen zu sehen. Beste Grüße von uns beiden an Marjorie und Dorothy, und *in attesa d'una Sua cortese léttera La* (ich hoffe, das ist richtig, hombre) *ringrazio di tutto e cordialmenta La saluta il.*

Suo
Malcolm

An Downie Kirk

[Frühjahr 1949]

Lieber Downie:
Tausend Dank für die Übersetzung und den Brief. Ich habe mit einer Grippe im Bett gelegen, und jetzt hat Margerie sie, obwohl es ihr jetzt schon besser geht – aber ich pflege sie und habe daher im Augenblick keine Zeit für mehr, wenn ich die Post noch erwischen will. Außerdem ist uns in dem Blizzard das Holz ausgegangen. Inzwischen hast Du hier das Buch von Marcelin, in einem Englisch, das unserer Meinung nach viel zu wünschen übrigläßt, wenn es auch streckenweise außerordentlich lustig ist. Im Gegensatz zu der Behauptung des *Time*-Mag. ist es nicht hauptsächlich über Voodoo, sondern über Hexerei: das ist ein Unterschied, für den Laien vielleicht nicht ganz einsichtig. Ist trotzdem sehr lesenswert. (Warnung – es ist stellenweise auch unglaublich obszön; laß es also nicht auf dem Klavier liegen.) Noch mal tausend Dank für Deine so freundliche Übersetzung des Deutschen; werde antworten, sobald Margerie aufhört zu niesen. Grüße von uns beiden an Dich und Marjorie und Dorothy.

Malcolm

P. S. Wir freuen uns sehr darauf, Euch Ostern zu sehen.

P. P. S. Träume nicht von weißen Ostern.

P. P. S. Noch mal danke für die Übersetzung aus dem Deutschen – aber was für ein düsteres Bild das von der derzeitigen deutschen Kultur malt. Als ob wir unsere Literatur ausschließlich aus Alley Oop und Superman wiederaufbauen müßten, und vielleicht noch nicht einmal daraus. (Danke auch für die französischen Rezensionen.)

An Dr. und Mrs. Earle Birney

Dollarton
26. März 1949

Meine guten Birneys:
Margie hat mehrmals versucht, Esther anzurufen – ständig war besetzt, oder Drähte hatten sich verheddert, oder es sprach jemand aus Sydney, N. S., dazwischen – oder sogar N. S. W.[1] –, der versuchte, an eine andere Stimme in der Ferne in Asbestos, Qu., eine Ölquelle zu verkaufen. Inzwischen bin ich wegen einer Operation im Krankenhaus gewesen. Sehr interessant. Hat geschlagene 2 Stunden gedauert, und ich habe das meiste davon mitansehen können. Scheint erfolgreich gewesen zu sein – man hat mich in die Wöchnerinnen-Abteilung gelegt, zur Bestürzung eines werdenden Vaters, der bleich in der Vorhalle stand. Ich erklärte ihm, ich sei bloß eins dieser neuen, größeren, sozusagen Atombabies, die seit neustem auf dem Markt wären.

Ich bin gerade aus dem Krankenhaus heraus, werde aber erst wieder so richtig im Umlauf sein (sic), wenn die Nähte gezogen sind. Morgen abend werde ich mich aber zu dem Beethoven-Konzert hinkämpfen, um zu sehen, ob ich schon aufstehen oder mich hinsetzen kann.

Danke für den sehr vergnüglichen Abend – nach der Operation habe ich im Krankenhaus noch einmal ‹*Titus Andronicus*› gelesen – tatsächlich während sie noch andauerte, denn der Arzt hatte etwas auf dem Operationstisch vergessen und mußte mich, Nadel und Brecheisen in der Hand, in den Krankensaal begleiten. Ist wirklich gar kein so schlechtes Stück. Das heißt, es scheint nichts daran falsch zu sein, außer dem Stil und verschiedenen derartigen Kleinigkeiten. Dover Wilson hat kürzlich behauptet, es sei von Shakespeare und Peele. Wir haben uns ‹*Hamlet*› und ‹*Macbeth*› angesehen: beide wirklich hervorragend gemacht – alles durchdacht –, obwohl man neun Zehntel der herrlichen Pseudo-Selbstverdammung Malcolms in der Szene zwischen ihm und Macduff (IV. Akt, 3. Szene) weggekürzt hatte – einer der eindrucksvollsten und schlüpfrigsten Geistesblitze Shakespeares, habe ich an dieser speziellen Stelle immer gedacht; habe mich immer sehr über den Namen Malcolm da gefreut (ähem – relativ gesprochen natürlich). Außerdem ist zuviel von den Hexen gestrichen worden – wodurch man im Interesse der Glaubwürdigkeit in einen seltsamen Irrtum verfiel: nämlich: man ließ Banquos Geist im III. Akt, 4. Szene offensichtlich als

Ergebnis eines Anfalls von Schwermut erscheinen – was sicherlich ganz überzeugend war und besser, als wenn der Mann wirklich vor dem Publikum erschienen wäre –, und um der besonderen Realität, die *dadurch* geschaffen wurde, gerecht zu werden, hielt man sich für verpflichtet, die folgenden Erscheinungen der Hexen im III. Akt 5. Szene und IV. Akt 1. Szene ebenfalls wie eine Halluzination aussehen zu lassen. Man hat das reale Erscheinen der Hexen nicht einfach weggelassen, wie vorher bei Banquo, sondern die beiden Szenen zusammengelegt und dabei verstümmelt; und um das Ganze noch komplizierter zu machen, trat hier am Ende Banquo tatsächlich vor dem Publikum auf. Das wäre in Ordnung, ja sogar sehr gut gewesen, wären nicht am Anfang des Stücks dieselben Hexen sowohl Banquo als auch Macbeth selbst erschienen, der doch zu dem Zeitpunkt vermutlich stocknüchtern war. Das ist ein ziemlich dickes Problem, denn ich habe bis jetzt noch keine Aufführung von ‹*Macbeth*› gesehen, wo Banquos Geist keine Schwierigkeiten bereitet hätte; und obwohl es hier auf recht vernünftige Art gelöst wurde, so doch nur um den Preis, daß die nötige Illusion in den folgenden Szenen zerstört wurde. Das alles zeigt lediglich, daß Cocteau recht hat mit seiner Behauptung, das Theater müsse eben mit der besonderen Realität des Theaters in Einklang bleiben. ‹*Hamlet*› andererseits wurde ungekürzt aufgeführt, wie ich erleichtert sagen kann – oder könnte, denn wir mußten leider früher gehen, um den Deep Cove-Bus zu bekommen. Soweit ich es gesehen habe, war es eine sehr gute Vorstellung, abgesehen von Polonius, der anscheinend versuchte, Frank Morgan nachzuahmen; und ich dachte, Stanley Bligh wäre schon ziemlich schäbig damit umgegangen. ‹*Hamlet*› ohne Rosencranz und Gildenstern, die Hofintrige und den heraufziehenden Krieg und vor allem ohne Fortinbras am Schluß ist für mich als Schauspiel einigermaßen sinnlos, weshalb mir auch Oliviers Version nicht gefallen hat, auch wenn es streckenweise gut gespielt war. (‹*Heinrich V.*› hat mir auch nicht allzusehr gefallen – Fluellen und Macmorris wurden viel zu übertrieben dargestellt, wo dies doch, wie ich vermute, als normaler, realistischer – wenn auch lärmender – Dialog gemeint ist; genauso wie Soldaten sprechen würden.)

Besten Dank für die Übersendung Deiner Studenten-Kritiken und auch für die *Outposts*. Die Rezensionen sind für mich sowohl schmeichelhaft als auch verdammt interessant, besonders die eine, die den Schwerpunkt auf die mystische und religiöse Katabasis legt, die der

Konsul durchmacht. Dies erklärt etwas von meiner Absicht, von dem ich selbst nicht wußte, was aber bestimmt darin steckt: später mehr davon. Das alles bedeutet mir viel.

Ein Brief hat mich davon unterrichtet, daß Du im Radio sehr freundlich über den ‹*Vulkan*› gesprochen hast, und dafür bin ich Dir sehr dankbar, Earle. Riesigen Dank. Der Bursche namens Downie Kirk, ein Nachbar und entfernter Verwandter von Jimmy, Philologe und Sprachenlehrer bei Lord Byng's (du liebes Lieschen: das ist eine Prosa!), teilte mir mit, was Du gesagt hast. Jetzt verfluche ich mich, daß ich kein Radio habe – ich hätte nicht gedacht, daß Du den Vortrag so bald halten würdest. Ich habe nichts als äußerst schmeichelhafte Kommentare über Deine Sendungen gehört.

Wie läuft der Roman? Was Du vorgelesen hast, war überaus gut; es kommt so selten vor, daß man über etwas wirklich laut lachen muß (Joyce' Klage in bezug auf ‹*Ulysses*›: «Man hätte ja wenigstens sagen können, daß es verdammt lustig ist»), und das muß man bei Deinem tatsächlich, ja es wirkt immer noch. Und er scheint genau die richtige Kombination von Humor und unterschwelligem Ernst zu besitzen. Du hast mich mal gefragt, ob mir irgendwelche Romane einfielen, die ungefähr zu demselben pittoresken Genre gehören und anregend sein könnten. ‹*Schwejk*› natürlich – obwohl das auch nicht ganz stimmt. Ich habe wohl ‹*Carl and the 20th Century*› erwähnt. Der Verfasser fällt mir nicht ein. Der einzige Charakter ist Carl – die anderen sind bloß Statisten. (Am Schluß von ‹*Schwejk*› ist es ganz ähnlich, aber in diesem Fall ist das ganze Buch so.) Ein kurzes Kapitel in dieser Art könnte wirkungsvoll sein. Und kennst Du Saul Bellows ‹*Mann in der Schwebe*›? Vielleicht ist dies von Deinen Absichten zu weit weg, aber die Lektüre könnte wichtig für Dich sein. ‹*Tote Seelen*› könnten Dir wiederum entlegen vorkommen, aber wenn Du es noch nicht gelesen hast, dann ist schon ein Sinn darin, daß ich es vorschlage. Abgesehen davon, daß es außerordentlich komisch ist, ist es auch einer der lyrischsten und schwermütigsten Romane, die je geschrieben worden sind. Jedenfalls finde ich das. Der Wechsel zwischen Posse und rein Lyrischem könnte von der Machart her lehrreich für Dich sein. Ebenso die beinahe mussorgskijhafte Traurigkeit und Sehnsucht, die er einfach aus der Beschreibung eines lausigen kleinen Hotels zu gewinnen in der Lage ist.

Also ich muß aufhören. Kommt bitte unbedingt bald – das Wetter ist großartig wild: Götterdämmerung über Belcarra. Allerbeste Grüße von uns an Euch beide und an Bill und seine Nachtwandlerin.

Malcolm

Wywurk liegt immer noch grün und unbewohnt hier. Ich wünschte, Ihr würdet es kaufen, obwohl ich nicht weiß, was es kosten soll. Ich habe ein paar unheilvolle Leute es besichtigen sehen. Wie kann ich Euch ermuntern? –: verrückte Nachbarn oder gar keine Nachbarn. Unvergleichliche Aussicht auf Gebirgslandschaft und Ölraffinerien. Hinten eine Menge Cascara-Bäume. D. H. Lawrence hat mal in einem Haus namens Wywurk gelebt. Allerdings in Australien. Er meinte, man sollte es eher Wyreworks nennen.

1 N. S. = Neuschottland; N. S. W. = New South Wales (Australien) (A. d. Ü.)

An Albert Erskine

Dollarton
[Mai 1949]

Lieber alter Albert:
Bitte verzeih mein langes Kranksein, aber ich bin operiert worden usw. usw. Es schien alles in Ordnung zu sein, aber dann kamen ein paar Komplikationen usw. – jetzt ist es o. k. usw. Riesendank für den Melville. Das war sehr freundlich von Dir. Ich glaube, Du und Jay Leyda, Ihr habt da meisterhafte Arbeit geleistet. ‹*The Tartarus of Maids*› (‹*The Paradise*› kannte ich schon irgendwoher) & ‹*The Bell Tower*› waren neu für mich & beide phantastisch, besonders das erstere. Ich habe ein paar Anmerkungen, hauptsächlich ornithologische. Seite 64: das schneeweiße, engelgleiche Ding mit einer langen, lanzenähnlich hinten herausragenden Feder, der schöne Vogel, der in silberhornähnlichen Tönen flötet (was die silberhornähnlichen Töne angeht, da gibt es interessanterweise eine fast identische Stelle in Gogols ‹*Tote Seelen*› – Frage: ist ‹*Tote Seelen*› je zu Lebzeiten Melvilles übersetzt worden? Er war etwa 10 Jahre älter, ist aber gerade zu der Zeit gestorben [1852], als

Melville die ‹*Encantadas*› schrieb und auf den Chatham-Inseln die Renaissance der Piraterie stattfand, so daß der Vogel ihm diesen Gedanken eingeblasen haben könnte – sozusagen durch sein Horn) – jedenfalls ist dieser schöne Vogel – trefflich «Bootsmannsmaat» genannt, wie er sagt – *ein rotschnäbliger Tropikvogel;* und obwohl Bootsmannsmaat ein guter Name dafür sein mag – und womöglich *ist* er das sogar in der Seemannssprache –, verwechselt er ihn wohl mit seinem Kriegsschiffvogel, dem Fregattvogel oder Tropikvogel – spanisch *digarilla,* aber ich laß mich gern korrigieren. Obendrein – aber es sei fern von mir, nahezulegen, daß er *keine* Pinguine auf den Encantadas gesehen habe, obwohl diese mir unzweifelhaft mit weniger äquatorialen Regionen verbunden zu sein scheinen – habe ich das Gefühl, daß er auf S. 62f die Lummen gemeint haben könnte, einen Vogel, der an Land mit dem Pinguin nahezu identisch ist, auch wenn das wohl nicht allgemein bekannt ist. Vielleicht hatte es ihm gereicht, sie an Land zu beobachten, & er kümmerte sich nicht darum, sie schwimmen zu sehen. Vielleicht auch *ein paar* Pinguine & *ein paar* Lummen. Frage: weiß ich's oder weiß ich's nicht mehr; bin ich nicht bei früheren Forschungen in der N. Y. Bibliothek auf einen Band gestoßen, der zu Melvilles Lebzeiten erschienen ist und ‹*The Apple Tree Table & Other Sketches*› hieß? Womöglich Einbildung. Ferner: hat er nicht den Namen Tarnmoor auch unter ‹*Bartleby the Scrivener*› geschrieben, eine Geschichte von der *alten* Wall Street? Noch mehr Einbildung. Bekam einen albernen Brief von Cape, der *nichts* getan hat. Siehe Schluß von Temple Second (S. 165). Zur Zeit erwarte ich Nachrichten aus Frankreich & Schweden. Konnte Dein Zitat nicht unterbringen – vielleicht hat Melville das selbst geschrieben. Herman schreibt Gedichte, aber behalt's für Dich – Du weißt ja, wie so was sich herumspricht usw. usw.

Malcolm schreibt Prosa und wird in ein oder zwei Monaten anfangen, Dir ein paar Raten zu schicken. Schick mir bitte einen Brief: fühle mich etwas entmutigt, obwohl es uns gutgeht & unser Haus sehr schön ist. Von Frank habe ich einen guten Brief bekommen. Ihr müßt Euch vermissen. Alles Liebe an Dich und Peggy von uns beiden.

Malcolm

P. S. Gute Sache, daß die in den alten Zeiten keine Briefmarken hatten. Was hätte wohl ein Anhänger von Charles I. zu der hier gesagt!

P. P. S. Vielleicht hat er auch nicht *Bootsmanns*maat gemeint, sondern einen Vogel mit *Schwimmhäuten.*

An Frank Taylor

Dollarton, B. C., Kanada
1. Juli 1949

Mein lieber Frank:
Margerie fliegt nächsten Mittwoch nach Nuestra Señora la Reina de Los Angeles de Porciuncula, um ihre Familie zu besuchen – ich sollte wohl eher *heim*suchen sagen –, ungefähr vom 6.-14. Juli, und ich habe mich gefragt, ob Du Zeit finden könntest, Dich lange genug von den diversen Verpflichtungen des Riesenrades loszureißen, so daß ihr beide mal wieder einen Plausch halten könntet. Zumindest wird sie genauso enttäuscht sein wie ich, wenn Ihr beide Euch nicht einmal treffen könntet; aber andererseits wird sie es so gut verstehen wie ich, wenn es sich als unmöglich herausstellen sollte; schließlich war sie selbst in diesem sogenannten Filmgeschäft. Immerhin wäre ich Dir ungeheuer verbunden, wenn Du in Deinem Wizard-of-Oz-haften Horst geeignete Heerscharen in Bewegung setztest, durch die sie wenigstens in den Stand gesetzt wird, Dich telefonisch zu erreichen; denn nach meiner Erfahrung mußt Du da einfach aus Selbstverteidigung einen Riegel vorschieben: vor Menschen, die nicht nur behaupten, Scott Fitzgerald zu sein, sondern unzweifelhaft auch Edward Fitzgerald darstellen und die darauf beharren, daß Du, wenn Du denkst, Du könntest einfach damit entkommen, ‹*Zärtlich ist die Nacht*› zu verfilmen, ohne auch eine Option auf ‹*Omar Khayyam*› zu nehmen, schwer auf dem Holzweg bist. Andersherum: ihre Adresse in Hollywood wird sein: bei Dr. E. B. Woolfan, 1643 Queens Road, und ihre Telefonnummer (glauben wir): Gladstone 3830, oder wenn nicht, wirst Du sie im Telefonbuch finden; jener mit dem Wolfsnamen ist mein ganz vortrefflicher Schwager, der sich hauptsächlich damit unterhält, den Brustkästen von Filmschauspielerinnen zu lauschen und zu entscheiden, ob sie ein Wagnis lohnen oder nicht.

Ansonsten möchte ich nur noch sagen, wie hoch ich den Brief, den Du mir über den ‹*Vulkan*› geschrieben hast, einschätze und bewerte, und wie dankbar ich dafür bin, daß Du sein Verleger warst. Mit dem neuen Buch bin ich manchmal bis zu fünfzehn Stunden am Tag beschäftigt, und Mann: das hat vielleicht ein Thema: nichts weniger als die Identifikation eines Schöpfers mit seiner Schöpfung – Pirandello umgekehrt, oder sechs Autoren suchen ihre Personen; oder andersherum: jedermann sein eigener Laokoon. Da die philosophischen Implikationen sich für mich als fatal herausstellen könnten, muß ich eine gewisse Gleichgültigkeit bewahren. Ich werde Albert, der mich vermutlich für tot, besoffen oder müßiggängerisch hält – oder alles drei –, in Kürze mit dem Anfangsteil überraschen; und ich werde – sollte es sich als gut erweisen und er es womöglich für akzeptabel halten – es von niemand anderem veröffentlichen lassen. Diese Treue gilt stellvertretend auch für Dich. Falls es beim ersten Versuch – womit ich just den vierten meine – nichts wird, werde ich es noch einmal schreiben müssen, was langweilig würde, da mir nie etwas Besseres einfallen wird, selbst wenn ich bis zum Jüngsten Tag warte. Aber zwischen die Idee und die Ausführung fällt die – ja, allerdings.

Im übrigen haben wir fünf Schlangen in unserem Garten – sehr intelligente, bin ich überzeugt: denn sie hören mir gern zu, wenn ich die Gitarre bearbeite. Ihre Geschmäcker sind freilich ein wenig trübe, reichen gerade noch für Kirchenlieder in verminderten Septimenakkorden. Noch haben wir «Snake Hips» nicht für sie arrangiert. Das würden sie wohl für etwas niveaulos halten, schließlich sehen sie nicht gerade geistreich aus.

Und so dürften wir uns alle (sozusagen) wiedersehen.

Auf alle Fälle unsere besten Grüße an Nan, die Kinder und Dich.

Lebwohl
Malcolm

An Mrs. John Stuart Bonner

Dollarton
[1949]

Meine allerliebste Mutter:

Danke für Deine vielen lieben Briefe; es tut mir leid, daß ich keine Zeit mehr gefunden habe, Dir ausführlich zu schreiben: aber da es hier scheinbar überhaupt keine Zeit gibt, ist es vielleicht nicht sehr verwunderlich, wenn man keine finden kann; und ich bin sowieso ein miserabler Briefschreiber.

Um Deine Frage über die Lage bezüglich Rußland usw. zu beantworten: ich habe da keine sehr festen Meinungen, obwohl man sie ungefähr so zusammenfassen könnte: Rußland kann sich, so wie es ist, nicht anders verhalten; und wir können uns, so wie wir sind, auch nicht anders verhalten. Ich halte den Mangel an Kenntnis des geistigen und praktischen Wesens der marxistischen Philosophie für verantwortlich für die meisten unserer Mißverständnisse; auf seiten Rußlands führe ich dies auf seine unmenschliche und abstrakte Entwicklung dieser Philosophie zurück, insofern es seine Beziehungen zu anderen Ländern betrifft: wo wir nach Kompromissen gesucht haben, sind wir auf schwache, aber scheinheilige und egoistische Reaktionen gestoßen; aber andererseits vertragen abstrakte Ideen keine Kompromisse, und wir haben keinen Plan: während sie einen haben.

Was mich betrifft, so mag ich diese Welt ganz und gar nicht, versuche aber trotzdem – wie Du –, meine Gefühle für die *Erde,* die Vögel und das Universum zu bewahren.

Alles Liebe – und Grüße an alle

Dein Dich liebender Sohn
Malcolm

An Downie Kirk

[Anfang Oktober 1949]

Lieber Downie:
Besten Dank für Deinen Brief und die Einladung von Marjorie und Dir für den 7. Oktober. Wir würden furchtbar gern kommen, aber da die Briefe zwischen uns über diese kurze Entfernung etwas länger zu brauchen scheinen als früher durch das ganze Römische Weltreich: wäre es schlimm, das offenzulassen? Wir schreiben fleißig an einer Film-Bearbeitung, und ob wir kommen können, hängt ein wenig davon ab, wieviel wir bis dahin geschafft haben; im Moment sieht es günstig aus, aber wir könnten auf Schwierigkeiten stoßen, und es scheint ziemlich wichtig zu sein, daß wir es *quam celerime,* wenn nicht gar *sine mora* fertig

bekommen. Zunächst dachte ich, ich könnte nicht kommen, weil ich wohl kaum mein Bruchbrett würde mitbringen können [1]; aber jetzt fällt mir ein, daß ich auf dem Boden schlafen könnte. *Ist es zuviel verlangt, um ein Stückchen Boden zu bitten?* (Es wäre – ähem – nicht das erste Mal, daß ich das getan habe.) Ich glaube nicht, daß Dir das weiter lästig fallen würde.

Es freut mich, daß es Dir jetzt nach der Operation besser geht – die Kombination von Hämorrhoidektomie und einer katholischen Anstalt klingt wahrhaftig auch ohne den Sanitätsoffizier sadistisch genug. Hört sich nach einem schrecklichen Erlebnis an. Hat mich gerührt, wie Du Deinen Leidensgenossen den ‹*Vulkan*› vorgelesen hast – wenn Du die Leute aber so richtig fröhlich machen willst, wäre Maxim Gorkis ‹*Nachtasyl*› vielleicht von noch größerem Nutzen.

Ich bin beunruhigt wegen Deines Prof. Sedgewicks *Irony*-Buchs, das wir nicht finden können, obwohl wir das ganze Haus deswegen auf den Kopf gestellt haben – schaust Du noch mal nach? Es ist gut möglich, daß ich es Dir zurückgegeben habe, als ich *un poco borracho* war, weshalb ich mich nicht daran erinnern kann. Margerie weiß nur, daß wir den Graham Greene zurückgegeben haben. Das Buch lag eine Zeitlang neben meinem Bett, als ich es las; später glaubte ich, sie habe es zurückgegeben, aber daran kann weder ich mich erinnern noch sie. Ich habe es bestimmt niemand anderem geliehen, und wir sind in der Regel äußerst penibel mit Büchern, so daß ich das sehr bedaure. Wenn es wirklich ein signiertes Exemplar war, werde ich es mir nie verzeihen, wenn es verlorengegangen ist. Aber wo zum Teufel kann es sein? Die einzige Erklärung, die ich anbieten kann, ist die, daß es geklaut worden ist: aber das klingt nicht sehr wahrscheinlich. Tatsächlich hat aber mal jemand ein Exemplar des ‹*Vulkan*›, das ich für jemanden gekauft hatte, mitgehen lassen, als ich im Krankenhaus lag; das ist also nicht völlig unmöglich. (In New York wurde einmal in meine Wohnung eingebrochen und Ouspenskys ‹*New Model of the Universe*› und eine Flasche Haarwasser gestohlen: das war alles: die Sache mußte wegen der Beschädigung der Tür gemeldet werden – der seltsame Diebstahl wurde einem Neger angelastet, gegen den ich aber keine Anzeige erstattete, um den Ausbruch eines Rassenkrawalls zu vermeiden.) Es ist nur vorstellbar, daß Birney, der mir ein paar andere Bücher geliehen hatte, es mitgenommen hat, weil er dachte, es wäre seins, und ich werde ihn fragen, obwohl ich es für unwahrscheinlich halte, daß er sich da geirrt hat. Mit Sicherheit habe ich es nie mit aus dem Haus genommen. Die vernünftigste Erklärung ist allerdings – falls es sich schließlich herausstellt, daß Du es auf keinen Fall hast –, daß es noch hier ist; daß ich es aber an einen zu sicheren Ort gelegt habe, etwas, was ich schon öfter mal getan habe. Wir werden daher noch einmal sorgfältig suchen: und wenn Du und ich es nicht finden, werde ich Dir ein neues bestellen. Das ist kaum ein angemessener Ersatz – besonders, wie gesagt, wenn es signiert ist –, und ich kann nur sagen, daß es mir schrecklich leid tut.

Ich hoffe, jedoch, daß es bis Freitag irgendwie aufgetaucht sein wird, falls wir kommen können. Wir freuen uns darauf, Euch beide zu sehen und mit Euch zu reden, falls es klappt. Wir haben einen Tauchervogel gerettet. Und die Welt schreitet fort … Das heißt: vor siebzig Jahren hätte man wohl nicht gedacht, daß man sich heute, um eine Straße zu überqueren, von einem dreijährigen Kind würde leiten lassen müssen, wie Valéry irgendwo sagt.

Beste Grüße an Deine Marjorie und Dorothy von meiner Margerie und mir.

Gruß
Malcolm

1 Lowry hatte sich bei einem Sturz von seinem Steg auf die darunterliegenden Felsen das Rückgrat angebrochen.

An Albert Erskine

Dollarton, B. C., Kanada
7. November 1949

Mein sehr lieber Albert:
Wir waren sehr enttäuscht, Dich nicht zu sehen und Dir unser Haus und ein paar Rockies zeigen zu können. Aber wir werden glücklich sein, wenn Du eine gute und schöpferische Zeit gehabt hast. Ich habe meine Meinung zu ‹*Griff in den Staub*› geändert; es paßt tatsächlich höchst eindrucksvoll zu dem großen Plan. Sag bitte Jay Leyda, wie sehr mir Melvilles Erzählungen und sein Vorwort gefallen haben. Ich bin gerade dabei, einen weiteren ornithologischen Streit mit Melville

vom Zaun zu brechen; in seinen Gedichten nennt er die Sturmtaucher «Dreizehenmöwen» und Vögel von bösem Omen. Allerdings – mystische und erstaunliche Vögel. Abgesehen von der Tatsache, daß er sie wohl für Raubmöwen hält ... Aber selbst dann! Jemand hat einmal einen beringten Sturmtaucher in Venedig freigelassen: in weniger als einer Woche hatte er seinen Weg nach Hause zu einer kleinen Insel vor der Küste von Devon gefunden, wo man ihn entdeckte, als er seiner Familie lauthals von seiner Reise berichtete. (Niemand weiß, ob er direkt über die Alpen oder einfach via Gibraltar geflogen ist.)

Wir schreiben an einer Art enthusiastischer Abweichung von der üblichen Arbeit – werd's Dir erzählen, wenn wir fertig sind, sonst steht mir mein Aberglauben im Weg. Ein Grund dafür war, daß der gebrochene Rücken eine andere Erzählung hervorgebracht hat, die mit der, an der ich gerade arbeitete, an einer ganz bestimmten Stelle so genau zusammenpaßte, daß ich meine Pläne ohnehin ändern mußte – inzwischen ist dies ein Erlebnis. Ich hoffe, Peggy hatte eine sehr gute Reise – wir denken oft und mit Zuneigung an Euch beide. Irgendwelche Neuigkeiten über die Edition Lumme oder gar Dreizehenmöwe? Wozu Margie sagt, Du würdest nicht verstehen, daß ich damit Penguin meine.

Der Rücken wird besser, ist tatsächlich besser als vorher sozusagen. Kürzlich habe ich etwas über ein sehr bemerkenswertes Buch geschrieben, das mir von einem Freund von Dir, Harry Ford, via Knopf geschickt worden war: nachdem ich das abgeschickt hatte, wurde ich die ganze Nacht von einer wirren Metapher in schwarzen Stiefeln verfolgt, an der eine Kokarde steckte und die obendrein voll bewaffnet war.

Alles Liebe von uns,
und lebt wohl
Malcolm

An Albert Erskine

Weihnachten 1949

Lieber Albert:
Du wirst feststellen, daß diese Kerzen nicht an beiden Enden brennen. Falls Du Allan Tate sehen solltest, könntest Du ihm in bezug auf seinen kürzlich erschienenen bewundernswerten Artikel über Poe sagen, daß, wenn der Rabe in den vierziger Jahren des vorigen Jahrhunderts nahezu ausgestorben war, er jetzt mit Sicherheit nicht ausgestorben ist. Es gibt zwei Arten von Raben – Corvus corax und Corvus cryptoleucus. Ersterer ist fast zweimal so groß wie eine Krähe, fliegt aber wie ein Falke auf waagerechten Flügeln, abwechselnd flatternd und gleitend. Man findet ihn fast im ganzen Westen der USA – im großen und ganzen nimmt er in trockenen Landstrichen oder an felsigen Küsten die Stelle der Krähe ein. Der andere ist kleiner und kommt in den Wüsten von Südost-Arizona vor, im Süden Neu-Mexikos, in Südost-Colorado, Südwest-Oklahoma und im Westen und Süden von Texas. In Virginia ist er nie beobachtet worden. Und man hat auch noch nie einen Raben *Nimmermehr* sagen hören. Ich selbst habe ihn nie etwas Kräftigeres sagen hören als *Cheerio*. Genauer genommen sagt aber der erstere Rabe: *k-r-r-rack:* der letztere *krääck*. Wir haben einmal an einem Freitag, dem dreizehnten, zwei Raben sich paaren gesehen – ohne jede bösen Auswirkungen. Die Indianer hier halten den Raben für Gott. Jedenfalls ist er der ungeselligste Vogel der Welt, mit Ausnahme (a) des Adlers, (b) des Albatros. Mehr Neuigkeiten gibt es nicht: Wir arbeiten fleißig, führen ein schönes Leben, und mein Rücken erholt sich. Wir sind beide völlig gesund, und Ihr hoffentlich auch. Und wir senden unsere aufrichtige Liebe an Dich und Peggy,

Malcolm und Margerie

Sechster Teil

1950

An Mrs. E. B. Woolfan

Dollarton, B. C., Kanada
[Januar 1950]

Meine liebste Priscilla:
Ich danke Dir nicht nur zutiefst für das eine Drittel des prächtigen McMalcolm, den ich bereits mit glänzendem Erfolg getragen habe und dem nichts weiter fehlte, was das Herz eines Schotten erfreut, als der Krönungsstein von Scone in der Brusttasche – sondern auch ganz herzlich für die französische Rezension, und danke bitte Preston[1] ganz aufrichtig für seine Freundlichkeit und Anteilnahme, sie zu übersetzen. Aber abgesehen davon, daß sie mir gefällt (so wie dem Rezensenten das Buch): Gott, als was für einen finsteren Ghul stellt er mich dar! Besonders, wenn ich bedenke, daß mein Streben dem des berühmten Sullivan sehr ähnlich war – ein Humorist zu sein. Hält selbst Preston es nicht für ein bißchen lustig? Ich hoffe, wenigstens ein kleines bißchen, sonst bin ich beleidigt. (Obwohl ich im übrigen keinen Grund sehe, warum er sowohl das Buch als auch die Rezension übersetzen sollte.) Ich habe kürzlich zwei Dutzend weitere französische Rezensionen erhalten – wurden vom Verlag geschickt –, die allesamt, soweit ich sie verstehe (und das ist nicht viel), ganz phantastisch günstig zu sein scheinen (obwohl jede mich düsterer erscheinen läßt als die andere); viel günstiger als die aus New York und England und die ½ in *Skjellerup Schnappstasters Annual,* die zur Zeit alle verschwunden sind – gerade als ich sie zusammengestellt hatte, um sie Dir zu schicken. Vor ein paar Monaten hatte ich auch ein sehr langes, sehr intelligentes und sehr begeistertes Resümee von Prestons Werk zurückgelegt, das sich speziell auf *‹Unfaithful Yours›* bezog; es war in *Illustrated London News* erschienen, und meine Mutter hatte es mir geschickt. Um so mehr, als es eine Würdigung von *‹Unfaithful Yours›* war – einem Film, den ich leider verpaßt habe, als ich im Ausland war. Ich dachte, Preston hätte vermutlich so viel von solchem Zeug, daß er sich nicht mehr darum schert, sich noch mehr davon anzusehen: und dann dachte ich, verdammt, nein – er schreibt auch Filme, genau wie er welche dreht: vielleicht könnte das, weil er als Regisseur mit Lob überschüttet worden ist – unmöglicher Satz –, den Verlust als Skriptschreiber wettmachen – was sage ich da nur? Aber immerhin ist Neujahr. Ich hatte es gut gemeint, bewahrte aber die Notiz so gewissenhaft auf, daß sie wie meine eigenen

verschwunden ist – ich hoffe, nur vorläufig. Ich verlege alles (bzw. wenn nicht ich, dann Margie).

Idee für eine lustige Situation.

Junger Mann vom Lande mit obskuren Ambitionen, Filmregisseur zu werden, der seine letzten zehn Jahre damit verbracht hat, ein Buch über Alkohol zu schreiben, und die Familie seiner Frau beeindrucken will, sitzt auf einmal neben dem Kameramann von ‹*The Lost Weekend*› – das inzwischen herausgekommen ist und mit riesigem Erfolg in sämtlichen Kinos läuft –, während sein eigenes Buch unveröffentlicht ist und es höchstwahrscheinlich auch bleiben wird –; am Kopf des Tischs sitzt ein berühmter Filmregisseur und trinkt einen Krug Ginger Ale – seine Frau und die Familie seiner Frau sind anwesend, anscheinend ist zufällig gerade sein 5. Hochzeitstag. Zwischen dem Kameramann und dem J. M. v. L. entspinnt sich eine begrenzte Konversation; letzterer hat soeben eine Operation wegen Krampfadern hinter sich und trinkt Whiskey, zweifellos mit dem Ziel, noch mehr zu bekommen.

Der Kameramann (freundlich): Sie sagen also, Sie schreiben auch, junger Mann?

J. M. v. L.: Ja, Sir. Ich versuch's.

Der Kameramann: Worüber denn?

J. M. v. L.: Nun, um die Wahrheit zu sagen, über Alkohol, Sir.

Der Kameramann: Hm.

Nun, Gott segne Euch alle – bei uns geht's hier ein bißchen drunter und drüber; wie Du weißt, ist kürzlich meine Mutter gestorben – und die Nachrichten haben sich wie üblich in Kanada verspätet usw. Nochmals besten Dank für das Hemd & Preston für die Übersetzung der Rezension. ‹*Mad Wednesday*› ist hier noch nicht eingetroffen, aber wenn es kommt, werden wir es uns gleich ansehen – hoffentlich läuft es gut: für mich von besonderem Interesse, weil ich zum Teil bei der Produktion dabei war; war ganz hervorragend.

Liebste Grüße
von Deinem Bruder
Malcolm

1 Preston Sturges, Drehbuchautor und Regisseur

An Downie Kirk

Dollarton
[Januar 1950]

Lieber Downie:
Dies ist ein Dankesbrief an Dich und Marjorie für einen wundervollen Abend, es ist aber auch ein Entschuldigungsbrief; er ist daher an Dich allein gerichtet, da ich mich momentan für zu unwürdig halte, Deine Frau anzusprechen.

Meine Margerie hat mir mein schlechtes Benehmen eindrucksvoll vor Augen geführt, aber ihr kann ich auch nicht gut einen Entschuldigungsbrief schreiben; und was das Benehmen angeht, kann ich nur hoffen, daß es Dir nicht so schlecht vorkommt wie mir.

Ich höre ferner, daß ich mich vor Deiner Frau und Dorothy ungebührlich ausgedrückt habe; das ist natürlich völlig unentschuldbar – und es ist auch keine Entschuldigung, wenn ich sage, daß ich das nicht getan hätte, wenn ich mir ihrer Gegenwart bewußt gewesen wäre. Aber ich war mir dessen nicht bewußt, und das mußt Du mir glauben. Es tut mir aufrichtig leid.

Daß es Gründe für das alles gab, etwa daß ich viel zuviel Phenobarbital geschluckt haben muß (Mein treuer Feind Phenabarbas – verräterisch bis zuletzt), oder daß ich mich – was offensichtlich fast ganz auf Einbildung beruhte – in meinem Gespräch mit Les ein wenig gehemmt gefühlt habe, und daß ich – und auf was für eine verdammt gemeine Art auch – *borracho* war, beziehungsweise wurde, usw. –: all das soll nicht als Entschuldigung gelten, sondern wird nur von mir in dem erfolglosen Bestreben hingeschrieben, daß ich mich besser fühle.

Danke, daß Du mit uns in die Stadt gekommen bist: aber selbst hier hatte mein Egoismus ein solches Ausmaß erreicht, daß ich tatsächlich Deine Großzügigkeit ausnutzte und Dich von Deiner eigenen Bahn brachte – eine wirre Metapher, die so recht zum Wesen der Zecherei der schuldigen Partei paßt.

Dieser *spaßhafte* Satz paßt jedoch nicht zu meiner Stimmung, die ziemlich finster ist. Ich möchte sagen, sie ist völlig finster – denn ich halte es für einen Charakterfehler, wenn ausgerechnet ich (denn meine Arbeit sollte mir weiß Gott genügend Praxis geben) mein jämmerliches Es nicht für fünf Minuten in Ordnung halten kann.

Ich kann nur sagen, daß ich hoffe, Du und Deine Frau werdet mir verzeihen. Obwohl ich offen gesagt keinen Grund dafür sehe. Auch nicht dafür, daß mir die Gelegenheit gegeben werden sollte, daß ich so etwas wenigstens nicht noch einmal tue, sollte ich sagen.

Ansonsten unseren aufrichtigen Dank – ich hoffe nur, ich habe nicht zuviel Schatten geworfen.

Ich möchte Euch aber bitten – da es Neujahr ist –, die ganze Sache aus Eurem Sinn, Herzen und Reden zu verdrängen, falls Ihr das könnt: streicht es als eine unglückselige Verirrung, für die ich hoffentlich einmal Schadenersatz leisten kann.

Aufrichtig
Malcolm

An Mlle. Clarisse Francillon

Dollarton, B. C., Kanada
1. März 1950

Chère Clarisse:
Zunächst einmal glauben wir, daß eine Million Dank fällig ist (lies das um Gottes willen bloß nicht als Franc), obwohl Du wohl auch eine Million Franc verdient hättest.

Darüber hinaus finde ich, daß eine weitere Million Dank fällig ist für Deine und Mikes wunderbare Übersetzung und, im Wege der Weiterleitung, für den Buchklub für das wunderbar aussehende Buch.

Meine Freude erstreckt sich hier vom Format bis herunter zum Satzbild selbst, denn dies betont die Tatsache, daß der Text trotz all seiner Längen komprimiert ist: dies ist besonders trefflich in Kapitel VI, von dem ein paar Leute meinten, daß es im Englischen nachlasse (ich hatte mir unter anderem dabei gedacht, etwas von dem, was Gide «Ozon» nennt, in das Buch zu injizieren) – kann sein, daß es im Englischen etwas nachläßt; aber es sieht jedenfalls nicht so aus, als tue es das im Französischen; hier bekommt man das Gefühl, es habe im Englischen diesen Eindruck hervorgerufen, weil dort die Typographie zu wuchern neigte.

Die Übersetzung selbst scheint mir *superb:* sie fühlt sich superb an. Wir leben nicht im Französisch sprechenden Teil Kanadas, weshalb ich Dir vorläufig keine anderen fachmännischen Urteile berichten kann;

und doch *ist* es einem Autor auf geheimnisvolle Weise möglich, als eine Art Richter aufzutreten, auch wenn er die Sprache nicht beherrscht – wenn da etwas nicht stimmt, geht für ihn da sichtbar etwas von der Einheit verloren, und soweit ich sehe, habt ihr, Du und Mike, nicht nur Euer Bestes gegeben, sondern auch glänzend eine Arbeit bewältigt, die schrecklich gewesen sein muß, und die Übersetzung ist sehr wahrscheinlich oft besser als das Original: Französisch und Englisch sind weit davon entfernt, einander wörtlich zu ergänzen; aber wo die Bedeutung im Französischen durchkommt – was sie in Eurer Fassung erfolgreich zu tun scheint –, da scheint gerade die Tatsache, daß Ihr an tatsächlicher «Mehrdeutigkeit» der Worte keinen so großen Vorrat habt, die Bedeutung tiefer und weiter und im Ausdruck mit Sicherheit schöner zu machen.

Ich würde sehr gern noch andere Meinungen über diese ganze Sache erfahren, und ich möchte unbedingt wissen, ob das Buch so erfolgreich ist, wie Du gehofft hast – ich kann es wahrhaftig kaum erwarten, davon zu hören – und zwar, glaub mir, genauso sehr um Deinet- wie um meinetwillen; und es wäre wirklich schlimm für mich, wenn ich denken müßte, Ihr zwei hättet das Gefühl, die Arbeit wäre in irgendeiner Hinsicht umsonst gewesen – nach all der Mühe, die Ihr da reingesteckt habt: ich hoffe, Ihr bekommt all die Anerkennung, die Ihr verdient, und fühlt, daß ich Euch nicht im Stich gelassen habe.

Zu den neuen Vertragsbedingungen: meine Antwort lautet natürlich ja; soweit die mich betreffen, scheinen sie doch mehr als großzügig zu sein: anständigerweise bin ich aber verpflichtet, das Matson vorzulegen, was ich heute auch getan habe; und ich werde Dir sobald wie möglich Bescheid sagen, das heißt: ich werde in ein paar Tagen von ihm eine Antwort per Luftpost erhalten und diese sofort an Dich weiterleiten. Ich sehe keinerlei Schwierigkeiten voraus – ich wüßte auch wirklich nicht, woher er das Recht nehmen sollte, welche zu machen. Das mit Correa freut mich – falls es *Dich* freut, soll das heißen, und mich sollte es freuen: ich bedaure es aber sehr, daß Euer Fontaine es nicht herausbringen will –; wenn Du irgendwelche Sorgen bezüglich Fontaine haben solltest, was Du halb andeutest, habe ich tiefes Mitgefühl, glaube aber gleichzeitig, daß Du mit dem Erringen eines neuen Triumphs schnell aus den Sorgen herauskommen wirst.

Ich bin jedoch vor Freude ganz außer mir, daß der ‹*Vulkan*› im *Combat* erscheinen soll (was mir unter anderem daran Vergnügen bereitet, ist, daß Julienne, die mich immer «dieses Faule Ei» genannt hat und den *Combat* abonniert hat, ihn vor dem Essen wird lesen können; und ich werde ihr schreiben: Paß auf, in Kürze wird das Faule Ei im *Combat* ausschlüpfen!). Aber es ist wahrlich ein sehr gutes Gefühl, im *Combat* veröffentlicht zu werden.

Zu ‹*Die letzte Adresse*› – wiederum hast Du, was mich betrifft, freie Fahrt; aber auch das muß Matson vorgelegt werden, damit ich ihm oder Dir gegenüber keinen Fehltritt begehe. Ich werde Dir also darüber gleichzeitig Bescheid sagen. Es ist zweifelhaft, ob er über dies als Erzählung überhaupt Vollmacht besitzt, aber ich kann nicht sicher sein, welche Rechte ich an einem Buch habe. Ich hatte eine Menge Ideen für eine Neufassung dieser Erzählung, und wenn Du sie übersetzt, werde ich sie mit Vergnügen an Dich weiterleiten, obwohl das vielleicht sinnlos und die Geschichte im jetzigen Zustand besser ist. Ich habe sie zum erstenmal geschrieben, als ich 26 Jahre alt war – und sie ist nie in Englisch erschienen, wie ich Dir wohl schon gesagt habe.

Danke wegen Marcelin – und nochmals tausend Dank für alles – ich bin immer noch ein wenig beunruhigt wegen meines Vorworts, aber wenn es einen «guten Eindruck» gemacht hat, ist es o. k.

Aber wie gesagt, ich kann es kaum erwarten zu erfahren, ob das ganze Buch einen «guten Eindruck» gemacht hat.

Wir waren hier im Winter während einiger fürchterlicher Blizzards eingeschneit – meine Hand ist mir erfroren – ich habe Dir wohl schon erzählt, daß ich mir den Rücken gebrochen habe; ist aber wieder geheilt: auch die Abwertung des Pfundes hat nichts geholfen: irgendwie muß ich mich dazu entschlossen haben, ein Starker Mann zu sein (wie Mike). Nun, also: ich bin ein Starker Mann geworden.

Richte bitte Max-Pol[1] meine freundlichsten Empfehlungen aus und danke ihm auch für das hervorragende und freundliche Nachwort, obwohl Du ihm sagen kannst, daß ich, wenn ich der Konsul bin, jedenfalls auch M. Laruelle bin; bei genauem Hinsehen kann man erkennen, daß man das ganze Buch ab Kapitel II als M. Laruelles Film ansehen *könnte* – wenn das so ist, war es meine Art, dem französischen Film einen aufrichtigen Tribut zu zollen, denn es ist bestimmt kein amerikanischer oder englischer, und es sollte auch kein tschechischer sein.

Ich habe mich gefragt, ob Du nicht irgendwie ein Exemplar Deiner Übersetzung mit freundlichen Grüßen von mir zu Jean Cocteau schmuggeln könntest; und sag ihm, daß ich seine Freundlichkeit nie vergessen habe, mir im Mai 1934 im Kino Champs-Élysées einen Platz für *‹La Machine infernale›* zu besorgen: ich habe mir den Film an 2 aufeinanderfolgenden Tagen angesehen, und ich werde die wunderbare Vorstellung mein ganzes Leben lang nicht vergessen – was auch immer er selbst davon gehalten haben mag. Und so sieht man seine Höllenmaschine zurückkommen, um den Konsul in Kapitel VII zu peinigen. (Mein erstes französisches Exemplar von *‹La Machine›* wurde mir in Mexiko in einer Pulquería zusammen mit meiner Sonnenbrille feierlich gestohlen – ich hatte die Sachen kurz auf der Theke liegengelassen –; und zwar von einem bärtigen Mixtek-Indio, der zwei Pistolen besaß und in einer Ecke getrunken hatte. Er ritt auf seinem Pferd damit davon, und ich habe oft bei dem Gedanken lachen müssen, wie der alte Knabe es in den Bergen seiner Frau vorliest, mit meiner Sonnenbrille auf und einer Kürbisflasche Mescal daneben, und wie er sich fragt, was er davon halten soll – eine Geschichte, die wohl auch Cocteau selbst gefiele.)

Ganz am Rande kam mir indes in den Sinn, der *‹Vulkan›* könnte ihn in Deiner und Mikes Übersetzung zu einer wunderbaren Idee für ein Stück beflügeln, und ich konnte nicht umhin, verzagt zu hoffen, daß er seine Einbildungskraft anfeuern würde: es steckt bestimmt einiges Material darin, womit er einem das Blut vor Raserei gefrieren lassen und einen gleichzeitig erheben kann – darin ist er unnachahmlich.

Nun, das ist ungefähr alles, außer daß der Herr, der mir die Idee für die kabbalistische Bedeutung des *‹Vulkan›* gegeben hatte, an dem Tag gestorben ist, an dem Du mir die Übersetzung geschickt hast – allerdings mit der Letzten Ölung versehen. Ein sehr guter Bursche – und wir betrauern seinen Tod. Morgen gehen wir zu seiner Beerdigung. Um die Sache für seine Frau noch schlimmer zu machen, hat jemand am selben Tag mysteriöserweise seinen alten Lieblingshund erschossen, seinen Gefährten in mehr als 15 Jahren! Das ruft Erinnerungen wach: aber zum Glück war er, wenn er ein Magier war, ein weißer Magier, und der Hund wird ihn hoffentlich ans andere Ufer des Flusses geleiten – wie man im Altertum glaubte – und jedenfalls nicht in den Abgrund: (dahinter steckt freilich eine geheimnisvollere und unheimlichere Koinzidenz, als man auf den ersten Blick glaubt: denn das Hundemotiv zieht sich durch den ganzen *‹Vulkan›*). Seine letzten Worte zu seiner Frau waren: «Weißt du, ich bin gar nicht richtig hier, ich fange bereits an, in einer anderen Sphäre tätig zu sein – ein ganz außerordentliches Erlebnis, altes Mädchen –.»

Bei der morgigen katholischen Feier wird es mir, trotz der augenscheinlichen Traurigkeit der ganzen Sache, schwerfallen, ein Kichern zu vermeiden, wenn ich an diese Worte denke, denn ich habe das Gefühl, daß die Katholiken die Sphären für etwas abgegrenzt halten, um das mindeste zu sagen – und während sie ihn in die eine befördern, sitzt er die ganze Zeit über ruhig in einer anderen; wobei das zweifellos keinen Unterschied machen würde, aber der Gedanke ist unwiderstehlich komisch, was vielleicht auch so sein sollte: der Tod mag auf beiden Seiten des Zauns eine ernste Angelegenheit sein, doch gibt es wenigstens ein gutes Argument dafür – eines, das von unserem Freund selbst vorgetragen wurde –, daß alles Leben dazu bestimmt ist, ein gutes Ende zu nehmen; und daß uns der Sinn für das Tragische nicht einfach aus einer ästhetischen Erwägung Gottes genommen wurde.

Zu guter Letzt – das wollige Bären- oder Tigergewand hat uns in diesem Winter das Leben gerettet, und während ich dies schreibe, trage ich einen blauen Handschuh an meiner linken Hand, die, bei Gott, immer noch nicht ganz warm geworden ist, obwohl draußen jetzt Frühling ist.

Nochmals herzlichsten und tiefsten Dank für alles.

Liebste Grüße von uns beiden –

Und besten Dank und Grüße an Mike, dem ich auf französisch zu schreiben versuchen werde, falls er Nachsicht mit der Tatsache üben will, daß ich 15 Stunden am Tag arbeite –

Malcolm

1 Max-Pol Fouchet, bekannter französischer Kritiker, Herausgeber und Autor

An Downie Kirk

Dollarton
2. März 1950

Lieber alter Downie:
Verzeih mir nicht, daß ich nicht geschrieben habe – oder tu es doch: denn ich arbeite 17 Stunden täglich gegen die Zeit, und ich konnte nicht schreiben, nicht einmal Dir –; aber wirst Du bitte für mich Deine griechische Mütze vom Haken nehmen, Deine Gafftoppsegel-Stiefel und Deine Kapuze anziehen, Deinen Bogen aus gleißendem Gold aufbauen

und mit einem Hechtsprung an Deinen Schreibtisch springen und, während das Grammophon die Platte über die antiquierte alte Antike spielt, mein schlechtes Benehmen erwidern und mir so schnell wie nur irgend möglich die folgenden antiquierten alten antiken und gelehrten Fragen beantworten? Was ich hauptsächlich brauche, sind die Namen von zwei griechischen Schiffen und einer griechischen Stadt in griechischen Majuskeln: das erste Schiff heißt ARISTOTELES, das zweite OEDIPUS TYRANNUS, die Stadt ANTIPOLIS. Der Unterschied ist der, daß die beiden Schiffsnamen in neugriechischen Buchstaben – Majuskeln –, die Stadt in altgriechischen Majuskeln geschrieben sein sollen – aber da ist wohl gar kein Unterschied, oder? Aber der altgriechische Aristoteles hieße auf neugriechisch Aristotelis; oder nicht? Und Oedipus Tyrannus hört sich ziemlich römisch an: auf griechisch heißt es doch wohl anders? Wie dem auch sei: beides muß in dem zur Debatte stehenden Buch optisch in ARISTOTELES und OEDIPUS TYRANNUS übersetzt werden, aber ich will sie aus dramatischen Gründen zunächst in griechischen Majuskeln bringen. Verstehst Du, worauf es mir ankommt? Bemühe Dich nicht allzu penibel, es vollkommen richtig hinzukriegen, aber die Sache steht doch an einer dramatischen und wichtigen Stelle des Buchs, so wie wir es uns vorstellen; mir geht es nicht darum, Wissen vorzuzeigen, das ich nicht besitze, aber ich will auch nicht gleich am Anfang einen allzu naiven Fehler machen. Parce que, μον λιεβεϱ Downie, diese φεϱδαμμτεν μαιουσκελν nicht schreiben kann, obwohl ich mit eight (8) angefangen habe, Griechisch zu lernen, und mit novum (9) alles wieder vergessen habe. Aber diese βλοοδυ Majuskeln sind ziemlich wichtig in diesem Buch, wie wir Dir hoffentlich mit einigem Vergnügen demonstrieren können, wenn es ὐν φαιτ α'κκομπλι ist. Im übrigen φοϱγιφε με, um nicht zu sagen us.[1]

Es gibt daher also 3 Fragen: wie schreibt man ARISTOTELES, OEDIPUS TYRANNUS und ANTIPOLIS in griechischen Majuskeln.

Die letzte Frage zieht eine andere nach sich, die ich gleich formulieren werde; danach habe ich noch einige, und dann werde ich so tun müssen, als sei ich fertig, obwohl ich das nicht bin, weil ich diese Frage nämlich bis zum letzten Moment in der schwachen Hoffnung aufgeschoben habe, daß Du hier mal durch die Tür kämst, als das Wetter besser wurde; und jetzt haben wir nicht mal mehr Zeit, in die Bibliothek zu gehen, um eine Antwort zu finden, angenommen, das ginge überhaupt, was äußerst zweifelhaft ist; und ich wollte sowieso lieber Dich fragen. Im Zusammenhang mit Antipolis möchte ich den Wortlaut einer Hotelreklame an einer Bahnlinie an der Riviera wissen; sie wirkt auf Amerikaner ironisch (in dem Buch), so daß ich sie teilweise in ein *schlechtes* Englisch bringen muß; aber vorläufig ist es für mich besser zu wissen, wie sie in *gutem* Französisch lauten würde. Hier meine Fassung, eine Mischung aus schlechtem Französisch und schlechtem Englisch – ich weiß bis jetzt noch nicht, wieviel schlechtes Englisch ich nehmen soll; aber das ist irrelevant, solange ich weiß, wie es auf Französisch lauten würde; ich werde daher gleich hinterher die Frage klarer formulieren. (Ich hätt's bei Gott schon tun sollen.)

Touriste Américain! Vous vous approchez maintenant de la ville ancienne d'ANTIBES. Ursprünglicher griechischer Name:

ANTIPOLIS (in griechischen Buchstaben).

Ursprünglich griechisch; gegründet im 3. Jahrhundert von den Phöniziern; die jüngste Umwallung stammt von dem großen Vauban, sie bezeichnete bis 1860 die italienisch-französische Grenze.

HÔTEL DES ÉTRANGERS, ANTIBES, 5 km. Confort Moderne.

Patron: Charles Gausse (son délicieux couscous).

Strand Clots – vins – liqueurs – Bar

Alles für den amerikanischen Touristen zu niedrigen Preisen!

Alles, was ich hier wissen will, ist – abgesehen von dem sehr wichtigen Antipolis in griechischen Majuskeln –: was heißt «Amerikanische Touristen!» in korrektem Französisch? Und: «Sie nähern sich jetzt der antiken Stadt Antibes» usw.

Hoffentlich habe ich mich klar ausgedrückt; aber auch falls nicht: ich wäre Dir äußerst dankbar, wenn Du Dich mal daran versuchen würdest, sobald es Deine Zeit nicht hoffnungslos überbeansprucht; es ist wirklich sehr wichtig für uns, wenn Du so freundlich sein würdest – und mach Dir nichts draus, falls Du es nicht ganz genau herausbekommst, Zeit ist jetzt das allerwesentlichste, und obwohl es später noch korrigiert werden könnte, würde es doch einen großen Unterschied im Erscheinungsbild ausmachen, wenn ich wenigstens die griechischen Majuskeln richtig dastehen hätte.

Nun noch 6 andere Fragen, die aber weniger wichtig sind. Wie könnte man ungefähr «Papis Mädchen» – ein Filmtitel – ins Französische übersetzen? (Fillette de Papa? Poule de Papa? darf aber nicht zu σχλυπφϱιγ sein.) Sollte, wenn möglich, ironisch klingen. Dies taucht als Reklame auf (so ähnlich wie *Las Manos de Orlac* im *‹Vulkan›)*. Und ferner: wie würdest Du zwei weitere Anzeigen – Filmtitel – ins Französische übersetzen: (a) Arzt in der Klemme, (b) Das letzte Lachen.

Und was heißt auf französisch (übersieh fürs erste die scheinbare Widersinnigkeit der Frage): Freud und Peary – berühmte astrologische Zwillinge? Hieße das gemeux astrologiques fameux – oder was? Das kommt in eine Szene in einer Wahrsagerbude.

Was heißt auf deutsch: «Bon voyage»? (oder gibt's das nicht?)

Und schließlich, was heißt: «STOP! PAY TOLL!»[2] (dasselbe Schild, das an der Second Narrows Bridge steht) auf französisch, deutsch und italienisch?

Diese letzten Fragen sind nicht so wichtig wie die anderen, und wenn Du sie nicht direkt herausbekommst oder keine Zeit dafür hast, wären wir Dir schon kolossal verbunden, wenn Du Deine Aufmerksamkeit zunächst auf die griechischen Fragen richten würdest – und schick uns die anderen später, wenn Du mal Zeit hast.

Zum Schluß: es dürfte Dich freuen zu erfahren, daß der *‹Vulkan›* in Frankreich ein Volltreffer geworden ist; er erscheint dort in den nächsten Monaten dreimal: zuerst in einer Klassikerreihe, dann bei Correa, und in der Pariser Tageszeitung *Combat* als Fortsetzungsroman! Man hat festgestellt, er sei das Menetekel, Dein Amigo sei alles von den *‹Four Quartets›* (was ich nie gelesen habe) bis zu Joyce (den ich nicht mag) – schließlich setzte man mich zu dem jüdischen Propheten Zohar in Beziehung (von dem ich nichts weiß) – sie geben auch noch andere Kommentare ab: über Macbeth – aber das ist noch gar nichts im Vergleich zu dem, was demnächst jemand im C. B. C. in Victoria von sich geben wird: dort hat man festgestellt, daß der Konsul in Wirklichkeit Moby Dick ist – verkleidet als das Unbewußte des Cadbosaurus im Buche Jonah oder etwas dergleichen.

Ich werde Dich mit einem Exemplar der französischen Übersetzung beschenken, und wir sollten einigen Spaß daran haben, wenn Du sie glossiert hast.

Ansonsten haben wir viele Eurer Bücher, die Ihr, Marjorie und Du, uns auf Eurer schönen und unvergeßlichen Party so freundlich geliehen habt. Den ausgezeichneten *Konzertführer* habe ich vorwärts und rückwärts gelesen; ich habe daraus eine ganze Menge über das Schreiben gelernt (ich meine, aus der Form der Musik, aber deswegen habe ich es mir nicht geliehen – hat mir aber auch geholfen, Musik ein bißchen besser zu verstehen). Unser Freund Cecil Gray macht da einige recht gute Bemerkungen – und ich bin froh, daß Dir sein Buch gefallen hat – aber davon später. Shean über Ghandi ist interessant und inhaltlich wichtig, was ja auch nicht anders zu erwarten war – aber es scheint mir nicht so fesselnd wie seine anderen Bücher, obwohl Du da anderer Meinung sein könntest. Merton über Klöster enthält einige phänomenale Koinzidenzen und Parallelen von erheblichem philosophischem Interesse, die ich gern mit Dir diskutieren würde, wenn wir uns das nächste Mal treffen und wir uns fragen, warum man sich dieses Buch geliehen hat; aber ich glaube nicht, daß Du davon als Buch sonderlich begeistert sein wirst. Andererseits ist es natürlich interessant zu erfahren, daß der Heilige Soundso früher einmal Willi Läuserich hieß und einer Musikbox lauschte; und der Wert des Buchs besteht in seiner leidenschaftlichen Aufrichtigkeit und Hingabe, die freilich nicht die Art von Aufrichtigkeit und Hingabe ist (die er recht gut kennt), die viele Leute da hineinlesen werden. Schließlich sollte es auf einer ganz und gar anderen Ebene betrachtet werden: es ist für diesen Aspekt der Geschichte schon bedeutend genug – auch wenn er in mancher Hinsicht ein unsympathischer Charakter zu sein scheint, selbst als Mönch –, und er hat diesen Aspekt einigen wenigen Leuten klargemacht, selbst wenn es für diese Leute ein außerordentlich fragwürdiges Buch sein muß – in dem Sinne, daß es in sich selbst paradox ist. Wie zum Teufel kann ein Schriftsteller ins Kloster gehen und weiterhin Bücher schreiben und dann so tun, als habe er «alles» aufgegeben, frage ich Dich; ist er nicht, um es vorwegzunehmen, eine Art Trappistenmönch? Daß ein Kloster unter diesen Verhältnissen im Grunde die Hauptstadt der Welt sein könnte, ist eine Möglichkeit, die selbst Nietzsche nicht in Frage stellen würde, wenn er noch lebte – oder doch? Jedenfalls ist es eine gute Idee – oder nicht?

Ich habe noch ein paar andere lustige und sogar dramatische Dinge zu erzählen, werde aber jetzt schließen und nur andeuten, daß wir uns selbstverständlich freuen werden, Euch alle wiederzusehen; und ich bitte um Nachsicht dafür, daß ich Dich so plötzlich mit so vielen Fragen überfallen habe; und ich füge meine Hoffnung hinzu, daß Du sie auch beantworten wirst, und unsere allerbesten Grüße an Euch drei. Und ich stelle mir auch vor, daß Dorothy, wenn sie nicht auf dem Grammophon die Platte über die antiquierte alte Antike gespielt hat, auf dem moderneren und nüchterneren – oder jedenfalls anständigen – Klavier viel bessere eigene Melodien gespielt haben wird.

Nochmals freundlichste Grüße an Euch drei
von uns beiden.
Malcolm

1 Die hier englisch wiedergegebenen Wörter sind im Original deutsch. (A. d. Ü.)
2 HALT! MAUT! (A. d. Ü.)

An Derek Pethick[1]

Dollarton, B. C.
6. März 1950

Sehr geehrter Mr. Pethick:
Danke für Ihren Brief; es schmeichelt mir, daß Sie über den ‹*Vulkan*› sprechen werden. Und ich freue mich auch über Ihr Interesse daran und über Ihre Bemerkungen.

Auch wenn Sie mit dem, was Sie über den ‹*Vulkan*› sagen, nicht ganz recht haben, so haben Sie jedenfalls damit ein außerordentliches Stück Scharfsicht bewiesen; denn was Sie da sagen, würde größtenteils auf ein Buch zutreffen, das jetzt nicht mehr existiert und von dem Sie nichts gewußt haben können: der ‹*Vulkan*› war als der erste Teil einer Trilogie geplant – und der dritte Teil, auf den ich hier anspiele, ist vollkommen zerstört worden von einem Feuer, das vor einigen Jahren unser Haus vernichtete – wir haben jedoch auf den Trümmern ein neues Haus gebaut.

Meine Frau sagt, es käme der Wahrheit näher, wenn man sagte, daß der Konsul im ‹*Vulkan*› eher etwas mit Moby Dick als mit Ahab zu tun hatte. Es wurde allerdings nicht nach Moby Dick (dem Buch) konzipiert, den ich gerade erst vor kurzem studiert habe (und offenbar nicht gründlich genug).

Wenn bei mir überhaupt eine Identifikation stattgefunden hat, dann mit Melville selbst und seinem Leben. Dies unter anderem, weil ich selbst Matrose gewesen bin, aber auch, weil mein Großvater Käpt'n eines Windjammers gewesen ist – er ist mit seinem Schiff untergegangen – Melville hatte auch einen Sohn namens Malcolm, der einfach verschwunden ist – und dergleichen rein romantische Gründe; hauptsächlich aber wegen seines Versagens als Schriftsteller und seiner ganzen allgemeinen Weltanschauung. Sein Versagen hat mich aus irgendeinem Grund ungeheuer fasziniert, und es kommt mir vor, daß ich schon mit jungen Jahren beschlossen habe, dem auf jede denkbare Art nachzueifern – aus welchem Grund mir *‹Pierre›* schon immer sehr gut gefallen hat (auch ohne es überhaupt gelesen zu haben).

Um aber auf den Schlüssel zurückzukommen – wenn es einen gibt: der *‹Vulkan›* ist soeben in Frankreich erschienen; dort sagt man, der Schlüssel liege im Zohar. Diese Entdeckung ist zum Teil die Folge eines irreführenden Vorworts, das ich in nicht ganz nüchternem Zustand geschrieben habe; aber es ist etwas daran, und ich werde Ihnen daher eine kurze Übersicht geben über das, was man da über seine Bedeutung sagt, falls ich es übersetzen kann. Es steht in einem sehr gelehrten Nachwort, das von einem Max-Pol Fouchet stammt; und jetzt scheint es mir, als könne ich es nicht übersetzen, aber ich werde versuchen, Ihnen das Wesentliche mitzuteilen. Jetzt scheint es mir, als könne ich Ihnen nicht einmal das Wesentliche daraus mitteilen, so daß ich statt dessen werde versuchen müssen, mit dem, was er mir zu sagen scheint und was ich anscheinend sage und was von Bedeutung ist, einige der von Ihnen aufgestellten Punkte zu beantworten – (soweit ich sehe – und Sie haben deswegen nicht weniger recht –, wird das Buch dadurch irgendwie noch dicker, als selbst Sie schon behauptet haben oder als ich gedacht hatte).

Um die Punkte in der falschen Reihenfolge zu nehmen: erstens: die zodiakale Bedeutung – ich hatte überhaupt keine im Sinn, am wenigsten in bezug auf Melville – da ich versuche, ehrlich zu sein, trage ich zweifelhafte Dinge meiner Frau vor – das von Ihnen erwähnte Zitat aus *‹Moby Dick›*, Kapitel 99, habe ich jetzt zum erstenmal bewußt gelesen – mir ist nie aufgefallen, daß *‹Moby Dick›* eine solche zodiakale Bedeutung hat – und diese Stelle wirkt jetzt wie übernatürlich auf mich, als ob sie buchstäblich auf *mich* gemünzt sei und ich es wäre, der die Runde noch einmal gegangen ist.

Obwohl es dafür, wenn Sie so wollen, in Kapitel VII einen weiteren Beweis gibt, wo sich der Konsul in Laruelles Turm aufhält – der Konsul denkt an eine Golfball-Marke namens Tierkreis – und noch viel mehr Beweise in XI (da steckt freilich eine astronomische Absicht drin). Die Ziege bedeutet Tragödie (Tragödie = Ziegengesang), aber Ziege = *carbrón* = Hahnrei (die Hörner). Der Skorpion ist ein Bild für den Selbstmord (es heißt, Skorpione stechen sich selber tot – Dr. Johnson hat das eine Lüge genannt, aber es gibt tatsächlich einige wissenschaftliche Beweise dafür) und nichts weiter – oder doch? Denn jetzt sehe ich, daß das ganze Buch «im Zeichen des Skorpions» spielt – die Handlung des Buchs spielt sich an einem Tag ab, innerhalb genau 12 Stunden, von sieben bis sieben; das erste Kapitel spielt am selben Tag zwölf Monate später, also ebenfalls im Zeichen des Skorpions.

Und nun werde ich wieder mit dem Anfang beginnen müssen. Die Wahrheit ist, daß ich es wirklich nie begriffen habe, daß ‹*Moby Dick*› eine politische Parabel sein soll, wenn ich auch begreifen kann, daß Ahab (jedenfalls in den Augen meines Großvaters) auf einer ziemlich wichtigen Ebene ein Verbrecher ist. Ich glaube mich zu erinnern, daß Starbuck und ein paar andere von der Mannschaft ebenfalls diese Idee gehabt haben, doch schien mir sein rachsüchtiger Elan von den anderen so weit geteilt zu werden, daß man kaum sagen könnte, die ganze Mannschaft ertrüge diese Plackerei und Gefahren lediglich, um seine Begierde zu befriedigen – was ist mit den Harpunierern? Ja: was ist mit denen? Ich fühle mich nicht gerade auf sicherem Boden, aber so habe ich bisher noch nicht von diesem Buch gedacht.

Daß ‹*Ein sehr vertrauenswürdiger Herr*› eine politische und ‹*The Tartarus of Maids*› eine sexuelle Parabel ist, verstehe ich. Ich sehe die Relevanz der Jagd in ‹*Moby Dick*› heute ganz richtig, aber es ist mir nie so vorgekommen, als ob das damals so beabsichtigt gewesen wäre; es sei denn auf diese spaßhafte Art, mit der Melvilles riesiger Appetit sich über den ganzen Tisch erstreckt: daß er also nicht umhin konnte, etwas Derartiges da hineinzustopfen. Jetzt, da ich dies geschrieben habe, kommt es mir nicht nur primitiv vor, sondern es ist auch gar nicht das, was ich sagen wollte; aber ich muß es stehenlassen. Aber was Sie sagen, würde mit Melvilles späteren Gedanken ziemlich übereinstimmen.

Der ‹*Vulkan*› ist aber – und da haben sie ganz recht – auf einer Ebene ganz entschieden eine politische Parabel – tatsächlich wurde er als solche begonnen: Kapitel VIII ist als erstes geschrieben worden, vor fast 15 Jahren – obwohl ich damit nicht andeuten wollte, daß die Zukunft unbedingt diesen mexikanischen Arbeitern gehöre oder überhaupt irgendwem, es sei denn, wahre Nächstenliebe träte als Vermittlerin auf, und Anstand und Würde des Menschen würden wiederhergestellt. Die Polizei ist die verfluchte Polizei der Gegenwart, ganz richtig, aber sie ist auch «Einmischung» – Einmischung in das Privatleben der Menschen – das Lockspitzel-Motiv funktioniert in beiden Richtungen: man sollte im Falle des Mannes am Straßenrand eingreifen, Spanien schien ein klarer Fall für eine Intervention usw; oder wenigstens Hughs Einmischung: um das mindeste zu sagen: ganz so einfach ist das nicht. Und was ist mit dem Konsul? Was nützte es, sich in seinen Fall einzumischen? Nun, ich hatte vor, den alten Knaben durch die ganze Trilogie hindurch in verschiedenen Masken zu erlösen, aber das Schicksal hat dem ein Ende gemacht – ich werde indes im weiteren versuchen, Ihnen nur noch im Zusammenhang mit dem ‹*Vulkan*› und dem Anfang dieses Briefs mehr über ihn zu erzählen. Er ist als Protagonist auf einer Ebene (sagt dieser Franzose, und ich denke, er hat recht) ein faustischer Gentleman. Das Buch setzt – mit einigem philosophischen Recht – irgendwie voraus, daß unser aller Vorfahr wahrscheinlich ein Magier war.

Der Konsul ist Kabbalist gewesen (hier bekommen Sie den Garten Eden). Mystisch gesprochen wird der Mißbrauch des Weins mit dem Mißbrauch mystischer Mächte in Verbindung gebracht. War der Konsul vielleicht einmal ein schwarzer Magier? Wir wissen es nicht. Was Max-Pol Fouchet ebenfalls verschweigt, ist, daß ein schwarzer Magier jemand ist, der sämtliche Elemente der Welt (vom Universum ganz zu schweigen) gegen sich hat – dies meinte der Konsul in Kapitel X (geschrieben 1942), als er die Elemente aufzählte. In Kapitel V (im Badezimmer) findet sich im Hintergrund ein Hinweis auf ähnliche dunkle Mächte. Daraus folgt, daß zwischen dem Menschen heute auf diesem Planeten und einem schwarzen Magier eine Analogie aufgestellt wird. Ich finde, dies hat sich, seit das Buch geschrieben wurde, in gewissem Ausmaß in der Wirklichkeit niedergeschlagen. (Der Konsul folgert, daß sein Krieg – im Gegensatz zu irgendeinem, mit dem Hugh zu tun haben könnte – wesentlich hoffnungsloser ist, da er ihn gegen die Elemente und die Natur selbst führt. Und das ist ein Krieg, der von vornherein verloren ist.) Merkwürdigerweise hatte ich zuerst Neptunium mit hineingenommen, es dann aber zugunsten von Niobium fallengelassen (ich fand, das klang trauriger – ich glaube, damals hat niemand, zumindest in meiner Lage, von Atombomben geträumt – und doch sehen Sie: gleichwohl saß da einer und träumte sich diesen schweinischen Apparat zusammen, ohne ihn zu kennen. Ich habe die Elemente einfach aus dem Lexikon abgeschrieben) – dies auf S. 304. Wie gesagt wurde dieser Teil 1942 geschrieben – und als 1945 die Atombombe fiel, war das Buch schon oft von Verlagen zurückgewiesen worden. Ich kam jetzt eben zu dieser speziellen Seite, und da wurde mir doch recht unheimlich zumut. Der Konsul ist so zu einem Mann geworden, der die reine Zerstörung ist – ja er hat praktisch aufgehört, überhaupt noch ein Mensch zu sein; und seine menschlichen Gefühle machen das alles für ihn nur noch peinigender, verändern die Dinge aber nicht im geringsten; das ist für ihn die Hölle. Sollten Sie die Bergsonsche Vorstellung teilen, daß der Zeitsinn lediglich dazu dient zu verhindern, daß alles auf einmal passiert – wenn man lange darüber nachdenkt, kommt man an der Vorstellung von einer ewigen Wiederkehr kaum vorbei –, dann ist die unvermeidliche Vernichtung nur das teleologische Ende einer Reihe von Möglichkeiten; jede Hoffnung ist gleichermaßen möglich; das Entsetzliche läge dann wohl in der Möglichkeit, daß dies für unsere Ebene nicht mehr gilt und daß auf so vielen Ebenen die absolute Katastrophe mit unserem Willen zusammengefallen ist, daß die anderen Möglichkeiten für uns allmählich aufhören zu existieren. So wie ich dies ausgedrückt habe, ist es wohl nicht sehr klar, vergessen Sie's also besser. Ich glaub's sowieso nicht eine Sekunde lang. Ich selbst betrachte das Leben von einer ziemlich heiteren Warte aus, so wie ich hier mit meiner Frau im Busch lebe. Und das Buch war auch nicht bewußt so konzipiert, auf gar so vielen Niveaus zu handeln. Eine ernste Absicht war es, ein Kunstwerk zu schaffen – es begann nach einer Weile ein Geräusch wie Musik zu machen; wenn es das falsche Geräusch machte, änderte ich es – und als es schließlich das richtige zu machen schien, ließ ich's so. Eine andere Absicht war es, ein wirklich gutes Buch über einen Trinker zu schreiben – das war ein Schlag für mich, als, eben als ich fertig war, ‹*The Lost Weekend*› erschien. Eine weitere Absicht: es sollte teilweise lustig sein, obwohl das noch niemand bemerkt zu haben scheint.

SCHLIESSLICH sind auch im Zusammenhang mit dem Buch selbst ein paar merkwürdige und interessante Dinge passiert (wie übrigens auch mit ‹*Moby Dick*› – während er das schrieb, wurde ein Schiff von einem Wal versenkt. Die *Acushnet* erlitt einen Unfall – sie war das Vorbild für die *Pequod*). Ich bin nach dem Krieg, Ende 1945, mit meiner Frau noch einmal nach Mexiko gereist: durch einen reinen

Zufall wohnten wir in dem Original von M. Laruelles Turm in Cuernavaca, der jetzt in Apartments aufgeteilt ist. Es war das einzige, was wir zum Mieten finden konnten.

Ich habe das Buch 1936–38 in Mexiko begonnen. Es wurde in England und Amerika angenommen: die Kunde hiervon erreichte mich an ein und demselben Tag im Februar 1946 von zwei verschiedenen Firmen in verschiedenen Ländern in eben diesem Turm in Mexiko, und sie wurde mir von demselben kleinen Postboten gebracht, der in Kapitel VI eine Rolle spielt.

Es gibt da noch mehr, noch seltsamere Koinzidenzen – einige davon sind erschreckend; und eine der seltsamsten steht in Zusammenhang mit Ihrem Brief, der nicht nur am selben Tag eintraf wie die französische Übersetzung, sondern auch kurz bevor wir zum Begräbnis eines sehr lieben Freundes gehen wollten, eines Mystikers – wenn man ihn als Magier bezeichnen wollte, würde man ihn einen weißen nennen müssen –, der mir einen großen Teil der esoterischen Ideen und Materialien für das Buch geliefert hatte. An seinem Todestag wurde zufällig sein alter Hund von einem Rohling erschossen (das Hundemotiv finden Sie überall im ‹*Vulkan*›. Hundemotiv, wahrhaftig: das dürfte eine gute Oper abgeben: wir hören nun die Anfangsakkorde des Hundemotivs, mit freundlicher Genehmigung von Texaco Öl usw.)...

Zum Schluß nochmals danke für Ihr Interesse an dem Buch – es ist sehr oft ziemlich entmutigend, in Kanada als Schriftsteller zu arbeiten. Jemand hat den ‹*Vulkan*› im ‹*Jahrbuch*› der ‹*Encyclopedia Britannica*› für 1948–49 erwähnt und ihn als Werk eines Kanadiers über alle zeitgenössische amerikanische Literatur gestellt, aber hier habe ich nie auch nur ein Wort darüber gehört. Das einzige, was ich darüber erfahren habe – abgesehen von ein paar freundlichen Worten von Birney und Dorothy Livesay[2] – war meine Tantiemenabrechnung, nach der in der Zeit von Ende 1947 bis 1949 in Kanada genau 2 Exemplare verkauft worden sind. *Sun* brachte lediglich ein paar Agenturzeilen, in denen das Buch als ein schwülstiger Roman der Selbstzerstörung bezeichnet wurde, nichts für den urteilsfähigen (oder dergleichen) Leser. Dies ist immerhin à la Melville; obwohl es in den Staaten sehr gut gelaufen ist und wunderbarerweise sogar mal eine Zeitlang ein Bestseller war: glauben Sie's oder nicht, aber einen Monat lang verkaufte es sich sogar besser als ‹*Forever Amber*›, wenn man auch zugeben muß, daß ‹*Amber*› da schon ein wenig nachließ. In England war es ein, allerdings recht ehrenvoller Reinfall; in Frankreich wurde es in einer Klassikerreihe herausgegeben, ein anderer Verlag vertreibt es in noch größerem Rahmen, und was noch verrückter ist: in der Tageszeitung *Combat* erscheint es als Fortsetzungsroman. Übersetzungen ins Schwedische, Norwegische und Dänische sind, wenn ich nicht irre, erschienen, aber die habe ich noch nicht gesehen. Und wahrscheinlich auch kein Schwede, Norweger oder Däne.

Mit besten Grüßen
Malcolm Lowry

P. S. Hoffentlich verwirrt Sie dieser Brief nicht allzusehr. Ihr Interesse freut mich noch immer – obwohl ich nicht den Eindruck bei Ihnen hinterlassen wollte, das Buch sei im Grunde völlig verzweifelt oder enthalte irgendeine bestimmte weltliche Hoffnung – schließlich hatte ich in der Trilogie zeigen wollen, daß jede Revolution, die nicht auf den ganzen Menschen, einschließlich den geistigen, wirkt, am Ende fehlschlagen würde – am allerwenigsten ist es eine Predigt gegen das Trinken, diese Symphonie des armen Menschen, speziell in h-Moll, aber warum eigentlich nicht in D-Dur?

P. P. S. Ich hoffe, Sie kommen einmal vorbei und heben einen mit uns, wenn Sie mal in Vancouver sind.

1 Der Brief bezieht sich auf eine Sendung über ‹*Unter dem Vulkan*› für die Canadian Broadcasting Company.
2 Kanadische Dichterin

An Frank Taylor

Dollarton, B. C., Kanada
12. April 1950

Lieber Frank:
Auf geht's. Wir wissen nicht, wie wir's nennen sollen, aber vielleicht spielt das keine Rolle.

Es gab und gibt eine Art Vorwort dazu: und weitläufige Anmerkungen: ersteres wurde zu einer Art Antwort (aus unserem Spezialgebiet) auf ein gewisses stimulierendes Resümee, das besonders von Joseph Mankiewicz auf der Filmkonferenz gezogen wurde, über die *Life* im vorigen Juni berichtete. Kurz gesagt: einige Monate nachdem wir seine Bemerkungen gelesen hatten, kam uns die Idee, daß Schriftsteller, die zwar ihre Liebe zum Kino bekennen, aber kaum etwas anderes tun, als es zu kritisieren, ihre Freundschaft am besten dadurch erweisen könnten, daß sie versuchen, selbst etwas Gutes praktischer Natur zu schreiben: um ihren guten Willen zu zeigen, sollten sie die anfänglichen Hindernisse für alles andere als unüberwindlich halten, keine Anerkennung erwarten, und es sollte keine Auftragsarbeit sein – Du wirst zugeben, daß diese drei Bedingungen hier zutreffen. Wenn wir «Anerkennung» sagen, haben wir dies rasch dadurch zu modifizieren, daß dies nichts mit unserer Ansicht vom Erfolg eines solchen Films zu tun hat; denn es ist wohl einiges an der von Mr. Schary vorgetragenen Ansicht, die besten Filme seien die, die Geld einspielen, auch wenn es keinen überzeugenden Grund dafür gibt: wenn wir dies einmal annehmen, liegt der springende Punkt wohl nicht einfach darin, die Kluft zwischen den ästhetischen und den menschlichen oder sozialen Werten zu schließen; da bekäme man nämlich auf der einen Seite einen Dokumentarfilm und auf der anderen durch Gegenwirkung den der Gewalt des Unmenschlichen ausgelieferten ästhetischen Film: es käme darauf an, die Kluft zwischen diesen beiden in bezug auf ewige Werte zu schließen: die besten Werte sind ewige Werte: sie sind auch die populärsten. Alle Werte aber sollten versuchen, sich im Film auf ihrem höchsten Niveau zu behaupten. Dann würden wir es zu etwas bringen. Etwa in dieser Richtung bewegten sich unsere Gedanken, die in diesem Brief nur grob formuliert sind; dies ist nicht der Ort, näher darauf einzugehen. In diesem Vorwort steht aber manches Wichtige über unsere Arbeit an den Problemen in *‹Zärtlich ist die Nacht›*[1], doch hoffen wir, das Ergebnis spricht für sich selbst; also vorläufig ohne dieses Vorwort, das wir noch nicht beenden konnten. Dasselbe gilt für die Anmerkungen, die rechtzeitig folgen werden. Hier weisen wir auf Goethes Behauptung hin, es gebe siebenunddreißig verschiedene Arten von Tragödien, und wir drücken die Hoffnung (oder Befürchtung) aus, dies sei vielleicht die achtunddreißigste. Wir befassen uns mit Ananke und Perpeteia, mit schauspielenden Regisseuren und Automoden; all dies wird rechtzeitig folgen, egal wie unnütz es sein mag. Falls Du das erst nach Erhalt dieses Briefs bekommst, wirst Du jedesmal, wenn Du den Hinweis *siehe*

Anmerkungen siehst, ins Leere stoßen; geh aber inzwischen davon aus, daß sämtliche zweifelhaften Punkte der fraglichen Stellen von uns bedacht sind.

(Um eine sehr unbedeutende zu erwähnen – in einem Abschnitt haben wir ein paar Dialogzeilen und die Namen zweier Cafés aus dem Band ‹*Wiedersehen mit Babylon*› desselben Autors stibitzt, weil dies da reinzupassen schien – wie sich in ‹*Heinrich V.*› etwas aus ‹*Heinrich IV.*› findet; freilich hat Shakespeare nicht versucht, ‹*Heinrich IV.*› an Shirley Temple zu verkaufen, und erst recht nicht, es an die *Saturday Evening Post* zu verkaufen; Schwierigkeiten mit dem Copyright dürften sich also nicht ergeben; aber diese Stelle ist für den Film auch gar nicht so wichtig – unsere Vorstellungen kommen auch so zum Ausdruck, und es kam uns nur damals wichtig vor –, so daß Du das also vorerst außer acht lassen kannst, auch wenn es im übrigen niemand merken würde; es sei denn, natürlich, es spielt keine Rolle.)

Schließlich schicken wir Dir dies in der Hoffnung, daß es in sich selbst eine Herausforderung darstellen und dazu beitragen könnte, etwas in Gang zu bringen oder vorwärtszutreiben. Es sollte auch klar sein, daß dies als praktische Grundlage für einen Film gedacht ist, auch wenn die Grammatik des Films kaum verwendet wurde – kaum kompliziertere Ausdrücke als Schnitt, Überblendung oder Ausblenden – wir liegen damit bestimmt oft falsch – und alles an gutem oder schlechtem Stil darin ist entweder Gewohnheit oder Zufall zuzuschreiben. Die Idee dabei war allerdings dreifach: zu versuchen, einen lebendigen Eindruck von einem tatsächlich laufenden Film zu geben, einem Film, den man tatsächlich schon einmal gesehen hatte und der zugleich, da er ja noch gar nicht gedreht ist, Dir oder der Einbildungskraft eines Regisseurs allen Freiraum bietet, darin zu arbeiten. Da es aus vielleicht verständlichen Gründen keine uns bekannte anerkannte Form für etwas Derartiges gibt, haben wir einfach eine erfunden. Das soll nicht *vollkommen* wörtlich genommen werden – als ob es das würde –, aber Du könntest uns für naiv genug halten, das anzunehmen. In der Sanatoriumsszene schlagen wir versuchsweise ein paar Einstellungen vor. Und zwei Szenen – eine in New York, eine andere auf See – sind möglicherweise zum Teil nicht umsetzbar, entweder überhaupt oder so, wie wir sie geschrieben haben (die letztere). Aber auch wenn das stimmt, wir waren fest davon überzeugt, daß ein Hinweis auf den poetischen und visuellen und auralen *Drang*[2] dieser beiden Sequenzen den Film erheblich verbinden und seine Bedeutung erhöhen würde: daher wurden sie vollständig ausgeschrieben. Soll heißen, diese beiden Szenen sind insofern nicht spekulativ, als sie vollständig realisiert und visualisiert und gehört werden und für die Bedeutung der ganzen Adaption eine Rolle spielen; und es gibt einen trefflichen – wahrhaftig unbestreitbaren – künstlerischen Grund dafür, warum sich hier etwas dieser Art befinden sollte: aber man mag sie da, wo es nötig ist, für die Zwecke der Herstellung des Films für spekulativ, flexibel oder inspiriert halten. Dies gilt in einer Hinsicht natürlich für das Ganze: in anderer aber nicht, denn wir haben den Film quasi *gesehen*, und Du sollst ihn in wenigen Minuten ebenfalls sehen. Und wenn Du möglicherweise etwas siehst, was gekürzt, eingefügt, verbessert, gestrichen usw. usw. werden könnte, während Du es liest, so war dies gleichfalls Teil unseres Vorhabens. Vielleicht ist es zu lang, aber wir sind davon ausgegangen, daß Stoffreichtum mit Sicherheit besser ist als Stoffarmut, und im übrigen gefallen wir uns in dem Gedanken, daß wir ein Anrecht auf Dein Gefühl erworben haben, nämlich daß wir wissen, wo und wie, falls nötig, gekürzt werden müßte, denn abgesehen von allem anderen haben wir genug Material für eine Puccini-Oper draußen gelassen.

Aber an der Grundstruktur gibt es unserer Meinung nach nichts zu tadeln. Einiges davon wirst Du in dem Vorwort wiederfinden, falls das je ankommt. Eine Sache fällt mir jetzt ein, die wir da nicht stark genug betont haben. Moden usw., aber nicht bloß Moden. Die Epoche ist der unseren ziemlich ähnlich: und was sie gemeinsam haben, sollte wohl hervorgehoben werden, so daß genau das Gegenteil von dem herauskommen sollte, was man als bloßen weiteren Film über das Jazz-Zeitalter betrachten könnte, der in den Gulli trudelt. Mit dem korrekten Gebrauch des Jazz ist es jedoch möglich, auf subtile Weise auch dies zu bewerkstelligen. Und sogar die Annahme, daß unsere Epoche eine Wiederkehr jener ist, wäre vernünftig – natürlich nicht exakt dieselbe, aber sie umfassend, da die Zeit sich spiralenförmig fortbewegt; was sie nachweislich tut, auch wenn wir davon überzeugt sind, sie schreite geradeaus. Um nicht das, was Du noch gar nicht gelesen hast – oder die bei der Abfassung verwendete Methode –, im voraus zu loben oder zu tadeln, fühlen wir uns genötigt, dies durch etwas aus dem Vorwort zu erläutern, da wir bei Dir gerade den falschen Eindruck hervorgerufen haben könnten. Wir sind nicht nur einfach davon ausgegangen, daß ein weiterer Film über das «Jazz-Zeitalter» nichts bringen würde, sondern auch davon, daß ein weiterer «psychologischer Film» in den Papierkorb gehöre – so etwas würde kein Geld einspielen, würde nicht «von Etwas» handeln bzw. von nichts der Mühe Wertem, würde einen tödlich deprimieren und wäre nicht zuletzt dem Verfasser gegenüber unfair. Du könntest vielleicht sagen, man müsse dem Verfasser gegenüber gleich von Anfang an unfair sein, indem man das Inzest-Motiv aus seinem Buch herausnimmt; aber in dem Buch steckt viel nur angedeutete Größe – nimm den Inzest heraus: was hast Du dann übrig?

Die Antwort ist: Alles. Da hat man zum einen eine großartige und ungewöhnliche Liebesgeschichte, zum andern einen Protagonisten der amerikanischen Seele oder der Seele des Menschen selbst, deren Anwendbarkeit auf heute ebenfalls offenkundig ist. Laß Dich von diesem Waschzettel nicht aus der Fassung bringen – genau das sollte und kann man daraus machen: hereinspaziert! Sex! Dramatik! Sensationen! Ein Arzt im Dilemma! Im Strudel der Gefühle – eine Menschenseele steht auf dem Spiel! Denn es ist, wie gesagt, als Inspiration für einen Regisseur gedacht: oder die eines Produzenten. Eigentlich zu Deiner. Wir hoffen, es beflügelt Deine Einbildungskraft. Vielleicht sollten wir es also nennen: eine verstellbare Blaupause für eine Inspiration zu einem großen amerikanischen Film. Und wir fügen hinzu: für Frank Taylor.

Alles Liebe an Dich, Nan und die Kinder
Malcolm & Margerie

P. S. Wir sollten wohl hinzufügen, daß dies jetzt Dein Eigentum ist; verfüge darüber wie Du willst, oder nicht: auf alle Fälle kann es auch unter Aufbietung aller physischen Phantasie nicht als uns gehörend gedacht werden – wir sagen das also für den Fall, daß Du Dich sorgen könntest, Scotchflecken darauf zu machen. Wir haben eine Abschrift, aber die zeigen wir niemandem.

Wir entschuldigen uns für dieses Werk, das
Fertig nun ist, wo wir nie war'n im Kithairon
Oder auf dem Berg Parnaß,
Wo die 9 Musen wohn'n.

P. P. S. Folgendes Zitat aus *Illustrated London News* wurde uns von meiner (Malcolms) Mutter geschickt, als wir gerade an diesem Skript schrieben. Ich glaube, es war angestrichen, weil es als Seitenhieb auf mich gedacht war; denn in einer anderen mitgeschickten Nummer stand jedenfalls eine günstige Rezension des *‹Vulkan›*, die auffälligerweise nicht angestrichen war. Es mag auf den ersten Blick etwas windig scheinen, aber je länger man es betrachtet, desto länger betrachtet man es, wahrhaftig! Wir haben es in der Tat aus irgendeinem Grund an die Wand über dem Schreibtisch geheftet und, während wir an der *‹Nacht›* arbeiteten, immer wieder so oder so danach geschaut:

«Es gibt nur ein Ziel auf dieser Welt, das zu erringen wertvoll ist: die Veredelung des Menschen. Dies ist aber immer nur in Teilen zu erreichen, denn der Mensch ist wie alle irdischen Lebewesen an sich unvollkommen und unzulänglich. Die Saat der Größe steckt aber in ihm, und was immer diese lebenswichtige Saat nährt, fördert und zur Reife bringt, ist für den kurzlebigen Menschen von unschätzbarem Wert. Es ist dies allein, was seinen wechselvollen und tragischen Aufenthalt hier lohnend macht. Und da der Mensch in Gemeinschaften lebt, ist der Prüfstein für die Kraft einer Gemeinschaft die Fähigkeit ihrer Institutionen und Traditionen, die geistige Größe ihrer Mitglieder wachzurufen. Eine Gesellschaft, die hier versagt, versagt als Gesellschaft und wird auf lange Sicht untergehen, da sie dereinst aus Männern und Frauen bestehen wird, die durch das Leben gehen, ohne je das zu werden, wozu sie bestimmt waren: sie wird, in anderen Worten, aus menschlichen Versagern bestehen. Eine Gesellschaft aber, die des Menschen Verlangen beflügelt, edel zu leben, zu lieben, Schönes zu schaffen und um der Liebe und der Erschaffung des Schönen willen auszudauern und zu leiden – eine solche Gesellschaft ist es wert, daß man sie erhält und sie herbeisehnt. Das alte Griechenland war eine solche Gesellschaft; wie auch das Judah Davids und Isaias ...»[3]

1 Roman von F. Scott Fitzgerald (*‹Tender is the Night›*); siehe auch Anhang VII
2 Deutsch im Original (A. d. Ü.)
3 Arthur Bryant: *Illustrated London News* 9. Juli 1949

An Christopher Isherwood

Dollarton, B. C., Kanada
20. Juni 1950

Lieber Christopher Isherwood:
Es war tatsächlich ein Höhepunkt in unserem Leben, als wir Ihren Brief lasen, in dem Sie so wohlwollend von unserem Drehbuch sprachen. In meinem wäre es ohnehin ein Höhepunkt gewesen: der Tag, an dem ich merkte, daß ich etwas geschrieben hatte, das gut genug war, von Ihnen gelobt zu werden. Ich hatte schon oft Lust, Ihnen wegen Ihrer Arbeiten zu schreiben. Und ich hätte nie gedacht, daß ich je den Tag erlebte, an dem Sie mir zuerst schreiben würden. Mir kommt es aber wirklich so vor, als kenne ich Sie schon sehr lange: durch Ihre Arbeit und durch den unvergänglichen Marlowe, der über den Gegenströmungen des Lebens brütet.

An dem Drehbuch freilich hat meine Frau – da es Ihnen gefällt, und an den gelungenen Stellen – gleichen Verdienst; sie ist bekannt unter dem Namen Margerie Bonner, ist selbst Schriftstellerin und Verfasserin eines außerordentlich guten – und bisher vom Schicksal außerordentlich vernachlässigten – Romans mit dem Titel ‹*Horse in the Sky*›. Ich hoffe, es haben genug wirklich konstruktive Erschütterungen auf die Abfassung des Drehbuchs gewirkt, so daß es irgendwie zu einem guten Ende kommen wird; eine sehr aufrichtige Hoffnung und Motivation war es, daß es für Frank eine glückbringende Sache würde. Wie es tatsächlich entstanden ist, kommt mir überaus merkwürdig vor. Die üblichen Hindernisse erwartet man, ja man heißt sie willkommen: aber im letzten Winter passierte mit dem Klima hier etwas dermaßen Erstaunliches, daß wir dachten, eine neue Eiszeit stünde uns bevor. In diesem Teil Kanadas ist es gewöhnlich ziemlich warm; wir haben uns unser Haus selbst gebaut – mit Bauholz von einer alten Sägemühle –, waren aber nicht auf Temperaturen von fünfzehn Grad unter Null im Innern des Hauses vorbereitet, wie wir sie im Januar und Februar hatten. Kein Mensch war darauf vorbereitet. Und doch sind wir viel besser durchgekommen als die Leute in der Stadt, da wir keinerlei moderne Einrichtungen haben, die kaputtgehen können. Vancouver war acht Tage lang vollständig von der Außenwelt abgeschnitten, und unter unseren Fenstern flogen Sturmschwalben. Wovor die glaubten fliehen zu müssen, möchte ich mir gar nicht vorstellen, aber es war ein aufregendes Phänomen, das wohl noch nie zuvor in einer kleinen Bucht beobachtet worden ist, zumindest in diesen Breiten.

Ich merke, ich habe so viel zu sagen, daß ich mich im Kreise bewege. Was ich gerne anständig ausdrücken würde – so, daß es nicht zu frostig oder theoretisch klingt –, ist dies: sollten Sie je Lust und Zeit dazu haben, ein Raketenschiff nach Nirgendwo zu besteigen, dann wünschen wir aufrichtig, daß Sie in Erwägung ziehen, hier heraufzukommen und uns zu besuchen. Mit dem Flugzeug braucht man nicht lange bis Vancouver, und Sie dürften es dort interessant finden. Wir leben an einer kleinen Bucht in einem auf Pfählen erbauten Hüttendorf; dahinter ist der Wald; in dem Dorf wohnt unter der Woche praktisch niemand außer einem Bootsbauer, ein paar Fischern und uns. Zuerst sieht man nichts als eine Bucht mit Hütten, die Wy-Wurk und ähnlich heißen. In Wirklichkeit sind dies aber die Reste eines alten Seehafens, und wir sind oft dessen einzige Bewohner gewesen. Der Schiffsbauer hieß Dollar – daher Dollarton –, jemand hat ihm aber seine Schiffsbauerei und seine Sägemühle weggenommen, und wir sind alles, was übrig ist. Früher kamen hier häufig Windjammer vorbei, und einmal haben wir einem norwegischen Käpt'n eines vorbeifahrenden Frachters aus dem Fenster zugerufen; unter dem Fenster ist genug Wasser, um die *Mauretania* darauf schwimmen zu lassen. Heutzutage füllen sich an den Wochenenden viele der Hütten, so daß es unter der Woche mehr Spaß macht. Wir besitzen ein kleines Boot, und es gibt hier viele Inseln, auf denen man ein Picknick machen kann. Falls Sie gerne schwimmen: dies ist ein herrlicher Ort dafür; und der Wald ist voller Vögel – zur Zeit haben wir (es ist der Abend vor der Sommersonnenwende) Frühling und Sommer zugleich, und das Wetter ist wunderbar. Schöne Aussicht auf die Berge: und übrigens auch auf eine Ölraffinerie. Unterbringen könnten wir Sie auf einer improvisierten Vorrichtung, die wir aus dem Meer geborgen haben, die aber wesentlich bequemer ist, als sie aussieht. Komfort können wir nicht bieten, aber wenn das Wetter so schön ist wie jetzt, gibt es auch nichts Unkomfortables. Wir finden, dies ist ein heiterer Platz, Tepotzlan und verwandte Themen zu diskutieren. Die Einladung kommt von uns beiden jedenfalls ganz aufrichtig, aber wenn es Ihnen zu weit ist, werden Sie hoffentlich wie Huysmans wenigstens einmal darüber nachdenken. Frank haben wir auch gefragt, aber er ist wohl von den Bären abgeschreckt worden. Es gibt hier Bären. Aber auch Rehe. Und Raben. Ganz zu schweigen von vielen seltenen wilden Pflanzen, wie Prachtscharte und Flammendes Herz und sogar das gedrehte Läusekraut. Und aus welchen wilden Jahrhunderten stammt das gedrehte Läusekraut?

Jedenfalls sind wir hier, und Sie wären jederzeit sehr willkommen.

Nach diesem Reiseprospekt nochmals ganz herzlichen Dank für Ihre Worte. Allerbeste Grüße von uns beiden.

Viel Glück!
Malcolm Lowry

P. S. Ich habe diesen Brief zunächst handschriftlich begonnen, um Ihre Freundlichkeit zu erwidern (die ich zu schätzen weiß) – obwohl ich keine Feder habe, die es tut – was den Vorteil hatte, daß ich ihn draußen schreiben konnte. Dann aber verschüttete eine Katze Kokosöl und eine andere Bier darüber, und schließlich wurde er ins Meer geweht. Nachdem ich ihn herausgefischt hatte, zerfiel er ein wenig in Stücke und war außerdem etwas unleserlich. Und so habe ich schließlich vorübergehend dem Maschinenzeitalter nachgegeben.

An Downie Kirk

Dollarton, B. C.
23. Juni 1950

Lieber Downie:
Ich wollte Dir schon vor einiger Zeit schreiben; ich hatte gehofft, ich würde die versprochenen Exemplare der französischen Übersetzung des ‹*Vulkan*› bekommen, damit ich Dir eins schicken könnte. Bis jetzt habe ich aber außer dem einen, das Du gesehen hast, nur einen Pappband der normalen (nicht der Buchklub-)Ausgabe erhalten; und ich wollte Dir einen guten Leinenband der ersten Auflage geben, auf deren Eintreffen ich noch immer warte; gedulde Dich also noch ein wenig mit mir. Ich habe auch eine hervorragende Besprechung der französischen Übersetzung in der Pariser Ausgabe der *New York Herald Tribune* erhalten, in der gesagt wird, sie sei besser als das Original (obwohl der Rezensent das Original nicht gelesen hatte); aber das muß ich wohl hinnehmen; und eine Karikatur des (englisch-kanadischen) Autors in einer französischen Zeitung, die wohl nicht nur schlechter ist als das

Original, sondern gar keine Ähnlichkeit mit ihm hat. Ich habe auch ein Exemplar der norwegischen Übersetzung für Dich, von der wir bis jetzt weiter nichts gehört haben als das, was auf dem Umschlag steht – etwas kurz angebunden –: «En djevelsk roman». Ich will hoffen, dies bedeutet teuflisch im besseren Sinn und nicht etwa höllisch fürchterlich. Wir hatten das Vergnügen, kürzlich Marjorie zu treffen, als wir auf dem Weg zum Kino waren; sie sagte, Du würdest ein bißchen unter dem Wetter leiden, aber ich hoffe, Du bist jetzt wieder o. k. Wir wollten uns den Film ‹*Der haarige Affe*› ansehen, von dem ich gehört hatte, er wäre gut: er ist jedoch *djevelsk* im schlimmsten Sinne, obwohl die Spannung durch einen einstündigen Stromausfall mitten in der Vorführung raffiniert gesteigert wurde. Die Leute wirken sehr finster und seltsam, wenn sie während eines Stromausfalls im Foyer eines Kinos herumstehen, und ich machte mir eine Notiz, daß ich dies in einem Buch verwenden müßte. Aber dann fiel mir ein, daß ich es schon in ‹*U. d. Vulkan*› verwendet hatte.

Jemand von außerhalb kam hierher und fällte einen riesigen Ahornbaum (nicht weit vom Trampelpfad) – der Dir bestimmt genauso gefallen hätte wie uns; er hat ihn genau auf den Pfad fallen lassen, ohne an die Vögel zu denken, die darin nisteten; und das alles, um ein winziges Stück Holz für den Bau einer Geige davon zu nehmen. Eigentlich wollte ich mit Kreide auf den Stumpf schreiben: «Möchtest du, daß dir das passiert, du Schweinehund? Deine dreckige Geige wird klingen wie die Stimmen der Vögel, die du abgeschlachtet hast.» Ich sah jedoch ein, daß nichts zu gewinnen wäre, wenn ich die Einwohner damit beunruhigte, mein bißchen Grand Guignol diesem Geschehen, das schon *djevelsk* genug war, hinzuzufügen – und es war auch noch zufällig das Werk von Skandinaviern –, es sei denn, ich hätte das auf skandinavisch schreiben können.

Ich wollte Dir schon früher sagen, daß ich den spanischen Philosophen José Ortega y Gasset gelesen hatte – ich weiß nicht, wie viele Bücher er geschrieben oder wie viele Werke er geschaffen hat, aber ‹*Zu einer Philosophie der Geschichte*›, ‹*Spanien ohne Rückgrat*›, ‹*Der Aufstand der Massen*› und ‹*Das Thema der Moderne*› sind auf dem Vorsatzblatt aufgeführt, vermutlich weil sie in Übersetzung erschienen sind. Außerdem besitze ich einen wunderbaren Vortrag von ihm über Goethe – den er zum erstenmal 1932 in Deutschland gehalten hat, der aber Ende letzten Jahres von der *Partisan Review* wiederabgedruckt wurde. Dies ist der einzige Artikel, den ich je gelesen habe, in dem Goethe wegen seiner Vielseitigkeit kritisiert wird, wegen seines Leonardo da Vinci-Aspektes. Ortegas These geht grob gesagt dahin, daß Goethe sich auf seine Berufung als Dichter hätte konzentrieren sollen, statt sein Talent dadurch zu verwässern, daß er unbedingt Präsident der Weimarer Republik werden, ein Theater betreiben, Farbentheorien erdenken, ein berufsmäßiger Patriot werden wollte und so weiter. Eine solche Vielseitigkeit wird normalerweise für eine besondere Tugend gehalten, und es ist daher interessant, einmal jemanden zu finden, der die entgegengesetzte Meinung vertritt. Der springende Punkt scheint der zu sein, daß Goethe von all diesen Dingen ein schöpferisches Wissen hätte erlangen können und dieses Wissen als Grundlage seiner Arbeit hätte anwenden können – so wie Strindberg praktisch zum Historiker wurde, um seine historischen Stücke zu schreiben –, daß er aber, insofern er deren professioneller Vertreter war, eben nicht Goethe war; und dies könnte man philosophisch als einen totalen Verlust, als Verschwendung betrachten, und auch als totalen Verlust der Welt, denn «das Leben selbst ist Hast». Diese Art von Philosophie scheint mir in einer öffentlichen Bibliothek besonders angebracht, wo man mit Tausenden von Büchern konfrontiert wird, die man unmöglich alle lesen kann, so daß man denkt: Ach je, wenn ich doch nur mehr Zeit hätte, was könnte ich dann nicht alles lesen; wie hoffnungslos das alles ist! Denn so gesehen ist ja selbst dieser Gedanke eine Zeitverschwendung, wenn es nämlich im Leben darum geht, das Unwesentliche vom innersten Kern seines Wesens abzustreifen, was ja nun einmal die Berufung des Menschen ist. Dadurch wird das Leben eher einer Fiktion ähnlich, und tatsächlich sagt er an einer Stelle in *‹Zu einer Philosophie der Geschichte›*, die ich gelesen habe:

«Leben im zoologischen Sinne besteht aus solchen Handlungen, die für das Existieren in der Natur notwendig sind. Der Mensch aber behandelt die Dinge so, daß die Anforderungen dieses Lebens auf ein Minimum reduziert werden. In dem Vakuum, das entsteht, nachdem er sein tierisches Dasein hinter sich gelassen hat, widmet er sich einer Reihe nicht-biologischer Beschäftigungen, die ihm nicht von der Natur auferlegt, sondern von ihm selbst erfunden wurden. Dieses erfundene Leben – erfunden wie ein Roman oder Schauspiel – nennt der Mensch «menschliches Leben» oder «Wohlergehen». Das menschliche Leben transzendiert die Realität der Natur. Es ist dem Menschen nicht gegeben wie einem Stein sein Gewicht oder das Repertoire seiner organischen Tätigkeiten – fressen, fliegen, Nestbau – einem Vogel. Indem der Mensch beginnt, es zu erfinden, macht er es selbst. Haben wir richtig gehört? Ist das menschliche Leben in seiner menschlichsten Dimension ein Roman? Ist der Mensch eine Art Romancier seiner selbst, der sich einen phantastischen Charakter mit seinen unwirklichen Beschäftigungen ausdenkt, und dann – um diesen wirklich zu machen – eben all das tut, was er tut – mithin ein Techniker wird?»

Dies ist für mich vermutlich zum Teil deswegen annehmbar, weil ich – wenn es stimmt und der Mensch wirklich eine Art Romancier seiner selbst ist – etwas philosophisch Wertvolles darin erblicken kann, den Versuch zu unternehmen, das aufzuzeichnen, was tatsächlich im Kopf eines Romanciers vorgeht, wenn er sich einen phantastischen Charakter usw. ausdenkt; denn dies, der Teil, der nie geschrieben wird – wozu auch die wahren Antriebe gehören, die ihn hauptsächlich zu einem Romancier oder Dramatiker gemacht haben, sowie die Veränderungen seiner Lebensumstände, so wie er sie wahrnahm, als jene Impulse verwirklicht wurden – dies wäre das wahre Drama (und Pirandello nicht unähnlich, der – ich zitiere aus einem Artikel in der *Partisan Review* – «die Tradition des modernen Realismus erfunden hat; anstatt vorzugeben, die Bühne sei gar keine Bühne, sondern ein normales Wohnzimmer, gibt er vor, das normale Wohnzimmer sei nicht als Fotografie wirklich, sondern als Bühne, die viele Wirklichkeiten enthalte» – hier ist Shakespeares Wort wahr geworden. Ich habe das Gefühl, Pirandello könnte ein wenig verkannt haben, wie nahe an der Wahrheit diese Betrachtung des menschlichen Lebens sein könnte; denn daraus folgt, daß die «Wirklichkeiten» von «Sechs Personen eines Autors» nicht an die Tiefsinnigkeit dieser Betrachtungsweise heranreichen. Aber ich habe ihn nicht ausreichend studiert, und die anerkannte kritische Meinung über Pirandello ist offensichtlich mangelhaft), und ich hoffe, eines Tages etwas Derartiges zu vollenden. Doch schreibt Ortega hier jedenfalls nicht über Romane: dies ist vielmehr die These, auf die er seinen Wert der Geschichte gründet. Der Mensch ist das, «was ihm zugestoßen ist». Dies ist auch deswegen interessant, weil es eine Philosophie ist, die mit dem Dasein des Menschen beginnt, sich an Heidegger, Kierkegaard usw. anschließt und von hier an den Existentialismus. Letzterer ist inzwischen in Frankreich zu einem Varietéwitz geworden; bei Ortega herrscht aber nichts von dieser Art von Verzweiflung. Man könnte meinen, Sartres Existentialismus (der, soweit ich ihn verstehe, alles andere als neu ist) sei bloß eine Art Konfektions- oder 2.-Hand-Philosophie, bühnengerecht angepaßt dem Schmerz der Franzosen inmitten ihrer Beschäftigungen, Übel, Tapferkeiten, Widerstände, Doppelzüngigkeiten und Verrätereien, auf daß sie einen Anschein von Sinn bekommt – aber selbst dann ist es erquickend, eine Philosophie zu lesen, die dem Drama des Lebens selbst einen Wert beimißt, ja dem dramatischen Wert des eigenen Lebens in eben dem Moment, da man liest. Wer will schon 3000 Seiten lesen, die unwiderlegbar beweisen, daß wir gar nicht existieren? Selbst wenn das wahr ist? Was für Dich aber an Ortega interessant sein dürfte, sind seine häufigen philologischen Versuche, Probleme zu entwirren, und der hohe Wert, den er der Philologie beimißt. Das Wort *Snob,* schreibt er, kommt von *sine nobilitate* und stammt aus Cambridge. In den Studentenlisten von Cambridge wurde früher anscheinend neben dem Namen einer Person deren Beruf und Rang eingetragen. Neben den Namen der Bürgerlichen erschien dann die Abkürzung: «s. nob.» = *sine nobilitate*: daher das Wort «Snob». Das heißt: es gab einmal eine Zeit, da war man ein Snob, wenn man nicht der Graf von Ekelwanz war (wie ich zum Beispiel); das habe ich noch nicht gewußt. In der Tat hatte ich geglaubt, es bedeute das exakte Gegenteil – wir neigen zu der Ansicht, der Graf von Ekelwanz sei ex officio ein Snob, bzw. wenn er sich nicht wie einer aufführen würde, hielten wir ihn für bemerkenswert. Ortega erklärt nicht, wie dieser Ausdruck ins Gegenteil verkehrt wurde, aber er stellt sich – durch eine Fußnote – als allgegenwärtiger Teil seiner allgemeinen These heraus und hat mit dem Grafen von Ekelwanz nichts zu tun, außer daß, andersherum gesagt, ein Graf oder dergleichen früher einmal neben seinen Rechten auch Pflichten hatte. Der echte Snob ist ein Mensch, der sich einbildet, er hätte nur Rechte. Das läuft auf das Thema der Berufung hinaus: seine Berufung, welche auch immer, gefunden zu haben, ist, «zu begreifen, daß man für einen bestimmten und unveränderbaren Zweck lebt».

Der allgemeine Snobismus, sagt er, der heutzutage zum Beispiel beim Arbeiter so offenkundig ist, hat dem Menschen die Augen vor der Tatsache verschlossen, daß – wenn denn die gesamte gegebene Struktur des Lebens auf diesem Kontinent aufgebrochen werden soll – diese Veränderung ohne ernsthaften Verlust ihrer inneren Pluralität zustande gebracht werden muß. Der Snob kann – nachdem er seines Schicksals beraubt ist und da ihm nicht die Idee kommt, daß er für einen bestimmten und unveränderbaren Zweck lebt – nicht verstehen, daß das Leben besondere Beschäftigungen und Berufungen bietet. Daher steht er dem Liberalismus feindlich gegenüber, mit der Feindseligkeit des Tauben gegen Worte. Unter Freiheit hat man in Europa immer die Freiheit verstanden, sein wahres Leben leben zu können. Es überrascht nicht, daß jemand davon loskommen will, der weiß, daß er keine echte Mission zu erfüllen hat.

Auf den ersten Blick hielt ich dies – unter anderem – für eins der überzeugendsten Argumente gegen den Kommunismus, die ich je auf so knappem Raum gelesen hatte: in Wahrheit ist es aber bloß eine Verteidigung der alten Schule des Liberalismus, die man heute aus modischen Gründen so gern herabsetzt; und eine solche Schule könnte gar nicht existieren ohne die Möglichkeit freier Diskussion revolutionärer Ansichten, wie sie etwa im Kommunismus enthalten sind, und auch nicht ohne die Möglichkeit der praktischen Umsetzung revolutionärer Ansichten, wo dies wünschenswert erscheint. Ich glaube, dieser Gedanke ist vorwiegend europäisch, und er basiert (wie er später sagt) auf Guizots Beobachtung, daß in Europa noch keine leitende Idee, Gruppe oder Klasse je vollständig gesiegt hat (auf Grund des progressiven Charakters und stetigen Wachstums des besagten Liberalismus). Der Gedanke, auf den ein marxistischer Kommunist sich augenblicklich stürzen würde – oder sich augenblicklich stürzen sollte –, wie er sich aus Ortegas Bemerkungen ergibt, ist der, daß Rußland das einzige Land ist, in dem man sich wirklich ernsthaft und in großem Maßstab darum bemüht hat, sowohl die besondere Berufung zu entdecken, die für das Individuum psychisch am besten geeignet ist, als auch die jeweiligen Berufungen – die sonst die Seele zerstören (wenn man zum Beispiel in einer Fließbandfabrik täglich dieselbe Schraube dreht) – mit einer gewissen Würde und Dramatik zu bekleiden. Hier, bei der Mechanisierung (wie üblich) liegt wohl der Haken; zumindest könnte hier der Streit beginnen. Die Mechanisierung ist – wage ich großspurig zu behaupten – das Ergebnis einer kreativen technologischen Fähigkeit des Menschen, die bereits begonnen hat, sich selbst zu überlisten. Die Russen – die nie ein echtes kapitalistisches System gehabt hatten – scheinen dies aber nicht zu erkennen, denn eben den Leuten, die in der Lage sind, ihnen dies zu sagen, wird der Mund verboten. In der Tat wird nämlich in Rußland die Mechanik über alles andere gestellt. Des geistigen Sinns seines Lebens beraubt, ja selbst des Luxus kosmischer Verzweiflung beraubt, und doch ermutigt (was gegenüber der Ford-Fabrik ein Vorteil zu sein scheint) in dem, was er tut, einen Sinn zu finden – denn er tut es nicht mehr für seine Kinder –, findet der Mensch (und wird dazu ermutigt) diesen Sinn im Dienst am Staate. Dies könnte jenes spezielle Problem der Robotermechanik ganz gut lösen, weil der Mensch sich dadurch vielleicht wirklich selbstlos und nicht so sehr als Roboter fühlt, aber leider erwartet man auch von jedem anderen, so zu denken: ein Schriftsteller zum Beispiel soll auch ein solch edler Arbeiter für den Staat sein, genau wie der Philologe (übrigens bemerke ich, daß die Philologen in Rußland ganz schön in Teufels Küche geraten sind). Bei Komponisten dasselbe: auch die höchste Bezahlung entschädigt den individuellen kreativen Künstler nicht für den Mangel an Freiheit, sich auszudrücken (ich spreche nicht von der individuellen Freiheit innerhalb eines Orchesters – es könnte auch einigen Spaß machen, sich vorzustellen, wie Schostakowitsch einen dekadenten «bourgeoisen» Posaunenteil für ein «patriotisches» Stück schreibt), und Rußland bezahlt dafür mit der ärmsten Kunst, der ärmsten Musik und der ärmsten Literatur der Welt. Lehrer müssen Lügen lehren – alles für den Staat. Das kommt einem so sinnlos vor, wenn man es betrachtet; denn freie Meinungsäußerung und Religionsfreiheit würden dem Kommunismus wahrscheinlich eine Menge Anhänger hinzugewinnen und bestimmt nicht zu seiner Zerstörung führen. Sicher, die freie Meinungsäußerung würde zur Vernichtung des Polizeistaates und zur Abschaffung des Denunziantentums führen, aber die Erhaltung dieser nützlichen Einrichtungen war bestimmt nicht das Ziel des Kommunismus – sonst hätte er doch seine Anhänger ausschließlicher unter Polizisten und Denunzianten gefunden? So aber tanzt man weiter um den heißen Brei; und der gesunde Menschenverstand findet für Rußlands offensichtlich wahnsinniges Verhalten die verhängnisvolle Erklärung in der Tatsache, daß es sich in den letzten 20 oder mehr Jahren auf einen Krieg vorbereitet hat und daher in einem Zustand ständiger «Kriegsbemühung» lebt – mit all seinen dazugehörigen Härten und «schwabbelbäuchigen Fahnenschwingern»: da die Grundbedürfnisse der Menschen wirklich sehr einfacher Natur sind, glaube ich aber, daß es in Europa mehr Hoffnung und Leben gibt, als man auf den ersten Blick sieht, und daß seine liberale Tradition – die sich bis hierher erstreckt – schließlich den Kampf gewinnen wird. Dies unterscheidet sich ein wenig von der Behauptung, daß die Demokratie oder Coca-Cola oder der britische Sozialismus den Kampf überstehen werden, aber in jenem Teil ihres Wesens, den man Seele nennt, will zweifellos die überwiegende Mehrzahl der Menschen überall dasselbe. Alles andere ist nichts als ein Wiederherbeten von Leitartikeln. Und da ich diesen Brief in der Absicht zu schreiben begonnen hatte, Deine Kolitis zu lindern, und Dir nicht dadurch, daß ich von Abführmitteln spreche, eine Cholera anzuhängen, sollte ich doch besser sagen, daß ich optimistisch bin.

Ich möchte Dir noch einmal herzlich dafür danken, daß Du diese Sachen so freundlich für uns übersetzt hast: dieses Buch ist jetzt fertig, und die Korrektheit jener Sachen hat die Wirkung sicher erhöht – sie ist in gewissen Kreisen von einiger Tragweite: wir halten aber unsere Finger gekreuzt, wollen also aus einem gewissen Aberglauben heraus vorläufig nicht mehr darüber sagen.

Wir haben *‹Endstation Sehnsucht›* und *‹Tod eines Handelsreisenden›* gesehen – davon später mehr. Wir haben auch *‹Der dritte Mann›* und *‹Deutschland im Jahre Null›* gesehen. Ich halte beide Filme für reichlich dürftig, wenn auch aus verwickelten Gründen; aber beide sind vielleicht doch sehenswert.

Wir freuen uns sehr darauf, Marjorie und Dich bald wiederzusehen, und wir wünschen Dir eine rasche Genesung. Grüße bitte Dunc von mir. Und von uns beiden allerbeste Grüße an Euch beide und an Dorothy.

Herzlich
Malcolm

An Downie Kirk

[Dollarton]
Mittwoch
18. Oktober 1950

Lieber alter Downie:
Vor einer Woche habe ich den Brief mit Deiner sehr willkommenen und freundlichen Einladung bekommen und mir sofort eine Antwort zurechtformuliert – wir brachen gerade zu einem Tagesausflug nach Crescent Beach auf, um Vögel zu beobachten –, aber kaum zurückgekehrt,

erhielten wir ziemlich beunruhigende Nachrichten, die Du vermutlich auch gehört hast (über den Strand); falls nicht, vergiß es und reg Dich nicht auf – siehe unten. Denn irgendwie bin ich fest davon überzeugt, daß es vorüberziehen wird, und falls nicht, haben wir immer noch ein paar gute Karten auf der Hand; daher machen wir uns jetzt keine Sorgen, obwohl wir eine Zeitlang nicht gerade Lust hatten, uns auf den Kopf zu stellen, und alles in allem gefühlsmäßig tatsächlich starker Verkehr auf der Canal Street herrschte: darüber hinaus habe ich die Fahnen eines haitischen Romans von einem Freund von uns erhalten (mit einem Vorwort von Edmund Wilson) – der aber so entsetzlich übersetzt war, daß wir uns beinahe verpflichtet fühlten, ihm innerhalb einer Woche das ganze Buch neu zu übersetzen – keine leichte Aufgabe ohne das Original: daher die Verspätung.

Wir werden mit Vergnügen kommen und die Schallplatten mitbringen, wenn es nicht zu sehr regnet (die Platten freuen sich auch, daß sie eingeladen wurden).

Mit der scheußlichen Situation an Deiner neuen Schule habe ich tiefes Mitgefühl: Du mußt Dich tatsächlich wie Dante fühlen: fremdes Brot zu essen. Und ich kann nur sagen, vielleicht ist dies Ordal E 5 auf der Ordalienrolle, und wenn Du das bittere Problem gelöst hast, wirst Du vermutlich merken, daß dadurch ein anderes wichtigeres Problem automatisch und siegreich und ohne die geringste Mühe mitgelöst worden ist.

Unterdessen habe ich Dir eine neue Grammatik oder Theorie zusammengestellt, um Dich zu unterhalten; sie könnte, stelle ich mir vor, mit Nutzen bei der Unterrichtung der jugendlichen Übeltäter in Deinem zeitweiligen Purgatorio verwendet werden.

Übersetze: F: Wohin geht der Neffe unserer Tante am Morgen?

A: Er geht zur Bank.

F: Warum geht er zur Bank?

A: Er geht, um bei der Bank Geld abzuheben.

F: Auf welche Weise hebt er Geld ab von der Bank?

A: Er überfällt die Bank.

F: Wo lebt der Neffe unserer Tante jetzt?

A: Der Neffe unserer Tante lebt in Oakalla.

Übersetze: Schüttle meinen Mantel!

F: Was befindet sich im Mantel unseres Vaters?

A: Im Mantel unseres Vaters befinden sich ein Augentropfer und eine Pravaz-Spritze. (Dies für fortgeschrittene Schüler.)

F: Befinden sich im Mantel unseres Großonkels irgendwelche Taschenuhren?

A: Nein. Im Mantel unseres Großonkels befinden sich drei Wanduhren.

Übersetze: (a) Schicke nach einem Polizisten, der sich schmieren läßt.

(b) Wir brauchen einen Schmuggler.

Dies ist vielleicht ein wenig extrem, um nicht zu sagen bitter; aber Du siehst hoffentlich die Möglichkeiten, die mein Gedankengang bietet. Ich glaube, wir sind auf dem Weg nach New Westminster an Deiner neuen Schule vorbeigekommen, und Gott: sie sah schön und neu und prima und respektabel aus, und wir hofften, Du wärest glücklich da, wenn es Deine wäre. Aber man weiß ja nie, welche Höllen solche Hülsen beherbergen. Nun, wenn sich etwas nicht verschlechtern kann, muß es sich verbessern. Wir kommen also Samstag vorbei und heitern uns alle etwas auf.

Alles Liebe an Dich, Marjorie und Dorothy von Margerie und mir.

Herzlich Dein
Malcolm

An Harold Matson

Dollarton, B. C., Kanada
14. November 1950

Lieber Hal:

Wir haben eben den Entwurf unseres letzten Briefs an Dich gelesen: kann sein, daß er Dir unklar erschienen ist, denn uns war er nicht sehr klar.

Beabsichtigt damit war eine Bitte um die 150 Dollar für die deutsche Übersetzung (falls möglich). Wir hatten dies gegen unsere Schulden bei Dir verrechnet (zu denen Du, sotto voce, falls Du es vergessen hast, 7 Dollar 50 für einen United Nations-Artikel im letzten Juni addieren solltest – durch diesen Einschub möchten wir einen ehrlicheren Eindruck machen), uns aber gefragt, ob Du uns das geschuldete Geld noch eine Weile lassen könntest.

Du fragst Dich vielleicht, warum wir schon wieder pleite sind, nachdem Du uns gerade aus dem Loch gezogen hast; Antwort: wir sind es nicht, werden es aber am 1. Dezember sein, wenn wir bis dahin nichts verkauft haben. Die Preise sind hier um 270% gestiegen. Margie ist krank gewesen – Verdacht auf Hirntumor – Gott sei Dank falscher Alarm, aber ein teurer und schrecklicher: sie muß noch immer alle paar Wochen geröntgt werden.

Inzwischen haben wir natürlich aus Hollywood nicht das geringste gehört, sonst hätten wir Dir sofort Bescheid gesagt. Dies ist aber aus gewissen Gründen verschoben worden, zu deren Mitteilung wir momentan nicht berechtigt sind. Und wir sind innerlich fest davon überzeugt, daß unser Skript zu gut ist, um abgeschrieben zu werden – Hollywood hin oder her. Und zum Glück kann ich sagen, daß wir mehr als ein halbes Dutzend weiterer Erzählungen auf Lager haben, von denen sich wenigstens einige verkaufen lassen müßten; wir haben da unser *Bestes* gegeben bzw. tun es noch. Und zwar sind dies (in der wahrscheinlichen Reihenfolge ihres Eintreffens): ‹*Oktoberfähre nach Gabriola*›, eine Geschichte, die Du schon einmal hattest; aber da war sie verflucht schlecht. Da wir feststellten, daß wir dabei nicht zusammenarbeiten konnten, habe ich sie alleine vollständig neugeschrieben, und jetzt gefällt sie mir ausgezeichnet; ich finde, sie ist so gut wie alles andere von mir, und auch verkäuflich. ‹*Venus Is the Evening Star*› – eine Erzählung von Margie; und die halte ich für das Beste, was *sie* je geschrieben hat. Es ist eine äußerst kraftvolle Geschichte über Mexiko (mit einer englisch-deutschen Situation) und sehr gut verfilmbar. ‹*Pompeji heute*› (stammt von mir) – ist fast fertig; eine Erzählung von unseren Reisen, und – obwohl ich das sage – ebenfalls ausgezeichnet. Dito ‹*Homage to a Liberty Ship*›. ‹*Deep Henderson*›: über einen untergehenden Hot-Jazz-Musiker, der einen Bus nimmt und nach Haiti fährt usw. ‹*The Course*›: eine Geschichte über den Golfplatz von Hoylake – Schauplatz einer Reihe von Triumphen von Bobby Jones und übrigens auch von mir (in der trüben Vergangenheit); ich finde, das ist für amerikanische Leser bestimmt von Interesse. ‹*A Heartwarming Episode*› – beschreibt den Besuch eines O'Neillschen amerikanischen Stückeschreibers bei einer puritanischen englischen Familie. Hier kommt ein aufrichtiges Gefühl zum Ausdruck, dem viel zu selten Ausdruck gegeben wird – die kulturelle Schuld Englands bei Amerika (ähem – ganz zu schweigen von anderen Schulden zur Zeit). Noch nicht ganz so weit gediehen ist eine Geschichte von Margie über unsere italienischen Reisen, die in der Burg von Francesca da Rimini spielt, und ‹*Gin und Goldrute*› von mir. ‹*Oktoberfähre*› und ‹*Venus*› sollten in einer Woche bei der Post sein, dicht gefolgt von ‹*Pompeji*› und vielen anderen. Für eine habe ich mir eben heute morgen den Schluß ausgedacht.

Aber man kann natürlich nicht davon ausgehen, daß die alle bis 1. Dez. verkauft sind. Um dem vorzubeugen – schließlich habe ich mich über die Verkäuflichkeit meiner Sachen in der Vergangenheit stets tadellos geirrt (wenn auch diesmal wohl nicht), ausgenommen beim ‹*Vulkan*› –, habe ich ‹*Lunar Caustic*›, bis jetzt eine lange Kurzgeschichte, als Roman umzuschreiben geplant. Albert meinte, es wäre so, wie es ist, publizierbar; aber auch dann kann es verbessert werden: dies wäre ein Teil des *umfassenden* Werks, an das ich mich endlich bald machen möchte.

Natürlich erwarten wir nicht von Dir, daß Du uns ständig aus dem Abgrund ziehst, ohne daß Du irgendwelche Sachen von uns bekommst: aber diesmal *sind die Sachen da.* Soll heißen, sie liegen vor uns, sind über das Anfangsstadium hinaus und fast schon in der Post.

Ich habe versucht, auf andere Weise aus dem Loch zu kommen – zum Beispiel durch journalistische Betätigung, Verfassen einer Anzeige für eine Bank usw. Aber so was ist totale Zeitverschwendung – weil es Zeit für andere Arbeiten wegnimmt –, und außerdem hatte ich keinen Erfolg damit, soweit ich weiß – außer bei der Sache für United Nations; aber auch dann nützt das keinem von uns. Ich habe auch Geld in England (genaugenommen eine ganze Menge), und ich tue wirklich alles, um da ranzukommen usw.

Und schließlich haben wir vor, in den nächsten drei Tagen nicht nur uns, sondern auch Dir einen Haufen Geld zu verdienen. Ich prophezeie, daß dies auch geschehen wird.

Gott, hat das alles einen Bart! Wirf's ins Feuer. Trotzdem meinen wir, was wir sagen. Inzwischen wären wir Dir dankbar, wenn Du unsere Schulden noch ein bißchen aufschieben und uns diese deutsche Sache schicken würdest; denn falls sich nicht gerade etwas aus dem vorletzten Abschnitt ergibt, haben wir zur Zeit keine Möglichkeit, dies zu bezahlen.

Von uns beiden alles Liebe
an Tommy und die Kinder
Malcolm

P. S. Heute kam der neue deutsche Vertrag (in deutsch), von Klett unterschrieben; ich habe ihn unterschrieben und zurückgeschickt. Ich danke Dir dafür und danke Deinem Agenten in Hamburg von mir.

An Stuart Lowry

Dollarton, B. C., Kanada
– es könnte auch Dolorton
geschrieben werden
[Herbst 1950]

Lieber alter Stuart:
Eine turmhohe See stürzt auf mich zu. Möwen schweben in der Brise. Dicht über den Wogen kämpft ein schwarzer Kormoran gegen den Wind an. Überall um mich herum ist der donnernde Lärm abbrechender und stürzender Bäume, die sich winden und tanzen, wenn eine kräftige Bö durch den Wald kracht. Was ist das? Ein Seestück – oder eine Anregung für Programmusik, für Sibelius oder Wagner etwa? Nein: dies ist der Blick aus unserem Wohnzimmerfenster, während wir unseren Morgenkaffee trinken. Was ich da sehe, ist völlig unglaublich, selbst für Dich, wenn man es nicht gesehen hat – und wo sonst, wenn nicht hier, könnte man ein Haus sehen, das ins Meer gebaut ist und Probleme – und Geräusche – bietet, die eher einen Seemann umgeben als einen normalen Hausbesitzer? Es ist wunderbar dramatisch – in mancher Hinsicht zu dramatisch, selbst für mich, für uns; denn wir leben jetzt unter der Bedrohung, daß wir es jeden Moment verlieren können. Ich habe Dir das schon erzählt. Wir leben hier nur dank unseres Pionierstatus, und ach, Kanada vergißt allmählich, daß es seine Pioniere waren, die dieses Land aufgebaut und zu dem gemacht haben, was es ist: aber jetzt will es sein wie alle anderen, will Autocampingplätze haben anstatt Bäume und Coca-Cola-Buden anstatt Menschen. Damit könnte es, da es kaum Kultur besitzt, seine Seele zerstören: das ist zweifellos seine Sache – uns paßt aber nicht, daß es droht, uns dabei zu zerstören, eine Möglichkeit, die womöglich zu verhindern mir nun zur Pflicht wird. Habe ich schon erwähnt, daß dies ein Bittbrief sein soll, auch wenn er an jemanden gerichtet ist, der gar nichts tun kann und genauso gelähmt ist wie ich? Einer jener Briefe, die man eines Tages

vielleicht unter Glas in einem Museum sieht – genau wie jemand eines Tages vielleicht an diesem Haus Geld verdient, aus dem wir fürchten herausgeworfen zu werden; denn ich bin der einzige kanadische Schriftsteller, der je in die ‹*Encyclopedia Britannica*› gekommen ist. Zumindest eine Art von Bittbrief, auch wenn ich nicht weiß, mit welchen moralischen Gründen man von mir erwartet, daß ich um etwas bitte, was in einer Hinsicht mit Sicherheit einmal wenigstens dazu bestimmt war, mir zu gehören; und Betteln ist etwas, zu dem wohl selbst die Bonzen Kanadas von ihrem Nachbarland als einer Alternative zum Stehlen getrieben werden können – eine Vorgehensweise, an der ich weniger aus moralischen Gründen als vielmehr aus Angst vor den Konsequenzen und schlichter Untauglichkeit gehindert bin. Ich konnte mich jedoch nicht in die angemessen verzweifelte Stimmung versetzen, auch wenn dazu in der Tat nur zu gute Gründe bestehen. Dies beweist, daß ich wirklich nicht im geringsten so phantastisch erschöpft bin (ich scherze natürlich ein wenig) und so angepaßt wie die Kanadier heutzutage, sondern einfach ein Engländer; d. h. ein Mensch, der, wenn er mitbekommt, daß er für tot erklärt wird, erklärt: Verdammter Unsinn. Somit werden wir diesen Brief statt dessen als «Geschäftsbrief» bezeichnen, ein Euphemismus, auf den er bis jetzt ungemein wenig Anspruch zu haben scheint. Mit meiner Prosa stimmt heute morgen auch irgendwas nicht, aber ich bitte Dich, darüber hinwegzusehen. Mit dem Vorangehenden will ich jedoch sagen – auch wenn ich die Fröhlichkeit nicht unterdrücken kann –, daß wir von der Exmission bedroht sind und so am Rande dessen stehen, was im Volksmund Katastrophe heißt. Die anderen Leute hier in derselben Lage sind hauptsächlich Fischer und können auch woanders fischen; soll heißen, daß es auch woanders Fische gibt. Wir aber sind Fischer von einer anderen Art, und wir leben an einem Ort, wo es zwar eine Menge Fische gibt, aber keinen Platz, sie zu verkaufen – außer sehr weit weg; und bis sie da sind, schmecken sie – falls sie nicht unterdessen schlecht geworden sind – entweder so einmalig, daß ihnen bürgerliche Aufnahme gewährt wird, oder sie bringen Gelder ein, die wie die Fische eingefroren werden. Von dem eher hoffnungsvollen und positiven Aspekt dieser Sache später; all dies kannst Du, in meiner üblichen direkten Art, der qualvollen Position eines Schriftstellers in Kanada zuschreiben; worauf Du – wenn auch weniger berechtigt, als Du meinst, falls Du Dir einen Augenblick lang vorzustellen vermagst, Du seist nicht Stuart, sondern die selige Persönlichkeit, für die Du jetzt *in loco* stehst (loco im freundlichen Sinn) – antworten magst: Nun, ich hab dir nicht gesagt, daß du da leben sollst! Von jetzt an werde ich aber strikt geschäftsmäßig sein. Zunächst werde ich Dir – ein wesentlicher Punkt bei der Technik solcher Briefe, auch wenn man sich über deren völlige Fruchtlosigkeit ganz und gar im klaren ist – eine Liste meiner Leistungen geben, worauf natürlich sofort eine ähnliche Liste der Katastrophen der letzten Jahre folgt, obwohl ich Dir, wenn ich's recht überlege, einige ersparen werde, und wenn ich's mir noch rechter überlege, werde ich mich auf die letzten anderthalb Jahre beschränken.

(a) Habe mit Margerie ein ausführliches Filmdrehbuch geschrieben und fertiggestellt – nach einem Roman, den Du nicht kennen wirst –, wir haben daran, manchmal bei Temperaturen von unter Null im Haus, täglich vierzehn Stunden gearbeitet – einmal war es so kalt, daß wir zwei Wochen lang unsere Kleider nicht ausziehen konnten –, das Urteil darüber, gefällt von zwei der größten cineastischen Autoritäten und einem inzwischen berühmten Metro-Goldwyn-Mayer-Produzenten, lautete kurz gesagt, es sei «offensichtlich eine der größten Leistungen auf dem Gebiet des Films, etwas Endgültiges, und das selbst beim Lesen; vergleichbar mit der Kraft Theodore Dreisers und dem gigantischen Seelendrama ‹*The Dynasts*› von Thomas Hardy». (Ich sehe keinen Grund, warum ich sparsam mit Adjektiven umgehen sollte; sie waren's auch nicht.) Der Produzent ist einer meiner ehemaligen Verleger des ‹*Vulkan*›, und in England kannst Du Dir einen kleineren Film von ihm ansehen, ‹*Mystery Street*› – sehr sehenswert.

(b) Ich habe es geschafft, den ‹*Vulkan*› in Übersetzungen in Norwegen, Dänemark, Schweden und Frankreich zu veröffentlichen – im ersten und letzten Land kam er in eine Ausgabe der Klassiker der Welt.

(c) In Deutschland und Italien ist er in Vorbereitung – diese Projekte waren früher gescheitert.

(d) Die französische Übersetzung wurde in Paris als das größte Meisterwerk der letzten zehn Jahre gefeiert. Du könntest Dir die Besprechungen leichter besorgen als ich: aber sie sind überall erschienen, sogar in dem berühmten *Figaro*. Und in der Pariser Ausgabe der *New York Harald Tribune* stand eine wunderbare englische Würdigung der Übersetzung. Die Verlage sind Correa und der Club Livres de France mit einer Sonderausgabe. Sie ist dort wirklich mit allen Ehren überschüttet worden, und viele französische Schriftsteller sind für weniger mit der Ehrenlegion ausgezeichnet und in die Akademie gewählt worden.

(e) Stehe jetzt in der ‹*Encyclopedia Britannica*›. (Für wie lange? Fühlst du dich da wohl, Malcolm?)

Ich könnte das noch fortführen, aber ich glaube, es ist jetzt Zeit für ein paar Katastrophen; einige davon sind schon überwunden.

(a) Operation wegen eines chronischen Zustands meiner Beine. Erfolgreich und teuer.

(b) Ständige Besorgnis – teilweise verantwortlich für meinen Zustand, als Du mich besucht hast –, weil ich dachte, ich hätte Tb. Untersuchungen ergaben, daß ich irgendwann einmal – wann? – Tb gehabt hatte und dazu veranlagt bin: hab's aber nicht mehr. Habe, was das betrifft, meine Angstneurose bewältigt.

(c) Dito, und wichtiger, daß Margerie Krebs gehabt hätte. Hat sie nicht; aber für diese Diagnose bin ich ihrem Schwager dankbar: hätte sie dem Diktum der hiesigen Ärzte gehorcht, wäre sie behandelt worden, als ob sie Krebs gehabt hätte, so daß sie von dem Gedanken gequält wurde, sie hätte ihn.

(d) Das Pfund ist abgewertet.

(e) Mein Verleger Albert Erskine ist auf Grund des Erfolges des ‹*Vulkan*› in den Stab der Modern Library berufen worden. *Die* Leute kennst Du ja – Du hast mich bei ihnen eingeführt! Mein Vertrag mit dem Verlag, den er verlassen hat, bleibt aber weiter bestehen. Erskine will, daß ich zur Modern Library überwechsle, was ich natürlich auch will; ich muß aber gemäß den Bedingungen meines Vertrages meinen nächsten Roman meinem alten Verlag schicken und ihm die Möglichkeit einräumen, mir als erster ein Angebot zu machen – und davon geht man auch nicht ab, da man mich unbedingt behalten will. Andererseits überwiegt der Vorteil, zur Modern Library zu wechseln und Erskine als meinen Herausgeber zu behalten, bei weitem alles andere. Übrigens wurde mein anderer Herausgeber kraft meines Buchs Produzent bei MGM. Eine komplizierte Situation, die sich für mich höchstwahrscheinlich beträchtlich auszahlen wird; ist aber schwer, in einem Brief zu erklären. Zur Zeit ist es aber das Gegenteil eines Vorteils.

(f) Wegen eines Streits zwischen der Hafenverwaltung und der Provinzregierung über unser Land, das wir schon mehrmals zu kaufen versucht haben, als wir Geld hatten, sehen wir uns zum zweitenmal der Exmission gegenüber; aber das geht vorüber.

(g) Ich breche mir das Rückgrat und muß ein Stützband tragen – die Kosten dafür sind nicht nur hoch, sondern verhängnisvoll. Dies geschah gleich nach Ereignis (d).

(h) Ich schreibe an Alderson Smith: keine Antwort. Warte immer noch.

(i) Ich überwinde den gebrochenen Rücken, das Stützband, werde dann aber wieder mit meinen Beinen konfrontiert (sic). Auch dies überwinde ich durch Leibesübungen und Margies Hilfe. Außerdem verdanke ich mein Leben buchstäblich der Art, wie wir hier leben – und nun sollen wir wieder einmal exmittiert werden, nur ist die Drohung diesmal wesentlich konkreter.

(j) Das Pfund fällt noch weiter – d. h. für uns wirkt es sich so aus, weil der kanadische Dollar *steigt*, um mit dem amerikanischen das Gleichgewicht zu halten; und dies auf einem freien Markt und in einem schwankenden ungleichgewichtigen Zustand, in welchem jener den amerikanischen nicht bloß einholt, sondern sogar zu überholen droht, mit dem Ergebnis, daß mein monatliches Einkommen jetzt kaum über 90 Dollar beträgt – was kaum mehr Kaufkraft hat als ein Fünfer früher, und das ist keine Übertreibung. Die Miete schwankt natürlich entsprechend mit auf und ab, aber heutzutage wäre man schon glücklich dran, irgendwo etwas für 90 Dollar zu mieten – ohne Essen, geschweige denn leben. Ich weiß nicht, ob dieser Aspekt der puren Bedrängnis unserer Lage Dich beeindruckt. Es läuft darauf hinaus, daß wir versuchen müssen, von einem Einkommen zu leben, das um einiges niedriger ist als das von Mary oder Sarah, *ausschließlich* jeglicher Unterkunft und Verpflegung. Das wirft uns praktisch vollkommen um, beraubt uns auch der kleinen Gewinnspanne, die wir durch den unterschiedlichen Wechselkurs zwischen dem amerikanischen und dem kanadischen Dollar sowie zwischen diesem jetzt gleichen Kurs und dem des Pfundes erzielt hatten. Gleichzeitig sind die Preise ein wenig gesunken, kurz darauf aber um so stärker gestiegen; und es droht eine noch schlimmere Inflation, auch wenn das Pfund – trotz größerem Vertrauen in es – im Wert gleichbleibt.

(k) Eine Exmissions-Ankündigung, die anscheinend endgültig ist; es besteht zwar eine geringe Möglichkeit für einen Aufschub, doch scheint es kaum denkbar, daß dieser länger als ein paar Monate währen könnte.

(l) Margerie ist krank – und wir selbst im ungewissen darüber, was ihr nun wirklich fehlt: Röntgenbestrahlungen, fortbestehender Verdacht auf Hirntumor und ständige Behandlung bringen uns allmählich in die Kategorie der Hungerleider. Mit Haferschleim könnte viel erreicht werden. Ich fange sogar an, an das Sprichwort zu denken: «Dein Zuhause ist da, wo sie dich aufnehmen, wenn sie müssen.» Aber wo ist das denn, wenn nicht hier? Ihre Mutter lebt 2000 Meilen weit weg in Amerika, meine 10000. Und in Kanada haben wir keine Freunde, außer drei Fischern in ähnlicher Lage, eine Katze, fünf Wildenten, zwei Möwen und natürlich einem Wolf.

(m) Natürlich haben wir nicht erwartet, im gewöhnlichen Sinn von unserem Einkommen leben zu können; obwohl dies zwischen zwei Büchern notwendig werden kann, da man sich, wenn man vom Vorschuß auf sein nächstes Buch lebt, buchstäblich selbst auffrißt, wie die Franzosen sagen; und wenn man eine andere Arbeit annimmt, kann man das Buch nicht schreiben – einer der Gründe, warum so viele Schriftsteller aufhören, Schriftsteller zu sein. In meinem Falle aber habe oder hatte ich drei Arbeitsmöglichkeiten: Unterricht, Rundfunk, Zeitung. Für das erstere bedarf es mindestens eines Jahres voller Verhandlungen und einer völligen Umstellung unseres Lebens – und vermutlich eines Umzugs in die Prärie, da die Engländer in B. C. verhaßt sind. Das zweite zahlt Hungerlöhne, und außerdem braucht man dafür ein Auto; während das dritte nicht nur dies verlangt, sondern auch sinnlos wäre, da das, was ich ohnehin schon tue, um unser Einkommen zu vermehren, mehr Geld einbringt und in die Kategorie freiberuflicher Tätigkeit gehört. Kurz: wo wir leben, besteht keine Arbeitsmöglichkeit – abgesehen davon, wieder Seemann zu werden oder in einer Sägemühle zu arbeiten –; denn wenn ich eine Arbeit annähme, bedeutete dies, die wirklich handfeste Hoffnung aufzugeben, die wir mit unserer ernsthaften Arbeit verbinden, und unser Haus ebenfalls: und zur Zeit haben wir tatsächlich nicht einmal das Geld, um irgendwo anders hin umzuziehen. Selbst wenn ich irgendwo als Arbeiter antreten könnte, würden die Kosten des Umzugs das Geld verschlingen, das wir dadurch sparen, daß wir in unserem Haus wohnen. Und das Schreiben ist eine Ganztagsbeschäftigung, oder es ist gar nichts; das hieße also, ich müßte es aufgeben. Margie kann auch nichts zur Besserung unserer Lage durch Annahme einer Arbeit beitragen; dafür geht es ihr nicht gut genug; außerdem arbeiten wir zusammen. Und aus demselben Grund könnte ich sie auch nicht – egal, wie gern ich irgend etwas unternähme – so lange in der Wildnis allein lassen. Kurz: es ist besser, hier auszuhalten: nur scheint es, daß das Betteln zur Standardbeschäftigung des Schriftstellers gehört oder allmählich dazu wird. Du kannst diesen Brief daher zu meiner Arbeit rechnen, denn dabei geht meine äußerst kostbare Zeit drauf, Deine gar nicht gerechnet. Es mag Dich interessieren zu erfahren, daß heute oder morgen abend im Radio eine lange Sendung über Malcolm Lowry, den größten und erfolgreichsten Schriftsteller Kanadas, kommt, die wir nicht hören können, da die Batterie unseres Radios leer ist und wir uns keine neue leisten können. Kein Stich von allen schmerzte so wie der.[1] Trotz unserer Liebe bin ich gewarnt worden, daß ein weiterer Winter unter diesen Bedingungen während der kältesten Wochen für Margie sehr gefährlich sei; ich hatte daher allen Ernstes mit dem Gedanken gespielt, mich um eine Arbeit als Hauslehrer am Hof des Königs von Siam zu bewerben, wozu keine Lehrgänge erforderlich sind, außer in Jazzmusik – und vielleicht enden wir da auch noch. Während wir uns mit allen Kräften an unser armseliges Haus klammern, versuchen wir immer noch, genug zu verdienen, um die beinahe unerträglichen Monate Dezember und Januar in der Stadt verbringen zu können. (Das Klima hier hat sich in den letzten zehn Jahren verändert, und die Winter waren fast genauso kalt wie die im Osten; sie haben weiß Gott Elend gebracht.)

Das Haus – wir haben es durch Feuer verloren und wieder aufgebaut – unter diesen herzlosen Bedingungen zu verlieren – und sie sind völlig herzlos und selbstsüchtig – wäre angesichts all der anderen ein Schlag von einem solchen psychologischen Gewicht, daß wir, wenn wir könnten, wie wir wollten, überhaupt nicht mehr in Kanada blieben. Nun, wir erwarten nicht, daß wir tun können, was wir wollen. Das wichtigste ist, überhaupt zu leben. Ich habe für die kanadische Literatur mehr getan als jeder Kanadier, was nicht zur Sache gehört, außer wenn ich sage, daß mein Leben trotz allem erfolgreich war; und unter angemessenen Bedingungen hätte ich auch ein gesichertes Einkommen erzielt – was ich natürlich noch durch die Modern Library oder den Film schaffen könnte. Mehr Erfolg, als ich gehabt habe, kann man bei keinem anderen erwarten, und wir beide haben schon andere scheinbar so unüberwindliche Hindernisse überwunden (Du darfst aus meinem Gesundheitszustand damals nichts schließen, als Du mich gesehen hast – ich war noch nie besser in Form als jetzt, ich turne und schwimme täglich usw.), sonst würde ich nicht so schreiben. Es ist jetzt Abend, draußen tobt ein mächtig röhrender grimmiger Sturm, das Barometer dreht durch – es gehört nicht uns, sondern jemand anderem.

Wozu noch weiterschreiben? So ziemlich das einzige, was uns noch bleibt, ist der Sinn für Humor und das Gefühl und die Hoffnung, daß das nicht Diagnostizierbare an Margies Zustand Folge der vielfältigen und dunklen Auswirkungen einer Hysterektomie ist: was gut sein kann: aber auch dies wird eine langwierige Behandlung erfordern, was bestenfalls lediglich Ausgaben bedeutet, die wir uns nicht leisten können. Du bekommst einen falschen Eindruck, wenn Du meinst, wir würden Trübsal blasen: aber die tatsächliche Lage ist noch zehnmal schwärzer, als ich sie gemalt habe. Ich werde sie also nicht malen. Malen hat mir nie besonders Spaß gemacht. Das alles läuft auf folgendes hinaus: während meine Zukunftsaussichten möglicherweise ein Einkommen versprechen, von dem wir leben können (siehe die Sache mit der Modern Library, davon kannst Du wirklich ausgehen), stehen wir augenblicklich vor einer finanziellen Krise – die übrigens nicht von Verschwendungssucht oder mangelnder Vorsorge herrührt – selbst meine Reise nach Europa wird sich eines Tages auszahlen, denn ohne diese wäre unter anderem keine französische Übersetzung erschienen, jedenfalls keine von irgendwelchem Wert. So was kann jedem Geschäftsmann passieren, nur haben wir niemanden in der Nähe, an den wir uns wenden könnten, und wir haben keine Möglichkeit, einen Kredit aufzunehmen. Es ist eine akute Krise, die nur vorübergehend sein dürfte, denn abgesehen von dem neuen Roman und dem geplanten Film habe ich ungefähr zehn Kurzgeschichten entworfen, für die ich einen direkten Markt in New York habe; zur Zeit habe ich Anfragen von 3 oder 4 großen Zeitschriften nach meinen Sachen (in Kanada gibt es überhaupt keinen Markt, was ein Teil der Tragödie ist), und ich bekomme einfach nicht die Freiheit und den geistigen Frieden, sie anständig zu schreiben – obwohl ich natürlich nicht aufhöre, es zu versuchen.

Und hier kommen wir nun zu der uralten Quittung, wie man sie in den Schreinen jedes Schriftstellers unter Glas im Museum findet – kurz: wenn es für Dich irgendeinen möglichen oder unmöglichen Weg gibt, irgendwelches Geld für mich aufzutreiben – unter Berücksichtigung der Tatsache, daß in Vaters Testament sicherlich für Krisen vorgesorgt wurde –, könntest Du das bitte unverzüglich untersuchen, denn ich habe diesen Brief bis zum allerletzten Moment aufgeschoben, in der Hoffnung, er könnte sich erübrigen. Schließlich hast Du in Deinem letzten Brief mit sehr weiter Voraussicht gesagt: Warte den Oktober ab. Nun, ich habe abgewartet. Falls Du nichts ausrichten kannst, habe ich vor – freilich eine erschreckende Aussicht – obwohl ich das nicht für verächtlich halte, und sie oder Du auch nicht, wenn ich die Umstände klar darstellen könnte –, direkt an Mutter zu schreiben – würdest Du mir dazu raten? Aber was soll ich sonst tun, wenn alles andere schiefgeht? Zum Teufel, ich werde nie vergessen, daß sie mir mal drei Pfennig geschenkt hat. Natürlich würde sie, wenn ich das täte – und der Gedanke ist selbstverständlich hypothetisch –, es an Dich verweisen, und so ziemlich alles, worum ich Dich dann noch bitten kann, ist, daß Du sie bittest, es nicht an Gott zu verweisen oder vielleicht im Gegenteil es *gerade* an Gott zu verweisen.

Und all dies ist die Folge von unablässiger harter Arbeit und Fleiß. Nun, ich weiß, Du wirst dein Bestes tun. Bitte verzeih mir, daß ich geschrieben habe. Ich hoffe immerhin, der Brief war amüsant. Meine allerbesten Grüße an Margot, die, wie ich aufrichtig hoffe, bei guter Gesundheit ist, und an Donnie alles Liebe und der innige Wunsch, daß er seine schweren Prüfungen und Reisen hinter sich hat. Kurz: Lebt wohl, ihr drei; und viele Grüße von uns.

Malcolm

P. S. Dieser Brief wird mir heute nacht einen Alptraum bereiten. Laß Dich also nicht davon behelligen. Wenn Du nichts tun kannst, wäre ein Ratschlag besser als gar nichts; denn wenn es zum Schlimmsten kommt, kann ich sie immer noch dazu bringen, mich als Landstreicher nach England abzuschieben – etwas, was man vielleicht der britischen Regierung klarmachen sollte, die mir dann wohl eine Perücke kaufen müßte – auf Vaters Kosten.

1 Lowry zitiert hier Shakespeare, ‹*Julius Cäsar*›, III. Akt, 2. Szene (hier nach der Schlegelschen Übersetzung). (A. d. Ü.)

An Albert Erskine

Dollarton, B. C., Kanada
[Dezember 1950]

Lieber Albert:
Riesigen Dank für den Faulkner, Albert, er ist voller wunderbarer Dinge – ich hatte mir das Buch am selben Tag ausgeliehen, so daß Margie und ich uns mit demselben Buch unterm Arm entgegentraten – und später konnte man uns sogar dasselbe Buch lesend im Bett sehen – wie eine Karikatur von Charles Addams – ich brüte einen langen Brief an Dich aus. Alles Liebe an Dich und Peggy,

Malcolm

Siebter Teil

1951

An Albert Erskine

Dollarton, B. C., Kanada
13. Februar 1951

Mein lieber Albert:
Ich hasse es, ein langes Schweigen auf diese Weise zu brechen, aber kannst Du uns irgendwie sofort 200 Dollar leihen? (Man hat mir stets gesagt, *so* sollte man eine Kurzgeschichte anfangen.)

Da die Antwort darauf – so, wie es zur Zeit auf der Welt zugeht – nur «nein» lauten kann, und nachdem Du nein gesagt und die Zudringlichkeit meiner Frage verflucht hast: könntest Du das folgende lesen, feststellen, wie es sich von dergleichen üblichen Bitten, was die Sicherheiten betrifft, unterscheidet, und prüfen, ob Du es, auch wenn Du es nicht kannst, im Vertrauen darauf nicht doch tun kannst? Wir haben sonst niemanden, an den wir uns wenden können, alle möglichen Wege sind erforscht, oder es gibt sie nicht, und da unsere Lage den Zustand purer Verzweiflung überschritten hat, wird unsere Bitte zu einer moralischen. So weit, so ungut.

Die Lage: wir haben hart gearbeitet – jedoch ohne jeden materiellen Erfolg; unser Kapital haben wir langsam aufgebraucht, bis wir in den letzten sechs Monaten gezwungen waren, von unserem Einkommen zu leben, das – seit der Abwertung des Pfundes und der Freigabe des kanadischen Dollars – auf rund 95 Dollar im Monat gesunken ist.

In der letzten Zeit mußten wir die Mühe, die wir sonst ins Schreiben stecken würden, einfach darauf verwenden, am Leben zu bleiben, haben aber allmählich angefangen unterzugehen. Margie ist krank und hat fast ständig Schmerzen: eine Art Wucherung greift ihre Zähne an, doch war es unmöglich herauszufinden, welcher Art diese war; und jetzt kann ich nicht einmal mehr die Röntgenbestrahlungen bezahlen, so daß sie keine mehr bekommen kann. Dieses Land ist in mancher Hinsicht gleichgültig und barbarisch. Der Laden ist kurz davor, uns keinen Kredit für Nahrungsmittel mehr zu gewähren, und täglich müssen wir mit der Ausweisung aus dem Haus rechnen, das wir selbst gebaut haben. Maxim Gorki selbst könnte sich – trotz diesen 95 Dollar – keine schlimmeren Entbehrungen ausdenken als die, die wir, und besonders sie, in diesem Winter zu erleiden hatten, obwohl ich selbst körperlich o. k. bin. Aber es gibt einen Punkt, von dem an auch William James' freiwillige Armut zu Verzweiflung führt. Und zwar ab da, wo sie unfreiwillig wird. Andererseits schuldet man uns seit etlichen Monaten 150 Dollar für die deutsche Übersetzung des ‹*Vulkan*›, die Hal uns überweisen will, sobald sie rüberkommen. Der Vertrag darüber wurde im letzten Herbst unterschrieben, und wir haben Tag für Tag in der täglichen Erwartung dieses Betrags gelebt – obwohl wir auch noch etwas anderes, Gewisses und Rechtmäßiges erwarten, worauf ich noch kommen werde. Aber erst gestern bekamen wir den üblichen Brief von Hal, in dem unsere Erzählungen abgelehnt und die Zahlung des deutschen Vorschusses aufgeschoben werden (ein anderer über 750 Dollar ist ganz ins Wasser gefallen).

Hal war immerhin so gütig zu sagen, daß er es überweisen würde – obwohl wir ihm bereits 250 Dollar schulden, die er uns in Erwartung von Erzählungen geliehen hat, die sich entweder nicht verkaufen ließen oder die wir vor lauter Elend und Sorgen nicht schreiben konnten, so daß wir ihn nicht noch um mehr bitten konnten.

Die andere Erwartung beruht auf einem Trauerfall. Am 6. Dezember letzten Jahres – ihrem Geburtstag – starb unerwartet meine Mutter. Kurz zuvor hatte ich meinen ältesten Bruder gebeten, sein möglichstes zu tun – unsere Lage und meine Besorgnisse wegen Margie dargestellt – Gott, selbst dann! –, da die Regierung all das Geld, das mir, wie es schien, legalerweise selbst unter den Bedingungen ihrer eigenen Knappheiten, zustand, nicht herausgelassen hatte. Seine Antwort, die auch die Nachricht vom Tod meiner Mutter enthielt, lautete, meine finanzielle Situation hätte sich ganz beträchtlich verbessert, und er als Hauptvollstrecker des Vermögens sei nun in der Lage, uns unverzüglich zu helfen. Ansonsten wäre ich jetzt in der Tat ziemlich reich, aber selbst wie die Dinge stehen, würde mein Einkommen ausreichen, um hier weiterzuleben. Ich habe ihn so verstanden, daß er mir unter diesen Umständen unverzüglich etwas Geld überweisen könnte – vor der Eröffnung des Testaments –, statt dessen trat aber Stille ein – soweit ich sehe, eine Stille auf Grund der Tatsache, daß sich meine Familie und deren Anwälte im Zentrum des Grippegebiets in Liverpool befinden, wo es eine entsetzliche Zahl von Toten gegeben hat – bei weitem mehr, als in der Zeitung geschrieben wurde. (Zweifellos wegen des bevorstehenden Festival of Britain – laßt euch von einer kleinen Seuche nicht aus der Fassung bringen, meine lieben amerikanischen Vettern; wenn ihr nur die Dollars liefert, kriegt ihr außer Perücken auch ein paar hübsche Grabsteine – alle von der Regierung zur Verfügung gestellt.)

Das ist also auch etwas, was wir dem Ladenbesitzer erzählen müssen, der leider auch der Postmeister ist. Nichtsdestotrotz – wie auch immer behindert von Regierung oder Grippe – muß aus dieser Richtung bald etwas herüberkommen.

Ansonsten habe ich versucht, Werbespots für Banken zu verfassen – und so weiter und so fort – alles mit vollständigem Mißerfolg, und alles in einem Teufelskreis, wie Du siehst. Und jetzt haben wir nicht einmal die geistige Ruhe, die Erzählungen abzuschicken. (Die andere, lange Arbeit haben wir ebenfalls fertig; davon können wir noch nicht reden. Die Hoffnungen darauf sind vorige Woche wie eine Rakete aufgeflogen; diese Woche kann man mit mehr als der Bergsonschen Asche im Gesicht nicht rechnen, obwohl es in der nächsten vielleicht anders aussieht.)

Hal sagt, er könne möglicherweise von Reynal-Brace eine Art Vorschuß für einen weiteren Roman bekommen – falls ich denen eine Frist angeben könnte –, aber das werde ich nicht tun, da ich, wenn menschenmöglich und Du mich noch willst, unbedingt an Dir als Herausgeber festhalten möchte. Dieses Problem ist im Vergleich zu dem gegenwärtigen unwesentlich, oder es sähe nach moralischer Erpressung meinerseits aus – und ich würde es gern getrennt davon erörtern, da es für mich überaus wichtig ist. Du hast gesagt, ich hätte bis jetzt nur Überhebliches über diesen Roman gesagt, und das stimmt wohl auch. Doch habe ich unüberheblich einen unüberheblichen Plan ausgearbeitet, der – wenn auch von gewaltigen Ausmaßen – Deine Erwartungen mehr als erfüllen würde, wenn ich nur erst eine Möglichkeit finden könnte, mich an die Ausführung zu machen. Wegen des unseligen Feuers, das damals beinah mit der Annahme des ‹*Vulkan*› zusammenfiel und soviel Arbeit vernichtete, war ich bis vor kurzem nicht in der Lage, ihn in die richtige Perspektive zu setzen oder neu zu schaffen: und was zu der Zeit, als der ‹*Vulkan*› angenommen wurde, in Mexiko passiert ist, ist auch etwas Wesentliches, was bis vor kurzem schwer in den Griff zu bekommen war. Nun bin ich nicht nur eine Waise, sondern fühle mich auch noch exkommuniziert, seitdem Du bei einem anderen Verlag arbeitest.

Kannst Du mir von Deinen Plänen so viel verraten, wie ich Deiner Meinung nach wissen darf? Ich will Dir keinerlei Gefühl von Verantwortlichkeit vermitteln oder eine psychische Abhängigkeit meinerseits andeuten, die Dich beunruhigen könnte, aber falls ich durch irgendein

Kunststück nach Random House versetzt würde und Du dann wegzugehen beschlössest, befände ich mich in derselben Lage wie jetzt. Man kann mir wohl nicht zum Vorwurf machen, daß ich mich mit stählernen Reifen an Dich als Herausgeber klammern möchte, unabhängig vom Wechsel der Verleger oder Deiner Pläne usw. Nun, ich hoffe, du wirst das Aufrichtige, das ich aufrichtig meine, erkennen.

Zu dem geplanten Roman erlaube ich mir die eine Überheblichkeit zu behaupten, daß er Dir noch lange nach meinem Tod Dividenden abwerfen dürfte (der ‹*Vulkan*› ist darin auch enthalten), bzw. ich glaube, er könnte bestimmt von diesem Kaliber sein, wenn Dein teilnahmsvolles Auge in der Nähe schwebt, oder ich verstehe überhaupt nichts von Literatur. (Margie hat ebenfalls Ausgezeichnetes geleistet, bis sie vorübergehend aufhören mußte.)

Um aber auf das Darlehen zurückzukommen, um das ich Dich gebeten habe. Es würde mich in die Lage versetzen, die Röntgenbestrahlungen zu bezahlen, einige weitere zu bekommen und den Lebensmittelhändler mit der passablen Aussicht zu vertrösten, daß das Geld aus England eingetroffen sein wird, bevor unsere nächste Krise fällig ist. Und es sollte uns dazu befähigen, ein paar weitere Erzählungen abzuschicken, und mich zu versuchen, mir über den Roman so weit klarzuwerden, daß ich ihn Dir vorstellen kann. Das Argument, daß ich hoffe, Du würdest eines Tages einige dieser Erzählungen veröffentlichen, werde ich nicht gebrauchen – obwohl ich natürlich hoffe, daß ich recht habe: einige davon sind so etwas wie Fragmente eines Romans.

Ich hatte ursprünglich vor, Dich um 150 Dollar zu bitten – auf der Basis, daß Hal sie Dir zurückzahlen würde, sobald das deutsche Geld eintrifft, was täglich geschehen kann. Ich habe wohl erklärt, warum ich kein Recht habe, dies von Hal zu erwarten, auch wenn er ein Auge zudrücken und es tun könnte. In unserer vollkommen verzweifelten Lage ist es aber äußerst schwer klarzumachen, daß wir ohne etwas Geld nicht daran arbeiten können, es zurückzuzahlen. Jedoch sind diese 150 Dollar von Hal an uns als *absolut sicher* versprochen, und wir könnten sie, sobald sie hier eingetroffen sind, an Dich zurückzahlen. Dann würden wir Dir noch 50 Dollar schulden, was uns zusammen mit unseren 95 Dollar einen kleinen Spielraum geben würde, bis das andere Geld aus England herübergekommen ist. Dann könnten wir Dir auch die 50 Dollar zurückzahlen. Auf diese Weise dürften wir Dir die 150 Dollar nicht mehr als zwei oder drei Wochen schuldig bleiben und die ganzen

200 Dollar nicht mehr als einen Monat – und kurz danach kann dann auch Hal in Naturalien bezahlt werden (wir haben noch ein halbes Dutzend Erzählungen in petto).

Aber unser ganzes Problem ist die *Zeit*. Diese quälende Sache mit Margie duldet keinen Aufschub, auch wenn sie sich, wie wir hoffen, als unbedeutend herausstellt. Der Ladenbesitzer duldet keinen Aufschub. Womöglich schiebt man nicht einmal unsere Exmission auf. Nur England hat Geduld. Während wir in immer beschwerlicheren Kreisen herumkrebsen. Und daher habe ich Dir geschrieben, um Dich zu fragen, ob Du helfen kannst – entsprechend den obigen Bedingungen, die die Rückzahlung betreffen. Unser Dank wird unaussprechlich sein, wenn Du kannst.

Alles Liebe an Peggy und Dich von uns beiden.
Leb wohl.
Malcolm

P. S. Ich schicke ein paar französische Zeitungsausschnitte – ein neuer Stoß –, es sind noch ungefähr hundert weitere da, allesamt sehr lang, sehr kompliziert und alle ungeheuer enthusiastisch. Die Interessanteren habe ich für Dich übersetzen lassen, werde sie Dir schicken – alles in allem hatte der ‹*Vulkan*› in Paris, falls das möglich ist, eine noch bessere Presse als in New York – obwohl letzteres zweifellos teilweise auf ersterem beruht. Aber noch muß ich erst mal aus alldem einen Centime schlagen. Und ausgewirkt hat es sich bis jetzt, soweit ich sehe, gleich Null. In Kanada sind 2 Exemplare verkauft worden, und abgesehen von einigen, die auf Grund des fliegenden Starts verkauft wurden, die Du ihm in New York gegeben hast, bestand meine einzige Anerkennung hier in einer unfreundlichen Stichelei der *Vancouver Sun*.

P. P. S. Margie möchte diese Besprechungen zurückhaben, wenn Du sie gelesen hast; und wirst Du mir verzeihen, daß ich diesen Brief geschrieben habe?

An Albert Erskine

[Februar 1951]

Freitag, Samstag, Sonntag.
Am Freitagnachmittag zweiten Fortsetzungsbrief abgeschickt, der ebenfalls unermeßlichen Dank enthält für die zweiten 50 Dollar, die hier an jenem Morgen rasch und reibungslos eintrafen.

Dies wird uns wohl – Gottes Dank an Dich – dazu befähigen, uns aus tiefer Betrübnis ziemlich leicht am nächsten Sonntag wiederaufzurichten.

Sonntag.

Was an alldem hauptsächlich schrecklich war, war die Belastung für Margie. Medizinisch gesehen brauchte und braucht sie noch eine Ruhepause – besonders von dieser Art von Belastung –, medizinisch gesehen brauchte und braucht sie noch immer Pflege, und die ist zum großen Teil auf der Strecke geblieben. Ihr Mut und ihr Schneid sind allerdings phänomenal, und mir kommt es vor, dies sei eine spezifisch amerikanische Eigenschaft; und es muß das Blut ihrer Pionier-Vorfahren sein, das ihr zugute kommt: jede andere Frau wäre schon längst «hinweggerafft» worden – wie sie es ausdrückt. Ich selbst hatte tatsächlich schon ein- oder zweimal das Gefühl, «hinweggerafft» zu werden.

Ungefähr am nächsten Sonntag ist auch der Jahrestag Deiner Annahme des ‹*Vulkan*› 1946 in Mexiko, von welcher Zeit mir diese schwere Prüfung wie eine Wiederholung vorkommt: außerdem ist es genau der Zeitraum des brenzligsten Teils von ‹*La Mordida*›.

Als am Samstagnachmittag Dein Telegramm mit der Ankündigung Deines Briefs eintraf, waren meine Erleichterung und meine Dankbarkeit so groß, daß ich 19 Stunden hintereinander geschlafen habe.

Unterdessen versuche ich, an Giroux zu schreiben, obwohl das, was ich ihm schließlich zu sagen habe, durch Deinen Brief, der morgen ankommen wird, modifiziert werden könnte.

Zu den Gedichten – ich bin zu dem Schluß gekommen, es wäre eine Form von unbewußter moralischer Erpressung, sie Dir zu diesem Zeitpunkt und unter diesen Umständen zu schicken, in der Erwartung, daß Du sie unterbringst – als ob das überhaupt so einfach wäre – ich denke mir also etwas anderes aus.

Als allererstes haben wir – um zu versuchen, *quam celerime* betr. Zähne zurückzuzahlen – geschrieben, das Honorar für ein altes kürzlich wiederholtes und hauptsächlich von Margie verfaßtes Radioprogramm – das an den stockdummen Lebensmittelhändler-Postmeister geschickt und von diesem mit dem Vermerk «Adressat in Dollarton unbekannt» zurückgeschickt worden war – an Dich zu überweisen, falls die Partei, an die das Geld zurückgeschickt wurde, es sich leisten kann.

Aber wenn das schiefgeht, habe ich noch andere Pläne. Und außerdem bin ich zufällig sozusagen schon 2 Jahre vor Carlsen zum erstenmal zur See gefahren, und damals hatten wir sogar auf Dampfern noch Segel dabei, falls alles andere schiefgehen sollte. An die Segel hatte ich noch nicht gedacht, aber vielleicht kann ich ein paar finden.

Inzwischen – um die Elemente und Metaphern zu wechseln – führen wir an der einen Flanke einen Blitzkrieg und an der anderen ein Nachhutgefecht, so daß – sollten wir eine Niederlage erleiden – diese Niederlage so wenig katastrophal wie möglich ausfallen sollte; aber da wir unsere Pläne noch nicht vollständig ausgearbeitet haben, werde ich sie auch nicht darlegen.

Aus einem Brief, den ich kürzlich – völlig unaufgefordert – von Knopf erhielt, könnte ich mit Sicherheit schließen, daß die mich haben wollen, falls Random House mich nicht will: zur Zeit neige ich aber zu dem Entschluß – für den schrecklichen Fall, daß letztere mich trotz Deinen Bemühungen ablehnen –, mich ganz und gar aus dem Kreislauf zurückzuziehen, irgendwie weiterzumachen und Dir dann die Sache in einem Jahr wieder anzubieten, wenn das Werk weiter fortgeschritten ist (auch ohne Vorschüsse).

Ich würde dies bestimmt tun, wenn ich nur an mich selbst zu denken hätte, auch wenn im Augenblick schwer abzusehen ist, wie die Arbeit ohne einen glücklichen Zufall in der nahen Zukunft so vorangebracht werden soll; obwohl die Lage in drei oder vier Monaten anders aussehen könnte.

Glaub mir aber; das würde ich am liebsten machen, wenn es überhaupt moralisch durchführbar erschiene, und ich plane es allen Ernstes für den Fall, daß das nicht klappt.

Unterdessen – um fröhlich noch einmal die Metaphern zu wechseln – fühlt man sich wie ein Turmarbeiter, der – hoch oben – nicht sicher ist, ob das Dach glitschig ist oder der Wetterhahn, den er reparieren sollte, ihm nicht mit ausgestrecktem Schnabel auf den Schädel fallen wird.

Wir beide danken Dir herzlich für all Deine Freundlichkeit.

Alles Liebe
Malcolm

An Downie Kirk

[Februar 1951]

Lieber alter Downie:
Allerbesten Dank für Deinen Brief. Ich habe mich danach sehr viel besser gefühlt. Und wir hatten kaum Dein interessantes Buch über die Lawine und die alten Dorfbewohner, die sich herausgegraben haben, nach Hause gebracht, als wir in der Zeitung von einer ähnlichen Lawine an fast derselben Stelle lasen, die sie wieder begrub. Inzwischen haben wir uns aus *unserer* Lawine ausgegraben. Und so läuft es. Ich bekam den beiliegenden Brief[1] und verstehe kaum ein Wort darin, nicht einmal, ob ich darin heruntergeputzt werde oder nicht. Er bezieht sich aber offenbar auf die deutsche Übersetzung (das ist die, die Dir gewidmet werden soll), und es sieht so aus, als sollte ich ihn besser beantworten. Ich glaube vage zu verstehen, daß er von dem Übersetzer selbst stammt: er beginnt freundlich, kommt dann auf die Schwierigkeiten der Übersetzung und schließt mit ein paar Fragen zu den Obszönitäten der Speisekarte in Kapitel X. Außerdem bittet er mich, etwas im Zusammenhang mit den mexikanischen Landreformen und eine technische Sache in dem Dialog in Kapitel II zu erklären. Stimmt das so ungefähr, oder will er ein paar Kapitel umstellen oder was? Und wie soll ich was zu den Obszönitäten sagen, wenn der Übersetzer eine Frau ist?! Ich wäre Dir ungeheuer verbunden, wenn Du mir sagen könntest, ob ich auf den Brief sofort zu reagieren habe, und, falls dem so ist und Du Zeit hast, mir ungefähr sagst, was er zu bedeuten hat. Ich werde auf englisch antworten, denn selbst wenn ich auf deutsch antworten könnte, könnte ich auf deutsch kaum eine Pointe erklären, die auf Fehlern beruht, die ein Tlaxcalteke macht, der eine spanische und französische Speisekarte voller Druckfehler ins Englische übersetzt. Welch ein herrliches Wort ist Daseinsaussage[2]! Ist das ein technischer techniko-architechtonischer Fachausdruck, oder kann man *Daseinsaussage* auch von einer Speisekarte bestellen, *mit zwei eier und Kartoffelnsalat und ein Stiefel Münchener*[3]? Oder ist Daseinsaussage etwa seine Übersetzung meines *boudin* – eine Art Vetter der Blutwurst[4]? Ich weiß, Du wirst wenig Zeit haben, also mach Dir nicht zuviel Mühe; ich glaube, Du solltest mir diese Fragen, die ich ständig auf Dich abschieße, in Rechnung stellen. Dennoch habe ich das Gefühl, daß diese deutsche Übersetzung fast eine Familienangelegenheit ist. Wie läuft's an der

Schule? Mir schien, Du hättest diese Situation endgültig überwunden, und das freut mich sehr. Hat Herr Wüterich das Brecheisen meines Onkels gebracht? Nein. Herr Wüterich ist im Garten und überlegt, wie er ein Segen werden kann. Ja, Rousseau hatte einige Kinder, und das Schwein hat sie alle in ein Waisenhaus gesteckt. Würdest Du, wenn Du mal Zeit hast, die französischen Besprechungen zurückschicken – mach dir auf keinen Fall die Mühe, irgend etwas davon jetzt zu übersetzen: ich weiß, daß Du keine Zeit hast; aber meine Schwägerin will sie lesen, und ich kann sie Dir eh wieder zurückgeben. Und dann gleich noch einige mehr – aus der *existentialist press*! Ich lach mich tot, für einen Meister-Existentialisten gehalten zu werden! Kommt mir wie gestern vor, daß ich Dich fragte, was denn Existentialismus eigentlich sei. Ich sehe, wir haben ein Repertoiretheater: das ist ein gutes Zeichen. Es ist auch ein guter Tag, und alles in allem fühlt man sich gut. ‹*Tellers of Tales*› möchte ich sehr gern noch etwas behalten, es sei denn, Du willst es sofort zurückhaben. Ich versuche, einen ökonomischeren Stil zu erlernen. Das ‹*Lawinen*›-Buch ist sehr gut, wenn auch nicht in der Weise, wie es auf dem Umschlag steht. Zur Lektüre von ‹*Sapphira*› hatte ich bis jetzt noch keine Zeit. Sag, wenn Du das zurückgeschickt haben willst. Und vergiß nicht die Daseinsaussage … tut mir leid, Dich zu belästigen. Liebste Grüße an Marjorie und Dorothy.

Mit freundlicher Begrüßung[5]
Malcolm von Lowry

1 Es handelt sich um den Brief von Clemens ten Holder an Malcolm Lowry vom 5.2.1951, vgl. Anhang VIII – Seite 550ff mit dem Briefwechsel zur deutschen Erstveröffentlichung von ‹*Unter dem Vulkan*›.

2–5 Deutsch im Original (A. d. Ü.)

An Downie Kirk

[April oder Mai 1951]

Mein lieber alter Freund Downie[1]
Wir waren traurig, daß wir Dich Ostern nicht gesehen haben und daß Du Dich nicht wohl gefühlt hast; aber über Deinen Brief haben wir uns gefreut. Hier daher etwas zu Deiner Unterhaltung, und hoffentlich gleichzeitig etwas Interessantes zu Deiner Zerstreuung – um nicht zu sagen zu Deiner Freude, hoffe ich –, alles mögliche: wie Du Deine unangenehmeren Schüler behexen kannst (wende es aber um Gottes willen nicht so an, denn es könnte wirken), noch etwas *Daseinsaussage*, und ein Dankesbrief in derselben Sprache, dem – überflüssig zu sagen – auch mein eigener, hiermit erneuerter, beigefügt ist.

Es könnte interessant sein, letzteres in Beziehung zu ‹*Der Bleistift Gottes*› zu setzen: das Werk stammt von Marcelins jüngerem Bruder, einem Ethnologen (der, obwohl es unausgesprochen bleibt, auch Voodoo-Priester ist, genau wie der Illustrator, Hippolyte, einer ist oder eher war; er ist vor kurzem gestorben, allerdings erst nachdem er sich einen enormen Ruf als Maler erworben hatte, einen Ruf, der meiner Meinung so hoch verdient war wie vielleicht unvermeidlich für jemanden, der überhaupt nicht malte, mehr oder weniger, es sei denn, wenn er von Johannes dem Täufer besessen war), und ich finde es unendlich faszinierend; und überdies ist es in einem so klaren Französisch geschrieben, daß selbst ich sagen kann, daß es eine *stilistische Leistung schöpferischen Ranges* darstellt.

Auch wenn sein Stil irrelevant sein mag für die grauenerregenden Abgründe und Möglichkeiten des menschlichen Geistes, die es einem offenbart! Es würde mich sehr freuen, wenn ihr beide, Du und Limpus, Euch zusammen daranmachen würdet, da Milo wie gesagt auch Wissenschaftler ist.

Die Feder scheint das Papier zu sehr einzudrücken, ich schreib daher mit Bleistift weiter. Das Buch von Marcelin dürfte wohl kaum ins Englische übersetzt werden, obwohl es sich bestimmt für jemanden lohnen würde. Natürlich bin ich noch nicht ganz damit fertig – ich konnte nicht widerstehen, es Dir fast sofort zu schicken, da ich glaubte, es würde Dich sehr interessieren.

Überflüssig zu sagen, daß ich es gewissermaßen mit einem *reinen* Segenswunsch versehen schicke: diese Bemerkung oder Vorsichtsmaßnahme mag sonderbar erscheinen in diesem materiellen Zeitalter, Tatsache ist aber, Milo hätte es uns wohl überhaupt nicht geschickt, hätten wir nicht das Vorrecht genossen, Zeugen einiger der geschilderten Mysterien sein zu dürfen, und er hätte auch nicht gewagt, es zu schreiben, wäre er nicht ein bedeutender Fachmann für besagte Mysterien und somit befähigt, sie in die harmlose und nützliche Maske der wissenschaftlichen Forschung und vergleichenden Theologie zu kleiden: ich verrate also nicht unbefugt ein Geheimnis, und Du bist nicht im Besitz eines «magischen» Buchs, das irgendwelchen Schaden anrichten könnte (ich habe einmal geglaubt, Margie und ich hätten ein solches Buch besessen, wie ich Dir mal erzählt habe, und das habe ich zurückgeschickt – es war natürlich ein anderes) – wenn es Dich unangenehm berührt, schick es zurück – höchstens würde ich raten, auch wenn es absurd erscheinen mag, es Dorothy nicht sehen zu lassen; ich habe keine Ahnung von der Macht einiger der Symbole, sollten sie nachgeahmt werden – ich schick es Dir lediglich aus guter Freundschaft, um Deine Teilnahme zu erwecken. Das Äußerste, was passieren kann, ist, daß es Dir unerwartetes Glück bringt, wie es mir einmal geschehen ist: aber das ist kein Nachteil: Voodoo ist im Grunde eine Religion, die man mit Ehrfurcht betrachten sollte, da es unzweifelhaft *die* Materie-transzendierende Religion ist – gegründet auf der tatsächlichen Existenz des Übernatürlichen als einer Tatsache, die für den Menschen wesentlich ist (ich drücke mich sehr schlecht aus) –, im Vergleich zu der die meisten anderen Religionen lediglich Techniken zur Verschleierung dieser Tatsache oder zur Verbannung des Übernatürlichen in relativ sichere Entfernung sind; es scheint, daß einzig die schwarze Rasse mächtig oder heilig genug sei, damit umzugehen, und selbst sie treibt häufig Mißbrauch damit. Der Himmel weiß, was wir mit solchen Mächten anstellen würden. Aber das soll nicht heißen, daß man die große Würde und Disziplin, die Voodoo in seinen höchsten Momenten besitzt, nicht mit Ehrfurcht betrachten sollte, auch nicht seine Gottesvorstellung oder den Sinn, den es dem Leben zuschreibt – und all dies von seiten einer Rasse, von der wir so oft leichtfertig glauben, sie sei minderwertig oder habe mit Medizinmännern oder den Mächten der Finsternis und so weiter zu tun. *‹Herz der Finsternis›*, allerdings! Joseph Conrad hätte nach Haiti gehen sollen. Was er nicht verstanden hat, war, daß die Wilden des Kongo die finsteren Mächte der Natur in gewissem Grade *gebändigt* hatten, und zwar durch die Erschaffung ihrer Religion, die in erster Linie dazu dienen sollte, sie zu bändigen; daß dies, auf seine Weise, ein zivilisatorisches, geradezu pragmatisches Vorgehen war. Da kommt ein Weißer daher und wird zum Gott erhoben, und er braucht denselben Zauber, um mit diesen «unaussprechlichen» Riten usw. Macht zu behalten und zu gewinnen. Doch war es meiner Ansicht nach der weiße Mann, der sie mit der ihm eigenen Art von Unaussprechlichkeit verdorben hat. Jedenfalls basiert diese Geschichte – so großartig sie auch ist – zumindest zum Teil auf einem kompletten Mißverständnis. (Ich bin nicht sicher, ob meine Worte einen Sinn ergeben, und auch nicht, ob ich etwas damit anfangen könnte, würden sie mir auf Deiner magischen Aufzeichnungsmaschine vorgespielt.) Klar ist aber, daß Kamerad Joseph nicht zuließ, daß er von irgendwelchen Wilden verdorben würde: er blieb mit polnischer Reserviertheit an Bord – in Gesellschaft einiger *apriorischer* Vorstellungen.

Wie auch immer – hier hast Du in einer Hinsicht einen mehr als *Goldenen Bogen*, und schick die Bücher zurück, wann Du Lust hast. Obwohl Margie die Bände noch kaum angesehen hat – momentan hat sowieso keiner von uns Zeit, sie ganz zu lesen, wohingegen Dein Geist wesentlich mehr wesentlich rascher aufnehmen wird, wenn Du Gelegenheit hast, mal hineinzuschauen.

Im übrigen lege ich zwei Briefe von ten Holder[2] bei – einer davon an Dich. Ich weiß nicht, was er Dir schreibt, außer daß der Brief ein Dankesbrief ist; mach Dir aber nicht die Mühe, ihn zu übersetzen – es sei denn, es befindet sich irgendeine spezielle Frage darin, die Dir wichtig vorkommt, und Du hast Zeit, sie zu übersetzen –, er hat mir nämlich einen weiteren Fragebogen auf englisch geschickt, den ich gut beantworten kann, und ich will Dich nicht belästigen. Die Sache mit der Widmung habe ich mit Klett bereits erörtert, habe ihn aber sicherheitshalber noch einmal angesprochen. Ich hätte das Buch Euch allen 3 gewidmet und auch noch Dollarton und unsere Dankbarkeit dafür, daß Ihr uns Euer Haus vermietet habt, hereingebracht, und noch andere glückliche Tage; aber [daraus wurde nichts] wegen der Namensgleichheit unserer Frauen und der Tatsache, daß sich indirekt das Problem der Rücksichtnahme auf den zur Verfügung stehenden Raum erhob (aus dem Gefühl heraus, er könnte die Übersetzung als solche vielleicht selbst jemandem widmen wollen). Auf diese Weise wurde Prousts Widmung versaut. Nehmt also bitte alle den Wunsch für die Tat – ich hoffe, sie gefällt Dir, aber laß es mich wissen, falls nicht, und wie ich sie ändern soll. (Damit auch dies nicht ohne seine merkwürdige Koinzidenz abgeht: der von ihm erwähnte Karlheinz Schmidhus war einer meiner Deutschlehrer in Bonn, wenn auch nicht in (dem 2 Meilen entfernten) Godesberg; und wenn ich nur wenig gelernt habe, war es nicht sein Fehler, sondern meiner, da ich meistens im Rheinischen Hof gewesen bin; er war bei weitem der netteste, brillanteste und der einzige wirklich freundliche Lehrer, den ich dort hatte, und wir waren – trotzdem ich ein solch saumäßiger Schüler war – dick befreundet; und um alldem die Krone aufzusetzen: er hat mich immer sehr stark an Dich erinnert.)

Liebste Grüße von Margerie und mir an Marjorie, Dorothy und Dich; hoffentlich sehen wir Euch bald,

Malcolm

1 Deutsch im Original (A. d. Ü.)
2 Übersetzer der ersten deutschen Ausgabe von *‹Unter dem Vulkan›*

An Clemens ten Holder[1]

[Dollarton, 23. April 1951]

Sehr geehrter Herr ten Holder[2]:
Vielen Dank für Ihren höchst unterhaltsamen Brief und auch dafür, daß Sie Downie Kirk geschrieben haben, an den ich Ihren Brief weitergeleitet habe, obwohl er noch keine Zeit hatte, darauf zu antworten.

Was die Widmung betrifft, bin ich Ihnen außerordentlich verbunden, und ich bin sicher, daß Downie sich freuen wird.

Zu den Fraktur-Überschriften usw. – auch dafür danke ich Ihnen, aber ich wollte damit natürlich sagen, nur wenn Sie selbst das für eine gute Idee halten; doch davon gehe ich aus. Ihren Vortrag an der Volkshochschule[3] würde ich sehr gern hören (was für ein wunderbares Wort – bedeutet es Volksglücksschule?); und ich weiß es auch aufrichtig zu schätzen, daß Sie den *‹Vulkan›* entdeckt haben. Ich hoffe, Sie können sich dieses Gefühl für meine Arbeit bewahren, und daß ich dies wert bin. Das Gefühl, etwas entdeckt zu haben, ist – genau, wie wenn man tatsächlich etwas entdeckt hat, besonders in einer fremden Sprache – eine wertvolle Erfahrung und reichlich schwer zu erklären, es ist wahrlich selbst einen Roman wert.

Beiliegend finden Sie die Antworten auf Ihre Fragen, die hoffentlich erschöpfend sind; widerwärtig sind sie auf jeden Fall, weshalb ich diesen Brief leider kurz halten muß, um noch die Luftpost zu erwischen, obwohl ich den Brief nicht schließen kann, ohne die außergewöhnliche Koinzidenz zu erwähnen, die Ihren Freund Karlheinz Schmidhus betrifft, der, wenn es stimmt, Sie dazu berechtigte, meine Entdeckung auch auf einer anderen Ebene für sich beanspruchen zu dürfen.

Als ich 1928 in Bonn – Koblenzer Straße lebte, gab es dort tatsächlich einen Lehrer namens Schmidhus; ein Mann, mit dem ich die freundlichsten und herzlichsten Erinnerungen verbinde, da er nicht nur der brillanteste und beliebteste aller Lehrer dort war – als Lehrer so brillant wie ich als Schüler ein Dummkopf[4] –, sondern er war auch eine Persönlichkeit von solch großer Güte und Weisheit, daß ich ihn nicht nur nie vergessen habe, sondern ihn in allen Kleinigkeiten beschreiben kann, auch wenn es 23 Jahre her ist und mein Aufenthalt in Bonn nur 8 Wochen gedauert hat; und der Grund dafür ist zweifellos, daß es sich – auch wenn man sich als Kind in der Erwartung auf den Weg macht, in diesem Leben Menschen zu begegnen, die freundlich und geduldig sind – als überaus seltenes Ereignis herausstellt, bei irgend jemandem eine Kombination jener Tugenden anzutreffen, deren eine Komponente die Geduld ist: er brauchte viel Geduld mit mir, da ich einen fast abnorm schwerfälligen Geist besaß, was mir zu vielem Leid Anlaß gab; wie auch immer: ich kann jetzt Deutsch laut fast so gut wie ein Deutscher vorlesen – das war so ziemlich die einzige Stunde, die ich bei Herrn Schmidhus genommen habe – er gab sich hauptsächlich mit fortgeschrittenen Schülern ab –, doch war dies andererseits so ziemlich das einzige, was ich in Bonn überhaupt gelernt habe, außerhalb der Bar des Hotels Rheinischer Hof. Dies lag nicht am Mangel vieler anderer hervorragender Lehrer; und die Fähigkeit, das Deutsche richtig aussprechen zu können, war mir trotz meiner anderen Schwächen eine enorme Hilfe und Ursache zur Freude: wenn ich zum Beispiel erst einmal den Sinn herausgefunden habe, finde ich an deutscher Dichtung großen Gefallen, selbst an extrem komplexer Dichtung; tatsächlich kann ich manche Gedichte erfassen, ohne den Sinn herausgefunden zu haben. Es mag seltsam genug klingen, aber Rilke habe ich zuweilen wirklich auf deutsch verstehen können, ohne daß ich in der Lage gewesen wäre, die vor mir liegende englische Übersetzung zu verstehen. Es stimmt, dies ist auf Dichtung beschränkt: aber wenn ich fleißig wäre und Zeit hätte, könnte ich von daher ein Deutschstudium beginnen, wohingegen jemand anderer, der am Anfang viel mehr wüßte, viel weniger davon haben würde.

Das nicht am wenigsten Merkwürdige an dieser Sache ist, daß der Herr Schmidhus, den ich kannte – ob er Karlheinz mit Vornamen hieß, weiß ich nicht –, praktisch der exakte Doppelgänger eben dieses Downie Kirk war, der gleichfalls Lehrer ist und an den Sie gerade geschrieben haben – ja, jenen nach meiner Erinnerung zu beschreiben hieße, Downie zu beschreiben; das heißt, ich hielt ihn für 4 oder 5 Jahre älter, als ich damals war – 18 oder 19 –, er wäre also etwa 23 gewesen; war etwas mehr als mittelgroß, hatte aber außerordentlich breite Schultern und eine sehr breite und intelligente Stirn; im großen und ganzen wirkte er, abgesehen von seinem sehr freundlichen Äußeren, noch viel jünger, als er schon war, er hatte etwas Jungenhaftes an sich, etwas vor Leben Überschäumendes und Schalkhaftes, wogegen er – als sei ihm sein Elan nicht ganz geheuer – ziemlich konservativ, gewöhnlich schwarz gekleidet war. Eins werde ich nie vergessen: ich gefiel ihm, weil ich – selbst in diesem Alter, was die anderen englischen Jungen natürlich nicht taten – echtes Verständnis für die Errungenschaften des deutschen Theaters an den Tag legte – sogar für die modernen expressionistischen Errungenschaften, und es verblüffte ihn, daß ich sogar von «George» Kaiser wußte, ja daß ich wußte, daß er rund dreißig Stücke geschrieben hatte und nicht nur *‹Von morgens bis mitternachts›*[5]; und er nahm unverzüglich die Verbesserung meiner Aussprache in Angriff (so wie Sie meine Übersetzung von *‹Von morgens bis mitternachts›* verbessern können).

Gay-org Kaiser, Herr Lowry.[6]

Er hielt von Gayorg nicht so viel wie ich (ich hatte gerade in England Claude Reins in *‹Von morgens bis mitternachts›* spielen gesehen, und später war ich ein wenig an der Aufführung dieses Stückes in Cambridge beteiligt, wie auch an einem von Toller, den ich später, in London und Mexiko, gut kennengelernt habe), es freute ihn aber trotzdem, wie es ihn auch freute, als ich ihm auseinandersetzte, daß *‹Der Gross Gott Brown›*[7] von Eugene O'Neill, der damals im Schauspielhaus von Köln gespielt wurde – übrigens die bei weitem phantasievollste und wunderbarste O'Neill-Aufführung, die ich je gesehen habe, viel besser als das Stück selbst, welches sie geradezu auf den Kopf gestellt hatte, um auch noch die letzten Tropfen von Sinn daraus herauszuschütteln und, wo es keine gab, selbst einen beizugeben –, ohne den Einfluß des besagten Gayorg gar nicht hätte geschrieben werden können. Herr Schmidhus versprach, dieser dunklen Materie auf den Grund zu gehen, freute sich womöglich aber noch mehr, als ich zeigte, daß ich auch einiges von Wedekind kannte; hätte dieser Meinungsaustausch am Anfang unserer kurzen Bekanntschaft stattgefunden, wäre seine außergewöhnliche Freundlichkeit mir gegenüber ja vielleicht verständlich gewesen – immer hatte er Geduld mit meiner Schwerfälligkeit, nie machte er mir Schwierigkeiten oder stellte mich als schlechtes Beispiel hin –, tatsächlich geschah dies jedoch erst gegen Ende, und es war vielleicht das erste Anzeichen für ihn, daß ich kein geborener Idiot war. Herr Schmidhus hat daher in meiner Erinnerung immer eine Stelle besonderer Wertschätzung eingenommen, und falls er sich also wunderbarerweise als derselbe Herr Schmidhus herausstellen sollte – obwohl, falls nicht, die Koinzidenz von Name, Zeit und Ort noch geisterhafter wird –, richten Sie ihm dies bitte mit meinen lieben Grüßen aus. Ich hoffe auch, sein alter Schüler erfüllt ihn ein wenig mit Stolz, denn die Einflüsse, die den ‹*Vulkan*› geformt haben, sind in hohem Maße und großenteils deutsch, auch wenn es schwer zu sehen sein mag, wo sie herkommen. (In Bonn habe ich Murnaus ‹*Sonnenaufgang*› gesehen; 70 Minuten dieses wunderbaren Films – auch wenn er danach, zweifellos auf Grund der Erfordernisse Hollywoods, auseinanderbröckelt – haben mich praktisch genauso stark beeinflußt wie sämtliche Bücher, die ich je gelesen habe, auch wenn ich ihn seither nicht mehr gesehen habe.)

Durch Herrn Schmidhus habe ich auch die Frakturschrift liebgewonnen, die Ihnen in Kapitel X hoffentlich nicht lästig gewesen ist.

Im übrigen: ja, wir haben unser Haus wieder aufgebaut, waren Zimmerleute und alles andere.

Auch wir durchleben hier, genau wie Sie, eine finanzielle Durststrecke: in Kanada gibt es keinen Markt für meine Arbeiten, keine Zeitschriften; und die USA sind nicht interessiert, solange die *mise en scène* in Kanada spielt und keinen berittenen Polizisten enthält. Es ist umständlich, seinen Lebensunterhalt in 4000 Meilen Entfernung zu verdienen; und es ist schwer, einem Verleger zu antworten, der sagt: Warum schreiben Sie nicht noch ein ‹*Unter dem Vulkan*›? Wenigstens über Nacht. Außerdem herrscht hier Inflation.

Das Geld, das wir durch den Erfolg des ‹*Vulkan*› verdient haben, haben wir vor langer Zeit in Amerika ausgegeben. England sitzt wie eine Bruthenne auf dem größten Teil unseres restlichen Geldes; womöglich in der Erwartung, eine eiserne Jungfrau daraus auszubrüten. Hin und wieder hungern wir, haben aber trotzdem eine Menge Spaß, und wenn wir noch etwas Geld zusammenkriegen, werden wir Sie in Württemberg besuchen kommen.

Die Vorstellung, wie Ihr Freund das Wibberli-Wobberli zur Gitarre singt, ergötzt mich sehr. Allerdings habe ich das nicht komponiert. Es war das traditionelle Lied unserer Familie; bei gewissen immer wiederkehrenden Mutproben für neue Schüler wurde es von allen Lowry-Brüdern gesungen. Vermutlich war es ein Varietélied der neunziger Jahre, ich bin aber sicher, daß sein Copyright, wenn's überhaupt eins gab, längst abgelaufen ist. Es könnte auch glatt sein, daß mein ältester Bruder es selbst komponiert hat; jedenfalls bin ich davon überzeugt, daß Ihr Freund auf seiner Gitarre eine bessere Fassung davon gespielt haben wird. Auch ich habe, ebenfalls auf einer Gitarre, einige Sachen komponiert, allerdings hauptsächlich Jazz. Tatsächlich wurde ich einmal in Bonn auf der Straße festgenommen, weil ich in Gesellschaft einiger Ihrer und eines meiner Landsleute auf besagter Gitarre gespielt und dazu gesungen hatte – wir feierten die Niederlage des Essener Hockey-Vereins: der Refrain ging immer wieder *Zwei-null*[8]! (Ich hatte für den Bonner Verein den linken Innenverteidiger gespielt, und wir hatten Essen 2 : 0 geschlagen.) Wir hatten auch noch ein anderes Lied mit dem Refrain: *Drei Segelmann*[9] … Dem Polizisten gefiel's aber nicht. Schließlich rang er sich doch dazu durch, es zu mögen, belegte uns aber trotzdem mit einer kleinen Geldstrafe. Woraufhin Ihre Landsleute ritterlich schworen, sie würden eher ins Gefängnis gehen als die Geldstrafe bezahlen. Woraufhin wir ritterlich schworen, wir würden eher ins Gefängnis gehen als die Geldstrafe bezahlen. Woraufhin wir alle uns ins Hotel Kaiserhof begaben, obwohl zu der Geldstrafe verurteilt, die aber schleierhafterweise anscheinend niemand bezahlte.

Und so, mein lieber Herr ten Holder, wünsche ich Ihnen recht viel Glück bei der Übersetzung, und auch Ihnen und Ihrer Frau von mir und meiner Frau – Verfasserin eines überaus guten und abenteuerlichen Romans mit dem Titel ‹*Horse in the Sky*›, in der seltsamen Tradition von Emily Brontës ‹*Sturmhöhe*›, einem Buch, das sonst keine Erben hat: ich schicke es Ihnen ohne ihre Einwilligung, denn ich glaube, es könnte Sie interessieren.

Nicht zu vergessen die 2 kleinen Teufel Peter und Johannes. Und der kleinen Xicotankatzerl (der ursprüngliche aztekische Name lautete übrigens, wie Sie vermutlich wissen, Xicotancatl – ein tlaxcaltekischer Held) läßt unsere Katze Grüße ausrichten, deren seltsamer[10] Name weder ihren gutartigen Charakter noch ihr großes Gesangstalent widerspiegelt – sie heißt Citron-le-Taciturn.

Mit freundlichen Grüßen
Malcolm Lowry

1 Vgl. auch Anhang VIII – Seite 550ff, wo weitere Briefe zwischen Malcolm Lowry und seinem ersten deutschen Übersetzer abgedruckt sind.
2–4 Deutsch im Original (A. d. Ü.)
5–7 So im Original (A. d. Ü.)
8–10 Deutsch im Original (A. d. Ü.)

An Albert Erskine

Dollarton, B. C., Kanada
5. Juni 1951

Geliebter alter Albert:
Nach einem sagenhaft langwierigen Mahlen der Maschinerie – wie etwa damals bis zum schließlichen Einlenken des Khediven, als es um die Hegemonieansprüche am Suezkanal ging; oder bei der Liquidation der Sikh von Sokotra oder der Einverleibung der Malediven in das Commonwealth nach der Verführung der kannibalischen Königin dieser Inseln durch einen kleinen Beamten aus Bridlington-on-Sea – hat sich die britische Regierung – nach endlosen und unergründlichen Untersuchungen auf allen möglichen Ebenen – endlich dazu herabgelassen, mir den Empfang von £ 189 : 19 : 6 ½ als Vorschuß auf das, was noch übrig ist von dem, was, wie ich glaube, sowieso mein Eigentum ist, zu gestatten, und es wird nun endlich eintreffen. Dies ist, wie man mir zu verstehen gibt, ein Entgegenkommen, denn genaugenommen (sagt mir mein Bruder) ist bis jetzt noch gar kein Geld «von Todes wegen», wie man so schön sagt, freigegeben worden, und diese Freigabe schien auch nichts mit dem Ablauf des Geschäftsjahres zu tun zu haben, was anzunehmen ich von meinem Bruder gute Gründe hatte und wie ich Dir schon erzählte.

Immerhin sind wir jetzt als Folge davon im Besitz von rund 560 Extra-Dollars (je nach dem Stand des Pfundes), zusätzlich zu den etwa 98 Dollar im Monat, die ich sowieso schon bekomme. Dank Deiner großzügigen Leihgabe, die uns das Leben gerettet hat, haben wir unsere Krise überstanden, sind unsere Schulden hier los und sogar in der Lage, Dir heute, ohne eine neue Krise heraufzubeschwören, alles zurückzuzahlen, falls Du das Geld sofort brauchen solltest. Sag uns das also bitte *quam celerime*. Es tut mir schrecklich leid (tatsächlich konnte ich nur noch eine weitere abschicken), entgegen allen Versprechungen haben wir nichts aus England gehört, so daß wir uns allmählich wieder wie im ersten Kapitel von ‹*Bleak House*› zu fühlen beginnen.

Andererseits – auch wenn die Mühlen der Götter in England überaus langsam mahlen –: sie *mahlen*; und nun, da man einen handgreiflichen Beweis dafür hat, daß sie arbeiten, bin ich fast sicher, bald wieder von ihnen zu hören. Das Vermögen wird verkauft, und obwohl die Regierung einen unverhältnismäßig großen Teil einsacken wird, wird mein Einkommen auf jeden Fall um einiges steigen, und mein Kapital sich um einen – für uns – ziemlich hohen Betrag vermehren. Außerdem wurde gerade ein Gesetz verabschiedet, das, wie ich es sehe, die Freigabe von weiteren Geldern vorsieht, da das gegenwärtige System sich hinsichtlich des Banksaldos der Regierung als wechselseitig ruinös erwiesen hat. (Ein ironischer Aspekt dieser ganzen Sache, den ich bis zu diesem Augenblick völlig vergessen hatte, ist der, daß ich, noch bevor ich volljährig war, mindestens ein paar Erbschaften von entfernten Verwandten, deren Lieblingsverwandter ich seltsamerweise gewesen bin, erhalten habe, wovon durch *force majeure* jeder Penny in die Firma meines alten Herrn investiert wurde; sie wurde später von Cripps liquidiert. Man könnte auch sagen, ich selbst half sie zu liquidieren, denn bei dem einen Mal, da ich in England gewählt habe – ich war gerade alt genug dazu –, habe ich Labour gewählt, aus einer Art Gerechtigkeitssinn heraus. Ich habe aber nicht eine *Partei* gewählt, sondern bloß ein unabhängiges Individuum mit einigem Glauben an eine Koalition. Mein Vater war ein Tory wie nur einer, und doch pflegte er, wie ich herausfand, jeden Donnerstag mit einem schottischen Sozialisten zu speisen, einem Finanzexperten und Fachmann für westindische Baumwolle, und ich habe ihn in Verdacht, daß er die Hälfte seiner Ideen, den Markt zu überlisten, von ihm übernommen hat.)

Kurz, dies soll heißen, daß wir – obwohl wir es Dir nun zurückzahlen können – uns sicherer fühlen würden, wenn wir damit noch etwas warteten, falls es Dir nicht zu ungelegen ist, bis wir sehen, wo wir stehen – sowohl in bezug auf England als auch auf den Absatz einiger weiterer kleinerer Sachen. Da ich, was ersteres betrifft, früher anscheinend zu optimistisch war, würde ich sagen vor Ende des Sommers; zu dem letzteren sage ich gleich etwas. Wir hätten nicht gezögert, unsere Schuld bei Dir in dem Augenblick zu begleichen, da wir die £189:19:6 ½ erhalten hatten (von ursprünglich abgeschickten £200 – ich hatte Lust, ihnen die 6 ½ d als Trinkgeld zurückzuschicken und zu fragen, was sie mit den übrigen elf Guineen glaubten anfangen zu können, das wir nicht könnten; oder sogar anzudeuten, daß mein Bruder, wäre er früher informiert worden, £211:11:6 ½ beantragt hätte), wenn uns nicht jenes in der von Molière so brutal behaupteten Wahrheit liegende Gefühl verfolgte: («Der Tod steht den Erben nicht immer auf Abruf zur Verfügung, und dieweil das Gras wächst, verhungert die Kuh.»)

Aber selbst dann hätten wir damals und jetzt nicht so gezögert, wenn Du nicht so überaus rücksichtsvoll angedeutet hättest, es wäre Dir lieber, wir warteten ab, bis wir uns etwas sicherer fühlten. Sicher – unsicher: wir sind beides. Sag uns also bitte Bescheid, denn es gibt auf Gottes Erde keinen Grund, warum wir Dich dafür, daß Du uns vertraust, leiden lassen sollten: und Du brauchst auch nicht mit uns zu leiden aus dem Gefühl heraus, wir wären völlig blank, falls wir es Dir morgen schickten.

Margies Gesundheitszustand verbessert sich stetig, und unsere einzige verbleibende große Sorge betrifft das Haus – obwohl das nur indirekt ein ökonomisches Problem ist: wahrscheinlich hilft uns kein noch so großer Geldbetrag, es zu behalten, sollte man damit beginnen, das Land zu «entwickeln». Sollten wir es aber verlieren, würde sich unsere ökonomische Situation dadurch über Nacht verschlechtern – ganz zu schweigen von anderen Aspekten dieser Sache –, und wenn wir dies berücksichtigen, ist es von unserem Standpunkt aus klüger, etwas Geld zu behalten, für den Fall, daß dieser Schlag uns trifft, bevor England durchkommt oder wir noch etwas verkauft haben. Die Angst vor der Exmission kommt und geht: es ist eine Situation von ziemlich universeller Bedeutung, die ich schon immer in dem Roman ausarbeiten wollte; aber darüber läßt sich viel leichter schreiben, als es durchzustehen, und während man es durchsteht, ist es genauso schwer, darüber zu schreiben wie nicht darüber zu schreiben. Die Drohung kommt jetzt seltsamerweise aus Amerika und nicht aus Kanada, da sämtliche Nachbargrundstücke von amerikanischen Interessenten aufgekauft worden sind. Es besteht aber die Chance, daß sie sich in dieser Hinsicht menschlicher erweisen und uns hier wohnen lassen oder uns wenigstens Zeit zum Umzug einräumen, was die Kanadier nicht tun würden.

Was die Arbeit anbetrifft, so wurde ich durch all diese Sorgen ganz schön ernstlich daran gehindert, in der letzten Zeit irgend etwas zu Ende zu führen, was einwandfrei und zugleich auch verkäuflich wäre; um so mehr, als es sich ergab, daß die Handlung des Romans, die sich auch in alle Kurzgeschichten erstreckt, mich allmählich einholte. Ich bin aber völlig sicher, daß die Arbeit, wenn sie fertig ist, wegen dieser Besonderheiten, die wir durchgemacht haben und noch durchmachen, profunder sein wird; kurz: es scheint uns sehr gut getan zu haben.

Margie freilich hatte einen wahren Ausbruch von kreativem Genie und legt gerade letzte Hand an einen Kurzroman mit dem Titel ‹*The Castle of Malatesta*›. Dies ist wahrlich ein derartig wunderbares Stück Arbeit, daß ich – teils aus diesem Grund, teils weil es höchst zweckmäßig erschien: es war das am weitesten gediehene Stück Prosa in der Familie; es ist, wie ich glaube, verkäuflich; und es ist absolut notwendig für uns, Hal etwas zu schicken –, daß ich in der letzten Zeit fünf Sechstel meiner Zeit darauf verwandt habe, ihr dabei zu helfen, es fertigzukriegen; wobei meine Hilfe großenteils darin bestanden hat, meinen Einfluß herauszubekommen, nämlich da, wo er schlecht durchdacht und verderblich war, und sie dadurch in die Lage zu versetzen, ihr eigenes, äußerst originelles Talent zum Vorschein kommen zu lassen, und als eine Art entfernter Fritz Lang zu agieren: die Querstriche von t's und p's zu ziehen und seltsame Hintergrundgeräusche zu liefern, wo dies nötig war. Auch dies begann – wie es mir in dieser Zeit häufig geschieht – als Kurzgeschichte, wurde dann zu einer Novelle und war dann am Ende ein bißchen länger als Jim Agees wirklich vorzügliche ‹*Morning Watch*›, die wir vor kurzem mit Vergnügen gelesen haben; folglich dürfte es sich als ein Band veröffentlichen lassen. Ich weiß nicht, was Hal damit anfangen wird oder ob es zunächst für einen Vorabdruck in einer Zeitschrift in Frage kommt; fertig dürfte es aber noch in dieser Woche werden, und abschicken werden wir es wohl noch vor Ende nächster Woche, wenn nach Abschluß der Aufräumungsarbeiten eine endgültige Fassung abgetippt ist. Zehn Tage Transportzeit unterstellt, heißt das, daß es um den 24. Juni bei Hal ankommen dürfte; und es wäre mir äußerst lieb, wenn Du einen Blick hineinwerfen würdest. Obwohl ich das Gefühl gehabt habe, daß ich mich bis jetzt auf die eine oder andere Weise unabsichtlich als ziemlich verderblich für Margies Schicksal und Freiheit als Schriftstellerin erwiesen habe – ob durch Rat, Einfluß, Meinungsäußerung, Dasein oder schieres Volumen, weiß ich nicht –, fühle ich mich frei, solche Bedenken in dieser Sache zurückzustellen, und ich glaube nicht, daß ich einen falschen Gedanken in den Äther setze, wenn ich objektiv feststelle, daß es tatsächlich einer der bemerkenswertesten Kurzromane ist (mit Sicherheit eine der bemerkenswertesten Liebesgeschichten), der je von einer Amerikanerin geschrieben wurde. Ich war zuerst ziemlich abgeneigt, Dich zu bitten, es zu lesen, da Du dadurch persönlich in Verlegenheit gebracht werden könntest. Wenn es Dir gar nicht gefiele, würdest Du es mir nicht sagen wollen, um mich nicht zu verletzen. Desgleichen, wenn es Dir gefiele, könntest Du denken, es würde uns verletzen, wenn die Umstände es nicht zuließen, daß Du Dich dahinterstellen könntest. Nachdem ich nach langem Nachdenken zu dem Schluß gekommen war, daß es im Gegenteil gut möglich wäre, daß Du es mir nie verzeihen würdest, wenn ich auf Grund dieser Erwägungen nicht einmal *versucht* hätte, Dich etwas lesen zu lassen, was schließlich leicht ein Klassiker werden könnte, habe ich diese Erwägungen (was für eine Prosa! O Malcolm: was für eine Prosa!) aus dem Fenster geschmissen. Ich mache Hal nicht gern Vorschläge. Margie hat Angst, Dir irgend etwas zu sagen – man kann uns natürlich keinen Vorwurf machen, daß wir beide «ruhmreiche Vögel» sein wollen (womit sie Dich einmal amüsiert hat), und zwar bei demselben Herausgeber, und das wärest selbstverständlich Du. Diese uns nie aus dem Sinn gehende Vorstellung scheint zu schön, um wahr zu sein. Tatsache ist aber, daß sie ungeheuren Mut und ungeheures Talent besitzt, und ich bin davon überzeugt, daß sie es weit bringen würde, wenn man sie nur ein wenig ermutigte. Auf alle Fälle hoffe ich, die Hoffnung ist nicht übertrieben, daß Du einen Weg finden kannst, einen Blick hineinzuwerfen – und zwar hoffentlich als erster, denn ich glaube natürlich, daß ich einen Knüller für Dich ausfindig gemacht habe. Um es zusammenzufassen: das letzte, was wir beabsichtigen, ist, Dich wegen der persönlichen Unredlichkeiten dieser Situation in die Enge zu treiben oder in Verlegenheit zu bringen. Sie will es nicht von jemandem verlegt haben, der weder von dem Buch begeistert ist noch an sie glaubt – die Sache mit Scribner's war ein Alptraum –, aber Begeisterung kann man nicht erzwingen, und Meinungen sind nun mal verschieden. Ich weiß: selbst Deine und meine (auch wenn ich nicht sicher bin, wo) – jedenfalls möchte sie nicht, daß es «auf Grund gewisser Nebenumstände» veröffentlicht wird. Andererseits – wenn es veröffentlicht und ein Erfolg wird – wollen wir niemand anderem als Dir das Verdienst daran zukommen lassen, falls Du das Gefühl hast, Du könntest Dir damit Verdienste erwerben.

Es ist ziemlich schwer, ihr Werk von meinem zu trennen, wenn wir so richtig auf der Höhe sind; soll heißen, auch wenn es sich sehr voneinander unterscheidet, in einem weiteren Sinne: wenn wir so richtig loslegen, sind wir – obwohl zwei einzelne und sehr verschiedene Schriftsteller – wie ein Organismus, und in dieser Hinsicht schulde ich ihr für den ‹*Vulkan*› ungeheuer viel. Ich muß also mehr oder weniger in dieser Weise reden. Zum Teil ist das sogar egoistisch. Wenn ich sie nicht in Gang halten kann, kann sie mir nicht helfen; und dann breche ich in Stücke. Aber um mir gegenüber gerecht zu sein: so betrachte ich das nicht. Ihr Problem war, sich ohne mich in Gang zu halten bzw. zu erkennen, welche Art von Hilfe sie für ihre individuellen Zwecke tatsächlich brauchte; und genau das hat sie triumphal geschafft.

Ich selbst habe eine lange Kurzgeschichte fertig – sie ist aus dem Intermezzo-Teil des Romans – dieser ganze Teil wird ‹*Eridanus*› heißen. Jener Teil dieses Teils ist unter dem Titel ‹*Der Waldpfad zur Quelle*› bekannt, und wir wollen ihn abschicken, wenn ‹*Malatesta*› nicht mehr im Weg ist. Wir haben noch eine Menge anderer kurzer Sachen, die wir zurückgehalten haben und jetzt allmählich an Hal schicken sollten; meine Arbeit ist in eine Klemme geraten. Im ‹*Waldpfad*› stecken einige der besten Sachen, die ich je geschrieben habe, wirst Du hoffentlich denken. Dollarton nenne ich dort *Eridanus*: nach dem Sternbild – der Fluß der Jugend und der Fluß des Todes. Als ich kürzlich Dante las, kam ich zu dem Schluß, daß die hiesige himmlische Szenerie von Kiefern und Bergen, Bucht und Meer der von Ravenna äußerst ähnlich sein muß, wo er starb und schrieb und die Inspiration für den letzten Teil des «Paradiso» bekam. Dann entdeckte ich, daß Eridanus in der Mythologie unter anderem tatsächlich der Po ist und die Mündung des Po bei Ravenna liegt. Das hat mich ziemlich erschreckt, obwohl ich überhaupt nicht sehe, warum es das sollte.

Aber mit alldem läßt sich ‹*The Voyage That Never Ends*› nicht schreiben; nicht einmal für Dich entwerfen. Selbst den Entwurf in lesbarer Form zu schreiben würde mich, wenn ich nichts anderes täte, rund vier Monate kosten; vielleicht wäre das ja sogar eine gute Sache, es so zu entwerfen?

Ich sollte aber zumindest einiges von dem Material bei Dir unterbringen: es wäre eine gräßliche Vorstellung, noch ein Paradiso vollständig zu verlieren – nichts drin für keinen von uns. Kann sein, daß Dir die Idee von ‹*The Voyage*› anfangs nicht gefällt, ich glaube aber, am Ende wird sie es. Ich sollte mich aber so schnell wie möglich daranmachen und lange Zeit an nichts anderes denken, wenn ich es je fertigbekommen soll – die Ideen scheinen ständig zu fliehen, vielleicht «reifen» sie aber auch nur, wie Ryder[1] es ausdrückt.

Und andere Erzählungen ... verfluchte Chose, ich schicke aber besser erst mal ein Bündel davon los. Doch zuerst ‹*Malatesta*›.

Vorige Nacht habe ich lange und glücklich von ‹*The Voyage*› geträumt – von einer endlosen und fruchtbaren Diskussion mit Dir über ‹*The Voyage*›, die im Gegensatz zu den meisten Diskussionen ständig etwas jenseits der Diskussion erschuf, das dauernd in irgendeiner transzendenten Form Gestalt annahm, wobei aber gleichzeitig eine richtige «Voyage» vonstatten ging: ich wachte mehrmals auf, fühlte mich aber so glücklich, daß ich wieder in den Traum zurück mußte – es war der allerglücklichste und durchgängig fröhlichste Traum, den ich je gehabt habe, als ob die Tyrannei des Stils – die Unds, die Abers und die Jedochs – nicht existierte und wir, um dieses Buch zu schreiben, nichts anderes tun müßten, als in irgend etwas einzusteigen und irgendwohin zu fahren; welcher Klasse, weiß ich nicht.

Also ich muß jetzt Schluß machen, um die Post noch zu kriegen (in einem Gewitter). Sag uns bitte, ob Du das Geld sofort brauchst oder ob Du, ohne allzu große Unannehmlichkeiten für Dich selbst, noch ein wenig abwarten kannst, bis es dem Zahlmeister Seiner Majestät genehm ist.

Wir danken Dir beide dafür, daß Du es so schnell und freundlich geschickt hast; und wir senden Peggy und Dir alles Liebe.

Malcolm

1 Albert Pinkham Ryder, amerikanischer Maler (1847–1917), den Lowry sehr schätzte (A. d. Ü.)

An Philippe Thoby-Marcelin

[Sommer 1951]

KARAMBA, mein liebster Phito.
Wir gratulieren Dir herzlichst zu ‹*Der Bleistift [Gottes]*›, das ich hier aus Zeitgründen nicht diskutieren kann; ich will mich damit begnügen zu sagen, daß es – wenn auch nicht das beste Buch, das *Du* schreiben kannst; und das sollte es ja auch nicht sein – mich sehr überraschte, wenn es kein Klassiker wird; das verdient es nämlich voll und ganz. Ich sehe kommen, daß es oftmals neu aufgelegt werden wird, ja sogar, daß die Schüler es in der Schule werden lernen müssen (selbst wenn ihre Eltern dagegen protestieren). Als Ganzes genommen ist die Übersetzung gut gelungen, denke ich: doch finden sich hier und da, besonders im unrichtigen und widersprüchlichen Gebrauch des amerikanischen Slangs, einige geschmackliche Irrtümer, und an ein paar anderen Stellen spürt man, daß die wörtliche Übersetzung Dir nicht gerecht geworden ist beziehungsweise einen leicht falschen Eindruck hervorruft: wir werden Dir dazu in Abständen von wenigen Tagen Verbesserungsvorschläge schicken – die ersten morgen (Freitag), womit wir erst einmal die ersten Kapitel erledigen, um Zeit zu gewinnen, was für Dich womöglich das wichtigste ist. Dabei werden wir genau deutlich machen, wo die vorgeschlagenen Verbesserungen auf den Fahnen erscheinen sollten, was Du dann an Hand Deines Exemplars nachprüfen und mit einem Freund oder Berater besprechen kannst, ohne daß wir Dir aber die Fahnen selbst vorläufig zurückschicken, da wir sie für diese Arbeit brauchen.

Wo es sich vermeiden läßt, werden wir keine Vorschläge machen, die zur Folge hätten, daß ein Absatz neu gesetzt werden müßte; wir empfehlen Dir aber ernstlich, derartiges in Zusammenhang mit jemandem zu überdenken, der Englisch kann, oder mit Deinem Übersetzer; denn wir glauben, daß diese kleinen Fehler – wenn sie auch einzeln nicht viel wiegen – insgesamt gesehen die Rezensionen beeinträchtigen könnten.

Teile uns bitte *sofort* mit, wieviel Zeit Du hast; unser erstes Bündel mit Anmerkungen wird aber auf jeden Fall morgen zur Post gebracht.

Eben jetzt stehen wir vor der Ausweisung aus unserem Haus, zusammen mit unseren Nachbarn, den Fischern: bete bitte für uns, daß diese Tragödie sich nicht ereignet, was noch immer gut möglich ist: nichtsdestoweniger – Tragödie oder nicht – wirst Du deine Anmerkungen rechtzeitig und wie erklärt erhalten, selbst wenn man damit beginnt, das Haus unter uns wegzutragen, während wir sie schreiben. Die Sache ist zu lang und kompliziert, um hier darauf einzugehen – aber glaub mir, auch dies ist eine Geschichte von Haien: wir leben auf regierungseigenem Land, das man uns nicht kaufen läßt; inzwischen werden wir aber behandelt, als besäßen wir überhaupt keine Rechte mehr, nicht einmal menschliche, so daß wir keinen legalen Ansatzpunkt haben, es sei denn, ich bin klug genug und erfinde einen. Bete also bitte. Schlimmer als für uns ist es für einige Nachbarn von uns, die trotz allem noch jung und munter sind.

Leb wohl, und nochmals Glückwunsch zu Deiner schauerlichen und witzigen Griechischen Grand-Guignol-Tragikomödie, und alles Liebe von Margerie und mir

ton frère
Malcolm

An David Markson[1]

Dollarton, British Columbia
25. August 1951

Lieber David M.:
Würde ich alles sagen, was mir Ihr Brief eingibt, führte uns dies geradewegs zu den urzeitlichen Schöpfungskräften, und in zwanzig Jahren säße ich immer noch am 15. Band einer *Grundlage der Wissenschaft von Ausdruck*[2], und dieser Brief käme nie zustande. Soviel zu dem, was Sie zaghaft für «die Grobschlächtigkeit, mit der Sie Ihre Fragen zusammengebraut haben» hielten, worüber Sie also beruhigt sein dürfen; über Ihren Brief vom 9. Aug. seien Sie nicht nur beruhigt, sondern absolut froh – es freut mich wirklich sehr, daß Sie ihn geschrieben haben; wie ich natürlich auch dankbar war, ihn zu erhalten; und was den Inhalt *dieses* Briefs angeht, seien Sie auch darüber im voraus beruhigt, aber auch bei wachem Verstand – also genau wie das Tao –: auf Ihr Haupt wird kein psychischer oder psychologischer Donnerkeil niederfahren, allerdings wird es hoffentlich etwas Manna regnen (was man womöglich Mana schreiben sollte). Und obwohl ich mir kraft der Würde meiner Jahre hin und wieder das Recht anmaßen mag, wie ein Vater zu

Ihnen zu sprechen, wird es doch nicht gar so ernst werden wie all dies: ehrlich gesagt wird diese pseudo-wie-gestochene Handschrift und Semikolontechnik im weiteren Verlauf dieses Briefs zweifellos abgelegt werden – auf geht's –, so wie auf Haiti (bei einer Zeremonie, die einen anfänglich an die guten alten steifen Tage der Abendmessen erinnert – Madame, Ihre Sitzbank; und dann tritt leutselig der Priester ein und die Gemeinde im Sonntagsstaat) der Voodoo-Priester seine glänzenden Sonntagsschuhe ablegt, wenn er sich, nachdem die Trommeln zum hundertstenmal die Götter vom Olymp herabbeschworen haben und er selbst zum hundertfünfzigstenmal besessen ist, fröhlich in die Flammen stürzt: aber zunächst die gedämpfte Konversation in der Sakristei, und während des Orgelvorspiels meine Erklärung dafür – und meine Entschuldigung für all dies –, wie der hilfreiche Genius, welchen ich Ihnen wiederzugeben versprochen habe, im Schornsteintopf gelandet ist ... Erstens: ich *habe* Ihnen geschrieben, und hier ist eine Zusammenfassung dessen, was ich gesagt habe:

Ich begann mit der Darstellung der Waldbrandsituation und fügte hinzu, daß wir zwar keinen in unmittelbarer Nähe hätten, man aber gleichwohl nichts anderes riechen könne und so etwas selbst in einiger Entfernung einen in Schrecken versetzte. Ich wolle mich also kurzhalten, sagte ich. Ja, Aikens ‹*Blue Voyage*› hat mich ungeheuer beeinflußt, besonders weil ich (mit 18 hatte ich es in England kennengelernt, nachdem ich gerade von meiner ersten Seereise zurückgekehrt war), da ich nicht imstande war, irgend etwas über den Verfasser herauszufinden, Aiken für meine Entdeckung hielt. In Wahrheit wurde Aiken natürlich von einem kleinen Kreis in England hoch verehrt, aber dies fand ich erst sehr viel später heraus; schließlich stamme ich aus einer vom Jagen und Schießen besessenen Familie aus der Nähe von Liverpool, in der man von Literatur nichts hielt. Unterdessen stand ich nicht an, auch die Koinzidenz der Zueignung an C. M. L.[3] aufzugreifen. Und zwar dermaßen, daß ich im Handumdrehen faktisch der Meinung war, daß nicht nur das Buch mir gewidmet war, sondern daß ich selbst es geschrieben habe, weshalb ich, obwohl Engländer, äußerst befriedigt war – wenn es mich innerlich wohl auch verdammt geärgert hat –, als ich ein paar Jahre später stellvertretend den Pulitzer-Preis empfing. (In Wirklichkeit war C. M. L. Clarice Lorenz, Aikens zweite Frau.) Was ich in dieser Hinsicht zu sagen hätte, fügte ich des weiteren hinzu (in diesem im vorigen Juni entworfenen Brief), würde Ihnen eher privat, als Romancier und

Schriftsteller, nützen als bei der Abfassung der Examensarbeit. Es würde mich auf ein riesiges psychologisches Feld führen, wenn nicht gar in vertrauliche und sehr persönliche Gefilde: und aus dem vor mir liegenden Schreiben (wie man so sagt) geht nicht ganz klar hervor, ob ich das Thema an dieser Stelle abgebrochen habe, weil ich hier, ehrlich gesagt, zu meinem Nachteil zu erscheinen fürchtete, oder ob ich bei dem Versuch, womöglich gewisse Fallgruben, die sich vor *Ihnen* als Schriftsteller auftun könnten, zuzuschütten, auf einmal fürchtete, ich könnte Ihnen dabei ein paar ganz neue ausheben. An dieser Stelle kommen wir also zur Kabbala, um Ihre Frage zu beantworten, und wechseln das Thema.

«Zur Kabbala», schrieb ich, «und der ganzen Sache des Okkulten: wie sehr ich auch recht haben mag, mein französisches Vorwort auf das Niveau eines unbedeutenden Doppelgänger-Geschwätzes zu reduzieren, so fühle ich mich doch als Weggenosse mit einigen Jahren mehr auf dem Buckel – der Ihnen nützlich sein, aber Sie nicht wirklich beeinflussen will, es sei denn, auf etwas Besseres hin – dazu verpflichtet, zu sagen, daß Ihre Rationalisierung, wie wichtig oder gar heilsam es mittelbar für Sie sein mag, dergleichen zu rationalisieren, auf einer Illusion beruht. Tatsächlich könnten Sie mit einigem Recht die Kabbala selbst «rational erklären» (sie stellt grob gesagt ein Gedankengebäude dar, das eine magische Welt in der diesseitigen erschafft, die, soweit ich weiß, keinen Anspruch darauf erhebt, etwas anderes als eine Illusion zu sein – werfen Sie das ruhig aus dem Fenster, wenn Sie wollen, auch wenn das vielleicht nicht klug ist, denn es könnte durch ein anderes wieder hereinfliegen), aber die unbekannten Tiefen der menschlichen Seele können Sie nicht rationalisieren oder was auch immer – wenigstens nicht so, wie Sie es vorhaben. Sie selbst haben eine, und ihr Wirken kann man auch bei Ihnen feststellen. (Das, und noch viel mehr, wissen Sie natürlich; und doch – während ich das «viel mehr» aufhäufe – staune ich darüber, wie viel Selbsterkenntnis, ja Vorherwissen, man überblicken kann: es war schon immer da, als wartete es nur darauf, gebraucht zu werden. Sie müssen nur über die Schwülstigkeit all dieser Aussagen hinwegsehen.)

Eine der klarsten Antworten, die mir zu alldem unmittelbar einfällt, steht etwa in Jungs 20 Jahre altem ‹*Der Mensch auf der Suche nach seiner Seele*›, das ich erst kürzlich gelesen habe; verzeihen Sie mir also, falls dieser Hinweis unpassend erscheint. Auch wenn es mehr oder weniger populärwissenschaftlich und in einem trockenen Pseudokauderwelsch geschrieben ist – und stellenweise psychologisch wohl überholt und veraltet und was weiß ich –, könnten Sie gleichwohl finden, daß es voll der klügsten Spekulationen steckt (falls Sie es nicht zufällig schon gelesen haben). Zurück zum Thema: Sie vermuten, Joyce würde all dies belächeln. Nein. Joyce – den ich immerhin einmal lächelnd im Jardin du Luxembourg erlebt habe – war im Gegenteil ein äußerst abergläubischer Mensch (falls das das richtige Wort ist). Das einzige, was er an Yeats' ‹*Vision*› bedauerte – das sollten Sie übrigens auch lesen, falls Sie es noch nicht haben, selbst wenn Sie mit diesen Kegeln nichts anfangen können (ich hab's nur zum Verständnis eines einzigen Kegels gebracht) –, war, daß er all diesen gewaltigen Stoff nicht in einem Kunstwerk gebraucht hat. Nennen Sie das von mir aus Schund. Wahrscheinlich birgt es sogar gewisse Gefahren, es anders zu nennen. Joyce (der kurz vor seinem Tod noch Aikens ‹*Coming Forth by Day of Osiris Jones*› suchte) war sogar laut einem seiner Biographen in bezug auf den Namen Lowry abergläubisch – er taucht in seiner Begräbnis-Szene auf. Er hatte sich diese Namen kaum ausgedacht, pflegte er mit Vergnügen zu berichten, als diese Namen einer nach dem andern lebendige, oder eher tote, Ebenbilder bekamen, die sämtlich das eine gemeinsam hatten, daß sie ein groteskes und tragisches Ende gefunden hatten! Ich habe nie nachgeprüft, ob schon ein Double namens L. meinen Part für mich erledigt hat, aber sei dem, wie ihm wolle, das reicht, um einen bis zu seinem Tod für ein glückliches Ende kämpfen zu lassen – um *dem* vorzubeugen! Mit mehr Ernst (falls das nicht ernst war): Sie können ohne weiteres sehen, warum Joyce aus rein psychologischen Gründen – ein abergläubischer Mensch sein dürfte. Was aufsteigt, muß auch wieder herunterkommen; ganz zu schweigen davon, was passiert, wenn man die Natur mit der Heugabel austreibt.[4] Abergläubisch sein bedeutet freilich nicht, «mystisch» zu sein, doch will ich dies fürs erste übergehen.

Ich sagte auch, ich würde Joseph Frank und Mark Schorer fürs erste übergehen, da ich dies besonders insofern für interessant hielt, als es einen Einfluß auf das haben könnte, was Sie mit dem Papier vorhaben: ich bemerkte mit freundlichem Salut und gleichsam dem Schnurren des Künstlerkollegen, daß Sie – auch wenn Sie eine Examensarbeit zu schreiben haben – es nicht ertragen können, sie in einer Form zu schreiben, die vom Thema nicht vorgegeben ist, oder jedenfalls nicht ohne Form; und daß Sie so, möchte ich sagen, die Herrschaft des Künstlers über den Kritiker in Ihnen zeigen: das bedeutet wirklich mehr als «Schorer stirbt und kippt um» – oder sollte ich sagen «Der Konsul kippt um und stirbt»: ich schreibe an dieser Stelle nicht sehr klar, könnte man sagen. Lücke im Manuskript – um die Wahrheit zu sagen, eine sehr große: völlig uninteressant; es geht dann weiter mit *‹Las Manos de Orlac›*.

‹Las Manos de Orlac› also ist ein absurder und verrückter (und schlechter, auch wenn ich so tue, als wäre er verhältnismäßig gut; war er vielleicht ja auch) Film aus dem deutschen Goldenen Schicksalszeitalter der Ufa, Wiene, Caligari, Fritz Lang usw. mit Conrad Veidt als Orlac: Orlac, ein bedeutender Pianist, verliert bei einem Eisenbahnunglück seine Hände; bekommt von einem «Wahnsinnigen Arzt» die Hände eines Mörders eingepflanzt und fühlt sich daraufhin ständig getrieben – zweifellos, weil er in *‹Caligari›* auch den Schlafwandler gespielt hatte –, Morde zu begehen; Hollywood machte davon um 1936 eine Neuverfilmung von wahrhaft haarsträubender Miserabilität, allerdings hatte man Peter Lorre von Fritz Langs Ufa für die Rolle des Arztes importiert: die chirurgischen Sequenzen wurden in dieser Fassung von dem Ufa-Genie Karl Freund gefilmt, so daß man immerhin 5 Minuten von diesem Grand Guignol zu sehen bekommt, wenn auch die Wirkung insgesamt nicht schlimmer sein konnte: thematisch gibt freilich der Pelado in Kapitel VIII – im übertragenen Sinn der Konsul, dann auch M. Laruelle – den Schlüssel: die Hände des Pelado sind mit Blut bedeckt. Wie die des Menschen.

Zur Rezeption: eine etwas schwierige Angelegenheit: der *‹Vulkan›* war in den USA ein beträchtlicher Erfolg – wenigstens für mich – sogar finanziell –, wenn auch kein so großer, wie sein 5. Platz auf den Bestsellerlisten über einige Monate andeuten könnte: am erfolgreichsten war er wohl, zu meiner Freude, in Dallas, Texas; und einmal stand er in einer Bestsellerliste einen Platz höher als *‹Forever Amber›*, aber, um *‹Forever Amber›* Gerechtigkeit widerfahren zu lassen, es hat beträchtlich länger oben gestanden, und zu dieser Zeit standen wir beide sowieso schon ganz unten: wir lieferten uns allerdings eine Zeitlang eine richtige Schlacht – ich schätze, insgesamt 15 000 bis 16 000 Exemplare. Hier in Kanada wurden 2 Stück verkauft – soweit ich es überblicken kann –, und in der hiesigen Zeitung wurde es verrissen. In England kam es gut an, verkaufte sich aber kaum besser. In Frankreich wurde es begeistert begrüßt und in einer Edition Moderner Klassiker herausgegeben, desgleichen in Norwegen. In Schweden, Dänemark, Italien und Deutschland wurde es ebenfalls übersetzt, obwohl ich keine Ahnung habe, was daraus geworden ist, außer in Dänemark, wo es ein Reinfall war, und Deutschland, wo es in Kürze erscheinen soll und welches von den letztgenannten Ländern sich am ernsthaftesten damit beschäftigt hat. (Ich meine natürlich West-Deutschland.) (Mark Schorer hat zwei Rezensionen darüber geschrieben – eine außergewöhnlich wohlwollende ausgerechnet in *Vogue* –, andere haben es nicht weniger verrissen; und in die ‹*Encyclopedia Britannica*› hat es auch Einzug gehalten.)

Ich erwähne dann, daß ein Kamerad von den Königlich Walisischen Füsilieren darauf bestanden hatte, ich hieße Clarence – nach dem Gentleman dieses Namens, den man in einem Faß Malvasierweins ertränkt hat; dann empfahl ich mich Ihrem Freund Leonard Brown und deutete an, daß, wenn er Firmin wäre, ich das schön fände, denn in einem späteren Buch werde ich den Konsul wiederauferstehen und genau das Gegenteil machen lassen – und das alles sogar, ohne daß er den Erbonymen Alkoholikern beitritt, obwohl angemerkt werden muß, daß er das Gesöff wechselt und sogar eine Zeitlang eine Schopenhauer-und-Essig-Diät macht, nebst anderen Kuren aus Burtons ‹*Anatomy of Melancholy*›, bis hin zu Wasser, wodurch er beinah an der Ruhr stirbt, und Milch, wovon er eine Nebenhöhlenentzündung bekommt, und Tee, der bei ihm einen noch schlimmeren Anfall von Delowryum Tremens hervorruft; und dann kam ich wieder auf Aiken zurück und fügte an, daß ich ihn noch immer für ein sehr großes Genie halte (übrigens für ein beträchtlich mißverstandenes), daß es mir aber vorkomme, als berühre dies ein für einen Schriftsteller, der zur See geht, derart wichtiges Thema, daß ich Ihnen dazu besser einen nur für Ihre privaten Ohren bestimmten Brief schreiben sollte – Lücke im Ms. – da noch zu erklären blieb, warum ein 18jähriger Junge, der bis auf eine einzige rauhe Seite des Lebens, nämlich die See, mehr oder weniger nichts erlebt hatte (eine fragmentarische Erfahrung, und doch bin ich – O'Neill hat mich zur See geschickt, nehme ich an – so gesehen Seemann gewesen, und kein Passagier), wie von einer unwiderstehlichen teleologischen Macht von einem Aspekt des Geistes oder der Seele eines viel älteren Mannes angezogen werden konnte – eines Mannes, der ganz andere Erfahrungen gemacht hatte, eine andere Nationalität und andere Weltanschauungen besaß, und der obendrein – zumindest in ‹*Blue Voyage*› – eine Philosophie und einen psychologischen *Drang*[5] hatte – außer wo er einerseits auf Schönheit, andererseits auf das menschliche Elend zu sprechen kommt: beschrieben und verbunden durch den phänomenalen und magischen Gebrauch der Sprache –, die er, der Junge, nicht verstehen konnte und, hätte er sie verstanden, für ganz und gar feindselig gehalten hätte – und zwar aus purem Mangel an Sonne, Luft und Bergen, wenn nicht gar blauem Wasser (man könnte das pseudo-freudianisch und die Philosophie des «Nichts als» nennen) –; dort bin ich dann gewissermaßen steckengeblieben, wobei ich unter anderem gelassen übersah, daß Aiken selbst – außer in einigen wenigen seiner Kurzgeschichten, die zum größten Teil einen Rückfall in seine trockenen und unechten und beeinflußten Sachen darstellen und überhaupt keinen bleibenden Wert besitzen, was er, sage *Time*-Magazine, was es wolle, als erster bestätigen würde – sich in seinen Gedichten (ich wußte aber anfangs gar nicht, daß er ein Dichter war) und gewissen anderen exzeptionellen Schriften stetig und enorm über diese Ebene hinaus entwickelt hatte zu einer metaphysischen und viel weiseren und weiteren Anschauung, wahrhaftig bis zu einem Punkt, wo jeder Schriftsteller der Welt ohne weiteres noch von ihm lernen könnte; und man vergesse in diesem Zusammenhang auch nicht, daß der erwachsene, ja sterbende Joyce nach der wiedergeboren werdenden Osiris Jones suchte. (Als Conrad mir vor 20 Jahren ein Exemplar des letzteren Meisterwerks schickte, habe ich ihm zu meiner ewigen Schande weder je den Empfang bestätigt noch je irgendeinen Kommentar dazu abgegeben. Wozu sollte ich? Was sollte das Ganze mit dieser Osiris Jones? Schließlich war es nicht ‹*Blue Voyage*›, und *ich* hatte es nicht geschrieben. Schlimmer noch: mir ist nie in den Sinn gekommen, daß ihn das verletzen könnte – so grausam abstrakt ist eine Seite der Jugend. Und was noch merkwürdiger ist: man hätte sich das alles ohne den eigenen entfernten Einfluß denken können, auch wenn dieser nicht literarisch oder direkt war, sondern zum Teil eher auf natürliche Weise jener von mir gezeigten sehr heftigen und freiwilligen Treue zu seinem Werk entsprang – sofern er überhaupt daraus entsprang. Aber was habe ich in ‹*Blue Voyage*› gesehen? Gewiß etwas, was über meine rationale Sehkraft hinausging. Und geirrt habe ich mich nicht. Vielleicht etwas, was man ‹Operation Π› des Dämons nennen könnte?) Jedenfalls ist es kein Wunder, daß ich den Brief hier abgebrochen habe, denn das Thema ist wirklich sehr schwer zu erläutern, und ganz abgesehen davon war ich noch nicht einmal auf das zu sprechen gekommen, was mir der Kern des weit bedeutenderen Themas zu sein schien, das jenes aufzuwerfen begann –

Dann erhielt ich – nach einer Weile – Ihren Brief vom 9. Aug.

Und an dieser Stelle ist es wohl an der Zeit, daß ich die Schuhe ausziehe und mich in die Flammen stürze.

(Auch das kein Witz: wenn er selbst es nicht vormachte, würde niemand glauben, daß man es machen könnte; und dann wär's Essig mit der Initiation.)

Ich werde mit einigen Voraussetzungen beginnen, mich dann tatsächlich kühn auf Schlußfolgerungen stürzen, die alle schmeichelhaft für mich sind und zweifellos auf meinem ungeheuren Narzißmus beruhen – obwohl ich mit diesem Aspekt keine Zeit verschwenden werde –, und dann ein paar flüchtige Bemerkungen anbringen, in der Hoffnung, daß sie, wenn auch unzutreffend und nichts als Krimskrams und Kindereien, eines Tages gut als brauchbares Bauholz dienen könnten, aus dem Sie sich eine Brücke bauen mögen, falls Sie eine nötig haben. Denn es ist nicht verwunderlich, daß Dante fand, der gerade Weg sei verloren. Es gibt keinen Pfad, es sei denn verzauberte. Dantes Wald war ein Abgrund. Psychologisch – zum letztenmal Psychologie! –, wie Kafka sagte, aber wahr. Zum Glück war Vergil in der Nähe – stehen wir doch in dieser Welt alle dicht beieinander –, und er hatte soviel gesunden Menschenverstand, von ihm Gebrauch zu machen. Zugegeben, Dante wurde dadurch nicht viel glücklicher, aber das war vielleicht sein Fehler: zumindest hat er das Buch zu Ende geschrieben. Vielleicht hätte er noch besser daran getan, wenn er Vergil an Stelle eines weiteren seiner armen Unglücklichen in einen jener Sümpfe gestoßen und seinen Kopf beim Hinüberschreiten als Steg benutzt hätte; aber das ist jetzt nebensächlich. Jedenfalls war Vergil tot. Hätte er gelebt, hätte die Sache anders ausgesehen. Und ich bin kein Vergil. Ich werde aber trotzdem so gut ich kann auf meinen lehmigen Füßen weiterstapfen – vielleicht verwandeln sie sich ja dabei sogar in eine Art gefleckten Marmor. Wie auch immer:

a) Ich setze also voraus – wie ich wohl sollte –, Sie meinen Ihren Brief ernst

b) und wünschen nun, da Sie ihn geschrieben haben, Sie hätten dies nicht getan: d. h., vielleicht schämen Sie sich, Ihre Gefühle so ausgedrückt zu haben; tatsächlich könnten Sie sogar denken, ich hätte ihn mißverstanden usw.

Zu (b): wünschen Sie *nicht*, Sie hätten ihn nicht geschrieben. Etwas Besseres hätten Sie nicht tun können. Und Sie haben recht: er *ist* überaus heilsam. Nicht heilsam wäre es gewesen, wenn Sie Ihr Einfühlungsvermögen in das Thema nicht so schlicht und direkt zum Ausdruck gebracht hätten. Es stimmt – zweifellos, könnten Sie meinen –, im Lauf der Zeit hätten Sie die besagten Gefühle vergessen, aber hier kommt wieder die Sache mit der Natur und der Heugabel: mehr noch, ein Buch ist eine viel schwierigere Angelegenheit als ein Mensch – einmal richtig erkannt, liegt es nicht in seiner Natur, einen in Ruhe zu lassen, auch wenn die Ursache seines Verhaltens eine die menschliche Fassungskraft übersteigende wechselseitige Dankbarkeit ist; es neigt dazu, zu einer Art Mantra-Yoga zu werden. Alles kalter Kaffee, was ich hier sagen muß; liegt an dem vorletzten Satz – die Gefühle wenden sich nach innen und, was noch schlimmer ist, beginnen gegen Sie zu arbeiten: und noch schlimmer, sie können einem geradezu eine Art Verfolgungswahn einflößen: man verdächtigt sich der Nekrophilie, beginnender Paranoia und weiß der Himmel was alles noch (und außerdem ist der Verstand, ebenso wie das Herz, ein einsamer Jäger – ich habe mich einmal in einen Elefanten verliebt –, und es hat gar keinen Zweck, sich über die dekadenten und morbiden «Korrespondenzen» dieser Dinge aufzuregen: sie werden lächerlich, wenn man nichts anderes versucht, als zu *leben*, und, bei Gott, ich weiß, wie hart das in Ihrem Alter sein kann. Vielleicht spreche ich von mir und nicht von Ihnen – egal, ich kann mir trotzdem erlauben, mit Ihnen zu leiden: Sie halten sich für mißverstanden oder übergangen, oder schlimmer, für kühl und *clever* und rational und «psychologisch» verstanden, und somit für mehr als übergangen, wo Sie doch bloß etwas Direktes und Aufrichtiges gesagt haben. [Lücke im Ms.] – nun, ich selbst bin überaus glücklich verheiratet, bin der glücklichste aller Menschen, sowohl durch meine Frau als durch das Leben, das wir hier meistens führen; man könnte es gesund nennen – und bei Gott, es ist wirklich gesund – normal: was für ein Wort! – als wäre es heutzutage normal, glücklich zu sein oder so ein Leben zu führen, das von der Welt fast ganz und gar verschwunden ist – beachten Sie: Howard hatte weder die Mittel noch die Worte, mit denen er diesen einfachen Menschen hätte erklären können, daß das Geschäftemachen das einzig Wahre im Leben ist, daß es der Himmel und das Paradies ist und das ganze Glück eines guten Rotariers nur darin besteht. Diese Indianer lebten noch in einem halbzivilisierten Stadium, ohne viel

Hoffnung auf Fortschritt innerhalb der nächsten hundert Jahre. – *‹Der Schatz der Sierra Madre›* – aber es gibt alle möglichen gewaltigen und beseelenden Gefühle auf der Welt, die man nicht einfach festnageln kann: Gefühle für Prosa, für Elefanten, für die See, sogar für die Enten, die darin schwimmen: wir sind nun mal alle im gleichen Boot.)

Nun, sie ist gesund – ich meine Ihre Identifikation mit dem *‹Vulkan›*, auch wenn das Buch Ihrer vielleicht nicht würdig ist, obwohl es schlimmer sein könnte (und ich kann gar nicht sagen, wie sehr mich das berührt; denn ich will Ihnen nicht verheimlichen, daß ich zum großen Teil äußerst stolz darauf bin), aber irgendwie muß all das zu Ihrem Nutzen verwandt werden; es gehört Ihnen, wirklich: dafür ist es da. Und was immer die anderen sagen oder nicht sagen, ich halte es auf jeden Fall für ein gutes Buch.

Aber das von Ihren Bemerkungen heraufbeschworene Drama ist noch nicht voll zum Vorschein gekommen; es wird Sie nicht kaltlassen. Hier die Handlung des durch das Feuer vernichteten Buchs (*‹In Ballast to the White Sea›* – damals war es als eine Art Paradiso der Trilogie gedacht, von der der *‹Vulkan›* den ersten oder Inferno-Teil bilden sollte – jetzt ist es hypothetisch irgendwo anders in dem ganzen Klumpen von 5 Büchern einverleibt – den ich wohl *‹The Voyage That Never Ends›* nennen werde. Es ging vor 7 Jahren verloren, am 7. Juni 1944, als unser erstes Haus in Flammen aufging – keine zehn Fuß von da, wo ich jetzt sitze; geschrieben wurde es 9–10 Jahre davor in New York, als ich kaum älter war als Sie.) –:

A, der Held meines Romans – ein junger Student in Cambridge, von skandinavischer Herkunft, mit derselben seemännischen Erfahrung wie ich –, fühlt sich auf ähnliche Weise mit einem Buch verwandt wie Sie so überaus großzügig mit dem meinen: einem Roman über das Meer von dem skandinavischen Schriftsteller X[6], wovon er eine Übersetzung gelesen hat. Die Ziellosigkeit A's an der Universität ist derjenigen von Hugh in Cambridge in *‹U. d. V.›* sehr ähnlich und hat auch dieselben Gründe. X' Roman ist ein erschreckendes und furchtbares Werk, tatsächlich eine Art *‹Moby Dick›*, allerdings ein *‹Moby Dick›*, der weniger mit Walen zu tun hat als mit dem Schicksal der individuellen und lebendigen Besatzung der *Acushnet* (so hieß die *Pequod* ursprünglich). In diesem Fall ist es nur so, daß, je öfter A X' Buch liest, er sich desto mehr mit der Hauptperson dieses Buchs, Y, identifiziert – die (in X' Buch) das einzig Trostreiche ist – (es ist aber doch ein lebensbejahendes

Buch), und das um so mehr, als Y's Erfahrungen – die er auch auf X übertragen zu können glaubt – sehr, ja auf übernatürliche Weise, seinen eigenen ähneln: damit nicht genug: X' Buch ähnelt ganz unheimlich dem, das A selbst zu schreiben versucht hatte und das seins nun überflüssig gemacht zu haben schien. (Tatsächlich ist das Ganze noch viel komplizierter, aber lassen wir's mal so.)

Mein Held ist von mehreren Dingen verwirrt: von einer stürmischen Liebesaffäre mit einer älteren Frau; von dem Risiko, von der Schule zu fliegen, wenn er sie fortsetzt; von der ärgerlichen Situation, als Mann an der Universität zu studieren und doch wie ein Kind behandelt zu werden; von einem dostojewskihaften Bruder; von der Teuflischkeit seiner Zeitgenossen; von der Ideologie der anglistischen Fakultät; von dem Gefühl der Ausweglosigkeit, das ihn überkommt, wenn er an seine Berufswahl denkt, da er sich nun vorstellt, er sei womöglich gar kein Schriftsteller und daher nach alledem nicht besser als ein Kind usw. Vor allem aber verwirrt ihn die Tatsache, daß er in der *Literatur* absolut keine Parallele zu seinem wachsenden Gefühl der Identität mit Y und dem Schauplatz von X' Roman finden kann – außer einem ziemlich unbedeutenden, wenn auch guten, aber kaum hilfreichen Buch von Louis Adamic, einer schwachen Kurzgeschichte von Aldous Huxley und einem finstren deutschen Theaterstück, das in London aufgeführt wird: *‹Der Wettlauf mit dem Schatten›* von einem gewissen Wilhelm von Scholz, das auf einer Idee von Goethe basiert. Mit Ausnahme des letzteren, das so schrecklich ist, daß er es nicht ertragen kann, sind diese praktisch nur oberflächliche Parodien seiner Erfahrung, was ihn verwirrt, da er nicht glauben kann, daß sie nicht etwas Allgemeingültiges und damit etwas von lebenswichtiger menschlicher Bedeutung darstellt. Und mit den normalen Erfahrungen der Heldenverehrung, die man so durchmacht, hat sie ebenfalls nichts zu tun: Y ist kein Held im gewöhnlichen Sinne, seine Erfahrungen sind nicht beneidenswert, er ist nicht einmal klug – übrigens wird er in X' Buch nicht einmal äußerlich beschrieben, so daß er weder Gesicht noch Gestalt hat und man ihn sich überhaupt nicht vorstellen kann, außer als mehrere Personen auf einmal; auf einer anderen Ebene scheint er nur eine Stimme zu sein, die mit Respekt und einer peinigenden Wahrheitstreue, die A für einzigartig hält, über eine menschliche Erfahrung redet. (Y ist weder Melvilles «stattlicher Seemann» noch Conrads häßlicher – seine Tugenden sind schlicht und von der Art, wie sie A's Leben in England zu dieser Zeit überall an den Pranger stellt und sogar unmöglich macht: Loyalität, Schlichtheit, Anstand und die Fähigkeit, auch in den beschissensten Umständen Ehrfurcht zu haben vor dem Mysterium des Lebens und eine Abscheu vor der Lüge. Es scheint auch, daß er irgendwie an Gott glaubt, wenn auch nicht streng nach Martin Luther.) Und doch: wie kann A das einzigartig finden, wo Y doch bei Gott A *ist*. Und was soll das Ganze mit dem Abscheu vor der Lüge, wenn es eine der bedrükkendsten Tatsachen für A ist, daß er selbst ein geradezu pathologischer Lügner ist – unfähig, auf irgendeine Art und Weise vernünftig von sich zu berichten: überall erfindet er die phantastischsten Geschichten über sich, die so lebendig sind, daß sie eine Art Eigenleben haben. (Sie müssen aber unbedingt immer daran denken, daß ich – obwohl ich, wie Sie wohl erraten haben, im großen und ganzen, mehr oder weniger, natürlich mit Einschränkungen, A bin; allerdings ist X nicht Aiken, aber es gibt ihn – *Ihnen* gegenüber nicht lüge, selbst wenn es bequemer sein würde, dies zu tun.) X stellt das komplementäre und lebensspendende Handeln des Dämons dar, der sich auf Π beruft oder vielleicht auch in Π mit inbegriffen ist, ohne den Π aber zum Satan wird. Etwas in der Richtung. Das klingt alles völlig verworren, und ich stelle fest, daß es sich so doch reichlich lächerlich anhört. Aber haben Sie Geduld mit mir. Vermutlich muß ich es gar nicht erklären. Und wie kann A A sein, wenn er Y ist? Und doch ist das noch nicht mal die Hälfte der ganzen Geschichte. A ist kein Narziß. Er hat keine Paranoia. Außerdem ist er in einer Hinsicht ein Draufgängertyp (in meinem Buch oder Ex-Buch), fast so extrovertiert wie irgendeine Figur im ‹*Schatz der Sierra Madre*›, und dies ist allerdings ein Charakterzug, den er bei Frauen ausnutzt und über den er lügt, doch soviel ist wahr: sein Schiff hat ihn geradewegs durch die blutige chinesische Revolution usw. von 1927 geführt, obwohl er von den tatsächlichen Ereignissen nur kurze tragische Momente mitbekommen hat und sein Wissen über das, was er wirklich durchgemacht hat, selbst dadurch kaum über Null gestiegen ist. Und er ist auch nicht jugendlich fixiert auf X oder schwärmt für ihn; denn wenn schon Y geheimnisvoll ist, dann ist es X noch zehnmal mehr. (Er kann absolut nichts über X herausfinden: die Übersetzung des Romans des Skandinaviers ist schon vor langem auf dem Ramsch gelandet, der Verlag in England nicht existent, und es gibt auch keinen Waschzettel, dem er irgend etwas entnehmen könnte – er hat das Buch antiquarisch gekauft. Und das merkwürdigste: A will nicht einmal *schreiben* wie X.

Das heißt, zumindest anfangs nicht. A hat einen ganz eigenen Stil, und was A und X gemeinsam haben – auch wenn A in diesem Buch sein ganzes Leben sieht –, ist etwas anderes.) Obwohl er sich wie ein alter Mann fühlt, hat A seine Jugend entweder umgangen oder aber dieses Stadium nie erreicht. Leute mit einer alles umfassenden Liebe zur Menschheit, wie Whitman oder Lawrence, bringen ihn aus der Fassung, es sei denn, sie schreiben über die Natur. Er weiß zu genau, wie grausam die Menschen sein können, und in Cambridge erfährt er das – auf einer formloseren Ebene – noch genauer. Und da sein Bruder nicht der Typ ist, den er ins Vertrauen ziehen kann, und sein Vater sich in einem gigantischen Rechtsstreit mit der peruanischen Regierung befindet und seine Freundin schnell die Nase voll von ihm hatte, setzt er sich hin und schreibt an X. Tatsächlich schreibt er einen Brief nach dem andern an X – diese Briefe bildeten indirekt einen großen Teil des Buchs –, aber nie kommt ihm der Gedanke, daß praktisch jeder skandinavische Verleger seine Briefe weiterleiten würde, falls X existierte. Er behält sein Problem, wie seine Briefe, für sich, denn inzwischen wird seine Angst vor seinen Gedanken immer größer, so wie seine Identifikation mit Y – und mittelbar mit X – immer vollständiger wird...

(Fortsetzung folgt)

Um mein Versprechen zu halten, diesen Brief abzuschicken, muß ich ihn auf der Stelle zur Post bringen, damit er Samstag noch wegkommt – die Post geht nur einmal am Tag, am Sonntag gar nicht, und die entsprechenden Zeiten, die der Brief für die zwei Etappen zu Ihnen braucht, sind ungefähr folgende: von Dollarton nach Vancouver (15 Meilen) – 24 Stunden. Von Vancouver nach Albany (3500 Meilen) – rund 12 Stunden. Wenn ich mich also verspätete, würden Sie vor Mitte nächster Woche nichts von mir erhalten. Ich werde jedoch nicht eher aufhören zu schreiben, bis der Brief fertig ist, falls er je fertigzubekommen ist. Die Handlung von ‹*In Ballast*› hat einen triumphalen Ausgang. Also lesen Sie nächste Woche die spannende Fortsetzung. Auf der Rückseite all dieser Blätter (außer Seite 1) befinden sich Teile des Original-Ms. von ‹*Unter dem Vulkan*›, die meine Frau und ich für Sie ausgegraben haben; wir dachten, Sie könnten Gefallen daran haben. «Original» bedeutet hier teilweise prä-original: manches davon ist schon über 11 Jahre alt, obwohl ich nichts von dem Prä-prä-Original finden kann, das bis auf 1936 zurückgeht (außer als Typoskript). Ehrlich gesagt können wir nicht einmal ein nennenswertes Typoskript finden; Anmerkungen unten am Rand entstammen einer Gewohnheit von meiner Frau und mir, die Mss. zwecks gegenseitiger Korrektur auszutauschen: einige der Sachen machen den Eindruck, als hätten wir genau gewußt, was wir täten; andere Teile sehen unbestimmt aus und als ob der Verfasser den Faden verloren hätte, und der Stil ist kraftlos und nachgeahmt; und wieder andere Teile gibt es nicht mehr – aber im großen und ganzen ist es vollständig –; tut mir leid, daß die Reihenfolge nicht stimmt, aber ich glaube, das könnte Ihnen gefallen. «Vertraulich» sollte heißen – das überlasse ich natürlich Ihrem höchsteigenen Ermessen, da es womöglich jemanden verletzen könnte. Ich wollte damit aber nicht sagen, daß Sie nicht mit Ihrer Freundin darüber sprechen dürfen, falls Sie dazu Lust haben sollten. Wenn Sie, nachdem ich fertig bin, irgend etwas davon unbedingt für Ihre Arbeit haben wollen, lassen Sie besser mich es herausgeben. Bei genauerem Nachdenken scheint es ein mieser Trick von mir gewesen zu sein, unter diesen Umständen – wenn auch aufrichtig – Kritik an Aiken geäußert zu haben, dem ich soviel verdanke (obwohl Aiken mit Sicherheit der erste wäre, der mich dazu ermuntern würde, Ihnen so zu schreiben): seien Sie so klug und sehen Sie hinter dem oberflächlichen Neid und der Undankbarkeit, die sich hier zeigen, meine Selbstkritik und meine damit zusammenhängenden Schwächen.

Sursum corda!
Malcolm L.

(Intervallo)

(Ist, äh, Señor David Markson zu Haus? Ob er mal in die Cantina kommt – die ganz schäbige nebenan –, da liegt der Gringo Peon Bruto Pelado Señor Lowry, ernsthaft krank. Schokolade? Tequila? Gaseosas? Mescal? Hm. Buenos tardes, Señor. Wie steht's, Alter? Tut mir leid, ich hab nicht ernsthaft krank dagelegen, und ich war auch nicht krank, weil ich ernsthaft gelogen habe – denn das tu ich wirklich nicht, obwohl ich es wahrhaftig schwierig, ja schmerzlich finde, mich gewisser Einzelheiten der Handlung meines Chingado-Romans zu erinnern –, im Gegenteil: ich versuche, so gut ich kann, die Wahrheit zu sagen, so phantastisch sie auch sein mag – sondern weil ich in diesem Intervallo Ihren Brief noch einmal gelesen und festgestellt habe, misericorde, Hombre, ach, daß ich Ihnen nicht genug aus tiefstem Herzen gedankt hatte – ich habe noch gar nicht erwähnt, daß ich ein Herz habe – für das, was Sie so großzügig und vor allem mit so einfachen Worten geschrieben haben, und dazu mit einem Feingefühl und Vertrauen, das ich, wollte ich sagen, nicht verdient hätte: aber wenn das so ist, Viejo, wieso zum Teufel schreib ich diesen Brief dann überhaupt? Was für ein Bild von Ihnen, zum Teufel, würde ich Ihnen zurückgeben, wenn ich das nicht verdient hätte? Na, also gut, ich verdien's. So wie Sie auf jeden Fall verdient haben, etwas von gleicher Aufrichtigkeit zurückzubekommen. Wenn ich mich verleugne, verleugne ich mein Buch, und indem ich mein Buch verleugne, verleugne ich Sie. Denn es ist genausogut Ihr Buch. Ich werde also nichts dergleichen tun: im Gegenteil: ich werde zu ihm stehen, stolz darauf sein. Bin ich's etwa nicht? Aber wie habe ich Ihnen geantwortet – und genau das macht mich zur Zeit krank, Hombre – ich bin krank in dem Teil, den man gewöhnlich «Seele» nennt – außerdem hasse ich die Vorstellung, daß mein Schweigen, wie erklärlich und nicht boshaft es auch sein mochte, Ihnen Leid verursacht hat – wie habe ich Ihre Aufrichtigkeit, Offenheit und Direktheit beantwortet? Mit gleicher Aufrichtigkeit, mit gleicher Schlichtheit der Gefühle? Oder mit einem Schwall komplexer Gedanken, mit Ausflüchte suchendem Kauderwelsch? Kurz: habe ich nicht Schlichtheit mit Psychologie erwidert? Und obendrein habe ich mich aufgeführt, als sei ich so prima-toll-rein-normal-gesund und dermaßen über allen Tadel erhaben, daß es vielleicht nicht mehr natürlich ist – als ob mein Leben, oder das irgendeines anderen, nicht dem Rachen des Molochs entrissen wäre – und ihm auch weiterhin zu entreißen ist – diesem Schlund von Irrtümern, die häufig so zerstörerisch sind, daß einem die Haare zu Berge stehen: es wäre also falsch von Ihnen zu denken, hier wäre kein menschliches Wesen, es sei nicht einfühlsam oder betrachte dieses Leben – trotz dem deutlichen Gefühl, es *geschafft* zu haben – als irgend etwas Reineres oder Anständigeres als eine Zusammenarbeit zwischen Strindberg, Dostojewski, dem Untergrundmann, einer Ouija-Tafel, einem sprechenden Pferd, Joe Venuti und einem Houngan: erst einmal dies – zum andern sollen Sie das Gefühl haben, daß Sie mir mit Recht vertraut haben, wenn auch nicht aus Gründen, die überaus leicht zu rechtfertigen wären. Immerhin haben Sie mir mit *Recht* vertraut. Anständigkeit, Ehrlichkeit ist bei mir vorhanden, sie keimt mühsam mitten aus der Unanständigkeit, der Unehrlichkeit. Aber ich sage sofort, daß der Schatten von Melvilles *‹Confidence Man›*[7] auf meine Feder zu fallen scheint, dieses Symbol des Allerschlimmsten, das einen vor leichtfertigen Interpretationen warnt, vor gutgläubigem Optimismus, und dessen Patentrezepte wer weiß was für verborgene Gelüste nach Macht, ja nach Ausbeutung, enthalten; auch wenn auf den ersten Blick gar nicht so leicht zu erkennen wäre, wohin dieser Schatten fällt. Für Sie selbst sehr schwer zu erkennen; denn Sie glauben ja, wenn überhaupt, mich ausgebeutet zu haben. Nun, dies ist ein Risiko, das beide Seiten zu tragen haben. Bloß aus der Angst heraus, sich zu irren, sich selbst zu verurteilen, Fehler zu machen – ja gräßliche Fehler –, sich wirklich wie der ‹*Vertrauenswürdige Herr*› anzuhören, sollten wir meiner Meinung nach nicht davor zurückschrecken zu versuchen, konstruktiv zu sein beziehungsweise einander zu helfen, wo wir eine Möglichkeit dazu sehen. Und was selbst Gott tun muß, wenn man ihn um Hilfe bittet und der von ihm gesandte Bote nicht einmal den Versuch unternimmt, die Waren abzuliefern. Natürlich würde man Seinen Verweis schlucken, auch wenn er ungerecht wäre. Was mich auf das bringt, was ich für den Zweck dieses Briefs halte. Der beste Weg für mich, Ihr Vertrauen zu erwidern und Ihnen meine Dankbarkeit zu zeigen, kann nur folgenden Gedanken zur Grundlage haben: «Bei Gott, ich wünschte, so etwas hätte jemand zu *mir* gesagt», während ich, als ich so alt war wie Sie, gesagt habe, oder schlimmer: nicht gesagt habe: «Ich weiß nicht so recht, wie ich das sagen soll.» Eine Zeitlang insistierte ich: «Können Sie sich eigentlich vorstellen, was das für mich bedeutet?» – «Verstehen Sie überhaupt, was ich meine?» Ich will damit nicht sagen, daß ich mit meinen Freunden oder Einflüssen unbedingt Pech gehabt habe. Wenn man es genau überlegt, war ich in vielen Hinsichten durchaus ein Glückspilz. Die wenigen Freunde, die ich in meinem Leben kennengelernt habe, habe ich zum größten Teil behalten, und ich verehre sie noch immer. Ich habe von der Unterstützung gesprochen, die Aiken mir gewährt hat; ich hatte sie arg nötig, da mein Vater – der sich als vornehmer Kapitalist gab –, mir, mochte er noch so ein guter Mensch sein, kaum einen Rat von praktischem Wert gegeben hatte, obwohl ich ihn immer dafür preisen werde, daß er einen guten Schwimmer aus mir gemacht hat. Aber davon abgesehen, bin ich mir oftmals wie eine Art Posten auf der geschäftlichen Tagesordnung vorgekommen, ja in mancher Hinsicht wie ein Verbrauchsartikel. Ich glaube, es ist natürlich, daß man sich genauso scheut, Ratschläge zu geben wie welche anzunehmen. Ich bin mir nicht sicher, ob ich in diesem Brief irgendwelche Ratschläge per se erteile. Dennoch gibt es Zeiten, in denen das Bedürfnis nach Verständigung absolut zwingend ist. Und ich habe die Erfahrung gemacht, daß man gerade von den Leuten, die die eigene künstlerische Überzeugung teilen, am ehesten und niederschmetterndsten enttäuscht wird. Zumindest habe ich mir in Ihrem Alter oft gewünscht – soll ich sagen oder besser nicht sagen: «Verstehen Sie überhaupt, was ich sage?» –, daß, egal worum es ging, jemand Älterer den Mut hätte, zu sagen: «Ja, ich glaube wohl», und es mir zu meinem Nutzen zu erklären, selbst wenn es verkehrt war, mir wenigstens einen Anhaltspunkt zu geben, sich wenigstens *die Mühe zu machen*. In Wirklichkeit aber – obwohl es wie gesagt Ausnahmen gibt, besonders in der guten alten Schule der Dichter – sagen fast alle diese gemästeten Genies, diese aristokratischen Pfauen-Proletarier, diese sanctissima Gottesesel, diese Packesel des Heilands höchstwahrscheinlich überhaupt nichts. Schäbig wie knickrige alte Goldsucher, die auf einem Zaunpfahl hocken, scheinen sie es für zu gefährlich zu halten, ihr Maul aufzureißen, selbst wenn sie wie gewisse mir bekannte Professoren dafür bezahlt werden. Sie fürchten dabei nicht bloß, die Lage ihrer Goldader zu verraten; sondern wie sie abzubauen ist – o nein: das würde ihre verfluchte miese Vorstellung von ihrer Einzigartigkeit verletzen. Ah, dieser verächtliche Blick, der zu sagen scheint: «Aber wissen Sie das denn nicht?» Selbst wenn sie ihren besten Freund in Gefahr sähen, schnurstracks in den Abgrund zu stürzen, käme es ihnen nicht in den Sinn zu sagen: «Da war ich auch schon mal, Bruder – ja ich bin jetzt noch drin – laß mich da unten wie eine Karyatide stehen, und dann steigst du über meinen Kopf und gehst andersrum; denn damit kannst du dasselbe oder ein besseres Ergebnis erzielen.» Selbst wenn dies die einzige gute Tat wäre, die sie auf Erden vollbringen könnten, würden sie noch nach irgendeinem Weg suchen, sie zu umgehen. Aber jetzt, damit ich's nicht gar noch schlimmer treibe, zurück zu diesem Brief. Was? Señor Lowry ist nicht in dieser Cantina, sondern in seiner Hütte am Wasser, und er trinkt mit seiner Frau ein nettes Glas plebejischen Gin mit Orangensaft – und ich werde jetzt nicht viel davon trinken, falls dieser Brief ordentlich werden soll –; und er schreibt diesen Brief, während aus dem Charlie-Chaplin-Ofen das beißende Aroma von gebratenem Pferd aufsteigt: die Inflation hat uns nämlich nicht nur dazu getrieben, unsere Archetypen mit anderen zu teilen, sondern sie auch zu essen!)

Und so isoliert all dies den armen Burschen mehr denn je. Und so schickt er keinen dieser Briefe ab und behält die ganze Sache für sich.

Unterdessen finden auf einer anderen Ebene zwei andere Entwicklungen statt. Während er diese Briefe schreibt, verzehrt ihn eine – in einem Sinne angeborene – grenzenlose Sehnsucht, wieder zur See zu gehen. Das Meer beginnt in ihm aufzusteigen, verfolgt ihn in seinen Träumen; und dieses Verlangen, wieder zur See zu gehen, das Tag und Nacht in ihm stürmt, war einer der besten Teile des Buchs – weshalb es für mich so unangenehm ist, das Ganze noch mal schreiben zu müssen: (Hab ich mich recht gehört? Nun ja, vielleicht wird Ihr Brief mir eines Tages den Mut geben, eben dies zu tun und es nicht wie jetzt zusammen mit so vielen Plänen im Grab ruhen zu lassen) denn es nimmt eine seltsame Gestalt an: das Verlangen nach der See steigert sich zu einer Sehnsucht nach dem Feuer des Heizraums, nach der wirklichen Folter – masochistisch, irgendwie aber auch nicht; vor allem aber nach dem Feuer (wodurch das Buch gar kein schöneres Ende hätte finden können – meine Frau hat den ‹*Vulkan*› vollständig gerettet, ich ein Buch von ihr, aber dieses mußten wir fahrenlassen), dem Feuer, aus dem er sich geläutert als neugeborener Mensch hervorkommen sieht. Die absolute Rechtschaffenheit, Anständigkeit und gewissermaßen Reinheit dieses Gefühls, das ihn jedesmal überwältigt, wenn er X' Buch liest oder an ihn schreibt – noch immer, ohne die Briefe abzuschicken – es kann eigentlich nur rein sein, denn X ist wie eine Abstraktion, doch hat es auf dieser Ebene auch nichts vom Bösen der absoluten Reinheit (obgleich das Weiße Meer etwas davon hat, und auch der Tod) –, stärkt seinen Glauben daran, daß er es noch einmal tun müßte. Denn hauptsächlich auf Grund der Verdrängung dieses Gefühls geht es ihm in fast jeder Hinsicht nicht besonders gut. Er vernachlässigt sein Studium, beginnt zu trinken wie ein Fisch, findet seine eigene Arbeit immer sinnloser, besteht eine Prüfung über Dantes «Inferno», indem er ein blindes Medium befragt, das ihm die Fragen vorhersagt, und identifiziert sich schließlich trotzdem so stark mit X, daß er jetzt, als er sich zusammenreißt und schreibt, nicht sicher sein kann, ob er nicht ganze Passagen aus X' Buch kopiert; und er muß, wann immer er nüchtern ist – was nicht oft vorkommt –, alles vernichten. Unterdessen begeht er den Fehler, seinen Bruder ins Vertrauen zu ziehen; dieser ist nicht einfühlsam, sondern spottet über die ganze Sache und beschuldigt ihn sämtlicher abnormer Neigungen unter der Sonne und etlicher über ihr. Obendrein verhöhnt er – der Bruder – X' Buch, was A so wütend macht, daß er seinen Bruder unbeabsichtigt dazu veranlaßt, seine ganze Gehässigkeit gegen ihn zu wenden; und zwar in einer dostojewskihaften Szene, die zum Tod des Bruders führt. Von dieser Tragödie erschüttert und ernüchtert (wenn ich jemals fertig werden soll, muß ich hier eine große Lücke im Ms. lassen), macht A eine ungeheure Willensanstrengung, und in den vier Monate langen Sommerferien heuert er als Heizer auf einem skandinavischen Holzfrachter an, der ohne Ladung[8] von Preston (bei Liverpool) nach Archangelsk fährt. (Er bildet sich ein, der Zweck dieser Fahrt sei, weiteres Material für ein Theaterstück zu sammeln, das er aus X' Roman machen will; obwohl er beiläufig mit seinem Professor abgesprochen hat, daß dieses Stück an Stelle einer Arbeit dienen soll, die er für den zweiten Teil seines Englischexamens zu schreiben hat!) Eine der besten Stellen des Buchs kann ich hier nur ganz kurz streifen: kurz vor der Abfahrt stellt sich heraus, daß er laut Gesetz noch einmal nach Liverpool muß, um sich bei dem norwegischen Konsul anzumelden; beim Kapitän des Schiffs geht das nicht, und in Preston gibt es keinen Konsul. In Liverpool trifft er zufällig einen anderen seiner Brüder, einen Strafverteidiger; der ist besoffen und versucht, ihm die Fahrt auszureden: und so muß die ganze Willensanstrengung noch einmal gemacht werden. Das Schiff fährt dann aber gar nicht nach Archangelsk, sondern in eine Hafenstadt in Nordnorwegen, die seltsamerweise *denselben Namen trägt* wie eine der Hauptpersonen – allerdings nicht der Held – von X' Roman. Scheinbar zufällig begegnet er hier, während die Befrachtung des Schiffs noch von einer Entscheidung der Reeder in Oslo abhängig ist, jemandem in einem Café, der ebenfalls ein Buch von X liest. Aus diesem Buch geht hervor, daß X zur selben Zeit wie A in China gewesen ist, und es stellt sich heraus, daß jener Leser, ein Schulmeister, X kennt. In diesem Buch befindet sich auch eine Fotografie von X – und dies ist der erste Hinweis für A's Bewußtsein, daß die Person X tatsächlich existiert. Ich vergaß, das Wichtigste zu erwähnen: nämlich daß, solange er überhaupt nichts Menschliches unternommen hatte (seine Briefe abzuschicken, wäre darauf hinausgelaufen), ein Leitgedanke von tyrannischer, und doch vereitelter, Macht in seinen Gefühlen gegen ihn gearbeitet hatte, *à rebours*: jetzt unternimmt er etwas – und dazu noch etwas Heroisches –, und die Sache beginnt geheimnisvoll für ihn zu arbeiten, und zwar auf eine Weise, die seine gesamten Vorstellungen vom Leben und dem menschlichen Schicksal verändert. Ferner stellt sich heraus, daß dieser Ort (in Norwegen) nicht weit von dem Ort liegt, an dem seine Mutter begraben wurde; er pilgert zu ihrem Grab, während das Schiff aus Mangel an Ordern – tatsächlich gibt es zwar Ordern, aber die sind widersprüchlich: eine Parallele zu A's Unschlüssigkeit, ob er woanders anheuern und nach Archangelsk weiterfahren oder wirklich versuchen soll, X zu besuchen – im Fjord festliegt und die Mannschaft ausgezahlt worden ist. Hier kommen wir nun langsam zum Thema Wiedergeburt. Am Tag seiner Wallfahrt zum Grab seiner Mutter begegnet er einem Mädchen, in das er sich heftig verliebt. Sie erwidert diese Liebe; und dies ist tatsächlich seine erste echte Erfahrung reifer Liebe. Unterdessen fügt sich (ohne daß er das unbedingt zu wollen scheint), als walte ein Gesetz der Serie, ein Zufall zum anderen, um ihn nach Oslo zu bringen und am Ende wirklich mit X zusammentreffen zu lassen; dieses Treffen kommt durch den Schiffseigner zustande, der die widersprüchlichen Bescheide abgeschickt hatte. X ist nicht leicht ausfindig zu machen, er lebt unter falschem Namen und ist – obwohl er auch zum Dramatiker geworden ist – eine Figur von großer politischer Bedeutung (er arbeitet gegen die Verschwörung von Quislings Nasjonal Samling, und wenn man bedenkt, daß dies 1936 geschrieben wurde, ist das ein ganz hübsches Stück Hellseherei, denn schließlich war man selbst 1940, nach dem Ereignis, noch nicht dahintergekommen). Als er X dann aber doch trifft, steht dieser kurz vor der Abreise nach *Cambridge* – genau dem Ort, aus dem A gekommen ist –, um dort Nachforschungen über das Elisabethanische Drama anzustellen; doch ist X hin- und hergerissen, in einem Zustand von Verwirrung und Verzweiflung, der A's ursprünglichem, verwirrtem und verzweifeltem Zustand nahekommt. Es ist zu kompliziert, diesen Teil des Buchs in allen Einzelheiten zu beschreiben – aber die Ähnlichkeiten zwischen A und X sind fast genauso unheimlich wie die Unterschiede. Es stellt sich heraus, daß die Person Y nicht X, sondern objektiv jemanden darstellen soll, den – obwohl auch X zur See gefahren ist – X sich als A sehr ähnlich vorgestellt hatte. Jedoch ist X' Wohnung – die Bücher usw., auch wenn es hauptsächlich skandinavische sind – ein beinahe exaktes Ebenbild von A's Zimmern in Cambridge. Überdies teilt X A mit, daß der *wirkliche* Name des Schiffes, auf dem er seine Erfahrungen gemacht hatte, eben der Name des Schiffs ist, den A in seiner Phantasie in *seinem* Buch gebraucht hatte (was er beweisen kann, da er einige der älteren Teile des Buchs mitgebracht hat, an denen er arbeiten wollte, während er das Stück plante.) X erlaubt ihm, das Stück zu schreiben, und schließlich gibt dieser völlig eklatante

Beweis der Existenz des Transzendenten in dieser ganzen Angelegenheit einem Mann wie X, der sich bis dahin eingebildet hatte, daß er, was immer er seine Personen tun oder sagen ließ, mit kühlem Verstand erdacht hätte, das Vertrauen in seine Kunst zurück, das er schon fast verloren hatte. Beide Männer bejahen das Leben jetzt wieder. A's Handlung hat auch zu seiner Erlösung durch sein Mädchen geführt; praktisch wird sowohl das Leben in der Phantasie als auch das eigentliche Leben dadurch gerettet, daß A schließlich den Eingebungen seines Geistes gehorcht und danach handelt und sich nicht nach den analytischen Zerlegungen durch die Vernunft richtet – obwohl auch die Vernunft, kraft des Einklangs mit den mächtigen Kräften in der Seele, gerettet worden ist. Und mit diesem Ton schließt die Geschichte und die ganze Trilogie.

Na, eine dolle Handlung, sagen Sie, eine Art strindbergscher Tonio Kröger von Maeterlinck, nach Melville. Mag sein, der Witz ist aber, daß ich diese Geschichte, von einigen Ausnahmen wie dem Tod meines Bruders und einigen unbedeutenderen Sachen abgesehen, nicht erfunden habe. Diesen X hat es gegeben: diese Briefe habe ich geschrieben und nicht abgeschickt. Solange ich nichts unternahm, arbeitete irgendeine Macht gegen mich; und als ich dann etwas unternahm, arbeitete sie für mich. Die Sache mit dem Namen des ausgedachten Schiffs, der sich mit dem richtigen deckte, ist ebenfalls wirklich wahr; und es ist auch noch eine Menge anderer, noch merkwürdigerer Dinge wahr, die ich übergangen habe, so daß man alles in allem sagen könnte – und X hat es mir tatsächlich mal geschrieben: Der Verstand steht still, was wissen wir? Ich sagte bereits, X war nicht Aiken. Eines Tages werde ich Ihnen die ganze Geschichte erzählen. (Die vollständige Bemerkung X' lautete: «Wieder hat sich eine Spirale nach oben gewunden. Der Verstand steht still. Was wissen wir?»)

Wahrhaft Tragisches trat dann ein, als wir, nachdem unser Haus abgebrannt war, bei einem Freund in Niagara Zuflucht nahmen; er wußte nicht, daß ich X kannte oder daß ich ein Buch geschrieben hatte, das großenteils von ihm handelte und das bei dem Brand verlorengegangen war: und als wir ankamen, war dieser Freund gerade damit beschäftigt, eine Radiosendung über X' Tod zu verfassen, und so hörte ich von ihm diese Neuigkeit zum erstenmal – er war sechs Monate vor dem Buch, dessen Co-Held er war, ebenfalls im Feuer umgekommen, und zwar in einem Bomber über Berlin, am Hochzeitstag von meiner Frau und mir.

Inzwischen brauchen Sie sich nicht damit abzugeben herauszufinden, wer X ist. Wie gesagt, ich werde Ihnen die Geschichte eines Tages erzählen. Ich habe sie hier aus dem Grund erwähnt, daß ich über das Thema dieser Geschichte ein halbes Leben lang nachgedacht habe, was Sie nicht gewußt haben können. Sie sollen erkennen, daß A's Gefühl meiner Meinung nach vor allem und in erster Linie *kreativ* ist. Ich habe in diesem Buch die Meinung geäußert, daß dies eins der mächtigsten und unbekanntesten – in bezug auf das Wissen davon – Gefühle ist, die man nur haben kann, und sozusagen auch eins der reinsten, selbst wenn es sich auf ein Objekt von ausgemachter Schlechtigkeit richtet – obwohl es nicht direkt ein Objekt ist: es ist etwas, an dem auch Sie teilhaben, wie Sie früher oder später entdecken werden: und stets ist es eins der am meisten mißverstandenen: vielleicht ist es ursprünglich religiös oder hat etwas mit Evolution zu tun; mit Sicherheit aber ist es eine *Macht*, und als Macht verpflichtet es einen, es zu gebrauchen, verpflichtet es einen, etwas Transzendierendes zu tun. Von da müssen Sie weitermachen. Aiken hat mir einmal gesagt, er betrachte es hauptsächlich als ein Wirken des Genies. Das Genie weiß, was es will, und verfolgt es. Er hat mir gesagt – dies berichte ich streng vertraulich, auch wenn er mich zu dem Thema nicht zum Schweigen verpflichtet, sondern es freimütig bekannt hat –, daß er sich einmal in derselben Weise zu Eliots Werk hingezogen gefühlt hat. Eliot selbst – der Aiken eine Menge schuldet, was noch nicht anerkannt ist – hat diese Identifikation als «eine der wichtigsten Erfahrungen der Jugend (für einen Schriftsteller)» bezeichnet. Unter diesen Umständen wüßte ich gern, wann die Jugend aufhört. Bei Eliot vermute ich eine Identifikation mit Laforgue. Auf der tragischen Ebene gibt es Keats' Identifikation mit Chatterton, die, wie Aiken einmal andeutete, zu einer Art *bewußtem* Tod bei Keats geführt hat. Wie auch immer das sein mag, es ist eine Macht des *Lebens*. Es ist aber auch ein Wirken der Seele. Sie kann, wie Sie bemerkt haben – und was Sie ja tatsächlich auch bewiesen haben –, hellseherisch sein. Aber nur so ein armer Teufel von Schriftsteller kommt je auf die Idee, so etwas könnte ungesund sein. Ich kann mir vorstellen, daß es im Reich der Musik schlichtweg anerkannt und bewußt absorbiert wird, wie ein Kompositionsvorgang, z. B. bei Berg und Schönberg. Leibowitz hat dargelegt, daß Berg, obwohl er Schönberg in praktisch jeder Entdeckung gefolgt ist und dessen sämtliche Prinzipien übernommen hat und zu denselben Schlüssen gekommen ist, gleichwohl ein bedeutender und origineller

Komponist geblieben ist. Umgekehrt (sagt er weiter) kann man ein großer Komponist werden, auch wenn man einen schlechten Lehrmeister gehabt hat; in einem solchen Falle impliziert aber gerade die Tatsache, daß man zu einem großen Komponisten wird, daß man sich irgendwann einmal entschieden gegen seinen Meister gewandt hat. Ich weiß nicht, warum ich all dies geschrieben habe oder worauf es hinausläuft. Ich begann mit der – womöglich völlig falschen – Annahme, daß Sie es bedauern würden, mir geschrieben zu haben. Ich versuchte zu zeigen, daß Sie das auf keinen Fall bedauern sollten. All dies läßt das menschliche Element außer acht, aber da Sie leider in einigen tausend Meilen Entfernung leben, ist Schreiben immer noch das Zweitbeste, was wir tun können – das Beste wäre, uns gegenseitig zu besuchen, und darauf freue ich mich schon, eines Tages. Versuchen Sie aber nicht, auf alle Einzelheiten zu antworten – das wäre zu schwierig, wenn nicht unmöglich. Sollte ich aber irgend etwas Brauchbares gesagt haben, nutzen Sie es zu Ihrem Besten. Was Sie machen könnten, wäre, einmal streng auf die Impulse zurückzublicken, die wirksam waren, bevor Sie z. B. den ‹*Vulkan*› gelesen haben – auf die Teleologie, die Sie dazu hingezogen hat. Mich zieht es zum Beispiel unerbittlich zu ‹*Blue Voyage*›, einem Roman, der das Werk eines Dichters ist, auch wenn ich das nicht weiß. Es zieht mich auch zu dem Werk von X, einem Werk, das sich ebenfalls als das eines Dichters herausstellt, der aber auch Dramatiker ist, auch wenn ich auch dies nicht weiß. Ich halte beide nur für Romanschriftsteller. Und siehe da: ich werde ein Romanschriftsteller, was immer das sein mag. Aber da es das Ziel meiner Psyche gewesen zu sein scheint, aus diesen zwei Faktoren eine Synthese herzustellen, und da meine frühere Leidenschaft das Drama war, wäre es da nicht vernünftig, in der Person eines Mannes wie Ortega die erhabene Vernunft zu Hilfe zu rufen und anzunehmen, daß ich ein verborgenes Talent als poetischer Dramatiker besitze? Schon möglich. Und etwas Ähnliches mag für Sie zutreffen. Jedenfalls sind Sie viel jünger als ich, und Sie haben Zeit zu entscheiden, was Sie tun wollen. Und wenn Ihnen mein Buch so gut gefällt, lassen Sie sich von ihm helfen, die Dinge in die richtige Reihenfolge zu bekommen. Vielleicht sind sie es ohnehin schon. Und doch. Schicken Sie mir auch alles Spontane, wie es Ihnen gefällt. Ich muß jetzt so hart arbeiten, daß ich einige Monate lang nur sehr einsilbig werde antworten können, aber lassen Sie sich davon nicht noch einmal aus der Fassung bringen. Es ist ein Jammer, daß wir so weit auseinander sitzen, aber vielleicht ist es gar nicht so weit, wie es scheint. Grüßen Sie Ihre Freundin von mir, und seien Sie in folgender Reihenfolge zufrieden: Gesundheit, Glück, Sinn für Humor, Kunst, Vergnügen. Meine Frau grüßt ebenfalls. Halt diesen Ton, Roland![9]

Sursum Corda!
Malcolm L.

1 Student an der Columbia University; schrieb zu dieser Zeit seine Examensarbeit über ‹*Unter dem Vulkan*›.
2 So im Original (A. d. Ü.)
3 Clarence Malcolm Lowry zeichnete seine Schriften als Student an *The Leys* mit CML oder CAMEL.
4 Vgl. Horaz, Briefe, I, 10, 24: «naturam expelles furca, tamen usque recurret» (= «Natur magst Du austreiben mit der Heugabel, Natur kehrt beharrlich zurück.») (A. d. Ü.)
5 Deutsch im Original (A. d. Ü.)
6 Gemeint ist Nordahl Grieg.
7 Wörtlich: Der Hochstapler; deutsch unter dem Titel: ‹*Ein sehr vertrauenswürdiger Herr*› (1958) (A. d. Ü.)
8 Englisch = in ballast (A. d. Ü.)
9 Zeile aus einer Sendung der BBC: «The Song of Roland»; die Lowrys gebrauchten sie ironisch als Aufmunterungsformel.

An Harold Matson

Dollarton, B. C., Kanada
2. Oktober 1951

Lieber Hal –
Ich schicke Dir heute in gesondertem Umschlag einen humoristischen Klassiker oder zumindest ein Meisterwerk der Natur, auf alle Fälle kann man, oder wenigstens ich, das nicht anders betrachten, sonst hätte ich mich nicht berechtigt gefühlt, es zu schreiben; solltest Du also anderer Meinung sein, sag es mir nicht, wenigstens nicht sofort.[1] Ich halte es aber für möglich, daß einige Leute es – in seinem Genre – erstklassig finden werden (falls es ein Genre hat), denn es bricht sämtliche Regeln – außer der, hoffentlich, interessant und unterhaltend zu sein. Es ist auf einer Ebene nichts weniger als eine Art kurzer Kurzfilm für Titanen, ein Moby Jumbo, ein Comic Strip für den kleinen Panurg mit philo-

sophischer Tendenz; und ich brauche wohl nicht daran zu erinnern, daß es die Zeitschrift, die für eine bequeme Aufnahme einer solchen pantagruelianischen Phantasie oder *multum in colosseo* geeignet ist – sie ist nämlich länger als ‹*Herz der Finsternis*› –, noch nicht gibt; obwohl ihr Wert vielleicht so groß ist, daß man ein Auge zudrücken könnte, selbst wenn die Zeitschrift bei Unterbringung des Monsters aus den Nähten platzen sollte – zumindest in zwei Folgen müßte's gehen.

Jedoch bin ich da nicht zuversichtlich; lausche also bitte meinen weiteren Plänen. Dieser beiliegende neue Brief an die Kolosser sollte ursprünglich von einer anderen Novelle gleicher Länge begleitet sein; sie heißt ‹*Der Waldpfad zur Quelle*› und ist das vollkommene Gegenteil der ersteren, was Absicht, Schauplatz, *Sturm und Drang*[2] usw. angeht, und sie ist sehr ernst (obwohl sie in Wirklichkeit eine Erzählung vom Glück ist, grob gesagt die fröhliche Seite unseres Lebens hier im Wald beschreibt). Soweit ich weiß, ist dies der einzige Kurzroman seiner Gattung, und ihm ist jene Art von Majestät eigen, die gewöhnlich der Tragödie vorbehalten ist (Gott, klingt das pompös), um auf die Vervollkommnung des Menschen und all so was hinzuwirken: und obwohl das noch lange nicht mein letztes Wort zu diesem Thema ist, bin ich mächtig stolz darauf.

Tatsächlich ist dieses letztere zum Teil der Entwurf – obwohl es in sich vollständig ist – eines Romans, der ‹*Eridanus*› heißen soll und – wenn alles gutgeht und ich die nötigen Feuerproben durchstehe, die mir gewissermaßen gestatten, das Ganze zu schreiben – so etwas wie ein Intermezzo oder einen Ruhepol bilden wird in dem größeren Werk von fünf, vielleicht sechs miteinander in Beziehung stehenden Romanen, von denen einer der ‹*Vulkan*› wäre, wenn auch womöglich nicht der beste: Du hast mir vor einigen Jahren einmal vorgeschlagen, so etwas wie ein *Unter ‹Unter dem Vulkan›* zu schreiben: dieser Roman würde zehnmal schrecklicher werden (vorläufig nenne ich ihn ‹*Dunkel wie die Gruft, in der mein Freund begraben liegt*›); der letzte in diesem Zyklus wäre ‹*La Mordida*›: dies stellt das Ganze auf den Kopf und hat einen triumphalen Ausgang. (Der Konsul wird wieder zum Leben erweckt – das heißt, der richtige Konsul; ‹*Unter dem Vulkan*› hat die Funktion einer Art Batterie in der Mitte, ist aber bloß das Werk der Phantasie des Protagonisten.) Und noch besser: vor einigen Jahren war ich noch nicht soweit, eine derartige Aufgabe in Angriff nehmen zu können: nun habe ich anscheinend die nötigen geistigen Feuerproben bestanden, die mir gestatten, die Wahrheit dessen zu erkennen, worauf ich abziele, und die ganze Sache deutlich vor mir zu sehen. Bleibt nur noch, mich in die materielle Lage zu versetzen, in der ich diese Feuerprobe durch die weitere, es zu schreiben, zum Abschluß bringen kann.

Zu welchem Ende dieser Elefant und ‹*Der Waldpfad*› – abgesehen von etwas Übung auf ein paar kleineren Gipfeln – unter anderem den praktischen Zweck erreichen sollten, einen Vertrag mit Albert zu bekommen; diese beiden würden Teile eines weiteren Buchs bilden, das ‹*Hör uns, o Herr, der Du im Himmel wohnst*› heißen soll und folgende Stücke enthielte:

1. ‹*Durch den Panamakanal*›. Eine Erzählung in Form eines Tagebuchs, das auf einer Fahrt nach Europa entstanden ist; zum Teil auf einem Schiff: enthält so ziemlich alles, bis auf den schließlichen Untergang vor den Azoren; liest sich so ähnlich wie ‹*The Crack-Up*› oder Alfred Gordon Pym, aber anstatt auseinanderzubrechen, heilt die Spaltung des Protagonisten allmählich zusammen. Rund 60 Seiten.

2. ‹*Oktoberfähre nach Gabriola*›. Noch eine Novelle; eine erste Fassung davon haben wir zusammen für Dich geschrieben, aber die ist nichts geworden. Ich habe sie vollständig neu entworfen und großenteils neu geschrieben: sie handelt von dem Thema der Exmission, das mit der Vertreibung des Menschen zu tun hat; aber dieses Thema wird verallgemeinert. Diese Geschichte halte ich für verdammt gut.

3. ‹*In the Black Hills*›. Mein humoristisch-tragischer kurzer Kurzfilm, der Dir vorliegt und den ich aus gewissen Gründen für unverkäuflich halte. Trotz seiner Winzigkeit ist er nicht ganz so unbedeutend, wie er aussieht, wenn man ihn den anderen Themen gegenüberstellt.

(4) ‹*Seltsamer Trost, den der Beruf gewährt*›. Dito.

(5) ‹*Elefant und Kolosseum*›. 100 Seiten.

(6) ‹*Der Waldpfad zur Quelle*›. Circa 100 Seiten.

Ich könnte noch ein paar andere kurze Sachen mit reinnehmen, tatsächlich könnte ich Kurzgeschichten fertigschreiben bis zum Gehtnichtmehr, unter sonst gleichen Umständen, was aber nicht der Fall ist; der Punkt ist, daß ich damit aufhören will, besonders da sie sich einzeln nicht leicht verkaufen lassen – was ja schwierig zu sein scheint – und ich dem wohl nicht abhelfen kann und an dem Roman weiterschreiben möchte. ‹*Hör uns, o Herr*› usw. stammt aus einem alten Fischerchoral von der Insel Man, der in 3 der Geschichten vorkommt.

Von den oben erwähnten sind meiner Meinung nach mindestens drei bedeutendere Produkte ihrer Gattung, und Magerie meint, ‹*Der Waldpfad*› enthält mit das Beste, was ich je geschrieben habe. Ich hatte vor, den ‹*Elefant*› und den ‹*Waldpfad*› gleichzeitig fertigzustellen, und dies habe ich auch fast, aber noch nicht ganz, geschafft. Mit dem ‹*Waldpfad*› dürfte ich in etwa einem Monat fertig sein. Obwohl er ungefähr so lang ist wie der ‹*Elefant*›, glaube ich, daß er sich verkaufen lassen könnte; andererseits kam es darauf gar nicht so sehr an, da ‹*Elefant*› und ‹*Waldpfad*› zusammen etwas darstellten (200 Seiten), das man Random House vorlegen könnte, wodurch man unter Umständen (zusammen mit einer Übersicht über die von mir geplanten Romane usw.) die Möglichkeit bekäme, den Winter zu überleben. Ich schicke Dir zwei Kopien des ‹*Elefant*›, aber ich glaube, es wäre witzlos, ihn Albert einzeln zu zeigen; gedulde Dich also, bis Du den ‹*Waldpfad*› erhältst, denn zusammen wirken die beiden ganz anders, vielleicht geradezu elektrisierend; aber mit dem ‹*Elefant*› allein wird die Sache bei Albert nicht so ankommen, wie ich es gern hätte. Vielleicht könnte der ‹*Elefant*› dazu dienen, daß ich von Harcourt Brace abgelehnt werde. Nicht daß ich selbst den ‹*Elefant*› nicht gern hätte; und psychologisch kannst Du es als gutes Zeichen betrachten – meine Autorität ist Hermann Hesse, der Schriftsteller, dem ich mich im Innern am meisten ähnlich fühle, auch wenn ich bis jetzt noch nicht soweit bin; aber mein Plan für die fünf oder sechs Romane geht in der Erfindung soweit wie er, vielleicht noch weiter. Doch mehr davon später, wenn Du den ‹*Waldpfad*› hast.

Versuch inzwischen, Geduld mit mir zu haben. Grüße an Tommy und Dich.

Malcolm

1 ‹*Elefant und Kolosseum*› (in: ‹*Hör uns, o Herr, der Du im Himmel wohnst*›)
2 Deutsch im Original (A. d. Ü.)

An David Markson

Hallowe'en
[Poststempel vom 1. November 1951]

Lieber Dave:
Meine Antwort hat sich deswegen so lange verzögert, weil ich versuche, noch vor Ende des Winters einen Vertrag für ein neues Buch (mit Erzählungen) unter Dach und Fach zu bringen. Außerdem habe ich mir Zolas Bart wachsen lassen und einen öffentlichen Protest gegen eine Ungerechtigkeit hier organisiert: ein 16 Jahre alter Junge ist für eine Vergewaltigung, die er nicht begangen hat, zum Tode durch Erhängen verurteilt worden (in einem außer Gebrauch befindlichen Aufzugsschacht, gelb gestrichen). Zum Glück wurde der arme Bursche begnadigt (anscheinend der gerade hier weilenden Prinzessin Elizabeth zuliebe), doch ist weder das rituelle Pardon noch der fast rituelle Mord seitens unserer barbarischen Öffentlichkeit, die ihn nun zu lebenslänglicher Gefängnisstrafe verurteilt hat, eine Tatsache, die man auf sich beruhen lassen könnte, wenn man das Beweismaterial studiert hat, die schwächlichen und neurotischen Proteste, die blutrünstigen Schreie nach Vergeltung, und wenn man der einzige Schriftsteller in der ganzen Gesellschaft ist, sosehr man auch abgeneigt ist, seine Stellung in ihr zu riskieren, selbst wenn man gar keine einnimmt, und was noch mehr ist, selbst wenn es einem ganz egal ist, ob man eine einnimmt oder nicht.

Abgesehen davon habe ich wirklich sehr hart an anderen Dingen gearbeitet und eine Erzählung mit dem Titel ‹*Das tapferste Boot*›[1] geschrieben, die Ihnen wohl gefallen dürfte.

Inzwischen hat meine Frau (unter dem Namen Margerie Bonner) ‹*Horse in the Sky*› geschrieben. Versuchen Sie ‹*Ultramarin*› gar nicht erst aufzutreiben (schon der Gedanke macht mich fertig): es ist wirklich nicht lesenswert; eines Tages werde ich es vielleicht neu schreiben. Haben Sie gelesen, daß Louis Adamic, von dem ich Ihnen flüchtig geschrieben hatte, ungefähr eine Woche darauf gestorben ist? Eines Tages mehr davon. Inzwischen sei Gott mit ihm – wir haben sowieso Allerheiligen. Lassen Sie mich Neues von Ihrer Arbeit hören. Vielen Dank für alles, was Sie mir geschrieben haben, und viel Glück.

Malcolm

P. S. Bei Sonnenaufgang am nächsten Morgen: draußen ist Frost, die Flut steht knapp unter den Fenstern. Die Möwen sind gefüttert. Der Kaffee wird *gerade* gekocht. Können Sie mir irgend etwas Gutes zum Lesen empfehlen? Ich finde auch, ‹*Miss Lonelyhearts*› ist ein wichtiges Buch, und von mir aus hatte Rimbaud nur ein Bein – aber wo ist der Sonnenaufgang? Wo ist der Frost? Wo sind meine Möwen? Wo ist mein Kaffee? Wo ist Liebe? Wo ist Ihr Tennisschläger? Was ist mit Joe Venuti passiert? Das alles kann nicht in ‹*Atlantic Monthly*› oder bei Bill Saroyan stehen. Und tatsächlich spricht sowieso eine Menge für Bill Saroyans ‹*Mein Herz ist im Hochland*›. Verlieren Sie mir nicht diesen unbezahlbaren Besitz – die Naivität des Schriftstellers. Ich werde Ihnen eine nüchternere Liste zusammenstellen, obwohl Ihre schließlich nüchtern sein kann: für Ihre Zwecke würde ich Yeats' ‹*Vision*› (zweite Fassung) lesen, auch wenn es kaum Joe Venuti ist; von den neueren Büchern hat mir ‹*Der Fänger im Roggen*› besser gefallen als ‹*The Barkeep of Blement*›, das ich gerade mit einiger Begeisterung lese.

1 In: ‹*Hör uns, o Herr …*›

An Seymour Lawrence

Dollarton, B. C., Kanada
28. November 1951

Sehr geehrter Mr. Lawrence:
Leider ist Ihre hochgeschätzte Einladung, durch die ich mich, wie ich wohl kaum zu sagen brauche, sehr geehrt fühle, etwas über Conrad Aiken zu schreiben, erst jetzt aufgetaucht (woran weder Sie noch ich schuld bin): nun ist es fast zu spät.

Ich beeile mich daher wie rasend und mit der Pistole im Nacken, damit Sie diesen Brief noch rechtzeitig erhalten, und bitte Sie, Grammatikalisches zu korrigieren, wo es Ihnen zu primitiv erscheint: denn ich schäme mich nicht nur, über ein solch edles Thema in Eile etwas Unpassendes zu schreiben, sondern ich hätte es auch nicht gern, wenn der Dichter, der einmal mein Lehrer war, denken müßte, ich sei nach all diesen Jahren unfähig (auch ich bin ein Engländer), einen verständlichen Brief zu schreiben. Aber vielleicht verzeiht er mir, wenn ich erwähne, daß ich ohnehin noch immer unfähig bin, mit kritischer Objektivität über ein Werk zu schreiben, das mich so tief bewegt wie das seine: «irgend etwas in uns hat etwas dagegen, daß wir unsere Lieblingsautoren mit anderen teilen», womöglich nicht einmal mit dem Autor selbst!

Nicht daß mir nicht gerade die Tatsache, daß Sie Ihre Winter-Nummer Aikens Werk widmen wollen, sofort eine Idee für einen Anfang eingäbe! Denn sicherlich – wie Winston Churchill sagen würde – ist noch nie ein so großer Autor von so vielen und doch scheinbar so wenigen so lange als solcher verkannt worden! Natürlich wird einen jede Bibliographie zu einer beeindruckenden Dokumentation von Rezensionen über den Dichter führen – von Houston Petersons gelehrter ‹*Melody of Chaos*› bis zu Marianne Moores einfühlsamer und sorgfältiger Analyse –, aber noch immer wird man das *Gefühl* haben, als würde er nur kümmerlich gewürdigt, besonders im Bereich der Massenmedien: sowohl über den Mann als auch über sein Werk sind immer wieder dieselben falschen Auffassungen vertreten worden: und wenn dann einmal in einem quasi-maßgeblichen Organ wie *Time* eine Rezension erscheint – wie erbärmlich uninformiert hört sich das dann an: «Am ehesten wird Aiken noch wegen seiner Kurzgeschichten auf die Nachwelt kommen» – was für ein verdammter, ungewöhnlicher Unsinn, wenn ich so sagen darf, so schön manche seiner Erzählungen auch sein mögen. Das heißt, es gibt zwar gute Gründe dafür, daß ein halbes Dutzend seiner Kurzgeschichten überlebt, die zu den besten ihrer Art zählen; aber es ist äußerst unwahrscheinlich, daß im Reich der aufgeklärten Kritik ein Fehlurteil (selbst wenn es dort ein solches gäbe, was auch so etwas Verwirrendes ist: denn in gewisser Weise gibt es das nicht – Aiken ist natürlich seit langem allgemein als bedeutender Dichter anerkannt) für so lange Zeit ungemildert auf die Nachwelt kommen sollte, mit dem Ergebnis, daß zukünftige Generationen die Erzählungen noch kennen würden, während die herrliche Sammlung von Gedichten vergessen wäre; obwohl man Aikens Werk zu seinen Lebzeiten jede nur denkbare Ungerechtigkeit hat angedeihen lassen – aus absolut unerklärlichen Gründen: höchstens ein Buddhist könnte sie erklären!

Ich finde es merkwürdig, daß *Time*, das zumindest in seinen Kunstrubriken den Eindruck zu erwecken sucht, es würde seine gelehrten Leser nicht absichtlich in die Irre führen, etwas tun sollte, das auf einen so unmäßigen Schnitzer hinausläuft – und das mehr oder weniger in der

Maske der herrschenden Meinung; dies um so mehr, als man gerade dieser Zeitschrift – Jahre davor, in einem innerhalb seiner Grenzen sehr guten Nachruf auf James Joyce – für die Information zu Dank verpflichtet war, daß dieser große Mann praktisch bis zu dem Tag seines Todes Conrad Aikens meisterhaftes dramatisches Gedicht *‹The Coming Forth by Day of Osiris Jones›* gesucht, überall danach gestöbert und in der Tat erwartet hat, es zu bekommen. Dies ist meiner Ansicht nach eine sehr bemerkenswerte Episode in der Literaturgeschichte: mit einem Streich fegt sie einen ganzen Klumpen von Mißverständnissen und Ungerechtigkeiten in bezug auf Aiken hinweg: während sie zugleich – um von meiner Metapher loszukommen – drei Dekaden unzulänglicher und völlig unfairer Wiederholungen und beschränkter Un-Kritik (auf der seltsamen Ebene, wo es so etwas gab) gewisser Aspekte in Aikens Werk zusammenzufassen und über den Haufen zu werfen scheint. Jedenfalls gefällt mir die Vorstellung, wie jener große Autor nach *‹The Coming Forth by Day of Osiris Jones›* sucht, es noch am Ende seines Lebens mit einer solchen Ausdauer sucht, daß er ohne jeden Zweifel die sichere Erwartung hegte, Fruchtbares und Lehrreiches daraus ziehen zu können, falls es ihm gelänge, es zu beschaffen. Lassen wir diese Anekdote: sie «spricht Bände». Das Wesentliche daran liegt nicht in der unheimlichen Koinzidenz, auch wenn sie zu denen gehört, die Joyce selbst sehr geschätzt haben würde. Tatsächlich scheint es nach diesem bißchen Information fast überflüssig hinzuzufügen, daß die Aussage «Aiken wird am ehesten noch wegen seiner Kurzgeschichten auf die Nachwelt kommen» etwa der gleichkommt, Shakespeare käme auf die Nachwelt, weil er *‹Der Liebenden Klage›* oder die *‹Sonette›* geschrieben habe, Eliot, weil er *‹The Hippopotamus›*, Strawinsky, weil er seine Kinderstücke geschrieben habe; oder – wenn man das Thema richtig populär und international behandeln will – am ehesten Henry Sienkiewicz, weil er *‹The Lighthouse Keeper of Aspenwall›* geschrieben habe; Sibelius' *‹Valse Triste›* habe ich noch vergessen anzubringen: das bildet vielleicht den verständlichsten Vergleich. Aber Sie verstehen, worauf es ankommt. Als Kurzgeschichtenautor kommt Aiken meiner Meinung nach wirklich die geringste Bedeutung zu (ich meine nicht, als Romanschriftsteller: oder daß er nicht – verflixt und zugenäht! – ein Meister der Prosa wäre); einige seiner Geschichten sind wunderbar, aber oft kann man es fast hören, wie der Dämon gegen das betreffende Material revoltiert, das nur dazu bestimmt ist, ihm zu helfen, daß er mit seiner Sache irgendwie fertig wird. (Gleichwohl – wie der kanadische Schriftsteller Gerald Noxon in einigen haarsträubenden und hervorragenden Radiodramen [Bearbeitungen einiger Erzählungen Aikens] demonstriert hat – verblüfft einen, im Guten wie im Schlechten, die enorme Menge rein dramatischen Materials: und in diesem Zusammenhang stehe ich nicht allein da mit der Hoffnung, daß Aiken den Ratschlag des Dämons befolgen und selber mal ein paar Theaterstücke schreiben wird.)

Aber auch wenn Aikens Werk in Amerika manchmal ernstlich genug unterschätzt worden ist, so war dies doch, mit wenigen Ausnahmen, zumindest auf seiten seiner schöpferischen Zeitgenossen nicht der Fall. Es waren lediglich einzelne Rezensenten, die, obgleich an maßgeblicher Stelle, ab und zu den Eindruck vermittelten, ein bestimmtes Werk sei überholt oder belanglos oder zeige «Spuren» von diesem oder jenem: diese Meinung wurde dann von jemand anderem in einer gegebenen Rezension nahezu wörtlich wiederholt, obwohl man in derselben Zeitung höchstwahrscheinlich Aiken als den «vielleicht größten derzeitigen Dichter» erwähnt finden konnte, oder man las «Aiken, der majestätischste aller unserer Dichter»; mit anderen Worten: obwohl, soweit ich weiß, die meisten seiner Werke bei Erscheinen mehr oder weniger verrissen worden sind, hat es stets eine wachsende Mehrheit maßgeblicher und bedachter Meinung gegeben, die auf derartige Verdikte nichts gab, unabhängig davon existierte und ihr Urteil auf das Gesamtwerk anwandte: ganz anders war es jedoch in meinem Heimatland (womit ich in diesem Fall England meine): hier mußte der Dichter viele Jahre lang nicht nur völlige Mißachtung oder schiere Gehässigkeit seitens der meisten unserer sogenannten intelligenten Zeitschriften (selbst von denen, denen er glänzende Beiträge geliefert hatte), sondern auch eine seltsame und unerklärliche Mißachtung durch eben die Zeitgenossen hinnehmen, die er damals vermutlich beeinflußte – oder hätte beeinflussen sollen, wenn es in England irgendeine wirklich unabhängige Meinung gegeben hätte. Es ist zwar kaum zu glauben, aber vor beinahe einem Vierteljahrhundert – ich war noch ein Teenager – ist sogar das Gerücht in Umlauf gebracht worden, ein gewisser Conrad Aiken – man schrieb mit Vorliebe Aitken, vielleicht aus einer obskuren Rücksicht auf Lord Beaverbrook –, ein Dichter, der in gewisser Hinsicht bereits passé sei (ungeachtet der Tatsache, daß er zu eben dieser Zeit mit einem Werk beschäftigt war, das – und hätte er sonst nichts geschrieben

– schon genügt hätte, ihm seinen Rang in der Weltliteratur gleich mehrmals zu sichern, obwohl er in Wahrheit bereits genug geschrieben hatte, um die meisten Leute auf ihrem Gebiet gleich zigmal berühmt zu machen), sei vermutlich gestorben – vielleicht sei dieser Mr. Aitken gar ein mysteriöser Zeitgenosse von Howells, so daß es durchaus passieren konnte, daß man beim Durchblättern der monatlichen *Memoirs and Dead Letters*, jenes damals sehr modernen Journals, auf eine sarkastische Behauptung wie die folgende stieß (nicht etwa von einem unserer für ihre Grausamkeit, ihre eunuchenhafte Phrasendrescherei und ihren absoluten Mangel an wirklich kreativem Talent bekannten Maulhelden, sondern von einem vollkommen anständigen und wohlmeinenden Autor, der viele ausgezeichnete und bewundernswerte Bücher geschrieben hatte und vermutlich Träger des Bathordens oder so was war, der sich aber manchmal darin gefiel, in jenem heiteren Semikolon-Technik-Stil zu schreiben, für den wir alle mit solchem Recht bewundert werden): «Es hat auf mich so ziemlich denselben fahlen Eindruck gemacht, als wenn ich eins der Gedichte Conrad Aitkens in dem vergilbenden – und doch, ach, einst wie frischen! – *American Journal* gelesen hätte.»

Gleichzeitig neben dieser seltsamen Art von Meinung, «Conrad Aitken» gehöre einer anderen Epoche an oder sei tot, bestand aber eine andere, die die Leute im Gegenteil zuweilen dazu veranlaßte, von ihm zu sprechen, als sei er gerade 15 Jahre alt, «einer von den aufgeblaseneren und störrischeren aus der jüngsten Generation amerikanischer Dichter», so etwas wie ein moderner E. E. Cummings, der überhandnimmt – so daß es ebenfalls durchaus passieren konnte, daß man beim Durchblättern der nächsten Zeitschrift für denselben Monat, die genauso über den Zustand der modernen Kunst lamentierte, auf einen so durchdachten Ratschlag wie den folgenden stoßen konnte, der dem Verfasser von ‹*The Divine Pilgrim*› von einem weisen alten Knaben, der 20 Jahre jünger war als er, gegeben wurde: «Trotz all seinen Abgeschmacktheiten und wenn er seine poetischen Exzesse erst einmal hinter sich hat, könnte der junge Aitken doch der Dichter sein, der uns einmal ein neues ‹*Jack and the Beanstalk*›[1] schenken wird.»

Natürlich muß dieser Stand der Dinge schon vor langem irgendwie korrigiert worden sein, möglicherweise hat sogar der fragliche weise alte Knabe dabei geholfen. Aber die Tatsache bleibt bestehen, daß ich – bis ich England vor achtzehn Jahren verließ – nur eine einzige intelligente und faire Würdigung Aikens gelesen hatte; sie stammte von dem

Schotten Edwin Muir (der zusammen mit seiner Frau Kafka übersetzt hat: das sind die guten Leute, denen man auch indirekt zu Dank verpflichtet ist dafür, wenn man in der New York Public Library neben dem ‹*Tagebuch eines Verführers*› – als ich 1934 nachsah, war es dort das einzige – ein paar weitere Bände von Søren Kierkegaard findet).

Nun (auch wenn ich teilweise gescherzt habe), dergleichen hätte den Mut eines unbedeutenderen Mannes als Aiken arg dämpfen und sogar brechen können – das wär mir was, von einem Artikel vernichtet zu werden! Man kann unter diesen Umständen von Aiken nur wie von Kathedralen aus unvergänglichen und unsterblichen Kandelabern denken! –, was mich zu dem Manne selbst führt. Hier habe ich zu berichten, daß ich ihn – obwohl er kein Mensch gewesen wäre, wenn eine solche Mißachtung ihn nicht in gewissem Grade verletzt hätte – nie auch nur mit einer Wimper habe zucken sehen, wenn ihm Unrecht geschah. Was England betrifft, so war Conrad Aiken ein viel zu ritterlicher Mann, als daß er je, wie die Kelten sagen, die Brücke, über die er geschritten, kritisiert hätte. (Daß wir Engländer uns nicht schon vor langer Zeit viel mehr davon geehrt hätten zeigen sollen, daß er sich überhaupt dazu herabgelassen hat, sie zu überqueren, ist das einzige, was mich in diesem Zusammenhang belastet.) Stets war er bereit, seinen Schriftstellerkollegen zu helfen, wo es nur ging, und er war eher geneigt, für andere Entschuldigungen zu finden, als sie zu kritisieren (was tatsächlich, wie ich gelesen habe, auch für William Faulkner gilt, der keinerlei Grobheiten über seine Zeitgenossen durchgehen ließ): während ihm – sozusagen zum Ausgleich – sein eigenes Werk im Gespräch oftmals höchstens ein halb sardonisches Lächeln und eine Bemerkung entlockte wie «Na, höchste Zeit, daß mal wieder ein Buch den Abfluß runtergurgelt». (Im Gegensatz dazu führte er seine eigenen literarischen Kämpfe stets als insgesamt leicht vergnüglich und der Mühe wert ins Feld.)

Ich habe mich jedoch in diesem Zusammenhang, ich meine den menschlichen Aspekt, oft gefragt, was für ein Bild die kommenden Generationen von Aiken haben würden; und hier vermag ich vielleicht einen kleinen Dienst zu leisten, indem ich die Nachwelt schon im voraus ein wenig am Ärmel zupfe. Denn für einen Schriftsteller, den man beschuldigt hat, «subjektiv» zu sein, hat Conrad Aiken – außer in seinen großartigsten Gedichten, wo ja vielleicht jedes Bild des Menschen irrelevant ist –, wie es heißt, sehr wenig von sich hinterlassen; und es wurde so viel von seinem «Streben nach einer Art absoluter Dichtung», ich will nicht sagen: geschrieben, sondern heruntergebetet von seiner Leidenschaft für das Translunare und seiner Begierde, Launen Ausdruck zu verleihen, von seiner «unverbesserlichen Süßlichkeit» usw. usw., daß man glatt den Eindruck gewinnen kann, er habe ewig in einem schummrigen Sussex oder Cape Cod gelebt. Andererseits können manche seiner Prosahelden, wie brillant auch immer gezeichnet, alles andere als hilfreich sein, falls man darin irgendeinen Schlüssel zur Persönlichkeit ihres Schöpfers suchen sollte. Überdies sind einige seiner Sachen von einer derart erschreckenden Roheit, daß man auf den Gedanken kommen könnte, der Autor persönlich habe einer Kreuzung aus Abraxas Bahomet und Ahasver geglichen. Andere wiederum sind von einer derart übersinnlichen Schönheit, daß man auf den Gedanken kommen könnte, er habe überhaupt nicht auf dieser Erde gelebt, sondern seine Hängematte irgendwo hoch oben zwischen Aries und dem Diadem des Westlichen Fisches aufgespannt gehabt. Und Aiken selbst, der sogar ein Gedicht mit dem Titel «Palimpsest – ein hinterlistiges Portrait» geschrieben hat (das vielleicht am allerwenigsten hilfreich ist von allen), hat nie versucht, einen anderen Anschein zu erwecken als den, nicht hilfreich zu sein.

Natürlich mag, was ich sage, für Sie oder jede Erwägung seiner Dichtung irrelevant sein. Von einem existentiellen (verflixtes Wort, aber lassen Sie's stehen) Standpunkt aus ist es vielleicht nicht so irrelevant. Und auch nicht vom menschlichen. In diesem Zusammenhang jedenfalls hat mir mal ein Verwandter Aikens folgendes erzählt (Mr. Aiken wird mich hoffentlich nicht erschießen, wenn ich diese Geschichte weitererzähle; und falls Sie sie schon kennen, bitte ich um Vergebung, daß ich sie wiederhole. Überdies sehe ich hier eine neue Sorte von Ironie sich einschleichen – immer wenn man seine alten Freunde um eine Stellungnahme zu seiner Dichtung bittet, empfehlen sie statt dessen seinen Namen inbrünstig der Gesellschaft zur Verhinderung von Grausamkeiten gegenüber Tieren): als der Dichter noch ein Junge war, ist er einmal auf einen Telegrafenmast geklettert, um eine im Quergestänge steckengebliebene Katze zu befreien – und was noch mehr ist: er *hat* sie befreit. Vielleicht klingt das, so mies erzählt, nicht besonders großartig. Vielleicht ist auch der Leser als Jüngling auf Telegrafenmaste geklettert. Aber wie kurz es auch her sein mag, daß Sie Ihren letzten Telegrafenmast erklettert haben: ich kann wohl (und als ehemaliger Seemann um so mehr) gefahrlos darauf hinweisen, daß die Sache recht schwierig wird, wenn man den Rückweg in Begleitung einer Katze antreten muß, die, nachdem sie einen ungeheuren Krach geschlagen hatte, um heruntergeholt zu werden, jetzt aufs heftigste bestrebt ist, ihre frühere Position da oben wiederzuerlangen. Außerdem geht der Aufstieg auf einen Telegrafenmast senkrecht vor sich – und daher kann der Abstieg nur allzu senkrecht werden. Man klettert nicht, wie auf einem Schiff, eine Art Treppe hinauf: wenn man Glück hat, sind ein paar Steighaken da, und die bringen einen auch nicht sehr weit: man braucht beide Hände, um sich festzuhalten, aber die hat man nicht frei, da die Katze beide verlangt: und auch wenn der Telegrafenmast vielleicht nicht so hoch ist wie etwa ein Schiffsmast, ist da oben die Verlockung zu einem Schwindelanfall sehr ähnlich: während der Boden unten sich aus Ihrer Sicht kein bißchen darum kümmert, der Boden da unten zu sein – und sich auch nicht um gebrochene Knochen kümmert –, ob aus hundert, fünfzig oder fünfundzwanzig Fuß Entfernung. So stell ich mir das vor. In Kanada herrscht bei solchen Gelegenheiten viel häufiger der Brauch, die Feuerwehr zu holen; die öffentliche Meinung hegt nämlich eine extrem natürliche Furcht vor Telegrafenmasten, die von den meisten Leuten, besonders von Kindern, geteilt wird und unter anderem durch den Verdacht verursacht wird, die Drähte selbst könnten lebendig sein; außerdem stellen sie – anders als Bäume oder gewisse Bäume – etwas Verbotenes, Gefährliches dar – ohne aber den entsprechenden Reiz zu haben («Bepfoten bei Strafe verboten», hat Aiken, sich selbst im voraus zitierend, zweifellos zu der Katze gesagt); kurz, nach meiner Erfahrung würde die Mehrheit der Kinder eher auf alles andere klettern, selbst wenn keine Katze auf dem Spiel stünde. Jedenfalls möchte ich meinen, daß dieser Akt der Nächstenliebe für den Mann äußerst typisch war. Es kann sogar sein, daß diese Sorge um die Schmach, die die Katze erleiden könnte, wenn sie von anderen, ungeschickten Händen gerettet würde, bei ihm fast genauso viel wog wie die Gefahr, in der das Tier schwebte. Aiken nahm in der Tat keine Schmach oder Verletzung so ohne weiteres hin, ob sie nun Tieren oder Menschen zugefügt wurden. Außerdem besaß er die Gabe (so, wie ich mich an ihn erinnere), eine ganze Situation mit all ihren Veränderungen und Verknüpfungen so blitzschnell zu erfassen, daß man hätte meinen können, er habe sie mit hellseherischen Mitteln wahrgenommen, noch ehe sie überhaupt die Möglichkeit hatte, sich zu entwickeln. Dieses Einfühlungsvermögen – von einer Art, wie man sie sich auch bei expressionistischen Malern vorstellt, etwa bei Munch – erstreckte sich auch auf normale Gegenstände, so daß er sogar etwas so Bescheidenes wie etwa ein Abflußrohr, durch das an einem heißen Sommertag kühles Wasser floß, derartig beschreiben konnte, daß man einen Augenblick lang tatsächlich glaubte, dieses Rohr zu sein: beim Jupiter, während man lauschte und schaute, nahm man für kurze Zeit an den kühlen Empfindungen dieses Rohres teil, selbst wenn es vorher gar keine gehabt hatte. Ich habe also die Katze auf dem Telegrafenmast nicht aus Sentimentalität erwähnt oder gar, weil es eine hübsche Erinnerung an Conrad Aiken für die Leute wäre – obgleich es das ja bestimmt ist –, sondern es ist doch so, daß dies keineswegs ein Einzelfall war oder etwas, was einem nicht zum Verständnis dieses Mannes dienen könnte, wie diese Geschichten, daß Edgar Poe sich bei der Parade in West Point vollständig ausgezogen habe oder daß Schiller nicht arbeiten konnte, wenn sein Schreibtisch nicht voller fauler Äpfel war: Mr. Aiken war, wie die Wirtin des Ship Inn in Rye, Sussex, einmal bemerkte, während sie meinen Krug wieder füllte: «ein wirklich freundlicher, aufmerksamer Gentleman: hat sich immer sehr bemüht, nett zu sein, wissen Sie. Solche gibt's nicht viele, Sir!» Was die Wirtin zu ihrer Bemerkung veranlaßt hat, weiß ich nicht mehr: wahrscheinlich war es nur ein kleiner Akt der Höflichkeit; doch war es jene echte Höflichkeit, die nach Keyserling keine leere Form ist, sondern die Zustimmung zum wahren Wesen des Menschen. Was ich wohl sagen will, ist, daß man, egal wer man war, mit Aiken nicht zusammentreffen konnte – und wenn man sich nur mit ein paar Worten grüßte –, ohne das rätselhafte Gefühl zu haben, man würde sozusagen im Inneren «heraufgestimmt»: es konnte gut sein, daß man schon an der nächsten Ecke den Witz erkannte, den er flüchtig in seine Worte hatte einfließen lassen, woraufhin mit einemmal auch der Tag einen neuen, freundlicheren oder möglicherweise bizarreren, komplexeren Aspekt gewann, auf alle Fälle aber ein durchaus vergnüglicheres und sympathischeres Abenteuer wurde. Auf irgendeine verblüffende Weise hatte er *Ihr* Problem erfaßt, *Ihre* Last, worin immer sie bestand, leichter erscheinen lassen. Mit anderen Worten: er war in außerordentlich hohem Maße von Nächstenliebe erfüllt: darüber hinaus besaß er jedoch eine Eigenschaft, die sich, trotz mancher köstlich komischen und mancher rohen und erschreckenden Szene, nicht leicht, oder zumindest nicht folgerichtig, aus seinen Büchern ableiten läßt. Ich will damit sagen, daß er über so ziemlich den allerrobustesten Sinn für Humor verfügte, den man bei einem Mitmenschen überhaupt antreffen kann. Dieser verband sich sehr oft, wenn auch eher im stillen, mit den anderen von mir erwähnten Eigenschaften, und zwar auf eine Weise, die man erst Jahre später voll erfaßte.

Zum Beispiel: während einer seiner seltenen Besuche in Amerika (er wohnte damals noch in England) war ich selbst zufällig in New York, wo ich, «auf Grund gewisser Nebenumstände», in der Gegend der West Seventies im Kellergeschoß eines alten Sandsteinhauses wohnte; ich hatte dort das Zimmer des Hausmeisters gemietet, nachdem dieser es wegen des Auftretens gewisser seltener Insekten geräumt hatte (ich darf dies wohl sagen, ohne unhöflich zu sein; denn sie sind schließlich international und kennen keine Grenzen). Die anderen lieben Mieter dieses Hauses hatten alle die Gewohnheit, die ganze Nacht über mit einem Höchstmaß an Geselligkeit in der Küche der Kellerwohnung Pinokel zu spielen, so daß man auch beim besten Willen nicht schlafen konnte. Als Folge davon (obwohl ich auf diese Weise fröhlich gelernt habe, Pinokel zu spielen) arbeitete ich häufig die ganze Nacht hindurch, das heißt, ich war in der Lage, dies zu tun, ohne andere zu stören: bei einer solchen Gelegenheit hatte ich einmal nicht nur eine ganze Nacht, sondern aus irgendeiner Begeisterung heraus womöglich drei Tage und Nächte ununterbrochen gearbeitet, und nachdem das Pinokelspiel am frühen Morgen abgebrochen worden war, tippte ich mit Erlaubnis der Vermieterin in der Kellerküche weiter, da mich die bereits erwähnten seltenen Insekten aus meinem Zimmer vertrieben hatten; ich hatte mich seit vier Tagen nicht rasiert und war von einem großen Berg Wäsche und siebzig leeren Bierflaschen umgeben, die natürlich von der vergangenen Pinokelparty stammten, aber bestimmt den Eindruck machten, als hätte ich selbst sie alle erst gerade ausgetrunken, obwohl es kaum halb zehn Uhr morgens war. Bei diesem Stand der Dinge (um es noch schlimmer zu machen, hatte ich gerade eine Pause an der Schreibmaschine eingelegt) kam die Vermieterin herein und unterbrach mich respektvoll, ja flüsternd, in meinen Gedanken:

«Oben ist Mr. Kraken[2], Sir.»

«Hä?»

«Ein freundlicher Herr – sehr gut angezogen – sein Anzug ist aus wirklich gutem Stoff ... Mr. Kraken möchte Sie gerne sehen, Sir; er kommt jetzt runter.»

Es war tatsächlich kein geringerer als Conrad Aiken selbst, der, als er sich einen Tag lang in New York aufhielt, seinen alten Schüler am Columbus Circle aufgespürt hatte; und nachdem er meine ganze peinliche Lage mit einem Blick erfaßt hatte, hatte er sich verbal in das berühmte skandinavische Seeungeheuer verwandelt, vielleicht, um sich so um so unauffälliger mit meinen höhlenhaften, wahrlich monströsen scheinbaren Umständen zu verbinden, die gelinde gesagt auf Schiffbruch, wenn nicht gar den Abgrund selbst hindeuteten – auch ohne die Pinokelspieler, die dem Ganzen einen Hauch von heiterer Menschlichkeit hätten geben können –, wie unschuldig sie in Wirklichkeit auch sein mochten; und diese Umstände waren bestimmt nicht so, daß man (sogleich wieder der Schüler, sorgsam um die Erweckung der Illusion bemüht, man arbeite stetig und regelmäßig) sich ausdrücklich darum gerissen hätte, in ihnen diesem großen Mann in seinem Heimatland zum erstenmal zu begegnen.

Mr. Kraken! Nun ja, manchmal, wenn ich mich niedergeschlagen fühle, brauche ich nur an diesen Vorfall zu denken, und schon fange ich an zu kichern: und am Ende wird das Kichern zu brüllendem Gelächter, und die Melancholie ist gebannt. Und dann sage ich mir wieder: wer zum Teufel bin ich? Was für ein unglaubliches Privileg! Habe ich Conrad Aiken wirklich gekannt? Und hat er wirklich *mich* einmal besucht? Oder habe ich das nur erfunden?

Manchmal habe ich mich auch gefragt – so wie sich in seiner Erzählung ‹*Round by Round*› eine von Aikens wunderbaren Figuren bei der Betrachtung eines Bildes der James-Familie fragt (die guten Gesichter «schauen ihn an mit außerordentlicher Rechtschaffenheit») –: wohin sind diese Rechtschaffenheit, diese Freundlichkeit, dieser Anstand, dieses Verständnis und dieser Humor, die Aiken alle gleichermaßen besaß – wohin sind diese Eigenschaften bei den Menschen verschwunden? Waren sie das Vorrecht besonderer Leute in einer besonderen Epoche? Wie? Vielleicht war ein Mann wie Aiken ein Verbindungsglied mit einem vergangenen Zeitalter und gleichzeitig eins mit einem zukünftigen, das noch nicht da ist, in dem die Pflege und der Besitz solcher Eigenschaften dem Menschen wieder aller Mühe wert erscheinen.

Ich bemerke, daß ich nun mit diesem Brief fertig bin, ohne mehr als nur ein Gemurmel über das Werk Conrad Aikens gesagt zu haben. Ich bemerke auch, daß ich von ihm geringschätzig in der Vergangenheitsform gesprochen habe, während er doch in Wirklichkeit äußerst lebendig ist und zweifellos noch manches sehr tiefgründige Werk schreiben wird. Das liegt aber vielleicht daran, daß ich ihn, ehrlich gesagt (obwohl ich aus seiner Großzügigkeit Nutzen gezogen habe), um so schlimmer, seit fünfzehn Jahren nicht mehr gesehen habe und wir wohl auch seit zwei Jahren keine Briefe mehr gewechselt haben, aber wir haben einmal am Telefon miteinander gesprochen. Wie Sie aber sehen, ist die Erinnerung an ihn hier sehr lebendig, selbst in der kanadischen Wildnis.

Um von Aiken als Schriftsteller zu sprechen: seit damals, als (noch ehe ich je von ihm gehört hatte) sein Werk zum erstenmal in meine rauhe Psyche einschlug – wie der Blitz, der jetzt gerade draußen in den Sumpf einschlägt –, habe ich ihn immer als den echtesten und direktesten Nachkommen unser großen Elisabethaner angesehen: er besitzt das größte Talent dramatischer und poetischer Sprache und ist ein Genie von höchstem und originellstem Rang, und ich bezweifle nicht im geringsten, daß wir uns in der Zukunft darum reißen werden, ihn von Amerika als unser Eigentum wiederzuverlangen.

Mit freundlichen Grüßen
Malcolm Lowry

1 Amerikanisches Kinderlied (A. d. Ü.)
2 In Norwegen der Name eines schiffeverschlingenden Seeungeheuers (A. d. Ü.)

An Albert Erskine

Dollarton, B. C., Kanada
19. Dezember 1951

Lieber alter Albert:
Traurige Neuigkeiten über uns: hast vermutlich schon davon gehört.

Harcourt will mich nicht aus dem Vertrag entlassen.[1] Ich habe keine andere Wahl – so scheint mir –, als bei denen zu bleiben.

Aber ich habe die ganze Zeit gedacht, *Du* hättest die Mss. meiner geplanten Sachen; und nun stellt sich heraus, daß auch Hal keine andere Wahl hatte, als die Lage bei Harcourt als nächstliegendes Problem zu prüfen, ehe etwas anderes getan werden konnte – mit dem obigen Ergebnis, wofür niemand etwas kann; und wenn man davon auch nicht trinken kann, kann man nichts dran ändern.

Ich bin zu dem traurigen Entschluß nicht gekommen, ohne auch an Dich zu denken, um das mindeste zu sagen; denn ohne den ‹*Vulkan*› bin ich wohl eher ein Passiv- als ein Aktivposten, zumal der ‹*Vulkan*›, wie Du weißt, Teil einer Reihe von Romanen ist: und Harcourt wird sich von dem ‹*Vulkan*› nicht trennen. Mir kam auch der Gedanke, daß Dir ‹*Hör uns, o Herr, der Du im Himmel wohnst*› – diese Erzählungen waren gerade in der Mache – nicht gefallen könnte, oder, falls doch, daß es anderen bei Random House nicht gefiele. Ich bin noch immer halb dieser Meinung. Ich bin ferner der Meinung, daß ich mich nicht dermaßen angestrengt hätte, wenn ich gewußt hätte, daß das Projekt an Harcourt und nicht an Dich ginge, obwohl das schwer herauszufinden ist, denn ehrlich gesagt hatte ich naiverweise nicht die geringste Ahnung davon, daß es an Harcourt gehen würde; obgleich ich nun sehe, daß man Hal, dem nur meine Interessen am Herzen lagen, keinen Vorwurf deswegen machen kann. Robert Giroux hat einige der Erzählungen von ‹*Hör uns, o Herr*› ganz begeistert gelobt[2] und gesagt, er zähle sie zu den besten, die er seit langem gelesen habe; ich bin dankbar für dieses Lob, aber die Wahrheit ist die, daß ich nicht eine einzige verdammte einzelne dieser Erzählungen verkauft habe, ob es nun Meisterstücke sind oder nicht, und die Schwierigkeiten scheinen eben darin zu liegen, daß ich, obwohl ich mein Bestes versucht habe, anscheinend nicht in der Lage bin, auf diese Weise zu überleben: und schließlich muß Hal auf seine Weise auch überleben.

Auch die arme Margie hat kein verdammtes bißchen verkauft, so daß ich mit Inflation und Schulden, dem kaputten Pfund und den üblichen Problemen (wir waren seit 6 Monaten weder im Kino noch in einer Kneipe, noch beim Friseur; und seit einem Jahr haben wir keine Batterie in unserem Radio) wirklich den Punkt erreicht hatte, wo ich moralisch nicht mehr berechtigt war weiterzuschreiben, außer wenn es mir gelänge, irgendeinen festen Vertrag abzuschließen.

Dies ist auch der Grund dafür, daß ich Dein so freundliches Darlehen an uns noch nicht zurückgezahlt habe, obwohl Englands Handelsbeschränkungen sich schon bald als weniger selbstmörderisch erweisen können, und ich bin fest davon überzeugt, daß ich es Dir jetzt bald zurückzahlen kann, auch wenn ich es Dir praktisch mit Deinem eigenen Geld zurückzahle. O Scheiße. ’tschuldigung. Tatsächlich glaube ich, ich sollte (abgesehen davon, daß Du nicht dort bist) doch ziemlich zufrieden sein, daß ich bei Bob Giroux und den andern bin, denn so habe ich nichts mit einem «Reynal-Trend» zu tun – ganz im Gegenteil. Sie sind sehr verständnisvoll, und ich weiß, daß Dich das freuen wird. Im übrigen hättest Du mir kaum dankbar sein können für die Lage, in die Du geraten wärest, wenn ich darauf bestanden hätte, bei Dir zu bleiben; tatsächlich habe ich mir gesagt, daß ich Dir damit die peinliche Situation erspare, Dich weigern zu müssen, überhaupt in eine solche Lage gebracht zu werden, denn ich kann wirklich nicht sehen, wie Du mich unter den Umständen, die sich daraus ergeben hätten, hättest haben wollen – Umstände, mit denen niemand glücklich gewesen wäre. Das heißt aber nicht, daß ich mich nicht ein wenig wie Judas Ischariot fühle: genau das tue ich, und ich erwarte von Dir die Erklärung, daß ich das nicht brauche, obwohl auch dies mir nicht austreiben kann, mich wie Deutschland ohne Bismarck zu fühlen, oder gar wie Enos ohne Fruchtsalz oder Johnny Walker ohne Whisky. Einerseits sind wir natürlich unendlich dankbar und froh, daß Giroux begeistert ist: andererseits sind wir – wegen Dir – niedergeschlagen und haben gewissermaßen einen Kater, ehe die Feier noch angefangen hat. Ich will aber um Himmels willen nicht, daß wir uns entzweien. Überdies habe ich Angst vor der schrecklichen Bedeutung einiger Teile des vor mir liegenden Buchs und vor dem Charakter einiger der Dämonen, die ich noch gnädig stimmen muß. Alles hübsch und gut, zu sagen, ist ja nur ein Roman. Dies berücksichtigt nicht die Tatsache – zum Teufel damit. Werd's Dir ein andermal erzählen. Aber Bartleby im Mittelatlantik ist ein heiterer und geselliger Bursche im Vergleich zu der Gesellschaft, die mein Held manchmal erdulden muß. Jedenfalls hoffe ich, daß Du mich auch künftig einige seiner Bürden mit Dir teilen läßt. Wenn ich darf, werde ich auch den einen oder anderen Teil – den besten, wenn es klappt – Dir widmen. Vergiß auch nicht, daß hier immer eine Schulter ist, an die Du Dich lehnen kannst. Ich hoffe, Deine eigenen ernsten Schwierigkeiten sind nicht aus irgendeinem Grunde zu schlimm, obwohl, wie können sie etwas anderes sein als schlimm: natürlich weiß ich das, aber trotzdem weiß ich nicht, was ich sagen soll, außer daß Du unserer Sympathie und Gebete sicher sein kannst.

Ich merke jetzt, daß dieser Brief – psychologisch – ein einziger langer Selbstvorwurf ist: weil ich auf eine Weise gehandelt habe (oder eher nicht gehandelt habe), die meinem höheren Selbst zuwiderläuft. Des weiteren erhebt ein mit Bleistift geschriebenes Stück eines Briefs an Dich Vorwürfe gegen mich – es fiel eben aus einem Stapel Papiere –: geschrieben im letzten Februar: der Entwurf unseres SOS-Briefs vom letzten Februar, den Du so selbstlos und unverzüglich und großmütig beantwortet hast. Ach je. Danke. Ach. Mist. Verdammt. Andererseits bin ich davon überzeugt, daß es auch für Dich besser ist. Denn weiß der Himmel: vielleicht bist Du ja, wenn ich mit diesem umnachteten Buch fertig bin, wieder zu Brace gegangen und leitest den Laden gar womöglich; und dann könnte sich das, was in Loyalität und Freundschaft begonnen hat, auf Grund mangelnder Weitsicht meinerseits als weder loyal noch freundschaftlich herausstellen: ich darf mich jetzt fühlen, als hätte ich den Albatros abgeschossen; aber ich fürchte, Du könntest Dich inzwischen fühlen, als hätte ein Albatros *Dich* abgeschossen. Kurz: als hätte ich eine andere kluge Verantwortung, die ich nicht in Betracht gezogen hätte, außer Kraft gesetzt. Jedoch betone ich – aus rein persönlichen Gründen, falls Dir das irgendwie hilft –, daß ich von der Richtung, die die Ereignisse nehmen würden, nichts gewußt habe (auf einer Weihnachtskarte an Frank habe ich sogar geschrieben, daß ich zitternd vor Angst Dein Urteil erwarte). In Wirklichkeit hatte nur Hals Büro ausnahmsweise einmal vergessen, mir den Empfang des Ms. zu bestätigen. Ich konnte nicht verstehen, warum Du nicht auf meinen Brief geantwortet hattest, und als ich Hals Brief mit Giroux' Gutachten bekam, waren wir schon fast soweit anzunehmen, es müsse verlorengegangen sein. Doch stand zu dieser Zeit schon wieder das Eis bis an unsere Tür. Und jetzt ist es also da. Wie auch immer, beste Grüße von uns beiden.

Malcolm

1 Harcourt, Brace hatte den Verlag Reynal & Hitchcock übernommen (bei dem ‹*Unter dem Vulkan*› erschienen war) und beschlossen, die Option auf Lowrys «work in progress» nicht freizugeben (vgl. Matsons Brief an Lowry vom 13. Dezember 1951 in Anhang IX).

2 Vgl. Giroux' Brief an Matson vom 11. Dezember 1951 in Anhang IX.

Zum richtigen Verständnis der folgenden sowie der in Anhang IX abgedruckten Briefe ist es wichtig zu wissen, daß Giroux Lowrys Manuskript gegenüber wohlwollend gesinnt war und gesagt hatte, er fühle sich auch «moralisch verpflichtet», es zu publizieren; sein entsprechender Vorschlag wurde aber von seinem unmittelbaren Vorgesetzten zurückgewiesen. In der Folge war er – als er Lowry im Namen seiner Firma schrieb – dazu verpflichtet, seine eigene, zustimmende Meinung zu unterdrücken, und durfte nur eine abschlägige Antwort erteilen (vgl. Giroux' Brief an Lowry vom 10. März 1952 in Anhang IX). Lowry konnte das natürlich nicht wissen.

Achter Teil

1952

An Robert Giroux

1075 Gilford St.
Vancouver, B. C., Kanada
11. Januar 1952

Lieber Mr. Giroux:
Zunächst möchte ich mich für mein Schweigen entschuldigen.

Hoffentlich führen Sie es nicht auf Undankbarkeit oder Sorglosigkeit zurück. Ich möchte mich gleich auch bei Ihnen, Jimmy Stern und Jay Leyda ganz herzlich für das großartige Melville-Buch des letzteren bedanken, das Sie mir zu Weihnachten geschenkt haben. Es ist ein Triumph, ein Buch von offensichtlich dauerhafter Bedeutung. Es ist auch in manch anderer Hinsicht ein Triumph. Sagen Sie bitte J. L., daß ich ihm schreiben werde, sobald ich eine Sekunde Zeit habe. (Um die Wahrheit zu sagen: seine Technik der räumlich verteilten Querverweise wäre die einzig angemessene Methode, mit der ich die hiesigen Ereignisse beschreiben könnte.) Grüßen Sie ihn und Jimmy von mir.

Nun möchte ich Ihnen dafür danken, daß Sie es mir so großzügig und rasch ermöglicht haben, durch Harold Matson etwas Geld zu bekommen. Dies hat uns tatsächlich über eine sehr schlimme Verlegenheit hinweggeholfen, obwohl es auf dieser Seite von einem äußerst merkwürdigen Umstand begleitet wurde: das Geld war hier am Morgen des 21. telegrafisch eingetroffen, aber erst am Nachmittag des 27. sind wir von seiner Existenz benachrichtigt worden. Der Fehler, oder die Verirrung, liegt irgendwo zwischen dem Canadian Pacific Telegraph und unserem hiesigen Postmeister; beide schieben sich gegenseitig die Schuld zu.

Ich habe unter anderem deswegen unverzüglich etwas Geld gebraucht, weil ich – wenn ich in diesem Winter überhaupt irgendeine Arbeit schaffen wollte – wußte, daß ich in eine Wohnung in der Stadt ziehen mußte; denn in Dollarton bringt man die Wintermonate hauptsächlich damit zu (bzw. hat sich das in den letzten Jahren so ergeben), Holz zu hacken, schlicht am Leben zu bleiben und nicht zu erfrieren. Außerdem hat es sich als zu schädlich für die Gesundheit meiner Frau erwiesen. Eine Reihe von Stürmen – Hurrikane, Blizzards, Schneestürme, Eisstürme –, Temperaturen von unter Null (das Haus hat innen nur Pappwände, einen kleinen Kochherd, aber keinen Heizofen) und sonstige Werke Gottes (die sich gestern beruhigten, aber nur, um heute nacht mit verdoppelter Stärke wieder vom Yukon herabzusteigen) hatten unterdessen die für die Wohnungssuche in der Stadt notwendigen Fahrten von Dollarton aus verhindert. Die Bucht war überschwemmt, und die Stürme beim Januar-Hochwasser hatten beinahe das ganze Haus weggefegt – Sie können sich vorstellen, wie freundlich einem die vorige Bedrohung unter diesen Umständen vorkommen mußte. Irgendwie haben wir es überstanden, ohne das Haus beim allerhöchsten Hochwasser verlassen zu müssen, und es ist noch o. k. (und bei zur Zeit nur mäßigem Hochwasser auch sicher), obwohl es alles in allem eine Menge Verwüstung und Sorgen gegeben hat. Schließlich gelang es uns, das einzige freie Hotelzimmer in Vancouver in 15 Meilen Entfernung zu finden (wegen der Ferien war alles mit diesen rauhbeinigen Holzfällern überfüllt); wir packten meine ganzen Arbeiten – oder was mir davon am wichtigsten erschien – in diverse Aktentaschen und mexikanische Einkaufstüten und Koffer, zogen ein und begannen bei fortwährendem Sturm, Schnee usw. nach einer Wohnung zu suchen; dabei bekam meine Frau die Grippe, aber inzwischen lag der erste Januar hinter uns, und es war nichts Wohnungsähnliches aufzutreiben – wozu weitererzählen? –: wir haben eine gefunden, und da sind wir – mehr als bereit, uns an die Arbeit zu machen, auch wenn es nicht einfach ist, da ich praktisch seit Mitte November nichts mehr habe tun können.

Während dieses ganzen chaotischen Durcheinanders (einer Art «Unter» Eridanus) habe ich fünfzigmal angefangen, diesen Brief zu schreiben, da ich Ihnen nicht nur danken wollte, sondern auch ein unwiderstehliches Bedürfnis verspürte, auf irgendeine Weise mit Ihnen Verbindung aufzunehmen, bevor ich wieder mit der Arbeit beginnen konnte.

In diesem Zusammenhang möchte ich Ihnen zuallererst sagen, wie aufrichtig dankbar ich bin für Ihre lobenden Worte und dafür, daß Sie mich verlegen wollen. Ich will mich dessen auf jeden Fall würdig erweisen.

Ich habe freilich eine Menge Dinge zu erörtern, periphere und zentrale Aspekte des Buchs – nicht zum wenigsten; ich weiß gar nicht, was ich als nächstes tun soll. Es war eine herbe Enttäuschung, daß ich keine der Erzählungen von ‹*Hör uns, o Herr*› usw. einzeln habe verkaufen können; aber ehe ich mich wieder in Ruhe und endgültig an ‹*The Voyage*› machen kann, möchte ich das doch sehr gern zu Ende schreiben und veröffentlichen. Vielleicht können Sie mir einen Vorschlag machen, wie viele Erzählungen Ihrer Meinung nach noch zu Ende geschrieben und in diesen Band aufgenommen werden sollten? Allerdings legen mir unsere derzeitigen Risiken nahe – und zu was für einer Zeit die auch kommen! –, daß ich es Ihnen schuldig bin, Ihnen auch Abschriften von unvollständigen Entwürfen und halbfertigen Plänen zur Aufbewahrung zu schicken; immerhin könnte es ja sein, daß sie selbst eines Tages nicht ganz wertlos sind, und es wäre auch auf jeden Fall eine Katastrophe für mich, wenn sie verlorengingen, ohne daß eine Abschrift existierte. Von ‹*Die letzte Adresse*› besitze ich 2 Fassungen; keine davon ist endgültig: und ich denke, davon sollten Abschriften angefertigt und Ihnen geschickt werden, bevor ich mit ‹*Hör uns, o Herr*› weitermache; meine Frau wird daher morgen damit beginnen, diese Abschriften zu machen.

Zu Albert Erskine: Sie werden meine Lage verstehen. Ich mag ihn persönlich sehr gern, so daß der Bruch mich schmerzt. Außerdem schulde ich ihm eine Menge. Ich weiß nicht, was mehr in Unruhe ist: mein Herz oder mein Gewissen. Andererseits will ich nicht, daß Sie glauben, ich wäre von irgendeiner finanziellen Zwangslage beeinflußt worden – selbst wenn diese Zwangslage bestand: es war ein völlig durchdachter Entschluß. Und natürlich bin ich gleichfalls stolz darauf, bei Ihrem Verlag zu sein.

Wie auch immer, wir werden jetzt bis zum ersten April in der Stadt wohnen, nachdem wir drei Jahre lang in der Wildnis gearbeitet haben; ich bin seit sieben Monaten weder im Kino noch beim Friseur gewesen und habe auch sonst eine ganze Weile keinerlei Bequemlichkeiten gehabt, so daß mir die Zivilisation fast so merkwürdig vorkommt, als wenn ich Alley Oop wäre. Alles in allem könnte ich der Zivilisation keinen Vorwurf machen, wenn sie sich weigerte, mir einen Platz einzuräumen, nachdem ich ihr eine solche Grimasse geschnitten habe. Und die Tatsache, daß die Ereignisse des letzten Monats vielleicht eine der besten Geschichten bilden, die ich je schreiben könnte, macht es mir nicht leichter, an einem neuen Ort wieder mit der Umarbeitung von etwas Altem zu beginnen. (Ich gehöre zu den Zeitgenossen, die sich, wenn sie nicht ganz und gar mit einer Arbeit beschäftigt sind, plötzlich am Anfang von zwanzig anderen Arbeiten wiederfinden.) Mit einem Wort, es ist reichlich schwer, nach dieser zermürbenden Zeit überhaupt wieder anzufangen, obwohl dies geschehen wird. Die Frage ist nur, *wo* man anfangen soll.

Dies sind einige der Dinge, die mich verwirren. Doch zunächst möchte ich wissen, ob ich an Sie selbst schreiben kann, ganz zu schweigen davon, bei welcher herausgeberischen Stelle ich meine Sachen abladen darf? Oder falls ich nicht die Ehre habe: mit wem darf ich sprechen? Denn ich habe ziemlich viel zu sagen.

Alle guten Wünsche an Sie und nochmals vielen Dank.

Mit besten Grüßen
Malcolm Lowry

An Jay Leyda

1075 Gilford St., Apt. 33
Vancouver, B. C., Kanada
27. Februar 1952

Lieber alter Jay Leyda:
Überaus herzlichen Dank für Ihr Buch[1], das Sie mir zu Weihnachten geschenkt haben.

Es ist ein umwerfendes Meisterwerk, eine der am besten dokumentierten und dramatischsten und sorgfältigsten und insgesamt tollsten Arbeiten, die Sie oder ich in einer Generation lesen werden.

Es tut mir leid, daß ich Ihnen nicht gleich früher geschrieben habe, aber das lag daran, daß das Eintreffen Ihres Buchs uns Stürme und eigene Moby Dicks (ein echter Moby Dick schwamm mit der hochstehenden Flut direkt an unserem Fenster vorbei) beschert zu haben schien, denen wir erst mal trotzen mußten, wenn wir nicht auf Nimmerwiedersehen untergehen wollten; Sie könnten das eine kleine Gaukelei des Klimas nennen, aber daß – nachdem wir es gerade unter dem Getreidesilo Nr. 2 geortet hatten – die S. S. *Pennsylvania* mit der ganzen Mannschaft (bis auf einen Ismael von Seattle) bei der Second Narrows Bridge untergegangen sein sollte, dies und die vollkommen unerhörte Heftigkeit und Katastrophe dieses Winters, in dem in fünf Minuten mehr Schiffe untergegangen sind als während meiner ganzen Zeit als Seemann, hat uns daran gehindert, besonders, wenn wir an die *Ann Alexander* dachten und am liebsten wie Dana von Sommervögeln und Schubkarren und Gießkannen und gar von Walen von gutem Omen gesprochen hätten – und teils auch, weil ich meinen Herausgeber gewechselt hatte, d. h. ich meine nicht gewechselt: ich mußte mich bloß von Albert trennen und (obgleich

ich glücklich und stolz bin, in Ihrer Familie zu sein) aus einem Taifun heraus an Robert Giroux schreiben – das hat uns endgültig gehindert. Ich habe daher meine Bewunderung und meinen Dank von Robert Giroux ausrichten lassen, und ich kann Sie nur bitten wahrzunehmen, daß ich nicht aus Mangel an Dank geschwiegen habe.

Im Gegenteil: ich war sprachlos vor Bewunderung.

Meine Frau und ich gratulieren Ihnen herzlich, und wir wünschen Ihnen alles Gute. Leben Sie wohl.

Malcolm

P.S. Falls die S.S. *Pennsylvania* Ihnen nichts sagt: sie kommt in Kapitel II des ‹*Vulkan*› vor (ist hier bei uns am selben Tag untergegangen wie die *Flying Enterprise* – Sie können das in der *New York Times* oder einer anderen Zeitung nachsehen.)

1 ‹*The Melville Log*›

An Albert Erskine

1075 Gilford St.
Vancouver, B. C., Kanada
Freitag nacht
[März 1952]

Lieber Albert:
Ich brauche Dir wohl nicht zu danken – und ich habe keine Ahnung, was Du über das Buch sagen wirst, da ich Deinen Brief noch nicht bekommen habe –, und ich danke Dir auch weiß Gott dafür, daß Du mein Telegramm heute so prompt beantwortet hast: und mit meinen noch übrigen Zähnen, die alle beide vor Mitgefühl und Weisheit schreien, und Margies ausfallenden, wenn auch bis jetzt anscheinend noch überlebenden Zähnen, mit dem ganzen Gold in meinen Zähnen, das ich am liebsten ausrupfen würde, um Dir Deine Großzügigkeit im voraus und im nachhinein zu vergelten – Jesses, ich kann nicht weiter.

In den nächsten Wochen oder so werden diverse Stückchen von Informationen in Deine Richtung abgehen, die die Situation untermauern werden – Brace kriegt nichts davon geschickt – zieh Deine Schlüsse.

Ich lege Briefe von Hal und Giroux bei[1], die erklären, warum ich hintergangen und in diese Lage gedrängt worden bin.

Als unser Haus von Hurrikanen und Hochwasser bedroht war, war unsere Lage insofern verzweifelt, als wir (d. h. Margie) den Winter unmöglich in unserem Haus verbringen konnten, ohne zu erfrieren oder Schlimmeres; ohne melodramatisch zu werden – ich kann Dir nicht sagen, wie schlimm das war: wir hatten Fluten, die andere Häuser weggespült haben – Frostwetter, und unser Haus ist noch nicht so weit fertig, daß es solchen Temperaturen standhalten könnte, da wir bis jetzt noch keine Isolation anbringen konnten; und die Innenwände sind nur aus Papier. Wir haben keinerlei Heizgerät, unser alter Herd fiel buchstäblich in Stücke und wurde mit einer Mixtur aus Holzasche, Asbest und Meerwasser zusammengeflickt; wir besaßen weniger als 50 Dollar, und mit einem Wort: im Dezember hätte die Lage Dostojewski eingeschüchtert, Gontscharow und Rimbaud ertrinken oder erfrieren lassen und Nansen abgeschreckt (ich will auf die komplizierten Gründe dafür nicht eingehen, aber Tschechow hätte das sehr gut verstanden, auch wenn ich den ‹*Waldschrat*› gerade erst gestern gelesen habe – lange nachdem ich ‹*Der Waldpfad zur Quelle*› geschrieben habe).

Aber lassen wir das alles mal; das Entscheidende war (wie Du diesen Briefen entnehmen kannst), daß Hal mich informierte, daß ich meinen Vertrag mit Brace nicht brechen könnte und sie entschlossen wären, mich daran zu binden.

Albert, ich kann Dich nur bitten, die Schwierigkeiten meiner Lage zu verstehen und das geteilte und doch ungeteilte Ehrgefühl zu erkennen, das ich meiner Arbeit, Dir und Margie gegenüber empfinde. Was ich getan habe, hat mich entsetzlich unglücklich gemacht, doch schien es mir der einzige Weg – es schien tatsächlich so, als hätte ich keine Wahl. Ich habe versucht zu tun, was ich offensichtlich tun mußte, und dies offen zu tun. Ich habe versucht, die Übertragung von Dir auf Giroux zustande zu bringen, und ich habe ihm so ausführlich wie ich konnte und aufrichtig geschrieben, ihm aber auch gesagt, wie schwer mir das fiele. Er hat nie geantwortet. Dann habe ich ihm ‹*Die letzte Adresse*› geschickt (die man, wie Du aus dem Brief ersiehst, von mir haben wollte), und er hat nicht einmal den Empfang bestätigt – tatsächlich weiß ich noch nicht einmal jetzt, ob er es bekommen hat und ob Du es jetzt hast. Wie soll ich angesichts dieses Schweigens weiterarbeiten? Wie ist das zu erklären? (1) Giroux hat das psychologische Gambit nicht angenommen; das ist verständlich, und sein Verhalten ist daher im Grunde aufopferungsvoll. (2) Ich bin ein nicht vertrauenswürdiger Bastard, was ich mit gehobener Augenbraue bestätige; aber das wird natürlich auch der ‹*Vulkan*› bestätigen. (3) Der Laufbursche ist in die Maschinerie geraten. Ich kann mir denken, daß die Lektüre von ‹*Die letzte Adresse*› einfach für jeden zu grauenhaft war. Ich kann mir jetzt sogar denken, daß mein Unbewußtes es für wen auch immer zu grauenhaft gemacht hat; aber ich kann mir nicht denken, daß es gar nichts Gutes an sich haben soll.

Samstagabend.

Die Iden des März sind gekommen, aber nicht gegangen. (Die Iden des März waren für Wilderness in Mexiko, in ‹*La Mordida*›, noch schlimmer, ebenfalls für uns, 1946, 2 Wochen vor der Annahme des ‹*Vulkan*›.) Dein Telegramm kam gestern an, aber nicht Dein am Mittwoch abgeschickter Brief. Das Postamt sagt, es könnte sein, daß er in Seattle falsch einsortiert worden ist, und falls er Montag nicht käme, müsse er als verlorengegangen betrachtet werden: ich werde Dir dann also telegrafieren müssen, den Scheck zu sperren. Wenn das geschieht – und es ist so etwas, was uns andauernd passiert –, werde ich geradezu Hexerei dahinter vermuten: Satan will mich dieses Buch nicht schreiben lassen oder so was. Aber dann werde ich mich eben um so fester daran klammern müssen. An Stelle Deines Briefs kam ein leidenschaftlicher und niederschmetternd tragischer Brief über den ‹*Vulkan*› von einem gewissen Michael Montillon, einem Rechtsanwalt aus der 33. E. 12. St., in dem er mir schreibt, der ‹*Vulkan*› bedeute ihm mehr als alles andere, was er je gelesen habe, aber wie hätte ich es bloß fertiggebracht, dieses Buch zu schreiben? Ja – wie?

Die letzte Nacht war eine Nacht voller Sorgen und Ungewißheit – in Deinem Telegramm sendest Du uns keine lieben Grüße: und wenn Du allmählich die Nase voll von mir hast: wer wird Dir deswegen einen Vorwurf machen? Nun fürchten wir uns gleichermaßen, Deinen Brief zu bekommen und nicht zu bekommen. Und wie soll ich's erklären? Es geschieht mit einigem Schamgefühl, wenn wir jetzt versuchen, uns schon wieder Geld zu leihen, ohne daß wir, trotz unserer Versprechungen, unsere Schulden bei Dir beglichen haben und Du unterdessen ja nicht wissen kannst, daß ich Dich im Grunde gar nicht habe fallenlassen, auch wenn es ganz danach aussieht.

Sonntagabend.

Draußen ist Frühling, die Leute schwingen Tennisschläger und Fotoapparate: in mir eine ungeheure Spannung – das Schlimmste, was ich je durchgemacht habe, denke ich, weiß ich, aus Gründen, die ich so kurz nicht darlegen kann: Schlimmeres als der Konsul, und es ist keine alkoholische Hölle. Es ist der Abgrund selbst, oder eine Kostprobe des Abgrunds; und meine Aufgabe ist es, da herauszukommen bzw. symbolisch herauszukommen; und mein einziger Ausweg führt in diesem Fall sozusagen *zurück*, zur Tifereth, wie die Kabbalisten es nennen – aber hat das jemals einer geschafft? Und selbst angenommen, ich schaffte es, wie soll ich es erklären, die Notwendigkeit, oder die entsetzliche Gefahr, oder die Triftigkeit, oder daß es nichts Eingebildetes ist oder sonst etwas, am allerwenigsten, wie in dieser einzigen, und nur dieser, geistigen Angelegenheit ein Zurückgehen gleichwertig ist mit einem Vorwärtsgehen, oder was zum Teufel das überhaupt mit dem anstehenden Problem zu tun hat, selbst wenn man annimmt, es sei nicht eingebildet, was es aber auf dieser Ebene ist. Das Problem, Verlegern Versprechen des Autors zu empfehlen, auf astraler Ebene zu agieren …

Aber jetzt will ich, wie man so sagt, Nägel mit Köpfen machen.

(a) Eine Erklärung für das alles ist die Kraft und Wahrheit – nicht das Gegenteil – des Gesamtkonzepts, das in dem Moment, da man es postuliert, lebendig wird, aber auch gegen einen arbeitet, da es nicht auf diese Art postuliert zu werden wünscht; die Wahrheit steht nicht still – daher rührt eine der Gefahren bei der Abfassung einer Übersicht über derartige Bücher. Ich will darauf nicht weiter eingehen.

Die Nägel mit Köpfen. Zweiter Versuch.

(1) Der Grund, warum wir hier in der Stadt bleiben, solange irgendeine begründete Hoffnung zu bestehen schien, statt nach Hause zurückzukehren, ist – abgesehen davon, daß wir uns andernfalls auf einen Vertragsbruch einlassen würden –: trotz der offensichtlich höheren Ausgaben (a) fand ich es – haha – einfacher, zu diesem kritischen Zeitpunkt von hier aus in Verbindung zu bleiben, (b) würde die Rückkehr eine Unterbrechung der Arbeit bedeuten, und zwar wegen erheblicher Winterschäden und der Notwendigkeit, Brennmaterial zu beschaffen usw., (c) brauchen Margies Augen unbedingt Pflege. Tatsächlich kann sie mit ihrer gegenwärtigen Brille kaum etwas sehen. Auch physisch hat

all das, was ihr ein wenig Erholung bringen sollte, ihre Nerven fast völlig ruiniert, zumal wir die halbe Miete für diesen Monat bereits bezahlt haben, und in dieser Konjunkturprovinz haben sich die Transportpreise verdreifacht, so daß sich das nun fast gleich ist, natürlich abgesehen davon, daß wir hier keine Lebensmittel auf Kredit bekommen. Der Scheck, den Brace uns vorigen Dezember über Hal geschickt hatte, ist als «Adressat in Dollarton unbekannt» wieder zurückgegangen. Es hat nicht weniger als 16 ähnliche derartige Koinzidenzen gegeben; sollte Dein Scheck morgen nicht eintreffen, ist das die 17.: aber ich glaube, er wird eintreffen, und daß Du – zusammen mit Margie und dem Haus – ein Verbindungsglied zu der Welt des Lichts und den Mächten des Lichts und des Guten bist, von denen ich, um die Wahrheit zu sagen, mich auch noch nicht entfernt habe. Die Tatsache, daß das alles sich nach irren Wahnvorstellungen anhört, macht die Erklärung nicht einfacher, sollte ich überhaupt dazu fähig sein, im Glauben, ich lebte nicht in der Welt von Cotton Mather[2].

Und das läuft auch nicht auf diese Nägel mit Köpfen hinaus. Das letztere war natürlich bloß meine Phantasie, die Überstunden macht.

Zur Sache: ‹*The Shrike*›!

Natürlich hat mich das ein bißchen umgehauen – eine Wiederholung des Erscheinens von ‹*The Lost Weekend*›, als ich gerade den ‹*Vulkan*› beendete; aber Du wirst es im Entwurf der ‹*Voyage*› vorhergesagt finden, i. e., daß etwas Derartiges wahrscheinlich passieren würde (Gesetz der Serie). Von ‹*The Shrike*› habe ich erst erfahren, nachdem ich ‹*Die letzte Adresse*› abgeschickt hatte, deren endgültige Handlung mich so entsetzt hatte, daß ich 12 Nächte lang nicht richtig schlafen konnte. Eine Fassung hast Du zum Glück schon früher gelesen, oder zum Unglück? Ich nehme an, der Laufbursche ist an dieser Stelle zurückgeschreckt. Vielleicht würde ich selbst zurückschrecken. Vielleicht war das die Idee. Aber auch das läuft nicht auf die Nägel mit Köpfen hinaus. Ich sehe einfach nicht, daß ‹*Die letzte Adresse*›, selbst wie sie jetzt dasteht, kein Meisterwerk oder ein potentielles sein soll.

Sonntagabend.

Ich habe in bezug auf Giroux das Wort *Übertragung* gebraucht – all das ist absurd: ich habe noch die ganze Zeit an Dich geschrieben, und da fängt der Alptraum an; womöglich habe ich gleichzeitig versucht, *gegen* mich zu schreiben, ein verdammt kniffliges Problem.

Aber was man mir eigentlich angetragen hat, ist aus den beiliegenden Briefen ersichtlich: mir scheint, daß ich trotz dem mir ausgezahlten «Honorarvorschuß» das Recht hatte – in Anbetracht dessen, was ich insgesamt in der Welt geleistet habe (auch wenn ich es gewiß größtenteils Dir zu danken habe), und meiner Absicht, bzw. scheinbaren Absicht, eine Verleger-Autor-Beziehung zu etablieren (haha), ein finanzielles Programm auszuarbeiten usw. –, zumindest so etwas wie einen Vertrag über ‹*Hör uns, o Herr*› zu erwarten – von den anderen Büchern ganz abgesehen.

Ich wollte (und ich muß wohl unverzüglich hinzufügen: ich will) kein fordernder Autor sein: gleichzeitig aber, selbst wenn ‹*Die letzte Adresse*› ihnen nicht gefallen hat und ‹*Hör uns*› so gut war, wie sie gesagt haben, hatte ich doch, nach dem, was sie gesagt haben, so etwas wie einen Anspruch darauf, daß man mir Squatter aus der Patsche half, und wenn auch nur hinsichtlich dieses einen Buchs – aber sieh, was passiert ist.

Montagabend.

Deinen Brief mit dem Scheck heute dankbar erhalten – war an die falsche Zimmernummer geschickt worden, ist am Freitag in Vancouver eingetroffen und kam schließlich heute, Gott weiß wie, bei uns an, nachdem er vorher offenbar zum Postamt zurückgegangen war. Die Telegrafengesellschaft muß Dir die falsche Zimmernummer gegeben haben – nur ein Beispiel für die bereits erwähnten 16 Koinzidenzen, durch die Briefe und Telegramme verlorengegangen und aufgehalten worden sind. Heute auch ein erstaunlicher Brief von Giroux.[3] Habe heute ein Brieftelegramm geschrieben, das Du inzwischen haben wirst.

(Zu Deinem Brief: zum Beweis lege ich Deinen Umschlag bei, so wie er hier ankam. Das Zimmer hat tatsächlich die Nr. 33, wie ich es im Telegramm geschrieben habe; es ist von Leuten namens Rorison gemietet, und zweifellos wurde deswegen «unbekannt» auf den Umschlag geschrieben, als er am 13. für Nr. 30 eintraf. Wären wir nicht wegen der Möglichkeit, daß er in Seattle verlorengegangen sein könnte, mit dem Postamt in Verbindung gewesen, hätten wir ihn wahrscheinlich überhaupt nicht bekommen.)

Dienstagabend.

Morgen wird dieser Brief abgeschickt, auch wenn er noch nicht fertig ist. Diesmal lag der Haken bei den Briefmarken (!).

Giroux' Brief an mich liegt bei. In gewissem Sinne könnte er äußerst vernünftig erscheinen: wenn ihm nämlich irgendeine Antwort auf meine früheren Briefe vorausgegangen wäre. *Aber dies ist der erste und letzte Brief, den ich von Mr. Giroux bekommen habe: das Alpha und Omega dieser herrlichen Autor-Verleger-Beziehung.* Und *sie* sind es gewesen, die sich nach einem finanziellen Programm erkundigt haben: ich habe sie damit nicht überfallen. Ich hatte ihnen die Abschrift von ‹*Die letzte Adresse*›, die Du jetzt vermutlich hast, aus freien Stücken geschickt, und der Empfang ist nie bestätigt worden. Es war daher eine grausame Sache, als Giroux' Brief nach so langem Schweigen und Hinhalten endlich kam, egal mit welch glücklichem Ausgang.

Aber worauf ich hinweisen möchte, ist, daß er auf einem völligen Mißverständnis beruht, das – wenn es nicht aufgeklärt wird – auch zwischen uns alles kaputtmachen könnte, vorausgesetzt, Du und Random House wolltet mich veröffentlichen; ein Mißverständnis, dem die Tatsache, daß ich mir bereits von Dir Geld leihen mußte, nicht abhelfen wird. Harcourt, Brace scheint auf den Gedanken gebracht worden zu sein, ich sei vollkommen pleite und wäre auf totale Unterstützung oder so was für zwei Jahre aus. Das ist ein verdammter Unsinn. Wie ich Dir telegrafiert habe, erwartete und hoffte ich, dieses Jahr ‹*Hör uns, o Herr*› zu veröffentlichen; ich erwartete also nichts als einen angemessenen Vorschuß darauf. Der ‹*Vulkan*› war in Frankreich und Deutschland ein derartiger Erfolg, daß meine dortigen Verleger mein nächstes Buch praktisch unbesehen angenommen haben und mir einen Vorschuß zahlen wollten. Worauf ich Dich dringend hinweisen muß, ist, daß ich nichts anderes will als *arbeiten*; und daß dies so falsch gedeutet werden konnte, ist vor allem für mich entsetzlich. Wie Du weißt, beziehe ich aus England ein kleines Einkommen (beim gegenwärtigen Wechselkurs beläuft es sich auf rund 90 Dollar im Monat), und ich hatte – und habe sie immer noch in gewissem Grade – die Hoffnung auf erheblich mehr, wenn die Erbschaft meines Vaters endgültig geordnet ist. Wenn das Pfund sich wieder normalisiert und die Beschränkungen ein wenig gelockert werden – was innerhalb des nächsten Jahres oder so durchaus möglich erscheint –, werde ich mit Sicherheit aus dem Schneider sein. Problematisch ist also nur die allernächste Zeit, bis ich ein Buch beenden kann. Wir leben in einer selbstgebauten Hütte auf dem Land – so billig, wie zwei Menschen nur leben können. Als wir diesen Winter in die Stadt zogen, hatten wir nicht nur den Vertrag mit Brace in Aussicht – man hatte uns 500 Dollar gezahlt, abzüglich Steuern und Provision usw. –, sondern wir hatten auch von Correa in Frankreich eine Ankündigung von Tantiemen in Höhe von 800 Dollar erhalten sowie einen Vertrag über eine deutsche Verfilmung des ‹*Vulkan*› geschickt bekommen (darin wurde mir 50/50 angeboten; wir schickten den Vertrag an Hal: keine weitere Nachricht). Das Geld von Correa ist vermutlich im letzten Moment auf Grund des Kursverfalls des Franc zurückgehalten worden. All das erweckte bei uns den Eindruck, daß wir es uns ausnahmsweise einmal leisten konnten, den Winter über an einem Ort zu leben, wo es etwas warmes Wasser gab und wir weiterarbeiten konnten, anstatt unsere Zeit damit hinzubringen, Holz zu hacken und dem Erfrierungstod zu entgehen. Wir verpflichteten uns daher bis zum ersten April. Giroux hat mir nie geantwortet, und auch alles andere scheint ins Wasser gefallen zu sein. Am Ende werde ich das Geld aus Frankreich bekommen – aber wegen der Abwertung des Franc viel weniger. Die grausamste Ironie dabei ist jedoch, daß all dies einem gewissermaßen potentiell selbstsüchtigen und habgierigen Autor unterstellt wurde! Ich mußte Dir das klarmachen, selbst angesichts der Tatsache, daß ich mir von Dir etwas Geld leihen mußte, das Du nicht aufbringen konntest, und dann noch um mehr bat. (Wir versuchen übrigens bereits, Mittel und Wege zu ersinnen, es Dir zurückzuzahlen.) Selbstverständlich finde ich, daß der Arbeiter seinen Lohn verdient hat; aber ich rechne damit, mehr abzuliefern, als ich an Gegenwert erhalten habe, und das weißt Du. Ich habe hoffentlich deutlich gemacht, warum ich noch einmal um Hilfe rufen mußte, aber wenn nicht, werde ich es im nächsten Brief tun. Dies war und ist für uns eine Zeit unerträglicher Qual, wie Du vermutlich dem Stil dieses Briefs entnehmen kannst – und die Marter der Ungewißheit dauert an.

Danke für Deine Geduld mit mir, und nochmals danke für Dein Vertrauen und Deine Freundschaft.

Was gibt's Neues von Dir und Peggy?

Dankbare und liebe Grüße von uns beiden
Malcolm

P.S. Frank hat übrigens ein Meisterwerk von uns: wußtest Du das oder nicht? Auch das kann man vielleicht veröffentlichen.

P.P.S. Wenn Du mal Zeit hast, schick die beiliegenden Briefe bitte zurück; ich habe nämlich zu diesem Thema eine Erzählung im Kopf – könnte ein Teil des Romans werden – mit dem Titel: «Im Abgrund». Behalte aus demselben Grund bitte auch dieses verzweifelte, unausgeglichene und dämonische Sendschreiben.

M.

1 Vom 13. bzw. 11. Dezember 1951 (s. Anhang IX)
2 Amerikanischer Geistlicher und Schriftsteller, 1663–1728 (A. d. Ü.)
3 Vom 10. März 1952, s. Anhang IX

An Robert Giroux

[Vancouver, März 1952]

Lieber Mr. Giroux:
Lassen Sie mich zunächst einmal sagen, daß ich Ihnen glaube, wenn Sie schreiben «Es tut mir leid, Ihnen mitteilen zu müssen ...», daß Sie das ehrlich meinen und es Ihnen, genau wie Sie sagen, leid tut. Mehr noch: ich fühle sogar mit Ihnen, denn Sie müssen sich ja darüber im klaren sein, welche ungeheure Bestürzung, ja Qual, Ihre Entscheidung hier, sowohl für meine Frau als auch für mich, ausgelöst hat; und mir kam es oft so vor, daß das einzige, was noch schlimmer ist, als selbst zu leiden, das Wissen ist, daß man, ohne es zu wollen, gezwungen war, anderen Leuten Leid zuzufügen.

Auch wenn es sich so anhören mag, als hätte ich dies halb zynisch formuliert, ist das wirklich nicht der Fall: Sie wissen bestimmt, daß mir Unrecht geschieht, und Sie haben es verabscheut, es begehen zu müssen: selbst wenn Sie mir das Gegenteil sagen müßten, könnte ich Ihnen nicht glauben. Selbst wenn ich nicht das Gefühl hätte, Sie zu kennen, würde das die Förmlichkeit Ihrer ersten Mitteilung wohl Lügen strafen. Sonst – wenn ich das nicht sähe – könnte sich der Schreiber dieses Briefs auch dabei ertappen, etwa zu schreiben: «Es tut mir ebenfalls leid, Ihnen mitteilen zu müssen, daß das Vorgehen Ihrer Firma, den

Schreiber dieses Briefs plötzlich und ohne Vorwarnung oder Benachrichtigung abtreiben zu lassen, nachdem sie vor mehreren Monaten beteuert hatte, ihn verankern zu wollen, und dann Ihrerseits monatelanges völliges Schweigen gefolgt war, jedem objektiven Beobachter als gewissenlos und mit den hehrsten Traditionen des amerikanischen Verlagswesens oder was auch immer unvereinbar erschiene, von der Hochachtung, mit der Sie als Repräsentant dieser Firma unterzeichnen, ganz zu schweigen.» Mir springen ganze Haufen solcher hübschen Sarkasmen nur zu bereitwillig aus dem Kopf oder aus den darin wohnenden Dämonen – hoffentlich sind die Engel in der Überzahl – lassen wir das: falls ich im Verlauf dieses Briefs wütend werden sollte, richtet sich die Wut nicht auf Sie persönlich, sondern auf eine Situation: auf die offensichtlich verzwickte Lage, die das Buch aus irgendeinem mysteriösen Grund genausogut selbst heraufbeschworen haben könnte, auch wenn dieser momentan ziemlich schwer auszumachen ist.

Auf alle Fälle (um auf das Menschliche zurückzukommen) bin ich in einem Milieu aufgewachsen, in dem ich recht gut gelernt habe, daß der Befehlshaber – sei er General oder Admiral – manchmal Dinge hinnehmen muß, die er nicht hinnehmen will, Dinge tun muß, die er nicht tun will, sich selbst widersprechen und zugleich den Hohn dafür einstekken muß, falls überhaupt – all das aus einer Loyalität gegenüber der gegebenen Lage, die er vielleicht gar nicht akzeptiert, der er aber gleichzeitig ehrenhalber verpflichtet ist (ich glaube mich sogar – auch wenn es völlig irrelevant ist – einer berühmten Stelle im Seerecht zu erinnern, wo es heißt, «die Pflichten des Reeders sind nicht die Pflichten des Kapitäns» usw. usw.; jener Klausel, deren sich der letztere so selten bedient, obwohl er doch dazu berechtigt ist –; ich erinnere mich übrigens, daß ich das von meinem Vater habe, der – nicht ohne darin eine gewisse poetische Gerechtigkeit zu erblicken, da sein Schwiegervater, ein Kapitän, mit seinem Schiff untergegangen war – unter anderem auch Direktor bei Lloyds gewesen ist. Der Zorn wird ohnehin über den Kapitän ausgegossen werden). Sie können nichts anderes sagen als «Ich persönlich bedaure das ...» oder «Es tut mir leid, Ihnen mitteilen zu müssen ...» usw.

Es ist jedoch wirklich schade, daß es Ihnen «leid» tun sollte, «etwas mitteilen zu müssen», das so traurige Folgen haben könnte wie diese, wenn das Ganze anscheinend auf einem unerklärlichen Mißverständnis beruht. Das Stichwort gibt mir Ihr Brief – Ihre vollständige Ablehnung–, in dem Sie andeuten – und das ist wirklich höflich von Ihnen –, es sei doch immerhin tröstlich, daß die Beziehung aus Gründen zu Ende gehen müsse (obwohl man es einem anderen nicht verübeln könnte, wenn er sich fragte, wie eine Beziehung, die niemals richtig begonnen hat, zu Ende gehen kann), die nach alledem eher auf eine Entscheidung des Verlags als eine des Herausgebers zurückgehen. Ja, aber wem würde man den Gedanken übelnehmen, daß Ihre Entscheidung – oder deren Fehlen –, überhaupt keine Verbindung mit mir aufzunehmen – und jetzt leg ich los, also vergeben Sie mir im voraus – oder wenigstens den Empfang von ‹*Die letzte Adresse*› zu bestätigen, nicht die Entscheidung des Herausgebers war? Das war keine Verlagsentscheidung. Ich habe Sie nicht bedrängt, jeden Aspekt meines Briefs zu beantworten – ja ich habe Sie gebeten, sich nicht damit zu beeilen, da ich wußte, daß Sie damals wahrscheinlich arg unter Druck waren –, betont habe ich aber, beim Versuch, auf unkomplizierte und herzliche Weise mit Ihnen zusammenzuarbeiten, mein Bedürfnis nach Kontakt und Rat – und die Verpflichtung, wenigstens den Eingang des Manuskripts zu bestätigen, kann Ihnen sicher nicht entgangen sein, auch wenn Sie durch seinen Empfang zu nichts verpflichtet wurden; Ihnen das Gefühl zu ersparen, mit zusätzlicher Verantwortung belastet zu werden, war einer der Gründe, warum ich es direkt und nicht über Hal geschickt habe. In gewisser Hinsicht war es lediglich eine *Abschrift* von Material, das ich nicht verlieren wollte; von Material, das für eine zukünftige Arbeit bestimmt war und gleichzeitig eine Art Vorgeschmack auf diese zukünftige Arbeit darstellen sollte, worum Sie, nebenbei gesagt, gebeten hatten: ich habe gar keine herausgeberische Entscheidung betr. ‹*Die letzte Adresse*› per se erbeten, obwohl ich es für selbstverständlich hielt, daß dieses Material als ziemlich komplett angesehen werden könnte und es deutlich wäre – selbst wenn es in dieser Form nicht veröffentlicht werden konnte, aber da bin ich mir nicht sicher –, daß ich, wenn ich mich dabei nicht auf allzu verwickelte Spielchen einließe, nicht sehr lange brauchte, es zu vollenden; ungeachtet dessen habe ich zu alldem um Rat gebeten. Wenn ‹*Die letzte Adresse*› nicht angekommen wäre, wäre das keine Katastrophe gewesen, da ich noch eine Abschrift habe; doch wäre dies von meiner Warte aus ein sehr verantwortungsloser Anfang der Verleger-Autor-Beziehung gewesen, und Ihre diesbezügliche Unterlassung schiene einfach unentschuldbar, wenn man bedenkt, welche Qualen der Ungewißheit mir dies verursacht hat, und daß Sie sich der psychischen Wirkung bewußt gewesen sein müssen – denn es *war* für mich überaus wichtig zu wissen, daß Sie es bekommen haben, so wie es für mich auch wichtig war zu wissen, daß Sie zumindest meine Briefe erhalten haben, was ich nicht erbeten oder erwartet hatte – würde ich jetzt nicht glauben, daß diese ganze Angelegenheit zum Teil eine Tragödie unangebrachter Prinzipien gewesen ist. Vermutlich haben Sie den Empfang von *‹Die letzte Adresse›* Hal und nicht mir gegenüber bestätigt: Hal hat sich aus irgendeinem Grund nicht mit mir in Verbindung gesetzt, oder sein Brief ist verlorengegangen: tatsächlich stammt bis jetzt der letzte Brief, den ich von Hal bekommen habe, vom 14. Januar[1]; darin versicherte er mir, daß Sie eine gute Autor-Verleger-Beziehung aufzubauen wünschten, daß er Sie für einen Mann halte, der zu seinem Wort steht, und daß er Sie in jener Woche besuchen würde (obwohl unsere nächste Information in einem Telegramm vom 6. März besteht, das lautet: «Brace hat heute beschlossen, auf Basis vorhandener Arbeiten keine weiteren Vorschüsse zu zahlen.»). Doch glaubte ich mangels irgendeiner Antwort von Ihnen auf meinen ersten langen Brief oder auf mein Begleitschreiben zu dem Ms. von *‹Die letzte Adresse›*, es sei nicht richtig, diese Angelegenheit hinter Hals Rücken zu betreiben, vorausgesetzt, man wäre durch dieses Schweigen inzwischen nicht so vollkommen verwirrt und verzweifelt gewesen, daß man sie noch hätte betreiben können. In diesem Limbus – oder vielleicht ist Oubliette das bessere Wort – mußte ich mich schließlich telegrafisch an Hal wenden, nachdem Briefe keine Antwort gebracht hatten, und ich habe erwähnt, daß ich ein Recht darauf hatte zu erfahren, was eigentlich vorging. Daraus ergab sich aber nur ein weiteres Mißverständnis, auf dem dann Ihr Bericht beruhte, dessen Abfassung Ihnen und dessen Empfang mir so leid getan hat. Aber selbst angenommen, es hätte gar kein Mißverständnis gegeben: war es unter diesen Umständen so unvernünftig – und diese Umstände wären Ihnen bereitwillig dargestellt worden, hätten Sie auf meine Briefe geantwortet –, zu dieser besonderen Zeit weitere Unterstützung erwartet zu haben, und wenn auch nur auf der Basis von *‹Hör uns, o Herr›* allein? Ich glaube, nicht einmal mein schlimmster Feind – und ich bin bei dem Gedanken, wer *das* ist, vor Angst ins Schwitzen geraten – hätte das behaupten können. (Ich wollte damit nicht sagen, er säße in Ihrer Firma: ich glaubte eher, Beelzebub selber hätte sich da eingemischt, weil ihm das Thema meiner Arbeit nicht gefällt, und das mit Recht.)

Erlauben Sie zunächst, daß ich aus Ihrem Brief vom 11. Dez. an Hal zitiere – Hal kam für seinen Teil Ihren Wünschen hinsichtlich des letzten Abschnitts unverzüglich nach, indem er Ihr Begehr dem besagten Mr. Lowry übermittelte.

Daraus durfte man – wie auch Ihr eingefleischtester Anhänger zugeben müßte –, logisch gesprochen, das Gefühl ableiten, daß (a) Ihre Firma mich als Autor haben wollte, (b) Sie für das Gesamtwerk von Mr. Lowry ein Veröffentlichungs- und Finanzprogramm ausarbeiten wollten. Tatsächlich wiederholen Sie den letzteren Satzteil zweimal und betonen ihn am Ende noch einmal, indem Sie sagen: «Wir würden sehr gern ein Veröffentlichungsprogramm ausarbeiten und wären Ihnen sehr dankbar, wenn Sie unsere diesbezüglichen Wünsche an Mr. Lowry übermitteln würden.»

Dies wurde Mr. Lowry von seinem treuen Agenten übermittelt – mit welch hoffnungserweckendem Ergebnis für ein Schriftstellerpaar, das sich jahrelang mit sinkenden Einnahmen und wenig Erfolg oder Entschädigung für seinen Agenten in der Wildnis durchgeschlagen hat, können Sie sich vorstellen.

Jedoch war unsere Freude – wie ich später darzulegen versuchte – nicht ungetrübt, um das mindeste zu sagen, und zwar wegen der schmerzlichen Tatsache, daß ich Albert Erskine verlassen mußte; doch schreite ich jetzt, bevor ich auf den anderen zurückkomme, zu einem weiteren Punkt, der nach der ersten Erwähnung dieses edlen Veröffentlichungs- und Finanzprogramms für Mr. Lowrys Gesamtwerk auftaucht: die Passage, er habe «hier viele Bewunderer, ja Freunde ... hier erscheinen würden.» All dies, möchte ich behaupten, würde besagten Autor ganz logisch auf den Gedanken bringen, daß für besagten Autor nicht bloß ein Veröffentlichungs- und Finanzprogramm entwickelt werden sollte – und daß es Ihr Wunsch war, daß es entwickelt werden sollte –, sondern daß neben dem finanziellen Hintergrund noch ein anderer, subtilerer Hintergrund existierte, vor dem, wie in einem Schattenballett, so etwas wie ein Tanz treu ergebener Freunde stattfand, die man sich sämtlich so vorstellen konnte, als ob sie dem Autor gewissermaßen zujubelten und ihn in seinem frostigen Winkel mit so etwas wie Wärme und Sicherheit versorgten, indes sein Werk sich mit der gütigen Unterstützung des anderen, eher materiell-finanziellen Hintergrundes wunderschön entfaltete, mit welch letzterem wiederum das Veröffentlichungsprogramm in Beziehung stand, das Sie, wie Sie sich ausdrückten, so sehr gern hätten ausarbeiten wollen. Bevor ich nun auf den anderen Punkt zurückkomme, möchte ich Ihnen, wozu ich einiges Recht zu haben glaube, mitteilen, was der besagte Agent mir zwei Tage darauf geschrieben hat – durch Zufall am Tag der Jungfrau von Guadelupe, der in dem Buch eine so bedeutsame Rolle spielt:

«Setzen wir einmal voraus, Sie könnten, was das Verlegerische angeht, eine befriedigende Beziehung mit Harcourt haben: was für eine Art von Finanzprogramm würde Ihren Bedürfnissen entgegenkommen? Ist ein erster Entwurf von ‹*Die letzte Adresse*› vorhanden?»

An dieser Stelle war ich nun mit einer sehr schwierigen Entscheidung konfrontiert, wie ich Ihnen zu erklären versucht habe. Ich hatte gedacht, das Ms. ginge an Albert Erskine, statt dessen aber stellte sich heraus, daß es an Sie gegangen war. Wenn Sie sich weigerten, mich hinauszukomplimentieren, und sich entschlossen hatten, wie mir gesagt worden war, zu Ihren moralischen und legalen Rechten zu stehen, und ich nun darauf beharrt hätte, bei Albert Erskine zu bleiben, hätte ich offensichtlich niemandem einen Gefallen getan, am wenigsten Mr. Erskine, der unter diesen Umständen durch meine Loyalität höchstens in Verlegenheit gebracht worden wäre. Es war in der Tat auch schwer einzusehen, wie man seine Freundschaft dadurch erweisen konnte, daß man darauf bestand, daß eben dieser Freund ein imaginäres Recht auf ein Gut behalten sollte, das bereits, wie sich herausstellte, einem anderen zugefallen war. Nachdem ich überdies die Bedeutung des ‹*Vulkan*› für den Gesamtplan des *work in progress* hervorgehoben hatte, war es für mich noch schwerer einzusehen, wie die Attraktivität meines Werks als Handelsware ausgerechnet dadurch gesteigert werden sollte, daß Sie auch den ‹*Vulkan*› besäßen (als einen Teil jener Rechte), und dies um so mehr, als sich herausstellte, daß ich dies eher Ihnen als ihm gegenüber hervorgehoben hatte. Ich fällte daher auf der Stelle meinen Entschluß, wenn man dies überhaupt meinen Entschluß nennen kann und nicht vielmehr einen Fall von *force majeure*, und schickte Hal in diesem Sinne ein Telegramm. Ich telegrafierte ihm ferner, daß ich unbedingt und sofort etwas Bargeld brauchte, etwas, das nur so aussieht, als hätte es etwas mit Ihrer oder meiner Entscheidung zu diesem Zeitpunkt zu tun, was es aber tatsächlich nicht hatte; und wenn überhaupt, dann nur in der Weise, daß ich mit Recht von der Tatsache hätte beeinflußt sein können, daß in diesem Winter die Zustände in Dollarton derart schlecht waren, daß ich um meiner Frau willen nicht das leiseste moralische Recht hatte, ihr zu gestatten, diese auch nur einen Tag länger als absolut notwendig zu ertragen; wenn dies auch, wie ich angedeutet habe, nicht heißen soll, die Situation sei in ihrer Einfachheit geradezu biblisch gewesen. Ich hielt es für äußerst unfair, scheinbar ganz und gar unnütze Einwände gegen das zu erheben, was Hal trotz allem für mich durchzuführen versuchte, Einwände, die auch Mr. Erskine nichts nützen konnten – unfair Hal gegenüber, der lange und gewissenhaft für mich gearbeitet hat. Ich glaube, er hätte wirklich jedes Recht dazu gehabt, uns zum Teufel zu schicken; ich glaubte nicht berechtigt zu sein, die Sache sich bis ins neue Jahr in eine Sackgasse hinschleppen zu lassen, aber bis zu diesem Zeitpunkt hatte ich lediglich den Eindruck, Ihr Beifall für meine Arbeit müßte meine Aktien bei Hal haben steigen lassen, denn zumindest hier tat sich scheinbar eine Aussicht auf etwas Geld und möglichen Erfolg in der Zukunft auf. Doch gründete sich meine Bitte um sofortiges Bargeld nur zum Teil auf diese Aussicht, und die Bitte war nicht an Sie gerichtet (und sollte es auch nicht sein), sondern seltsamerweise an *ihn*, was alles wahnsinnig komisch wäre, wenn es nicht so verwickelte und traurige Ergebnisse gezeitigt hätte. Nein, die Vorstellung, mich wegen eines Vorschusses direkt an Sie zu wenden – und ich kann für mich ganz aufrichtig sagen, daß dies das einzige halbwegs Heuchlerische an der ganzen Sache ist, falls dies denn wirklich heuchlerisch ist –, erschreckte mich; ich bedaure diese englische Eigenart, aber das ist es vielleicht gerade: als ich endlich erkannte, daß Sie es waren, der ihn mir durch Hal geschickt hatte, war ich mir nicht sicher, ob nicht eine gewisse alptraumhafte Vorahnung meine Dankbarkeit, die aufrichtig war und ist, überwiege; denn ich sagte mir: «Da haben wir den Salat – jetzt wird es nämlich heißen: da bietet man einem Engländer Bewunderung, Freundschaft und Glauben an seine Zukunft an, und schon will dieser Schweinehund 500 Eier haben, noch ehe man Zeit gehabt hat, seinen Scotch runterzukippen.»

Freilich hat diese Art von Selbsttadel gleichermaßen etwas Englisches an sich – als ob wir uns nie mit dem Gedanken befreunden könnten, daß irgend etwas auch auf materieller Ebene abgewickelt werden kann, selbst wenn wir es schon abgewickelt haben und überdies vielleicht durchaus in der Lage sind, die Transaktion zum Nutzen aller durchzuführen. *Wir sind nicht hier, um um Dollars zu bitten.* Natürlich nicht, Winnie, alter Knabe, wie hat man Dir nur so etwas Mieses unterstellen können?

Von alldem ganz abgesehen, hatte sich aber in Wirklichkeit – lange bevor das Geld eingetroffen war und unmittelbar nachdem ich mein Telegramm der «Einwilligung» in das, was sich wie *Ihre* «Einwilligung» ausnahm, an Hal abgeschickt hatte – bereits eine weitere Verpflichtung ergeben. Und zwar natürlich Ihnen gegenüber, genau wie Hal gegenüber. Wenn Sie meine Sachen nehmen würden, konnte ich mich gar nicht früh genug daranmachen; und darüber hinaus hielt ich es für geboten, eine umfangreiche und sehr ins Detail gehende Korrespondenz mit Ihnen aufzunehmen. Eine solche Arbeit und eine solche Korrespondenz wurde für uns dort, wo wir von einem Tag zum andern lebten, vollkommen unmöglich. Die Schreibmaschine war eingefroren. Es ist schon schwierig, mit Handschuhen zu schreiben, aber ohne Handschuhe ist es vielleicht noch schwieriger. Allein aus diesem Grund mußten wir da wegziehen. Um wegziehen zu können, brauchten wir Geld. Und um Geld zu bekommen, mußten wir, nachdem andere Quellen für uns noch nicht frei waren, an Hal telegrafieren. Jetzt fällt mir auf, daß ich womöglich falsch gehandelt habe, als ich auf Hals Bitte, das von mir tatsächlich gewünschte «Finanzprogramm» zu skizzieren, nicht eingegangen bin, sondern ihm lediglich gesagt habe, das würde ich ihm überlassen; darüber hinaus war es auch falsch, daß ich ihm unsere *genaue* finanzielle Situation nicht deutlich genug dargestellt habe, obwohl ich dafür eine unanfechtbare Entschuldigung habe: ich *kannte* sie nicht. Nachdem wir zuvor von schwärzestem Pessimismus erfüllt waren, hatten wir nun jeden Grund, optimistisch zu sein: ich hätte es aber deutlicher machen sollen, daß wir unter *normalen* Bedingungen genug erstklassige Chancen gehabt hätten, uns einigermaßen zu behaupten (wenn auch in Armut), vorausgesetzt, das Pfund würde nicht noch tiefer fallen, und dies selbst dann, wenn unsere sämtlichen anderen Aussichten fehlschlügen: obwohl sich unter diesen Bedingungen die Arbeit in einer Krise verlangsamt, wenn man versucht, auf andere Weise Geld zu verdienen.

Um noch einen weiteren Blitz der Aufrichtigkeit durch all dies zu werfen: wir haben – und tun es tatsächlich noch immer – Hal Geld geschuldet – rund 250 Dollar, um genau zu sein –, aber ausnahmsweise war ich einmal vollkommen sicher, daß ich eine exzellente Sicherheit besäße, um mir noch etwas mehr zu leihen. Das waren Sie, aber das lag noch in der Zukunft, war noch nicht aktuell; denn fast zur gleichen Zeit bekamen wir von Correa in Frankreich einen Brief, in dem man uns schrieb, der ‹*Vulkan*› hätte fast eine halbe Million Francs eingebracht, mir stünden rund 800 Dollar an Tantiemen aus dem Gewinn der französischen Übersetzung zu: wohin man die überweisen solle? Wir schrieben, sie sollten es an Hal überweisen. Gleichzeitig erhielt ich einen Vertrag von meinen deutschen Verlegern des ‹*Vulkan*› – er war in Deutschland eine Sensation –, worin mir eine Gewinnbeteiligung von 50% an einer Verfilmung dieses Buchs angeboten wurde, die sie unter Mitwirkung von Peter Lorre drehen wollten, der bereits mit großem Erfolg Teile daraus über Radio München (Gott vertilge dieses Wort) vorgelesen hatte. Und dann gab es ja auch noch Sie oder eher Ihren Verlag.

Aber ach, obwohl ich aufrichtig an diese beiden ersteren Möglichkeiten glaubte, hatte Hal mit seiner Skepsis nur allzu recht: er hat mich davon informiert, daß das Geld aus Frankreich mindestens 10 Monate brauchen wird, um bei mir anzukommen – und jetzt beginnt der Franc zusammenzubrechen –, und was den Film betrifft, sieht es so aus, als sei er eine Schimäre. So schickten Sie mir das Geld durch ihn, und ich habe erklärt, wie es unerklärlicherweise – durch Fahrlässigkeit von seiten Kanadas – erst nach Weihnachten angekommen ist, was man als Spezial-Lieblingstrick Nr. 2 der Nornen bezeichnen könnte. Diese ominöse Verzögerung stellte sich als etwas ganz und gar Fatales heraus (was ich später näher erläutern werde), da wir erst zu Silvester ein freies Hotelzimmer und erst zum 6. Januar einen brauchbaren Unterschlupf finden konnten. Dies hat uns eine Menge unnötiger Ausgaben verursacht und uns in diesem Wetter fast vom Stuhl gehauen. Und doch war es irgendwie notwendig, diesen Unterschlupf zu finden, wenn ich je damit anfangen sollte, mich mit dem, wozu ich mich nun verpflichtet fühlte, zu befassen.

Nun aber gewahren Sie noch einmal die damalige schreckliche Situation hier: ich will diesen Brief nicht noch durch dramatische Beschreibungen der Szenerie komplizieren; Sie hätten nur einmal einen Blick auf das Gebäude der *Times* zu werfen brauchen, um zu sehen, was sich hier abspielte. Seit Menschengedenken hat es in der ganzen Geschichte des nordwestlichen Pazifiks nördlich von Cape Flattery kein derart furchteinflößendes Wetter gegeben. Täglich waren um uns herum Schiffe untergegangen, einschließlich der S. S. *Pennsylvania* aus Kapitel II des ‹*Vulkan*›, die es mit der ganzen Mannschaft vor Vancouver Island erwischt hat – die ganze Mannschaft bis auf einen, einen Ismael von Vancouver, sollte ich dazusagen, als wenn die ganze Sache dem guten alten Jay Leyda zu berichten sei. Die Flut stieg ständig fünf bis sechs Fuß über alle bis dahin bekannten Marken hinaus. Was es bedeutet, unter diesen Umständen in einer Fischerhütte zu leben (auch wenn wir sie selbst gebaut haben, direkt ins Meer, obwohl das eigentlich eine Bucht sein soll), kann ich nur Ihrer Einbildungskraft überlassen. Turmhohe Wogen, blendender Schnee, Hochwasser, Stürme von Hurrikanstärke, entwurzelte Bäume, die einen bedrohen, Erschütterungen, die einen in die Knie zwingen, und überall Verwüstung, sicherer Tod, wenn man ausrutschte usw. usw. usw. Mit einem Wort: so etwas wie ein Melodram von D. W. Griffith über das Wetter, wie es in dieser Gegend noch nie eins gegeben hat.

Natürlich war auch die Arbeit in Gefahr, wie ich Ihnen später mitgeteilt habe: daher diese Besorgnisse – lediglich zwei Fischer (vor ein paar Jahren waren wir beide einmal die einzigen, die es überhaupt ausgehalten hatten: die Bevölkerung von Dollarton sank damals auf 2 – meine Frau und ich –, obwohl es gar nicht so furchtbar war wie diesmal und wir jünger waren) haben es ganz durchgehalten, und die waren Junggesellen: das übrige wissen Sie mehr oder weniger aus dem mittleren Teil meines Briefs.

Aber zurück: einer unserer Hauptgründe für den Umzug in die Stadt war, wie gesagt, uns in die Lage zu versetzen, mit der Arbeit weiterzukommen und die Fristen für das *work in progress* einzuhalten: kurz: ich hatte gehofft und erwartet, ‹*Hör uns, o Herr*› im nächsten Herbst oder Frühwinter zu veröffentlichen und ‹*Die letzte Adresse*› im darauffolgenden Herbst; obwohl ‹*Die letzte Adresse*›, wenn Sie das vorgezogen hätten, zuerst hätte beendet und veröffentlicht werden können, d. h. im nächsten Winter; und ich schickte mich an, wie auch schon früher, zu diesem Zweck 12 oder falls nötig 18 Stunden täglich zu arbeiten, was während des tiefsten Winters in Dollarton vollkommen unmöglich war, wie wir in den vergangenen Jahren herausgefunden haben; hier scheint sich nämlich ein echter und alarmierender Klimawechsel vollzogen zu haben.

Vor allem aber bin ich nicht in dem Sinne pleite, wie Sie vielleicht glauben gemacht wurden; noch weniger erwartete ich von Ihnen Unterstützung auf der Grundlage einer Schimäre (nicht, daß es eine Schimäre ist) über 1, 2, 3 oder 4 Jahre hinweg oder, was das anbelangt – das würde mich eher dazu bringen, mich gegen Sie zu entscheiden und *wirklich* pleite zu gehen –, selbst einen einzigen Monat lang, wenn die Geschäfte so inkonsequent betrieben würden, wie dies der Fall gewesen zu sein scheint. Ich habe jeden Grund zu der Annahme, daß meine finanziellen Rückschläge vorübergehend waren und sind. Mein Einkommen beläuft sich schlimmstenfalls auf knapp 100 Dollar im Monat, und wenn die Erbschaft meines Vaters geordnet ist, werde ich, für die heutigen Verhältnisse, als Engländer recht gut dastehen; mit Sicherheit werde ich dann so viel haben, daß ich mich niemals mehr in eine derart absurde Position mit einem Verleger bringen werde. Meine Verleger in Frankreich und Deutschland wollen mein nächstes Buch unbedingt haben – unbesehen – und werden mir einen Vorschuß zahlen (der jedoch vermutlich einige Monate brauchen wird, um hierherzugelangen): wenn wir erst einmal wieder in Dollarton sind, wohin wir an diesem Wochenende zurückkehren werden, leben wir allerdings äußerst sparsam; ich war lediglich soweit, daß ich um etwas Unterstützung bat, um meine Arbeit um so schneller beenden zu können. Kurz – ich wiederhole mich –, ich habe vielleicht nicht genügend hervorgehoben, daß ich, um überhaupt etwas tun und meine Versprechungen und den Zeitplan einhalten zu können, mich einfach so verhalten mußte, wie ich mich verhalten habe – vorübergehend in die Stadt zu ziehen, um weiterschreiben zu können, trotz der höheren Ausgaben. Ich habe Ihnen meine Verpflichtung (die noch immer besteht und die ich hoffentlich auch noch erfüllen werde) gegenüber Albert Erskine nicht verheimlicht: er war, nach meinem besten Wissen, der einzige, der wirklich an mich geglaubt und sich für mich bei Reynal & Hitchcock eingesetzt hat, außer Frank Taylor. Was von dieser moralischen Verpflichtung noch übrig ist, stelle ich nun Ihnen anheim – denken Sie mal drüber nach, um 4 Uhr morgens (als ich den ‹*Vulkan*› schrieb, hatte ich nicht gewußt, daß Fitzgerald diese Stunde als die wirkliche dunkle Nacht der Seele apostrophiert hatte, und vielleicht soll es auch 3 oder gar 5 Uhr heißen).

Jedoch ist dieser Brief nicht in der Sphäre öffentlicher oder moralischer oder sonst einer Art von Beziehungen geschrieben, sondern nur in der menschlichen: und dies ausschließlich darum, weil ich menschliche Beziehungen schätze und Ihre unsichtbare Freundschaft – selbst, wenn es daran mangeln sollte – in Ehren halte, und weil ich glaube, daß das, was Sie gesagt haben, wie auch das, was ich gesagt habe, außerhalb des mechanischen Ablaufs der Ereignisse wirksam wird, und wenn nicht jetzt, dann in 10 Jahren sowohl Ihnen als auch mir den Seelenfrieden geben wird, daß ich geschrieben habe, wie ich es tat.

Und weil ich also an die Erhaltung der menschlichen Beziehungen und des menschlichen Anstands glaube, unterzeichne ich nicht nur hochachtungsvoll, sondern als der Ihre – ohne Heuchelei, mit wahrer Zuneigung und im Glauben an das, was Sie einleitend und dann später so aufrichtig und so höflich, wie es nur ging, geschrieben haben – so wie ich es nicht nur höflich, sondern aufrichtig wage zu grüßen als Ihr Freund

Malcolm Lowry

1 S. Anhang IX

An Albert Erskine

Dollarton
Donnerstag
[April 1952]

Hurra, Albert!

Nur eine Zeile, um Fröhlichkeit auszutauschen und meine Dankbarkeit und Erleichterung auszudrücken.[1] Nicht auszudrücken – kann's also im Moment nicht. Letzte Woche ist hier auf Grund der Erfordernisse des Umzugs alles aufgehalten worden. Dein erster Brief kam am Montag in Dollarton an, aber Dein Telegramm ging nach Vancouver und verspätete sich daher. Es war ganz und gar Schuld der Post, nicht Deine oder unsere. Hier in Dollarton hat es schreckliche Verwüstungen gegeben, obwohl unser Haus praktisch – oder eher relativ – unversehrt davongekommen ist. Es ist aber nichts verlorengegangen, und die Rückkehr war wunderbar. Margie tanzt eine Sarabande. Nächste Woche wird es viel zu tun geben – Haus putzen und Holz hacken –, verzeih also, falls die Korrespondenz kurz unterbrochen wird. Werde Dir morgen ausführlicher schreiben. Noch mal Hurra und tiefsten Dank.

Liebe Grüße von uns beiden
Malcolm

1 Random House hatte mit Lowry einen Vertrag abgeschlossen.

An Albert Erskine

Dollarton
Aschermittwoch (unter Vorbehalt)
[1952]

Lieber alter Albert:
Dies nur als zwischengeschalteter Brief der Liebe und Dankbarkeit; ich weiß, daß Du keine Zeit zum Antworten hast. (Ich habe allerdings auch vor, einige periphere Dinge zu erklären.)

Endlich ein sauberes Haus, und was noch mehr ist: sogar eine reine Seele. Vollmond über der Bucht, die Gänsesäger haben sich schlafen gelegt, und der Nerz ist wieder in seinen hohlen Baum geschlüpft. Nie zuvor war es wundersamer schön oder friedlicher in unserem Dorf – Einwohnerzahl drei – vielleicht vier, falls «Kristbjorg» [1] noch an Deck ist: er schwört, bzw. schwor vorgestern, daß er in seiner ganzen 60jährigen Erfahrung nicht einmal das Meer etwas Schlimmeres hat anrichten sehen als hier: es hat die bewaldete Küste rund 20 Fuß tief völlig weggespült, ganze Gärten mit sich gerissen, von Häusern ganz zu schweigen, während das Gefälle der gesamten Küste sich von $1/15$ stellenweise zu $1/6$ verändert hat – wobei die Fundamente entsprechend untergraben wurden. «Quaggans» große Landebrücke vor seinem Bootshaus wurde – auf der gesamten Länge von 200 Fuß – vollständig weggespült: aber unser Pier steht noch – völlig unbeschädigt – ebenso wie unsere Fundamente, trotz der Tatsache, daß *unter* unserem Haus erschreckenderweise viereinhalb ganze entwurzelte Bäume liegen. Da unser Pier ausschließlich aus leichten zwei-mal-vier-Zöllern und 2zölligen Planken besteht und jetzt zehn Jahre alt ist und der Wucht der schlimmsten Rasereien von Wind und Meer, die es hier je gegeben hat, standgehalten hat, haben wir bis jetzt noch niemanden kennengelernt, der sich die Mühe gemacht hätte, eine materielle Erklärung für sein Überleben ausfindig zu machen, obwohl es eine geben könnte: nämlich seine Einfachheit, seine Leichtigkeit und seine Freiheit von überflüssiger Takelung: so daß er bei ungeheurem Seegang – und als wir von hier fortgingen, war er überschwemmt, stand unter Wasser – weder dem Meer nachgab noch sich von seinen Fundamenten löste, sondern sich einfach und ruhig am Strand festhielt und blieb, wo er war, da das Fundament nur ganz wenig schwerer ist als die gesamte Konstruktion: fast alle professionellen Bauten hier in der Gegend haben nachgegeben, da man das darin liegende Prinzip einfach nicht erkannt hat: man hat sich gedacht, je schwerer und kräftiger die Konstruktion, desto mehr Gewicht würde auf die Fundamente drücken, wodurch wiederum die Fundamente stabiler und das Ganze in jeder Hinsicht im Notfall sicherer würde. So ist es aber nicht – Holz *schwimmt* und wird versuchen zu schwimmen, selbst wenn es festgenagelt ist; und wenn es unter Wasser steht, wird es, je schwerer es ist, desto kräftiger an den Nägeln zerren – und insgesamt schätze ich, daß darin eine Lehre steckt – abgesehen von einem Bild –, und dies um so mehr, als sich die Fundamente in diesem Fall einfach und anders als sonst der Unterspülung des Strandes angepaßt haben – anstatt umgekehrt – und dadurch stabiler als je zuvor wurden: wir sind natürlich sehr stolz auf uns. Unsere Hütte nebenan hatte nicht soviel Glück, wie wir gesagt hatten, aber andererseits haben wir die auch nicht gebaut; aber selbst die ist stehengeblieben, bis auf einen Pfahl; an einer Seite hängt sie schlimm durch, und wir werden sie abstützen müssen.

Ich habe einen anderen, längeren Brief an Dich unterbrochen, um Dir diesen zu schreiben – wegen des Wechsels der Umstände –, werde aber versuchen, Dir eine Art Logbuch zu liefern. Freitag, 28. März, zwei Tage bevor wir die Wohnung verließen, sind wir in einen Taifun geraten und im Hafen von Falmouth nur verdammt knapp dem Untergang entronnen – äußerst unheimlich und dramatisch, wenn auch mit glücklichem Ausgang –, ich werde Dir davon jetzt nichts erzählen, obwohl es weiß Gott erzählenswert ist; Margie, die gerade wegen Halsschmerzen Sulfanilamid nahm, war danach unfähig zu tippen und fast völlig kaputt, was noch zu allem anderen hinzukam. Ich kann zwar tippen, auf ihrer Schreibmaschine aber nicht gut genug, um die Arbeit zu übertragen, mit der ich gerade beschäftigt war – einem Brief an Giroux –, zumal ich vorhatte, Dir einen Durchschlag davon zu geben. Ich versuchte taktvoll zu verstehen zu geben, daß (während ich ihm persönlich keinen Vorwurf machte), nachdem man ein solches Gezeter wegen moralischer Rechte erhoben hatte, es schließlich um ihre moralischen Rechte oder die des Laufburschen an dem ‹*Vulkan*› ging: diesen Brief mußte ich also – obwohl er fast fertig war – aufgeben oder unentschieden lassen, und seit Deiner und Haas'[2] Entscheidung zu meinen Gunsten liegt der Fall etwas anders.

Sonntag kamen wir heim, es war zufällig «Quaggans» Geburtstag – den er unter anderem damit gefeiert hatte, daß er heiße Ziegelsteine auf unsere quitschnassen Matratzen gelegt und etwas Holz für uns gehackt hatte: so hatten wir eine warme wie auch eine glückliche Heimkehr. Natürlich tun wir dergleichen auch für ihn, wenn wir können und wenn es nötig ist – jeder für jeden –, aber die Wirksamkeit heißer Ziegelsteine war mir bis dahin nicht bekannt. Unsere arme Katze hatte er allerdings verloren (ist abgehauen), und so könnte man sagen – bei genauerem Nachdenken ein schreckliches Bild –, wir hatten die heißen Ziegel ohne die Katze.[3] Ich schätze aber, sie wird zurückkommen, ich meine die Katze; zumindest wurde sie «als gesichtet gemeldet».

Am Montag dem 31. erhielten wir Deinen nach Dollarton geschriebenen Luftpostbrief, in dem Du uns mitteiltest, daß die Dinge noch in der Schwebe seien; da aber der Montag, soweit ich sehen konnte, so etwas wie ein kritischer Tag mit Haas war, waren wir (indem wir zufällig zutreffend ein Telegramm von Dir erwarteten, falls es gute Neuigkeiten gäbe) ein wenig verdrossen und rüsteten uns dazu, das Nachhutgefecht noch weiter auszutragen: z. B. Briefe schreiben, um unsere Schuld bei Dir zu bezahlen usw., obwohl wir unterwegs wegen der Gedichte und dessen, was wir schicken sollten, in Verwirrung geraten sind: wir bereiteten uns daher auf das Schlimmste vor und begannen, «auf Hilfsmittel zu sinnen». Margie erholte sich unterdessen prächtig.

Dienstag, 1. April. Dein Telegramm kam schließlich per Telefon im Laden an, nachdem es tags zuvor in die Wohnung geschickt worden war. Man sagte: Nun ja, man habe geglaubt, das sei unsere Adresse, und man hätte die Nachricht bei der Wohnung Nummer 33 abgegeben. *Das Telegramm aber sei inzwischen verlorengegangen,* sagte man uns. Am Ende fand man eine Kopie davon und gab sie telefonisch dem Laden durch, und dann kam Margie jauchzend durch den Wald mit den besten Neuigkeiten, die ich je in meinem Leben erfahren habe. (Das richtige Telegramm, das jetzt bei uns an der Wand hängt, kam erst 2 Tage später an, aber es war ein erhebender Augenblick, und wir danken Dir sehr dafür.)

Rest der Woche – ich habe die allgemeinen Vertragsbedingungen sowohl von Dir erhalten als auch von Hal, der seine uneingeschränkte Bewunderung bekundete für das, was Du für mich getan hast, so wie ich noch zehnmal mehr meine uneingeschränkte Dankbarkeit bekunde. Hals Brief ging aber ebenfalls an die ehemalige Wohnung in

Vancouver und nicht hierhin. Obwohl das vielleicht unsere Schuld ist, da wir Hal nicht direkt von unserer Adressenänderung benachrichtigt hatten: diese Koinzidenz ist wirklich eine der merkwürdigsten, denn dem Hauptpostamt hatten wir unseren Adressenwechsel bereits im voraus angezeigt; aber zusätzlich zu dem Irrtum des Postamts hat Hal vergessen, die Wohnungsnummer auf den Umschlag zu setzen, so daß es überraschend war, daß er uns überhaupt erreichte; aber das tat er, wenn auch verspätet. Im Falle Deines Telegramms, das zu der Wohnung ging – während wir es nicht für nötig gehalten hatten, die Telegrafengesellschaft von der neuen Adresse zu informieren, da wir Dich ja informiert hatten –, hatte man die von Dir angegebene Dollarton-Adresse einfach und unerklärlicherweise ignoriert, wie ich bereits erklärt habe; ich fühlte mich daher verpflichtet, zuerst Hal zu antworten.

Ich habe ihm geschrieben, ich wäre nicht sicher, ob ich in 2½ Jahren 2 *absolut fertige* Romane und 1 Erzählungsband – d. h. drei solide Bücher, davon 2 Romane – abliefern könnte, wie anscheinend verlangt wird, trotz Deiner mehr als großzügigen Bedingungen, für die Du bitte auch Mr. Haas meinen tiefen Dank ausrichten möchtest: garantieren könnte ich aber innerhalb dieser Zeit ‹*Hör uns, o Herr*› und ‹*Die letzte Adresse*›, vielleicht sogar innerhalb von 2 Jahren plus (wie ich in meinem Telegramm gesagt habe) dem detaillierten Szenario des Ganzen, obgleich dieses letztere Dir keinerlei Verpflichtung auferlegt; andererseits finde ich diesen Punkt notwendig: wiederum andererseits könnte dieses *detaillierte* Szenario des Ganzen vielen Romanschriftstellern etliche weitere fertige Romane zu bedingen scheinen, doch hängt das alles davon ab, was zum Teufel man für ein fertiges Kunstwerk hält, und genau zu diesem Punkt begehre ich wirklich etwas Spielraum für Rücksprachen und Beratungen mit Dir. Möglicherweise könnte ‹*Die letzte Adresse*› weit vor der festgelegten Frist fertig sein, und «The Ordeal of Sigbjørn Wilderness»-Teil I und II würden einen Roman bilden, der in der restlichen Zeit fertiggestellt werden könnte. Aber ‹*Dunkel wie die Gruft*›, ‹*Eridanus*› und ‹*La Mordida*› bilden zusammen eine Trilogie, und obwohl sie durchaus einzeln zu veröffentlichen wären – was sich vielleicht noch als das beste herausstellen wird –, kann ich sie mir zur Zeit nicht getrennt *vorstellen*, ein Problem, das Du leicht begreifen wirst, wenn Du das fragliche Material erhältst. Wenn alles gutgeht und ‹*Hör uns*› schon erschienen ist und ‹*Die letzte Adresse*› sich bei Dir befindet, könnte ich in 2 Jahren (von jetzt an gerechnet) in den restlichen 6 Monaten z. B. ‹*Dunkel wie die Gruft*› zu Ende schreiben, aber ich kann so weit im voraus nicht denken, ohne mich nicht in gewissem Grade unaufrichtig zu fühlen in bezug auf das, was ich möglicherweise leisten kann – und ich würde natürlich gern mehr leisten, als ich verspreche. Worauf es mir hauptsächlich unbedingt ankommt – angesichts so großzügiger Bedingungen, wie Du sie mir angeboten hast –, ist, meinen Verpflichtungen nachzukommen, Dein Vertrauen in mich zu rechtfertigen und niemanden im Stich zu lassen. Denk also bitte nicht, daß ich jetzt anfange, mich vor dem Vertrag zu drücken oder darum herumzumogeln: das letzte, was ich sein will, ist ein in dieser Hinsicht «schwieriger» Autor. Im Gegenteil: ich bin wirklich motiviert von dem Gefühl, daß ich, wenn ich erst einmal mit etwas Glück und Gottes Hilfe in Schwung geraten bin, durchaus in der Lage sein könnte, Deine Erwartungen beträchtlich zu übertreffen.

Was die finanzielle Seite des Vertrags angeht, so ist sie mehr als großzügig, wie schon gesagt; aber da mir in dem Abkommen eine gewisse Flexibilität möglich zu sein scheint – während ich es dankbar zu welchen Bedingungen auch immer akzeptiere, die auch Dir am annehmbarsten vorkommen –, habe ich Hal gebeten, daß, falls meiner Frau oder mir irgend etwas Unglückliches zustoßen sollte, ich mich vielleicht berechtigt fühlen könnte, um ein paar hundert Dollar oder so im voraus zu bitten, wenn und nur wenn (füge ich jetzt hinzu, und ich meine das wirklich) es für die Erfüllung des Vertrags absolut unumgänglich zu sein scheint; obwohl ich das dadurch abschwächen möchte – und das ist wahr –, daß eine solche Möglichkeit mir unwahrscheinlich vorkommt und daher nicht unbedingt in den Vertrag aufgenommen werden müßte: der Grund dafür ist der, daß meine gesamten finanziellen Aussichten sich wahrscheinlich verbessern werden. Mir wurde wieder aus Frankreich geschrieben, daß diese 800 Dollar, soweit man wisse, nun endlich tatsächlich kommen werden, ohne daß der Franc gefallen sei: und obwohl England mich noch immer hinhält, erwarte ich aus dieser Richtung die Bestätigung ähnlich guter Nachrichten. Mit Deiner großzügigen Unterstützung und den anderen Punkten erwarte ich also nicht nur, meine Schulden bezahlen zu können, sondern auch hinsichtlich irgendwelcher Notfälle abgesichert zu sein. Denn wir haben vor, eine Krankenhausversicherung abzuschließen. Was beinahe tragisch für uns war, als wir uns zum erstenmal Geld von Dir geliehen haben, war (zum einen), daß die Prämie obligatorisch und so hoch war, daß wir es uns nicht mehr leisten konnten, die Rechnungen des Hausarztes zu bezahlen oder Medizin zu kaufen. Was mich angeht, so ist mein Gesundheitszustand hervorragend.

Der andere Punkt war der, daß eine Verfilmung des *‹Vulkan›* mit Peter Lorre zur Debatte stand. Ob daraus nun etwas wird oder nicht, weiß ich nicht, aber falls doch, habe ich um ein paar Monate Aufschub oder Beurlaubung oder so was gebeten, während welcher Zeit ich bei dem Drehbuch helfen könnte. Natürlich würde ich nicht erwarten, während einer solchen Zeit von Random House unterstützt zu werden; ich würde auch nicht wollen, daß es die endgültige Erfüllung des Vertrags behindert, aber selbstverständlich könnte sich so etwas als zusätzlich hilfreich dabei erweisen, meinen Verpflichtungen nachzukommen.

Schließlich habe ich gesagt, daß, falls innerhalb dieser Zeit ein Roman als drittes Buch nicht zu schaffen ist, ich eine Sammlung von Gedichten habe – *‹Der Leuchtturm zieht den Sturm an›* –, die ich praktisch jederzeit druckreif machen könnte: dies dürfte sich zwar kaum verkaufen lassen, aber wenn *‹Die letzte Adresse›* gut ginge und Überschüsse hereinbrächte, könnte es als Lückenbüßer dienen.

Schließlich habe ich noch etwas, woran ich nicht gedacht hatte: nämlich das Filmdrehbuch, das wir für Frank geschrieben haben; das soll zwar immer noch geheim bleiben, aber es scheint jetzt absurd, daß Du dieses Geheimnis für Dich behältst, obwohl ich Hal den Titel noch nicht verraten habe. Ob dies als Ersatz für einen dritten fertigen Roman innerhalb dieses bewilligten Zeitraums geeignet ist oder nicht – etwa wegen der Schwierigkeit mit dem Copyright und der gemeinsamen Verfasserschaft –, weiß ich nicht, aber seine Existenz ist zumindest eine Probe für das, was man tun kann. Wir haben es in sieben Monaten geschrieben und nie Geld dafür genommen oder geliehen, und tatsächlich war es für Frank leider nicht so nützlich, wie wir gehofft hatten. Doch lag dies vielleicht nicht an dem Skript, und es nützt ihm doch noch. Und auf jeden Fall hat es nicht an Frank gelegen. Soll ich Frank schreiben, daß er es Dir schicken soll? Ich hatte *‹Dunkel wie die Gruft›* unterbrochen, um dies zu schreiben – und schließlich hatte ich mir, neben anderen schönen Ergebnissen für Frank, erhofft, daß es uns davor bewahren würde, in genau die Lage zu geraten, in die wir dann geraten sind. Ich lege ein paar Kommentare dazu von Isherwood,

Leyda und Frank bei. Es ist auf gar keinen Fall ein normales Drehbuch. Der Film ist natürlich *‹Zärtlich ist die Nacht›*, und ich weiß, Frank wird es nichts ausmachen, daß ich das erwähne. In der Tat glaubten wir, als wir es für ihn schrieben, daß wir auf gewisse Weise «in der Familie blieben». Das Ergebnis war nur der Anfang unseres dreijährigen Kummers: aber zumindest versuchen wir's weiter.

Ich habe noch zweihundert französische Rezensionen, Loblieder auf den *‹Vulkan›*, germanische Schlagzeilen, norwegische Lobschriften und sogar Karikaturen des Verfassers – aber die sind vielleicht jetzt etwas nebensächlich, ich werde Dich daher vorläufig nicht damit belästigen.

Frohe Ostern von uns beiden und massenhaft Dank und Liebe,

Malcolm

1 «Kristbjorg» (ein Fischer aus Dollarton) und «Quaggan» (Jimmy Craige) wurden zu Personen in *‹Der Waldpfad zur Quelle›*.
2 Robert Haas, Herausgeber bei Random House
3 Die englische Redensart «like a cat on hot bricks» entspricht etwa dem deutschen Ausdruck «wie auf heißen Kohlen». (A. d. Ü.)

An Harold Matson

Dollarton, B. C., Kanada
7. April 1952

Lieber Hal –
Tut mir leid, daß ich so lange brauche, Deinen Brief bezüglich des Vertrags zu beantworten, aber wie Du an der obigen Adresse siehst, sind wir wieder zu Hause in Dollarton, und Dein Brief brauchte anscheinend 3 Tage, um von der Stadt hierhin nachgeschickt zu werden.

Jetzt aber sofort zur Sache, damit ich Dir das heute noch mit der einen Post abschicken kann. Über den Vertrag bin ich mehr als glücklich, was Du Dir natürlich denken kannst. Die finanziellen Bedingungen finde ich äußerst großzügig, und ich akzeptiere sie ohne jede Änderung. Es wäre mir aber doch lieb – ob es im Vertrag steht oder nicht –, wenn ich im Falle irgendeiner echten Notsituation (wenn z. B. Margie oder mir ein Unfall mit anschließendem Krankenhausaufenthalt oder so etwas zustößt) bis zu 2 oder 3 Hundert in Anspruch nehmen könnte, wenn es unbedingt notwendig ist. Aber wie die Dinge sich im Moment abzeichnen, sieht das unwahrscheinlich aus, denn meine ganze finanzielle Lage betr. England wird sich am Ende verbessern, und sie wird wohl nicht mehr lange so bleiben. Ja: ich bin ganz gewiß interessiert an Deinem Plan, das Geld im Falle irgendeines Erfolgs anzulegen, und tu bitte, was auch immer da getan werden muß. Ich werde bestimmt nie mehr als 10000 Dollar in einem Jahr haben wollen, und fast bin ich geneigt, dies auf, sagen wir, 7000 Dollar herabzusetzen.

Was nun meinen Teil des Vertrags angeht, muß ich sagen, daß ich beim besten Willen nicht weiß, wie ich in 2½ Jahren 3 Bücher abliefern kann. Zwei Bücher kann ich garantieren, und hinsichtlich des dritten werde ich mein Bestes tun. *‹Hör uns, o Herr›* und *‹Die letzte Adresse›* kann ich gut fertigbekommen, und falls das dritte Buch ein Gedichtband sein könnte, können sie das jederzeit veröffentlichen, da ich jetzt genug für einen Band zusammen habe. Aber einen weiteren Roman kann ich einfach nicht versprechen – das heißt, ich könnte natürlich den einen oder anderen herausbringen, aber der wäre vielleicht dann nicht optimal; aber andererseits weiß ich das erst, wenn ich besser absehen kann, wie die Dinge sich entwickeln. Gleichzeitig liegt ein riesiger Berg von Sachen vor uns, die wir abschreiben müssen, und ich bin sehr darum bemüht, niemanden im Stich zu lassen, weshalb ich nur ungern etwas verspreche, dessen ich mir nicht völlig sicher bin. Dieses abzuschreibende Material umfaßt natürlich all diese Bücher, und ich könnte auf jeden Fall garantieren, dies – neben *‹Die letzte Adresse›* und *‹Hör uns, o Herr›* – innerhalb dieses Zeitraums einzureichen. Das erste Buch kann ich innerhalb eines Jahres abliefern. Ich hoffe, daß ich Ende Herbst mit *‹Hör uns, o Herr›* fertig sein werde, doch solltest Du eher ein Jahr sagen, bloß um mir etwas Spielraum zu geben. Ich möchte jedenfalls *‹Hör uns, o Herr›* wirklich gern im nächsten Frühjahr veröffentlichen, obwohl dies wiederum von der Korrespondenz mit Albert usw. abhängt. Ich würde das Ganze am liebsten so flexibel wie möglich halten und dann die Erwartungen des Verlags eher übertreffen als dahinter zurückbleiben. Andererseits schreibe ich meine Sachen sehr oft um, und ich will nicht in Versuchung gebracht werden, irgend etwas anderes als etwas Optimales abzuliefern.

Noch eine letzte Frage: angenommen, es ergäbe sich etwas hinsichtlich einer Verfilmung (hast Du übrigens Klett geschrieben?), sagen wir, des *‹Vulkan›:* würde mir dann so etwas wie einige Monate Urlaub gewährt, damit ich an dem Drehbuch arbeiten könnte? Es ist nicht ausgeschlossen, daß das Drehbuch selbst publizierbar wäre, und ich bin mir auch nicht sicher, was ich mit Urlaub meine.

Ich glaube, das deckt alles ab. Irgendwie kann ich mich nicht richtig an die Arbeit machen, ehe dieser Vertrag tatsächlich unterschrieben ist: dieses sich hinschleppende Gezänk mit Brace und Giroux hat uns beinahe fertiggemacht, und ich mache mir weiterhin Sorgen und schimpfe mit mir, so daß ich äußerst erleichtert sein werde, wenn das endlich geregelt ist.

Tausend Dank für alles und
liebe Grüße von uns beiden
Malcolm

An David Markson

Dollarton
[26. April 1952]

Lieber Dave:
Habe deswegen nicht geantwortet, weil ich fast unmittelbar nach dem Eintreffen Deines ersten Briefs geradewegs in den Abgrund gestoßen wurde, genau wie bei dem armen alten Mr. Venuti sen., dessen Sohn übrigens im Mittelatlantik zur Welt gekommen ist, falls Du mit Deinen Hebammendiensten und Deiner Cool-Hot-Bebop-Abteilung nicht auf dem laufenden gewesen sein solltest.

Der Abgrund war der Abgrund zwischen zwei Verlegern, unter anderem: jetzt sieht es so aus, als ob Random House einen langfristigen Vertrag über meine Arbeiten unterschreiben würde. Die Aussichten sind also jetzt viel besser.

Ich hatte Dir einen meiner monumentaleren langen Briefe geschrieben, in dem ich dieses und jenes Drama skizzierte, aber da keine Aussicht zu bestehen scheint, ihn in der nahen Zukunft zu beenden, schicke ich Dir dafür diesen kurzen als Lückenbüßer, zumal ich auch ahne, daß Du noch immer selber schwere Sorgen haben könntest, die ich nicht noch durch meine scheinbare Nachlässigkeit vermehren möchte.

Ich hatte unter anderem geschrieben, daß Du, falls Du Dich in dieser Zeit geistig vollkommen den Abfluß runterfließen siehst, Schlechteres tun könntest, als Dich nach Westen durchzuschlagen: meine Frau und ich leben – à la Kapitel I oder IX des ‹*Vulkan*› – an einem Ort, wie er da beschrieben ist, in einer selbstgebauten Hütte. Das aus Fischerhütten entlang der granitübersäten Küste zusammengesetzte Dorf fällt auseinander, ist zum großen Teil verlassen und hat im Augenblick außer uns nur etwa vier dickschädelige Einwohner. Man muß Holz hacken und Wasser schleppen, die Bedingungen sind die äußerster Armut, wir können nichts anbieten als unsere Freundschaft, es gibt nicht die geringsten Annehmlichkeiten, und vielleicht wäre es Dir total zuwider. Und wir könnten Dich auch nicht, da wir nur zwei bewohnbare Zimmer und einen Ofen aus den Zeiten des Goldrauschs haben, für länger als ein paar Tage unterbringen, ohne Dich in die allertiefste Not zu stürzen. Wahrscheinlich könnte ich Dir aber die Hütte eines Nachbarn besorgen, in der Du praktisch umsonst, vielleicht auch ganz umsonst, Unterschlupf finden könntest. Die Vorteile: ein Urwald zum Wandern, unvergleichliche Landschaft (obwohl Du vielleicht phantastische Aussichten nicht ausstehen kannst), herrliches Schwimmen – allerdings äußerst kalt – und eine schöne Art zu leben, die auf der Welt auszusterben scheint. Wir besitzen auch ein Ruderboot, das wir Dir leihen könnten. In den Sommermonaten füllt sich der Ort bisweilen, obwohl Du so was vermutlich noch nie gesehen hast. Im allgemeinen ist das wirkliche Leben hier eine Kreuzung aus dem See Genezareth, ‹*Wilde Palmen*›[1] und dem Paradies: und im Winter ist es manchmal die Hölle selbst. Hier ist unser Zuhause, wir zahlen weder Miete noch Steuern, und gequält werden wir stets von der drohenden Gefahr der Exmission, die manchmal nah, manchmal fern und manchmal nicht vorhanden ist. Aber das Risiko besteht immer. Je nach Temperament kann das hier ein wunderbarer Ort zum Arbeiten sein, oder auch nicht. Wenn der Vertrag mit Random House zustande kommt, werden wir ziemlich in Druck sein, die erste Jahresfrist einzuhalten, und daher hart arbeiten müssen. Wir haben keine oder praktisch keine intellektuellen Freunde, wir sitzen fast immer auf dem trockenen, aber das heißt nicht, daß wir uns nicht alle auf irgendeine Weise helfen und sogar eine schöne Zeit haben könnten. Ich belasse es bei dem Vorschlag als einer Art gewagtem Leuchtfeuer. Aber wenn Du Dich nach Westen und wieder zurück durchschlagen würdest, per Anhalter, Bus oder was auch immer – nur uns in Aussicht als womöglich unendlich kleines und wertloses Mätzchen –, und unterwegs ständig Notizen machtest, von Straßenschildern, Kneipenschildern, Leuten,

Tieren, Häusern und fliegenden Bettschüsseln, die von einer himmlischen Rasse von Kolibris gesteuert werden, könntest Du daraus einen hübschen Roman über Rückzug und Wiederkehr schreiben und hättest die Erinnerung an ein nicht überflüssiges Abenteuer, auch wenn es sich völlig unnütz anhört. Ich habe auch einen Freund, Ted Roethke, an der University of Washington in Seattle, der Dir vielleicht einen Job besorgen könnte – er ist in jeder Beziehung ein großartiger Bursche. Wie auch immer: wir werfen diese zerfetzte Rettungsleine eines Vorschlags aus (auch wenn wir dazu kein Recht haben), falls die Aussicht auf New York im Sommer zuviel für Dich ist und sich auf dem Grund des Glases keinerlei Hoffnung abzeichnet.

Liebe Grüße von uns beiden
Malcolm

1 Roman von William Faulkner (A. d. Ü.)

An Albert Erskine

Dollarton, B. C.
[Mai 1952]

Querido Alberto Bueno Excelentisimo de la Justicia y Ley –
(Buen suffragio y no reelección!)
Ich glaube nicht, daß ich genug Zeit haben werde, irgend etwas (grammatisch) Durchdachtes über ‹*Invisible Man*›[1] zu sagen – es sei denn, es ist wichtig für Dich. Dann werde ich es tun; aber ich habe das Buch sorgfältig gelesen, manches davon mehrmals, und bin zu dem Schluß gekommen, daß es bestenfalls wirklich elektrisierend ist und der Verfasser vermutlich ein echter lärmender Kerl von einem erstklassigen Schriftsteller ist. Tatsächlich habe ich von ihm eine höhere Meinung als von dem Buch als Ganzem, obwohl ich dann auch zugeben muß, daß das Buch – auch wenn es, wie ich annehme, manche Fehler aufweist, die man gewöhnlich bei Erstlingsromanen konstatiert – auch ein paar völlig neue Qualitäten besitzt, die meines Wissens noch nie in irgendeinem Roman vorgekommen sind; in letzter Zeit, meine ich (zumindest bei den moderneren, falls das einen Sinn ergibt). Zum Teil scheint es wirklich – ob teuflisch oder nicht, kann ich nicht entscheiden – inspiriert.

Und seine technische Geschicklichkeit ist so groß, daß in einer verblüffend brillanten und wunderbar-schrecklichen Szene die Sympathien und Antipathien des Lesers auf einmal in so vielen verschiedenen Richtungen in Anspruch genommen sind – und in Richtungen, die man nicht für möglich gehalten hätte –, daß der Leser wie die ekelhafte Figur am Ende dieser Szene ganz gebrochen lauthals nach einem Belebungsmittel schreit. Und doch ist der Verfasser ein wenig diabolisch, wie sehr auch immer er einem gefallen mag. Meine Sympathie zum Beispiel – ja es war vollkommene Empathie – für den Mann, der den Inzest begangen hat, weil er (a) nicht anders konnte und (b) sein späteres Verhalten seine echte Integrität erweist, indem er sich als das akzeptiert, was er ist – konnte nicht größer sein, wie ich Dir soeben mitgeteilt habe: doch spürt man eine subtile Beschämung durch die Identifizierung mit dem widerlichen Mr. Norton und den anderen «wohlwollenden» Weißen, wo man sich an dieser Stelle eigentlich mit dem Unsichtbaren identifizieren will, dessen Verhalten zwar auch nicht gerade der wahre Jakob war, dessen mißbilligende Haltung aber klar ist oder zu sein scheint (obwohl er auf subtile Weise an dieser Stelle auch ein Jude war). Diese Szene wimmelt tatsächlich von entsetzlichsten und neuesten Einsichten und kann einem als Schriftsteller durchaus den Wunsch nahelegen, loszuziehen und sich ein neues Gehirn zu kaufen, wenn möglich auch gleich noch einen neuen Satz Augen und Ohren, ehe man eine weitere Zeile schreibt. Rein als Szene betrachtet ist das vergleichbar mit manchen der besten bei Faulkner, und es ist bei weitem nicht die einzige Szene, die mir nahegeht – da sind noch fünf oder sechs andere, die mitten in der äußersten Verflechtung der Intentionen fast genauso inspiriert sind, doch heißt das nicht, daß es ein gelungenes Buch ist: vielleicht heißt es, daß Dein Autor ein Genie ist oder so was, aber das ist etwas ganz anderes. «Gleichwohl sollte die Tatsache, daß es überdies so interessant und leicht zu lesen ist, nicht den Blick für seine außerordentliche Komplexität und den soliden Gedanken, der dahintersteht, verstellen. Und dies wiederum sollte nicht blind machen für seine Struktur, seine echte Schönheit als Kunstwerk.» Wenn ich als Rezensent, sagen wir von Begeisterung überwältigt, auf Seite 245 aufgehört und gleich darauf meinen Artikel geschrieben hätte, ohne den Rest gelesen zu haben, könnte ich mir vorstellen, daß ich dies geschrieben hätte oder auch so etwas: «*‹Unsichtbar›* nimmt, wie eine gütige und diabolische Atombombe, Stellung zu allen Formen von Gleichmacherei, denen sein zentrales Problem ausgesetzt ist, welches der Autor nicht nur mit der ganzen Fertigkeit eines erstklassigen Erzählers bearbeitet, sondern auch mit der Begabung und Fähigkeit eines Atomwissenschaftlers zum komplementären Denken.» Wie auch immer, es ist bestimmt ein Buch, das denen zu empfehlen ist, die sich einbilden, die moderne Literatur sei verlogen oder unbedeutend; und deswegen dürfte es selbst Ortega zufriedenstellen, von dem schädlichen Mr. Barzun ganz zu schweigen. Sicher, das Buch wird zweifellos bearbeitet werden – als Theaterstück, Film oder was immer – und obendrein mit Erfolg. Aber in welcher anderen Form als der des Romans könnten so viele harte und – für die Welt – notwendige Tatsachen so eindrucksvoll vorgeführt werden? Ich lüfte also meinen Hut vor dem Verfasser, vor seinem umfassenden Können und – mit gewissen Einschränkungen – vor seiner höchst originellen Konzeption, wie auch vor seinem Schneid und seiner Rechtschaffenheit. Aber ach, sagte ich, es sei, sagen wir, nach Seite 245 interessant? An der notwendigen Komplexität hätte ich nichts auszusetzen, aber meiner Meinung nach beginnt das Buch etwa ab diesem Punkt – doch gibt es einige wunderbare Wolkenbrüche, wo es sich erholt – nachzulassen und immer trockener zu werden, ja geradezu auseinanderzufallen (verzeih meine gemischten Metaphern). Ich weiche auch mehr oder weniger ab von der hierzu geäußerten Meinung gewisser Rezensenten dieses Buchs. Wie edel auch immer die vielschichtige Anlage sein mag, das Buch läßt meiner Meinung nach als Kunstwerk allmählich nach, obwohl es sich streckenweise noch immer als tausendmal besser als viele oder die meisten Romane erweisen kann. Das liegt wahrscheinlich daran, daß der Anfang, und ebenfalls das Rahmenthema, so gut ist. Entweder das, oder er verführt einen dazu, zuviel von ihm zu erwarten. Doch kommt die Ironie am Ende längst nicht mehr aus der obersten Schublade und wird schließlich ein bißchen künstlich. Der Bericht über die kommunistische Bruderschaft ist sehr oft genauso langweilig, wie es deren Dialektik vermutlich im wirklichen Leben auch war. Man war schon zu oft Gast auf diesen Cocktailparties betuchter Kommunisten, und als Ergebnis der technischen Unerfahrenheit im Schreiben werden die wesentlichen und wichtigen Punkte nur zu oft vernebelt. Man denkt (wenn auch nur in bezug auf die Satire) an Orwell und sagt nein; schlimmer noch: es regt sich der Verdacht, daß – wenn schon nicht der Autor – das Buch irgendwie versucht, sich bei gewissen Leuten und Interessengruppen – die meiner Meinung nach schon in eine andere geistige Sphäre befördert werden müßten, noch ehe sie aufrichtig verdammt würden – eine durchsichtige kritische Gunst zu erschmeicheln. Ich finde, die Welt der Weißen ist viel böser als er, Ellison, auszuplaudern wagt: seine «Pointe», die Schwarzen könnten als Schwarze ebenbürtig sein, ist ungeheuer wichtig, obwohl er sie hier am Ende mit der geringsten Wirksamkeit anbringt. Ich denke, man hätte diesen Teil beträchtlich kürzen sollen, da Ralph E. vergessen zu haben scheint, daß, je mehr sich etwas einem wahren Kunstwerk nähert, es sich desto mehr der «Wahrheit» nähert – oder nähern kann. (Das gilt umgekehrt nicht.) ‹*Unsichtbar*› hört ungefähr nach Seite 245 auf – jedenfalls so gut wie, meiner Meinung nach –, ein Kunstwerk zu sein, und folglich leidet die Wahrheit. Ich glaube aber, was die Sache rettet oder retten könnte, ist, daß Ellison dies selbst erkennt und eine geradezu heroische Anstrengung unternimmt, das Ganze künstlerisch zu retten, und das gelingt ihm auch beinahe. Zum Beispiel die Rede beim Begräbnis – phantastisch! Obwohl das Buch in einer Hinsicht stark nachzulassen begonnen hatte nach der wunderbar humorvollen und wilden und dramatischen Geschichte von dem Versuch, diese alte amerikanische Sparbüchse in den diversen Mülltonnen loszuwerden – könnte glatt von Chaplin sein. Ich denke aber, seine Schwierigkeiten haben wie gesagt etwas mit seinem tapferen Bemühen zu tun, sein Thema konsequent durchzuhalten: d.h. das Ganze mit fliegenden Fahnen als Kunstwerk zum Erfolg zu führen. Vielleicht widerspreche ich mir, aber mir scheint, daß sich vielleicht gerade hier die ihm von der Form auferlegten sehr disziplinierten Drosselungen unvermeidlich zusammenzuziehen beginnen und so das Ganze ein wenig morbid werden lassen. Anders ausgedrückt, das Buch scheint zwischen Prolog und Epilog ungeschickt und ruhelos vom Weg abzukommen: die Kupplungen, die Zugstangen beginnen auseinanderzugehen, jedenfalls hört es sich so an: während der Zug noch immer ab und zu einen ungeheuren Lärm veranstaltet, wird man daran erinnert, daß er gleichwohl stehengeblieben zu sein scheint: der Prolog (den ich früher schon in der *Partisan Review* gelesen habe) scheint bei genauerer Untersuchung gar kein so prächtiger Aussichtswagen zu sein, wie es zunächst aussah, und der Epilog gibt keinerlei Hinweis darauf, daß er uns zu irgendeiner endgültigen Wahrheit führt; und wenn man meint, der Zug beginne sich in Bewegung zu setzen – ob zum Schuppen oder zum Bahnhof –, dann mit dem unbehaglichen Gefühl, daß er teilweise abgekoppelt ist und zumindest einige Passagiere – einschließlich womöglich wir selbst – zurückgelassen worden sind. Vor allem aber ist es gegen Ende ein bißchen zu phantastisch, zu mißlungenes Dada, zu gewollt alptraumhaft (wenn auch mit einigen wunderbaren Erholungen und Ausnahmen). Die Charakterzeichnung scheint mir ebenfalls – selbst wenn man sein alles andere als konventionelles oder leichtes Ansinnen berücksichtigt – ziemlich schwach, obwohl es andererseits auch dort triumphale Geistesblitze und Einsichten gibt. Der Rassenkrawall, von anderen so sehr gelobt, kommt mir schlimmstenfalls vor wie einer dieser sehr frühen sowjetischen futuristischen Filme wie z. B. ‹*Arsenal*›, wo das Symbol und das Symbolisierte, der Mensch und die Bedeutung und fotografische Virtuosität dermaßen durcheinandergeraten sind, daß uns nur der Respekt vor der Findigkeit des Regisseurs und die Hoffnung auf das, was er als nächstes tun wird, davon abhalten, das Theater vor Verärgerung über den schieren Stumpfsinn und Wirrwarr, mit dem er uns bedrängt, zu verlassen: vor alldem aber hatte ich das Gefühl, daß Ellison hier nicht das geschrieben hat, was er wollte, und daß er das wußte. Mein abschließendes Gefühl ist aber doch, daß seine letzte Bemerkung allgemein gerechtfertigt ist und daß er wie Kafka in der Hauptsache die Seele des Menschen selbst trifft. Zumindest trifft er meine, und ich schätze das Buch auf jeden Fall als das Werk eines Mannes, der wirklich bedeutend sein könnte.

Zu ‹*The Shrike*›[2] – wofür ich Dir nicht so sehr danke, was seinen Wert angeht; trotzdem vielen Dank – obwohl es von einer Ibsenschen Reinheit ist, halte ich es für nicht so aufregend wie Du großzügigerweise angedeutet hast. Es besitzt Reinheit und Struktur, nicht aber die letzte Ehrlichkeit und Weisheit. Der Würger – bzw. die Würgerin selbst – Schatten eines Schattens des Schattens von Ethan Frome! – mag für sich ein Thema sein (es liegt etwas Feiges in der Art, wie der Beamtenmensch die lunare Fähigkeit der Frau, die Leute zum Wahnsinn zu treiben, gütig ignoriert; etwas wie eine Perversion der Ritterlichkeit der Pioniertage und eine mit inbegriffene Mutterverehrung, wenn sie so gütig ihre Partei ergreifen, wo sie es verantwortungsvollerweise nicht sollten, während man in den modernen nordamerikanischen und kanadischen Männern oftmals die Opfer von Penisverehrung und bedauerlicherweise auch die typisch Wylieschen[3] Gegenstände der Tragödie erblicken kann), aber wie sich die Würgerin verhält, wenn sie dem Protagonisten seinen aussichtsreichen Job versaut, das wäre nur eines

Comic strips würdig; und die Psychoanalytiker sind auch nicht besser charakterisiert, falls man auf Wahrheit und nicht auf Effekte aus ist. Und eine aufrichtige Dramaturgie hätte bestimmt mehr solche Figuren eingeführt, die im Recht sind: der Bruder kam mir besonders banal vor: das Ganze ist eine gewisse Art von pseudo-gutem Theater – wenn auch vielleicht besser als gar nichts –, das die Wahrheit der Sache verhunzt. Nichtsdestotrotz fand ich die besten Stellen geschickt gemacht, zum Beispiel den Calypsogesang (obwohl das Lied nicht angegeben war), der unter diesen Umständen allerdings ein bißchen schwer zu schlukken war. Aber was zum Teufel. Viele Grüße von uns beiden

Malcolm

P.S. Auch wenn Du's nicht glauben wirst: ich habe den ‹*Ulysses*› (Dein Geschenk) kürzlich, als ich Fieber hatte, zum erstenmal – ganz und gar – durchgelesen. Le Gusta este Dujardín? Warum gehört er Joyce? Da dies wirklich meine erste vernünftige und vollständige Lektüre war (ich weiß nicht, was mich früher daran gehindert hat; in den letzten 12 Jahren hier zweifellos die Zensur und schierer Zeitmangel), dürften einige meiner Wahrnehmungen wohl ungewöhnlich sein, obwohl ich jetzt nicht darauf eingehen will.

P.P.S. Bekam eben Deinen Brief vom 1. Mai, den ich nicht im einzelnen beantworten werde – will nur sagen, wie zutiefst dankbar ich bin für die Sorgfalt, Überlegung und Großzügigkeit, die in dem künftigen Vertrag stecken; und ich möchte Dir, Albert, noch einmal herzlich danken für die Mühe, die Du Dir mit mir gemacht, und für die Zeit, die Du für mich aufgebracht hast. Ich brauche wohl nicht zu sagen, daß ich alles tun werde, daß Du nicht auf den Gedanken kommst, das wäre umsonst gewesen. Einige Punkte stehen unmittelbar an. Falls England nicht bankrott geht oder wir eine extremistische Regierung bekommen oder das Pfund noch weiter fällt, dürfte sich mein Einkommen mehr als verdoppeln, vielleicht verdreifachen, wenn das Pfund steigen sollte. Ich mußte dieses Jahr bereits Steuern zahlen (ohne etwas von dem besagten Geld erhalten zu haben), und zwar auf ein Einkommen, das sich nach der Erklärung des Treuhänders auf fast tausend Pfund im Jahr beläuft; und dies noch ohne meinen Viertelanteil an dem tatsächlichen Immobilienbesitz aus der Erbschaft. Solche Sachen haben mich genarrt, als ich in gutem Glauben sagte, ich dächte, ich könnte Dir das erste Geld, das

Du uns geliehen hast, direkt zurückzahlen; d. h. das Testament war eröffnet (obwohl noch nicht alles mit der Erbschaft geregelt war). Ich habe, wie ich Dir erzählt habe, eine gewisse Summe erhalten – sehr gemindert durch den Wechselkurs: aber das Gesetz gestattet noch immer nicht die Überweisung nicht einmal des Einkommens aus dem Ganzen in ein Dollar-Gebiet, nicht einmal nach Abzug der Steuern (der gegenwärtige Teil des Einkommens unterliegt einer früheren Rechtsprechung): jedoch hat der Regierungswechsel immerhin zur Folge, daß dieses Geld legaler und direkter mir zu gehören scheint (daher die Steuern, die zum Glück hauptsächlich von englischer Seite abgezogen werden, mich hier aber doch in einer höheren Steuerklasse lassen als durch den empfangenen Betrag gerechtfertigt – d. h. in überhaupt keiner Steuerklasse –, obwohl wir sie zum Glück bei einem Irrtum ertappt haben, wodurch die spektakuläre Ungerechtigkeit im letzten Augenblick gemildert wurde): daher (obwohl es wirklich zu kompliziert zu erklären ist) habe ich herausgefunden, daß, falls Du oder Peggy zum Beispiel, oder zum Exempel, vorhättet, nach England zu reisen, Du oder sie – von mir durch eine Nachricht an meine Bank dazu ermächtigt – das Euch geschuldete Geld (das erste Darlehen) bei meiner englischen Bank abheben könntet. Ich erwähne das nur, weil die Kaufkraft von 200 Dollar (unsere erste Schuld) – das sind knapp 70 Pfund – in England in Pfund weit höher ist als in Dollar hier. Oder nicht? Auf jeden Fall war es mal so. Das mir aus England zustehende Geld wird jedenfalls vermutlich irgendwann einmal hier bei mir ankommen, und was diese spezielle Schuld angeht, so kann sie jetzt, wie ich andeutete, aus anderen Quellen zurückgezahlt werden, zum Beispiel aus dem französischen Geld, von anderem ganz zu schweigen; aber ich habe diese sonderbare Tatsache nur erwähnt, falls Du Dich zufällig dessen bedienen wolltest. Da das Geld hier zu mir voraussichtlich nur via Einkommen gelangen wird – obwohl eine Ausnahme gemacht werden könnte –, befände sich das Hauptvermögen immer noch dort, ganz gleich, ob das erstere ausgezahlt würde oder nicht. Ich weiß natürlich, daß Du die Reise nicht bloß deshalb machen wirst, weil Du Zahnschmerzen hast, aber vielleicht ist Peggy eine Weltenbummlerin? – und, lieber Freund, wie geht's Dir denn mit dieser verdammten Quälerei? Ich kann nur hoffen, so gut wie möglich, und darüber hinaus, daß Du glücklich bist. Ich habe das nur erwähnt, falls sich irgend etwas dieser Art plötzlich bei Dir ergeben sollte, ehe ich in der Lage wäre, die erste Schuld in der üblichen Weise zurückzuzahlen: nach Lage der Dinge – falls Dir das recht ist – würde die zweite vor der ersten beglichen, d. h. rechtzeitig zu Deiner Sommersitzung beim Zahnarzt.

Zu der Reihenfolge der Bücher: während ich mit Dir einer Meinung bin, daß es auf den ersten Blick strategisch und finanziell für mich und Dich günstiger aussieht, zuerst ‹*Die letzte Adresse*› und dann die Erzählungen erscheinen zu lassen, bin ich doch (zu Recht oder Unrecht) allmählich mehr oder weniger zu der gegenteiligen Annahme gelangt, und weil es auch längst noch nicht zu spät ist, diesen Plan zu ändern, sind einige unbedeutendere Überlegungen zu einer bedeutenderen zusammengeflossen, die am Ende meinen Plan trotz allem um so durchführbarer machen könnte: erstens ist es jetzt gut möglich, daß ich ‹*Hör uns*› weit vor der Frist fertigstellen kann, und zwar so sehr, daß ich mit etwas Glück in anderthalb Jahren auch ‹*Die letzte Adresse*› fertig haben könnte, bzw. zumindest das Ende gut absehen könnte. Hier besteht ein mechanisches Problem. Margie tippt noch immer die frühen Entwürfe von ‹*Dunkel wie die Gruft*› aus meinen scheußlichen Bleistiftnotizen ab, und bis sie mit ‹*La Mordida*› fertig ist, wäre es für mich viel schwerer, mich auf die ‹*Adresse*› als auf ‹*Hör uns*› zu konzentrieren – unter den Bedingungen der zwei Zimmer, in denen wir leben. Andererseits – obwohl ‹*Hör uns*› mit seinen weniger verzwickten Problemen viel leichter zu schreiben ist – scheint es sich weniger zu einem normalen Erzählungsband zu entwickeln als vielmehr zu einem seltsam äolischen romanhaften Gebilde, d. h. es ist verzwickter, als es den Anschein hat. Es kann natürlich sein, daß es sich nicht verkaufen läßt; aber angenommen, es machte eine Ausnahme und ließe sich doch verkaufen? Vielleicht unwahrscheinlich. Paradoxerweise aber feile ich nichts daran, was so aussieht, als hätte es eine große Chance, sich einzeln zu verkaufen, wenn dies auch erfreulich wäre; und ich biete auch nicht das Gegenteil an als Probe für seinen möglichen Erfolg als Buch, jedenfalls meine ich aber, daß Du mich von dem Gefühl befreit hast, ich müßte unbedingt versuchen, von den Zeitschriften Geld zu ergattern, so daß ich die Arbeit an ‹*Hör uns*› nicht mit dauernd dazwischenfahrenden Geld-Gedanken fortsetze, sondern eher mit der Vorstellung, für die vor mir liegenden Popos und Gipfel zu trainieren, und auch deshalb, weil ich hoffe, daß es ein gutes Buch werden wird. Dies erklärt bei weitem noch nicht das ganze Problem, das darin besteht, den gefräßigen Dämon wirklich zur Räson zu bringen und ihn zu zwingen, zur

Übung mal etwas Bescheideneres und Schlichteres zu tun – selbst wenn mich das zwingt, eher mit Logik und einfachen Motiven arbeiten zu müssen als mit unersättlicheren Dumpf- und Dunkelheiten, bis wenigstens das Material von ‹*Mordida*› abgeschrieben ist. Ich hoffe, das Ganze wird ungefähr zu der Zeit abgeschrieben sein, wenn ich mit ‹*Hör uns*› fertig bin; bis dahin wird der Dämon vergebens zetern (obwohl ich ihn mit kleinen Pralinen füttern werde), denn ich werde keine Ruhe haben, ehe sich nicht eine Abschrift dieses Materials an irgendeinem sicheren Ort befindet, denn wenn es verlorenginge, könnte ich die versprochene Arbeit wohl kaum innerhalb der bewilligten Zeit schaffen. Zum einen teile ich nicht immer sein Gedächtnis, und manchmal fürchte ich, es ließe ihn alles kalt, denn da das Buch sozusagen bereits geschrieben ist, hat er kein Zeitproblem und denkt überhaupt nicht an die Sachen, die uns immer noch bedrohen – wie zum Beispiel, daß durch den Aufschwung und die Wahl unsere Lage hier am Strand erneut in Gefahr geraten kann, zumal dies ein Teil der Intrige ist. (Obwohl ich zögere, dies hinzuschreiben, halte ich es nur für fair, Dir zu versichern, daß, falls es diesbezüglich zum Allerschlimmsten kommt, ich mich davon nicht umwerfen, ja nicht einmal sonderlich aufhalten lassen werde: ein kanadischer Freund [aus Norwegen] hat uns angeboten, daß wir uns in diesem Fall auf seinem Strand auf einer im 50 Meilen entfernten Howe Sound liegenden Insel ansiedeln können, obwohl sich in diesem Fall auch das nüchterne Problem ergeben könnte, das Dollar-Gebiet ganz und gar zu verlassen – denn unser Dollar steht höher als Eurer, und wir verlieren folglich gleich zweimal – und möglicherweise ein Sterling-Gebiet aufzusuchen, zum Beispiel die Bahamas, falls England eine Pauschalsumme rausrückt, die uns die Reise dahin gestatten würde. Das wäre so etwa die schlimmste Verzögerung, die ich mir vorstellen kann, aber wozu Schwierigkeiten vorwegnehmen: wir haben phänomenales Glück gehabt. Gleichwohl vergrößert dieses Element der Unsicherheit und Ungewißheit die Notwendigkeit, dem Abschreiben des Materials Vorrang zu geben vor dem längeren Fischzug, und nur Margie kann meine Handschrift entziffern: selbst ich kann das nicht immer.)

Malcolm

P.S. Der Vertrag ist inzwischen eingetroffen; er ist großartig, und ich habe ihn unterschrieben und sofort zurückgeschickt. Ich danke Dir für alles aus tiefstem Herzen. Können wir die Frage, ob zuerst die Erzählungen oder der Roman, fürs erste ruhen lassen? Liebe Grüße von uns beiden.

1 Roman von Ralph Ellison (1952); dt. ‹*Unsichtbar*› (übersetzt von G. Goyert, 1954) (A. d. Ü.)
2 Drama von Joseph Kramm; Pulitzerpreis 1952 (A. d. Ü.)
3 Elinor Wylie, amerikanische Lyrikerin (1885–1928)

An Albert Erskine

Dollarton
12. August
[1952]

Lieber alter Albert:
Hast Du die 100 Dollar bekommen? Hoffe, Du bist o. k.

‹*Dunkel wie die Gruft*› – 700 Seiten Notizen und Entwürfe – ist bei der Bank deponiert (erst ganz vor kurzem fiel mir ein, daß es diese Dinger mit dem Namen «Safe» tatsächlich gibt): nun hat die langwierige Arbeit, ‹*La Mordida*› abzutippen, begonnen. Von dem ersteren habe ich Dir nichts geschickt, weil es in toto nicht in lesbarem Zustand ist und es sehr viel Zeit erfordern würde, eine «Passende Auswahl» zu treffen. Wenn Du jedoch wünschst, daß ich mir diese Zeit nehme, werde ich es tun. Moralisch betrachtet, gehört dieses Material ja Dir, auf jeden Fall ist es aber jetzt in Sicherheit.

Ich muß jetzt – zum zigstenmal – die vorletzte Erzählung von ‹*Hör uns*› neu schreiben, und zwar wegen der entsetzlichen Schwierigkeiten, die sich bei dem Versuch ergeben, das ineinandergreifende Material von allen Widersprüchen zu befreien: ich habe pro Seite so oft neu angefangen und dermaßen gekrakelt, daß ich vor Entmutigung schon halb tot bin; ich habe nicht das Gefühl, daß ich meinen Lohn für den letzten Monat verdient habe – trotz einem mehr oder weniger brutzelnden (wenn auch immer noch unvollkommenen) ‹*Pompeji*›; ich fühle mich in beklagenswert weiter Ferne von der zeitgenössischen Welt der Literatur. England scheint zu sehr damit beschäftigt, vor die Hunde zu gehen – oder dies vorzugeben –, als daß es meine Anfragen wegen meiner dortigen Belange beantworten könnte; oft denke ich schon, ich sei überhaupt kein Schriftsteller, und alles in allem leide ich an dem Desconsolado Blues. Aber irgendwie scheint die Arbeit sich wirklich selbst zu erledigen, auch ohne mich, und vielleicht sogar ohne sich selbst. Liebe Grüße von uns beiden

Malcolm

P.S. Ich habe ganz vergessen, was ich eigentlich sagen wollte, aber es war etwas Erfreulicheres. Ich lese jetzt Flauberts ‹*Erziehung des Herzens*›, nur um mit der Zeit Schritt zu halten – es ist ein so wunderbar langweiliges Buch, daß es einen geradezu in eine Art Ekstase versetzt.

An David Markson

Bayview Apartment Hotel
1359 Davie St.
Vancouver, B. C.
[24. November 1952]

Lieber alter Dave:
Ich bin ein Bastardo, daß ich nicht schreibe. Freue mich, wenn Du schreibst. Das ist mehr, als ich tun kann. Schreib also bitte. Wir leben gegenüber einem Kloster mit bunten Glasfenstern. In der Nähe ist eine katholische Kirche, worin ein Aushang hängt: «*Mädchenkraft für unser Kloster gesucht*». Ein bißchen weiter weg befindet sich ein Spukhaus, mit riesigen Schornsteinen, zugezogenen Läden, einer baufälligen Veranda und – auf einem hochgelegenen Fensterbrett Wache haltend – einer ausgestopften vermodernden Eule. Was kommt aus den Schornsteinen? Rauch kommt aus den Schornsteinen. Ersatzübung für fortgeschrittene Studenten: Was kommt noch aus den Schornsteinen? Nichts kommt aus den Schornsteinen. Wie kann nichts aus den Schornsteinen kommen? Weil mein Onkel gesagt hat, der Postbote habe nichts aus den Schornsteinen kommen sehen. Ist der Postbote dagewesen? Der Postbote ist nicht dagewesen. Warum ist der Postbote nicht dagewesen? Damit der Postbote dagewesen sein kann, muß der Postbote zunächst einmal sein. Die Fenster (les fenêtres): die Mädchenkraft (batterie de fillettes): das Spukhaus (...) die Eule (l'hibou): der Postbote (der

Briefträger[1]): Wo ist mein Onkel? Mein Onkel ist mit seinem guten festen Stock im Garten. Wir senden Dir herzliche Grüße. Sende Du uns also desgleichen und eine Nachricht. Die Schreiberei läuft sehr zäh. Ich habe Dir wohl einen Engel nachgeschickt – oder vielleicht sogar einen Heiligen –, um herauszufinden, ob Du nicht schon tot bist.

Von uns und ganz Dollarton allerbeste Grüße.

Malcolm

P.S. Neuigkeiten von hier: seitdem Du abgereist bist, waren wir hier praktisch allein – herrliches Wetter. Die Hütten neben uns stehen jetzt alle zum Verkauf – einschließlich der, die rechts von unserem alten Platz steht. Aber die Isolation hat uns ein wenig trübsinnig werden lassen, so daß wir früher als voriges Jahr in die Stadt gezogen sind (die beiden Winter davor haben wir hier durchgehalten), und wir genießen den Wechsel sehr.

P.S. Eine Möwe hat auf das Dach des Klosters geschissen.

P.P.S. Wir haben eine Spiritistenkirche besucht, wo wir erfuhren (von einer Frau, die ein echtes Medium zu sein schien), daß es Geister gibt, die nur 17 Meilen hoch in der Luft leben. Diese Geister sind Borrachos usw. und lieben es, in Kneipen und Bars zu spuken. Es sind jedoch keine guten Geister (obwohl es auch gute gibt, die gerne trinken), und mancher Säufer ist ganz und gar von ihnen besessen, so daß vielleicht trotz allem doch etwas an dem Konsul ist. All dies gab das Medium in einer Art Trancezustand von sich, und es galt vermutlich mir. Was sie dann noch sagte, lief darauf hinaus (das völlig nüchterne Publikum schien von alldem ein wenig bestürzt), daß dies die einzige vernünftige Erklärung dafür sei, warum ein Trinker, der einen Drink in der Hand hat und einen anderen vor sich auf dem Tisch, und der auch beim besten Willen keinen weiteren mehr trinken könnte, trotzdem sagt: 'ch will noch einen (d. h.: er sagt es nicht).

P.P.P.S. Noch eine Möwe hat auf das Dach des Klosters geschissen.

1 Deutsch im Original (A. d. Ü.)

Neunter Teil

1953

An Harold Matson

1359 Davie St.
Vancouver, B. C., Kanada
8. Januar 1953

Lieber Hal:
Bin sehr glücklich über die Neuigkeiten betr. ‹*Seltsamer Trost*›. Meine Überarbeitung dieser einen Geschichte ist nebensächlich, insofern sie die Geschichte per se berührt; sie betrifft eher deren Stellung im Gesamtzusammenhang des Buchs, und ich bin noch nicht sicher, ob ich die Revisionen nicht auch noch werde revidieren müssen: unbedeutendere Punkte waren dabei, daß ich mir nicht im klaren war, ob ich den Protagonisten zu einem Kanadier machen sollte oder nicht – ferner, daß er Sigbjørn Wilderness heißt, wie der Held des ganzen Bandes, obwohl der Sigbjørn aus ‹*Seltsamer Trost*› nicht mit diesem Helden identisch ist. Tant pis! Unglücklicherweise haben wir hier in Vancouver keine Abschrift dieser Erzählung – wir haben sie über Weihnachten auf einer Insel bei jemandem gelassen, der eine Tonbandaufnahme davon machen wollte, so daß ich keine Zeit haben werde, sie mir zu besorgen und, falls dies erforderlich wäre, irgendwelche allerletzten Korrekturen anzubringen. Ich bin aber wohl nur zu froh, wenn die Geschichte genauso veröffentlicht wird, wie sie jetzt dasteht, oder eher, wie *New World Writing* sie jetzt hat (auch wenn man die Geschichte psychologisch unanständig nennen könnte), falls Arabel Porter[1] derselben Meinung ist. Sag ihr bitte nur, sie möge so gut sein und darauf achten, daß es Sigbjørn Wilderness heißen muß (auch wenn ich gesagt habe, daß das eigentlich genaugenommen nicht stimmt). (D. h.: ich bin in den Strich durch das O vernarrt.) Und sie soll auch um Himmels willen auf mein vermutlich fehlerhaftes Italienisch achtgeben. Weitere kleine Punkte: Gogols Letzte Worte – kommen mehrmals vor – stammen aus Nabokovs gewichtigem und wunderbarem Buch über Gogol, obwohl Nabokov *innerhalb* der Erzählung selbst erwähnt wird und ich hoffe, daß das genügt, denn schließlich sind es Gogols Worte und nicht Nabokovs (auch wenn man Nabokov dafür zu Dank verpflichtet sein sollte): falls nicht, könnte man in einer kleinen Fußnote zusätzlich darauf hinweisen.

Nachträglich fällt mir ein: was ich wirklich bedaure, nicht in ‹*Seltsamer Trost*› angebracht zu haben (da ein Teil der Erzählung in Richmond spielt), ist:

Merke: Freitag Sprechendes Pferd besuchen.

Ja, das müßte wirklich noch hinein, und es ist zu dumm, daß ich keinerlei Ms. zur Hand habe, um andeuten zu können, wo man das einfügen sollte: meinst Du, Arabel Porter wäre so freundlich (falls sie zustimmt), einen Platz dafür zu suchen?

Ansonsten habe ich bis jetzt hier draußen eine riesige Menge Sachen fertiggestellt (Albert weiß schon Bescheid), d. h.: Tausende von Seiten, hauptsächlich erste Entwürfe und Notizen, abgetippt und in einem Tresor bei der Bank deponiert. Damit ist für das Ganze bis zum Ende gesorgt, mit Ausnahme allerdings des kurzen Intermezzos ‹*Eridanus*›: hier muß ‹*Oktoberfähre*› (siehe unten) daran gehindert werden, das andere Material gefräßig zu verschlingen. Keine leichte Aufgabe, aber wir schaffen's, auch ohne den Zeitplan allzusehr zu überschreiten. Zur Zeit arbeite ich an den letzten 4 Erzählungen von ‹*Hör uns*› und an deren innerer Verknüpfung: hierbei ist die (hoffentlich phantastische) Neufassung von ‹*Oktoberfähre nach Gabriola*› das gegenwärtig hartnäckigste Problem, das mich monatelang beansprucht und beherrscht, besessen und vergnügt hat, und das noch immer besteht, da es sich fast zu einem eigenständigen Roman ausgewachsen hat und noch immer nicht gebändigt und zurechtgestutzt ist, obwohl ich hoffentlich bald Ergebnisse vorweisen kann. Merke: Sprechendes Pferd besuchen. Bin bei guter Gesundheit, Du hoffentlich auch. Wir beide wünschen Dir und Tommy und den Kindern ein frohes Neues Jahr.

Malcolm

P.S. Hat «Das tapferste Boot» schon den Atlantik bezwungen?

1 Herausgeberin von *New World Writing*

An Clarisse Francillon

1359 Davie St.
Vancouver, B. C., Kanada
20. Januar 1953

Liebe Clarisse:
Ich hoffe, unsere Weihnachtskarte ist o. k. bei Dir angekommen?

Ich belästige Dich nur ungern noch einmal, aber ich frage mich, ob Du mir einen Gefallen tun könntest: Dir dürfte das keine großen Schwierigkeiten bereiten, und für mich wäre es von ganz unaussprechlichem Nutzen. Das Geld von Correa und dem Buchklub, von dem Du mir vor über einem Jahr geschrieben hast, habe ich noch immer nicht bekommen. Mein Agent in New York versucht sein Bestes, es für mich durch eine gewisse Mrs. W. A. Bradley (eine französische Literaturagentin) einzutreiben; ihre Anschrift: 18 Quai de Béthune, Paris 4. Das Geld wird jetzt festgehalten, weil anscheinend kein Vertrag zwischen dem Buchklub und mir ausfindig zu machen ist. Nach meinem besten Wissen hat es einen solchen Vertrag auch nie gegeben, was ich denen auch mehrmals gesagt habe; und was Correa betrifft, ist mein einziger Beweis Dein Brief an mich vom 23. Februar 1950, in dem Du geschrieben hast, Correa würde das Buch übernehmen – und Du wirst Dich an meine Antwort erinnern, in der ich dem ohne Umschweife zugestimmt habe. Wäre es möglich, daß Du – als Zeugin und Vermittlerin all dieser Abmachungen – da etwas machen könntest (schließlich bist Du *da,* und nicht wie ich zehntausend Meilen weit weg)? Ich wäre Dir ungeheuer dankbar dafür, da ich entsetzlich gegen die Zeit arbeiten muß, um mein neues Buch fertigzubekommen. Diese Verzögerungen machen mich wahnsinnig: meine Erbschaft wird noch immer in England festgehalten, wir haben Schulden, wir leben von einem hartgekochten (faulen) Ei alle drei Tage, und dieses Geld habe ich während des letzten Jahres täglich erwartet – und nachdem ich im Vertrauen darauf Verpflichtungen eingegangen bin (wozu ich mich vollkommen berechtigt fühlte), bin ich jetzt auf allen Seiten so beunruhigt, daß ich nicht mehr weiß, wohin ich mich noch wenden soll.

Wir hoffen immer noch und freuen uns darauf, irgendwann noch einmal nach Frankreich kommen zu können, vielleicht wenn mein nächstes Buch fertig ist. Was gibt's Neues von Deinem Roman? Wie geht es Mike? Solltest du M. Nadeau sehen, danke ihm bitte herzlich von mir für seinen Brief und sag ihm, ich würde sobald ich kann antworten.

Tausend Dank im voraus und liebe Grüße von Margerie und mir, und alle guten Wünsche für ein erfolgreiches und glückliches neues Jahr.

Liebste Grüße Deines
Malcolm

An Albert Erskine

[Dollarton, Frühjahr 1953]

Lieber Albert:
Dein Brief kam hier glatt an – vielen Dank, auch wenn ich ihn erst später lesen konnte; so furchtsam war ich. Obgleich Margie mir versicherte, er sei vielversprechend und ermutigend – und das war er auch, Gott vergelt's Dir –, sei aber versichert, daß ich mir über Deine sämtlichen Schwierigkeiten im klaren bin und verstehen werde, falls es etwa schiefgeht. Aber ich bete, daß das nicht passiert. Unterdessen *quam celerime* meine Gefühle und Vorurteile – die hoffentlich einige Zweifel zerstreuen werden – zu den Märchen über das Schreiben und Schriftsteller als solche:

(a) Ich teile Deine Gefühle und Vorurteile auf einer allgemeineren Ebene fast ohne jede Einschränkung, wie es in der Tat wohl auch die meisten anderen Schriftsteller tun; obwohl ich glaube, daß die meisten anderen Schriftsteller sie nur deshalb teilen, weil man ihnen, seit sie zu schreiben begonnen haben, beigebracht hat, daß sämtliche Herausgeber und Produzenten eben diese Gefühle und Vorurteile hegen: was soll's also, über Schriftsteller usw. zu schreiben (auch wenn sie, die Schriftsteller, irgendwie darauf bestehen, dies in der einen oder anderen Verkleidung zu tun), wo sie ja doch abgelehnt würden usw.

(b) Im Gegenteil: ich bin fest davon überzeugt (wie auch im Falle der Trunksucht – «so öde wie Trunksucht», unmögliches Thema usw.: dergleichen wurde mir vor mehr als zehn Jahren immer wieder vorgehalten), daß darüber nur sehr selten, wenn überhaupt, in angemessener Weise geschrieben worden ist. (Trotz Zola, Baudelaire und ‹*Ten Nights in a Barroom*›. Eben deshalb hat mich ‹*The Lost Weekend*› beinahe umgebracht.)

(c) Ich glaube jedoch nicht, daß die Öffentlichkeit dieses Vorurteil teilt, da in jedem Menschen ein Künstler, ein Dichter steckt, weshalb sich jedermann leicht mit einem solchen Wesen identifizieren kann: sein Mühen ist wahrscheinlich universal, selbst auf niederster Ebene. Sogar Kinder und unser vergeßlicher Lebensmittelhändler und der Postmeister – vielleicht gerade unser vergeßlicher Lebensmittelhändler und der Postmeister – können sich damit identifizieren: Jimmy Craige, der Bootsbauer, und Guldbrandsan, der Fischer, usw. können es auch. Aber das ist nebensächlich. In dieser Hinsicht unterscheiden sich meine eigenen Vorurteile und Gefühle nicht wesentlich von den ihren und von Deinen erst recht nicht; sie unterscheiden sich aber von denen, die der verfluchte alte Bernard de Voto in seinen wahrhaft furchtbaren hervorragenden kleinen Stücken über Mark Twain und in seinen gehässigen Stücken über Tom Wolfe durchblicken läßt.

Aber ich stelle fest, selbst Bernard de Voto mußte die Bemerkung einfließen lassen, er sei «hoffentlich ein guter Joyceaner», und an dieser Stelle seiner Argumentation ist das *‹Porträt des Künstlers als junger Mann›* immer teilweise gescheitert (während man natürlich seine – haha – Bedeutung nicht verkennt), und zwar aus ähnlichen Gründen, aus denen Wolfe bei de Voto gescheitert ist.

(Aus Platzgründen habe ich hier etwas gestrichen, was mir jetzt wie eine erstklassige Abschweifung über Joyce vorkommt.)

Ich stehe somit freilich in bezug auf dieses Thema sogar noch «links» von de Voto und habe folglich noch mehr Vorurteile als Du und die meisten Herausgeber und Schriftsteller gegenüber solchen Sachen; und zwar genau an dem Punkt, der am Ende vielleicht die ganze autobiographische Literatur und vieles andere miteinzubeziehen beginnt – insbesondere dürfte das von der Technik abhängen – und außerdem: was wäre, wenn man einmal ein Thema, das so oft nur halbherzig in Angriff genommen wird, wirklich weiterentwickeln würde? Ich denke, man ist ohne Frage auf eine neue Form aus, auf eine neue Annäherung an die Wirklichkeit selbst; obwohl ich behaupten möchte, daß diejenigen Werke, die diesen Gegenstand eher tragisch und philosophisch als romantisch behandeln, aus eben diesem Grund keinen Beifall erhalten haben. Tschechows *‹Die Möwe›* fällt einem da ein – vielleicht ein unerhebliches Beispiel – oder *‹Sechs Personen›*.

Natürlich kann man sagen, das seien vereinzelte Werke, im Grunde aber enthält das ganze Werk Pirandellos tatsächlich den Bodensatz eines nicht unähnlichen Themas (in diesem Falle, daß die Kunst, das Theater, auf irgendeine Weise wirklicher als das Leben ist). Meine Argumentation mag hier wieder reichlich blöd oder belanglos erscheinen, aber ich weiß, wovon ich spreche. Neun von zehn Leuten, die ‹*Die Möwe*› gesehen haben, dürften sich kaum daran erinnern, daß dieses Stück auf die eine oder andere Weise fast nur vom Schreiben und von Schriftstellern oder von Kunst handelt – was sie sich wohl zu Herzen nähmen, wäre, daß ein falsch angewandtes und verzetteltes Talent seinen Besitzer zerstören kann; und diese betrübliche Wahrheit würden sie auf ihr eigenes Talent anwenden, worin immer es bestehen mag. Aber ich schweife ab. Der echte Protagonist der ‹*Voyage*› ist nicht so sehr ein Mensch oder ein Schriftsteller, sondern vielmehr das Unbewußte – oder das Unbewußte des Menschen –, und für mich ist es zur Zeit ein bißchen schwer abzusehen, wie ich das hinkriegen soll, was mir eine vortreffliche Ironie zu sein scheint: daß nämlich Wilderness in Laruelles Haus wohnt und «Vigil» tot ist, es sei denn, Wilderness hätte sozusagen wirklich den ‹*Vulkan*› geschrieben. Abgesehen davon aber sollten ‹*Dunkel wie die Gruft*› und ‹*La Mordida*›, insbesondere das letztere, für sich selbst als kraftvolle Romane existieren können, wenn sie richtig ausgeführt sind, ohne aufdringliche Bezugnahme auf Schriftsteller oder das Schreiben. Da spielen sich emotionelle, sexuelle, alkoholische und sogar politische Dramen ab, die diese Themen in den Schatten stellen; allerdings würde ich eine der Szenen, die meiner Meinung nach am ehesten das Zeug dazu haben, meisterhaft zu werden (nämlich die, wo Wilderness in Laruelles Haus von der Annahme seines Romans erfährt, während er praktisch unter Arrest steht), verlieren, wenn Wilderness den ‹*Vulk.*› gar nicht geschrieben hat. Selbst dann ist Wilderness kein Romanschriftsteller – nicht in dem ordinären Sinne, in dem man Schriftstellern oder dem Autor in Romanen begegnet. Er weiß einfach nicht, was er ist. Er ist eine Art Untergrundmensch. Er ist auch Ortegas Kollege, erfindet sich sein Leben Schritt für Schritt und versucht, seine Berufung zu finden. In diesem Zusammenhang könnten sich einige der Notizen zu ‹*Der Waldpfad zur Quelle*›, auch wenn sie chaotisch sind, als hilfreich bei dem von mir beabsichtigten Vorgehen erweisen. Nach Ortega *ist* der Romanschriftsteller das beste Ebenbild des Menschen, und mir wäre es am liebsten, wenn Du ihn von daher betrachten würdest. Er wird nicht zum selbstbewußten Verfasser so vieler Romane werden, falls es das war, was Du mit Recht befürchtest hast, auch wenn ich ihn für den *‹Vulk.›* verantwortlich machen muß. Außerdem ist er an Literatur nicht interessiert, er ist unkultiviert, unglaublich unaufmerksam, in mancher Hinsicht ungebildet, traut sich selbst nichts zu, und ihm mangelt es an fast allen Eigenschaften, die man gewöhnlich mit einem Romancier oder Schriftsteller assoziiert. Wie schon gesagt, er glaubt selbst nicht einmal, ein Schriftsteller zu sein. Der *‹Vulkan›* – von dem «Laruelle» anfangs nicht allzuviel hält – oder eher *‹The Valley of the Shadow of Death›* erscheint nicht so sehr als ein Roman als vielmehr als eine Art grandioser, wenn auch grotesker, moralischer Tat von einiger Obskurität, die eher von einer fundamentalen Zähigkeit und Durchhaltekraft seines Charakters zeugt als von irgendeiner besonderen ästhetischen Begabung der üblichen Art. Seine Schreibmethoden sind absurd, und er sieht praktisch überhaupt nichts – außer durch die Augen seiner Frau –, obwohl er allmählich zu sehen beginnt. Ich glaube, dadurch kann er ein sehr origineller Charakter werden – menschlich und ergreifend unmenschlich in einem. Ich habe von ihm als Doppelgänger[1] eine sehr gute Meinung und sträube mich dagegen, ihn zu einem Seiltänzer zu machen oder zu einem Karikaturisten oder Billardhersteller, obwohl er dies alles auch sein kann, wenn's drauf ankommt. Was weiß er? Er hegt den Verdacht, daß er nicht so sehr ein Schriftsteller ist, sondern selbst *geschrieben* wird – hier schleicht sich das Entsetzen ein. (Es schlich sich gerade eben herein.) Seine Tragödie oder Fabel oder was auch immer ist weniger die von Faust als die von Aylmar, dem Wünschelrutengänger – dessen Geschichte kurz irgendwo erzählt werden sollte: er ist eine Gestalt des Mittelalters; wurde mit seinem Stab von den französischen Autoritäten dazu benutzt, Mörder aufzuspüren; teils Scharlatan, weil ihn sein Talent in den peinlichsten Augenblicken im Stich ließ oder unter gewissen Umständen überhaupt nicht funktionierte und er doch so tun mußte, als *ob* es funktionierte; teils Genie, weil er fast immer seinen Mann erwischte – er ist eine Art Aylmar, ein zeitgenössischer Untergrund-Aylmar, auf der Suche nach sich selbst oder seiner Seele. Ich laß mich hängen, wenn ich ihn nicht für einen originellen Burschen halte – keinerlei Ähnlichkeit mit dem gewöhnlichen Schriftsteller; und ich hätte Dir das schon längst gesagt, wäre *‹Hör uns›* nicht an Giroux, sondern an Dich gegangen. (Die Magie hat da anscheinend nicht sehr gut funktioniert; vielleicht wird sich auch herausstellen, daß sie Überstunden gemacht hat und diesmal ein bißchen zu raffiniert vorgegangen ist.)

Nun, das ist erst mal Nr. 30; übrigens ist Dein erster Brief nicht deswegen nicht angekommen, weil Du Nr. 30 auf den Umschlag geschrieben hast, sondern weil es Nr. 33 und nicht im geringsten Nr. 30 heißen mußte.

Ich hatte Teile von ‹*Unsichtbar*› bereits in *Partisan* gelesen und es für ziemlich außergewöhnlich gehalten, aber sprich erst dann wieder mit mir über Den Unsichtbaren, wenn ich nicht mehr so sehr Der Überflüssige bin.

Inzwischen brauche ich all den *coraggio*, den Du mir nur wünschen kannst. Habe ziemliche Angst, bin aber doch an Bord. Liebe Grüße von uns beiden

Malcolm

P.S. Aber einen schönen Streich hat mir das Gesetz der Serie gespielt: einen Tag nachdem ich «Dir» (wie ich glaubte) zusammen mit einem Ms.-Bündel von ‹*Hör uns, o Herr*› geschrieben hatte, daß ich ‹*Gabriola*› womöglich da herausnehmen müßte, bekam ich einen mir von Reynal nachgeschickten Brief von einem gewissen Malcolm Lowry, einem Ingenieur aus Kansas City; er schrieb mir, sein Vater sei Präsident der Erskine University in South Carolina gewesen, er selbst sei mehrmals irrtümlich dazu beglückwünscht worden, daß er den ‹*Vulkan*› geschrieben habe; er sei aber daran interessiert, der Familiengeschichte nachzuspüren. Dem folgte ein Brief meines Bruders aus Liverpool, der mir berichtete, er habe mich in Bayswater, England, getroffen und sich mit mir unterhalten, obwohl ich in Dollarton war, und er fügte noch hinzu, daß es in dem alten Haus der Familie (kürzlich verkauft – obwohl ich meinen Anteil noch nicht erhalten habe: sonst hätte ich längst meine Schulden bei Dir beglichen) spuke.

Ich habe ihm, da wir die Wildnis gerade als ziemlich rauh empfanden, geantwortet, daß es vermutlich das Bad sei, in dem ich dort spuke.

M.

1 Deutsch im Original (A. d. Ü.)

An Albert Erskine

Schloß Udolpho
Sonnenaufgang
[Dollarton, Sommer 1953]

Lieber Bruder:
Beiliegend eine Rate. Rest folgt *quam celerime.* Soll heißen, geschuldete Rate. Betr. Arbeit, Gesundheit nur gute Nachrichten. Läuft alles wie geschmiert, um nicht zu sagen blitzschnell. Grüße von uns beiden
Malcolm

An Albert Erskine

[Dollarton, Frühsommer 1953]

Lieber Albert:
Hier ein Bulletin: Margerie hat nun zu allem Überfluß auch noch Würmer. An dieser Stelle beschlossen wir zu lachen, und sie ist tapfer genug, mit einzustimmen. Wir beschlossen auch, über das Haus zu lachen, zu reparieren, was repariert werden muß, hinzunehmen, was hingenommen werden muß, zu genießen, was genossen werden kann, solange wir es noch haben: Schließlich kann man sich nicht nur deshalb ins Bett verkriechen, weil es den Tod auf der Welt gibt. Und Robert Graves' Haltung ist vielleicht die beste überhaupt, um sich vor solchen Basteleien wie der Wasserstoffbombe zu schützen. Und daher scheint die strenge – aber nicht zu strenge – Oberlippe und eine Dosis von Kiplings «If» (aber nicht zu blasiert) jeden Morgen vor dem Frühstück die angemessene Parole. Aber trotz alledem kann Margie – nicht unnatürlich! – nicht umhin, sich zu fühlen wie «wenn man die Kartoffeln im Acker verfaulen läßt», wie sie sich ausdrückt: sie kann nicht tippen (und ich auch nicht, zumindest nicht auf ihrer Schreibmaschine, und ich kann mir keine Zeit zum Üben nehmen), und sie ist vorübergehend mehr oder weniger von der Arbeit entbunden; tatsächlich sollte ich, obwohl sie sich schon erholt, über dies oder andere wichtige Dinge gar nicht mit ihr reden, ehe sie nicht ganz gesund ist. Es ist natürlich schwer, diese Regel zu befolgen, und jedenfalls hat die Arbeit darunter gelitten. Und sie auch. Und, bei Gott, ich auch. Aber daß die Arbeit

gelitten hat, bedeutet nicht, daß sie zu ihrem Nachteil gelitten hat, zumindest nicht, was ‹*Gabriola*› anbelangt. Dieses verdammte Ding – das jetzt wie gesagt ein kurzer, vielleicht gar nicht mal so kurzer Roman ist – hat mich mehr Mühe gekostet als der ganze ‹*Vulkan*› zusammen. Und ich brauche wohl nicht zu sagen, daß mich mein Gewissen plagt, weil mich das anscheinend aus dem Zeitplan geworfen hat. Nichtsdestotrotz hoffe ich noch immer, daß es sich in ‹*Hör uns, o Herr*› einfügen läßt. Nachdem ich einmal so weit gegangen bin, kann ich es jetzt nur noch zu Ende bringen. Unterdessen hat mich der Abschnitt über die gefährliche Kapelle dazu genötigt, die «Exposition» neu zu schreiben. Doch als ich damit fertig war, erkannte ich, daß nicht eine, sondern zwei Expositionen erforderlich waren. Falls Du jetzt denkst (ich tu's), daß ich damit nicht gerade Robert Penn Warrens treffliche Regel befolge, erst einmal alles zu durchdenken, bevor man die Feder aufs Papier setzt, muß ich meine Rechtfertigung in der Originalität dieser Vorstellung suchen. Die erste Exposition – obzwar objektiv – wird gleichwohl im Geist des Protagonisten *abgefaßt*. Durch einen Schock erkennt er plötzlich, daß er sich selbst belügt, daß er wahrhaftig bloß «faselt», und es taucht in eben diesem Mann ein vollkommen anderes Bewußtsein auf, das sich diabolisch durch dasselbe Material zurückarbeitet und darauf eine vollständig andere Konstruktion setzt. Ich hoffe, die Sympathien des Lesers werden – statt nachzulassen oder sich zu trüben – ganz im Gegenteil durch diese seltsame Behandlung gesteigert; ich fürchte freilich, daß sie, obwohl ich sie für künstlerisch gerechtfertigt halte, manchen Psychologen stutzen lassen könnte. Er könnte sich fragen, was für eine Krise der Verfasser selbst durchgemacht hat, die ihn dazu veranlaßte, so bewußt seine offensichtlich objektiven Daten zu hebephrenesieren; und ist er damit erfolgreich zu Rande gekommen? Ich kann nur sagen, daß die Antwort auf diese Frage nur in ‹*Gabriola*› selbst zu finden ist; ich betrachte dieses Stück mehr und mehr als Herausforderung – wenn auch vielleicht halb humoristisch – für die tatsächliche persönliche Erlösung des Verfassers, die bereits erlangt zu haben ich vielleicht ein wenig voreilig angenommen habe. Daher die Bedeutung dieser Geschichte. Wir werden sehen. Aber über ein tröstendes Wort würde ich mich freuen. Irgendwann im vorigen November begann ich unruhig zu werden, aus Furcht, die ganze Arbeit wäre streckenweise nicht im Einklang mit der vollen geistigen Gesundheit und der spirituellen Ökonomie ihres umnachteten Autors, und so machte ich ein paar Wochen Pause und las nichts als Psychologie. Was ich da über mich erfuhr, war nicht sehr ermutigend – aber andererseits war bei dieser Lage der Dinge und unter diesen Umständen der ‹*Vulkan*› von Anfang an eine schiere psychologische Unmöglichkeit. Vielleicht kann ich also trotz alledem noch Mut fassen, und wenn auch unter genau den gleichen Bedingungen dennoch Erfolg haben. Wie auch immer, vielleicht kann man ja mit der Feder Wunder vollbringen, auch wenn einem akute Katatonien wie Vampire den Verstand auszusaugen scheinen. Eine solche katatonische und hartnäckige alptraumhafte Befürchtung – die mich immer wieder so weit am Schreiben gehindert hatte, daß sie geradezu eine psychische Sperre gegen die Arbeit auslöste, auch wenn ich meine regelmäßige Stundenzahl am Schreibtisch absaß (bei einem Teil von ‹*Gabriola*› kam ich so langsam voran, daß Du am oberen Rand sämtlicher Seiten des Originals Anrufungen an jedermann von St. Judas, dem Schutzpatron des Unmöglichen, bis zu William James' Geist, von Gott ganz zu schweigen, finden kannst: die alle sollten mir helfen, schneller voranzukommen) – hat darin bestanden, daß es ein Fehler von mir gewesen wäre, mich überhaupt auf ‹*Hör uns, o Herr*› einzulassen, und ich besser Deinen Rat hätte befolgen und mich direkt an den Roman, oder an *einen* Roman, hätte machen sollen, statt meine Zeit mit Kurzgeschichten zu verschwenden, die mir allmählich immer unzulänglicher vorkamen, je mehr ich über sie nachdachte, und die jedenfalls ursprünglich in der nicht unnatürlichen Hoffnung geschrieben wurden, sie verkaufen zu können; mit ‹*Gabriola*› scheine ich nun einen Kompromiß mit diesem Rat eingegangen zu sein, doch fürchte ich jetzt, daß dies das ganze verdammte Ding zu unhandlich machen wird. Andererseits: wenn ich aus ‹*Durch den Panamakanal*› und vielleicht aus ‹*Elefant*› einigen Unsinn herausnehmen kann, bekäme das *Ganze* wirklich eine sehr schöne Gestalt und klänge insgesamt sehr schön zusammen: und es hat eine Form, die man nur erkennen kann, wenn man das Buch als Ganzes betrachtet. Außerdem: doch höre ich hinter mir ständig den geflügelten Wagen der Zeit den Gang wechseln.[1] Und gerade jetzt, da ich dies höre, verschwende ich womöglich noch mehr Zeit mit noch mehr Sorgen. Ein veritabler Oktopus hat seine Tentakeln um unser Gewissen geschlungen bei dem Gedanken, daß wir Dir immer noch nicht das Geld zurückgezahlt haben, das Du uns so großzügig geliehen hast; und die Verzögerung dieses Versprechens scheint abgrundtief zu verschmelzen mit der Verzögerung von *‹Gabriola›* und der Verzögerung durch die Würmer und die Exmission – Verboten für alle Zerstörer! – und Gott weiß womit sonst noch, was alles in den Nachtwachen zu einer Beschwörung mit dem Trauerrefrain wird: «Wir lassen Albert im Stich.» (Nicht daß wir das täten: aber wir fürchten, dies ist der betrübliche Eindruck, den Du gewonnen haben könntest.) Sicher ist, daß an dieser Verzögerung zu neun Zehnteln die noch schlimmere Verzögerung des perfiden Albion schuld ist, sowie unvorhergesehene Ausgaben wegen Krankheit; schuld daran hat aber auch – in einem unglücklichen Fall – der perfide Malcolm, der, als er sich kürzlich mit genügend Bargeld versehen sah, um alles gutmachen zu können, sich daranmachte, etwas zu investieren – törichterweise, um es so freundlich wie möglich auszudrücken ... Aber schweigen wir, wie Mynheer Peeperkorn sagen würde. Wir sind jedoch trotzdem ziemlich zahlungsfähig, sag uns also Bescheid, falls irgendeine drängende Notwendigkeit besteht. In Wirklichkeit rührt nämlich unser ständiger Verzug wesentlich nur daher, daß wir immer noch nicht ganz sicher sind, wo wir stehen oder wie wir uns in Zukunft verhalten sollen, und zumindest dies ist nicht unsere Schuld: wir haben schon mehrmals versucht, das herauszufinden. Die Briefe meines Bruders gehen auf viele Fragen nicht ein und sind in einem Stil geschrieben, den ich nur mit Mühe verstehen kann. Das bedeutet, daß ich zu unserem Schutz die ganze Angelegenheit womöglich mit Hilfe eines Rechtsanwalts werde angehen müssen, wozu mir heftig geraten wurde, obwohl ich natürlich sehr damit zögere. Was für eine Lage – gerade für mich, das *mouton noir* und den jüngsten Bruder –, sollte ich tatsächlich dem ältesten, den ich stets für zuverlässiger als meinen Vater gehalten habe, die Vollmacht verweigern müssen! Ich kann mein Vermögen von hier aus nicht verwalten. Tatsächlich bin ich gesetzlich gar nicht dazu berechtigt, es zu verwalten; und wenn ich es täte: wie könnte ich das, ohne ihn tödlich zu verletzen oder in Verlegenheit zu bringen? Und unterdessen ist schmerzlich viel Zeit damit vergeudet worden, daß ich penibel die Fragen der anderen Verwalter beantworten oder mit ihnen diskutieren mußte.

Und dann gibt es da immer die alte Scheinheiligkeit des Esels oder Ex-Esels – obwohl dieses Tier in der letzten Zeit ein vergleichsweise fast glänzendes Fell bekommen hat –, der den anderen Langohr schimpft. Und so geht's ... Ein weiterer und sehr wichtiger Faktor ist, daß wir immer noch nicht wissen – obwohl wir es jetzt jeden Tag erfahren dürften –, ob die kanadische Regierung mir auf meinen zweiten Antrag hin ein Stipendium gewähren wird; mein Optimismus in dieser Sache wurde dadurch wieder gestärkt, daß die Regierung selbst es mir vorgeschlagen hat – obwohl man sich da bewußt ist, daß ich im Grunde nicht kanadischer Staatsbürger bin –, einen zweiten Antrag zu *stellen*. Die Situation ist ein wenig sonderbar. Nach der alten Regelung, wurde mir mitgeteilt, sei ich automatisch Kanadier, ohne daß ich deswegen meinen britischen Paß verwirken oder meine englische Staatsbürgerschaft verlieren müßte. Jetzt aber haben sie ein ähnliches Verfahren wie Amerika, wonach man sie doch verliert, die Staatsbürgerpapiere abgibt, einen Treueeid leistet usw., was meine Treue zu England ausschließen würde. Selbstverständlich wollte ich das nicht tun, bloß um mich für das Stipendium zu qualifizieren. Gleichfalls können sie mich nicht gut glauben lassen, ich würde durch ein Stipendium gewissermaßen bestochen, kanadischer Staatsbürger zu *werden* – auch wenn sie wollen, daß Künstler meines Schlages in Kanada bleiben, was ja zum Teil der Zweck dieses Stipendiums ist. Noch seltsamer – obwohl ich dem Staat Kanada mit gutem Gewissen die Treue schwören könnte (Klein-Malcolm hat einem nationalen Mangel abgeholfen, indem er ihnen eine Nationalhymne geschrieben hat – die noch nicht aufgeführt wurde, aber das kommt noch, sogar sehr gut, auch wenn ich das sage): aber British Columbia – und das ist die einzige Gegend hier, wo wir leben wollen – hat eine politische Verfassung von einer Art, die einen Engländer (um das mindeste zu sagen) nicht gerade dazu ermuntert, diesen alten blauen Paß, dieses Symbol der Freiheit abzugeben. Genauer gesagt hat B.C. zur Zeit überhaupt keine Regierung, obwohl beide totalitär sind. So würde George Orwell das ausdrücken. Oder quasi-totalitär. B.C. – aber nicht ich: ich habe keinen gesehen, dem ich meine Stimme hätte geben können – hat tatsächlich für eine marxistische Regierung gestimmt, wenn auch für eine gewaltfreie (die C.C.F.); doch hat durch irgendeinen politischen Trick eine gar noch phantastischere Regierung – deren Protagonisten überhaupt keine British Columbianer waren, sondern sich auf gut geölten Rollschuhen aus Alberta angeschlichen hatten – es geschafft, die wichtigsten Sitze im Parlament zu ergattern und so zu einer Minderheitsregierung zu werden. Ich meine die Sozialkredit-Partei, und was immer man zu ihrem ökonomischen Experiment in seinem Idealzustand sagen mag: unser Premier bezeichnete daraufhin als *sein* Ideal von einer Regierungsform die von

Venezuela! (eine miese blutrünstige faschistische Verfassung, wie sie im Buche steht), woraufhin die Anhänger des Sozialkredits umfielen, nachdem sie vorher dermaßen ihre Macht demonstriert hatten, daß einem die Haare zu Berge stehen konnten, wenn man sie im Lichte dessen betrachtete, was sie unter anderen Umständen, wenn sie nicht so sehr auf Wirkung bedacht wären, versprechen könnten. Die C.C.F. (die der Vernichtung des Kapitalismus verpflichtet ist, gleichwohl aber dem Vizegouverneur höflich versprechen mußte, in dieser Richtung nichts allzu Ernstes zu unternehmen) hat jetzt sozusagen klein beigegeben: sie bildet jetzt eine Art Lückenbüßer-Regierung, und bald wird es wieder allgemeine Wahlen geben müssen. Freilich ist das ein operettenhafter Marxismus und ein ebensolcher Faschismus, wie es scheint: doch können die Kanadier zähe und intolerante Burschen sein, wenn sie einmal loslegen: sie haben eine bedenkliche Vorliebe für den Gebrauch von Denunzianten, die Berittene Polizei ist so mächtig und allgegenwärtig, daß sie mit der Romantik von *Rose Marie* nun wirklich nichts zu tun hat, auch wenn das persönlich zweifellos anständige Jungs sind. Alles in allem scheint mir, daß es von British Columbia verteufelt paradox ist, einen Engländer zu bitten, dafür seinen britischen Paß abzugeben, mit all den Konsequenzen, die das nach sich zieht, egal wie sehr man an Kanada per se glaubt oder dieses Land liebt. Das ist geradezu ein Widerspruch in sich; und daher also meine Haltung in dieser Sache ... Und so spielen wir mit dem Gedanken – falls das Geld aus England endlich kommt und wir es uns leisten können, unabhängig davon, ob wir das Stipendium oder das Haus haben oder nicht –, im nächsten Winter weit von hier wegzuziehen, wenn auch nur vorübergehend und nicht unwiderruflich; wohin – ob nach Barbados oder Sizilien – haben wir keine Ahnung: über all dies wird noch nachgedacht. Ich habe erwogen, meine Arbeit (wie würde Hugh das schmecken) in einem Kloster auf Mallorca fortzuführen. Vor alldem müssen und werden selbstverständlich die Schulden beglichen und das Buch abgeliefert werden. Mein erster Ablieferungstermin bei Dir ist November – und hier ist die Lage wiederum kompliziert und beunruhigend, und ich kann kaum etwas anderes tun, als mich Deiner Gnade und Deinem Rat zu überlassen. Wenn es mir gelingt, das Stipendium zu bekommen, wird das bedeuten, daß ich schon lange vor November für eine beträchtliche Weile nicht mehr auf Dein Geld angewiesen wäre und dieser Termin voraussichtlich verschoben werden könnte. (Das Gute an diesem Stipendium wäre, daß es mir, auch wenn ich im Ausland – Frankreich oder Italien – leben müßte, gestattete, für Dich an dem *work in progress* weiterzuarbeiten, obwohl ich vermutlich gleichzeitig bei der Übersetzung mithelfen würde – und hier wiederum wäre ich in der Lage, auch ohne Dein Geld zu leben –, aber auch hier ist die Hebephrenie der Situation grenzenlos. Na, daß es bloß kein hebephrenetischer Verfall wird, kann ich da nur sagen. Eins nach dem andern, Mr. Jorkens.)

Vielleicht braucht der Termin gar nicht verschoben zu werden; denn in gewissem Sinne habe ich – tatsächlich? – die Vertragsbedingungen ja schon überschritten, indem ich zwischendurch mit ‹*Gabriola*› einen nicht vorgesehenen Roman geschrieben habe. Aber da liegt der Haken. Ist ‹*Gabriola*› für sich allein verständlich genug, oder verliert es ohne seine symphonisch benachbarten Begleiter zuviel? Wie es aussieht, ist ‹*Gabriola*› (ich habe das wohl schon einmal gesagt) ein Roman – oder wird zu einem. ‹*Der Waldpfad zur Quelle*› ist so gesehen aber auch ein kurzer Roman. ‹*Gabriola*› und ‹*Waldpfad*› zusammengenommen ergeben – wie Du sehen wirst – *wiederum* so etwas wie einen Roman. Und ‹*Ghostkeeper*›, ‹*Pompeji*›, ‹*Gabriola*› und ‹*Waldpfad*› zusammen ergeben wiederum einen Roman. ‹*Hör uns, o Herr*› – mit seinen 12 Kapiteln – würde ebenfalls, wenn man es richtig anfaßte, weniger einen Erzählungsband als – Gott steh uns bei – *wiederum* eine Art Roman ergeben: eine Art von – oft weit weniger ernstem, oft viel ernsterem – ‹*Vulkan*› (auf den Kopf gestellt) mit triumphalem Ausgang, wobei aber die letzten Worte die gleichen wären (nach ‹*Der Waldpfad*›): Le Gusta este Jardín usw. Was das zu bedeuten hat, wirst Du in ‹*Gabriola*› sehen. Was aber – schrecklicher Gedanke –, wenn Dir ‹*Gabriola*› nicht *gefällt* usw. ... Ich will Dir nichts Zweitrangiges andrehen, bloß um dann sagen zu können: «Da, bitte, ich habe mein Versprechen gehalten.» Bzw. einen Teil meines Versprechens nur auf andere Weise gehalten. Bis jetzt – mit der triumphalen Ausnahme, daß ich das gesamte Material der mexikanischen Trilogie abgetippt und neu geordnet habe (in der gegenwärtigen Form ist vieles davon seiner Art nach viel zu intim, als daß ich es selbst Dir schicken könnte, vorausgesetzt, das wäre überhaupt möglich gewesen) –, bis jetzt habe ich das eine gewollt, und der Dämon hat sich zu dem anderen entschlossen, seitdem ich bei Dir unter Vertrag stehe. Ich kann die Sauferei, meine schlechte Laune, meinen Selbstbetrug und bis zu einem gewissen Grade auch meine Myriaden von anderen schlechten Angewohnheiten in Zaum halten, aber ich habe noch nicht gelernt, diesen Schweinehund kleinzukriegen. Wäre er ein guter Dämon, sähe die Sache anders aus. Aber er ist langsam, verworren, paranoisch, abstoßend und obendrein völlig unversöhnlich und frönt anscheinend einigen Lastern, die selbst mir unbekannt sind. Und in *‹Gabriola›* hat er eine ursprünglich unschuldige und schöne Geschichte von der Sehnsucht des Menschen ganz und gar in eins der am meisten schuldbeladenen und satanisch grauenhaftesten Dokumente verwandelt, die mir mein trübes Schicksal je zu lesen gegeben hat, von der Vorstellung ganz zu schweigen, daß ich es selbst geschrieben habe. Einige unglaublich komische Stellen schaffen zwar hier und da Erleichterung, denke ich: aber hier wiederum habe ich das Gefühl, daß Du meinen Humor nicht immer voll und ganz gutheißt, leider.

Um aber die am Anfang dieses Briefs stehenden Themen in positiverer und hoffnungsvollerer Form neu zu formulieren: *‹Gabriola›* mag nicht der künstlerische Triumph sein, für den ich es manchmal halte, aber wenn ich überhaupt etwas von der Psyche des Menschen verstehe, ist es – oder kann sein, da ich es noch nicht beendet habe, selbst wenn ich davon rede, als sei es *un fait accompli* – ein psychologischer Triumph ersten Ranges. Stimmt schon, Du hast mich nicht bezahlt, damit ich psychologische Triumphe ersten Ranges erringe, nur zu meinem Nutzen: aber hier schien – und scheint – mir die Herausforderung elementar, eine Angelegenheit von Leben und Tod, oder, wie die Dinge für den Autor standen, von Wiedergeburt, von geistiger Gesundheit schon zu schweigen; oder andersherum: vielleicht trage ich zu dick auf, aber meine Liebe zu diesem Ort und meine Angst, ihn zu verlieren – nein, es ist blankes Entsetzen –, haben allmählich sämtliche Grenzen überschritten. Überdies war die fühlbare, objektive Bedrohung für mich unaussprechlich schrecklich – und, ach, auch das spielt dabei mit: Dantes persönliche geistige Lage, als er das «Inferno» schrieb, kann nicht schlimmer gewesen sein, und ich werde schließlich kein «Inferno» vorzuzeigen haben, sondern nur, wenn ich Glück habe, ein Stück Prosa, das, wenn es es überhaupt schafft, lebendig zu werden – und das könnte es schon –, dies zweifellos aus dem falschen Grund tun wird, und zwar aus einem Grund, der es gut und gern als Kunstwerk verdammen würde (Obwohl gesagt werden muß, daß man schon bis zu Genet oder, wie kürzlich in Frankreich einige Kritiker sagten – dort übersetzt man zur Zeit ruhig und begeistert die erste Fassung von *‹Die letzte Adresse›*, ohne meine Genehmigung – bis zu Villon lui-même gehen muß, um etwas Außergewöhnlicheres zu finden. Sagen sie.) –: die verdammte Quälerei des Schriftstellers, der es schreibt, ist nämlich so offensichtlich extrem, daß sie eine Art von Macht in sich selbst erschafft, die – zusammen mit dem Humor und der Lyrik, die das Stück vielleicht besitzt – von den Fehlern der Erzählung selbst ablenkt; davon gibt es übrigens alle möglichen – tatsächlich mag sie nicht eine einzige der konventionellen Tugenden der herkömmlichen Erzählung besitzen – Charakterzeichnung ist im Grunde keine vorhanden; auf Symbole wird lauthals hingewiesen, anstatt daß sie verborgen oder dem Material untergeordnet werden, oder eher noch: es gibt schlicht gar keine; die Erzählung ist – jedenfalls im jetzigen Zustand – so monoton, daß Du es Dir gar nicht vorstellen kannst. Das ist alles mit Absicht so, und es kann sein, daß manche Leser es nach der ersten Lektüre noch fünfmal lesen müssen, ehe sie überzeugt wären, daß da überhaupt etwas passiert ist. Aber ich mache es zu interessant. Ich muß die Möglichkeit hinnehmen, daß Du es für einen totalen Fehlschlag und meine Bemerkungen für von Selbsttäuschung eingegeben halten wirst. Das Wichtige ist jedoch, daß ich es – klopf auf Holz! – überhaupt geschrieben haben sollte. Denn es stellt – aber Du wirst nur zu deutlich sehen, was es darstellt ... Und es besitzt wirklich einige ästhetische Qualitäten. Es beginnt sanft, so sanft ... Das wichtigste scheint mir also zu sein, jeden Morgen mit der Sonne aufzustehen, zu schwimmen, zur Zeit jede Nachsicht zu üben mit der Typistin auf der Krankenliste, mich (was ich tue) an meinen Schreibtisch zu setzen und (wollte ich gerade sagen) wieder zu schreiben. Zum Glück wird es nicht ganz so schlimm werden – es Dir aber so irgendwie *schicken zu können*. Ansonsten könnte ich genausogut den Laden dichtmachen, Random House zurückzahlen, was mir bereits gezahlt wurde (wozu ich durchaus in der Lage sein dürfte, wenn die Dinge sich auch nur einigermaßen richtig entwickelten – richtig!), meine komplette Niederlage eingestehen, das Schreiben ganz und gar drangeben und, um meine bis dahin unrettbare Seele zu retten, (vielleicht) in Gesellschaft des wohltätigen Geistes von Katherine Mansfield Gurjievs Pflegeheim beziehen. Womit ich freilich auch eingestehen würde, daß der Laufbursche recht hatte – wahrlich eine bittere Pille. Kurz: wenn ich das nicht beende – und zwar *auf der Stelle* und unter genau diesen schauderhaften Umständen (einerseits wie Ahab mitten im Paradies verdammt zu sein, andererseits auf geheimnisvolle Weise doch die gnädige Erlaubnis zu haben, dort zu leben; selbst wenn dies nur das Privileg großer Schuld ist, zu der übrigens das Privileg selbst gehört). Uns ist jetzt eine solche Gnade zugestoßen, daß die «Mächte, die sind» (wie die Franzosen zu sagen pflegen), anscheinend zu dem Schluß gekommen sind, daß dieser Teil des Strandes unter einer besonderen Vorsehung steht oder daß es hier spukt (das bin ich vermutlich), so daß wir hier die einzigen Einwohner sind: überall anders rumpeln die Bulldozer, ich kann nach beiden Seiten eine Meile weit sehen und erblicke nichts als unbewohnte Häuser: deren Bewohner haben sich alle selbst ausgewiesen aus überflüssigem Entsetzen oder Schrecken davor, wie ihr Leben ohne das aussehen würde; aber sie nehmen's hin, da es, wie sie sagen, hauptsächlich darauf ankommt, überhaupt zu existieren – während ich das nicht sage. *Tant pis.* Ich mußte Dir das sagen, und das habe ich getan.

Malcolm

1 Witzige Paraphrase eines Verses aus Andrew Marvells ‹*To His Coy Mistress*› (1681), wo der Wagen der Zeit freilich nicht einen «anderen Gang einlegt», sondern «rasch näher kommt». (A. d. Ü.)

An Albert Erskine

[1953]

Lieber alter Albert:
Neues von Reichen und Käuzen. Absendung der ersten Rate von ‹*Gabriola*› wurde folgendermaßen verhindert: gerade als sie abgeschickt werden sollte, passierte fast gleichzeitig zweierlei (wie in XI–XII des ‹*Vulk.*›) – ich bin im Wald über eine von Kindern aufgestellte Räuber-und-Gendarm-und-Indianerfalle fies in den Schmutz gefallen, eine absichtlich hochgestellte Wurzel (natürlich nicht absichtlich aufgestellt, um mich zu fangen, aber so gespannt, daß sie ein mörderisches Hindernis bildete, das ich zu spät gesehen habe); habe mir dabei sämtliche Fußknöchel zertrümmert und auch das Gelenk selbigen Organs ausgerenkt sowie die beiden Knochen meines rechten Beins gebrochen (dies geschah an fast derselben Stelle im hiesigen *bosca oscure,* an der in meiner Phantasie – ich war damals ja nicht in Mexiko – Yvonne von dem Pferd getötet wurde, so wie wir uns das damals ausgesponnen hatten):

als Margerie dann zum Laden ging, um einen Krankenwagen zu holen, wurde sie plötzlich von einer «Bestie» (wie sie es beschreibt) angesprungen, halb Husky, halb Wolf, die ihr an die Kehle ging, ihr gräßlich Hüfte und Bein zerfetzte (nach 10 Tagen eitert es immer noch) und schließlich von einem Zuschauer gestoppt wurde. Sie kam halb wahnsinnig vor Angst und Schmerz zurück, überströmt von Blut und Grand Guignol, und als ich endlich ins Hospital kam – sie hatte mich im Krankenwagen begleitet –, ordneten die Ärzte an, sie solle auch gleich dort bleiben; sie schwebte (jedenfalls schien es so) ein paar Tage lang in Lebensgefahr; unterdessen waren meine Verletzungen so kompliziert, daß man sich scheute, mir eine Vollnarkose zu geben, um das Bein einzurichten, und auch keine ins Rückenmark, da ich mir früher einmal das Rückgrat gebrochen hatte: schließlich riskierte man das letztere (der damalige Bruch des Rückgrats – nur von einem Schlag herrührend – hatte zwischen dem vierten und fünften Wirbel gelegen), und von da an hatten wir prächtiges Glück, obwohl ich einmal – davor konnte ich auf Grund der Krankenhausordnung weder Margerie besuchen noch in Erfahrung bringen, wie es ihr ginge – solche Qualen (auch wegen der nicht abgelieferten Arbeit) und Schmerzen ausstand, daß ich offenbar vor Empörung das gottverdammte Thermometer aufgefressen habe. Soll heißen, daß ich es (ich stand unter Beruhigungsmitteln) offenbar vor Wut entzweigebissen habe: ich habe jedoch das Ganze, oder das meiste davon, zwei Tage später ausgeschieden: Temperatur unbekannt. Vielleicht bleibt Merkur, der Gott des Quecksilbers, bei mir. Jetzt sind wir also zurück, und ich habe inzwischen alles vergessen, was ich in den vorangegangenen Monaten geschrieben habe. Jedoch tröstet es mich beträchtlich, da es in seiner Art so ziemlich das kraftvollste und originellste Zeug ist, das ich seit langem gelesen habe. Ich muß sagen, ich habe mich gedrillt wie ein Asket (annähernd 15 Stunden am Tag an der Arbeit bis zu dem Unfall, und es hat mir durchaus Spaß gemacht. Der Unfall ist nächsten Sonntag erst zwei Wochen her, so daß wir in Anbetracht der relativ ernsten Verletzungen M.s nicht allzuviel Zeit verloren haben. Das Spartanische Gerät ist der von mir erwähnte neu entwikkelte «Gehgips» – schrecklich für den Patienten, aber unbestreitbar eine Neuerung. In alten Zeiten hätte man Monate verloren.), habe mir keine Drinks erlaubt (was immer das besagt!), nicht einmal ein Bier. Das ist doch was. Ich muß allerdings das dreimal verfluchte Ding unter erheblichen Schmerzen beenden, und das ist schon was anderes. Mein

Bein ist in Gips, das Wetter ist herrlich warm, und ich kann nicht schwimmen (sonst würde der Gips schmelzen). Das wär's so ziemlich, Bruder. Entsetzlich: aber auch verdammt Glück gehabt. Margie geht es gut, ich selbst bin ein Ahab mit Holzbein (zuerst glaubte man mir das Bein amputieren zu müssen: ist aber noch dran) – es war nichts umsonst, nicht einmal die Erfahrungen, die ich im Krankensaal gemacht habe (ununterbrochenes Grand Guignol, das schön dazu paßte, und ich war so klug, meinen Bleistift auf dem Papier weiterarbeiten zu lassen) – Du wirst also jetzt die erste Rate – bzw. dann schicke ich sie ab – Ende dieser oder Anfang nächster Woche erhalten. (Ich sollte vielleicht nicht sagen, daß ich, als mir der Unfall zustieß, nebenbei zwei Dinge auf einmal zu tun versuchte, nämlich für einen aficionado des ‹*Vulkan*› – einen bekannten kanadischen Architekten –, der uns besucht hatte: a) die durchgehende Symbolik des «Nebels» zu erklären, b) ihm den Schauplatz von Yvonnes Romantod zu zeigen.) Das wär fürs erste so ziemlich alles, Bruder. Mir zustoßende Unfälle könnten psychologisch suspekt erscheinen: doch wie soll man den Hund erklären? und das Glück? Verzeih die miese Schrift, da ist das kaputte Bein dran schuld: der Gips ist ein «Gehgips», den ich zehn Wochen lang tragen muß; ich sterbe sozusagen jede Nacht mit den Stiefeln im Bett. Meistens geht es ganz gut, außer daß einem die Zehen rotglühend werden. Abgesehen davon sind wir bei guter Laune und Gesundheit. Heute arbeite ich im Bett. Also: durch dieses Gestrüpp! Über diesen Wasserfall![1] Liebe Grüße von uns beiden,

Malcolm

1 Die Lowrys hatten den Film ‹*African Queen*› gesehen.

An Albert Erskine

[Sommer 1953]

Lieber Bruder:
Tut mir leid, daß Du immer noch keine Rate bekommen hast, aber ich habe nicht mit gewissen Anpassungsschwierigkeiten gerechnet, zu denen noch hinzukommt, daß Margie in der letzten Zeit alle Hände voll mit mir zu tun hat und kaum zum Tippen kommt, während mir unge-

fähr bei Seite 12 eine neue Idee gekommen ist – ein längerer Einschub, der das Ganze auf alle Fälle ein wenig aufgehalten hätte; auch wenn am anderen Ufer eine mehr oder weniger lange Strecke ziemlich endgültiger Entwürfe vor mir liegt. Außerdem hatte sich der Gips (keine Anspielung auf das Stück, das ich noch nicht geschrieben habe) gelockert (wie ich wohl schon in meinem vorigen Brief andeutete), und ich mußte am Freitag, nachdem ich Dir geschrieben hatte, zum Krankenhaus fahren, um mir einen neuen anlegen zu lassen. (Eigentlich hatte ich vor, ein paar meiner alten Genossen im Krankensaal zu besuchen, erfuhr aber, daß ¾ von ihnen tot waren.) Nachdem man mir den neuen Gips verpaßt hatte, wurde ich angewiesen (im Krankenhaus war kein Platz für mich über Nacht), die Rückfahrt auf Krücken zu machen, ohne meinen verletzten Fuß auf den Boden zu setzen, da der Gips noch naß war. Ein solcher Gang durch den Wald zu unserem Haus ist physisch unmöglich, da es aber gleichermaßen unmöglich war, irgend jemandem zu erklären, wie wir lebten, mußten wir es irgendwie schaffen. Ich wäre immer noch unterwegs, wenn nicht Margie, natürlich, dagewesen und nicht eine beispielhafte Tat der Nächstenliebe an mir begangen worden wäre, wie ich sie selten erlebt habe und die unterstreicht, wie sich alle Ex-Konsuln in Lowrys Psyche zukünftig ihren Mitmenschen gegenüber verhalten sollten und auch hoffentlich werden. Irgendein Kerl hatte meine – unsere – Plackerei von der Straße aus beobachtet, seinen Wagen angehalten und war uns dann in den Wald gefolgt. Ich – wir – kamen gerade gut voran, wir waren wieder optimistisch und lehnten jenseits des steilen Hügels, den ich hinabstieg, jede weitere Hilfe ab; der Kerl bestand aber darauf, daß es wirklich, wie wir vorher ja auch gedacht hatten, völlig unmöglich sei, selbst mit Unterstützung durch eine Person; er wisse das, sagte er, weil er selbst einmal in einer ähnlich unangenehmen Lage gewesen sei – der Boden ist stellenweise zu schwammig, um die Krücken tragen zu können: sie versinken einfach; und es sollte noch schlimmer kommen. Natürlich, ich hatte an diesem Morgen den schrecklichen Gang durch den Wald den Berg hoch auf dem lockeren Gips geschafft, aber da hatte ich noch einen Stock und konnte außerdem halbwegs *auf* dem Gips gehen; das war nicht weiter schlimm gewesen, und ich hatte keine nennenswerten Schmerzen: *jetzt* aber waren Schmerz und Anstrengung derartig ungeheuerlich, daß mir der Schweiß aus allen Poren spritzte und ich alle zehn Schritt oder so stehenbleiben mußte.

«Na», sagte ich, «das ist wirklich verdammt edel von Ihnen, Sir ... Wir heißen Lowry.» «Und ich Budd, William Budd. Nennen Sie mich Billy. Nie von Billy Budd gehört?»

Sicher doch, sagten wir, und auch von Moby Dick; da er uns aber offensichtlich nicht verstand, verfolgten wir die Sache nicht weiter. Das schlimmste war aber nicht der Wald, sondern die Strecke direkt vor unserem Haus: wegen einer Senkung im bewaldeten Ufer kann man sich ihm jetzt nur über eine Planke nähern, die etwa fünf Fuß über dem Strand verläuft und rund zehn Fuß lang ist. Nun, nicht einmal Billy Budd könnte auf Krücken über diese Planke gehen, dachte ich. Diesen letzten Teil der Reise mußte ich auf dem Hintern absolvieren, zur erheblichen Gefahr für die anderen; und ich war am Ende so demoralisiert, daß ich eine Woche brauchte, um mich davon zu erholen. Während dieser Zeit schienen mir die Schmerzen darauf hinzudeuten, daß das Bein schlimmer, nicht besser würde; während der neue Gips kaum stabiler als der alte zu sein schien. Jedoch bin ich froh, jetzt sagen zu können, daß die Schmerzen nun sehr nachgelassen haben und ich mich entschieden auf dem Weg der Besserung zu befinden scheine. Das einzig Schlimme an der ganzen Sache war, daß, falls der Unfall – wie ein teilnahmsloser Psychiater durchaus behaupten könnte – so eine Art Manöver seitens meiner Psyche war, um eine Situation zu schaffen, in der ich physisch nicht in der Lage wäre, irgendwelche schwierigen Hausarbeiten zu machen – oder auch nur in der Sonne zu sitzen (was ich nicht kann, weil sonst der verdammte Gips schmelzen könnte) – und mir so um so mehr Zeit zum Schreiben zur Verfügung zu stellen, dies kein sehr erfolgreiches Manöver war. Ich habe bis heute außerordentliche Schwierigkeiten, länger als 20 Minuten hintereinander zu arbeiten, wonach ich mich etwa genauso lange ausruhen muß: außerdem hat das meine Arbeitsmethode ziemlich durcheinandergebracht; ich bin es gewohnt, an mehreren Entwürfen gleichzeitig zu arbeiten, was zur Folge hat, daß ich oft aufstehen und herumgehen muß: und dem bin ich physisch nicht gewachsen. Was in dieser Situation aus uns geworden wäre – trotz Margies Stoizismus (von meinem Masochismus ganz zu schweigen) –, wenn wir nicht unseren Nachbarn, den Bootsbauer von der Insel Man («Quaggan» aus dem ‹*Waldpfad zur Quelle*›), gehabt hätten, will ich mir gar nicht erst ausmalen: aber irgendwie kommt alles wieder in Gang – tut mir trotzdem sehr leid wegen der Verzögerung. Ansonsten freut es mich, sagen zu können, daß es Margerie trotz Hundebissen und allem (und ich habe Dir noch nicht gesagt, daß das bei Margie aus irgendeinem Grund die exakten Symptome von Angina pectoris hervorgerufen hat) gesundheitlich entschieden sehr viel bessergeht und die ganze Zeit besser wird, so daß ich mich alles in allem insgesamt recht optimistisch fühle – bloß nicht, was den ursprünglichen Plan von ‹*Hör uns, o Herr*› betrifft, wozu ich von Dir einen guten Rat nötig haben werde.

Alles schon sehr viel besser, seit ich das geschrieben habe! Durch diesen Wasserfall! Über dieses Gestrüpp!

Liebe Grüße,
Malcolm

An Mr. und Mrs. William McConnell

[Dollarton, Herbst 1953]

Lieber Bill, liebe Alice:
Es tut mir schrecklich leid, daß wir uns nicht treffen konnten, aber ich habe mir ein Stück Bein gebrochen und einen Knöchel ausgerenkt und auch diesen gebrochen, während zur gleichen Zeit Margie von einem Hund aufgefressen wurde (man könnte daraus schließen, uns flögen die Unfälle nur so zu, aber dafür war da doch zu sehr der Zufall im Spiel, obwohl er uns wahrhaftig ganz schön mitgespielt hat), so daß wir alles in allem diesen Sommer ein bißchen miese Misere hatten, wie der Sultan von Sansibar im *New Yorker* von dieser Woche bemerkt. Inzwischen habe ich jedoch praktisch einen neuen Roman geschrieben. Ich hoffe, Ihr arbeitet gut und erfolgreich. Die Bücher, die Ihr uns zurückgeschickt habt, kamen bar jedes Worts hier an: hoffentlich bedeutet das keinen Vorwurf. Oben steht der Grund für unser Schweigen, nichts als miese Misere. Aber wir haben uns völlig erholt und sind jetzt gut in Form. Wir haben vor, demnächst für einen Monat oder so in die Stadt zu ziehen und ein bißchen herumzufahren, und hoffen, Euch dann zu sehen. Ich gebe ‹*Die sieben Säulen der Weisheit*› nur sehr ungern zurück, aber ich habe das Buch jetzt schon zu lange, Alice. Es ist ganz herrlich: die meiste Prosa wirkt daneben albern. Ich habe auch Darwin voller Faszination gelesen, nur um mit der Zeit Schritt zu halten. Wir werden Euch unsere Stadtadresse mitteilen, sobald wir sie sicher wissen

und wenn wir wissen, daß es eine gute ist. Unsere letzte in der Stadt erwies sich weniger zum Empfang von Freunden geeignet als vielmehr dazu, dort seinen schlimmsten Feinden aufzulauern; und selbst das ist noch untertrieben: miese Misere.

Liebe Grüße an Euch, den Jungen nicht zu vergessen,

Euer Malcolm

An Albert Erskine

Schloß Otranto, Hallowe'en
[1953]

Uhr schlägt Mitternacht
Gower, Geister und andere
treten auf
Tusch und Trompetenfanfare
Ariel und Caliban treten
unisono singend auf:
Racker mich tierisch ab,
auf dem Weg nach Liverpool

Lieber Bruder,

Hurraa!

– oder ist das vielleicht eine unangebrachte Bemerkung, wo wir doch schon schamlos überfällig sind, vielleicht auch nicht gar so sehr. Ist alles vollständig aufgetakelt, außer daß unsere Steuerbordmaschine durch einen Weisheitszahn blockiert ist, der Obermaschinist einen vereiterten Hals und das Schiff selbst mit Sulfanilamid angetrieben wird. Die Hauptschwierigkeit ist also immer noch die Tipperei: natürlich ist schon viel mehr fertig als dies, aber auf der nächsten Seite kommt ein Haken (und dies um so mehr, als es buchstäblich ein «Haken» ist), und daher hielt ich das für eine gute Stelle, um abzubrechen und es noch vor Allerheiligen abzuschicken, so daß es Allerseelen ankommt; Anfang nächster Woche folgt dann der andere Packen. Danach muß ich dann noch mal 50 Seiten durchgehen, ehe ich meine alte endgültige Fassung wieder erreiche, die auch noch ein bißchen überholt werden muß, wenn ich sie – klopf auf Holz – überhole; vielleicht solltest Du Dich mit

Deinem Urteil so lange noch zurückhalten, aber das kann ich Dir sagen: je weiter es voranschreitet, desto besser wird das Buch – Bruder, Du mußt warten, bis die alte Flut wieder hochsteigt, rollend und grollend, und sie kommt schon ein bißchen: mit dem nächsten Packen, jede Menge Teppiche und Krüge und Kerzen; und Leichen und letzte Urteile und gefährliche Kapellen; zur Bewahrung Deines Seelenfriedens sollte ich wohl sagen, daß ich meine verfluchten unseligen Figuren am Ende tatsächlich aus dem Bus kriege und auf die Fähre befördere. Das soll besagen – obwohl die Versuchung stark sein mag –, daß ich mich nicht der unbezahlbaren Gelegenheit bediene, die sich mir mit dem Fortschreiten des Buchs allerdings angeboten hatte, *den Bus selbst auf die Fähre zu bringen,* wo die beiden dann – noch immer im Raum des einen Elementes sitzend und am Busen des anderen weggetragen – das ist nicht ganz das, was ich meine, aber laß es mal durchgehen – jenes Reiseziel erreichen würden, ohne auch nur einmal Land betreten zu haben, oder gar ohne einmal aufzuwachen (wie wohl auch der Leser), oder ohne daß der Autor einmal terra firma betreten hätte. Du wirst Dich auch über die Länge dieses ersten Kapitels wundern – falls das ein erstes Kapitel ist. Und wenn es das ist, droht es sich zu dem längsten, das man je gesehen hat, auszuwachsen; ich werde daher schon mal den Zauber von Dr. Lowrys dialektisch-Hegelianisch-spiritualistisch-kabbalistisch-Swedenborgianisch-konservativ-christlichem Anarchismus für kränkliche Paranoiker erläutern: das erste Kapitel ist (ob sichtbar oder nicht) die Basis eines Dreiecks oder einer Triade (und/oder eine Wurzel der Wertigkeit drei): viz

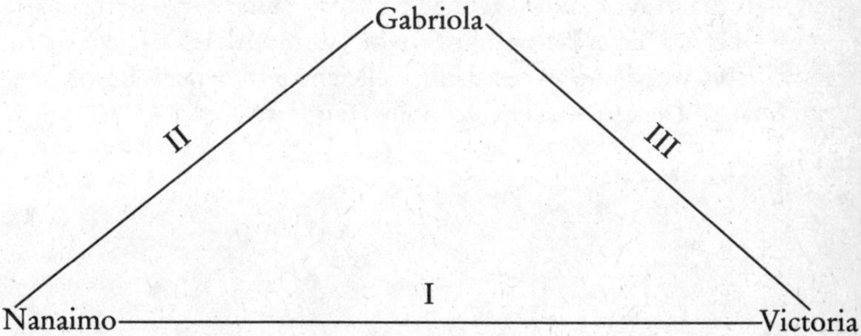

Wie man sieht, kann man bei dieser Darstellung leicht den Eindruck gewinnen, als bewege sich Kapitel III wieder zu seinem Ausgangspunkt zurück – oder in beiden Richtungen auf einmal – und wirklich: wo

fängt III an? Und wie wird das gelöst? Hm. Das wird wohl schon mächtigere Geister als den meinen verwirrt haben – aber Schluß damit. An die Arbeit: über diesen Wasserfall! Durch dieses Gestrüpp! Liebe Grüße von uns beiden,

Malcolm

P. S. Dies soll nichts anderes illustrieren, als daß Kapitel I 180 Seiten lang werden könnte, die Kapitel II und III jeweils halb so lang, ohne daß dadurch die Form aus dem Gleichgewicht geriete – im Gegenteil. Jedenfalls amüsiere ich mich verdammt gut dabei, das zu schreiben und – falls Du Dir Sorgen machen solltest – zu lesen; und das ist doch schon mehr, als ich vor einem Jahr sagen konnte, als noch jede Seite mit Anrufungen an den Heiligen Judas, den Schutzpatron des Unmöglichen, bedeckt war und ich einmal 3 Monate brauchte, um ebenso viele lesbare Seiten abzusondern; und sogar jetzt kommt mir einiges davon noch lasch und schlapp oder weitschweifig vor (wenn es später auch manchmal mit Absicht weitschweifig erscheinen soll – um den Eindruck des *Gefangenseins* dieses Mannes zu vermitteln, der von den Gezeiten seines Geistes hin und her gespült wird und unfähig ist, dem zu entfliehen); hier sind durchaus noch Straffungen möglich.

P. P. S. Erhielt gerade in diesem Augenblick Deinen sehr beruhigenden Brief: vielen Dank dafür; Inhalt gehörig zur Kenntnis genommen (und noch mal herzlichen Dank). Ich glaube aber, für mich ist es besser, wenn ich weiterhin so tue, als wäre ich weit im Verzug. So hat der Feuerwehrmann was zum Nachdenken. Ich glaube auch, dieser Brief kommt einigen Deiner Besorgnisse zuvor. Wenn ich das Dreieck auf die Seite kippen würde: wäre es dann vielleicht hilfreicher? Besonders, wenn Du mal Deinen Atlas hervorholen würdest?

An Albert Erskine

Dollarton
24. November 1953

Teil IV

46. als ein finsterer Sturm um die Landspitze gezogen kam.
" " " " um die Landspitze kroch.

Sein Schiff hatte friedlich auf der Reede von Yokohama gelegen, als ein Sturm über dem Hafen ausbrach.

Sein Schiff hatte friedlich im Hafen von Yokohama gelegen, als ein finsterer Sturm um die Landspitze herum ausbrach. Sein Schiff lag dito. Problem mit plötzlich.

47. Mehrere Donnerschläge prallten aneinander, und ein gigantischer Blitz entlud sich, in dessen Schein ein japanisches Fischerboot, das sie schon eine Zeitlang hatten herantuckern sehen (amüsiert, denn es war seltsamerweise mit einer Autohupe ausgestattet, die es hin und wieder stolz ertönen ließ). (Das hätte ich gern noch mit drin, aber kürzer – dadurch wird's pathetischer: und außerdem ist es wahr.)

Der Blitz loderte noch ein wenig nach

O zum Teufel damit

Lieber alter Albert:

Hab Geduld mit mir. Lese gerade ein Buch. Arbeite aber auch Tag und Nacht an zwei Kurzromanen: ein komischer (s. o.) über einen Elefanten; hoffe, der wird die Basis (der Elefant ist Teil V) – nun, der wird die Basis dafür abgeben, daß ich wieder auf Deinen Flügel einschwenken kann. Bin sehr enttäuscht, daß mit Margies Buch bei Euch nichts zu machen ist. Die Leidenschaft kommt von so tief her – ergibt ein interessantes Korrelat zu Myrers Buch –, sehe jedoch die Schwierigkeiten ein. Aber falls es Dir persönlich wirklich gefällt, falls Du eine andere Möglichkeit siehst: unterstütz es bitte. Ich liebe es: sie braucht nur ein wenig Ermunterung, um Großes zu vollbringen. Hoffe, jemand sieht sich das an.

Bis jetzt liebe ich auch Myrers Buch in mancher Hinsicht, obwohl es stilistisch oft in die eigene Grube joycet. Meine Reaktion ist daher ein bißchen zwiespältig, und zwar zwischen dem, was Du meiner Meinung nach *ihm* sagen solltest, und der Überzeugung, daß es ein breites Publikum verdient (und das wird es ohne großen Zweifel – vielleicht einem allzu kleinen – bekommen) – aber versteh mich nicht falsch: es verdient wirklich aufrichtigen Respekt. Tatsächlich komm ich mir dabei vor wie Father Mapple. Und es hat mich schon mehrmals schwimmen geschickt. Werde versuchen, mit ein paar Muscheln zurückzukommen – wenn auch nicht mit Riesenexemplaren. (Obwohl eigentlich kein Grund besteht, warum es nicht riesengroße bekommen sollte.) Andere, finanzielle Muscheln scheinen noch immer mit iranischem Öl bedeckt. Aber ich habe gerade 7 Gänsesäger draußen vor dem Fenster gesehen. Unsere Lieblingsvögel von gutem Omen. Also hab noch Geduld mit mir. Ganz liebe Grüße von uns an Peggy und danke auch, daß Du ‹*Malatesta*› so prompt gelesen hast, trotz dem traurigen Ergebnis.

Gruß,
Malcolm von Steppenwolf[1]

1 So im Original (A. d. Ü.)

An David Markson

[Poststempel Vancouver 1953]
Schloß Otranto
Dienstag November Mondlicht
Wind Donner
Gower und andere treten auf

Lieber alter Dave:
Habe diesen Brief schon vor einer Woche begonnen, wurde aber andauernd unterbrochen, da ich sowohl in den Wehen eines zeitweiligen Umzugs liege (unsere neue Lückenbüßer-alt-England-Roastbeef-samt-Jacobiten-Adresse: The Caroline Court, 1058 Nelson St. Aber vielleicht werden wir's ja genießen, uns immerhin ein Bad genehmigen, anders als in der Bucht, wo es um diese Jahreszeit vielleicht ein bißchen zu kühl ist, obwohl ich kürzlich noch ein paarmal gut geschwommen bin) als auch wie der Teufel versuche, ‹*Oktoberfähre nach Gabriola*› zu beenden. Es drückt mich sehr, daß es dem guten alten Dylan so schlecht geht[1]: wenn Du ihn siehst, richte ihm bitte unsere Grüße und beste Wünsche für eine rasche Genesung aus. (Du erwähnst, er sei mit einem «brail»[2]-Leiden im Krankenhaus. Ohne dies nun unbedingt oder

notwendig für eine humoristische Angelegenheit zu halten, wie auch immer Du das betrachten magst: darf ich fragen, ob Du damit eine leichte Erblindung andeuten willst, oder daß der alte Knabe tatsächlich in irgendeiner Spalte Rolandos oder auf einer Reilschen Insel gelandet ist? Ich würde jedenfalls sein Gehirn oder «braille» nicht gegen die meisten anderen Dichter tauschen, betrunken nüchtern blind lebendig oder tot oder, was wahrscheinlicher ist, alle fünf auf einmal: mitunter stellt man sich W. S. auch nicht ohne seinen «Limbus» oder «Brail» vor – und das könnte man auch nicht unbedingt der Gesellschaft zuschreiben, denn er hat einen Haufen Geld gemacht. *Es verdad.*) Uns selbst geht es sehr gut, obwohl Margie verständlicherweise ihre große Liebe zu Hunden noch nicht wiedererlangt hat, und ich meine zu Indianer spielenden Kindern auch nicht. Ich habe ziemliches Glück gehabt, überhaupt wieder auf die Beine zu kommen: hatte mir nämlich sämtliche vorhandenen Knochen im rechten Bein und Fußknöchel gebrochen und mir noch dazu den Knöchel ausgerenkt, wobei mir der Fuß völlig umgebogen wurde – basta. Heute habe ich aber einen Zentner Kohle vom Laden hierhergeschleppt; kann mit dem Bein mehr oder weniger alles normal machen, einschließlich schwimmen (und gelegentlich, denke ich, auch schreiben), obwohl das verdammte Ding ein paar Jahre lang etwas schwach sein wird. Im großen und ganzen empfehle ich diese Erfahrung aber nicht: bringt nichts. Jedenfalls *machen* wir sie noch: klopf auf Holz, oder eher auf das Elfenbein des verehrten Herrn aus Nantucket; und so dürfte es uns eine Weile gutgehen, falls es nicht einer von Margies Hunden abbeißt oder ich selbst, nur um mir den Spaß zu machen, mich mit einer Harpune zu den Marquisen zu hetzen. Sonst nichts von Bedeutung: nur dies: als ich mit dem ersten Anlauf zu diesem Brief halb fertig war – Margie war in der Stadt, und ich war allein am Strand und beobachtete etwas, was aussah, als kämen Flammen um die Landspitze herum –, also, Bruder, ich bin jedenfalls dahin gespurtet, den Feuerlöscher in der Hand (das Notizbuch in der Tasche nicht zu vergessen): es war kein Haus, wie ich gedacht hatte, sondern ein Schiff, das bereits bis zur Wasserlinie herunter brannte und übrigens in weiser Voraussicht auf den Strand unter die Bäume gesetzt worden war; und dort war es einer Land-Feuerwehr (das Feuerlöschboot von Vancouver hatte sich geweigert zu kommen) bereits mißlungen, es zu retten: wenn ich Schiff sage, meine ich ein Fischerboot, aber eins mit einer ganzen Menge oberer Takelage, die, ach, brennend runterkrachte; und das war wirklich ein trauriger Anblick, wie Du Dir vorstellen kannst: kurz vor Einbruch der Dunkelheit, der Wind trieb Wolken über die Berge, eine nach der anderen gingen die Masttopplampen seiner Bootskameraden an wie Trauerkerzen, und «schweigend wie Charons Kahn» fuhr die Fähre vorüber; aber niemand, den wir kannten – was mich daran erinnert, daß das Boot aus den glücklichen Tagen von Port Moody (bevor ich das vergesse: Port Moody war der Endbahnhof der Canadian Pacific Railway, vor der Gründung Vancouvers) morgen bei Flut auf die Plattform hochgezogen werden muß – es poltert da unten fröhlich vor sich hin, aber im Winter ist das schlicht zuviel des Guten: besagtes Fahrzeug sendet Dir die liebsten Grüße, wie auch Margie und ich, und nicht zu vergessen auch das Haus, das übrigens genauso wie das Boot ein Leck hat.

Malcolm

Ich habe diesen Brief am Dienstagabend geschrieben – also gestern –, haben gerade eben erst, Mittwoch, zu unserem großen Schmerz erfahren, daß Dylan tot ist. Die traurige Nachricht wurde uns von einem kanadischen Schriftsteller überbracht, der sich hier ein paar Häuser weiter vorübergehend niedergelassen hat. Wir haben auf seine Gesundheit getrunken, ein Trankopfer Gin zu seinem Gedenken auf die Terrasse geschüttet und aus irgendeinem Grund einen Baum gefällt, der ebenfalls tot und ein alter Freund war, uns aber schon seit langem zu bitten schien, daß wir endlich den Mut fassen sollten, ihn zu fällen, anstatt ihn umfallen zu lassen, da er dazu nur eine Möglichkeit hatte: nämlich durch unser Dach. Mit dem Baum ist keine symbolische Bedeutung verknüpft: es sei denn, man hätte sich als Reaktion auf die traurige Nachricht dazu verpflichtet gefühlt, etwas Aufheiterndes, Lebenspendendes, Schmerzliches, Todbringendes, Gefährliches und Nützliches zu tun: all das auf einmal. Sela. Ich wüßte nicht, warum ich den Brief an Dich nun ändern sollte, obwohl wir spüren, wie sehr Dir, so nahe dabei, sein Verlust nahegehen muß; und wir haben tiefes Mitgefühl. Herrgott verdammt: was für eine miese Misere das alles manchmal ist, wie der Sultan von Sansibar im *New Yorker* von dieser Woche sagt. (Um vom Unsterblichen zum Ungewöhnlichen herabzusteigen: ungefähr fünf Minuten nachdem wir diese schlechte Nachricht erhalten hatten, empfingen wir unsere erste gute Nachricht seit Jahren: Philip Rahv von der *Partisan Review* hat *‹Das tapferste Boot›* angenommen. Italienische Anthologie Dreckiger Degenerierter Kerle usw. usw.)

P. S. Nein, ‹*Augie March*› habe ich nicht gelesen. Aber ich wäre Dir sehr dankbar, wenn Du mir, irgendwann wenn Du mal Lust hast, eine Liste mit Büchern, Dichtern, Zeitschriften und Autoren, die man lesen sollte, schicken würdest – was Du aus den letzten Jahren für lesenswert hältst –; denn wir beide verlieren doch, nur allzu unbekümmert in dieser Gegend, bedenklich die Verbindung zur Gegenwart. Und ganz abgesehen von allem anderen: ich sehe, wie Gandhi einmal bemerkt hat, «keine Tugend darin, schlecht informiert zu sein».

P. P. S. Bekam Deinen letzten und sehr lieben Brief, gerade als wir in die Stadt umzogen, und da habe ich diesen hier zwar mitgenommen – Deinen aber versehentlich (oder als schützenden Talisman) auf dem Tisch in der Hütte liegenlassen, zusammen mit Deiner Adresse, deren ich mir jetzt nicht vollkommen sicher bin (ich hatte mich so an die alte gewöhnt). Margie fährt übers Wochenende raus, um ein paar Sachen und Deinen Brief zu holen, so daß dieser also bis dahin warten muß, verdammt.

P. P. P. S. Margie kam eben von der Hütte zurück: sie brachte Deine letzte Nachricht (vielen Dank dafür), nicht aber Deinen anderen Brief, der also *immer noch* als Talisman daliegt. Auf Deiner letzten Nachricht steht Deine Heimanschrift nicht: ich schicke dies daher an die Druck- und Litho-Abteilung.

1 Dylan Thomas; er lag bereits in tödlichem Koma, was die Lowrys natürlich nicht wissen konnten.
2 Möglicherweise hat Lowry sich verlesen: «brain» = Gehirn, «Braille» = Blindenschrift.

Zehnter Teil

1954

An Albert Erskine

1058 Nelson St.
Vancouver, B. C., Kanada
4. Januar 1954

Lieber Albert:
Ich habe einen Brief von der Westminster Bank vom 23. Dezember bekommen; darin heißt es unter anderem:

«Die Bank und Mr. O. S. Lowry sind nun zu Treuhändern Ihres festgelegten Anteils am Nachlaß Ihres Vaters ernannt worden, doch ist die Übertragung der Anlageaktien auf die Namen der neuen Treuhänder leider noch nicht vollständig abgeschlossen. Die Treuhänder hoffen in der Lage sein zu können, Ihnen alle Dokumente innerhalb weniger Wochen zu schicken. Inzwischen haben wir sie ersucht, Ihnen eine weitere Zahlung aus dem von den früheren Treuhändern verwalteten Einkommen zukommen zu lassen, und sie werden Ihnen innerhalb der nächsten Tage den Betrag von £ 500 überweisen. Sobald die Anlagepapiere und das restliche Geld uns ausgehändigt worden sind, werden wir Ihnen eine weitere Zahlung aus dem verfügbaren Einkommen überweisen.»

Die £ 500 sind bis jetzt noch nicht eingetroffen, aber diesmal scheint die Nachricht ja direkt aus der Quelle zu stammen, und das Geld wurde zweifellos nur über die Feiertage aufgehalten. Ich habe diese Nachricht schon seit langem erwartet, und es hätte mir eine Menge Kummer erspart, wenn sie bereits früher gekommen wäre: die Verzögerung ist teilweise dadurch zustande gekommen, daß meine Mutter starb, ohne ein Testament zu hinterlassen: und die Treuhänder sind viel zu oft gewechselt worden. Natürlich war da auch noch Englands Vorgehensweise, der außer Landes lebenden Sippschaft alles so schwer wie möglich zu machen – auf dem Papier keine unpoetische Gerechtigkeit, solange das Geld nicht zufällig einem selbst gehört.

Wie auch immer, es scheint, ich bin jetzt in der Lage, beantragen zu können, was ich unter den gegebenen Umständen schon seit langem vorhatte: nämlich ein Zeugnis meiner Redlichkeit abzugeben, indem ich «etwas Zeit kaufe», soll heißen, indem ich freiwillig darum bitte, daß Du die monatlichen Zahlungen an mich für einen gewissen Zeitraum einstellst, während ich auf eigene Faust weiterarbeite; und ich glaube, im Vertrag befindet sich eine Klausel, die dergleichen zuläßt.

Voriges Jahr – teils weil ich Schulden tilgen mußte und unvorhergesehene Ausgaben wegen des «Hals- und Beinbruchs» hatte (wie es Christopher Isherwood irgendwo nennt), teils weil das Geld, das ich aus England erhielt, nicht ausreichte – war es mir nicht möglich, diesen Antrag zu stellen, zumal ja auch meine anderen zusätzlichen Bemühungen, wie etwa um das kanadische Stipendium, das mir freie Hand zum Arbeiten gegeben hätte, fehlschlugen.

Dieses Jahr sieht es so aus, als ob ich in der Lage sein werde weiterzumachen; obwohl: *wie lange* ich sorglos weitermachen kann, von dem letzten Satz des eben zitierten Briefs meiner Bank abhängt. Jedenfalls beantrage ich, daß Du die Zahlungen an mich vom nächsten Monat an aussetzt, bis Du *‹Oktoberfähre›* und einige weitere handfeste Proben für die Gestalt, die die folgenden Arbeiten annehmen werden, von mir erhalten hast.

Zum einen dürfte jede Meinung, die man sich von *‹Oktoberfähre›* auf Grund dessen bildet, was Du jetzt bekommen hast, dem Ganzen gegenüber unfair sein: denn dessen Form ist notwendigerweise bizarr, was sich auch noch eine Weile steigern wird; darüber hinaus habe ich einen Batzen – den nächsten, den Du bekommen wirst – vielleicht an die falsche Stelle gesetzt; und außerdem wird es selbstverständlich notwendig sein, an dem Ganzen, wenn es fertig ist, herumzulektorisieren. Jedenfalls wird ein solcher Antrag wenigstens das Positive haben, daß er mich auf die Probe stellt, mir nicht noch ein Bein zu brechen, zumindest bis *diese* Arbeit im Kasten ist. Ich hoffe, ich habe Dich mittlerweile nicht in die unangenehme Lage gebracht, daß Du mir hast schreiben müssen, daß eben dies – oder etwas noch Ernsteres – bedauerlicherweise – oder auch mit Bedauern – bereits von Random House beschlossen wurde, mit dem Ergebnis, daß diese Briefe sich kreuzen.

Allerbeste Grüße von uns beiden
Malcolm

An Albert Erskine

73 The Caroline Court
1058 Nelson St.
Vancouver, B. C., Kanada
4. Januar 1954

Persönliches P. S. für Albert oder:

ZEHN ACHT ’N’ FÜNFZIG KOMMT
VIELLEICHT AN
DOCH FÜNFZEHN NULL ACHT NIE
IRGENDWANN
SONDERN LANDET BEI JEDERMANN
AUSSER DEM ABSENDER, DER
ALSDANN
WARTET UND WARTET IM WAHN
UND FLUCHT: O MANN O MANN
DA KOMMT ER NIEMALS DRAN
DENN FÜNFZEHN NULL ACHT
KOMMT NIEMALS AN!

Lieber Albert:
Beiliegendes spricht für sich selbst; stimmt mit dem anderen überein, das ich aber vielleicht nicht *un*persönlich genug gehalten hatte.

Inzwischen hoffe ich nur zu Gott, daß all dies Dich nicht allzusehr in Verlegenheit gebracht hat. Durch einen bösen Zufall – siehe die poetische Erklärung nebenan – kam Dein persönlicher Brief hier erst heute, am 4. Januar an. Außerdem hast Du *neu* adressiert mit 1508 – mit weisem Nachgedanken, aber auch mit The Caroline Court. (Genaugenommen würde The Caroline Court, Nelson Street, schon reichen, ohne jede Nummer, oder umgekehrt; 1508 allein aber nicht: das ist eine unglückliche Zahlenkombination, die in der Nelson St. nicht existiert, sonst wäre der Brief wohl eher bei dir angekommen.)

Vielleicht hat sich die ganze Arbeit an ‹*Dunkel wie die Gruft*›, ‹*Mordida*› usw. doch gelohnt: Margie schätzt, daß noch mindestens 2000 Seiten Material, die gleichzeitig erledigt wurden, jetzt im Banktresor liegen, die ich aber unmöglich so schicken kann; ich konnte jedoch auf keinen Fall weitermachen, ehe dies nicht wenigstens auf diese Weise in Sicherheit gebracht war. Zu ‹*Gabriola*› werde ich später noch mehr zu sagen haben: und mehr zu schicken. Inzwischen mache ich mir wie gesagt mehr Sorgen darüber, daß Deine freundliche Sorge um mich Dich in Verlegenheit gebracht haben könnte.

Daher dies in aller Eile. Allerliebste Grüße von uns beiden,

Malcolm

An Harold Matson

The Caroline Court
1058 Nelson St.
Vancouver, B. C., Kanada
25. Januar 1954

Lieber Hal:
Dies als Antwort auf Deinen Brief vom 11. Jan., obwohl ich bereits einen Brief an Dich betr. Random usw. angefangen hatte. Ja, danke, wir haben die Januar-Rate erhalten.

Die Situation, die sich jetzt mit Random House ergeben hat, ist kompliziert: sie hat sich seit mehreren Monaten zusammengebraut, und ich hatte Albert wegen ihres möglichen Ausbruchs in der Tat wiederholt geschrieben. Im Lichte dessen, was nun geschehen ist, hätte ich meinen Brief an Dich auch zu Ende geschrieben, wenn ich nicht vorher auf eine Antwort von Albert auf einen wichtigen offiziellen Brief, den ich ihm am *4. Jan.* geschrieben hatte, gewartet hätte: im übrigen habe ich viel zu tief in der Arbeit gesteckt, um noch weitere Briefe schreiben zu können, wenn es sich vermeiden ließ. Es kam keine Antwort; und da sich in Deinem Brief kein Hinweis darauf findet, daß Albert Dir das Problem von meiner Warte aus erklärt hat (dies ist nicht im geringsten als Vorwurf gemeint), finde ich mich nun in der undankbaren Lage, es selbst erklären zu müssen. Da ich mehr im Recht als im Unrecht zu sein glaube und mich sogar ungerecht behandelt fühle – während meine Dankbarkeit Albert gegenüber ungeschmälert bleibt und wir natürlich weiterhin Freunde sind –, wäre ich Dir verbunden, wenn Du dies als vertraulich behandeln würdest – also zwischen Albert und Dir –; das einzig vermutlich nicht Vertrauliche war mein offizieller Brief vom 4. Jan., von dem ich eine Abschrift beilege. Du magst Dich fragen, warum ich Dir nicht schon früher geschrieben habe, was ich unter normalen Umständen wie gesagt getan haben sollte; doch jetzt schulde ich es auf alle Fälle Dir und mir, Dir alle Fakten und Faktoren mitzuteilen, aber es muß klar sein, daß ich damit keinerlei Illoyalität Albert gegenüber im Sinne habe. Und nun werde ich mich so kurz wie möglich halten.

Ich hatte vorgehabt, die Sammlung von Kurzgeschichten und Novellen, ‹*Hör uns, o Herr*›, als das erste Buch fertigzustellen und, meiner Verpflichtung durchaus bewußt, am 1. Nov. abzuliefern. Als ich jedoch an der vorletzten Erzählung arbeitete, merkte ich, wie ich Dir erzählt hatte, daß sich das Material weiterentwickelte und wuchs, und ich erkannte bald, daß ich einen kompletten Roman vor mir hatte, der mich zu dieser Zeit so sehr beschäftigte, daß es fatal gewesen wäre, damit aufzuhören. Überdies bildete dieser, zusammen mit den letzten drei Novellen, die bereits mehr oder weniger fertig waren, ebenfalls eine Art Roman; und die Erzählungen von ‹*Hör uns*› begannen zu einem geschlossenen Kunstwerk zusammenzuwachsen, was vorher nicht der Fall gewesen war: und einige dieser Stücke könnte man auch allein veröffentlichen, insbesondere ‹*Gabriola*›. Albert schien mit den Erzählungen nicht recht warm zu werden, und ich gewann den Eindruck (oder formte ihn mir), daß es vielleicht besser wäre, mit einem neuen und fertigen Roman einzusteigen – ob dieser später nun einen Teil der Sammlung bilden würde oder nicht. Überdies sah ich, daß ich damit die Bedingungen meines Vertrags möglicherweise erheblich überschreiten würde. (Unterdessen ist es wichtig, zu bedenken, daß ich nie mit Bewußtsein weder Dir noch Albert den Eindruck vermittelt habe – und meine früheren Briefe bestätigen das wohl –, daß ich mich früher oder später *nicht* dazu entschließen könnte, eine Weile auf eigene Faust weiterzumachen – also ohne die Zahlungen –, um Zeit zu gewinnen; und ohne jene Klausel, die mir das Recht dazu zugesteht, hätte ich diesen Vertrag niemals guten Gewissens unterschreiben können, besonders nach der entmutigenden Erfahrung mit Brace. Und zu diesem Zweck habe ich meine englische Bank ständig bearbeitet, sich mit der Regelung des Nachlasses zu beeilen und das mir geschuldete Geld an mich zu überweisen.)

Unterdessen entwickelte ‹*Gabriola*› sich ständig weiter und wurde immer ernster, und etwa um diese Zeit hatte ich (wir, denn Margie wurde am selben Tag von einem Hund gebissen und lag mit mir im Krankenhaus) meinen verfluchten Unfall. Trotz gebrochenem und verrenktem Bein und Knöchel versuchte ich nach dem Zwischenspiel im Krankenhaus weiterzuarbeiten (was ich sogar im Krankenhaus hatte), aber ich hatte das Gefühl für die Arbeit verloren: das war ein gräßlicher und schmerzlicher Sommer, und alles in allem würde ich sagen, dies hat mich um mindestens 3 Monate zurückgeworfen, wenn ich jetzt darauf zurückblicke, was auch immer ich damals gesagt oder gedacht haben mag. Du wirst noch wissen, daß wir bei Unterzeichnung des Vertrags vorgeschlagen haben, darin für ernsthafte Unfälle oder Krankheiten Vorkehrungen zu treffen, und daß Du mit Albert entschieden hast, dies der Einsicht oder was auch immer des Verlags zu überlassen. Ich muß wohl darauf hinweisen, daß niemand diese verlorengegangene Zeit auch nur im geringsten berücksichtigt zu haben scheint, und auch nicht, daß ich mich auf eine solche ungeschriebene vertragliche Vorkehrung nicht berufen habe, obwohl mein Unfall kaum ernster hätte sein können, besonders gerade zu dieser Zeit; ich habe mich unter anderem darum nicht darauf berufen, weil meine Vorwegnahme eines solchen Vorfalls zu sehr nach Hellseherei ausgesehen hätte: der Unfall selbst zu diabolisch im rechten Augenblick passiert wäre und einem anderen psychologisch suspekt vorgekommen wäre, obwohl da nun wirklich kein verdammtes bißchen Psychologie dran beteiligt war, was ich ja wohl wissen sollte! Jedoch hatte und habe ich nicht die Absicht, dies als Alibi zu gebrauchen. Ich stelle nur fest, daß ich es für unfair hielte, falls dies, wenn sich mit der Frist ein Problem ergäbe, nicht berücksichtigt werden sollte.

Im Verlauf des Sommers habe ich Albert zwei oder drei Briefe über die allgemeine Lage geschrieben, wobei ich das Nov.-Datum nicht aus den Augen verloren habe: ich erhielt keine Antwort. (Er war nicht da, und die Briefe wurden nicht weitergeleitet.) Das war zwar entmutigend, doch bin ich mit fortschreitender Genesung vielleicht wieder zu optimistisch geworden (diesmal in bezug auf Dich), was meine Chancen betraf, es doch noch haarscharf zu schaffen. Ende September erkannte ich nun die Unmöglichkeit, es rechtzeitig in die endgültige und verkäufliche Form zu bringen, und ich schrieb Albert noch einmal und erhielt die beruhigende Antwort, ich solle mir keine Sorgen machen. Schließlich – es war wohl im Oktober, nachdem ich eine Folge von über 100 Seiten abgeliefert hatte – schrieb mir Albert, er hätte gedacht, das Novemberdatum sei lediglich von mir selbst gesetzt, aber nun hätte er in meinem Vertrag nachgesehen und entdeckt, daß dort tatsächlich vom 1. Nov. die Rede sei, allerdings ein dreimonatiger Spielraum eingeräumt würde und man mich nicht *vor dem 1. Februar «aufrufen»* könne. Ich war zuversichtlich, daß ich bis zum 1. Februar genug fertig haben würde, um ihnen den Stachel zu nehmen, auch wenn das Buch noch nicht ganz fertig sein sollte.

Nachdem ich jedoch – und das ist wichtig – mit meiner englischen Bank Verbindung aufgenommen hatte, glaubte ich zum 1. Februar in der Lage zu sein, mir etwas Zeit kaufen zu können – eine Annahme, die sich als richtig erwiesen hat, wie Du sehen wirst –, und ich hatte insgesamt die Absicht, meinen guten Willen zu zeigen, indem ich *auf jeden Fall* etwas Zeit kaufte, selbst wenn ‹*Gabriola*› beendet wäre. Wäre Alberts Brief bezüglich der Frist dringend gewesen, hätte ich es riskiert, Dich zu bitten, auf der Stelle alles abzublasen und die Zahlungen einzustellen, was ich ohnehin schon früher getan hätte, wenn der Unfall nicht den größten Teil meines mir zur Verfügung stehenden Geldes verschlungen hätte.

Ich hoffe, dies stellt klar, daß ich mir meiner Verpflichtung Albert, Random und Dir selbst gegenüber äußerst bewußt gewesen bin.

Kurz vor Weihnachten erhielt ich einen offiziellen Brief von Albert, der eine Woche zuvor geschrieben wurde; darin sagt er, der Vertragspartner habe bei ihm nachgefragt, und das vorliegende Material scheine noch einiger Untermauerung zu bedürfen, wenn man die Zahlungen über den 1. Februar hinaus fortsetzen solle; der reizende Ton dieses Briefs flößte uns den Wunsch ein, lieber aus dem Fenster zu fallen als irgend etwas vom Weihnachtsbaum zu pflücken. In meiner unverzüglichen Antwort skizzierte ich den Roman und sagte, daß ich davon ausginge, zum 1. Februar weitere 140 Seiten abliefern zu können. Den persönlichen Brief (der die Wogen natürlich ein wenig glättete) zur weiteren Milderung der Krise hatte Albert an die falsche Adresse geschickt: er bekam ihn zurück, schickte ihn wieder an mich, und wir bekamen ihn erst nach dem ersten Januar. Ein Streich des Schicksals: und womöglich hatten wir sogar daran schuld, indem wir die falsche Nummer auf den Umschlag geschrieben haben.

Inzwischen hatte ich von meiner Bank gehört: man versprach mir etwas Geld in ein paar Tagen. Am *4. Januar* schrieb ich daher Albert einen weiteren offiziellen Brief, zusammen mit einem persönlichen, in dem ich freiwillig vorschlug, daß man die Zahlungen aussetzen sollte, und zwar mindestens bis ich ‹*Gabriola*› beendet hätte und sie besser absehen könnten, was ich eigentlich täte. Diesen Brief lege ich bei. Ich persönlich halte sehr viel von der eingeschickten Arbeit wie auch von ‹*Gabriola*› als publizierbarem Ganzen, doch hielt ich es für äußerst unfair, daß man ‹*Gabriola*› nach jenen 159 Seiten beurteilen sollte, die ich Albert geschickt hatte, und für noch hundertmal unfairer, daß man die gesamte Arbeit danach beurteilen sollte. Mehr davon später.

Der nächstliegende Punkt ist der, daß Albert diesen Brief um den 6. Januar erhalten haben muß. Nun aber bekam ich am 8. Januar einen weiteren offiziellen Brief, zusammen mit einem persönlichen, worin er mitteilte, *sie* hätten beschlossen, die Zahlungen einzustellen – und dies in einem unglaublich frostigen Ton. Es schien, als hätte ich nicht bloß ein Riesen-Alken-Ei gelegt; aber wo war denn nur das Ei? Dein Brief ist vom 11. Januar, und ich verstehe nicht, warum Albert Dir nicht mitgeteilt hat, daß er meinen Brief bekommen hat, den ich ja zwei Tage vor *ihrem* geschrieben hatte und worin ich sie gebeten hatte, die Zahlungen auszusetzen: denn das macht doch einen erheblichen Unterschied. Warum ich Dich nicht selbst informiert habe, verstehst Du hoffentlich jetzt. All das wurde mir ganz plötzlich eröffnet. Nachdem ich Alberts frühere Versicherung vollständig akzeptiert hatte, glaubte ich, sogar noch nach dem ersten offiziellen Brief, bis zum *1. Februar* Zeit zu haben. Ich glaubte auch, und das auch jetzt noch, meine eigene Bitte, mir Zeit kaufen zu dürfen, sei *rechtzeitig* eingetroffen: wie sich herausstellt, hatte ich mich geirrt: sie kam knapp zu spät. Ich hoffe, Du verstehst das alles.

Es ist natürlich bedrückend und psychologisch demütigend – nicht daß die Zahlungen für eine Weile eingestellt werden sollen (denn eben dies habe ich doch konsequent, ja sogar sehnsüchtig so haben wollen, falls ich einmal ohne die Zahlungen weitermachen könnte), sondern daß dies in einer Weise geschieht, aus der man den direkten Schluß ziehen muß, *ich* hätte hier unverantwortlich gehandelt, wo doch feststeht, daß ich Albert deswegen seit dem vorigen Sommer und sogar schon noch früher mehrmals geschrieben habe. Dem steht entgegen, daß Albert, der selbst voll in Schwierigkeiten steckte, mit großem Wohlwollen und Verständnis bemüht war, eben solche Besorgnisse abzuschwächen. Nachdem er einmal so großzügig geholfen hatte, das Boot vom Stapel laufen zu lassen, wollte er es nun nicht ins Wanken bringen.

Ohne dies auch nur eine Sekunde aus den Augen zu verlieren, und auch nicht, daß er meiner Überzeugung nach gedacht hat, zu meinem Besten zu handeln: ich kann nur sagen, daß er in diesem Fall nicht *genug* gedacht hat, und das werde ich ihm auch sagen. Denn auch wenn ich in dem beiliegenden Brief nur von der peinlichen Situation für *ihn* spreche – sollte geschehen, was geschehen ist: wo bleibt meine noch viel peinlichere? Zwischendurch war ja genug Zeit, mir Gelegenheit zu geben, es selbst zu tun, und genau das habe ich doch auch getan, sobald die endgültige Dringlichkeit der Lage deutlich wurde. Und das hinterläßt bei mir den Eindruck, daß man von meiner Entschlossenheit, dies, falls nötig und möglich, zu tun, nichts wußte: wie sonst ist es zu erklären, daß man die Sache wie eine Bestrafung, wie einen Angriff auf das in Frage stehende Werk aussehen ließ? Ich wüßte auch nicht einmal, was daran gutes Geschäftsgebaren sein sollte. Denn wie zum Teufel konnten sie annehmen, ich würde das Buch überhaupt beenden, da sie ja nicht wußten, daß ich das Geld zum Weiterarbeiten hätte? Vielleicht meinten sie, eine solche Entmutigung aus heiterem Himmel würde ihnen eine bessere Gelegenheit geben, ihr Geld zurückzubekommen. Denn Du mußt ja bedenken, daß wir – nachdem Alberts Brief mir die Spannung durch den Ablieferungstermin 1. November genommen hatte – bis zum Empfang seines Briefs am Heiligabend durch eben diesen Brief den Eindruck gewonnen hatten, nichts in dem Vertrag verpflichte mich dazu, bis zum Ablieferungstermin, der (jetzt) der 1. Februar war, auch nur eine einzige verdammte Seite einzuschicken. Wer weiß, was ich bis dahin nicht hätte fertig haben können, wenn dies nicht passiert wäre? Eine Folge davon war, daß ich so viele qualvolle und komplizierte Briefe schreiben mußte, daß der Teil, der tatsächlich schon vor Neujahr fertig war, jetzt gerade erst endgültig abgetippt werden kann. Und dann obendrein auch noch *beurteilt* zu werden nach dem, was ich bereits eingeschickt hatte, was ich, soweit ich wußte, gar nicht hätte einschicken müssen!

Vielleicht hätte ich dies lachend beiseite schieben können, aber daß ich dazu auch noch keinerlei Antwort auf den Brief erhielt, in dem ich selbst um eine Einstellung der Zahlungen bat, scheint mir ein bißchen zuviel. Denn ich glaube, daß die Sache anständigerweise von da aus betrachtet werden sollte, und ich wiederhole: das macht einen ernsten Unterschied. Daß schließlich nicht sie mir, sondern ich mir selbst den Hahn zugedreht habe. Mein diesbezüglicher Brief an sie stammt vom 4. Jan., Alberts Brief an mich vom 6. Jan. Für uns ergibt sich daraus, daß, wenn der Autor Gentleman genug ist, seinen Verleger zu bitten, die Zahlungen für seine Arbeit einzustellen, der Verleger fair genug sein sollte, seine Beurteilung dieser Arbeit einzustellen, und wenn auch nur, damit nicht irgendein schädliches Gerücht die Runde macht, das einem die Chance zerstören könnte, irgend etwas, sagen wir, an Signet zu verkaufen.

Laß mich von diesem Urteil, das bis jetzt ungünstig oder nicht existent ist, kurz sprechen. Es ist entmutigend, aber ich bin nicht wirklich verzweifelt. ‹*Gabriola*› läßt, als Roman einer Situation, einer Figur usw. überhaupt keine platten Reaktionen zu. Wahrscheinlich ist es schwer zu lesen, wie der ‹*Vulkan*›, und manchen Leuten fällt es vielleicht noch schwerer, wenn ihnen nicht schon vorher einiges von der Belohnung ausgezahlt wurde, die ihnen zuteil werden könnte, wenn sie es läsen. Mag sein, daß sie völlig recht damit haben, daß es kein «gutes» Buch ist. Das ist es nicht, will es gar nicht sein, doch hält es sich für einen Klassiker. (Besonders auch in Verbindung mit seinen Kompagnons.) Wenn ich es (in meinen bescheideneren Momenten) mit etwas Skepsis betrachte, bekomme ich den Eindruck, daß ich womöglich, was die Anordnung oder Reihenfolge der Erzählung angeht, einen elementaren Aufbau-Fehler begangen habe, doch mache ich mir darüber keine übermäßigen Sorgen, da dies, wenn es zutrifft, leicht zu korrigieren wäre. Der Teil, den ich jetzt abschicke und von dem Du eine Abschrift bekommen wirst, sollte Dich davon überzeugen, daß die Erzählung, wenn sie sich schon nicht horizontal bewegt, sich auf jeden Fall, wenn auch auf bizarre Weise, vertikal bewegen kann.

Im übrigen hätte auch der ‹*Vulkan*›, wenn man ihn so in Einzelteilen betrachtet hätte (oder gar – ähem – nicht in Einzelteilen betrachtet hätte), jemanden dazu veranlassen können, ihn mit Skepsis zu betrachten. Ich mag den Gedanken nicht – obwohl ich mich da irren kann –, daß Mr. Haas selbst den ‹*Vulkan*› abgelehnt hat. Ich meinerseits bezweifle niemandes Befähigung zum Lesen, am wenigsten die von Albert, der seiner aufrichtigen Meinung Ausdruck geben muß, aber ich vermag nicht zu sehen, daß es mit dem ‹*Vulkan*› unter diesen Umständen anders gegangen wäre.

Ansonsten zählt Undankbarkeit nicht zu meinen Lastern, und ich bin Mr. Haas und Random House weiterhin überaus dankbar für ihre finanzielle Unterstützung. Deo volens wird es ihnen am Ende mehr als vergolten werden.

Mit dem gleichzeitig mit diesem Brief an Albert geschickten Teil, der schon vor Weihnachten fertig war, beläuft sich das von ‹*Gabriola*› endgültig Getippte auf 206 Seiten. Aber eigentlich wären wir jetzt schon bei Seite 350. Insgesamt hat ‹*Gabriola*›, so wie es jetzt dasteht, rund 500 Seiten. Margie fertigt eine Extra-Abschrift dieses letzten Teils für Dich an: es ist eine in sich geschlossene Geschichte: ‹*Das Element verfolgt Sie, Sir!*›[1] – ich hoffe, Du wirst das in ein paar Tagen bekommen, auch wenn wir eingeschneit sind, sämtliche Flugzeuge festliegen, nicht einmal die Züge fahren und uns die Elemente tatsächlich verfolgen, Sir. Ich bedaure wirklich sehr, wenn Dir dies irgendwelche zusätzlichen Belästigungen verursacht haben sollte. Allerbeste Grüße von uns beiden,

Malcolm

1 Zuerst erschienen in: *Show Magazine* (März 1964), jetzt in: ‹*Oktoberfähre nach Gabriola*› (Kap. 18–20)

An Albert Erskine

The Caroline Court
1058 Nelson St.
Vancouver, B. C., Kanada
26. Januar 1954

Mein Gott, Du alter Tunichtgut. Soll nicht heißen, daß mir der Rückschlag wirklich zu schaffen macht – bin nicht überempfindlich (wahrhaftig nicht, verdammt, wie Du einmal bemerkt hast; tatsächlich ist meyn Halß nur abgeschnitten bis zum G'nick), aber wenn das alles schon so schnell, und auf *diese* Weise, geschehen mußte: hättest *Du* mich nicht irgendwie antreiben können, so daß mir eine größere Chance gegeben worden wäre, mich selbst anzutreiben, mir wenigstens Zutrauen geschenkt, mich wie der Teufel darum zu bemühen und es dann schließlich auch wirklich zu tun, was ich praktisch ja auch getan habe, denn mein Brief wurde am 4. Jan. abgeschickt, Deiner an mich am 6.: bzw. Du hättest mir ja wenigstens den Empfang bestätigen können, oder wenn schon nicht mir, dann doch wenigstens Hal, der mir am 11. schreibt und immer noch im dunkeln ist, obwohl ich da widerstreitende Moralitäten sehe, die Dich davon abgehalten haben könnten. Gleichwohl hat mir dies (ich habe meinen Brief an ihn bis heute, den 25., verschoben, da ich auf eine Antwort von Dir wartete) keine andere Wahl gelassen, als ihm zu schreiben (allerdings streng vertraulich zwischen ihm und Dir), daß ich Dich zwar beinahe ebenso innig liebe wie Jesus Christus und Dir bis an mein Lebensende dankbar sein werde, bin ich auch noch, leg mich um – alles Scheiße, aber ich glaubte das sagen zu müssen –, wenn ich Dich nicht für ziemlich schuld daran halte, dies so haben geschehen zu lassen, so daß Schatten der Schmach Deinen Botschafter bis zur Vergessenheit umgeben, und ihm nicht einmal die Gelegenheit geboten wurde, sein Gesicht zu wahren (aber was ist mit Hal's Gesicht?): oder wenn Du nicht anders konntest, als es so geschehen zu lassen, scheint mir, wie gesagt, daß Du meinen letzten offiziellen und persönlichen, allzu hellseherischen Brief hättest beantworten sollen, in dem ich die Einstellung der Zahlungen selbst vorgeschlagen habe. Dazu kommt noch dies – obwohl ich mir den Vertrag nicht noch einmal angesehen habe – und obwohl ich mich genaugenommen geirrt haben kann (wie ich ja gedacht hatte) – oder mich gar vollständig geirrt habe und deswegen das Ding nicht bis zum 1. Nov. druckreif abgeliefert habe –: findest Du es eigentlich fair, jemanden lediglich auf Grund dessen zu beurteilen, was er unter dem neuen Eindruck, der 1. Feb. sei der Ablieferungstermin, eingeschickt hat, auf Grund von Sachen, die er (in Zusammenhang mit diesem Vertrauen) vor Ablauf dieser Frist, wann immer das auch sein mochte, überhaupt nicht hätte abschicken müssen? Hätte man angesichts dieses nach alledem – insbesondere unter den gegebenen Umständen – doch sehr verständlichen Irrtums nicht Nachsicht üben können? Das scheint mir ganz und gar nicht fair, Bruder. Ebensowenig wie Deine scharfe Kritik dessen, was Dir von dem zur Debatte stehenden Buch schon vorliegt – mir scheint, als hättest Du da Deine Lesemütze nicht aufgehabt; und auch Mr. Haas' Kritik nicht, dessen «gar noch skeptischere Haltung als meine, vielleicht weil sie objektiver ist», mir alles andere als objektiv vorkommt, tatsächlich ziemlich so, als ob er sich die dunkle Sonnenbrille des Konsuls ausgeliehen hätte, um es zu lesen, oder vielleicht die von Mr. Reynal oder gar von Jonathan Cape. Nun also, wir haben von meinem Gesicht und von Hal's Gesicht gesprochen; was noch bleibt, ist: ich habe auch das Geld von Random House nicht vergessen, und, was noch wichtiger ist, Deins auch nicht. Hier bin ich über die möglichen Folgen aufrichtig betrübt: sie jagen sich bereits (zumindest ein bißchen) mit 7-Meilen-Stiefeln, durch welche Zirkel auch immer sie sich jagen: daß man fallengelassen wurde, auf das falsche Pferd gesetzt hatte, daß es womöglich gar kein Pferd gegeben hatte. Doch warte, Bruder, horch: hör ich da nicht den Schall von Hufgetrappel? Es ist ein Schall: unzweifelhaft ein Schall. Vielleicht wird diese nächste Folge, die ich Dir hiermit schicke, die Sache ein wenig zurechtbiegen, auch wenn sie, selbst jetzt, mit einigem, wenn nicht komplettem Abscheu von Dir betrachtet wird und von Mr. Haas sogar noch skeptischer. Ich habe hierzu nichts anderes zu sagen, als daß es, wie gesagt, schon vor Neujahr fertig war, daß es aber auf Grund dieser neuen Nebenumstände bis jetzt gedauert hat, es endgültig abzutippen. Es wird sich dagegen der Einwand erheben, es ähnelte – aber lies weiter, lies weiter – Mr. Fort (es wäre amüsant, das Urteil zu erhalten, es sei offensichtlich *nur* wie Mr. Fort – selbst wenn das zuträfe –, denn das würde beweisen, daß man nur die ersten Seiten gelesen hätte). Es basiert, wie ich schaudernd sagen muß, auf einem persönlichen Erlebnis, und das einzig Offizielle an diesem Brief sind die folgenden an Mr. Haas gerichteten Worte, dem ich ebenfalls dankbar sein werde (und ich vergesse auch jetzt meine Dankbarkeit nicht): «Der Autor wünscht Mr. Haas darin zu demonstrieren, daß er, wenn er seinem Roman schon keine horizontale Richtung geben kann, fest daran glaubt, hier den Beweis zu liefern, daß er es in der vertikalen kann.» Andere unbedeutendere Sachen: die thematische Kollision des Materiellen und Immateriellen; Schatten und Substanz, Realität und Irrealität. Daher die Vermischung von «Fakten» und Fiktion. Und auch, ganz gehörig, der andere Aspekt eines jeglichen «Zurück-zur-Natur»-Themas. Noch eine kurze Bemerkung zum Ganzen: Poe starb nicht am 9. Oktober (1849), sondern am 7. Okt. – merkwürdigerweise genau derselbe Tag, an dem wir Gabriola tatsächlich besucht haben (7. Okt. 1947): den Busfahrschein besitze ich noch. Es wäre wohl richtiger, dieses Datum dann als «beinahe der 100.» und nicht als «100.» Todestag zu bezeichnen. Seltsam genug: am 9. Jan., der 1809 Poes Geburtstag war, habe ich letzte Hand an dieses Stück gelegt. Könntest Du mir den großen Gefallen tun und in *Life* vom 11. Jan. nachsehen («The Case for E. S. P.» von Aldous Huxley auf den Seiten 96–108): aber auf den nächsten Seiten, 109 *passim,* steht ein illustrierter Artikel mit dem Titel «The Mission of the Shantymen». Hm. Einige der Fotos könnten glatt von Eridanus sein – oder von Dollarton –, besonders das zweite von unten auf Seite 110 (frag Dave Markson) ist nicht davon zu unterscheiden. Männer wie John Rudd auf Seite 114 sind die von mir beschriebenen Nachbarn. Und das Hochwasser? Ich lege ein paar Zeitungsausschnitte bei. (Deep Cove liegt von Dollarton aus gesehen hinter der Landspitze.) Wir sind jetzt (unter anderem ist die Brücke in Brand geraten und blockiert jetzt die Schiffahrt) durch den schlimmsten – ich hatte die von 1951–52 für die schlimmsten gehalten – Blizzard in der Geschichte Vancouvers vollständig von unserem Zuhause abgeschnitten. Siehe auch den beiliegenden Teil von ‹*Gabriola*›, den ich unter dem Titel ‹*Das Element verfolgt Sie, Sir*› Matson als Kurzgeschichte anbieten werde. Bzw. die Elemente. Kurz: keine langweilige Sekunde. Vielleicht war es also nach alledem gar nicht so verantwortungslos, Random die Zeit zu stehlen, um eine Abschrift von den Notizen zu ‹*La Mordida*› bei der Bank unterbringen zu können.

Ansonsten hoffe ich, daß (a) der Ton verletzter Unschuld, (b) die Scherzhaftigkeit dieses Briefs Dir nicht die Augen vor der Tatsache verschließt, daß ich (a) es sehr bedaure, Dich in diese Lage gebracht zu haben, (b) zutiefst dankbar, (c) Dein Freund und (d) mehr denn je an der Arbeit bin. Im übrigen – während ich Randoms Geschäftsgebaren in dieser Sache sehr hoch schätze und ich vorhabe, es zu respektieren, ich bin auch dankbar dafür – vermag ich vom geschäftsmäßigen Standpunkt aus nicht den geringsten Sinn in der Art und Weise zu erblicken, in der sie dies getan haben. Schließlich scheint es (wo doch ‹*Die letzte Adresse*› praktisch fertig war) niemandem in den Sinn gekommen zu sein, wie leicht ich es mir hätte machen können, wenn ich mich einfach dazu entschlossen hätte, bloß die Minimalforderungen des Vertrags zu erfüllen. Und da sie zu dem Zeitpunkt, da sie mir den Hahn zuzudrehen glaubten, nicht gewußt haben, daß ich das Geld hätte, um unabhängig weiterzumachen: wie zum Teufel hatten sie sich vorgestellt, daß ich den Roman überhaupt beenden sollte? Oder haben sie geglaubt, diese herzlose Entmutigung und Schuljungen-Bestrafungs-Methode würde mich im Handumdrehen dazu veranlassen, ihn auf einmal über Nacht zu beenden? Und was Dich angeht, Bruder: bitte weniger platte Reaktionen. Komm raus aus Deinem Trott. Du hörst Dich an wie Mr. Reynal. (Diese letzten Sätze wurden von Margie geschrieben, und ich lehne jede Verantwortung dafür ab. Man mag ihr verzeihen, da noch nie ein Verleger jemals einen Vertrag mit *ihr* eingehalten hat.) Vancouvers einziger Schneepflug ist draußen steckengeblieben. Liebe Grüße von uns beiden,

Malcolm

P. S. Soweit ich sehe, gibt es auf meiner Seite nur ein wirkliches Opfer: die Zeit – all dies hat uns einen weiteren Monat oder so zurückgeworfen, das heißt, was das endgültige Abtippen betrifft: nachdem wir so viele Briefe zu schreiben hatten. Dein Gesicht möcht ich sehen, wenn

Du eines Tages die ‹*Oktoberfähre*› in die Modern Library aufnehmen solltest. Vielleicht nicht unbedingt im gegenwärtigen Zustand, um bescheiden zu sein. Weitere Anmerkung: meine Quelle für den Dialog in dem Film ‹*Der ewige Jude*› ist Rallos Arbeit ‹*The Haunted Castle*› und nicht der Film oder das Stück selbst. Im übrigen will ich die Erzählung nicht verderben und kann nur hoffen, daß niemand sonst den erschreckenden Zufall, von dem ich da berichte, bemerkt und der Fort-Gesellschaft angezeigt hat, deren Publikationen ich noch nie gelesen habe.

M.

An David Markson

Vancouver, B. C., Kanada
[Poststempel vom 5. Februar 1954]

Lieber alter Dave:
Ganz herzlichen Dank für Deinen Brief, der nun allmählich in Lowrys Tasche vergilbt. Herzlichen Glückwunsch zum Geburtstag; wir wußten nicht, wann Du den hattest, sonst hätten wir Dir eine Geburtstagskarte mit einem Bild des Absoluten oder dergleichen geschickt. Deinen Träumen von stürmischem Wetter, das uns Enten zusetzte, scheint alles in allem nur ein hoher Unterhaltungswert zu einer Zeit zuzukommen, da wir gerade ziemlich fidel über den Dingen schwebten. Wie sich herausstellte, haben diese Exkursionen unseres somnambulen Bewußtseins, wie Du es ausdrückst, eine gewissermaßen mehr parapsychologische oder psychische Bedeutung angenommen. Nichts Ernstes: keine unüberwindlichen Stürme, sondern bloß eine Menge Enttäuschungen und Mißverständnisse aus verschiedenen, untereinander zusammenhängenden Quellen; in unserer Lage sämtlich eher schwerer als nicht zu ertragen: ich frage mich, wer den Ausdruck «das Handtuch werfen» erfunden hat. Mir schien immer, daß jemand, dessen Gedärm so robust und exzentrisch ist, daß es ihm nichts ausmacht, ein Handtuch zu verschlingen, auch eine entsprechende Abneigung dagegen haben müsse, es wieder von sich zu geben: wir haben es jedenfalls nicht geworfen: vielleicht, weil es, wie Hasbroucks Rose[1], bereits verdaut ist. (Nun sagt mir Margie, «die Flinte ins Korn werfen» wäre besser; obwohl ich das Handtuch vorziehen würde. Na ja.) Also kein Handtuch. Was alles

unser Innenleben nicht davon abgehalten hat, ganz plötzlich dem von Balzac ähnlich zu werden, mit dem Unterschied, daß es dort allem Anschein nach auch keine *‹Comédie Humaine›* gibt. Ach Malc Malc, was soll's Du Schalk, wie der alte Aiken zu sagen pflegte. Man könnte auch immer nach Sardinien gehen und eine Silbermine aufmachen. In diesem Zusammenhang empfehle ich Stefan Zweigs posthumen *‹Balzac›*, besonders wenn Du etwas über meine Kindheit lesen willst. Oder die von Stefan Zweig. Oder von wem auch immer. Wen kümmert's denn? Dazu ein paar Dutzend Krankheiten: Fieber, Ausschlag, Grippe, Flöhe und der stets gefürchtete Bannstrahl. Aber die Finanzen bessern sich. Und das kleine Haus hat (wieder einmal) ganz allein, zusammen mit dem Pier, den schlimmsten Stürmen des Jahrhunderts widerstanden; während Deep Cove eine Ecke weiter (und dorthin sind wir unter meiner falschen Führung versehentlich fast geraten, nach Port Moody) total weggeblasen wurde. Inzwischen haben wir eine faschistische Regierung bekommen; in den Bibliotheken werden Bücher verbrannt, oder man droht damit, und *‹The Wild One›* kam auf den Index: der Grund ist nur zu offensichtlich: McCarthy heißt ihr Held (obwohl selbst Ezra Pound diese säuischen Stinktiere nicht anerkannt hätte – sind Verfechter des Sozialkredits). Ich drohe einen Gestank loszulassen, der von einem Ende der Welt zum anderen wandern soll, aber bis jetzt bin ich noch nicht weiter gekommen, als mich selbst krank zu machen und die Ruhe zu verlieren. Außerdem hat mich (nachdem ich *‹The Juggler›* gesehen hatte) das Verlangen gepackt, nach Israel zu gehen und dort zu sterben. Oder vielleicht auch zu leben. Wir sind 25 Meilen durch einen Blizzard gefahren, um uns *‹The Great God Brown›* anzusehen. Sehr gut. Und das Allerschlimmste: wir bekamen eine Mitteilung, ausdrücklich an Apartment 73 gerichtet: wir, die Caroline Court Apartments Ltd., ersuchen Sie höflichst, das Füttern von Möwen oder Tauben zu unterlassen ... diese Vögel ziehen gewöhnlich Mäuse und andere Schädlinge an ... Lebensumstände büßen an Reiz ein ... zum Mißfallen der anderen Mieter ... *im übrigen verstößt es gegen die städtischen Verordnungen* ... Worauf ich geantwortet habe: *wir, Möwen und Tauben*, teilen der Caroline Court Apartments Ltd. höflichst mit, daß wir hier schon beträchtlich länger ansässig sind als Sie; weit davon entfernt, den Lebensumständen ihren Reiz zu nehmen, behaupten wir, der einzige ästhetische Reiz im Umkreis von zwanzig Meilen zu sein, der Ihre Liegenschaften gerade erst reizvoll macht. Und wenn wir auch die «Mäuse und anderen Schädlinge», die wir angeblich anziehen, nicht bestreiten, müssen wir doch darauf bestehen, daß die anderen Mieter, auf die Sie hinweisen, die 1450 Spatzen sind, die seit 1905 hier in diesen Mauern ohne Belästigung nisten, und zwar gemäß jenen von Ihnen angeführten städtischen Verordnungen, durch die auch wir geschützt sind (vgl. § 73 ibd. 6p. 3) und mit denen wir stets in gutem Einvernehmen gelebt haben. Was die Tauben anbelangt, so verbietet es uns unsere Fairness zu fragen, welche andere Art von Taube[2] uns denunziert hat: indessen werden wir auch fernerhin auf jedem uns beliebigen Fensterbrett hocken (und kacken), insbesondere auf dem von Apartment 73, und teilen der Caroline Court Apartments Ltd. höflichst mit, daß jede mutwillige Einmischung in unsere sogenannten Gewohnheiten – und dies um so mehr, als wir in diesem harten Winter gar keine andere Wahl haben, falls wir nicht gesetzmäßig durch die Hand derer sterben sollen, «die vom Gesetz dazu verpflichtet sind, uns zu beschützen» – den zuständigen Behörden pflichtgemäß mitgeteilt werden wird, um die Schuldigen von der äußersten Strenge des Gesetzes treffen zu lassen; womit wir lediglich meinen, daß wir Ihnen unsere Gesellschaft vollständig entziehen werden, mit dem Ergebnis, daß Ihre sogenannten Liegenschaften, die bis jetzt unser Vogelleim vernutet und verzapft, nicht nur, wie Sie es ausdrücken, ihren Reiz einbüßen, sondern, nachdem sie zusammengebrochen sind, auch ihren Geist aufgeben werden.

Etwas in dieser Art. Unterdessen, Alter, will ich Dir von uns beiden sagen, wie schön es ist, von Dir zu hören, was für ein treuer Freund Du uns bist, solch faulen Korrespondenten überhaupt zu schreiben. Es ist immer schön und erfreulich, von Dir zu hören. Schick ein Manuskript. Gib nichts auf voreilige Entmutigungen oder, was das betrifft, auf die miese Misere, die aus diesem Brief spricht. Tatsächlich hoffen wir Dich in nicht allzu ferner Zukunft mit einem Werk beschenken zu können, bei dem Du mit den Ohren schlackern wirst. Aber wenn Du mir meine – uns unsere – langziehen willst, ist es auch ziemlich egal. Oder auch nicht so ganz; schließlich wollen wir uns nur einen Kern des Friedens bewahren, wo die Anwandlungen des Herzens rein sind, die Kormorane ihre heraldischen Schwingen trocknen und die Möwen im Sonnenschein schweben. Natürlich werden sie einem etwas auf den Kopf fallen lassen, aber eben da fängt der Humor ja an.

Abgesehen davon, daß dort womöglich die vermischten Metaphern ausgehen. Wir sehen Dich in Port Moody. Liebste Grüße von uns beiden,

Malc

1 Anspielung auf H. P. Putnams Gedicht ‹*Hasbrouck and the Rose*› (A. d. Ü.)
2 Das englische «pigeon» (= Taube) kann auch «Esel» bedeuten, und ein «stool pigeon» ist ein Lockspitzel. (A. d. Ü.)

An David Markson

Dollarton, 3 Schellenten,
2 Gänsesäger, 3 Möwen,
7 Seetaucher, 1 Katze.
[Poststempel vom 10. Mai 1954]

Lieber alter Dave:
Ich hätte Dir schon vor Wochen schreiben sollen – und das habe ich auch, sogar mehr als einmal – aber auf Grund gewisser Nebenumstände ... Tja. Also, der erste Nebenumstand war der, daß eine Taube, die auf dem Dach am Ausgang des Entlüftungsrohrs nistete, in besagtes Rohr hineinfiel und in der Wand hinter unserem Bett steckenblieb, welches Bett wie eine Schublade aus der Wand kommt. Ich machte mich an die Rettung des besagten Vogels, was den zweiten Nebenumstand mit sich brachte, obwohl dieser dem in Wahrheit vorausgegangen war: einen Schnitt in der Stirn, scheinbar kaum mehr als eine Schramme, die ich mir beim Herummurksen mit diesen Stadttätigkeiten zugezogen hatte, an die ich nicht so gewöhnt bin wie an steckengebliebene Tauben. Doch plötzlich war die Schramme zu Grand Guignol geworden – ich hatte mir eine verfluchte Arterie durchschnitten. Es kam noch schlimmer: Margerie blieb auf dem Weg zu der Rettungsaktion im Lift stekken. Soll heißen, der Aufzug suchte sich zum Steckenbleiben genau den Moment aus, in dem ihr umnachteter Gatte im Badezimmer zu Tode verblutete. Ein Pandämonium: ich mußte mich selber retten, und dabei fühlte ich mich, nachdem ich den dritten Eimer voll Lowryblut von mir gegeben hatte, in Hochform und noch weniger dazu aufgelegt, selbst um Hilfe zu schreien, als mir die betreffende Wunde abzubinden. Ich

habe, sagte ich mir, gar keine Arterie im Kopf: wie kann ich sie dann abbinden? Vielleicht meinte ich nicht Arterie, sondern Gehirn, aber die Sache hatte auf alle Fälle ein Happy-End, und wir wurden noch rechtzeitig gerettet – Schlag Mitternacht im St. Paul's Hospital, nachdem wir mit 117 Meilen pro Stunde von einem Luftwaffenoffizier dorthin befördert worden waren: der war bis dahin ziemlich betrunken im Korridor unter uns gewesen, wo er einen Streit mit seiner Halbschwester hatte. «Und das haben Sie sich selbst zugefügt?» fragte der nachtdiensthabende Arzt grimmig, worauf ich antwortete: «Jesses, nein, das war diese verdammte Taube.» Eine Woche lang ging alles gut, bis wir von jemandem in einer fast so dringenden Sache wie der unseren – oder Margies – um Hilfe gebeten wurden: nämlich von dem Luftwaffenoffizier. Obwohl die Dringlichkeit in diesem Fall eher psychologisch oder interfamiliär war und eine Fahrt durch Regen und Wildnis erforderlich machte – aber lang lebe der Regen und die Wildnis!! –, eine Fahrt von siebzig Meilen zu einer entlegenen Insel – übrigens eben die Insel, auf der ein Freund von uns lebt, falls Du ihn mal brauchen solltest; ich habe ihn Dir gegenüber mal erwähnt –, und das mit ein paar angeknacksten Rippen (meinen), die ich mir wahrscheinlich ebenfalls beim Kampf mit dem heiligen Vogel zugezogen hatte und die mich immer mehr schmerzten, zumal man, um zum Haus unseres Freundes zu kommen, rund sechshundert Fuß tief eine Klippe herunterklettern muß, bei einem Gefälle – Treppen sind da – von circa 1 zu 2.

Zurück in der Wohnung des heiligen Vogels (der Hausmeister deutete an, wir könnten ungeachtet der Vorschriften das arme Ding ruhig auf dem Fensterbrett füttern, nach dem, was es in dieser Nacht durchgemacht hatte) mußte ich feststellen, daß es den angeknacksten Rippen offensichtlich gelungen war, meine Innereien lahmzulegen: bei meinem Bemühen, dem in Gandhis bewährter Manier abzuhelfen – meine Enema, die Dusche, sagte Haile Selassie dazu –, entstand nach mancherlei fruchtlosen Anläufen ein Geräusch (aber leider kein Ge-Rausch: das wäre vielleicht besser gewesen) von Splittern und Knakken, mit dem man Tote hätte aufwecken können – der Tote war gewissermaßen ich –: unlogische oder brutale Tatsache: die Rippen (und ich habe sie mir schon alle früher mal gebrochen) kamen mir wie geschmeidige Wesen vor, zum Geben und Nehmen angelegt – und zum Auf- und Niedergehen, jedem Druck von außen nachgebend: von innen aber offenbar nicht – entsetzliche Vorstellung (ein Sterntaucher; eine dumme

Möwe, die einem schönen Gänsesäger einen Fisch zu klauen versucht; in der Raffinerie wird Öl abgefackelt; der erste Stern – was sich halt so draußen abspielt): der Brustkasten gab, wie diese Dämme in Holland beim Hochwasser voriges Jahr, unter dem Druck des Wassers nach, und es war zwecklos, seinen Finger in den Damm zu stecken. Oder übrigens auch in den Arsch. Diesmal bekam Margie, ganz vornehm, ihre Anweisungen per Telefon – so lästig das auch gewesen sein muß (unser Arzt wohnt im Norden Vancouvers) –: zum Stützen Laken fest um den Patienten wickeln: mehr Enema, die Dusche: Cascara: 2 Teelöffel Epsomer Bittersalz: Rosmarintee: und mehrmals wüst im Zimmer herumspringen und dabei tief den Smog einatmen. Und Sterbenden, sagte ich, soll man Brandy verabreichen. Das geschah. Aber bis Montagabend – Sonntag war's passiert – hatte immer noch nichts geholfen. «Wenn sich bis 8 Uhr nichts ändert, kommen Sie ins Krankenhaus.» Unser letztes Gespräch wurde von jemandem mit dem Schrei «Notfall!» abgebrochen: ich machte daher diesmal meinen Notfall aus eigener Kraft – soll heißen, ich ging – nach dem Krankenhaus[1]. Wieder in St. Paul's: (die erste und die letzte Szene des ganzen *‹Vulkan›* – *‹The Voyage That Never Ends›* – sollen ebenfalls dort spielen; aber dies war ein wenig wie ein Alptraum: das hätte ich doch schreiben sollen, und nicht selbst erleben und -sterben, murmelt Malc bei sich und kichert gedankenlos – Du solltest unter solchen Umständen, mit gebrochenen Rippen, nicht gedankenlos kichern, Alter, und ich warne Dich: versuch es gar nicht erst, solltest Du je das Pech haben, in eine solche Lage zu geraten). Unser Arzt im Norden Vancouvers schickte mir also einen Notarzt; ich wurde geröntgt, bekam Medikamente, und das war's – dabei stieg meine Temperatur jetzt ziemlich so an, wie sie es auch tut, wenn man in den Maschinenraum eines Bauxit-Frachters runtersteigt –

Etliche Mescals später ...

FASTEN

steht hinterm Bett.

Und am Fuß ein Bild des Jesuskinds, das offensichtlich unterwiesen wird – mit Blick auf die später notwendige Konstruktion eines Kreuzes (da drüber hing nämlich eins); es sah dabei fast aus wie Dylan, wenn er total besoffen war –, das also wie gesagt von seinem Vater Joseph in der Kunst unterwiesen wird, was man mit Hammer und Nagel so alles machen kann – Schluß damit. (Nicht abgeschickt.)

Unser liebster alter Dave:

Tut mir schrecklich leid, daß ich nicht (nicht geschrieben)

Liebster alter Dave:

Tut mir außerordentlich leid, daß ich so lange nicht geschrieben bzw. eher keine Briefe an Dich abgeschickt habe, besonders, da Du so anständig gewesen bist, uns zu schreiben, als Du auf parapsychologische Weise eine miese Misere bei den Lowrys argwöhntest; und dies auch noch so unterhaltend, glänzend und einfühlsam und dann auch noch so oft – (nicht abgeschickt)

– um es kurz zu machen (ich habe Dir übrigens noch einen langen, nicht abgeschickten Brief geschrieben, in dem ich von unseren Schwierigkeiten nichts erwähnte, sondern mich auf das konzentrierte, was wir für Deine hielten – nicht abgeschickt wegen der übernatürlichen Vorstellung, diese Schwierigkeiten existierten in Wirklichkeit vielleicht gar nicht, ihre Benennung könnte sie aber auf irgendeine obskure Weise bei Dir erzeugen, verdammt; all das, wo ich sehr gut weiß, daß Du wahrscheinlich nichts anderes als von einem Kumpel Oh oder Scheiße oder so was hören wolltest [wie Du siehst, konnte ich Scheiße nicht gut sagen, wie der Dichter sprach, als er Feuer rief, nachdem er in die Gosse gefallen war]) – um das also kurz zu machen: wir haben vor, diesen Sommer in den Osten zu fahren, und zwar tatsächlich mit dem Ziel, Dich zu besuchen, bevor wir mit der S.S. ΟΙΔΙΠΟΥΣ ΤΥΡΑΝΝΟΣ in Richtung Tel Aviv abdampfen, obwohl die eigentliche Fahrt nach Sizilien geht oder zumindest nach dem Königreich Beider Sizilien – wenn auch nicht unter dem ollen König Bomba (von dem ein Gesetz stammt, nach dem die Züge jeden Abend um 6 Uhr anhalten müssen, damit an Bord der vorschriftsmäßige Gottesdienst abgehalten werden kann) –, wo wir, wenn auch nicht wie der alte Typhoeus, unter dem Ätna leben wollen. Vorher wollen wir, wie Prospero, nach Mailand zurückkehren, wo der Vulkan nach Deiner besseren (oder bitteren) Entdeckung in Kürze ausbrechen – oder erlöschen – wird. Wir haben uns gefragt, ob Du uns vorher für ein paar Tage in New York unterbringen könntest, wenn wir da durchkommen: unter einem Bett oder wo auch immer. Und diese Bitte äußern wir nicht aus finanziellen Gründen, sondern eher aus Liebe, was auch immer das für ein Gebilde sein mag. Wenn Du willst, kannst Du unser Haus haben, solange wir weg sind – falls Du in den Westen willst, aber wir können nicht beschwören, daß wir nicht darin herumspuken und Dir heiße teleportierte Lieder vorsingen werden: aber es ist wahrscheinlicher, daß Du gar nicht willst; und noch wahrscheinlicher, daß Du wie wir die Meere befahren wirst oder was auch immer. Tatsächlich wissen wir noch gar nicht genau, mit welchem Schiff wir von New York aus weiterfahren werden: ob auf einem griechischen, ägyptischen, israelischen oder italienischen Frachter. Das genaue Datum wissen wir auch nicht. Aber der italienische Konsul sagt uns Bescheid. Wie besagter Konsul kürzlich Margie gegenüber äußerte: «Dies Schiff gutt fir Dame – ich habe eine Freund, der kenne den Commandante: der Kapitän: aber ich muß spreche mit Freund. Aber vielleicht warte 5 oder 6 Tag in New York. Aber ist meine Freund, ich versuch ... Nein, es ist meine Recht fir nette Dame und ihr Freund: oder ist er Ihre Ehemahl?»

Auf alle Fälle wirst Du nicht allzu weit weg sein, auch wenn Du es bist; aber gib uns Bescheid: wir werden's auch tun. Bis dahin Halt diesen Ton, Roland! Stoss ins Horn! Halt diesen Ton! Liebe Grüße von uns beiden, von Margie und mir, sowie von der Hütte und den vielen Gänsesägern und den anderen wilden und dunklen Meeresvögeln (nicht geschrieben),

Malcolm

1 Deutsch im Original (A. d. Ü.)

An Albert Erskine

Dollarton, B. C., Kanada
22. Mai 1954

Lieber alter Albert:
Ich habe das Gefühl, ich sollte so etwas wie einen Bericht erstatten. Aber bevor ich das tue, möchte ich sagen, wie leid es mir tut, daß mein Brief vom letzten Januar Dich wütend gemacht oder vielleicht auch verletzt hat. Es tut mir wirklich leid, Punkt. Das heißt, vom persönlichen Standpunkt aus. Bitte verzeih mir. Bevor Du jedoch dieses Verhalten als das Ultima Thule der Undankbarkeit abschreibst – falls Du das nicht bereits getan hast –, versuch bitte die Wirkung zu begreifen, die Deine Neuigkeiten von Random House – gerade zu diesem Zeitpunkt, und auf diese spezielle Weise mitgeteilt – auf mich hatten. Nun, Schluß mit alldem.

Inzwischen hatte ich selbst einige Dinge übersehen: unter anderem, daß ich dieses Jahr allein für die Zahlungen von Random House 400 Dollar Einkommensteuer zu zahlen hatte. Überdies war meine englische Bank bis Mitte März noch immer nicht durchgekommen, und wir lebten recht prekär von einer Überziehung unseres kanadischen Kontos; auch den Anwälten in Liverpool war der Durchbruch noch nicht gelungen, trotz ihren Versprechungen (sie führten sich tatsächlich wie gewisse Autoren auf), und eine Zeitlang sahen die Dinge reichlich trübe aus: schließlich kam das Geld dann doch noch durch (genau rechtzeitig zur Bezahlung der Einkommensteuer), allerdings erst nachdem ich noch eine Menge Energie im Kampf mit diesen Leuten verschwendet hatte und, das auch noch, im Krankenhaus gewesen war; nicht auf Grund weiterer Unfälle, sondern einfach, weil ein paar schon früher gebrochene Knochen auf einmal ein noch älteres, in der Tat angeborenes, unbedeutenderes und sehr englisches Leiden verschlimmert hatten: jedenfalls ein koloniales – äußerst unangenehme Sache –, aber nicht sehr ernst, wie sich herausstellte. (Ich hatte dieses Jahr nur einen nennenswerten Unfall: bei der Befreiung einer im Entlüftungsrohr des Apartments steckengebliebenen Taube hatte ich mir eine Arterie an der Stirn durchgeschnitten: eine gute Ausrede, wenn man bei seiner Tante zu spät zum Tee auftaucht.)

Wie Du an der Adresse siehst, sind wir wieder in Dollarton; und soweit es die finanzielle Lage betrifft, sehen die Dinge rosig aus – klopf auf Holz –, und zwar so sehr, daß ich – wenn Du die Zahlungen fortgesetzt hättest – sie jetzt wohl zurückschicken würde, und zwar nicht aus Edelmut, sondern um der Einkommensteuer zu entgehen. Nicht, daß ich nicht für ihre Wiederaufnahme zu einem zukünftigen Zeitpunkt dankbar sein werde (falls ich dann noch auf der Empfängerliste stehe), aber so wie die Dinge zur Zeit aussehen, werde ich, wie ich ja schon angedeutet hatte, in der Lage sein, auf eigene Faust weiterzumachen bzw. ohne mir eine andere Arbeit zu suchen, hoffe ich wenigstens, bis zu unser aller Zufriedenheit etwas fertig ist. Was mich auf etwas anderes, für mich sehr Wichtiges, bringt: insgesamt wäre es mir lieber, wenn – solange ich auf eigene Faust weiterarbeite – der Stand der Arbeit sozusagen mein oder mehr mein Bühnengeheimnis bliebe. Mit anderen Worten, ich glaube nicht, daß ich Dir weitere Stücke schicken möchte (zumal Du das anscheinend nicht unbedingt willst, jedenfalls hast Du nie darum gebeten), und zwar aus mindestens zwei Gründen: erstens kann ich keine weitere Entmutigung riskieren, nicht im gewöhnlichen Sinne: ich will damit keine Vorwürfe aussprechen; es ist nur so, daß meine Anlage zur Selbstkritik dazu neigt, ein wenig manisch-depressiv zu sein; offen gesagt gibt es Zeiten, wo ich im Schaffensprozeß Ermutigung zu brauchen scheine, selbst wenn ich selber denke, daß das, was ich da mache, nicht vollkommen richtig ist; und das wäre Dir gegenüber gewiß nicht fair. Zweitens ist es, wegen der speziellen Art, in der ich anscheinend zu arbeiten habe, der Arbeit selbst gegenüber unfair; zum Beispiel weiß ich zur Zeit beim besten Willen nicht, ob ich von den über 500 Seiten von ‹*Gabriola*› nicht 200 Seiten streichen werde; und ich werde das erst wissen, wenn es endgültig (sic) abgetippt ist. Vorläufig will ich Dir daher nicht einmal von seinem gegenwärtigen Stand berichten, oder wie es vorangeht; dies ist nichts als eine Art Selbstschutz.

Was mich auf etwas anderes bringt: die unmittelbaren Aussichten deuten auf eine weitere Änderung der Pläne hin, auf weitere Energieverschwendung: soll heißen, wir werden umziehen müssen. Genau wie es das Buch von Eridanus vorausgesagt hat, sind die Exmissionen bis jetzt beim Leuchtturm stehengeblieben, aber wir sind nun gleichwohl vollständig von bereinigter Flur und Ölraffinerien umgeben – die Espen sind alle, alle gefällt worden, nur in unserer kleinen Oase von grünem Wald und Meer noch nicht –, und sollte diese Oase auch für immer bestehen bleiben: im Interesse geistiger und körperlicher Gesundheit sollten wir diesmal gehen: und wenn auch nur deshalb, weil wir nächstes Jahr 1000 Dollar Einkommensteuer werden zahlen müssen, falls wir hierbleiben; mit dem Geld könnten wir genausogut nach Europa gehen und uns eine neue, weniger qualvolle und womöglich gar noch billigere Absteige suchen. Fürs erste haben wir uns auf Sizilien fixiert. Wir hoffen natürlich zurückzukommen; doch muß alles so vorbereitet werden, als ob wir das nicht täten. Und das sind mancherlei und komplizierte Vorbereitungen an einem Ort, wo man vierzehn Jahre lang gelebt hat.

Zum Schluß nun zu meinem vertraglichen Verhältnis mit Dir: ich finde es ein bißchen dunkel. Obwohl ich sicher war, daß wir darüber eine Vereinbarung getroffen hatten, kann ich in dem Vertrag keine Klausel und keinen Zusatz finden, der besagt, daß ich auf diese Weise «Zeit kaufen» darf. Nach dem Stand der Dinge habe ich einen weiteren Ablieferungstermin in einem Jahr, und einen dritten im Nov. 1956. Es wäre mir zur Zeit schlicht unmöglich – unter diesen veränderten und sich verändernden Umständen – zu versuchen, im einzelnen aufzuführen, was ich meiner Meinung nach in welcher Reihenfolge bis dahin schaffen kann und was nicht (wie es jetzt aussieht, werde ich bis zum letzten Termin drei – oder mehr – Bücher für Dich fertig haben, die aber alle ein wenig abseits von dem allgemeinen Hauptplan liegen: Du hattest ja inzwischen nicht den geringsten Hinweis auf all die Arbeit, die ich geleistet habe), und ich will keine Versprechungen mehr machen, die ich nicht halten kann, oder, genauer gesagt, Versprechungen, die bei Random House den Eindruck erwecken, als hielte ich sie nicht nach besten Kräften ein. Irgendwie bin ich wohl nicht fähig, auf diese Weise zu arbeiten: anscheinend muß ich erst noch ein bißchen Gras über die Dinge wachsen lassen. Doch nehme ich an, daß die Sache jetzt anders aussieht. Oder, um es anders auszudrücken, ich hoffe, ich darf die Sache jetzt so sehen, daß ich die Uhr um 11:59 am 31. Oktober 1953 angehalten habe – oder am 31. Januar 1954, was immer Dir lieber ist. Sag mir bitte darüber Bescheid, da ich mir schreckliche Sorgen deswegen mache. Wir haben vor, auf dem Weg nach Sizilien im September auch durch New York zu kommen, und wir hoffen sehr, Dich dann zu sehen; dann ist die Lage vielleicht auch klarer, oder wir können sie klären, auf jeden Fall könnten wir ein ordentliches – Palaver ist vielleicht das richtige Wort – Palaver darüber abhalten. Jedenfalls wollen wir Dich besuchen, lieber Bruder. Ich hoffe, Du übermittelst Mr. Haas meine aufrichtige Dankbarkeit dafür, daß er mich über Wasser gehalten hat, und versichere ihm, daß ich es zu schaffen gedenke. Allerliebste Grüße von uns beiden,

Malcolm

An David Markson

[Poststempel Dollarton,
10. Juli 1954]

Lieber alter Dave:
Habe Deine Modigliani-Karyatide aus Mailand erhalten, beschleunigt durch die imposanten Briefmarken von der Columbia University; freilich mit einigen Befürchtungen wegen des langen Schweigens ...

Hier ist alles halb heiter beschissen und schizophren, aber auch hoffnungsvoll und sogar fröhlich nach vorn gerichtet; merkwürdigerweise erwischte mich Deine Karte in einem Moment, wo ich auch gerade ‹*Ushant*› las – und zwar zum erstenmal halbwegs objektiv: zu der Zeit, als sein Schöpfer[1] es mir schickte, fand ich, daß es bei gewissen darin vorkommenden Personen zu starke innere Blutungen hervorrief, als daß ich einen intelligenten Kommentar dazu hätte abgeben können. Ein Versäumnis, das, wie ich fürchte, den alten Meister ein wenig verletzt haben könnte: etwas, was nun korrigiert werden wird. Freilich ist es, wie Du zugeben wirst, ein verteufelt schwieriges Buch (und das nicht bloß in dem Sinn, daß es dunkel ist – das ist es häufig –, sondern daß es sich beim Lesen von einem *entfernt*), kaum direkt in alldem zu erfassen, was es in einem heraufbeschwört; kein Buch, von dem man sagen könnte: «Prima Arbeit, alter Knabe», oder dergleichen: besonders wenn man selbst einer der Protagonisten sein soll. Ich habe das Buch mit (zum Teil) erstaunlichem Nutzen gelesen in einer Situation qua «Haus» wie der gegenwärtigen, jedoch – Jesses, wie die Menschheit das überhaupt aushält, ist mir ein Rätsel – ist mir nie in den Sinn gekommen, daß Bewußtsein allein von irgendeinem Nutzen sein könnte – ganz im Gegenteil – und erst recht kein Ziel: «Mensch, vergiß dich!» ist nämlich zu oft mein Motto gewesen; doch spüre ich jetzt zum erstenmal, daß er recht gehabt haben könnte. Alle Mann an Deck des braven Schiffs Solipsismus, kurz gesagt, und vergeßt eure Seestiefel nicht … Unser kleines Schiff Solipsismus – die Überfahrt damit haben wir uns bereits durch Barzahlung von 100 Dollar gesichert: es ist ein italienisches von der Costa Linie, nimmt 12 Passagiere mit (wir hoffen noch immer, daß Du einer davon sein wirst) und dürfte wohl irgendwann zwischen dem 1. und 6. September losfahren: wenn wir davon ausgehen – es sei denn, wir können erst später abfahren, oder das Schiff, das nach Genua oder Neapel oder beidem bestimmt ist, wird sonstwie aufgehalten –, würden wir am Abend des 25. August in New York eintreffen – so Gott will, und wir hoffen bei demselben, wenigstens Dich dann zu sehen. Liebste Grüße von uns beiden.

Hasta la vista,
Malc

1 Conrad Aiken

An David Markson

[Postkarte aus Mailand,
1954; Rest des Datums unleserlich]

Bumm!

Malcolm

An Signor und Signora Giorgio Monicelli

Villa Margherita
Mazzaro
Taormina, Sizilien
[1954]

DIESER BRIEF SOLL BESAGEN – trotz meiner gelegentlichen belanglosen Poetik – daß ich Euch gern habe: MACHT EUCH KEINE SORGEN!
Geliebter Giorgio, geliebte Daniela:
Gebt bitte um Himmels willen nicht allzuviel auf die saudumme Ansammlung von Selbstmitleid, die ich Euch vorgestern geschickt habe – haltet Euch nur an den darin enthaltenen Beweis meiner Zuneigung zu Euch. (Ich *mußte* zeigen, daß ich Euch geschrieben hatte.) Zweifellos ist die Lage ganz schön gefährlich – psychologisch (und physisch) –, aber wohl nicht halb so gefährlich, wie meine Prahlerei sie dargestellt hat. Soweit es das Bein betrifft, so hat es sich offenbar dazu entschlossen, sich selbst geradezu über Nacht zu heilen; denn heute bin ich ohne übermäßige Schwierigkeiten ein paar Meilen gewandert. An meiner Angst vor einer neuen Infektion waren anscheinend die gräßlichen Schmerzen schuld, die daher rührten, daß ich eine Bandage zu lange getragen hatte. Ich entfernte es also – nicht das Bein, sondern das Band –, und Gott steh mir bei, wenn es nicht wirklich geheilt ist (klopf auf Holz). Oder so gut wie. Meine Schwäche hält an, aber selbst hier scheine ich – unter dem Einfluß riesiger Mengen Gorgonzola und Mineralwasser – zuzunehmen und meine abnorme zerrüttete fette Gestalt wieder anzunehmen (Wasser ist natürlich immer relativ mineralisch). Aber meine ganze Prahlerei kann die Bedrohlichkeit Taorminas als Wohnort nicht wegwischen – besonders hier, wo hinter jeder Ecke zehn Abgründe lauern. Genug davon. Mir ist es ein Rätsel, wie selbst Odys-

seus, der doch für seinen Aplomb und seine Schläue bekannt war, von imaginären Sirenenstimmen verlockt werden konnte, die von einem öden Eiland zu ihm rüberwehten – einem Eiland, auf dem man nicht einmal landen konnte – auch wenn wir halb drauf leben – und das von nichts anderem bevölkert ist als von ein paar Zwergkakteen und drei wilden Ziegen, die an Verstopfung leiden und vom Verkehrslärm der Küstenstraße nach Messina und der parallelen Eisenbahnlinie zum Wahnsinn getrieben werden. Das Wetter ist verdammt scheußlich; das Mittelmeer hier – endgültige Demütigung – bleibt weiterhin nahezu unbeschwimmbar – Margerie, das arme Mädel, hat schon wieder eine Halsentzündung – auf Calabria fällt der Schnee. Unsere Dienstboten in diesem Haus sind ein neandertaler Orang-Utan in wehendem Mantel und mit einer Stirn wie der junge Mozart und ein Gorillaweibchen mit einem Herzen aus Gold und einem Geist, der nur ans Essen denkt (das zum größten Teil ungenießbar ist). Wenn die westliche Zivilisation wirklich hier begonnen hat, kann ich bloß sagen, daß es nicht schwer gewesen sein dürfte, schon vor langer Zeit vorherzusagen, wie sie enden würde.

Margerie sagte gerade, sie würde lieber ersticken als erfrieren (obwohl einem gewöhnlich gleich beides zustößt), ich habe daher eben die Kohlenpfanne bestellt, die mit einer Zitrone oben drauf gleich eintreffen wird. Inzwischen könnt Ihr sehen, daß ich mich wirklich à la Stendhal erholt habe: macht Euch also keine Sorgen.

Es scheint schrecklich unhöflich von mir, meine Wut an dem armen Sizilien abzulassen, aber ich kann nur sagen, daß Sizilien gewiß nicht Italien ist – tatsächlich haßt man Euch hier mehr als uns; das sagt ja schon einiges – und daß ich Euch gestatte, Schottland jederzeit eine Tracht Prügel zu verabreichen – Schottland, das nicht England ist –; und das sage ich als Nachfahre von Robert the Bruce (obwohl es stimmt, daß er eine Menge Nachfahren hatte: die meisten davon, wie zweifellos auch ich, unehelich). Was aber meinen Zorn über diese Insel erregt, rührt zum Teil bestimmt her von einer Mischung aus Mitleid und Neid. Das Leben der Sizilianer erscheint mir hoffnungslos über alle Hoffnungslosigkeit hinaus, und alles, was daran schlecht ist, fließt natürlich nach Taormina, wo die Mehrheit der Bevölkerung überhaupt keine Menschen zu sein scheinen, sondern Geier, die auf Touristen Jagd machen. Aber wie schaffen sie es nur, bergauf bergab zu steigen – und was für prächtige Berge – und dabei auch noch zu singen? Und wie schaffen sie es, sich in ihrer ursprünglichen Kultur eine gewisse strenge autochthone Schönheit zu bewahren?

Wie konnten Pirandello und Verga nur an einem solchen Ort das Licht der Welt erblicken: das kommt mir nicht bloß unwahrscheinlich, sondern ganz unmöglich vor – ein Hirngespinst, über das Gott, falls er diese Insel überhaupt erschaffen hat, hätte hinweggehen sollen, wenigstens hätte er sich darum bemühen müssen, der reumütige Mann. Margerie findet es natürlich romantisch: Ich finde, es besitzt nur eine Schönheit: die des Todes, und tot ist es wahrhaftig – nur die Leute nicht. Oder noch nicht. Oder nicht ganz. Das ganze ist ein häßliches Zerrbild unseres früheren Lebens, wo das Leben noch unvollkommen war und die großen Bäume noch standen – wem kann man da einen Vorwurf machen? Ich fragte den Priester, der auch das hiesige Kino betreibt (dort haben wir uns ‹*Quo Vadis*› angesehen), und alles was er sagte, war: «Sprechen Sie deutsch?»[1]

Das alles scheint mir eine geradezu unglaubliche Verunstaltung der modernen Welt darzustellen; es macht mir Lust, Eliot zu parodieren – Stärke ohne Mut, Tapferkeit ohne Mumm (denn das einzige, was die Sizilianer zu verstehen scheinen, ist brutale Gewalt und Geschrei) – und das ist etwas ganz anderes (auch wenn es vielleicht doch ähnlich ist) als «Kraft, gebrochen durch Kraft, doch immer noch stark», wie mir einmal ein Freund über Kanada schrieb. Eine Mischung aus der Insel Man, Acapulco und Liverpool. Gott steh uns bei. Margies südliche Tradition steht freilich in voller Blüte: fast alle hier sind Sklaven (ich übersehe dabei nicht, daß ich selber einer bin), und wenn man sie nicht als solche behandelt, wird man von ihnen nicht respektiert. Dahinter steckt viel Liebe und Tragödie, aber ich will darauf nicht weiter eingehen. Ich habe mir D. H. Lawrence' Haus angesehen und ihn dafür verachtet, daß er es genommen hat, fürchte ich – obwohl ich, es war wohl am 30. März 1930, geweint habe, als ich eben in Cambridge (wo alles außer Rand und Band war) aus dem Kino kam und erfuhr, daß er gestorben war.

Basta! Basta! Basta!

Pazienza! Pazienza! Pazienza!

Erzählt aber nicht, was ich gesagt habe, in den Straßen von Tyrus oder den Nebenstraßen von Askalon weiter. Und teilt dieses Ordal auch nicht dem guten Eric Linder[2] mit (auch wenn Ihr es schon getan haben solltet). Denn abgesehen von allem anderen wird es ihn – die gute

Seele – ärgern. Sagt Harold Matson nichts davon und auch nicht Innes Rose, der es, ein so braver Kerl er auch ist, dem Kaspischen Meer weitererzählen wird, das, wie Ihr wißt, keinen Ausgang hat, und so wird der arme Otto immer rund und rund und rund im Kreis fahren müssen …

Sagt auch Garzanti nichts davon. Und Euch selbst auch nicht. Empedokles wird allmählich langweilig.

Liebe Grüße
Malcolm

1 Deutsch im Original (A. d. Ü.)
2 Lowrys literarischer Agent für Italien

Elfter Teil

1955–1956

An David Markson

Villa Mazzullo
Taormina
[Frühjahr 1955]

Lieber alter Dave:
Tut mir schrecklich leid, daß ich nicht geschrieben habe. Eine Teil-Erklärung dafür steht auf einer Postkarte, die etwa zur selben Zeit wie dieser Brief bei Dir ankommen müßte.

Deine Nachricht von Jim Agees Tod hat mich ungeheuer getroffen: der Tod eines so guten Mannes reißt einem ein Loch ins eigene Leben, auch wenn Leute von Wert heutzutage wie die Fliegen sterben – ich kann mir nur denken, um die Toten zu bewaffnen.

Meine liebsten Grüße an Scipio und Kitty: die Einladung zu ihrer Hochzeit ist gerade noch rechtzeitig gekommen, daß ich ihnen ein Taufgeschenk schicken kann – richte ihnen bitte meine Entschuldigung und Glückwünsche aus (es fällt mir zur Zeit schrecklich schwer, überhaupt zu schreiben).

Sizilien – oder jedenfalls Taormina – ist ein Desaster ersten Ranges: der Lärm ist so entsetzlich, daß ich ständig Ohrenpfropfen tragen muß, wovon man glatt taub (und auch blind) werden kann. Ich fürchte, Dir würde es gefallen.

Margie läßt grüßen. Ich auch. Ich kann Dir keine erfreulichen Neuigkeiten mitteilen, also reg Du Dich und schick mir welche. Wir werden in Kürze nach England abreisen. Robert Haas von Random House war hier, habe ihn aber leider verpaßt. Über Umwege habe ich erfahren, daß er sehr gut von mir gesprochen hat, was ich sehr anständig von ihm finde, da ich mit der Erfüllung meines Vertrags 99 Jahre in Verzug bin.

Gestern hat die Tochter unserer Magd ein Kind bekommen: Vater und Mutter heiraten nächsten Montag. Ich überlege, ob ich gegen die Eheschließung Einspruch erheben soll: abgesehen davon hat der ‹*Vulkan*›, obwohl er bereits ins Italienische übersetzt ist, offensichtlich Ärger mit dem Vatikan in Aussicht: weshalb er noch nicht herausgekommen ist; das einzige, was herausgekommen ist, war unser Essen, und zwar aus dem Kühlschrank, den die Katze unseres Nachbarn zu öffnen gelernt hat: soll sie's haben!

Sursum corda!
Malc

An Albert Erskine

Brook General Hospital
Abt. H (Neurochirurgie)
Shooters Hill Road, Woolwich
London, S. E. 18
[Juli 1955]

Lieber Bruder Albert:
Nun bin ich also hier – Margie ebenfalls, aber in einer anderen Abteilung (F. 2); zum Glück können wir uns besuchen. Das Krankenhaus ist hervorragend, und alle sind sehr nett zu einem; und ich esse (ich spreche von mir, nicht von Margie, die überhaupt nicht essen kann) wie ein Scheunendrescher: diese Abteilung ist mehr oder weniger nur für Leute mit Hirn- oder Schädelverletzungen bestimmt bzw. für die postoperative Erholung solcher Leute, so daß der Sensenmann stets gegenwärtig ist; aber das Ganze ist trotz allem kein bißchen düster, ja, die meiste Zeit verbringe ich ohne Hemd auf dem Kricketfeld im Tau. Kurz das Neueste: eine Zeitlang hielt man es für möglich, daß etliche frühere Verletzungen und Brüche oder was auch immer einen heiklen Bereich meines Gehirns beschädigt haben könnten, doch scheint dies trotz einigen immer noch verwirrenden Symptomen nicht der Fall zu sein; ich werde daher – obwohl ich bereits geröntgt wurde und wahrscheinlich noch einmal geröntgt werde, um festzustellen, ob eine Gehirnoperation nötig ist –, soweit ich es absehen kann, nicht daran operiert werden, zumindest nicht jetzt, und selbst wenn, wäre das nur eine kleinere Operation. (Allerdings werde ich an Hämorrhoiden operiert werden, aber da steckt ja wohl hoffentlich nicht mein Gehirn.) Klopf auf Holz. Das kritischste Symptom war mein Sehvermögen, das seit Anfang dieses Jahres nicht mehr in Ordnung ist (sick transit!)[1]; manchmal war es so schlimm, daß ich glaubte, mein Augenlicht ganz und gar zu verlieren; außerdem kam mir der finstere Gedanke, daß hiermit meine Kinderkrankheit auf anderer Ebene wiederkehre[2] bzw. dafür verantwortlich sei. Dies ist aber nicht so, sondern nur, wie einige Experten sagen, das gewöhnliche Erschlaffen der Augenmuskeln, das in meinem Alter auftreten kann. Ich trage daher jetzt beim Lesen eine Brille, was kaum ein sonderlich bemerkenswerter Zustand wäre, wenn die ganze Sache nur nicht so zum Verrücktwerden ungereimt wäre. Manchmal sehe ich, besonders bei Tageslicht, mit Brille schlechter als ohne, und bei elektri-

schem Licht verschwimmt oder verschwindet Gedrucktes ganz und gar: dann sehe ich wieder eine Weile perfekt; mit meinem physischen Wohlbefinden ist es fast dasselbe: auf Sizilien habe ich innerhalb weniger Monate 42 Pfund abgenommen, aber das alles scheint hier in zwei Wochen wieder zurückgekommen zu sein, muß ich mit halbem Bedauern sagen. Ich brauche wohl nicht zu bemerken, daß das alles für die Arbeit nicht allzugut gewesen ist, die zumal ohne die dienstuntaugliche arme Margie völlig unmöglich war. Dies dürfte erst etwa der dritte Brief sein, den ich dieses Jahr zu schreiben schaffe, falls ich es schaffe, ihn zu Ende zu kriegen, und – schöne Bescherung! – das alles wird auch dadurch nicht einfacher, daß ich meine eigene alte Handschrift nicht lesen kann bzw. nur mit großen Schwierigkeiten. Wenn Du diesen Brief erhältst, werden wir beide schon einen Monat hier drin sein und vermutlich noch mindestens einen weiteren Monat bleiben müssen. Was Margie eigentlich hat, konnte bis jetzt noch niemand so richtig feststellen, auf jeden Fall aber ist sie verdammt krank, wirklich wesentlich kränker als ich: es macht uns beiden eine rechte Freude, daß man ihr Paraldehyd als Beruhigungsmittel gibt, obwohl ihr Problem doch bestimmt nichts mit Alkohol zu tun hat (und meins auch nicht, obwohl ich sagen muß, hin und wieder ein Paraldehyd mit Soda könnte mir nichts schaden). Wir beide sind, schon lange bevor wir ins Krankenhaus gekommen sind, in ärztlicher Behandlung gewesen, und der frühere Arzt hat mir das Schreiben verboten (insbesondere über das ‹*Gabriola*›-Thema), vorausgesetzt, dies, oder auch nur der Gedanke daran, wäre vor einer entscheidenden Besserung der Lage überhaupt möglich gewesen. Soweit es mich betrifft, hatte die gegenwärtige Behandlung das Ziel, daß ich mein *work in progress* wiederaufnehmen konnte, aber ich fürchte, die letzten 18 Monate werde ich als totalen Verlust abschreiben müssen. Heute wurde das benötigte Ms. wieder zu mir her teleportiert, und nun hockt es funkelnd neben meinem Bett im Krankensaal (wo vorige Nacht mein Nachbar zur Begleitung des «Wabash Blues» gestorben ist) und wartet darauf, daß ich mich wieder hineinstürze – was ich, so gut ich kann, tun will: ich fange gleich damit an, obwohl sich die Dinge zwangsläufig verspäten werden, nicht zuletzt wegen des Abtippens; außerdem werde ich wegen dieser Augengeschichte meine Schreibmethode vollständig ändern und mich voll und ganz neu darauf einstellen müssen – selbst jetzt fällt es mir manchmal noch schwer, länger als 5 Minuten einen Bleistift festzuhalten. Ich brauche wohl nicht zu sagen, daß ich es bedaure, die Waren – einige Waren – nicht schon längst abgeliefert zu haben; ich fand es sehr schade, daß wir damals die Nabelschnur mit Random House kappen mußten: außerdem hat mich nicht nur die Aufnahme der Kleinigkeiten, die ich veröffentlicht habe, enttäuscht, sondern auch, daß niemand auch nur ein Wort dazu gesagt hat: sowohl ‹*Das tapferste Boot*› als auch ‹*Seltsamer Trost*› sind in Frankreich und Italien zu Klassikern geworden, und das letztere ist in eine Anthologie mit den besten britischen Kurzgeschichten aller Zeiten aufgenommen worden usw. Ich habe in Taormina auch Teile aus ‹*Gabriola*› mit großem Erfolg vorgelesen, was vielleicht auch etwas zu bedeuten hat. Aber Schluß damit. Für den Fall, daß ich ins Gras beiße oder das Projekt wirklich fehlschlagen sollte, habe ich bestimmt, daß die bis jetzt aufgelaufenen Vorschüsse an Dich zurückgezahlt werden: nach dem jetzigen Stand der Dinge werde ich uns auch ohne Unterstützung über Wasser halten können; ich will nicht schon im voraus einen Mißerfolg annehmen oder etwas zu Ende bringen oder mich mit nebensächlichen Projekten beschäftigen, nur um es Dir jetzt zurückzahlen zu können. Ich hoffe, die Situation kann immer noch so bleiben, wie sie war: daß die Uhr angehalten wurde, als sie angehalten wurde, und daß man mir Zeit gibt – egal wieviel ich verloren habe oder wie saumselig ich bin –, um jetzt wieder anzufangen. Es würde mir eine wesentliche Ursache emotionaler Spannung nehmen (ein Artikel, den ich mir nicht gönnen darf), wenn ich das Gefühl haben könnte, dies wäre so. Ich glaube, ich kann es schaffen, auch wenn das Schicksal bis jetzt ständig gegen mich und uns gewesen ist, und ich habe nicht das geringste Recht, irgendwelche Versprechungen zu machen, außer, daß ich es VERSUCHEN werde, nach so langem Schweigen und Vergessen. Ich lege einen Brief an Mr. Haas bei (sag ihm bitte hiervon so viel oder so wenig, wie Du für angemessen hältst); er ist in Taormina gewesen und war, wie ich hörte, freundlich und fair genug, dort gut von mir zu sprechen, obwohl ich ihn leider nicht getroffen habe; gib ihm bitte diesen Brief, wenn Du es für richtig hältst, wenn nicht, dann nicht. Ein weiteres seltsames Opfer ist meine englische Grammatik: ein totaler amnestischer Verlust, aber wohl kein sehr ernster. Wie immer allerliebste Grüße von uns beiden; mit tiefster Zuneigung,

Malcolm

1 Wortspiel mit sic und sick (krank) (A. d. Ü.)
2 Lowry war als Kind vier Jahre lang fast blind.

An James Craige

[London]
12. September 1955

Geliebter Jim:
Ich habe Dich oder den Strand nie vergessen.

Grüße bitte alle herzlich von mir, besonders Downie, die Bande und alle anderen. Und den guten Harvey.

Ich war deswegen nicht in der Lage zu antworten – sag das Downie, denn seine Briefe sind mir mehr wert, als ich sagen kann –, weil meine Augen nachlassen. Erholen sich schwankend. Morgen gehe ich ins Krankenhaus für so eine Gehirnoperation: (Aber VOM BODEN AUF AUF AUF. So geht das.) Margie 2 Tage später. Denk nicht, es sei was Ernstes. Es hat nicht einen Moment gegeben, in dem ich nicht mit innigster Liebe an Dich gedacht habe.

Malc

P. S. Und sag Downies Dorothy, sie soll keinen Brummschädel kriegen. Ich habe es einmal, ach, in 1 ¾ Stunden nach Barnet[1] geschafft. Wir werden alle wieder zusammenkommen.

Liebe Grüße
Malcolm

1 Londoner Stadtteil

An David Markson

The White Cottage
Ripe, bei Lewes
Sussex, England
21. Februar 1956

Lieber alter Dave: Tausend Dank für Deine vielen mit tiefem Dank (das ist eine Untertreibung) empfangenen Briefe an uns: ich muß als Briefschreiber einfach wieder von vorne anfangen, da ich es nie mehr aufholen könnte, falls ich versuchen würde, auf alle Einzelheiten zu antworten. Ein Hinderungsgrund unter vielen war das Versagen meines Augenlichts bis zum Verfall: eine scheußliche Plage. Aber ich arbeite jetzt wieder an meinem *work in progress*, und nochmals danke für Deine Aufmunterung. Mir scheint, auch Du kannst welche gebrauchen: warum setzt Du Dir nicht mal fürs erste das Ziel, die Erzählung für *Satevepost* so zu beenden, wie die sie haben wollen – hinterher kannst Du sie immer noch ändern, wenn Du willst –, und Geld dafür zu bekommen? Fitzgerald und Faulkner sind Deine Vorläufer. Wenn Du nach England kommen kannst, kannst Du hier arbeiten – wunderbarer alter Ort, und wir können eine Gesellschaft für gegenseitige Hilfe gründen. Es gibt hier auch einen schönen alten Pub mit einer 120 Jahre alten deutschen Musikbox, auf der 18"-Messingplatten laufen. Hudson lebte in dieser Gegend. Henry James' Geist lungert nicht weit von hier herum. Übrigens auch die Geister von nahezu allen Schriftstellern, die man sich vorstellen kann; und wenn man auch ähnliches von Greenwich Village und White Horse sagen kann, so könnte der Schritt zum White Cottage doch spürbar sein. Inzwischen trinke ich Cydrax (Cidres unalkoholische kleine Schwester) und grüble hinter einem melvilleschen Dickicht über den Gebrauch des introvertierten Kommas nach. Ich wünschte, Du könntest eine P. R.[1] mit dem ‹*Tapfersten Boot*› auftreiben – die vom Juni 54? –, und ich würde zu gerne *New Writing* lesen. Sende uns bitte die gute Nachricht; allerliebste Grüße von Margie und mir.

Malc

1 Die Zeitschrift *Partisan Review*

An James Craige

The White Cottage
Ripe, bei Lewes
Sussex, England
[April 1956]

Mein liebster Jimmy:
Dies nur als kurze Nachricht, die Dich zu Deinem Geburtstag erreichen und Dir herzlichen herzlichen Glückwunsch dazu sagen soll – vermutlich wird sie nicht rechtzeitig bei Dir ankommen, wegen Ostern – und auch frohe Ostern! –, aber das mindert nichts an meinen Gefühlen. Ich habe von Downie und auch von Harvey gehört, daß Du im Krankenhaus gewesen bist, was mir sehr leid tut; denn ich weiß, wie Du das haßt, doch hoffe ich, daß Du das jetzt, oder recht bald, alles hinter Dir haben und wieder an dem lieben alten Strand sein wirst. (Auch ich war, seit ich in England bin, zweimal im Krankenhaus, aber jetzt geht's mir besser.) Auch wenn uns dieser Ort ziemlich gut gefällt, glaube bitte nicht, daß wir Dollarton für immer aufgegeben hätten: das haben wir nicht: wir denken ständig daran, und an Dich, und vermissen die alten Zeiten, aber vorerst scheint es aus gesundheitlichen Gründen besser zu bleiben, wo wir sind, obwohl der Strand immer unsere Heimat sein wird. Grüße bitte Downie, dem ich noch schreiben werde, ganz herzlich von mir, und auch Harvey, falls Du ihn sehen solltest, und natürlich Whitey. Ich bin dabei, ein paar Gedichte des englischen Dichters John Clare (1790–1860) für Dich abzuschreiben: er erinnert mich ein wenig an T. E. Brown, und er wird Dir wahrscheinlich gefallen; Du wirst also bald wieder einen Brief von mir bekommen. Erhol Dich schnell und leb wohl.

Liebe Grüße
Malcolm

An Clarisse Francillon

The White Cottage
Ripe, bei Lewes
Sussex, England
21. April 1956

Clarisse, mein Liebling:
Wir leben unter der obigen Adresse – kaum einen Steinwurf entfernt gleich überm Kanal, ganz nah bei Newhaven, wohin früher von Dieppe aus regelmäßig Boote gingen. Ich möchte unbedingt ein Exemplar von ‹*Die letzte Adresse*› in Deiner Übersetzung sehen – könntest Du mir *L'Esprit* leihen, wo das drinsteht (Du bekommst es ja wieder zurück), denn sonst wird es Ewigkeiten dauern, ehe ich es von Matson bekomme. Und ich möchte auch wissen, wie es in Frankreich gelaufen ist und was die Leute davon gehalten haben, einschließlich Du, denn wie Du weißt, habe ich es bis jetzt auf Englisch noch nicht veröffentlichen lassen! Herzlichen Glückwunsch zu Deinem neuen Roman und zu der Kurzgeschichte im *Mercure de France*. Wie geht es Dir, und was gibt es Neues? Bei mir hat sich nicht viel geändert, außer daß ich jetzt einen langen wallenden weißen Bart habe und mir meine Gesundheit damit ruiniere, daß ich riesige Mengen Cidre ohne Alkohol trinke: außerdem arbeite ich fleißig. Ist es irgendwie möglich, daß Du uns mal besuchen kannst? Wir könnten Dich bei uns unterbringen und würden uns sehr freuen, Dich zu sehen. Wir leben in einem uralten Landhaus in einem uralten Dorf, in dem es nicht einmal einen Dorftrottel gibt, wenn man mich nicht mitzählt. Es ist aber wirklich ein wunderschöner Ort. Margerie sendet ihre liebsten Grüße, und ich auch.

Malcolm

An David Markson

[The White Cottage]
[Frühjahr 1956]

Lieber alter Dave:
Zwischen zwei Abschnitten nur eine Zeile, um Dir ganz herzlich für die Übersendung der *Partisan Review* zu danken. Ich mag das alte ‹*Tapfer-*

ste Boot› sehr, auch wenn es mir nie gelungen ist herauszufinden, wie man, wenn überhaupt, in den USA darauf reagiert hat.[1] Übrigens erscheint *‹Die letzte Adresse›* als Fortsetzungsroman in der französischen Zeitschrift *L'Esprit.* Ich glaube, Du wärest entzückt von diesem Ort – gestern kam eine Besucherin hierher und bat das Zimmer (in unserem Haus) sehen zu dürfen, in dem 1830 ihre Großmutter zur Schule gegangen ist. Hier müssen Geister sein, zum Kuckuck, obwohl wir bis jetzt noch keinen gebannt haben. Das Haus wurde 1740 erbaut. Margie verbringt eine herrliche Zeit im Garten, und ich auch: sie pflanzt Setzlinge, die einmal leuchtende Stockrosen sein sollen, und ich säe Gartenwicken – 4 Samen pro Loch – «einer fürs Kaninchen, einer für die Kuh, einer für die Feldmaus, und einer hat Ruh», wie man hier sagt; während ich unterdessen Sätze voller gewundenem Läusekraut jäte, das ich ordentlich in Reihen lege, zweifellos zu späterem Gebrauch. Und obwohl wir die Gaben des Wassers und das Drama der Wälder, der See und der Berge des alten Dollarton zuweilen vermissen, fühlen wir uns hier, ohne unser Heim im Wald für immer aufzugeben, wenigstens vorübergehend doch recht heimisch und haben eine ganze Menge Spaß, während wir gleichzeitig ziemlich billig leben, verglichen mit Amerika. Margie ist so gesund, wie ich es seit Jahren nicht mehr gesehen habe; und ich bin auch gut in Form, obwohl ich bärtig bin wie ein Barde und gestern schmerzlos und nüchtern aus einem Zug gefallen bin, als ich gerade ein Buch las. Ich habe keine anderen Neuigkeiten außer der folgenden, die ich einer Regierungszeitung entnehme: In der Nüsse- (unzerkleinert) (nicht Erdnüsse)Verordnung bezieht sich der Ausdruck Nüsse auf solche Nüsse, keine Erdnüsse, die sich, abgesehen von dieser Ergänzungsverordnung, infolge ihrer Eigenschaft als Nüsse (unzerkleinert) nicht als Nüsse (unzerkleinert) (nicht Erdnüsse) qualifizieren. Schreib mir über die Erzählung für *Satevepost,* über Deine Gesundheit, Deine Pläne – über andere Arbeiten, Deine Komödien und Dramen (sonst werd ich einen Burschen losschicken müssen, um es herauszufinden, Señor, ob Du keine Tragödien mehr machst). Liebste Grüße von uns beiden,

Malc

1 Seit Lowrys Tod wurde diese Erzählung in mehrere Anthologien aufgenommen.

An Harvey Burt

The White Cottage
Ripe, bei Lewes
Sussex, England
[Frühjahr 1956]

Lieber Harvey:
Wir danken Dir von ganzem Herzen für den wunderbaren Brief. Muß aber kurz und präzise antworten, da die Zeit so knapp ist. Ich finde, Euer jung verheiratetes Paar – er der Lehrer und Schauspieler – scheint gut zum Haus und das Haus zu ihnen zu passen. Das Wichtige ist, jemanden zu haben, der im Sommer (ich kann nicht zu weit nach vorne denken) und vielleicht auch teilweise im Herbst darin wohnt und es gern hat und der im Winter wenigstens ab und zu dort mal nach dem Rechten schaut. So gesehen finde ich, je mehr von meinen, unseren Sachen – Bücher zum Beispiel – noch dort sind, desto weniger verlassen wird es wirken; und ich *fühle* auch von hier (ganz zu schweigen davon, daß das für Dich auch in anderer Hinsicht angenehmer ist), daß es dann auch aus Deiner Sicht weniger verlassen wirken wird. Ferner wird man klarstellen müssen, daß die beiden keinerlei echte Verantwortung für irgendwelche von meinen Sachen haben, falls eine derartige Annahme abschreckend wirken sollte. Was *My Heart's in ...*[1] angeht – nun, all dies überlasse ich Deinem Gefühl und Ermessen. Jedenfalls nimmst Du uns damit einen Stein vom Herzen: und wir danken Dir noch einmal dafür. Ein paar wichtige Punkte sind aber jedem möglichen zeitweiligen Nachfolger ans Herz zu legen (ich erwähne dies zum Teil, weil sie für jeden, der nicht gerade Dein eher conradsches Leben am Strand führt, noch viel wichtiger sein müssen): erstens – obwohl das wie eine Katze im Sack aussehen mag (es ist eine – in einem spirituellen Sinn) – ist es eigentlich für jedes verheiratete oder auch unverheiratete Paar eine Notwendigkeit – wenn sie ihr Leben so verteidigen wollen wie wir unseres –, sich um das «Nerzhaus» neben Deinem alten zu kümmern; es wäre mir sehr unlieb, wenn diese große Zeder zwischen die Häuser stürzen würde, von sonstigen Entsetzlichkeiten, die andernfalls passieren könnten, ganz zu schweigen. (Mir ist auch, so kindisch das auch klingen mag, der Pier wichtig, den wir gebaut haben: ich kann mir nicht vorstellen, ohne ihn zu leben, selbst wenn er nicht da ist oder ich tot bin.) Und dann der alte Pier: er kann eine Wonne für einen Schwimmer

sein. Laß wenigstens Dein gegenbrassendes baumeisterliches Auge lange darauf ruhen, ehe Du wegziehst, verleihe ihm etwas von Deinem Harveyschen architektonischen Charme und einen Zauber gegen Schiffsbohrwürmer, und sag Deinen Nachkommen, sie sollen ihn hegen und pflegen (und wenn auch nur sein Andenken). Schließlich liegt viel Liebe um diesen Ort, die bestimmt jedem Liebenden zugute kommen wird, besonders in solch seltsamen Jahreszeiten wie Herbst und Winter und Vorfrühling: ich betraue Dich damit, diese Worte in Deiner höchst ritterlichen Art denen zu übermitteln, die es angeht (ja, wenn es nötig ist, in der Sprache Sir Walter Scotts). Bleibt noch das Problem der Mss. Laß se liegen, wo der Herr se hinjeworfen hat. Soll heißen, mach damit, was Du willst. Bücher – ich sag's noch mal, sie sind wohl weitgehend besser dort aufgehoben, wo sie jetzt sind: wo auch immer das sein mag. Die einzigen, die wir gern in Europa hätten, wenn Du das irgendwie deichseln kannst, sind zwei Bücher über Magie – beide in schlechtem Zustand und wohl von einem gewissen Frater Achad geschrieben. Das eine heißt ‹*Q. L. B.*›, das andere ‹*The Anatomy of the Body of God*›. Es sind Bücher über die Kabbala. Ein weiteres, sehr kleines Buch ist Melvilles ‹*Ein vertrauenswürdiger Herr*›, falls Du das irgendwo noch mit einpacken kannst: es ist kaum größer als ein Taschenbuch. Vielleicht sehen sich Deine Gäste mal ‹*The Melville Log*› und den Daumier an, tatsächlich könnten die beiden eine zusätzliche Attraktion darstellen. Es ist ein Schlag für uns, daß Jimmy nicht da sein wird, aber grüße ihn herzlich von uns, falls Du ihn sehen solltest: er hält sehr viel von Dir. Ich sage mir immer wieder die Namen der beiden Möglichkeiten auf, die wir in petto haben, falls irgend etwas im letzten Augenblick schiefgehen sollte: Gene Lawrence, 2233 McPherson Ave., S. Burnaby; oder Bill und Alice McConnell – Einar wird wissen, wo die jetzt stecken.

Du sagst, Du hältst Dich für linkisch. Wenn das, wie ich es deute, links liegengelassen bedeutet, wollen wir hoffen, daß wir beide so weit links stehen, daß wir rechts sind. Wenn es aber provinziell bedeuten soll, so bist Du meiner Meinung nach das genaue Gegenteil davon, wie mir gerade gestern durch den Kopf ging, als ich Raleighs Gang im Tower von London abschritt.

2

Kommen die immer noch nach Hause? Und die Gänsesäger? Und – ach verzeih mir, du verdammtes Fleckchen Erde! Ich hätte lieber diese Zeile (und daß wir das Nebengebäude errichtet haben) gesprochen als mir – vielleicht – Dollarton einverleibt. Lebt wohl!

Liebe Grüße von uns beiden
Malcolm

1 *My Heart's in the Highlands* hieß das Boot der Lowrys.
2 Von Lowry gezeichnete Möwen, die er in vielen seiner Briefe verwendete; sie sollten fröhliche Stimmung anzeigen.

An Harvey Burt

[Sommer 1956]

Danke, lieber alter Harvey, für das mehr als tapferste Boot. Es ist wirklich ein Kunstwerk und zeugt von großer Zuneigung, und wenn ich es lange genug betrachte, kann ich vielleicht vergessen, wie das arme Ding aus dem Fenster geschleudert wurde – obwohl auch dies ein großes Kunstwerk war – und wie herzzerreißend es war, daß dies geschehen mußte, besonders nachdem Du so viel Liebe da hineingesteckt hast.

Ich schreibe ohne meine Brille, so daß die Konturen dieses Briefs ein bißchen krumm sein können. Ich bin auch sehr müde: ich kann einfach nicht glauben, daß unser alter Pier weggespült worden sein soll: dieser Pier, der vielen und uns so viel Glück bereitet hat, war in gewisser Hinsicht mit uns identisch; wir haben unser Leben aufs Spiel gesetzt, um ihn zu bauen, besonders an den entfernteren Stellen, die Du nie gesehen hast, wo man 35 Fuß tief senkrecht auf Granit und Muscheln fallen konnte, wenn man einen Fehler machte: niemand konnte begreifen, wie er so lange überleben konnte, nicht einmal Ingenieure; und am Strand bekam er den Spitznamen «das verrückte Wunder». Obwohl er in gewisser Hinsicht baufällig war und das Geländer kindisch (aber, oh, dort hing die Wäsche an der Leine wie große weiße Vögel, die mit ihren Flügeln gegen die Brise schlagen). Margie und ich haben ihn praktisch ohne Werkzeuge gebaut, und mir bricht das Herz bei dem Gedanken, daß er nun fort ist.

Malcolm

An David Markson

Reife ist nur der Anfang,
oder die Erscheinung in
der Pfarrei der Geister
The White Cottage
Ripe, bei Lewes, Sussex
[November 1956]

Lieber alter Dave:
Ich habe nicht aus Nachlässigkeit oder Mangel an Zuneigung nicht geschrieben, sondern weil Margie den ganzen vorigen Monat im Krankenhaus war: und ernsthaft krank war sie schon viel länger. Sehr beunruhigend, doch hatte ich dies schon lange kommen sehen. Sie hatte einen völligen Nervenzusammenbruch, kann nicht sprechen, kaum gehen oder sonst was, und bis jetzt darf ich sie noch nicht besuchen. Man läßt sie die meiste Zeit schlafen, und sie kann zur Zeit keine Briefe lesen, aber hier ihre Adresse: St. Luke's Woodside Hospital, Ground Floor West, Woodside Ave., Muswell Hill, London N. 10, und wenn Du ihr ein Briefchen schicken würdest, bekäme sie es, wenn sie aus ihrem Rip van Winkle-Nickerchen erwacht.

Jedenfalls halte ich mich, solange sie weg ist, absolut und unwandelbar trocken: ich lebe in einer Pfarrei, in der eine geisterhafte Billardkugel herumspukt, die um Mitternacht die Treppe herunterpoltert; und ich arbeite wie der Teufel und sehe niemanden (abgesehen von der Billardkugel natürlich). Ich finde, Du und Elaine seht auf den Bildern wunderbar glücklich aus, und Elaine überaus hübsch. Vielleicht siehst Du aber ein bißchen mephistophelisch drein, wenn auch sehr fit und völlig beieinander. Deinen Häftlingshaarschnitt finde ich nur angemessen, falls Du schwimmen solltest. Also dann: schwimm. Ich trage einen Urgroßvaterbart – weiß nicht, was Du dazu sagen würdest: ich habe mir angewöhnt, mit lauter Stimme «Biber» zu unrasierten Leuten zu sagen, ehe sie es zu mir sagen können.

Ich halte Israels Einmarsch in Ägypten, wie auch den Englands, für vollkommen berechtigt und für bewundernswert mutig, obwohl ich mit dieser Meinung alleine dazustehen scheine. England befindet sich in einem unglaublichen Aufruhr: es gibt Straßenkrawalle, und aus irgendeinem Grund werden heute nachmittag in Lewes hier in der Nähe Bilder des Papstes verbrannt, zusammen mit Bildern von Anthony

Eden, was ich sehr verwirrend finde. Würde mich nicht wundern, wenn das meine Billardkugel so nervös macht, daß sie anfängt, die Treppe raufzuspringen. Einige Argumente Edens für die Ergreifung der Initiative kommen mir etwas verdreht vor, doch alles in allem habe ich auch weiterhin das Gefühl, daß sich Kapitel VIII des ‹*Vulk.*› nun erfüllt. Aber ich finde, niemandes Existenz sollte vom Öl abhängig sein, und wenn dies schon so ist, sollte man etwas dagegen unternehmen. Erwähne von diesem «Krieg» nichts, wenn Du Margie schreibst. Den traurigen Sonntag in Ungarn auch nicht; übrigens: hast Du mal die Robeson-Platte vom ‹*Gloomy Sunday*› gehört? –: das ist das einzige echt tragische Lied, das ich je gehört habe. Aber hier wird sich bald alles mögliche zum Guten wenden – zumindest bei uns. Ich studiere gerade Deine Erzählung in der *Satevepost.* Ich glaube, man könnte einen vortrefflichen Film daraus machen; sag mir bitte, wo Du sie ändern mußtest: ich habe den Verdacht, daß man Dich an einer Stelle zu einem grammatikalischen Fehler veranlaßt hat. Vielleicht werden wir zusammen noch Filmmagnaten: ein Produzent hat mir gerade 500 Dollar für eine 6monatige Option auf den ‹*Vulk.*› gezahlt. Und eben als Margie ins Krankenhaus ging, traf eine Nachricht (über die Fitzgerald sich gefreut hätte) betr. Selznick ein, die uns einige Hoffnung in bezug auf unsere M&M-Version von ‹*Zärtlich ist die Nacht*› für Frank machte. Wir sind sehr stolz auf Deine Erzählung und prahlen überall damit herum, ihren Verfasser zu kennen: ich meine das ernst, falls Du denkst, das wäre ironisch. Grüße Elaine herzlich von uns – und nun gehet hin und macht Euch beide für immer glücklich, und wahrlich, das werdet Ihr gewiß.

Lebt wohl.

Liebe Grüße
Malcolm

An Bert und Priscilla Woolfan

The White Cottage
Ripe, bei Lewes
Sussex, England
13. November 1956

Meine Lieben Priscilla und Bert:
Ihr werdet mein Telegramm inzwischen erhalten haben, und da ich fürchte, daß es für sich allein kaum verständlich ist und daher dem schmerzlichen Verlust und Eurem Kummer wegen Mutters Tod – an dem ich tiefen Anteil nehme, und zu dem ich mein innigstes Mitgefühl bekunde, so gut ich kann, und auch wenn es abgedroschen klingt, kommt es von Herzen – unnötige Sorgen über Margie hinzufügen könnte, schreibe ich diesen Brief, der fürs erste (auch wenn er das natürlich nicht leistet und nur höchst unzulänglich sein kann) auch als mündlicher Ausdruck von Margies Trauer und Mitgefühl gelten muß; nun: die Sache mit *ihr* ist ungefähr folgende (zunächst aber laßt Euch versichern, daß es damit nichts besonders Besorgniserregendes auf sich hat): sie war etwa einen Monat in London im Krankenhaus; in dieser Zeit hatte sie die denkbar beste Pflege (und wie sie mir versichert, hatte sie es auch die meiste Zeit dort sogar sehr bequem und lag in einem Einzelzimmer), allerdings gab man ihr gegen Ende des Krankenhausaufenthalts unausgesetzt starke Beruhigungsmittel, so daß sie fast nur noch schlief; dies wurde vor ein paar Tagen abgebrochen und durch eine Behandlung mit Glukose, Insulin, massiven Vitamindosen und so weiter ersetzt. Darüber hinaus aber war es ihr, wie gesagt, bis vor wenigen Tagen nicht gestattet, jemanden zu sehen oder irgendwelche Nachrichten von der Welt draußen zu empfangen – und bei Gott, was für Nachrichten das waren –; private Nachrichten beunruhigender Art sind noch immer untersagt. Dies also, seit sie aus ihrem Rip van Winkle-Tum erwachte und sich besser fühlte und besser wirkte als je zuvor in den letzten zehn Jahren. All dies war jedoch die Folge von einer Art sich steigernden nervösen Erregung und Angst und Spannung, die bei ihr – und dieses erschwerende Symptom war der Hauptgrund dafür, daß sie ins Krankenhaus mußte – ein ungeheures Stottern bewirkte, das das arme Mädchen fast vollständig daran hinderte, zusammenhängend zu sprechen. Von alldem hat sie sich (organische Schäden wurden nicht festgestellt), wie ich erleichtert sagen

kann, nahezu vollständig und wie durch ein Wunder erholt, und sie sollte und wird wohl auch nächsten Freitag nach Hause entlassen werden: *une femme nouvelle.* Andererseits mußte zwischen allen Beteiligten eine Vereinbarung getroffen werden, dahingehend, daß ich inzwischen jegliche Erschütterungen, ob gute oder schlimme, von ihr fernhalten sollte (so konnte ich ihr zum Beispiel nicht erzählen, daß eine Verfilmung des ‹*Vulkan*› ernstlich in Aussicht steht – und erwähnt dies bitte auch nicht außerhalb der Familie; wenn es klappt, will ich Margie an dem Drehbuch arbeiten lassen), und es bestand eine stillschweigende Übereinkunft über die Natur jener möglichen schlimmen Neuigkeiten, und gerade als ich ihr die beiden Briefe nachschikken wollte, kam mir in einem plötzlichen Anflug von Hellsichtigkeit der Verdacht, daß darin eben diese Neuigkeit stehen könnte, oder etwas Ähnliches: ich fühlte mich daher moralisch verpflichtet, das Gesetz gegen die Einmischung in die Post Ihrer Majestät zu brechen, und öffnete sie Gott sei Dank – wie ich zugebe, mit einigen Befürchtungen (daß ich Euch zunächst im dunkeln gelassen hatte, geschah deswegen, weil ich Euch, und natürlich Mutter, weitere Sorgen ersparen wollte: Ihr hattet ja auch schon genug). Aber sie hätte Euch natürlich ohne weiteres in den letzten zwei Tagen schreiben können, um Euch ihre erfreulichen Neuigkeiten mitzuteilen. So aber war ich versucht, nachdem ich unseligerweise zuerst Mutters Brief gelesen hatte – mit seinem fröhlichen Ton und seinen herrlich mutigen Vorsätzen –, ihr diesen als eine gute Nachricht zu schicken und Euren zunächst vorsichtshalber bis zu ihrer Rückkehr, wenn sie etwas stärker wäre, ungeöffnet zu lassen; dann aber habe ich seinen tieftraurigen Inhalt doch gelesen und mußte mich dazu entschließen, ihr entweder keinen dieser beiden Briefe zu schicken oder diese Nachricht mitzuteilen, sobald ich mit dem Arzt deswegen gesprochen hätte. Ich habe sofort die Schwester im Krankenhaus angerufen, daß sie dem Arzt, der nicht da war, ausrichten sollte, mich anzurufen: das wird er morgen vormittag tun und mir seine Meinung dazu mitteilen, wie man ihr diese Nachricht am besten beibringen könnte, oder ob vielleicht vorläufig überhaupt nicht. Es war schrecklich, mit Margie am Telefon zu sprechen, wo sie wegen ihrer baldigen Entlassung so guter Dinge war – und ich diese finstere Botschaft in der Tasche hatte, die ich ihr nicht mitzuteilen wagte. Und so wird es erst einmal bleiben. Abgesehen davon (und vom Zustand der Welt) hat es selten für uns so gut ausgesehen. Ich werde Euch weiter informieren. Mein tiefes Mitgefühl und liebe Grüße an Euch beide,

Malcolm

P.S. Prissy, meine Liebe, mach Dir keine Vorwürfe, daß Du auch noch von Deinem bescheidenen Kummer geschrieben hast. Wenn irgendwer zu tadeln ist, bin ich das, weil ich Dir die Lage der Dinge nicht früher mitgeteilt habe, auch wenn ich nicht so recht weiß, wie ich das hätte tun können. Habt Ihr eigentlich Schnaps im Haus? Ich bin in diesen Tagen total trocken, aber ich denke, ihr solltet Euch lieber einen guten Schluck genehmigen. Mutter wäre die letzte, die etwas dagegen hätte.

P.P.S. 14. Nov. Lieber Bert: Eben hat mich der Arzt per Ferngespräch angerufen und mir gesagt, daß er extra von einer wichtigen Konferenz zurückgekommen sei, um ihr die Nachricht selbst zu übermitteln, nachdem ich ihm die Einzelheiten mitgeteilt hatte; so könne das Krankenhaus, wo sie vielleicht noch etwas länger werde bleiben müssen, den ersten Schock absorbieren. Prissy, ich werde jetzt Deine Briefe weiterleiten – sie können ihr jetzt nur Erleichterung gewähren, wenn sie liest, wie großartig Du Dich um sie gekümmert hast und wie glücklich Mutter am Ende auf ihr Leben schaute. Dein Dich liebender Bruder

Malcolm

An David Markson

The White Cottage
11. Dezember 1956

(Brief von Margerie Lowry
mit Einschüben und P.S. von Malcolm)
Liebe Elaine – lieber Dave –
Herzlichen Dank für Eure Briefe. Da bin ich wieder: ich fühle mich gut und ganz beieinander. Ich war wütend, so krank zu sein. Gott, wie zuwider mir das war! Ich marschierte also ins Krankenhaus, fiel platt auf die Nase, lang hin, schlug ein Auge halb auf und zischte: Nun

macht, was immer ihr zu tun habt, so schnell wie möglich, dann mach ich mit. Das taten sie und ich auch, und es war zwar unangenehm, hat sich aber gelohnt. Basta!

Ödipus beeindruckt, unterhält und erfreut uns, Dave. Malc formulierte sogleich einen Waschzettel nach dem anderen, einer geistreicher als der andere, und wir brüllten und wälzten uns vor Lachen. Aber mal ernst: prima, Schatz, alle Achtung. (Ich wüßte nicht, wieso Margerie es für nötig halten sollte, einen Waschzettel über meinen Geist zu schreiben, falls ich überhaupt welchen habe.)

Und auch die Wohnung – meine liebe Elaine, was Euch da bevorsteht, weiß ich nur zu gut. Werdet Ihr das selbst machen? Falls ja, kann ich nur Malcs zeitlose Bemerkung zitieren, die er anbrachte, nachdem wir schweigend einige Minuten lang die berühmte Decke der Sixtinischen Kapelle angestarrt hatten: «Margie», sagte er ehrfürchtig, «weißt du noch, wie wir die Decke unserer Hütte gestrichen haben?» (Da fängt sie schon wieder an: sie meint vermutlich zeitlos, weil geistlos.)

Hat er Euch von dem Pfarrhaus geschrieben? Ich hoffe es. Er trägt jetzt einen neuen Titel: Heiliger Leon von Ripe. (Sie weiß, daß ich Euch von dem Pfarrhaus geschrieben habe – es war aber eine Pfarrei.)

Die Typen, die den ‹*Vulkan*› verfilmen wollen, sind (1) ein gewisser Mr. Nichols (wozu *Mr.* Nichols?), der beim Fernsehen so viel Geld verdient hat, daß er jetzt einen ernsten Film drehen möchte (warum sollte er kein Geld verdienen, wenn's ihm Spaß macht?), und (2) José Quintero, Regisseur des neuesten Stücks von O'Neill – ‹*Eines langen Tages Reise*› –, der anscheinend schon lange den Ehrgeiz hegt, den ‹*Vulkan*› zu verfilmen. Dies ist bis jetzt noch sozusagen vertraulich, da wir noch nichts unterschrieben haben; aber es sieht so aus, als könnte es nun täglich geschehen. Und heute morgen kam ein Brief von Alfred Knopf jr., in dem er behauptet, er versuche seit Jahren, Malcolm ausfindig zu machen, und wolle den ‹*Vulkan*› in seinen Vintage Books neu auflegen. (Beachtet bitte: Lion Books. Beachtet bitte: Lion Books.) Er sagt, er habe uns schließlich durch Jimmie Stern aufgespürt, obwohl die Adresse nicht stimmte und der Brief uns nur durch Zufall erreichte. Unterdessen schleudert mir mein geliebter alter Dämon bloß diese Sendschreiben hin und sagt ja, das ist schön, jetzt muß ich mich an die Arbeit machen. (Bin sprachlos: einfach zu verflucht nonchalant.) Und er schreibt, wie er es nicht mehr getan hat, seit der ‹*Vulkan*› fertig ist;

und dies ist die beste Neuigkeit von allen. (Außer daß er den ‹*Vulkan*› noch gar nicht fertig hat.) Liebe Grüße an Euch beide,

Margerie

P. S. Allerliebste Grüße an Elaine und Dich! Meine Zwischenbemerkungen entsprangen nicht gerade Verärgerung, sondern eher Übermut. Oder vielleicht hatte ich auch das Gefühl, sie nähme Deinen Ödipus-Durchbruch nicht ernst genug – das ist wirklich eine verrückte Gelegenheit, etwas richtig Kühles zu schreiben, wenn man darüber nachdenkt; außerdem hast Du vermutlich dafür so lange gebraucht wie Sophokles, als er Tiresias für Melbourne in Form brachte. Ist Deine cocteausche Höllenmaschine gut geölt? Schläfst Du mit Yeats unterm Bett? Bei Cocteau verliebt sich die Sphinx in Ödipus und frißt ihn dann auf, glaube ich; hab's vergessen, ist aber jedenfalls ein überaus kraftvoller Stoff. Und ich hatte wirklich einen ganzen Waschzettel für Dich ausgearbeitet, habe ihn aber verlegt und muß mir jetzt also einen neuen ausdenken. Ich wünsche Dir jedenfalls alle Kraft dazu. Wir führen jetzt ein großartiges Leben, und ich arbeite wie der Leibhaftige an ‹*Gabriola*›, in das ich mich ganz und gar verliebt habe; aber bis jetzt gelingt es mir noch, es ein bißchen besser im Griff zu haben als das Buch mich. Zurück an die Arbeit, Jungs und Mädels. Wale! Buchten! Die Ragenden Rockies! Glitzernde Seen vor immergrünem Hintergrund – tut mir leid, hab's vergessen. Sphinxe! Schakale! Die Sieben gegen Theben! Die Mannfrau! Anubis! Aller Ruhm der Griechen über den Haufen geworfen von diesem pulsierenden Drama von der Liebe einer Mutter, die noch im Grabe triumphierte, um der Psychoanalyse ihren stolzesten Namen zu geben! DIE GESCHICHTE HINTER FREUDS LEGENDE.

M.

MARKSON
ΣΟΦΟΚΛΕΟΥΣ
ΟΙΔΙΠΟΥΣ
ὦ ΤΕΚΝΑ, κάδμου τοῦ πάλαι νέα τροφή –[1]

Königsstolz in den Staub gezerrt von der klauenfüßigen Wüstenbraut! Sehen Sie die Flammende Dämonin nächtens ihren Schlag führen! Die Sphinx gedemütigt! Wie hat Nassers Mutter wirklich ausgesehen? Sie werden es wissen, wenn Sie Ödipus mit der Löwengesichtigen Dame konfrontiert sehen! Was steckt hinter der Haltung Griechenlands gegenüber Zypern und den Westmächen? Sie werden es wissen, wenn Sie dieses feurige Drama lesen, dieses Drama von der Sohn-Ehemann-Ehefrau-Mutter-Beziehung in ihrer Verstrickung mit der bis zum Wahnsinn eifersüchtigen typisch ägyptischen Löwenfrau im Ewigen Sexagon! Sehen Sie den jungen Ödipus und die Löwengesichtige Dame! Kommen Sie zur Fütterung der Sphinx! Wie der Junge König das Rätsel der Sphinx auffaßte und was er damit anfing! VERNEHMEN SIE DIE ERSTE UND HÖCHST SEXUELLE QUIZFRAGE DER WELT! Erhältlich in allen Vistavision-Buchhandlungen.

Mehrere Drachmen.

1 Mit diesen Worten beginnt Sophokles' Tragödie ‹*König Ödipus*›. (A. d. Ü.)

Zwölfter Teil

1957

An George Sumner Albee

The White Cottage
Ripe, bei Lewes
Sussex, England
17. März 1957

Lieber George Albee:
Recht herzlichen Dank für Ihren so großzügigen und warmherzigen Brief. Ihre Worte über ‹*Unter dem Vulkan*› sind überaus ermutigend, zumal dieses Buch – und auch dies entbehrt nicht einer gewissen ergötzlichen Ironie – hier in England alles andere als erfolgreich war; das ging so weit, daß meine Mutter – der ich jahrelang vorgemacht hatte, ich schriebe an einem religiösen Buch à la Butlers ‹*With Christ at Sea*› oder mindestens an einer Art von anglikanischem oder gar methodistisch-plus-swedenborgianischem *Bildungsroman*[1], wovon aus den Besprechungen nur die zweite Worthälfte ersichtlich wurde –, daß also meine Mutter sagte, es sei ihr schlicht unerträglich, die barschen englischen Kritiken zu lesen: und sie war schon, auch wenn sie ein liebes Herz besaß, eine ziemlich zähe alte Dame, wie es sich ja auch für die Tochter des Käpt'ns eines Windjammers ziemte, von dem sie zweifellos noch barschere Kritiken zu hören bekommen hätte, hätte der gute Seemann zu dieser Zeit nicht schon am Grund des Indischen Ozeans gelegen, wohin er dem betreffenden Windjammer gefolgt war. Alles wurde gut, als meine Frau (eine Amerikanerin) ihr auf einem Englandbesuch einige der einfühlsameren amerikanischen Rezensionen zeigte – einschließlich eben derjenigen, die Sie womöglich aus der Fassung gebracht hat –, so daß diese, wenn auch unverdiente Freundlichkeit (wie ich dankbar auch von Ihrer sagen muß) auch ihren praktischen Erfolg hatte, indem nämlich andernfalls meine Mutter in dem unglücklichen Glauben gestorben wäre (denn alte Damen neigen dazu, die buchstäbliche Interpretation von Rezensionen genauso hoch einzuschätzen wie die von Gospeltexten, ohne es also für nötig zu halten, den Originaltext zu untersuchen), ich hätte überhaupt nichts geleistet, da meine anderen Arbeiten, soweit sie damit zu tun hatte, jahrelang in dem massiven stämmigen Walnußschreibtisch meines verblichenen Vaters eingeschlossen waren, wo sie, soweit ich weiß, noch immer lagern. Noch deprimierender war die Rezeption des ‹*Vulkan*› in meiner damaligen Heimatstadt Vancouver, Kanada (ich hatte den kindischen Traum ge-

habt, die Literatur dieser Stadt mit einigen wohlüberlegten Worten zu bereichern); dort beschrieb man das Buch abwechselnd als «... diese verquollenen Seiten ...», «... wird auch nicht dadurch besser, daß es im schlimmsten Stil Conrads geschrieben ist ...», «grundlos brechen Vulkane aus: was soll das Ganze eigentlich?» Oder ganz trocken: «... typisch für die ‹neue Schule› amerikanischen Verbrechertums und Sadismus», oder patriotisch: «Man hätte diesen Konsul schon vor Seite 5 feuern sollen». Soviel zum Thema ‹Sprößling des Landes macht sein Glück in der Heimat›. In um so dankbarere Ohren fallen daher Ihre freundlichen Worte, einschließlich derjenigen, die Sie freundlicherweise an Sam Rapport geschrieben haben: hier scheint sich jedoch ein netter Zufall eingemischt zu haben, da mir ungefähr zur selben Zeit, als Sie das taten, Alfred Knopf jr. schrieb und mich fragte, ob er es bei den Vintage Books neu herausbringen dürfe. Stellen Sie sich meine angenehme Überraschung über diese Ehre nach zehn Jahren vor, auch wenn ich darauf antworten mußte – wie auch Ihnen bezüglich Rapport –, vielen Dank, aber das geht wohl nicht, da, wie ich glaube, Random House ein Vorrecht auf dieses Buch besitzt: inzwischen hatte jedoch Random House Knopf offensichtlich die Erlaubnis dazu erteilt, so daß es nun so aussieht, als würde Knopf es ziemlich bald in dieser Reihe neu herausbringen. Ich danke Ihnen aber immerhin für Ihre Absicht.

Und sonst, wie ist das Leben auf Kuba? Bin zu neugierig. Ich las von Revolutionen, Gegenrevolutionen und *borrachonazis* auf dem Zócalo. Ich hoffe aufrichtig, daß dergleichen weder Sie noch Ihre Frau in Playa Veradero an Leib oder Leben beeinträchtigt hat. Auf Kuba bin ich ein einziges Mal gewesen, etwa eine Stunde lang: ich habe Ihren Boden in einem Ort namens Camaguay oder so ähnlich betreten, und zwar während einer Zwischenlandung auf einem Flug von Haiti nach Florida. Das war vor rund zehn Jahren, tatsächlich etwa eine Woche vor dem Erscheinen von *‹Unter dem Vulkan›* in Amerika. Jedoch habe ich da von Kuba vermutlich weniger gesehen als die Leute, denen meine Frau und ich Ansichtskarten von dort geschickt haben: der Flughafen war kaum mehr als eine wohlbestückte Bar mitten in einer grenzenlosen Wüste. Und ich hatte auch einmal einen seltsamen Freund, der uns einlud, auf der Fichteninsel zu leben (wenn auch nicht – damals jedenfalls – in der Sträflingskolonie), wo man, wie er mir versicherte, mit Marmor ein Vermögen machen könne; und ich fürchte sehr, da ich seitdem nichts mehr von ihm gehört habe, daß aus eben diesem Marmor vielleicht ein Grabstein für ihn gemeißelt worden ist. Andererseits habe ich den Eindruck, daß Kuba ein herrlicher Ort sein muß: nicht nur zum Leben, sondern auch um ein Besseres Leben zu führen, das Bessere an sich, ja um ganz allgemein das Faszinierende Leben zu feiern: dies scheint zumindest Hemingways Liebe zu Kuba zu bestätigen; und da auch Sie dort leben (mein Vater übrigens hin und wieder auch: in Havanna), erzählen Sie mir vielleicht, wie Sie es finden. Eben jetzt, da ich dies schreibe, herrscht in England ein Gefühl, das Ihren Revolutionen, Gegenrevolutionen und *borrachonazis* auf dem Zócalo gar nicht so fremd ist, wenn auch auf etwas vornehmerer und (vielleicht) unblutigerer Stufe – trotzdem aber in anderer Hinsicht beschissen, da wir anscheinend, falls dies nicht doch noch klugerweise aufgehalten wird, einen Generalstreik von katastrophalen Ausmaßen vor uns haben. Während des letzten Generalstreiks hier – 1926 – war ich noch ein Schuljunge und hielt das natürlich für einen Riesenspaß, tatsächlich ist das aber gar nicht lustig: die Probleme der Arbeiter hier haben mit denen in der übrigen Welt nichts gemein und mit denen in Amerika nur entfernte Ähnlichkeit, und sie basieren auf einem enormen unversöhnlichen Haß und auf Rachgier – von einer Klasse auf die andere gerichtet –: tatsächlich befindet sich diese Rachgier wirklich hauptsächlich auf einer Seite, nämlich auf der der Labourpartei, und auch die Tatsache, daß sie bereits jede Rache, die man sich nur denken kann (ohne sich dabei ins eigene Fleisch zu schneiden), genommen hat, scheint keine Bedeutung zu haben, wenn eine Chance besteht, noch mehr zu nehmen. Und sie schert sich einen Dreck darum, was dabei mit dem Land passiert: Tatsache ist nämlich, daß Labour größtenteils schamlos reaktionär ist, während die Konservativen relativ revolutionär sind; und es bleibt einem kaum etwas anderes übrig (wenn man auch von den Konservativen nicht allzu begeistert ist), als sich wieder seine Schulmütze anzuziehen und Wordsworth zu lesen, oder vielleicht Henry Adams, bis das alles vorbei ist. Unterdessen wird wahrscheinlich kein Beitrag zur Vermehrung der menschlichen Freiheit geleistet werden.

Inzwischen habe ich auch zufällig einen Brief unseres Freundes Anton Myrer bekommen: ich fand sein Buch ‹*Evil Under the Sun*› hervorragend, und es freut mich sehr zu erfahren, daß er ein neues auf den Weg gebracht hat: freue mich sehr darauf, es zu lesen. Wir hatten eine Zeitlang denselben Verleger; davor hatte ich bereits das Vergnügen, ‹*Evil U. t. S.*› noch vor der Veröffentlichung lesen zu dürfen, und tatsächlich habe ich dem betreffenden Verlag ein Loblied auf dieses Buch geschickt – dieser war zuvor großenteils für die Veröffentlichung des ‹*Vulkan*› verantwortlich gewesen. Ich meine aber, ‹*Evil*› hat nicht das gleiche Glück gehabt.

Sagen Sie mir, was ich von Ihrem Werk kennen sollte und wo ich das bekommen kann. Sowohl in Kanada als auch hier war es lange Zeit nahezu unmöglich, in wirklich enger Verbindung mit der amerikanischen Literatur zu bleiben – auf Grund von Handelssperren und diesem und jenem –, so daß beschämenderweise mir einzig Ihr Name vertraut ist, und das womöglich noch aus falschen Gründen, so wie man mir zuweilen zum Werk von Robert Lowry gratuliert (oder das Gegenteil), das ich übrigens für gut halte, obwohl ich fürchte, daß auch er tot ist oder noch was Schlimmeres, ich hoffe aber, was Besseres. Seien Sie aber nicht so niedergeschlagen, nur weil Sie ein lustiges Buch schreiben wollen. Ich hoffe, das selbst eines Tages zu tun. Tatsächlich, verdammt, habe ich gedacht, ‹*Unter dem Vulkan*› wäre lustig, jedenfalls teilweise. Danken Sie Ihrer Frau herzlich von mir dafür, daß es ihr gefällt – meine Frau schließt sich mir an und sendet Ihnen beiden die besten Grüße.

Ihr
Malcolm Lowry

1 Deutsch im Original (A. d. Ü.)

An Ralph Gustafson

The White Cottage
Ripe, bei Lewes
Sussex, England
[29. April 1957]

Lieber Ralph Gustafson:
Es tut mir sehr leid, daß ich Ihren Brief vom 12. März erst so spät beantworte, aber Jonathan Cape hat ihn nach Kanada zurückgeschickt, so daß er mir wieder zurück-nachgeschickt werden mußte, bevor ich ihn endlich bekam.

Es ist eine große Ehre für mich, in die Penguin-Reihe aufgenommen zu werden; ob ich allerdings genaugenommen als Kanadier gelten kann, ist eine andere Frage, obwohl ich mir das gern einbilde: nach dem alten Gesetz war es so, obwohl ich immer noch einen britischen Paß besitze, trotzdem ich kanadische Papiere erhalten, mich nie für eine endgültige Staatsbürgerschaft entschieden habe und so als kanadischer Resident gelte. Meine Frau und ich lebten dort vierzehn Jahre lang in einer Hütte an der Küste von Burrard Inlet, die mir immer noch gehört und die ich mehr als mein Leben liebte oder noch liebe; dort habe ich, wie man so sagt, das Werk meines Lebens geschrieben. 1954 sind wir wegen der Gesundheit meiner Frau von dort weggezogen, aber wir hoffen, dorthin zurückkehren zu können. Nach dem neuen Gesetz bin ich aber nie ein kanadischer Staatsbürger geworden: gleichwohl darf ich mich mit demselben Recht einen Kanadier nennen wie Louis Hémon, ich habe sogar eine kanadische Nationalhymne geschrieben, auch wenn sie niemand außer mir gesungen hat. Ich habe aber stets einen kindischen Ehrgeiz gehegt – vielleicht war das gar nicht so kindisch –, etwas zur Literatur Kanadas beizutragen, und ich habe ein Buch mit dem Titel *‹Unter dem Vulkan›* geschrieben, das ziemlich bekannt geworden ist, von dem die Leute aber anscheinend glauben, daß es von einem Amerikaner geschrieben wurde. Ich nehme an, daß Sie wie alle Burschen, die in den Wehen einer Anthologie liegen, mit Antworten von den von Ihnen ausgesuchten Beiträgern überschüttet werden, die alle wollen, daß Sie etwas anderes – von ihnen – auswählen, wenn möglich *noch dazu*, und ich möchte Sie mit dergleichen nicht quälen, mache aber keine Ausnahme, da ich der Meinung bin, daß ich Besseres geschrieben habe als diese beiden; ich bin aber dennoch stolz, daß Sie sie ausgewählt haben, auch wenn ich gedacht habe, daß ein Gedicht namens *‹Sestine in einer Kantine›* (vielleicht zu lang) und eins mit dem Titel *‹Salmon drowns Eagle›* ganz passend gewesen wären: und ein anderes, das mir gefällt, hat A. J. M. Smith in seiner Anthologie für Scribner's abgedruckt: *‹In Memoriam Ingvald Bjorndal›*. Wenn ich sage, *mir* gefällt es, meine ich das wörtlich, da nur sehr wenige Leute je ihre Meinung über meine Gedichte auf die eine oder andere Weise geäußert haben; daher ist mir jeder väterliche Rat zu diesem Thema, egal wie niederschmetternd er auch sein mag, sehr willkommen: manchmal denke ich, ich wäre nie in der Lage gewesen, die elementarsten Prinzipien des Skandierens, der Betonung, des Binnenreims und ähnlicher Dinge voll zu begreifen – mit dem Ergebnis, daß meine Gedichte, so wie sie dastehen, durch Überkompensation so *aussehen*, als ob sie eine Art hölzernen, monotonen, klassischen Rahmen besäßen: vielleicht habe ich kein Ohr dafür (Birrell über Dr. Johnson: «Er kannte nur eine Art, Gedichte zu schreiben, nämlich: so viel schieren Tiefsinn und düstere Gefühle aneinanderzureihen, wie er nur in die Fesseln der Reimpaare stopfen konnte, und dann mit diesen Fesseln lautstark einem in den Ohren zu rasseln. Dieses Vorgehen nannte er Verskunst.»), andererseits muß ich aber so etwas wie ein Gehör gehabt haben, da ich mein Leben als Möchtegern-Komponist von Hot Jazz begonnen habe, und was noch mehr ist: ich denke, ich war ein guter. All dies ist für mich sehr traurig und verwickelt, da ich praktisch an nichts anderes denke als an Gedichte, wenn ich nicht gerade an meine alte Hütte am Burrard Inlet denke; aber mir *gefallen* so ungeheuer wenig Gedichte welcher Art und von wem auch immer, daß mir scheint, ich hindere mich womöglich am Schreiben – entweder weil es mir gänzlich an Urteilsvermögen in bezug auf meine eigenen Fähigkeiten mangelt oder weil mich ein fanatischer Narzißmus meine Prüfsteine in unmögliche Höhen hängen läßt, mit dem Ergebnis, daß ich jetzt einen ungeheuer langen und traurigen Roman über Burrard Inlet schreibe (er heißt *‹Oktoberfähre nach Gabriola›*), bei dem ich manchmal das Gefühl habe, ich hätte das Ganze in zehn kurzen Gedichten besser ausdrücken können – oder gar zehn Zeilen: andererseits vermag ich über die Gedichte anderer Leute gut zu urteilen, wenn ich verstehen kann, was sie meinen, was nicht sehr häufig vorkommt; sagen Sie mir also bitte, was ich lesen sollte: ich möchte mich gern ernsthaft zu einem Dichter erziehen, auch wenn es dazu allmählich wahrhaftig ein bißchen spät wird. Erzählen Sie mir von Ihren eigenen neueren Arbeiten: alles, was ich bis jetzt von Ihnen gelesen habe, gefällt mir sehr gut.

Vor ein paar Jahren kamen zwei Wildwest-Poeten in einer stürmischen Nacht in den Busch von Burrard, um meine Frau und mich zu besuchen; von dem einen lege ich Ihnen ein paar neuere Gedichte bei, besonders die getippten scheinen mir sehr gut zu sein. Dieser Curt Lang war damals kaum zwanzig, und er hat mich enorm beeindruckt als ein Typ, den ich ausgestorben wähnte: nämlich ein Dichter durch und durch, dessen einzige Aufgabe es ist, Gedichte zu schreiben. Seine Adresse: Curt Lang, 517 Pine, West Montreal, Quebec. Das handgeschriebene Gedicht wäre meiner Meinung nach besser ohne das *auf der Netzhaut* in der ersten Zeile, und das letzte Verspaar ist schwach: aber die beiden anderen haben etwas Ungestümes an sich, und «Architectural» ist gegen Ende wirklich von einer phantastischen Güte, die mir bei einem Dichter sehr selten und originell vorkommt, was auch immer man von seiner Typographie denken mag oder wie immer er es auch gedruckt haben will: ich halte ihn wirklich für würdig, in die Sammlung aufgenommen zu werden, selbst wenn Sie mich dann weglassen müßten, denn er ist ein junger Bursche, der meiner Meinung nach eine solche Ermutigung brauchen könnte und sie auch verdient. (Nicht, daß das bei mir nicht der Fall wäre, aber ich bin älter.) Übrigens ist es auch das Werk seines Freundes (dessen Name ich leider verlegt habe) wert, daß man es sich einmal ansieht: er heißt Al Soundso, aber Curt Lang würde Ihnen dessen Gedichte schon zugänglich machen – die wiederum haben mich durch ihre Originalität, Feinheit und Kraft beeindruckt. Er ist ein älterer Dichter, der mal ein Gedichtbändchen oder so was veröffentlicht hat, jedoch sind beide durchaus beachtenswert, und auch er ist es meiner Meinung nach wert, in Betracht gezogen zu werden, aber vielleicht haben Sie Ihre Auswahl ja schon getroffen. Ich kenne eine Menge Schriftsteller, aber selten hat mich eine solche Hingabe an ihre Arbeit so beeindruckt wie bei diesen beiden, und was Lang betrifft, so könnte er gut etwas von einem Genie haben. (Jedenfalls hoffe ich, diese Gedichte werden Sie dazu veranlassen, Lang eine Zeile zu schreiben, und falls Sie sich dazu entschließen würden, etwas davon zu verwenden, wird er Sie wohl hinsichtlich der Typographie aufklären – oder Sie ihn; könnten Sie sie mir aber gegebenenfalls zurückschicken, da ich sie noch Spender oder wem auch immer geben möchte?) Was mein schlechtes Gedächtnis betrifft: ich glaube mich an einen, wenn nicht zwei Druckfehler in ‹*Die Möwe mit den grüngelben Flügeln*› zu erinnern. Es soll heißen «eine Erinnerung, *stärker* als die der Kindheit», und nicht *«seltsamer»* [1], das steht fest. Befindet sich eigentlich nicht unter Ihren eigenen bewundernswerten, aber weniger bekannten Arbeiten eine Geschichte über jemanden, der auf ein Gebäude klettert (1948 bei Martha Foley erschienen)? – entsetzlich gut. Ich spüre es immer noch. Falls Sie das nicht geschrieben haben, nehmen Sie es bitte als Kompliment, daß ich es Ihnen unterstellt habe.

Mit freundlichen Grüßen
Malcolm Lowry

P.S. Sind Sie jemals auf das Werk eines Mannes namens Norman Newton gestoßen? Er schien mir einmal ein außerordentlich vielversprechender Schriftsteller zu sein, obwohl ich schon seit vielen Jahren nichts mehr von ihm gehört habe.

P.P.S. Wir werden eine Weile im Lake District, in Grasmere leben – nicht so sehr, weil es einen an Wordsworth erinnert, sondern weil wir, wenn wir unsere Augen halb schließen, uns vielleicht einbilden können, wir seien zurück in Burrard Inlet!

1 Im Original «stronger» und «stranger» (A. d. Ü.)

An James Stern

The White Cottage
Ripe, bei Lewes
Sussex
[1957]

Lieber Jimmy:
Wir haben den ganzen Tag im Sturm nach Dir Ausschau gehalten, sahen aber nicht einmal einen Blitz zucken (obwohl ich gerade eben, eine Woche später, einen lauten Donner rollen hörte).

Der Mohn ist in dem Dreckswetter trotz allem prächtig aufgeblüht, und wir leben noch immer in der Hoffnung, daß Du kommst; so wie die Kirchenglocken, wenn ein gewisser Zauberer nachdachte, woanders zu läuten begannen, obwohl ich nicht ganz genau weiß, wer dieser Zauberer war. Hoffentlich hattest Du an diesem stürmischen Tag keinen Ärger mit Deinem Auto – ich bekam an diesem Tag einen ungewöhnlichen Brief aus Deutschland über den ‹*Vulkan*›, der in einem Stil verfaßt war, der eher zum jungen Hofmannsthal passen würde als zu dem Cidresüchtigen von Ripe. Über Deine Übersetzung würde ich mich sehr freuen. Laß Dich auch nicht, wie es anscheinend bei meinen anderen Freunden der Fall ist, von dem Cidre-Gerücht abschrecken. Wir haben noch eine Menge anderes Zeug im Haus. Übrigens trinke ich selbst überhaupt keinen Cidre, jedenfalls nicht übermäßig: tatsächlich fiel mir ein, daß Burton (nicht on Trent)[1] irgendwo gesagt hat, Borretsch sei hilfreich bei Melancholie, und da ich den Garten voller Borretsch fand, habe ich mich nun ein wenig darauf verlegt: Borretsch ruft, wie ich im Gegenteil feststellen muß, eine *ungeheure Melancholie* hervor; ich kann daher nur vermuten, daß Burton (nicht on Trent) gemeint hat, daß er es hilfreich bei der Abfassung der ‹*Anatomy of Melancholy*› gefunden hat. Nun ja, das Leben ist voller solcher Kleinigkeiten. Laß bitte bald etwas von Dir sehen oder hören. Unsere Telefonnummer ist RIPE 282. Alles was Du sagst, kann die Schwester unserer Vermieterin nebenan mithören – sie hat mir gerade ‹*The Psychic Life of Jesus*› geliehen, sag also nichts allzu Metaphysisches. Ansonsten bin ich ganz hübsch am Arbeiten, langweilt mich zwar zu Tode, aber wir haben wirklich – was hauptsächlich Margie zu verdanken ist – einen herrlichen Garten, in dem zur Zeit alles in Blüte steht, außer dem Bilsenkraut, das man aber im Kirchgarten findet. Komm mal vorbei: und wenn Du bleiben willst, tu es. Bleibt doch gleich beide. Sag uns Bescheid. Liebe Grüße an Dich und Tanya.

Malcolm

P.S. Ich vergaß zu erwähnen, daß das fragliche Haus (leicht über dem versammelten Trübsinn zu erkennen durch seine zwei riesigen Schornsteinkästen, Kaminkappen usw. usw.) in der Tat, tatsächlich – Rumplespiel ist – ist – vielleicht – tatsächlich ist –

usw.

Telegrammanschrift: Usher

1 Burton on Trent = Stadt in Staffordshire; Robert Burton (1577–1640), Verfasser der ‹*Anatomy of Melancholy*› (A. d. Ü.)

An Ralph Gustafson

The White Cottage
Ripe, bei Lewes
Sussex
23. Mai 1957

Lieber Ralph Gustafson:
Danke für Ihre freundliche und sehr ermutigende Nachricht.[1] Es freut mich auch, daß Ihnen Curt Langs Gedichte gefallen haben. Ja, fügen Sie auf jeden Fall Ihr Lob für den alten Roman hinzu: ich würde mich dadurch geehrt fühlen. Aber von ‹*Kain*›[2] kann ich keine Abschrift fin-

den, weiß auch den Titel nicht mehr, auch nicht den Sinn oder die Bedeutung – was soll es bedeuten? Ich glaube mich vage zu erinnern, was es bedeuten *sollte* (und ich weiß auch noch, wie ich dieses Gedicht – ich habe es 1936 geschrieben, es war eins meiner ersten – einem Mädchen vorgelesen habe, um sie aufzuheitern; statt dessen ist sie in Ohnmacht gefallen), aber bedeutet es wirklich das, was es vielleicht zu bedeuten scheint? Hat es irgendeine religiöse Parallele, oder ist es eine Art traumatische Vorverlegung des Jüngsten Tags? Jedenfalls können Sie es verbessern, denn ich erinnere mich an einen Druckfehler in A. J. M. Smiths Wiederabdruck, nämlich: da stand *empfehlen die Zeit der Wunder;* das kann aber nicht sein: ich muß *erinnern* gemeint haben, obwohl das eigentlich auch nicht richtig sein kann, oder?[3] Und warum auch die Zeit der Wunder? Es freut mich aber doch, daß es Ihnen gefallen hat, denn ich mochte es sehr, als ich es schrieb: das war etwas beträchtlich Schlimmeres als ein Kater, inmitten Millionen Hektar Kakteen (zum Glück hatte ich aber etwas Tequila) in einem mexikanischen Pullmanwagen namens *Aristotle. ‹Lupus in Fabula›* habe ich *gleichzeitig* mit S. 88 des *‹Vulkan›* geschrieben (wie schön, daß Sie die Identität erkannt haben), und zwar an den Rand des Ms.; es hieß ursprünglich «Xochitepec»[4], was ich für einen besseren Titel halte. Die Anregung dazu kam von einem Artikel von J. B. Priestley über einen Traum, in dem er von einem Tierchen verfolgt wurde, das womöglich aus der fünften Dimension stammte! Sicher bin ich aber, daß es in *‹Kain›* (oder wie immer der Titel lautet) nicht empfehlen heißen kann. Doch was meine ich bloß mit erinnern? Helfen Sie bitte.

Mit freundlichen Grüßen

P.S. Ich habe eben das Gedicht gefunden, und *erinnern* ist auf jeden Fall besser, obwohl ich noch immer nicht ganz verstehe, was ich damit gemeint habe. Es gefällt mir aber irgendwie; und außerdem steht es so im Original: könnten Sie es jetzt also wiederherstellen? Falls nicht – verbessern Sie es. Mit Hilfe meiner Frau sehe ich jetzt, worum es geht: um die Ausgießung des Heiligen Geistes über die Apostel. Vielleicht ist die Interpunktion stellenweise etwas verdreht. Wir wär's mit «Pfingsten» als Titel?

Ihr dankbarer
ML

GLÜCK

Blaue Berge mit Schnee und blaues kaltes ungestümes Wasser,
ein wilder Himmel voll aufgehender Sterne
und Venus und der gewölbte Mond bei Sonnenaufgang,
Möwen, die einem Motorboot gegen den Wind folgen,
Bäume mit in der Luft verwurzelten Ästen –
in der Mittagssonne sitzen mit dem unbändig
paffenden Schatten des verlotterten Schlots –
Adler stürzen im Fallwind zusammen,
Seeschwalben wirbeln herum,
eine neue Sorte Tabak um elf,
und meine Liebste, die mit dem Vieruhrbus zurückkommt
– Mein Gott, warum hast du uns das gegeben?

Ich konnte nicht widerstehen, Ihnen das zu schicken – ich liebe dieses Gedicht: es handelt von unserer alten Hütte, die uns noch immer gehört. Ich dachte, es könnte die beiden anderen vielleicht gut abrunden. Mann, was für ein Leben das war, ist.

1 Siehe Anhang X
2 Gemeint ist das Gedicht ‹*Ein Gedicht von der Gnade Gottes*› (S. 99f der deutschen Ausgabe der Gedichte Lowrys ‹*Fünfunddreißig Mescals in Cuautla*›, dnb 172).
3 In der von Earle Birney und Margerie Bonner betreuten Ausgabe der Gedichte (1962) heißt es – statt *recommemorate* oder *recommend* – *recommence*: wiederbeginnen. (A. d. Ü.)
4 Dieser Titel wurde dann auch wieder übernommen; vgl. die deutsche Ausgabe (s. o.) S. 40/41.

An David Markson

Grasmere
15. Juni 1957

Dollarton? Hatten wir gedacht, aber es war Grasmere, wo Wordsworth die Kaminkappen entworfen hat, und in de Quinceys Haus (Rauchen verboten) kann man sich de Quinceys Zimmer ansehen; gegen Zahlung von 1/6 darf man es täglich außer Sonntag als Wordsworths Landhaus besichtigen – was es nämlich 5 Jahre lang gewesen ist. Was macht ‹*Swellfoot the Tyrant*›? Dein Brief war so melancholisch – aber kannst Du nicht eben diese Unsicherheit, was Deine Fähigkeiten angeht, als eine Stärke *verwenden?* Auch O'Neill (siehe ‹*Eines langen Tages Reise*›) hat von sich als Schriftsteller nicht viel gehalten. Hast Du ‹*Isaac Babel*› gelesen? Solltest Du tun. Kannst Du die Sterne unterscheiden, und weißt Du, welcher Vogel gerade über Dir fliegt und welche Blume neben Dir blüht? Wenn nicht: der Schmerz, all dies nicht zu wissen, ist ein gutes Betätigungsfeld für den Künstler. Und wenn Du etwas lernst, ist das außerdem ein guter Weg, Dein ursprüngliches Nichtwissen wiederzuerlangen. Liebste Grüße an Elaine und Dich von Margie und Malc.

An Harvey Burt

The White Cottage
Ripe, bei Lewes
Sussex
[Juni 1957]

Mein lieber Harvey
Wir haben zwar Deine neue Adresse noch nicht, aber ich hoffe, es gefällt Dir da, und – ob ja oder nein – wir dürfen noch das Privileg genießen, bei Euch beiden in irgendeinem Metz der Seele zu wohnen, sei es der guten oder der verdammten. Ich habe ein paar Freunde in Deutschland, insbesondere einen Verleger namens Klett in Stuttgart: solltest Du etwa in der Nachbarschaft des Schwarzwaldes sein? Deine Beschreibung von Metz hat mir aber sehr gefallen. Und es freut mich, daß ihr beide da so glücklich gewesen seid, auch wenn ich unglücklich darüber bin, daß wir die Gelegenheit verpaßt haben, es alle *zusammen*[1] zu sehen: aber das ließ sich nicht machen. Wir waren zwei Wochen in Grasmere – es war unglaublich wunderbar: selbst der Golfplatz von Ambleside ist nur von zwei Brachvögeln besetzt, noch immer lauern am Grund der Weiher Blutegel dem Sammler auf, die laute alte Fähre ist nicht mehr in Betrieb: auch die Kinder scheinen, wie ich frohen Herzens sagen kann, weniger Lärm zu machen, als Wordsworth einen glauben machte; und wir haben am Schreibtisch des großen Alten in Hawkshead gesessen – das ist vollkommen wie Tlaxcala in Mexiko –

und die geheimnisvoll darauf geschriebenen Worte studiert: W. Wordsworth.[2]

Daß im Erinnern oft ich mir erscheine
Als zweifaches Bewußtsein: meiner selbst
Und eines andern Wesens. Da war ein Block –
Gewachsner Felsen – mitten auf dem Dorfplatz
Des kleinen Marktes, wo wir wohnten; der war
Das Ziel und Zentrum unsrer Spiele; als ich
Nach langen Jahren dorthin wiederkam,
Da war der alte graue Stein verschwunden;
An seiner Stelle stand ein flotter Tanzsaal,
Der unsern ganzen Spielplatz fortnahm …

Er war zu pessimistisch: alles ist noch genau wie früher, abgesehen von dem hiesigen Bus, der ihn jedenfalls einmal überfahren hat.

Wir ruhten aus im Schatten, glücklich alle,
Ob Sieger, ob Besiegte; jeder Stolz
Auf überlegne Kraft und Meisterschaft
War da gemildert. Und so wuchs in uns
Die große Ruhe innrer Freiheit …

Sosehr wir uns jedoch bemühten, wir konnten nicht ganz dieselbe große Ruhe innrer Freiheit aus der Stille des neuen Laurie gewinnen, des Hüters unseres Dollarton/Grasmere und, ich zweifle nicht daran, Deiner Friedenspinasse auf lichten Wassern, auch wenn der Glanz der Buben und Könige, von dem der Damen ganz zu schweigen, dem Zahn der Zeit nicht standhielt – unlöschbare Erinnerungen, die von scharfer Kälte in Starrheit gebannt den ganzen grünen Sommer lang verlorne Wasserfälle suchten –[3]

Die Dünen Westmorelands …
Die kleinen Buchten …

Und es ist vergessen – wenigstens sagt man so.

Macht nichts, Bruder, so hab ich oft im lauten Freudentoben, das zu jeder Jahreszeit bei seinem Spiel das Kind begleitet (und jetzt wäre ich durch seltsame und zufällige Überschneidungen fast noch bei Kyd angelangt).

UND ES IST VERGESSEN

Verzeih mir bitte: das ist es natürlich nicht. Aber zum Teufel, was soll ich anderes sagen als:

Wir war'n ein wunderlicher Haufen, wo manche
Den Rang verändert hatten; niedre Karten
Beförderte ihr Los dadamm dadamm da (hab's vergessen)

Und Kön'ge sauer blickten ob des Unrechts –
Langes Ächzen wie Wolfsgeheul –
Oder wenn ich an böigen Tagen ihn
Hoch über Wiesen sah im Wind sich brüsten
Und plötzlich stürzen als des Sturmes Spielball.

Ihr niedern Hütten, wo wir wohnten, ihr auch
Reichtet besondre Gaben an das Kind!
Wie könnt ich euch vergessen, die so schön
Inmitten freundlich-grüner Felder lagen;
Vergessen das bescheidne Aussehn, wenn ihr
Bescheidne Gabe spendetet: Behagen?

(Am Abend, wenn der Griffel usw. usw. usw.)
Teufel, ich könnte ewig so weiterschreiben
Zur Hölle damit, Kyd – weiß nicht, wie ich Dich sonst anreden
soll als in diesem verdammten Norwegisch.

M.

1 Deutsch im Original (A. d. Ü.)

2 Die folgenden Verse in diesem Brief zitiert Lowry (nicht immer wörtlich) aus den *‹Préludes›* von W. Wordsworth (hier in der Übersetzung von Hermann Fischer; Reclam 9765–70). (A. d. Ü.)

3 Dieser und der folgende Abschnitt sind großenteils Zitatmontagen aus Wordsworths *‹Préludes›* (vgl. die vorhergehende Anmerkung). (A. d. Ü.)

Mitteilung von John Davenport

[Juni 1957]

Malcolm ist auf dem Gemeindefriedhof begraben worden. Da er so plötzlich gestorben ist, war eine Obduktion erforderlich: ich habe soeben das Urteil des Leichenbeschauers von Eastbourne erfahren:

Tod durch Unglücksfall.

Anhang

I

Harold Matson an Malcom Lowry

5. September 1941

Lieber Malcolm:
Mit Bedauern bin ich zu dem Schluß gekommen, daß ich keinen Verleger für ‹*Unter dem Vulkan*› finden werde. Er ist von folgenden Verlagen abgelehnt worden:

Farrar & Rinehart
Harcourt, Brace
Houghton Mifflin
Alfred Knopf
J. B. Lippincott
Little, Brown
Random House
Scribner's
Simon & Schuster
Duell, Sloan & Pearce
Dial Press
Story Press

Es tut mir leid, daß ich ihn nicht für Sie unterbringen konnte; in Erwartung Ihrer Anweisungen behalte ich das Manuskript vorläufig hier.

Mit freundlichen Grüßen
Harold Matson

II

Harold Matson an Malcolm Lowry

31. Juli 1945

Lieber Malcolm:
Ihr Roman übt eine besondere Faszination auf mich aus, die manchmal unangenehm ist. Nach meinem Urteil steckt er voller wunderbarer Möglichkeiten, doch muß noch viel Arbeit daran verwendet werden, um seinen Umfang und seine Proportionen ins richtige Verhältnis zu setzen. Vielleicht bin ich ungeduldig damit geworden, und das mag der Grund dafür sein, daß dieser Roman – für mich – viel zu lang ist und daß darin viel zuviel geredet wird.

Jedoch wollte ich mich bestätigt oder widerlegt wissen, und daher habe ich ihn Cap Pearce von Duell, Sloan und Pearce vorgelegt. Ich habe soeben von ihm gehört: er meint, das Material sollte in eine «schärfere und dramatischere Form» gebracht werden, und er bezweifelt, daß es im jetzigen Zustand eine echte Wirkung haben könnte.

Nun, sowohl er als auch ich liegen womöglich falsch, und ich werde den Roman unverzüglich einem anderen Verleger unterbreiten.

Mit freundlichen Grüßen
Harold Matson

Margerie Bonner-Lowry an Harold Matson

Dollarton, B. C., Kanada
10. August 1945

Lieber Hal:
Halten Sie das folgende bitte nicht für aufdringlich, und denken Sie auch nicht, ich wolle mich in Ihre Geschäfte einmischen oder dergleichen: aber lesen Sie bitte offen und unvoreingenommen, was ich zu sagen habe, denn ich weiß, daß es für uns alle nützlich ist.

Aus Ihrem Brief an Malcolm kann ich nichts anderes schließen, als daß Sie das Wesen seines Buchs nicht ganz erfaßt haben; und das kann ich gut verstehen, da, wie ich glaube, ein großes Kunstwerk nur selten leichten Zugang findet. Man erwartet wahrscheinlich, daß einem gute, sogar erstklassige Bücher gelegentlich vor die Augen kommen, aber man rechnet nicht mit einem vom Kaliber des ‹*Vulkan*›, und warum sollte man auch, denn wenn sie kommen, kommen sie wahrhaftig nur sehr selten. Ich sage Ihnen, ohne zu zögern: der ‹*Vulkan*› ist ein solches Buch: eines, das sowohl den Vergleich mit der Vergangenheit als auch mit der Zukunft bestehen wird. Ich habe mit dem Buch in seiner gegenwärtigen Gestalt fünf Jahre lang gelebt: es war genauso ein Teil unseres Lebens wie Essen und Atmen. Ich bin nicht blind gegenüber Malcolms Fehlern als Schriftsteller. Sein erstaunliches Bewußtsein von der Dichte des Lebens, seinen Schichten, Tiefen, Abgründen, die alle miteinander verschachtelt sind, bewirkt, daß er eine Symphonie schreibt, wo jeder andere eine Sonate oder höchstens ein Concerto geschrieben hätte, und dadurch erscheint sein Werk manchmal zerstreut, während in Wahrheit Form und Inhalt so unentwirrbar eins aus dem anderen hervorgegangen sind, daß sie nicht mehr aufzulösen sind. Dazu kommt, zum Beispiel, daß er als Romanschriftsteller in gewissem Ausmaß durch sein individuelles poetisches Talent eingeschränkt ist, so daß ich bezweifle, ob er je ein großer «Charakter»-Schriftsteller sein könnte. Und so weiter. Aber es ist ausgeschlossen, daß ich dieses Buch hundertmal lesen und dann beim hunderterstenmal nicht wieder etwas Neues darin finden könnte, so als sei es praktisch unerschöpflich, als sei nicht wirklich etwas daran, was, um das mindeste zu sagen, der *Veröffentlichung* wert sei. Der ‹*Vulkan*› ist tatsächlich so etwas wie ein Meisterwerk, nicht nur ein Buch voller Möglichkeiten, und auf dieser Basis muß er behandelt und verkauft werden oder auf überhaupt keiner. Wenn Sie ihn nur oberflächlich als die Geschichte vom letzten Tag und vom Tod eines Säufers betrachten wollen, haben Sie damit auch recht, da er auch auf dieser Ebene geschrieben ist; und wenn er erst einmal gedruckt ist, wird er zweifellos von vielen Leuten mit großem Enthusiasmus und Genuß ausschließlich auf dieser Ebene gelesen werden, denn er ist stets lebendig und oft von ausgelassener Heiterkeit (er ist in der Tat auf einer Ebene eine Komödie, so etwas wie ein kosmischer Jux, wenn Sie so wollen). Man macht jedoch einen großen Fehler, wenn man ihn *nur* auf dieser Ebene betrachtet und dabei die anderen Ebenen, auf denen er geschrieben ist, und seine wahre Bedeutung ignoriert. Ich glaube aber, daß Sie in Ihrem geschäftigen und gehetzten Dasein einfach noch nicht die Zeit gehabt haben, sich bis jetzt mit diesem Buch so zu beschäftigen, wie es das erfordert. Und das einzige, was ich für das Buch fürchte, ist eben dieses Element der Zeit, die in New York mit einer solch rasenden Geschwindigkeit zu vergehen scheint, daß niemand Zeit hat, irgend etwas so zu lesen, wie es es verdient: mit Bedacht und Geduld, mit dem Verlangen, seine Phantasie anregen zu lassen, oder zumindest mit einem gewissen Vorsatz, sich in die Absichten des Verfassers einfühlen zu wollen. Aber irgendwie müssen Sie einen solchen Menschen finden, der die Literatur um ihrer selbst willen liebt und das Buch nicht bloß durchblättert oder es nur mal kurz auf seine mögliche Popularität prüft. Malcolm zu sagen, das Buch sei viel zu lang und es werde viel zuviel darin geredet: das ist ungefähr genauso passend, als Joyce oder Proust zu sagen, ‹*Ulysses*› oder ‹*Auf der Suche nach der verlorenen Zeit*› stecke zwar voller wunderbarer Möglichkeiten, müsse aber noch gekürzt werden usw. Oder als ob man Wagner sagte, die ‹*Götterdämmerung*› habe zwar ein paar hübsche Melodien, könne in ihrer gegenwärtigen Form aber nie populär werden – und ich bezweifle nicht, daß dergleichen gesagt worden ist: aus irgendeinem Grund ruft ein wirklich einzigartiges Kunstwerk stets entweder totalen Widerspruch hervor bei den ersten Leuten, die es zu Gesicht bekommen, und ehe die Zeit ihm seinen Platz in der Welt der Kunst zugewiesen hat, oder es trifft, falls dieser ausbleibt, auf vollkommene Verständnislosigkeit. Der ‹*Vulkan*› ist vielleicht in erster Linie ein Buch für andere Schriftsteller; wahrscheinlich wird er sie beeinflussen und auf diese Weise in die große Öffentlichkeit durchsickern. Glauben Sie bloß nicht, ich vergleiche Malcolm mit Joyce oder Proust oder, sagen wir, Dostojewski oder Kafka oder Melville in dem Sinne, daß ich sage, er sei «wie» einer von ihnen – genausowenig, wie sie sich untereinander gleichen: sie alle haben sich ihre eigene Tradition geschaffen und sind wohl nur hinsichtlich ihrer hervorragenden Bedeutung vergleichbar.

Der ‹*Vulkan*› ist, wie Sie wissen, der erste Teil einer Trilogie, deren zweiter Teil in Arbeit ist (tatsächlich in einer Kurzfassung bereits fertig ist) und deren dritter, wie ich Ihnen vorigen Sommer erzählt habe, beim Brand unseres Hauses vernichtet wurde, der aber im Lauf der Zeit neu geschrieben werden wird, und wenn auch nicht in seiner ursprünglichen Form, so doch bestimmt im ursprünglichen Geist und Sinn seiner Bedeutung für das Ganze. Und jetzt sage ich es Ihnen noch einmal ganz deutlich, Hal: Sie haben die Gelegenheit, mit diesem Buch ein Werk an den Mann zu bringen, das nicht bloß ein «gutes Buch» oder auch nur ein erstklassiges ist, sondern das – man könnte sich zumindest darüber streiten – ein Klassiker ist genau wie ‹*Moby Dick*› oder was auch immer Stück für Stück ein Meilenstein ist wenn man so will; und es darf einzig auf dieser Basis behandelt werden, denn es hat – nachdem wir seine Mängel erkannt und eingesehen haben – seine endgültige Form gefunden: es ist rundum fertig: und Malcolm hat seinen Stil gefunden und ist dabei zu künstlerischer Reife gelangt: es ist vollkommen. Sie mögen auf den Gedanken kommen, dies schmecke nach der treuen kleinen Gattin, die ihrem Mann zur Hilfe eilt, aber ich sage Ihnen: nur ein Mensch, der ganz in seinem Werk *lebt,* der den Vulkan in sich gebändigt und unterworfen hat – welches Leid ihn das gekostet hat, kann selbst ich nicht ganz begreifen –, kann ein solches Buch geschrieben haben.

Vom Erhabenen zum Lächerlichen: existiert Scribner's eigentlich noch? Nachdem man mir vor sechs oder sieben Monaten die Fahnen von ‹*The Shapes*› geschickt hatte (halb korrigiert, halb unkorrigiert), ist wieder ein Großes Schweigen eingetreten, das merkwürdigerweise kürzlich von einem Brief von einer Zeitungsausschnittagentur gebrochen wurde, worin ich unterrichtet wurde, «es würden Anzeigen erscheinen usw.». Tatsächlich? Und da man laut Vertrag ‹*The Last Twist of the Knife*› in diesem Herbst veröffentlichen muß: hat man vor, die beiden Bücher auf einmal herauszubringen? Oder was? Würde es Ihnen zuviel Mühe machen, noch einen weiteren Versuch zu starten, das kriminale Dunkel um meinen Krimi zu lichten?

Herzlich Ihre
Margerie

III

Jonathan Cape an Malcolm Lowry

Jonathan Cape
Thirty Bedford Square
London W. C. 1
29. November 1945

Lieber Malcolm Lowry:
In dem Brief, den Sie mir mit Ihrem Manuskript geschickt haben, steht der Satz:

Aber es würde mir das Herz zerreißen, wenn man mir sagte – nachdem schon so viel berücksichtigt worden ist –, daß das Buch in eine pointiertere oder dramatischere Form oder dergleichen gebracht werden müßte: es wurde auf mehreren Ebenen geschrieben, und alles darin – bis hinab zur Anzahl der Kapitel – befindet sich dort aus vollkommen guten Gründen.

Nun, zwei Lektoren haben es sorgfältig gelesen, und auch ich habe es gelesen. Das Beste, was ich tun kann, ist, Ihnen eine Abschrift des Gutachtens eines der Lektoren zu schicken [1], das uns hier am wirkungsvollsten und genauesten zusammenzufassen scheint, was wir drei davon halten. Die Frage ist: wären Sie nach einigem Nachdenken bereit, die von dem Gutachten vorgeschlagenen Änderungen zu erwägen, oder sind Sie nach sorgfältiger Überlegung noch immer genau derselben Meinung, die Sie in Ihrem Brief vom letzten August zum Ausdruck gebracht haben? Sie haben doch sicher eine Durchschrift des Typoskripts? Ich werde mein Exemplar des Typoskripts hierbehalten, bis ich von Ihnen höre.

Um meinen Brief nicht unklar erscheinen zu lassen, erlauben Sie mir zu sagen, daß ich – falls Sie sich dazu entschließen, die in dem Gutachten enthaltenen Vorschläge aufzugreifen – bereit bin, auf der Stelle zu erklären, daß ich Ihr Buch, wie ich hoffe, im Verlauf des nächsten Jahres, verlegen und herausbringen werde. Wenn Sie bei Ihrer ursprünglichen Erklärung vom letzten August bleiben, daß das Buch exakt in seinem jetzigen Zustand bleiben muß, werde ich mir die Sache noch einmal überlegen; aber das heißt nicht unbedingt, daß ich dann nein sagen würde. Wir spüren hier durchaus, daß das Buch integer und von Gewicht ist, aber es wäre schade, wenn es in seiner jetzigen Gestalt herauskäme; denn wir sind davon überzeugt, daß seine Rezeption durch die Änderungen ungeheuer positiv beeinflußt werden würde. Zugleich glauben wir auch, daß es in ästhetischer Hinsicht viel gewänne, wenn die Anregungen des Gutachtens aufgegriffen würden.

Mit freundlichen Grüßen
Jonathan Cape

1 Dieses Gutachten steht zur Veröffentlichung nicht zur Verfügung.

IV

1946 Sep 19 am 10:05

Fm 114 38
Zg New York ny 1217p
Malcolm Lowry
Dollarton BC

Bin entsetzt über ihre Mitteilungen werde gründliche Untersuchung veranlassen und alles tun um Lage zu bereinigen Könnte Ihre Frau letztes Kapitel bald schicken finde Ihren Brief erstaunlich grossmütig und gelassen schreibe bald ausführlich

Maxwell Perkins

Sept. 23 1946

Mr. Malcolm Lowry
Dollarton
British Columbia, Kanada

Bewundere Ihre Geduld ausserordentlich. Habe Ihnen zwei Exemplare des Buchs geschickt und brauche unbedingt letztes Kapitel. Bin überzeugt Ihnen morgen ausführlich schreiben zu können. Herzlichen Dank für Ihren Brief.

Maxwell Perkins

Maxwell Perkins an Malcolm Lowry

Charles Scribner's Sons
597 Fifth Avenue
New York 17, N. Y.
24. September 1946

Sehr geehrter Mr. Lowry:
Zur Zeit kann ich Ihnen noch nichts Ausführliches über diese tragische Episode schreiben. In ein paar Tagen werde ich dazu in der Lage sein – nicht um mich herauszureden, sondern um die Sache zu erklären. Als Ihr erster Brief eintraf, war Charles Scribner gerade abwesend, und nachdem ich Ihnen telegrafiert hatte, habe ich Ihren Brief auf seinen Schreibtisch gelegt. Nachdem er ihn zu lesen begonnen und ein paar Blicke hineingeworfen hatte, kam er zu mir ins Büro und fragte mich, was ich herausgefunden hätte. Darauf sagte er: «Ich werde den Brief jetzt ganz lesen – aber es ist doch zu schmerzlich, ihn zu lesen.» Er war jedoch einer Meinung mit mir, daß der Brief außerordentlich anständig sei; und die Nachsicht, die Sie und Ihre Frau geübt haben, hat etwas, was nahezu an Freude grenzt, in diese höchst unerfreuliche Angelegenheit gebracht.

Mr. X sagt, er habe das fehlende Kapitel nie gesehen. Da er anscheinend glaubte, freie herausgeberische Hand zu haben – worauf die Korrekturrechnung für ‹*Shapes That Creep*› hindeutet; ich lege hiermit eine berichtigte Tantiemenabrechnung bei, da Mrs. Lowry unsere Korrekturen natürlich nicht zu bezahlen braucht, wenn sie sie nicht genehmigt hat –, hatte ich schon befürchtet, er könnte das letzte Kapitel für überflüssig gehalten und absichtlich weggelassen haben. Wenn er sich richtig erinnert, war dies nicht der Fall, und das schließt eine weitere Möglichkeit aus, die mir in den Sinn gekommen war: die Druckbogen eines Buchs werden noch immer von Hand zusammengestellt, und da fehlt dann gelegentlich in einigen Exemplaren ein Bogen. Ich habe zwei oder drei Briefe gelesen, in denen uns mitgeteilt wurde, das Buch sei unvollständig; diese habe ich an X weitergeleitet, und obwohl er anderer Ansicht war, schien es mir möglich, daß der letzte Bogen irgendwie bei allen Exemplaren weggefallen war. Das konnte aber nicht sein. Aber selbst wenn Ihre Frau uns ein unvollständiges Manuskript geschickt hätte, würde sich an der Lage nichts ändern. Denn wenn wir ihr die Fahnen geschickt hätten, hätte sie den Fehler ja entdeckt. Und die Fahnen hätten wir ihr auf jeden Fall nach unveränderlichem Brauch schikken müssen. Tatsächlich schicken wir praktisch immer zuerst die Fahnen und dann den Umbruch.

Nun zu dem, was getan werden kann: wir haben rund 3000 Exemplare verkauft, und die waren, wie mir der Direktor der Vertriebsabteilung mitteilte, nicht wieder zurückzubekommen. Viele davon laufen über Zwischenhändler. 1100 Exemplare haben wir aber noch, und wir haben jeglichen weiteren Verkauf untersagt, bis wir das letzte Kapitel bekommen. Wir hoffen, einen Weg zu finden – auch wenn es sich um gebundene Exemplare handelt –, dieses Kapitel noch zusätzlich einfügen zu können. Wir haben ferner die Möglichkeit erörtert, eine Anzeige aufzugeben, daß dieses Kapitel irrtümlich ausgelassen wurde und daß es nun jeder haben kann, der danach verlangt beziehungsweise, wenn das gewünscht wird, daß wir den Betreffenden ein vollständiges Exemplar des Buchs ausliefern werden.

Ich hoffe, Sie sind dazu bereit, die Sache bei diesem Stand der Dinge ruhen zu lassen, bis dieses Kapitel eintrifft: dann können wir genauer absehen, was sich tun läßt. Ich versichere Ihnen aber, daß wir ganz und gar gewillt sind, jeden nur möglichen Schritt zu unternehmen, um unseren Fehler, soweit es überhaupt geht, zu berichtigen und Wiedergutmachung zu leisten.

Ich habe eben mit Mr. Matson gesprochen und ihm dasselbe gesagt, was ich Ihnen jetzt schreibe. Immerhin hatten wir ihm die Freiexemplare von ‹*The Last Twist of the Knife*› geschickt. Dies geschah vermutlich deswegen, weil Sie zu dieser Zeit in Mexiko waren. Ich stelle fest, daß Sie ein Anrecht auf eine ausführlichere Erklärung als die vorstehende haben, muß dies aber fürs erste zurückstellen.

Mit freundlichen Grüßen Ihr
Maxwell E. Perkins

7. OKT. 1946

Mr. Malcolm Lowry
Dollarton
British Columbia, Kanada

KAPITEL ERHALTEN. PRÜFE NUN PROBLEM SEINER VERWENDUNG. VIELEN DANK. SCHREIBE BALD.

MAXWELL PERKINS

Charles Scribner an Margerie Lowry

9. Oktober 1946

Sehr geehrte Mrs. Lowry:
Nie bin ich tiefer gedemütigt worden, als da ich von der so schmerzlichen Erfahrung erfuhr, die Sie durch die Behandlung Ihrer Bücher seitens eines unserer Herausgeber erlitten haben. Ich hoffe und glaube, daß etwas Derartiges noch nie vorgekommen ist und nie wieder passieren wird. Ihr Mann hat in seinen Briefen an Mr. Perkins die größte Nachsicht und Geduld bewiesen, und da sich Mr. Perkins, der unserem Lektorat vorsteht, der Sache angenommen hatte, wollte ich die Angelegenheit nicht noch weiter komplizieren. Ich glaube jedoch, daß es sich für mich nur ziemt, Ihnen ein persönliches Wort der Entschuldigung zu schicken.

Ich glaube, Mr. Perkins hat Mr. Lowry gesagt, daß wir die vom Lektor vorgenommenen Änderungen gestrichen haben – sie hätten Ihnen unter den gegebenen Umständen nie in Rechnung gestellt werden dürfen. Ich habe auch erfahren, daß Ihr letztes Kapitel eingetroffen ist: wir werden es in alle noch im Lager befindlichen Exemplare von ‹*The Last Twist of the Knife*› einlegen. Mir ist klar, daß dies ein ziemlich magerer Trost für Sie sein muß, nachdem bereits so viele verkauft worden sind; für neue Ausgaben oder Wiederabdrucke des Romans kann das aber wichtig sein. Ferner bin ich sehr darum bemüht, dafür zu sorgen, daß Sie keine Nachteile dadurch hinnehmen müssen, daß der Verkauf des Buchs durch diesen Fehler negativ beeinflußt worden sein könnte. Zur Zeit schulden wir Ihnen rund dreihundert Dollar aus dem Verkauf von ‹*The Last Twist of the Knife*› (nach Abzug des Vorschusses) und rund fünfhundert Dollar für Ihr erstes Buch. Es steht Ihnen vollkommen frei, dieses Geld, wann immer Sie wünschen, abzurufen, ohne den in unserem Vertrag verlangten Abrechnungstermin abzuwarten.

Dieser Brief ist nicht gerade angenehm zu schreiben, aber ich versichere Ihnen, daß Sie mein aufrichtiges Mitgefühl für die von unserer Seite erlittene Behandlung haben und daß ich bereit bin, alles in meiner Macht Stehende zu tun, um Sie zu entschädigen. Ihr Mann wird in Kürze von Mr. Perkins hören. Höchstwahrscheinlich werden Sie den Namen Scribner nie wieder hören wollen, aber falls Sie uns jemals so weit verzeihen sollten, daß Sie uns wieder ein Buch von Ihnen schicken, werden wir zu beweisen versuchen, daß wir wirklich verantwortungsbewußte Verleger sind.

Hochachtungsvoll
Charles Scribner

Margerie Bonner Lowry an Charles Scribner

Dollarton, B. C., Kanada
15. Oktober 1946

Sehr geehrter Mr. Scribner:
Recht herzlichen Dank für Ihren freundlichen und höflichen Brief. Ich kann mir gut vorstellen, daß es sehr beunruhigend für Sie gewesen sein muß, von den Umständen zu erfahren, unter denen meine Bücher von Ihrem Verlag herausgegeben wurden. Ich habe Scribner's immer für einen der besten Verlage gehalten, und mein Mann und ich waren während dieser ganzen Zeit fest davon überzeugt, daß hier ungewöhnliche und mildernde Umstände zusammengetroffen sein müssen.

Ich danke Ihnen für Ihr Angebot hinsichtlich des Vorschusses und auch für die Erwägung eines weiteren Buchs. Diese Sachen werden sich wohl am besten über meinen Agenten abwickeln lassen, wenn ich zu einem Entschluß darüber gekommen bin.

Ihr Brief und Mr. Perkins' Mitteilungen haben viel dazu beigetragen, mein Vertrauen nicht nur auf Scribner's, sondern auch in mich selbst, das schon fast gänzlich geschwunden war, wiederherzustellen.

Hochachtungsvoll
Margerie Bonner Lowry

Maxwell Perkins an Margerie Lowry

Charles Scribner's Sons
597 Fifth Avenue
New York 17, N.Y.
23. Oktober 1946

Sehr geehrte Mrs. Lowry:
Am Montag habe ich die Umbruchfahnen des letzten Kapitels von ‹*The Last Twist of the Knife*› an Sie abgeschickt. Sobald Sie es zurückschikken, werden wir es drucken und es allen uns zugänglichen Exemplaren des Buchs beifügen. Und wir werden zusätzliche Exemplare bereithalten, um sie jedem, der danach verlangt, schicken zu können. Was können wir nun sonst noch tun, um Sie zu entschädigen? – denn was wir zur Zeit unternehmen, ist nicht sehr viel.

Wie Mr. Scribner schon sagte, werden Sie, wenn diese unselige Episode erst einmal abgeschlossen ist, unseren Namen wohl nie wieder hören wollen; aber Sie und Ihr Mann haben sich als solche Ausnahmeerscheinungen der menschlichen Gattung erwiesen, daß ich das Risiko auf mich nehme, Ihnen ein Buch zu schicken, das aus Anlaß unseres hundertjährigen Bestehens erschienen ist: ‹*Of Making Many Books*›. Viele Leute in Ihrer Lage würden es nun mit Vergnügen zerreißen, so wie wir Ihr Buch zerrissen haben.

Hochachtungsvoll
Maxwell Perkins

P.S. Da wir glauben müssen, daß der Verkauf Ihres Buchs durch das Fehlen dieses Kapitels Schaden genommen hat (besonders, nachdem wir es gelesen haben), würden wir Ihnen, um dies auszugleichen, gerne weitere tausend Dollar zu dem Vorschuß auszahlen. Damit dürfte jeglicher finanzielle Verlust für Sie abgegolten sein. Ich weiß nicht, was ich sonst noch vorschlagen könnte.

Margerie Bonner Lowry an Maxwell Perkins

Dollarton, B. C., Kanada
9. November 1946

Sehr geehrter Mr. Perkins:
Ich hoffe, Sie finden es nicht unhöflich von mir, daß ich Ihren freundlichen Brief mit seinem großzügigen Angebot nicht schon früher beantwortet und Ihnen auch nicht gedankt habe für das wirklich ausgezeichnete und zugleich ungeheuer komische Buch von Roger Burlingame. Dies alles kam hier zu einem sehr ungünstigen Zeitpunkt an: nämlich gleichzeitig nicht nur mit den Fahnen meines letzten Kapitels, sondern auch mit gigantischen und kaum entwirrbaren Massen von Umbruchfahnen für meinen Mann, mit denen wir uns unverzüglich zu befassen hatten. Mein Mann war von ‹*Of Making Many Books*› wirklich so begeistert, daß (a) es ihn dazu ermunterte, in seinem Buch einige wichtige Korrekturen anzubringen, die wir sonst nur zögernd gemacht haben würden, und (b) ich große Mühe hatte, es ihm zu entreißen, um es selber lesen zu können. Aber wir mußten buchstäblich Tag und Nacht an seinen Fahnen arbeiten, um einen bestimmten Termin einzuhalten; das ging so weit, daß sich in meinen Träumen Kommata wie Kaulquappen um meine Knöchel schlängelten und mich sogar stachen; Doppelpunkte schwollen riesenhaft an und stürzten sich auf mich, mein Mann hörte die Fahnen in falscher Tonlage singen (doch sangen sie abwärts anstatt horizontal), und schließlich nahmen sie auch noch die üble Angewohnheit an, sich wie ein Leichentuch um mich herumzuwickeln. So hat Ihr Buch mit seinen Berichten von anderen solchen Heimsuchungen zu anderen Zeiten unserer Plackerei eine Menge Reiz verliehen und eine dringend benötigte Begleitstimme dazu abgegeben.

Von meinem Mann soll ich Ihnen noch ausrichten – auch wenn ich damit abschweife –, daß ihn die Entdeckung (aus irgendeinem Grund hatte er das nicht gewußt) sehr bewegt, daß Sie es waren, der die hervorragende Bedeutung von Aikens ‹*Blue Voyage*› zuerst erkannt hat: dieses Buch hatte ihn nicht nur sehr stark beeinflußt, sondern auch zu einer dauerhaften und wertvollen Freundschaft geführt. Tatsächlich haben wir gerade erst gestern wieder von Conrad A. gehört. Malcolm sagt, ‹*Blue Voyage*› sei in England völlig ungerechtfertigt und brutal als Nachahmung von Joyce kritisiert worden, was so weit von der

Wahrheit entfernt war, daß Joyce (wie Sie zweifellos wissen) hauptsächlich wegen dieses Buchs noch kurz vor seinem Tod versucht hat, «Osiris Jones» zu kaufen, um damit seine eigene Arbeit zu befruchten.

Soviel dazu, obwohl Sie – wenn wir zu dem Zusammentreffen von drängenden Terminen noch hinzufügen, daß der ganze Distrikt hier (und wir mit) von einer Arsenvergiftung betroffen war, und zwar auf Grund irgendwelcher ausländischen Substanzen auf dem hiesigen Spinat – schließlich begreifen werden, warum ich nicht früher geantwortet habe. Es gibt aber noch einen weiteren Grund: die Luftpost wurde durch Stürme behindert, und ich scheine vorübergehend den Kontakt zu meinem Agenten verloren zu haben. Ich kann nicht herausfinden, ob Hal jetzt in New York oder Christiania oder wo auch immer ist.

Nun aber zu meiner eigentlicheren Antwort. Ach, o Gott! wie soll ich antworten? Soll ich, wie Leacock, die tausend Dollar auf den Boden schmeißen, sie dann wieder aufheben und mir in die Taschen stopfen? Malcolm meint, diesen Weg könne man für vernünftig halten. Aber wir beide sind uns einig, daß – insofern wir alle zivilisiert sind, oder schließlich auch, wenn wir es nicht sind (denn wir leben in der Wildnis) –, wenn die Sache abgeschlossen werden soll, sie auch wirklich *abgeschlossen,* das heißt völlig beigelegt werden sollte als nicht mehr vorhanden (in Klammern sollte außerdem noch zumindest festgestellt werden, daß es nicht *Ihr* Fehler war), als Verirrung oder zumindest als Anomalie; als etwas, was jedem von uns in bedrängter Lage hätte passieren können: kurz: vergeben und vergessen – falls ich damit nicht, was vielleicht der Fall ist, unsäglich blasiert erscheine. Und wenn die Sache vergeben ist, wie kann ich dann die tausend Dollar annehmen? Oder umgekehrt, wie kann ich sie ausschlagen? Überdies steht fest, daß ich sie weder annehmen noch ausschlagen kann (gemäß meinem Vertrag), ohne vorher Hal zu konsultieren, zu dem ich wie gesagt den Kontakt verloren zu haben scheine. Das beste wird wohl sein, wenn Sie selbst mit Hal Matson darüber sprechen (falls er in New York ist), und zwar auf der Grundlage, daß die Angelegenheit, was mich angeht, abgeschlossen ist, und daß die tausend Dollar auf jeden Fall jeglichen finanziellen Verlust mehr als angemessen abdecken, besonders wenn man den Verkauf von ‹*The Shapes That Creep*› und dazu die Tatsache berücksichtigt, daß ‹*The Last Twist*›, auch mit dem Schluß und allem anderen, wohl nicht so aufregend ist (obwohl: könnte man nicht den Verkauf anheizen, indem man, wie Sie schon einmal andeuteten, eine

Erklärung über das Fehlen des letzten Kapitels abgibt – falls das nicht zu qualvoll für Sie ist?).

Was das übrige angeht, so würde Ihre Feststellung, «Sie werden unseren Namen wohl nie wieder hören wollen», wenn sie stimmte, wahrscheinlich auch in der umgekehrten Richtung ihre Berechtigung haben. Tatsache ist, daß ich «all das» genausowenig noch einmal durchmachen möchte, wie Sie «das alles» noch einmal durchmachen möchten. Aber schließlich besteht kein Grund, von so etwas auszugehen.

Was mich selbst als Schriftstellerin angeht, so könnte und kann ich auch weiterhin jede Menge Kriminalromane von einigermaßen oder sogar tatsächlich erstklassiger Güte schreiben: es stimmt, ich hätte bereits drei oder vier bessere als ‹*The Shapes*› (und das *ist* gut und unverbraucht, denke ich) für Sie schreiben können. Aber schließlich – *cui bono?* Und um so mehr *cui bono,* wenn man doch etwas mehr als nur vage von seiner Fähigkeit überzeugt ist, den Hamlet spielen zu können. Zum einen belastet mich die Vergeudung des Materials – als ob man Blumen in den Fleischwolf stecken würde. Mit etwas Ermunterung würde ich aber in den nächsten Jahren wohl einige weitere schreiben, wenn auch nur, um mir die Zähne abzuwetzen. Hauptsächlich habe ich Krimis in der festen Absicht zu schreiben begonnen, Praxis und Disziplin zu erwerben; ich glaubte, die Strenge der Form würde mich lehren, mein Material beherrschen zu lernen, so daß ich dies später aufgeben könnte und dann zumindest wüßte, was ich aufgäbe. (Als unser Haus abbrannte, hatte ich einen anderen Krimi schon zu zwei Dritteln fertig; mein Mann hat ihn gerettet, aber ich habe ihn nie beendet, obwohl ich ihn für besser als die beiden anderen halte.)

Ich habe auch einen ernsthaften Roman geschrieben – ‹*Horse in the Sky*› –, und es hat keinen Sinn, wenn ich sage, mir liegt nichts daran, daß Sie ihn sich einmal ansehen, denn mir liegt etwas daran – das heißt natürlich, mit Blick auf die schiefe Lage, daß alles andere zu vergessen ist, falls sie ihn für aussichtslos halten sollten. Um das Buch steht es folgendermaßen: Jonathan Cape in England hat es bedingt akzeptiert; die Bedingungen bestehen darin, daß ich noch einige Änderungen daran vornehmen will und der Verlag wissen möchte, worauf diese hinauslaufen – diese Änderungen betreffen hauptsächlich zwei Kapitel, die ich meiner Meinung nach nicht so zuwege gebracht habe, wie ich es mir vorgestellt hatte, und noch ein paar Kleinigkeiten, wie etwa einen Kunstgriff, den ich ziemlich überstrapaziert habe, nämlich ein Kapitel mit einem einzigen Satz in einem eigenen Absatz zu beenden. Malcolm meint, ich soll Ihnen sagen, falls Sie sich das Buch ansehen, er finde, daß sein Einfluß – oder der Einfluß anderer *auf* ihn *auf* mich – sich womöglich, zum Nachteil des Buchs, hier und da störend auf den ihm eigenen Ton ausgewirkt haben könnte. Aber wie auch immer sich das verhalten mag (und ich stimme nicht unbedingt mit ihm überein), ich denke, Sie dürften auf jeden Fall ein Buch *darin* erblicken, was auch immer Sie von meiner Verwendung des Materials halten mögen. Ich glaube nicht, daß Sie damit Ihre Zeit verschwenden würden, selbst wenn es als Ganzes genommen völlig unmöglich für Sie sein sollte, es in Betracht zu ziehen; jedenfalls würde ich es als einen großen Gefallen betrachten, wenn Sie es sich einmal ansähen, falls ich damit nicht den Eindruck erwecke, Ihnen mit Trick 17 von Moralischer Erpressung auf den Leib zu rükken: in diesem Fall lassen Sie es, und vergessen Sie bitte auch, daß ich es erwähnt habe. Um Ihnen aber verfrühte Verlegenheit bei dem bloßen Gedanken daran zu ersparen: Capes günstiges Urteil scheint mir zumindest den Vorschlag zu rechtfertigen. Jedoch tappe ich hier wiederum ein wenig im dunkeln (und dies ist ein weiterer Grund, warum ich Ihren Brief nicht schon früher beantwortet habe), da ich nur zwei Abschriften davon hatte (meine eigene war bei dem Brand zu sehr zu Schaden gekommen, um noch irgendwie verwendet werden zu können); die eine hat Cape, die andere Hal. Ich habe Hal geschrieben, er solle sie mir schicken, da ich noch etwas daran arbeiten wollte, aber da ich sie nicht bekommen habe, hat Hal vielleicht etwas anderes damit unternommen; aber was, das weiß ich im Augenblick nicht.

Andererseits – nachdem ich Sie als Verleger gefunden habe (vergessen wir mal alles andere) – halte ich es nicht für der Mühe wert, nur für ein paar Krimis den ganzen Ärger mit der Suche nach noch einem Verleger auf mich zu nehmen oder Hal damit zu belästigen. Wozu all diese Sorgen? Falls ich also noch irgendwelche Krimis schreiben oder beenden soll, möchte ich erst wissen, ob Sie das für lohnenswert halten und wann Sie den nächsten haben möchten, damit die Sache nicht mehr so sehr auf Krücken, sondern etwas mehr (wie Sie sagen könnten) auf Schlittschuhen voranginge. Denn inzwischen beginne ich – nach einem langen Zeitraum, in dem ich unfähig war, irgend etwas zu schreiben, nicht einmal einen Brief – das Gefühl zu haben, daß ich eine Schreibmaschine wieder mit Begeisterung, und nicht voller Ekel, anschauen kann. In Mexiko im vorigen Winter habe ich mir eine ganze Menge Notizen gemacht, und ich denke, daß da ein guter Krimi drinstecken könnte. Oder sollte ich mich noch mal an einem richtigen Roman versuchen? Oder sollte man vielleicht diese Tonleitern noch ein Weilchen länger üben? Vielleicht ist aber die Vorstellung, daß dies Tonleitern sind oder es je in erster Linie gewesen seien, eine Illusion. Kurz: obwohl das natürlich zum größten Teil Fragen sind, die letztlich nur ich beantworten kann, glaube ich, daß ich nicht so sehr Geld als vielmehr einen vernünftigen verlegerischen Rat nötig habe.

Eine letzte kleine Anfrage: könnte ich wohl ein paar Freiexemplare von ‹*The Shapes That Creep*› bekommen?

Nochmals Dank für Ihren freundlichen Brief und herzlichen Glückwunsch zu Ihrem hundertjährigen Jubiläum.

Mit freundlichen Grüßen
Margerie Bonner Lowry

Maxwell Perkins an Harold Matson

Charles Scribner's Sons
597 Fifth Avenue
New York 17, N. Y.
15. November 1946

Sehr geehrter Mr. Matson:
Ich überweise Ihnen den gemäß der letzten Tantiemenabrechnung festgestellten Betrag für Mrs. Lowry sowie den zusätzlichen Vorschuß (nach den erforderlichen steuerlichen Abzügen) für ‹*The Last Twist of the Knife*›.

Ich werde jetzt an Mrs. Lowry schreiben, und falls wir weiterhin als Verleger mit ihr zusammenarbeiten dürfen, werden wir uns ganz bestimmt die größte Mühe geben, dies so zu tun, wie man es von uns erwartet.

Hochachtungsvoll Ihr
Maxwell Perkins

Maxwell Perkins an Margerie Lowry

Charles Scribner's Sons
597 Fifth Avenue
New York 17, N. Y.
15. November 1946

Sehr geehrte Mrs. Lowry:
Ich habe Harold Matson aufgespürt und mit ihm telefoniert: er hatte bereits von Ihnen gehört. Ich habe ihm gesagt, ich hielte es für richtig – wenn auch nur um unserer selbst willen –, wenn wir den Vorschuß für ‹*The Last Twist of the Knife*› um tausend Dollar erhöhen würden. Er sagte, das dächte er auch, und ich schicke ihm daher jetzt einen Scheck über diesen Betrag; leider abzüglich 150 Dollar, die wir für Ihre Steuern einbehalten müssen. Gleichzeitig schicken wir ihm einen Scheck über 523,42 Dollar für Tantiemen gemäß unserer letzten Abrechnung.

Gestern rief ich ihn wegen ‹*Horse in the Sky*› an, aber er hatte das Manuskript an Sie zurückgeschickt; und ich denke, Sie könnten genausogut – auch wenn ich sehr gespannt bin, es zu lesen – erst einmal die von Ihnen geplanten Änderungen vornehmen. Das würden Sie ja ohnehin tun, und warum also nicht jetzt – zumal Sie dadurch Zeit sparen würden. Ich sollte wahrscheinlich kein Wort von dem, was wir «Ratschläge» nennen, von mir geben, bevor ich es gelesen habe, aber ich bin nicht der Meinung, daß Kriminalromane allein sehr viel bringen, und obwohl ich die Übung, die Sie sich dadurch erworben haben, wahrnehme, glaube ich, daß Sie wohl jetzt keine mehr nötig haben. Ich kenne eine Schriftstellerin, die, wie ich fast sicher bin, bedeutende Romane hätte schreiben können und das auch wollte, die aber so in den Kunstgriffen und Handlungsabläufen des Kriminalromans befangen war, daß, als sie mit einem Roman den Durchbruch zu schaffen versuchte, dieser – obwohl er sich vielleicht verkauft hätte – sämtliche Eigenschaften des Illustrierten-Fortsetzungsromans hatte. Sie konnte sich von dem Schema nicht mehr losreißen. Ich mußte ihr das sagen, und darauf beschloß sie, den Roman nicht zu veröffentlichen. Ich fürchte, sie wird nie mehr einen Roman schreiben. Ich denke daher, man kann es auch damit übertreiben, Kriminalromane nur darum zu schreiben, um Übung zu erlangen. Andererseits haben Sie dafür gewiß großes Talent, und es ist wohl schade, wenn Sie den einen, der schon zu zwei Dritteln fertig war, nicht beenden, und vielleicht könnten sie den mexikanischen zwischen zwei Romane schieben. Mexiko ist zur Zeit ein interessantes Gebiet und literarisch noch ziemlich wenig erforscht.

Es hat mich amüsiert, wie Sie sich in die Fahnen verwickelt haben, denn so etwas habe ich in meiner Familie auch schon erlebt. Manche Leute können einfach nicht damit umgehen, und doch habe ich oft gedacht, dies sei die beste Art, ein Buch zu lesen. Man muß nicht andauernd die Seiten umblättern, sondern braucht bloß die Fahne hochzuschieben; und wenn man mit einer fertig ist, läßt man sie einfach fallen, ohne auch nur ein Auge zu bewegen. Nun weigert sich die Jury des Book-of-the-Month-Clubs, Fahnen überhaupt zu lesen, und wir müssen sämtliche Bücher, die wir dorthin schicken, vorher umbrechen – tatsächlich so etwas wie gebundene Ausgaben davon herstellen. Ich bleibe also in der großen Minderheit.

Merkwürdig, daß Sie *‹Blue Voyage›* zur Sprache gebracht haben. Nein: das war nie eine Nachahmung von Joyce. Conrad hatte das Flöz, worin es lagert, lange vor Joyce untersucht. Ich nehme an, es hätte von *‹Ulysses›* beeinflußt sein können, aber das habe ich nie wirklich angenommen. Er war sich dessen, was bei Joyce erst später auf Grund seiner Erlebnisse und der Offenbarungen der modernen Psychologie ins Bewußtsein rückte, schon ganz zu Anfang seiner Karriere bewußt. Er ist nie ein Nachahmer gewesen und hätte auch nie einer sein können. Merkwürdig an *‹Blue Voyage›* aber war, daß ich, als es hier auftauchte, völlig begeistert davon war und es mich nur beunruhigte, daß es mir unfertig vorkam. Ich wollte deshalb mit ihm sprechen. Wegen verschiedener Geschäfte fuhr ich nach Boston, konnte ihn aber erst am Ende des Tages aufstöbern, und dann auch nur telefonisch. Ich erzählte ihm von unserem starken Interesse daran, daß es mir aber unfertig vorkäme. Aus seiner Antwort entnahm ich, daß er glaubte, ich meinte, das Schiff müsse in den Hafen einlaufen oder etwas dergleichen. Er sagte, er wüßte nicht, wie etwas noch vollendeter und fertiger sein könne, und fragte, ob wir es haben wollten. Ich dachte rasch nach: auch wenn es für mein Verständnis ein Fragment war, so war es doch wunderbar, und wir würden es auch so nehmen; und das sagte ich ihm. Ich machte mir trotzdem Sorgen deswegen – bis ein paar Tage später sein Agent das letzte Drittel oder vielleicht das letzte Viertel davon vorbeibrachte. Mit anderen Worten hatte man uns in gewissem Sinne dasselbe angetan wie wir Ihnen. Man hatte einen Teil verlegt, wodurch es uns unfertig vorkam. Conrad war deswegen natürlich beunruhigt, stand aber trotzdem loyal zu seinem Agenten.

Matson sagte, er sei damit einverstanden, daß wir uns ‹*Horse in the Sky*› ansehen, wenn Sie soweit sind, es uns zu schicken: ich werde also darauf warten und bin Ihnen für Ihre Freundlichkeit sehr dankbar.

Hochachtungsvoll Ihr
Maxwell Perkins

Maxwell Perkins an Margerie Lowry

Charles Scribner's Sons
597 Fifth Avenue
New York 17, N. Y.
19. November 1946

Sehr geehrte Mrs. Lowry:
Ich habe soeben die beiliegende literarische Notiz diktiert; sie muß noch für die Veröffentlichung überarbeitet werden, aber ich werde sie an die Werbeabteilung weiterleiten. Jedenfalls ist dies im wesentlichen das, was wir an etliche hundert Zeitungen schicken werden, sobald ‹*The Last Twist of the Knife*› mit dem letzten Kapitel bei uns vorliegt. Wenn wir wirklich ehrlich wären, würden wir vermutlich statt «Irrtümer» das Wort «Verbrechen» einsetzen.

In einer Woche sollen wir die ersten Exemplare bekommen; ich werde ihnen dann sechs schicken.

Hochachtungsvoll Ihr
Maxwell Perkins

Auf Grund einer seltsamen Verkettung von Irrtümern auf seiten des Verlags wurde ‹*The Last Twist of the Knife*› von Margerie Bonner in der ersten Auflage ohne das letzte Kapitel veröffentlicht. Der Fehler blieb eine Zeitlang unbemerkt, aber sobald er erkannt war, hat die Verfasserin das letzte Kapitel neu geschrieben und abgeliefert: jetzt ist das Buch auch mit dem letzten Kapitel erhältlich und wird auf Anfrage gegen die unvollständigen ausgetauscht. Jedem, der das letzte Kapitel allein zu erwerben wünscht, um herauszufinden, wie der Krimi vollständig und endgültig geschrieben war, wird auf Wunsch ein kostenloser Separatdruck davon zugestellt.

V

Alfred Kazin an Albert Erskine

6. Januar 1947

Lieber Albert:
Als ich mit Ihnen über meine Schwierigkeiten mit den ersten Seiten von ‹*Unter dem Vulkan*› sprach, hatte ich ja keine Ahnung, daß mich dieses Buch schließlich dermaßen überwältigen würde. Die letzten Seiten habe ich mit einem Gefühl visionären Schauderns gelesen, als sei ich zum letzten Akt einer großen Tragödie gelangt. Das Buch zählt zweifellos zu den eigenwilligsten und kreativsten Romanen unserer Zeit. Ich möchte Lowry huldigen – dies um so mehr, als dieses Buch so überaus deutlich von besonnener Selbstbeherrschung zeugt. Seine Fähigkeit, die verschiedenen Bewußtseinsebenen und die Wirkung der Landschaft Mexikos darauf als ein Stadium der menschlichen Seele in einer einzigen Textstruktur zu vermitteln, scheint mir eine der bemerkenswertesten Leistungen in der modernen Literatur zu sein. Ich glaube aber auch zu begreifen, daß dies nicht nur eine überaus konsistente Geschichte vom Verfall eines Mannes ist, sondern auch eine positive Verteidigung fundamentaler menschlicher Werte und Hoffnungen darstellt: und daß es im besten Sinne ein Roman von der Politik des Menschen ist.

Ich hoffe, das Buch wird all die Anerkennung erhalten, die es verdient.

Ihr
Alfred Kazin

James Agee an Albert Erskine

11. Februar 1947

Lieber Albert:
Ich konnte schließlich doch keine Abschrift meines Briefes mehr finden, aber ich denke, das folgende wird als Ersatz für die Stelle «und hier komme ich wieder auf den Begriff Intensität zurück» usw. die Sache wieder in Ordnung bringen:

«Was mich besonders beeindruckt, ist das, was er hinsichtlich Intensität und Wucht geleistet hat. Wenige Romanschriftsteller heutzutage, auch die angesehensten nicht, können etwas vorweisen, was seiner Bedeutung und Fähigkeit in diesen beiden Punkten gleichkommt.»

Tut mir leid, daß ich das Buch nicht rezensieren kann, ich würde das wirklich außerordentlich gerne machen. Aber wenn ich mich nicht vor den Sachen drücke, zu denen ich Lust habe – ganz zu schweigen von denen, zu denen ich keine Lust habe –, werde ich nie dazu kommen, irgend etwas Eigenes zu Ende zu schreiben.

Hoffe Dich bald zu sehen. Und ich freue mich auf einen Abend mit Dir, Lowry und Jimmy Stern.

Beste Grüße
Jim [Agee]

VI

Jacques Barzun an Malcolm Lowry

Columbia University
New York
10. Mai 1947

Sehr geehrter Mr. Lowry:
Ich müßte schon viel gefühlloser sein, als ich von Natur aus bin, wenn mich Ihr langer Brief über meine Rezension Ihres Buchs nicht hätte berühren und bewegen sollen. Für einen geschädigten Autor sind Sie außergewöhnlich nachsichtig, großmütig und vernünftig gewesen. Ihre Erklärung der Tatsachen und Ihre Folgerungen sind überzeugend, und ich wünschte, ich könnte meine Meinung über Ihren Roman ändern – daß ich davon, sagen wir, dieselbe Meinung haben könnte wie von seinem Verfasser, die ich auf Grund dieses einen Briefes gewonnen habe.

Zweifellos war meine Besprechung zu kurz, und ich akzeptiere Ihre Einschätzung, daß sie zu spöttisch ausgefallen ist. Ich konnte Ihr Buch beim allerbesten Willen nicht anders als nachahmerisch und prätentiös finden: es war diese Kombination von Missetaten, die meinen Spott erregte. Aber ich stehe nicht an zuzugeben, daß ich mit meinem Urteil vollkommen falsch liegen kann. Tatsächlich besitzen Sie ein imponierendes kritisches Talent, neben dem meine Krittelei geradezu verblaßt. Und da ich vor dem Fachwissen derer, die Sie loben, wirklich hohe Achtung habe, hoffe ich um Ihret- und ihretwillen, daß ich mich in bezug auf ‹*Unter dem Vulkan*› geirrt habe.

So wie ich aber nun einmal beschaffen bin, gibt es für mich nur eine Möglichkeit, meinen Irrtum wirklich zu erkennen, indem ich nämlich Ihr Buch zu einem späteren Zeitpunkt noch einmal lese. Dies habe ich vor, und bis dahin werden Sie mich wahrscheinlich durch ein neues Werk von Ihren Fähigkeiten überzeugt haben.

Auf jeden Fall möchte ich gerne, daß Sie mir meine aufrichtigen guten Wünsche abnehmen.

Hochachtungsvoll Ihr
Jacques Barzun

VII

Frank Taylor an Malcolm und Margerie Lowry

Metro-Goldwyn-Mayer-Pictures
Culver-City, Kalifornien
19. Mai 1950

Liebe Freunde:
Verzeiht mir bitte, daß ich nicht früher geschrieben habe, aber ich hatte gehofft, Zeit und Nachdenken würden meine Zunge und mein Herz lösen. So habe ich mich nicht mehr gefühlt, seit ich zum erstenmal den ‹*Vulkan*› gelesen habe. Bei jenen seltenen Gelegenheiten, wenn ich etwas so Geistreiches, Schöpferisches und Kunstvolles wie Euer Drehbuch lese, bin ich so gedemütigt und eingeschüchtert, daß ich mich nur noch unter größten Schwierigkeiten schriftlich ausdrükken kann. Es gibt so viel, was ich sagen möchte, aber das sind Sachen, die sich viel leichter in einem kleinen Zimmer oder auf einem langen Spaziergang aussprechen lassen. Ich habe schon viele Drehbücher gelesen und viele Filme gesehen, aber noch nie zuvor ist mir etwas Schriftliches vor Augen gekommen, was so vollkommen dem Film gemäß ist. Eure Arbeit hat auf mich viel, viel stärker gewirkt als der Roman. Sie geht phantastisch tief, und ihre unmittelbare filmische Beschwörung der Komplexität des Lebens ist zauberhaft und wunderbar. Ich habe das Gefühl, daß alles, was je über den Film gedacht, geschrieben und festgehalten worden ist, Vorbereitung und Vorspiel zu dieser Schöpfung ist. Sonst hat es bis jetzt nur Christopher Isherwood gelesen, und er wird Euch noch selber schreiben. Er teilt meine Gefühle in allen Einzelheiten.

Was die praktische Seite angeht, so bin ich noch zu aufgewühlt, um gleich etwas in die Wege zu leiten. Tatsache ist, daß ich einen Film gedreht habe – einen kurzen, ist nicht übel. Zur Zeit arbeite ich an einem anderen, ‹*The Case of the Journeying Boy*› von Michael Innes. Der wird etwas länger und, ich weiß, wesentlich besser. Unter den verkorksten Bedingungen hier in Hollywood wäre es zweifellos absurd, davon auszugehen, daß Metro mir jetzt gestatten würde, einen Film von solchen Proportionen zu produzieren. Man kann sich auch nur schwer ein Studio vorstellen, das für ein solches Projekt Verständnis aufbringen könnte. Wenn Ihr mir aber noch ein bißchen mehr Zeit geben wollt, um darüber nachzudenken und mit anderen Leuten, die mehr Erfahrung in diesem Beruf haben, darüber zu reden, werde ich versuchen, einen Plan für die Sache auszudenken.

Daß Ihr das für mich getan habt, berührt mich mehr, als ich je ausdrücken kann. Ich bin Euch zutiefst dankbar für Eure Zuneigung und Euer Vertrauen, und glaubt mir, ich werde von heute an alles tun, was ich kann, um unsere Hoffnungen zu verwirklichen.

Immer Euer
Frank [Taylor]

Jay Leyda an Malcolm Lowry

6226 ¼ De Longpre Ave.
Los Angeles 28, Kalif.
4. Juni 1950

Lieber Malcolm Lowry:
Ich schulde Ihnen diesen Brief schon geraume Zeit, und diese Schuld muß jetzt abgetragen werden (zumindest in einer ersten Rate). Ich bin Frank sehr dankbar, daß er meine Schuld noch vergrößert hat, indem er mich Ihre Vervielfachung von ‹*Zärtlich ist die Nacht*› hat lesen lassen. Fürs erste will ich nur sagen – immerhin könnte es sein, daß wir uns eines nicht zu fernen Tages treffen –, daß es keine Zeitverschwendung von Ihnen war, einen wundervollen Film zu Papier zu bringen. Frank ist entschlossen, den nächsten Schritt damit, wie auch immer, zu unternehmen. Und zwar bald, denn MGM.'s Abneigung gegen den Roman scheint nicht so tief zu sein, wie es ihm einmal vorkam. Mir gefällt noch einiges mehr daran, so wie er – jetzt – auf dem Papier steht, aber ich stimme mit Ihnen überein, daß es jetzt das wichtigste ist zu überlegen, wie man es vom Papier auf einen Film bringen kann.

Falls Sie noch mehr Super-Koinzidenzen suchen – Sie haben eine in Ihren Anmerkungen geliefert: denn ich wüßte nicht, wie Sie gewußt haben könnten, daß Welles einmal ein Drehbuch zu ‹*Herz der Finsternis*› aus der Sicht Marlows [1] geschrieben hat. Und bringen Sie in Ihrem ungeschriebenen Vorwort übrigens nicht die beiden Mankiewicze durcheinander – die sind ziemlich verschieden.

Dies ist nun nicht der Verehrer-Brief geworden, den ich mir vorgenommen hatte, aber nehmen Sie's bitte dafür.

Mit freundlichen Grüßen
Jay Leyda

1 Hauptfigur in Joseph Conrads Roman ‹*Herz der Finsternis*› (A. d. Ü.)

Christopher Isherwood an Malcolm Lowry

333 East Rustic Road
Santa Monica, Kalifornien
12. Juni 1950

Lieber Malcolm Lowry,
Ich wollte Ihnen ständig schreiben, seit ich Ihr wunderbares Drehbuch zu Ende gelesen hatte – eigentlich eine Beleidigung, es so zu nennen: man müßte dafür einen anderen, neuen und besonderen Namen erfinden. Zufällig hatte ich vor kurzem den Roman zum erstenmal gelesen. Natürlich hat er mich enorm beeindruckt. Aber es ist keine Schmeichelei von mir, wenn ich Ihnen sage, daß Ihre Fassung davon mir völlig neue Bedeutungen und eine Größe erschloß, die zwar bestimmt irgendwo in dem Buch enthalten waren, die Sie aber erst deutlich gemacht haben. Nachdem ich sie gelesen hatte, wurde ich mehrere Tage lang von der Erhabenheit der Themen geradezu verfolgt. Es darf mit genau demselben Recht wie Dreisers Buch ‹*Eine amerikanische Tragödie*› genannt werden – und alle Ihre Änderungen und Weiterentwicklungen von Fitzgeralds Buch füllen es aus und steigern seine Bedeutung. Doch wozu fasele ich so herum? Schlicht gesagt, es ist ein Meisterwerk – eine neue Gattung. Natürlich bin ich gespannt darauf, es verfilmt zu sehen – aber genauso möchte ich Ihr vollständiges Drehbuch mit allen Ihren Anmerkungen und Kommentaren veröffentlicht sehen – ob zum Beispiel New Directions das machen würde? Es *sollte* ebenso gedruckt wie aufgeführt werden, denn vieles daran ist ein Lesedrama wie Hardys ‹*Dynasts*›.

Herzlichen Glückwunsch!
Christopher Isherwood

James Agee an Malcolm Lowry

18. April 1951

Lieber Malcolm:
Ich danke Dir ungeheuer für Deine Karte zu der Erzählung[1] und daß sie Dir gefallen hat, selbst wenn sie Dir tatsächlich nur halb so sehr gefallen hätte. Es bedeutet mir wahnsinnig viel, daß Du wirklich *begeistert* davon gewesen zu sein scheinst – und als Künstler wirst Du wissen, wie sehr mir daran liegt, daß ich damit nicht nur auf Kindlichkeit oder allenfalls auf eine Art von Kindlichkeit aus bin. Ich war und bin noch immer über manches darin froh und begeistert und bin daher natürlich traurig, wenn irgendein Leser, oder gar ein kluger Leser, selbst wenn es ihm gefällt, diese Gefühle nicht teilt. Dies um so mehr, als dieses Buch – abgesehen von sehr wenigen kurzen Stücken und ein paar Abschnitten hier und da – das einzige ist, was ich je geschrieben habe, bei dem ich wirklich im großen und ganzen ein gutes Gefühl habe. Ich bin also sehr zufrieden und Dir und Margie dankbar.

Meinen fast sechs Monate langen Aufenthalt hier draußen bringe ich mit der Revision eines Drehbuchs zu Ende, das ich vorigen Sommer zu Creves *‹Blue Hotel›* geschrieben habe, und ich schreibe ein Drehbuch (zusammen mit Huston) zu *‹The African Queen›*. Das Schreiben von Drehbüchern macht mir großen Spaß. Ebenfalls Spaß gemacht hat mir das wenige, was ich von Deiner großartigen Bearbeitung von *‹Zärtlich ist die Nacht›* zu lesen bekommen habe – denn abgesehen von allen Deinen verständnismäßigen und atmosphärischen Talenten bist Du zweifellos einer der vielleicht Dutzend wirklich originellen, schöpferischen Geister, die je zum Film gekommen sind.

Ich hatte auch eine Koronarthrombose, aber die hat mich Gott sei Dank nicht zum Invaliden gemacht – ich soll nur aufpassen und mäßig leben und versuche mit bis jetzt noch nicht ausreichendem Erfolg, dies zu erlernen.

Ich werde bald nach Hause fahren, hoffe und erwarte aber sehr, hier draußen jedes Jahr ein paar Monate arbeiten zu können – hoffe und erwarte somit auch zuversichtlich, Euch beide, Gott weiß wann, einmal besuchen zu kommen.

Liebe Grüße an Euch beide und noch mal tiefsten Dank.

Jim [Agee]

1 *‹The Morning Watch›*; deutsch unter dem Titel: *‹Die Morgenwache›* (A.d.Ü.)

VIII

Clemens ten Holder an Malcolm Lowry

Flacht, den 5. Febr. 1951.
Kr. Leonberg.
Württemberg.

Sehr geehrter Herr Lowry!
Der Verlag Ernst Klett in Stuttgart, der sich auf mein Anraten hin entschlossen hat, die deutsche Ausgabe Ihres Romans ‹*Under the Volcano*› zu veröffentlichen, hat mich mit der Übersetzung des Buches beauftragt. Ich brauche Ihnen wohl nicht zu sagen, mit welcher Begeisterung und Freude ich Ihren Roman gelesen habe, nachdem ich wochenlang in einem Wust neuer englischer, amerikanischer und französischer Romane herumgewühlt hatte, die dem Verlag angeboten waren. Endlich hatte ich ein Buch gefunden, vor dem alle Mittelmäßigkeiten der modernen Romanfabrikanten verschwanden, und für das sich also ein verantwortungsbewußter Lektor restlos einsetzen konnte. Nachdem ich mehr als die Hälfte Ihres schönen Buches übersetzt habe, halte ich es auch heute noch für das bedeutendste Romanwerk, das in unseren Tagen geschrieben worden ist und geschrieben werden kann.

Zu Anfang muß ich mich entschuldigen, daß ich Ihnen deutsch schreibe. Das hat seinen Grund. Ich wäre wohl nicht in der Lage, Ihnen auf englisch so zu schreiben, daß Sie nicht über das komische Gestammel lachen würden. Deshalb schreibe ich lieber deutsch in der Hoffnung, daß Sie es besser verstehen werden als mein bescheidenes Englisch.

Über die Schwierigkeiten, die sich bei einer Verdeutschung Ihres Romans ergeben, brauche ich Ihnen nichts zu sagen; denn ihr Werk ist so sehr vom Sprachlichen her geformt und gebaut, von den Möglichkeiten des sprachlichen Kunstwerks, daß es eigentlich nicht anders sein kann, daß ein solches Werk sich gegen eine Eindeutschung sträubt. Immerhin habe ich das Empfinden, daß die deutsche Sprache noch eher in der Lage ist, ein solches Werk sich anzueignen als zum Beispiel die französische, die in ihrer Rationalität vor den riesigen Satzungeheuern kapitulieren muß. Das ist im Deutschen anders, und in der Geschichte der deutschen Romandichtung finden sich sogar zwei Parallelen zu dieser

Art sprachlicher Formung: Jean Paul und Johann Fischart, deren Prosa ganz vom dichterischen Wortelement bestimmt ist. Die modernen deutschen Dichter haben diese Elemente keineswegs, sie sind vollständig in die Sprache der Reportage abgerutscht, weil ihnen die dichterische Kraft fehlt. Es hat schon seinen Grund, wenn der Dichter, nachdem die formalen Elemente der Überlieferung ganz erschöpft sind, wieder zurückgeworfen wird auf das Wort selbst als auf das Elementare, auf die Häufung der Worte im rhythmischen Maß der kurzen und langen Silben, auf den Satz, Phrasen einer musikalischen Melodie: Thema mit Variationen, um die Vorgänge eines Bewußtseinsablaufs darzustellen, der selber nur noch ein Teil eines abgeschliffenen Weltverhältnisses im Wort ist und unter dem Überdruck einer wortfremden Zeit, die aus der echten, logoserfüllten Sprache ein billiges Wechselgeld gemacht hat zum täglichen Gebrauch und zu Geschäften des Betruges und der Irreführung, keine Möglichkeit mehr hat zu einer dichterischen Daseinsdeutung und Daseinsaussage. Die in Ihrem Werke an den Tag gekommene Zurückführung der dichterischen Sprache auf das Element des reinen Wortes ist für mich ein Vorgang, der heute sprachlich gefordert werden muß, wenn einer den Versuch macht, in diesem Sprachenbabel einen neuen Anfang zu setzen. Das hat uns Joyce deutlich genug gezeigt. Ich weiß aber auch, wie selten es gelingt, und daß dazu mehr gehört als nur ein guter Wille. Es gehört dazu eine neue Welterfahrung. Vieles muß einer gesehen und erfahren haben, um von der Reinheit elementarer Worterfahrung wieder ausgehen zu können, um die Worte in ein Reinigungsbad eintauchen zu können, damit sie neu, verjüngt und schön daraus hervorgehen. Das haben Sie geleistet mit einem solchen Maß an Selbstzucht, daß ich immer wieder erstaunt bin und gerne die große Arbeit übernommen habe, Ihren Roman deutschen Lesern vorzulegen, um zu zeigen, was heute gefordert werden muß, wenn einer in der überlieferten Form des Romans zeitgerechte und dichterische Aussagen machen will. Ich habe von vornherein gewußt, mit wie großen Schwierigkeiten ich zu kämpfen haben werde. Zum Teil sind es natürlich rein sprachliche und sachliche Mängel, zum Teil liegen sie darin, daß das deutsche Sprachbewußtsein ein «ländliches» ist, vom Land geformt ist, und daß ihm der Atem des Meeres fehlt, zum Teil aber sind es für mich reine Schwierigkeiten des Verständnisses.

Ich erlaube mir daher, Sie zu fragen, ob ich Sie in besonderen Fällen um Ihre Hilfe angehen darf. Worum es sich dabei handelt, will ich an einigen Beispielen erläutern:

Nehmen wir einmal Kapitel II, Seite 43, 47, 48. Es ist jenes Gespräch zwischen dem Konsul und Yvonne, das unterbrochen wird durch die Gesprächsfetzen aus dem Nebenraum der Cantina. Es sind die Stellen über Alabama, die mir bislang unverständlich geblieben sind; oder Kapitel X, S. 290, 291, 294, die Unterhaltung vor dem Essen in der Cantina des Cervantes. Bei Ausdrücken wie: Onans in garlic soup, Pep with milk, Pimesan chike chup, the spectral chicken, poxy eggs usw. und der Stelle «A stone, hombre, I bring you a stone» etc. muß ich vorläufig mein Unvermögen eingestehen. Ich habe auch keine Möglichkeit, jemand zu fragen. Ich wohne auf dem Lande, weit weg von der Stadt, und ich bin ein unbekannter Mann. Was bleibt mir anderes, als Ihre Güte in Anspruch zu nehmen? Ich hoffe, Sie werden für diese Situation Verständnis aufbringen, und in dieser Hoffnung allein erlaube ich mir auch, Sie zu fragen, ob ich Ihnen nach Abschluß der Übersetzung eine Aufstellung der mir unklar gebliebenen Stellen übersenden darf. Sollten Sie Interesse haben, die ganze Übersetzung vor Veröffentlichung einzusehen, so steht Ihnen selbstverständlich ein Exemplar des Manuskripts zur Verfügung.

Ich schicke diesen Brief über Mr. Harold Matson, New York, und würde mich sehr freuen, bald von Ihnen zu hören.

Mit freundlicher Begrüßung
Clemens ten Holder

Malcolm Lowry an Clemens ten Holder

Dollarton
British Columbia
Kanada
21. März 1951

Sehr geehrter Herr Clemens ten Holder!
Sie müssen mir verzeihen – zweierlei – einmal, daß ich englisch schreibe, zum andern, daß ich in der Anrede Ihren Namen vielleicht nicht ganz richtig geschrieben habe: Ihr Brief vom 5. Februar kam hier am kältesten und stürmischsten Märztag seit Menschengedenken an,

und der Blizzard war sogar bis zu Ihrer Unterschrift vorgedrungen, die an der Verbindungsstelle zwischen Ihrem Vor- und Zunamen leicht verwischt war. Diesen wahrhaft wagnerischen Umständen bei der Zustellung des Briefes ist auch die Verspätung meiner Antwort zuzuschreiben – der Sturm ließ nämlich fast zwei Wochen lang nicht nach, und ich lebe im Wald und mußte einen Freund aus der Stadt kommen lassen, der mir Ihren Brief übersetzte. Daß ich aber englisch schreiben muß, liegt daran, daß ich nur noch so wenig Deutsch kann – obwohl ich als junger Mann einmal ein glückliches Jahr in Bonn am Rhein verbracht habe –, daß ich darin nicht einmal stammeln kann (wie Sie es vom Englischen sagen): vom Deutschen verstehe ich «das Ungestüm der Worte, doch nicht die Worte selbst» – obgleich ich von der deutschen Literatur genug kenne und bewundere, um mich zutiefst geehrt und begeistert zu fühlen, in Ihre große Sprache übersetzt zu werden, die Sprache aller Sprachen, wie wir gelehrt wurden.

Ich brauche daher nicht zu sagen, wie dankbar ich für Ihre großzügigen Worte über *‹Unter dem Vulkan›* bin, oder wie sehr mir daran liegt, Ihnen, soweit es in meiner Kraft liegt, auf jede Weise bei der Übersetzung behilflich zu sein.

Bevor ich jedoch Ihre ersten speziellen und unmittelbaren Fragen beantworte – und ich bemühe mich, diesen Brief so schnell wie möglich an Sie abzuschicken – (wenn auch nur, um die Ehre zu genießen, desto früher noch mehr Fragen beantworten zu können), sollte ich sagen, daß meine geographischen Umstände den Ihren sehr ähnlich sind, tatsächlich wohl noch ein wenig abgelegener sind; auch ich lebe weit weg von der Stadt, in einer Hütte, die wir mit eigenen Händen am Strand auf den Überbleibseln eines alten Hafens gebaut haben –: Dollarton – das klingt grausig und nach Geld, tatsächlich aber erhielt der Ort seinen Namen von dem Reeder Dollar von der amerikanischen Dollar-Linie; es gab hier einmal eine Sägemühle, an deren Kai sogar Hochseeschiffe anlegen konnten – und nachdem dieses Sägewerk und die meisten der dazugehörigen Häuser im Krieg abgerissen wurden, waren wir hier oftmals die einzigen Einwohner. Die Stadt Vancouver liegt nur zwanzig Meilen von hier, aber bis man von dort, besonders bei schlechtem Wetter, eine Antwort bekommt, dauert es oft genauso lange wie von Deutschland aus; ein Freund von mir, der in der Stadt als Lehrer arbeitet und im Sommer mein Nachbar ist, hat mir Ihren Brief übersetzt und – er ist Linguist – begeistert angeboten, als Dolmetscher zwischen uns zu fungieren, doch wegen der zusätzlichen Verzögerung wäre es vielleicht besser, wenn Sie in zukünftigen Briefen Ihr Englisch riskierten und darauf vertrauten, daß ich es verstehe; denn Ihr Englisch kann *ex officio* nicht so unverständlich sein wie mein Verständnis des Deutschen; und auch mein Freund – abgesehen von meiner Frau mein einziger kultureller Kontakt hier – ist nicht immer unfehlbar, nehme ich an, wenn es um die höheren Komplexitäten der prachtvollen Zusammengesetzteswörter [1] Ihrer Sprache geht.

Gestatten Sie mir nun, auf die Schwierigkeiten überzugehen, die Sie bei der Übersetzung des Buchs haben – die ich bestimmt nicht herabsetze, indem ich Ihnen durchaus zustimme, daß es sich vielleicht gründlicher und dramatischer als ins Französische übertragen lasse – obgleich ich hinzufügen möchte, daß ich nicht glücklicher und stolzer sein kann, daß jemand, der ein so tiefes und intelligentes Verständnis für mein Buch zeigt, worüber ich mich sehr freue, sein Übersetzer sein soll – und nun beantworte ich unverzüglich Ihre ersten Fragen, damit Sie nicht entmutigt werden, mir weitere zu stellen.

(Ich muß hier einschalten, daß ich Sie, nach dieser ziemlich förmlichen, wenn auch aufrichtigen Eröffnung, als allererstes bitte, zu *lachen:* mindestens die Hälfte Ihrer Fragen beziehen sich zufällig, fürchte ich, auf Obszönitäten – das oder ein Wort wie schmutzig [2] kommt einem in den Sinn –, und fast alle Fragen zu Kapitel X beziehen sich auf Ausdrücke, die mehr oder weniger in diese Kategorie gehören. Ich hoffe freilich, dies wird Sie nicht aus der Fassung bringen. Wenn ich auch vermute, daß hier – bei der Speisekarte in Kapitel X – eine Bearbeitungsmethode anzuwenden ist, die das genaue Gegenteil des von Ihnen so wunderbar beschriebenen «Reinigungsbades» darstellt. Obwohl die Absicht hier in X – an den erwähnten Stellen – nicht so sehr im Obszönen als vielmehr im Reich einer Art grausamen Witzes oder morbider Heiterkeit liegt, mag es tatsächlich im Gegenteil schwierig sein, ein Bad zu finden, das schmutzig genug ist, um die Worte angemessen dreckig daraus hervorzuziehen. Nebenbei füge ich hinzu, daß die Obszönitäten dort nicht um ihrer selbst willen stehen, sondern daß es dafür sogar einen entschieden moralischen – oder infernalischen – Grund gibt; andererseits wirken sie im Englischen – wie einige Rezensenten freundlicherweise bemerkt haben – auf höchst teuflische Weise humorvoll. Und zumindest darum habe ich mich bemüht.)

Nun zu den Fragen. (Vorläufig nicht obszön.)

Kapitel II, page 43, 47, 48.

p. 43 – *just a bunch of Alladamnbama* farmers –

p. 47 – when Alabama comes through etc.

ibd. – bull-headed Dutchman! The sun parches the lips and they crack etc.

p. 48 – life, came from beyond the glass partition etc.

– went down to Fort Sale etc.

– and like hell you can, you can't do it etc.

– Christ, if you want it, Alabama, go ahead an take it etc.

Die Stimme von hinter der Glaswand kommt von einem Mann namens Weber, der zu einer Unter-Unter-Unter-Handlung des Romans gehört. In einer Hinsicht ist er nicht sehr wichtig, und doch muß er hier auftauchen, da er eine wichtige Verstrebung im Unterbau des Ganzen darstellt. Weber ist aus Alabama, spricht jedoch von sich – wie auch von seinem früheren Regiment bei der Fremdenlegion – als «Alabama».

Er ist der «gun-running gun-toting pal by the name of – Weber? – I forget, anyway I didn't meet him», von dem der Konsul auf p. 60 desselben Kapitels spricht, und der Witz ist der – obwohl es überflüssig und eigentlich unmöglich ist, das jetzt hier zu erklären, es sei denn, ich läse das Buch noch einmal ganz durch –, daß der Konsul, obwohl er Weber *nicht begegnet* ist, ohne es zu wissen, seine *Stimme* gehört hat. Der Sinn oder das, was ich für den unbewußten Sinn dieser Stelle halte (denn ich habe dieses Kapitel zum erstenmal vor über zehn Jahren geschrieben), ist der, daß der Konsul gleichsam hier schon in seine Zerstörung, sein Schicksal, *verstrickt* ist, es sozusagen schon mit sich herumträgt: in diesem Fall, bzw. in diesen Fällen, auf den Seiten 43, 47, 48, 51, nur durch eine Glaswand davon getrennt, praktisch also schon sich im selben Raum mit ihm befindet. Ganz am *Ende* des Buchs taucht Weber nämlich wieder auf – Kapitel XII, page 363: «Winchester, hell, etc.» 364 «Weber's my name», 365 «He turreted out this underground place here» – und auch noch an einer anderen Stelle des letzten Kapitels, wo Weber, obwohl er nicht das unmittelbare Werkzeug des Schicksals des Konsuls ist, gleichwohl am letzten *Schauplatz* anwesend ist, in Parian, wo der Konsul zugrunde geht – wie auch die alte Frau, p. 51 oben, die ihn in Kapitel XII zu retten versucht –, während man gleichwohl annehmen darf, daß Weber auf irgendeine finstere Weise etwas mit den Polizisten zu tun hat, die ihn in Kapitel XII ermorden. Er – Weber – eine Art pseudoamerikanischer Faschist – hat tatsächlich der rechtesten

Gruppierung der Polizei von Parian Munition geliefert, und einiges deutet dunkel darauf hin, daß man davon (irgendwann nach dem Ende des Buchs) einen reaktionären Aufstand oder eine Gegenrevolution erwarten darf; obwohl im weiteren Sinne natürlich einfach Krieg, Chaos usw. gemeint ist. Mir ist bewußt, daß dies wahnsinnig kompliziert erscheinen mag, genau wie in Kapitel II unnötig dunkel, doch scheint mir die Absicht in diesem Kapitel vor allem anderen eine musikalische gewesen zu sein, und es war anscheinend notwendig, daß Weber ordentlich im Hintergrund blieb, sein Name nicht erwähnt wurde und er einfach als Stimme auftrat: sozusagen als Kontrapunkt, der gleichzeitig ein Schicksalsmotiv darstellt. So gesehen (verzeihen Sie mir, wenn ich mich schlecht ausdrücke) scheint er geradezu den Stimmen von Yvonne und dem Konsul zu antworten und *ihre* Situation zu kommentieren, obwohl Weber sich im Nebenzimmer befindet und sie ihn noch nie gesehen haben. Als daher Yvonne (p. 48) tatsächlich gerade den Konsul fragen will «Was hast du aus deinem Leben gemacht?», ist es Weber, der aus dem anderen Abteil das Wort «Leben» hinzufügt, obwohl er «Leben» in einem völlig anderen Wortsinn gebraucht, und der fürs erste den Satz für sie (Yvonne) hätte zu Ende bringen können, als sei er ein anderes Instrument, das das Thema auf einer anderen Ebene aufnimmt; die beiden anderen Zwischenbemerkungen Webers auf p. 48 haben im Englischen die Wirkung eines versteckten ironischen Kommentars zur Vergangenheit und möglichen Zukunft des Konsuls. «–went down to Fort Sale etc.» weist undeutlich auf Flucht, Selbstmord hin und hat einen Unterton von «Erschießen» (das Schicksal des Konsuls), während «– and like hell you can, you can't do it, and that's what you do in Alabama» in Webers speziellem Jargon – fast, als sei dies die Äußerung eines heimlichen Gedankens des Konsuls – die Vollbringung des Unmöglichen bedeutet («daß er aufhört zu trinken» und mit Yvonne ein neues Leben beginnt. Oder andersherum, daß er die Unmöglichkeit dieser Vollbringung zugibt. Auch die meisten englischen Leser konnten dies erst nach mehrmaligem Lesen verstehen, auch ist es nicht unbedingt notwendig, es zu verstehen. Dialog und Plan sollten einen Wert in sich haben. Siehe dazu die französische Übersetzung, auf die ich später kommen werde.) Während Webers «Christ, if you want it, Alabama, go ahead and take it etc.» auf p. 51 – obwohl es zweifellos überhaupt nichts mit Trinken zu tun hat – sich nahezu «konstruktiv» auf den alkoholischen Zustand des Konsuls auswirkt, der dies zufällig hört:

denn er läßt seinen halben Drink stehen. Hier, bei diesem letzten Gebrauch von Webers Stimme, muß es nahezu unmöglich für Sie sein, zu verstehen, daß *niemand* mit Namen «Alabama» auf der anderen Seite der Glaswand angesprochen wird: vielmehr spielt Weber in seinem Jargon (der Dialog, oder eigentlich Monolog, ist völlig realistisch, tatsächlich aus dem Leben genommen) lediglich auf ein paar Leute aus Alabama an, mit denen er sich in seinem ehemaligen Regiment identifiziert – vielleicht gehörten sie im Ersten Weltkrieg zur Fremdenlegion –, oder weil er einfach betrunken ist und mit den Gedanken abschweift. (Dies hindert Hugh an einer späteren Stelle nicht daran, von Weber selbst als «Alabama» zu sprechen, falls ich diese Stelle in Ihrer Ausgabe nicht gestrichen habe. In diesem Fall hat es nichts zu sagen.) Andererseits *ist* Weber insofern ein Werkzeug des Schicksals, als er Hugh einen Teil seines Wegs nach Mexiko geflogen hat, p. 97. Tatsächlich hat Hugh mit ihm die Grenze in einem Viehtransporter überschritten, weshalb er auch Cowboykleider trägt: (auch dies beruht auf Tatsachen; bei jener fragwürdigen Sache mit dem Viehtransporter an der Grenze wollten die Mexikaner mehr Zoll von ihm haben, als die Kleider wert waren, weshalb er sie zurückließ; einem Freund von mir ist das passiert, es ist billiger, sie beschlagnahmen zu lassen. Den Cowboykleidern lag, abgesehen von ihrer thematischen Beziehung zu Yvonne, die Idee zugrunde, Hughs Kommunismus, oder seine Vorstellung davon, ein wie aufrichtiger, anständiger und weitsichtiger Bursche er im Grunde auch immer sein mochte, in eine superromantische, ja opernhafte Kostümierung einzukleiden. Etwas dergleichen. Ein kommunistischer Bekannter von mir sagte einmal von einem anderen Bekannten, der kein Kommunist war, der aber tatsächlich im Kampf gegen Franco gefallen ist: «Und damit war *dieser* kleine romantische Trieb in ihm zu Ende.» Die komplizierte Unmenschlichkeit dieser Bemerkung habe ich nicht vergessen: gleichwohl trägt Hugh seine Cowboykleider.)

Eine weitere versteckte Ironie besteht darin, daß, obwohl der Konsul ein Paradebeispiel von einem alkoholischen Verfolgungswahn hat, die Leute mit Sonnenbrille in Kapitel II und anderswo, die ihn verfolgen, wirklich *sind* oder geworden sind: selbst Yvonne sieht sie: vermutlich belauern sie aber Hugh, und nicht den Konsul – wie in Kapitel I, p. 30, in M. Laruelles Gedanken angedeutet – (unten: er, M. Laruelle könne die Grenze nicht in einem Viehtransporter überschreiten usw.) – obgleich dies, wenn man es allzu wörtlich auffaßt, zu einer völlig anderen

Leseart des ganzen Buchs führen könnte; d. h. als eine Art phantastischen Film in M. Laruelles Geist, wofür ich durch die Einführung des «kahlköpfigen Jungen mit Ohrringen» auf p. 30, in Kapitel VIII p. 240, Vorsorge getroffen habe – hier sieht Hugh einen solchen Jungen (nach der Klangmalerei[3] mit dem Bus in der Mitte): ich bestehe nicht auf dieser Interpretation (in dieser Richtung liegt der Wahnsinn), obwohl es einen philosophischen Grund dafür gibt – zum Teil hatte ich wohl selber ein wenig Spaß an meinem Buch, und den brauchte ich auch, wie Sie mir hoffentlich beipflichten werden, nachdem ich diesen Brief beendet habe. (Ich war selber noch fast ein Junge, als ich damit anfing, jedenfalls kommt es mir jetzt so vor – freilich kein kahlköpfiger Junge mit Ohrringen.) Was ich eben über p. 30, Kapitel I, in Beziehung zu p. 240, Kapitel VIII, gesagt habe, war ziemlich unwichtig, kann Sie nur verwirren, und Sie sollten es vielleicht besser vergessen, denn eine weitere philosophische Komplikation besteht darin, daß M. Laruelle auf p. 30 vermutet oder halb vermutet, es gebe tatsächlich eine Rechtfertigung für die Überwachung des Konsuls, aus dem Grund nämlich, daß der Konsul vielleicht selber ein Spion ist; auf alle Fälle wird als Tatsache unterstellt, daß irgendwelche Leute die Angewohnheit hatten, den Konsul zu verfolgen; und daß diese Vermutung durch den Kanal des wirklichen Gesprächs mit Sr. Bustamente in M. Laruelles Bewußtsein sickert, könnte dem zu widersprechen scheinen, was ich eben über die mögliche völlig andere Leseart des ganzen Buchs als schattenhafte, filmische Fiktion in M. Laruelles Geist gesagt habe; – um all das zu vereinfachen: das Buch ist absichtlich so geschrieben, daß es auf mehreren verschiedenen Ebenen spielt, und ich habe mich um eine reiche Instrumentierung bemüht (wie sollte ein Mann mit einer so toten Seele sich nicht darum bemühen, nachdem er in seiner Jugend das Privileg genossen hat, in Bonn am Rhein zu leben!) – auf der rein dramatischen Ebene versuchte ich Hugh durch den Gebrauch musikalischer Mittel allmählich im Geist des Lesers aufzubauen, und zwar nicht nur als Halbbruder, sondern als *Doppelgänger* des Konsuls; gleichzeitig aber und entgegengesetzt die beiden (den Konsul und Hugh) durch alle mir zur Verfügung stehenden Mittel als getrennt atmende Menschen leben und existieren und nicht nur als Symbole koexistieren zu lassen.

Um aber auf Weber zurückzukommen. Obwohl er kaum je mehr ist als eine Stimme, können Sie eine ganze Menge über ihn herausfinden, wenn Sie, besonders in Kapitel XII, beharrlich suchen, obwohl das vielleicht nicht unbedingt nötig ist. Jedenfalls genügt es, wenn Sie schließlich wissen, daß die Stimme in Kapitel II nachher auf p. 60, ebenfalls Kapitel II, mit dem vom Konsul erwähnten «gun-running gun-toter» identifiziert wird und später dann von Hugh auf p. 97 in Kapitel IV. Auf p. 99 erfahren Sie, daß er vermutlich, obzwar Amerikaner, bei der mexikanischen Revolution «auf der falschen Seite» gestanden und zweifellos *gegen* Diaz gekämpft hat (Hughs Prinzipien sind das genaue Gegenteil derjenigen von Weber, falls man W. überhaupt welche zugestehen will), und an dieser Stelle sollte man zum erstenmal seine Stimme erkennen, was einer der Gründe dafür war, daß seine Rede hier kursiv gesetzt ist [p. 99]. Ich sehe, daß hier das «Alabama»-Motiv nicht wiederaufgenommen wird, was die Sache erleichtert hätte: sieht so aus, als hätte ich geglaubt, er würde durch den Einsatz weniger auffälliger Mittel noch früh genug erkannt werden, insofern er überhaupt erkannt werden mußte.)

Brauen wir daraus eine kleine Geschichte: zu Beginn der Handlung – den wir fürs erste bei Kapitel II, nicht Kapitel I, annehmen wollen – befindet sich Weber, der Schmuggler, der vor einigen Tagen in Begleitung von Hugh nach Mexiko gekommen ist, zu der Zeit, da Yvonne eintrifft, zufällig in derselben Bar wie der Konsul, wenn auch von ihnen durch eine Glaswand getrennt. Vermutlich ist Weber, noch immer in ruchlosen Geschäften unterwegs, von Parian nach Quauhnahuac zurückgekommen; wenn er auch im Laufe des Tages wieder nach Parian zurückfährt – siehe Kapitel XII. Auf einer Ebene ist Parian ein Symbol für den Tod, deutet demnach auf eine Teleologie hin. Siehe p. 115, Kapitel IV. («Parian hat etwas Finsteres. Ich frage mich, was Weber daran findet.») Hugh weiß natürlich nicht, daß Weber in Quauhnahuac ist, während er das sagt, und daß er nach Parian zurückgehen wird, oder daß auch er selbst nach Parian gehen wird usw. (Der Garten ist übrigens auf einer Ebene der Garten Eden – siehe Kapitel VIII, p. 236 unten – obwohl sie noch 21 andere Wege hätten einschlagen können! – Nach der Kabbala soll es 22 Wege zurück zum Garten Eden geben.)

Nun zu Ihren Fragen zu Kapitel X, p. 290, 291, 294. Sie haben mein vollstes Verständnis, Ihre Schwierigkeiten konnten nicht größer sein, und was es noch schlimmer macht, meine Schwierigkeiten, mir selber zu erklären, was ich meine – wie Browning hätte sagen können –, sind stellenweise kaum geringer – wie also sollte ich es Ihnen erklären können? Aber ich werde versuchen, Licht ins Dunkel zu bringen. Zunächst einmal hat mir jemand aus Amerika berichtet – der Erfolg dieses Buches war, nebenbei gesagt, immer sehr weit weg von mir –, gerade diese bestimmte Stelle, d. h. die Speisekarte, sei berühmt geworden. Mein Informant spielte auf die «jetzt berühmte Speisekarte» an; ich werde also dieses Kompliment im Hinterkopf behalten und versuchen, sie zumindest aus dem Reich der *vollkommenen* Finsternis zu befreien. Ich habe Sie schon darauf hingewiesen, daß dies obszön ist – wenn auch nicht nur obszön. Damit Sie aber den Witz überhaupt begreifen können, müssen Sie wissen, daß dies eine wortwörtliche Abschrift – mit gewissen Vorbehalten und Verbesserungen – einer wirklichen mexikanischen Speisekarte ist; eine solche Speisekarte, sie ist jetzt verloren, war in meinem Besitz, als ich diese Stelle schrieb. Wenn ich sage «wirkliche mexikanische Speisekarte», muß man sich auch daran erinnern, daß (a) der Konsul die Speisekarte vorliest, (b) Cervantes sie über dessen Schulter mitliest und außerdem versucht, sie ins Englische zu übersetzen, (c) er, Cervantes, das Ganze gar nicht zu übersetzen braucht, da die Speisekarte zum Teil bereits in einem phantastischen und abstrusen Englisch geschrieben ist, das er ebenfalls vorliest; überdies ist sie auch noch teilweise auf französisch und spanisch geschrieben. (Dies bezieht sich undeutlich auf die Verwirrung der Sprachen – das Babel-Motiv von Kapitel XII, aber vergessen Sie das vorläufig.) Der allgemeine Charakter solcher Speisekarten ist in Mexiko häufig der einer Art halb-analphabetischer Unterwürfigkeit dem Touristen gegenüber, den man praktisch immer für einen Amerikaner hält (auch wenn die Amerikaner in Mexiko im großen und ganzen verhaßt sind), obwohl vielleicht auch dies hier nicht sonderlich wichtig ist, auch wenn es dunkel mit zum Plan gehört. Der springende Punkt ist der, daß nahezu jeder Posten auf dieser Speisekarte – wenn auch nicht alle, denn ich versuche einen strengen Realismus beizubehalten – einen teuflischen Unterton hat (wenn auch in lächerlicher Form ausgedrückt), der sich auf die allgemeine Situation des Konsuls bezieht oder auf die ganze Situation und größtenteils sexueller, ein- oder zweimal auch politischer Art ist. Manches hierbei sind nur komische Fehler im Englischen, sie sollen einen nur zum Lachen bringen, wenn man es liest; und auf dieser Ebene ist das Ganze schlicht als lustige Abwechslung gemeint – andererseits, anders betrachtet, ist es entschieden furchtbar. Ich werde sie nun nacheinander abhandeln.

p. 290. Cawliflowers or poottootsies – das sind einfach Druckfehler auf der Speisekarte für cauliflowers und post toasties. Post toasties ist eine amerikanische Frühstücksspeise; «tootsies» ist Babysprache für «Zehen» – falls dies komisch ist, liegt es an der implizierten grausamen Kombination. – In extramapee syrup – eine unmögliche mexikanische Version von extra maple syrup (obwohl extra maple syrup ebenfalls ein unmögliches Zeug ist), der Konsul treibt den Scherz in derselben Richtung weiter. – Onans in garlic soup on egg – bedeutet wohl Onion Soup – muß dem Konsul auf jeden Fall den nicht vollendeten Koitus vom Vormittag ins Gedächtnis rufen. (Genesis XXXVIII, 9) ... (Mein Gott, haben Sie je ein Spaghetti-Sandwich gegessen, danach Fisch mit Schokoladensauce und das ganze mit einem Kaffee mit Senf hinuntergespült?) – «Pep with milk» von Cervantes ist einfach lächerlich, obwohl es unfreiwillig auf ein Aphrodisiakum hindeuten könnte. (Das Wort «pep» ist sehr amerikanisch und bezieht sich ursprünglich auf die Verdauung.) Was dieses «pep with milk» sein sollte, weiß niemand, und überhaupt konnte man es hoffentlich nicht zum Essen bekommen. Nun fällt mir ein, daß Pep eine bekannte amerikanische Frühstücksspeise ist; «pep» ist natürlich auch ein unschuldiges amerikanisches Slangwort, das einfach Vitalität bedeutet. – In Filete de Huachinango etc. liest Cervantes halb vor, halb übersetzt er es. Zu dem Gericht gibt es Tatarsauce. Offenbar gibt es ein spanisches Wort, das wie «friends» klingt und tatsächlich ein Gemüse bezeichnet; hab's vergessen. Aber der hier angeschlagene Ton ist politisch: sowohl tartar (obwohl tartar einen auch an Tartarus denken lassen kann!) als auch German friends weisen auf die «fünfte Kolonne» hin, wenn auch auf entgegengesetzten Seiten: tartar – Russe. (Cervantes selbst, der Tlaxcalaner ist, deutet, allgemein gesprochen, ebenfalls auf Verräterei hin.) – «Dr. Moise's special soup etc.» ist nur komisch, weil bombastisch; pepped petroot aber ist phallisch: «pepped» deutet wiederum auf das Aphrodisiakum hin (obwohl hier von mir noch ein anderer Fehler beabsichtigt ist, vermutlich soll «pickled» gesagt werden: ein Slangausdruck für betrunken), «petroot» ist «beetroot», aber der Witz besteht in der Kombination von «pee», urinieren – verzeihen Sie bitte die Vulgarität – und «root» (Penis); mit anderen Worten: nach seiner Impotenz könnte ein Aphrodisiakum nichts schaden. (Siehe Kapitel II, p. 90 unten: ebenfalls Kapitel XII, p. 352.) P. 290–291 ... Der Konsul sieht den Witz mit den «German friends», und Hugh kontert mit dem Russen; «tartar». Dann 291: Cervantes' wohlmeinende Übersetzung gerät ins Diabolische. Stepped on eggs ist nur komisch: entweder muß es im Spanischen etwas gegeben haben, das sich so übersetzen ließ, oder es handelt sich um eine weitere absurde Falschübersetzung auf der Speisekarte. Divorced eggs: desgleichen – obwohl Cervantes hier aus dem Spanischen zu übersetzen versucht; es gibt ein Wort, das sich auf eine Art der Eierzubereitung bezieht, das auch die Bedeutung divorced hat; wenn man aber bedenkt, daß Yvonne und der Konsul geschieden worden sind, konnte die Übersetzung kaum unglücklicher ausfallen. For fish etc. ist bloß absurd ausgedrückt. Vol-au-vent à la reine, übersetzt mit somersaults for the queen, ist eine grobe Anspielung auf eine seltsame akrobatische sexuelle Betätigung: mit poxy eggs meint Cervantes pochierte Eier, aber pox bedeutet Syphilis. Veal liver tavernman und Pimesan chike chup sind einfach sinnlose mexikanische Versuche im Englischen, obwohl tavernman auf den Konsul und seine Vorliebe für Tavernen anspielt, und chup ist chop. Spectral (gespenstisch) chicken of the house bedeutet Special chicken of the house. Youn' pigeon ist eine merkwürdige Art, von young pigeons zu sprechen, die schon an sich merkwürdig genug sind. Red snappers with a fried tartar bedeutet den Fisch redsnapper mit Tartarsauce, nimmt aber auch den politischen Witz wieder auf. Spectral erklärt den Witz mit dem ectoplasm. Sea-sleeves in his ink: Tintenfisch in seiner Tinte, eine mexikanische Spezialität; das spanische Wort für Tintenfisch klingt wie das englische Wort sleeves. Mit tunny fish habe ich mich selbst ausgetrickst, denn es gibt wirklich einen Fisch, der tunny fish heißt, während ich glaubte, es sollte auf der Speisekarte «Thunfisch» heißen. (Ich muß mir dabei gedacht haben, man hätte den Thunfisch mit dem amerikanischen Boxer Gene Tunney durcheinandergebracht, tatsächlich aber ist das fast korrekt.) Exquisite mole: mole ist ein mexikanisches Landesgericht mit sehr scharfer Sauce, aber so gedruckt sieht es aus wie ein Gericht, das aus dem blinden, unter der Erde lebenden Tier «mole» (also nicht dasselbe wie bei Kafka) zubereitet wird. Fig mermelade bedeutet einfach Marmelade. Brambleberry con crappe Gran Duc kann ich nicht gut erklären: soll vermutlich eine Art Crêpe, wenn auch nicht crêpe suzettes, bedeuten; aber crappe legt crap nahe, und das ist Kot. Omele he sourpusse ist ein omelet surprise: sourpuss (sourpusse) ist ein Amerikanismus für einen trübsinnigen Burschen. Gin fish ist Gin Fizz. Silver fish ist Silver Fizz. Sparkenwein: seltsame Ausdrucksweise für perlenden Wein, und Gott, was für eine Mixtur! Badre ist ein tatsächlich in Mexiko heimischer Fisch, aber madre heißt Mutter. (Das Ödipus-Motiv) Wenn der Konsul sagt: «do you want to wait for the fish that dies», denkt er an ein berühmtes englisches Gedicht von Ralph Hudson, das er auch in Kapitel IX, p. 273, parodiert. Das Original beginnt «See the old unhappy bull, in the forest beautiful». Wie es weitergeht, habe ich vergessen, aber die «birds in the skies», die Geier, warten im Originalgedicht auf «the flesh that dies» (d. h. die Geier warten darauf, daß der Stier stirbt), was mit dem Schluß von Kapitel VIII, p. 253, in Beziehung steht. Indem der Konsul sich mit dem impotenten Stier identifiziert, identifiziert er sich auch mit dem Mann am Straßenrand in Kapitel VIII.

Ich glaube kaum, daß ich mich allzu deutlich ausgedrückt habe, und hier und da habe ich es unmöglich gefunden, selbst mit meinen eigenen Worten ganz korrekt zu sein, aber vielleicht habe ich die Stelle ein wenig aufgehellt. Das Ganze hat die Art von Witzigkeit, deren man sich in einem anderen Kontext durchaus schämen könnte: andererseits habe ich erlebt, daß diese spezielle Stelle im Englischen manche Leute, die die Geschichte kannten – sogar meine Frau – in geradezu hilfloses Gelächter versetzt hat: auch wenn ich das sage, der es nicht sagen sollte, und der Himmel weiß, so lustig ist das alles gar nicht: doch war ich der Meinung, hier sei etwas *Bissiges* am Platze. (In Kapitel XII wird ein ähnliches Gelächter makaber; an der Schlucht.)

Ich weiß nicht, ob es Ihnen etwas nützt, wenn ich Ihnen die französische Übersetzung dieser Stelle zitiere; auf alle Fälle setze ich sie mal her, in derselben Reihenfolge; die einfacheren Stellen lasse ich aus.

p. 291 – «Qu'est-ce-que vous préférez, vous tous? Des chouxfleurs ou de la soupoupouille,» le Consul etc. «Ou du sirop d'extramapie. Œuf à la soupe à l'ail, de l'onanan!»

«Des poivrons au lait? Ou que diriez-vous d'un bon Filete de Huachinango rebozado tartare garni d'allemande friture.» etc.

«Je crois qu'un bitterave poivrait m'irait assez,» dit le Consul, «après cet onanan.» etc. etc.

p. 292. «Si, je suis Tlaxcaltécan ... Vous aimez les œufs, señora. Marchons sur les œufs. Muy sabrosos. Des œufs divorcés? Pour poisson, tranché de filet con pois. Vol-au-vent à la reine. Cabriola por la reina. Ou bien vous aimez les œufs Vérolèse, Vérolèse sur toast. Ou du foie de veau patron d'hôtel? Chapon sur canapé? Ou le poulet spectre maison? Pizzoneau. Les haricots ronges fiture tartare, vous aimez?» etc. etc.

«Si vous aimez les seiches dans sons encre? Ou des petis poissons? Ou une sauce exquise mole? Peut-être vous aimez du melon mode pour commencer? Mermelade de figues? Des mures con crappe Grand-duc? Hommelette supris, vous aimez? Vous aimez d'abord boire un gin-vis? Un bon gin-vis? Un ‹Poisson d'argent›? Un Sparkenwein?»

«Madre?» demanda le Consul. «Que fait ici cette Mère? – Veux-tu manger ta mère, Yvonne?»

«Badre, señor ... Poisson aussi ...» etc.

Die französische Übersetzung stammt von Clarisse Francillon, der Schweizer Romanschriftstellerin, und Stephen Spriel, einem Gelehrten aus Martinique; bin mit beiden befreundet. Nach allem, was man hört, haben sie eine ganz ausgezeichnete Arbeit geleistet, obwohl ich nicht sagen kann, wieviel vom Original sie in Obigem haben bewahren können, aber es sieht so aus, als ob die meisten, wenn nicht alle, Doppeldeutigkeiten durch *force majeure* unter den Tisch haben fallen müssen, d. h. ganz bestimmt sogar. Natürlich gibt es bei einer Übersetzung in eine andere Sprache immer das Problem, wieviel erhaltenswert ist und wieviel nolens volens bearbeitet werden sollte. Als ich in Paris war, habe ich ihnen – Clarisse und Stephen Spriel – von Zeit zu Zeit geholfen, obwohl ich selbst kaum ein Wort Französisch verstehe. Ob ich hier bei Kapitel X geholfen habe oder nicht, habe ich vergessen, doch habe ich ihnen bestimmt bei Kapitel II geholfen, und ich werde Ihnen daher noch abschreiben, was sie so glänzend aus der Alabama-Szene gemacht haben. (Bevor ich dies tue, muß ich Sie aber noch auf einen unbeabsichtigten Druckfehler im englischen Text hinweisen, p. 292 oben: statt the old number seven *train* muß es the old number seven *tram* heißen. Und beim Zurückblättern stoße ich auf etwas von mir, unter anderem, was besser sein könnte: p. 244 oben. The Consul said, in a voice that betrayed a trembling tongue. Ursprünglich hatte ich nur geschrieben: The Consul said, with trembling tongue. Dies scheint mir wesentlich besser. Ich muß es geändert haben, weil ich dachte, dieses Phänomen könne von Hugh nicht wahrgenommen werden, was es aber natürlich konnte.) Und nach alldem habe ich den Stein auf p. 294, 296 vergessen, nach dem Sie fragen! Ich bedaure melden zu müssen, daß dieser Stein, den Cervantes wohlmeinend, wenn auch zufälligerweise ziemlich grausam dem Konsul anbietet, der niedrigsten Kategorie des Humors anzugehören scheint. Bei meinen jugendlichen Wanderungen in den Bergen Mexikos (und Tlaxcala ist eine solche kalte Berggegend) entdeckte ich, daß die Leute dort so abgehärtet sind, daß sie, da es etwas anderes nicht gibt, von einem erwarteten, daß man an Stelle von Toilettenpapier einen Stein benutzte. Dieser asketische Brauch hat einen unauslöschlichen Eindruck auf mich gemacht, wie man sich wohl denken kann, und wenn ich den verflixten Stein schon nicht exakt in Kunst umsetzen konnte, war ich doch anscheinend entschlossen, mich irgendwie für seine Erinnerung zu revanchieren.

Und nun also zurück zu Kapitel II: ich schreibe Ihnen die französische Übersetzung von Francillon und Spriel ab, mit den englischen Seitenzahlen.

p. 43 « – Rien q'une bande de fermiers de l'*Alla*damne*bama*!»

p. 47 « – quand c'est l'Alabama qui s'amène nous n'posons d'questions à personne,» émit soudain une voix venue du bar de l'autre côté de la cloison vitrée. «C'est en jouant des talons qu'nous nous amenons.»

Ibd. « – têtes de vaches de Hollandais! Le soleil dessèche les lèvres qui s'fendillent. Seigneur, c'est une honte! Tous le chevaux s'sauvent en ruant dans la poussière! J'aurais pas supporté ça. Et ils leur ont flanqué des pruneaux. Ils n'ratent pas leur coup. Ils tirent d'abord et posent des questions après. T'as foutrement raison. Et v'la l'plus joli. J'en prends une bande d' ces foutus fermiers, et puis j'leur pose pas d'questions. Ça va! – fume une cibi che à la menthe –»

p. 48 (Yvonne) «Qu'as tu fait de ta –»

« – vie» lança-t-on de derrière la cloison vitrée. «Quelle vie! Bon Dieu, c'est une honte! Là d'où j'viens on n'les met pas. On rentre dedans, et comme ça –»

Ibd. « – descendait à Fort Sale. On prenait ses bottes. Prenait ses brownings aussi. Et hop-hop-hop-hop-hop, vu, tu piges?»

« – et mon œil que tu peux, tu n'peux pas l'faire, et voilà ce qu'tu fais dans l'Alabama!»

p. 51 « – Bon Dieu, s'il te l'faut, l'Alabama, vas-y et prends-le ... J' n'en veux pas. Mais si t'en as envie, t'as qu' à aller l'prendre.»

«Absolutamente necesario.»

Le Consul en laissa en moitié.

Eine unbedeutendere Sache, die meine französischen Übersetzer ebenfalls verwirrt hat, war mein Gebrauch des Ortsnamens Hornos auf p. 47; nachdem ich erklärt hatte, was damit in Wirklichkeit angesprochen wurde, beschlossen sie – geistreich und, wie ich denke, mit Recht –, die *wiederholte* Nennung dieses Hornos durch den Konsul mit Cornos zu übersetzen. – Ah, Cornos. Mais pourquoi avoir doublé le Cap Horn? (Dadurch kommt sein bedrängendes Bewußtsein zum Ausdruck, daß man ihm Hörner aufgesetzt habe.) Als wirkliche geographische Tatsache ist Hornos der Name des Ortes, an dem der Flughafen von Acapulco liegt. Daß der Konsul so tut, als ob er es mit Kap Horn verwechsle, ist nichts als ein Witz. Warum den längsten Weg nehmen? sagt er damit nur. Aber seine Beschwörung von Kap Horn weist beiläufig auf die Schrecken von Kap Horn selbst hin. «Its bad habit of wagging its tail» entstammt dem alten Seemannsglauben (und der philosophischen Wahrheit), daß die schlimmsten Gefahren einen erst erwarten, *nachdem* man das Kap Horn umrundet habe, trotz der vollbrachten Leistung. Indem Yvonne zum Konsul zurückgekehrt ist, hat sie «das Kap umschifft», so daß die Bemerkung des Konsuls eine Art tragische Ironie ist. Seine Verehrung für Öfen ist eine weitere Anspielung auf den Höllenofen, tatsächlich aber ist dieses spezielle Hornos in Acapulco nach einem Eingeborenenwort benannt, das «Öfen» heißt (die Eingeborenen haben an der Küste Öfen errichtet oder so was). Nach meinem besten Wissen gibt es im Spanischen ein Wort, das Hornos sehr ähnlich ist und offenbar ebenfalls Kap («Horn») bedeutet, obwohl ich mir da nicht sicher bin. Auf alle Fälle ist Hornos in Mexiko kein ungewöhnlicher Ortsname, und es kann nicht jedesmal «Öfen» bedeuten. Möglicherweise bin ich bei meinen Nachforschungen auf Abwege geraten, aber vielleicht zählt das auch nicht viel. (Ich besitze kein spanisches Wörterbuch.) Quauhnahuac ist wirklich die Stadt Cuernavaca, die Sie auf Ihrer Karte auf dem in den ersten Sätzen des Buchs bezeichneten Breitengrad finden können. Quauhnahuac war der alte aztekische Name, und ich wollte den richtigen verkleiden (vergebens, wie ich herausgefunden habe!); obwohl ein Teil der umliegenden Geographie eher Oaxaca entspricht als der wirklichen. Die Conquistadores konnten Quauhnahuac nicht aussprechen und nannten es daher Cuernavaca, was wiederum «Kuhhorn» bedeutet. Wenn daher der Konsul den Ort Cuckoldshaven nennt, ebenfalls in Kapitel II, macht er einen etymologischen Witz, dessen wahre Pointe außerhalb des Buchs liegt. (Obwohl es hoffentlich auch so ein guter Witz ist – auch nicht ganz von mir: der Konsul entnahm ihn dem elisabethanischen Schauspiel ‹*Eastward Ho!*› von Marston, Ben Jonson und – glaub ich – Hauwood – mit Sicherheit das schlimmste Stück, das je von einer solchen Galaxis von Genies geschrieben wurde, aber es hat ihnen großen Spaß gemacht, London Cuckoldshaven zu nennen: leider wanderten sie dafür auch alle ins Gefängnis.)

Es könnte Ihnen hilfreich sein, wenn Sie sich die französische Übersetzung besorgten: sie ist bei Corréa erschienen, die Adresse kann ich nicht finden. Ich würde Ihnen ein Exemplar schicken, wenn ich eines übrig hätte, aber das einzige, was ich zur Zeit da habe, gehört jemand anderem. Übrigens würde Ihnen Clarisse Francillon, sie ist ein wunderbarer Mensch, bestimmt ein Exemplar schicken, wenn Sie sie darum bäten; und sie würde Ihnen auch mit Hinweisen bei irgendwelchen eventuell gemeinsamen Problemen dienen, falls es Gelegenheiten geben sollte, wo Sie mit dem Französischen leichter weiterkommen könnten als mit dem Englischen. Ihre Adresse: 23 Rue Gazin, Paris 13.

Auf alle Fälle sind Sie ihr näher als ich, und wenn ich Ihnen ein Paket schickte, würde es, vergleichsweise, ein Jahr oder so brauchen.

Wenn ich Ihnen mit irgendwelchen weiteren Details helfen kann, zögern Sie nicht, mir zu schreiben: ich werde mit dem größten Vergnügen versuchen, mein Bestes zu tun: inzwischen bin ich gut genug mit dem armen alten Buch bekannt, um jedes Problem, das Sie vielleicht haben, wittern zu können; Sie brauchen nur die Seite anzugeben oder zu sagen: «Was bedoitet das?»[4]

Nützlich könnte die französische Übersetzung unter anderem deshalb sein, weil sie ein Vorwort von mir enthält. Freilich, das Vorwort ist ein wenig irreführend, das beste darin ist ein herrliches Zitat aus Schopenhauer (das auf mich abzielt), und Sie können durchaus den Eindruck gewinnen, es sei in einem Zustand geschrieben worden, der dem des Konsuls sehr nahekommt, aber ein Vorwort ist es immerhin; ansonsten gibt es auch ein Nachwort von Max-Pol Fouchet, das einiges Interessante über die Form des Buchs enthält.

In meinem Vorwort würden Sie unter anderem – und dies andere könnte kaum uninteressanter sein, überdies ist es zweifellos teilweise unwahr – herausfinden, daß *‹Unter dem Vulkan›* ursprünglich als erster Teil einer Trilogie geplant war; soweit stimmt das auch, bis auf das «ursprünglich» vielleicht. Aber so ist das Buch gewachsen. *‹Unter dem Vulkan›* stellte gewissermaßen ein Inferno dar (das Casino de la selva = Dantes Wald: siehe auch El Bosque in Kapitel VII etc.), und es sollte noch ein Purgatorio und ein Paradiso folgen. (Keine sehr neue Idee!) – Leider, oder zum Glück – wegen seiner krausen Bewegung, zumindest in der ersten Fassung –, ist das «Paradiso» vor sieben Jahren zusammen mit unserem Haus in Flammen aufgegangen. Das Purgatorio – Titel: ‹*Die letzte Adresse*›, spielt überaus lyrisch in einem amerikanischen Irrenhaus; es ist die Folge eines Ausflugs in den Journalismus (erfreulicherweise nicht in den Wahnsinn); und das Inferno, der Vulkan – damals gerade (zum drittenmal) fast abgeschlossen, wurden gerettet. (Von meiner Frau; mir gelang es, einen ihrer Romane herauszuholen.) ‹*Die letzte Adresse*› hatte ich, bis auf eine Kurzfassung, noch nicht fertig, aber das unselige Paradiso hat den Flammen wahrlich eine gargantuanische Mahlzeit bereitet. Das Ganze sollte, und wird hoffentlich wieder, *The Voyage That Never Ends* heißen, aber all dies würde beträchtliche Revisionen am Text und auch an meinem Leben erfordern. Nun, wessen Leben mußte in diesen Zeiten schon nicht revidiert werden? Ich habe nicht das Recht, Sie mit den Einzelheiten dieses Lebens zu verwirren, außer insofern es sich auf Ihre gegenwärtige Arbeit bezieht. Was unser kleines Privatfeuer betrifft, oder zwei oder hundertundzwei Feuer, während die Welt in Flammen steht und überall so sehr viel Leiden herrscht, so könnte es geschmacklos erscheinen, überhaupt davon zu sprechen, obwohl dieses verdammte Feuer im Grunde vermutlich so ziemlich das Beste war, was mir je zugestoßen ist. Übrigens, schmeichle ich mir, hat ein Teil der Geschichte dieses Buchs, die so maßvoll begonnen hat (tatsächlich würde sogar Schopenhauer zugeben, daß dies die beste Art sei, derlei Koinzidenzen zu betrachten, da man sonst dem Verdacht ausgeliefert wäre, das Schreckliche sei in einem selbst; und wenn das so wäre, wie soll man es dann überwinden, und wenn es zu überwinden wäre, wie soll man dann im Schrecken einen Sinn oder Würde finden, angenommen, es gebe dort so etwas?), etwas so wesentlich Germanisches an sich – im *mythischen* Sinn –, daß ich der Versuchung nachgebe, ein wenig über dieses Thema abzuschweifen. Zunächst einmal bestärkte mich einfach das Gefühl, ich schreibe, unter anderem, ein Pionierwerk über das Trinken; dies war allerdings auch eine Illusion, denn zur selben Zeit schrieb, mir unbekannt, in weiter Ferne ein Gentleman ‹*The Lost Weekend*›. Dann begann mir aufzufallen, daß der Konsul noch mehr bedeutete: glich er nicht der Menschheit selbst, glich er nicht Faust, und war er nicht gleichsam in der Lage eines schwarzen Magiers; und wenn das so war, mußte ich dann nicht besser erst einmal etwas über das, was ihn wirklich verfolgte, lernen? Fatale Spekulation! Ich hatte dies wirklich kaum gedacht, da begegnete mir tatsächlich im Wald hier eine merkwürdige

Persönlichkeit, ein Mann, der angeblich ein Wahlhelfer war und in Wirklichkeit bloß ein solcher Magier – nicht bloß ein solcher Magier, sollte ich rasch hinzufügen, denn er war ein weißer Magier und ein guter Mensch (nicht Amfortas). Ich beeile mich zu sagen, daß ich kein Magier bin, weder ein schwarzer noch ein weißer, und mich nie magisch betätigt habe – großer Gott (wie mal jemand sagte), Malcolm ist kein schwarzer Magier, sondern ein heißer Musiker. Mein Freund jedoch ließ mich an seine Bibliothek, woraufhin ich mich wirklich wie der Student von Prag zu fühlen begann. Mein Freund sagte mir, daß ein schwarzer Magier, der in die Hölle gefallen sei, sich in der nicht beneidenswerten Lage befände, daß sämtliche Elemente des Universums gegen ihn stünden. Dies ist der Grund (obwohl ich damals schon von allein zu demselben Schluß gekommen bin – Goethe kichert in den Kulissen) für die Aufzählung all der Elemente in Kapitel X – lange vor der Atombombe geschrieben. Gleichwohl gibt es eine Möglichkeit, all dieses Transzendentale zu sehen, um das mindeste zu sagen. Es schien, als hätte ich mich durch die bloße Betrachtung dieser Dinge in ein wesentlich komplizierteres Karma verstrickt, um nicht zu sagen, in eine ganze Reihe von Martyrien. Nicht nur, daß unser Haus unter ziemlich mysteriösen Umständen niederbrannte, sondern zwei Monate später, da waren wir viertausend Meilen weit fort, ging auch das Haus, in das wir mit unseren restlichen Habseligkeiten umgezogen waren (wenn auch zum Glück nicht mit den geretteten Manuskripten) in Flammen auf – ohne Schaden für andere, wie es bei unserem der Fall war, eine Rarität hier im Wald. Für dieses letzte Feuer gab es überhaupt keine Erklärung, niemand war zu der Zeit im Haus. Und damit nicht genug: in Ontario fing innerhalb weniger Monate unser Nachbarhaus zweimal Feuer: in Niagara waren wir einmal von einem echten Feuerkreis umgeben! – obwohl keiner dieser letzten Brände großen Schaden verursachte. Aber auch hier fand man keine Erklärung: in einem dieser Fälle hatte es in dem betreffenden Ort seit vierzig Jahren kein Feuer mehr gegeben. Der Lebensmittelhändler hat zu mir gesagt: «Das Element verfolgt Sie.» (Natürlich gehe ich davon aus, daß es für all dies eine hinreichende Erklärung gab.) Ich erinnerte mich an das mystische Sprichwort «Furcht ist ein Löwe am Feuer» und interpretierte dies so, daß wir besser hierher zurückkehren und auf dem alten verwüsteten Grundstück ein neues Haus bauen sollten. Das haben wir getan: und diesen Brief schreibe ich von hier auf den alten abgebrannten Fundamenten, wo wir die letzten fünf Jahre gelebt haben – ohne jeden Feuerschutz, bis auf einen Feuerlöscher! Ein Sinn des Martyriums schien darin zu bestehen, daß wir dies taten: 1945, vor der Annahme des Vulkans, kehrte ich dann auf einen kurzen Besuch nach Mexiko zurück. Wir fuhren nach Cuernavaca (Quauhnahuac): rein zufällig konnten meine Frau und ich dort nichts anderes zum Wohnen finden als ein paar Zimmer in dem *Original von M. Laruelles Haus* – das jetzt in Mietwohnungen aufgeteilt ist –, und in dieses Haus brachte im Februar 1946 – Gott steh uns bei – das Original des kleinen Postboten aus Kapitel VI die Nachricht von der Annahme des ‹*Vulkan*› (am selben Tag aus England und Amerika). Inzwischen hatten wir in Oaxaca nach einem Freund von mir gesucht, dem Original von Dr. Vigil, zu dem ich seit Jahren den Kontakt verloren hatte: nur um herauszufinden, daß er unter ähnlichen Umständen wie der Konsul ermordet worden war. Schließlich begannen in Mexiko gar noch furchterregendere Dinge zu passieren: als ob ich tatsächlich *in* meinem Buch lebte. Aus dem einen oder anderen Grund kamen wir am Ende nur knapp mit dem Leben davon, doch bildet dies jetzt die Basis, den Inhalt des neuen Paradiso. (Es klingt wie ein noch schlimmeres Inferno, aber die Protagonisten überwinden es.) Offenbar mußte ich mich selbst *unter* ‹*Unter dem Vulkan*› begeben, um – wie ich es jetzt vorhabe – den Konsul am Ende zu erlösen. Ich versuche ihn zu erlösen: und ich hoffe, meine Erlösung wird Ihnen ausreichend gefallen, daß Sie sie eines Tages werden übersetzen wollen. Das würde mich sehr stolz machen. Ich muß meinem Protagonisten natürlich die Verfasserschaft von ‹*Unter dem Vulkan*› aufbürden – auf einer Ebene soll es die Geschichte der Phantasie eines Mannes werden –, was mit seiner Spaltung von Persönlichkeiten zu allen möglichen Schwierigkeiten führt: aber ich hoffe, die ganze *Voyage That Never Ends* eines Tages zustande zu bringen. Jedenfalls steht fest, daß ich sie *schreiben* muß, falls ich nicht selbst *geschrieben* werden will, gewissermaßen: ich hoffe, Sie werden mir zustimmen, daß dies zumindest ein herrliches philosophisches Problem ist. Es wimmelt zwar nur so von Schrecken, Paranoias und Irrsinnigkeiten, aber es sollte doch möglich sein, wenn ich meine Metaphern mischen darf, sie in Einklang zu bringen und triumphierend in den Hafen einzulaufen. (Ich vergaß hinzuzufügen, daß bei unserer Rückkehr aus Mexiko die Blumen auf unserem alten verbrannten Grundstück in unserer Abwesenheit wieder hervorgekommen waren, was, wenn Sie an Ihren Parsifal denken, wahrlich als gutes Omen aufgefaßt werden sollte!)

Verzeihen Sie mir bitte, daß ich dermaßen ausschweifend geworden bin. Nun fallen mir noch einige unbedeutendere Dinge ein. Ist es im Deutschen möglich, gelegentlich die Länge des Gedankenstrichs zu variieren? Besonders in Kapitel X haben die Gedankenstriche alle dieselbe Länge, was mir ziemlich langweilig vorkommt. Mir kam die Idee, daß in diesem Kapitel, zum Beispiel auf den Seiten 298–299 und auf 299 und anderswo, ein gelegentlicher langer Gedankenstrich für eine effektvolle Abwechslung sorgen könnte – kein sehr langer, nur doppelt so lang wie gewöhnlich, besonders vor den Zitaten aus der Tlaxcala-Broschüre. Ein langer Gedankenstrich hat einen ganz anderen emotionalen Wert: nämlich:

298–299 « – die niemanden mehr haben mit — »

KÖNIGLICHE KAPELLE IN TLAXCALA

200 «Im Farolito — »

SANTUARIO OCOTLAN IN TLAXCALA

Außerdem hoffe ich, Sie können im deutschen Setzkasten eine Hinweis-Hand ausgraben (p. 333). Ich bin sehr stolz auf diese Hand (habe sie von Thomas Hardy geklaut – aus ‹*Jude the Obscure*›, um genau zu sein: das einzige Mal, wo ich eine solche Hand je gesehen habe), sie verursacht mir immer eine Gänsehaut. Ästhetisch mag diese Hand ein wenig schwer zu rechtfertigen sein, gebe ich zu, aber ich mag sie trotzdem sehr. Bei dem Schild in dem Garten «Le Gusta este Jardín?» – besonders ganz am Schluß – habe ich mich oft gefragt, ob kursive Großbuchstaben sich nicht besser machen würden: Mediäval kursiv – oder ganz am Schluß sogar Fraktur. Ich weiß nicht, aber normale Großbuchstaben scheinen mir einiges zu wünschen übrigzulassen. Deutsche Fraktur finde ich so faszinierend schön, daß ich sie mir stundenlang hintereinander ansehen kann, ohne ein einziges Wort zu verstehen. Zweifellos würde Fraktur kaum in den öffentlichen Park in Kapitel V passen, aber die Überschriften in X, wie zum Beispiel Santuario Ocotlan in Tlaxcala, machen sich in Fraktur – die bei uns Black Letter heißt – vielleicht gar nicht schlecht. Aber sehr wahrscheinlich täusche ich mich. Und ganz bestimmt habe ich schon seit langem aufgehört, Ihnen nützlich zu sein.

Ich hoffe jedoch, ich habe einiges Nützliche gesagt, obwohl mein Brief auf Grund der Schwierigkeit, selbst auf englisch etwas über mein eigenes Buch mitzuteilen, nicht immer völlig exakt – insbesondere bereitet die Erklärung der Speisekarte Probleme, und die verschiedenen Lesearten des Buchs sind irrelevant – und stellenweise sogar ziemlich primitiv geraten sein mag. Sollte es mir aber gelungen sein, Ihnen die allgemeine Richtung anzuzeigen, wird all dies Ihre Zeit nicht vergeudet haben.

Ich hoffe, Sie eines Tages in Württemberg besuchen und einen guten Stiefel Münchener oder Dortmunder Union mit Ihnen trinken zu können – unterdessen trinken Sie bitte einen für mich – und ebenfalls unterdessen alles Gute für Ihre Arbeit und nochmals recht herzlichen Dank, daß Sie sich des Buchs angenommen haben und für Ihre freundlichen und herzerfrischenden Worte.

Mit freundlicher Begrüßung[5]
Malcolm Lowry

P.S. Eine weitere Kleinigkeit: Ich habe die amerikanische Ausgabe meiner Frau gewidmet, und bei einigen ausländischen Ausgaben haben wir die Widmung gern mit verschiedenen unserer Freunde geteilt. Da ich vor langer Zeit versprochen habe, die deutsche Übersetzung dem Lehrer Downie Kirk zu widmen – er ist der Übersetzer Ihres Briefs – sein Spezialfach ist die deutsche Sprache – und in seinem Haus lebten wir übrigens unmittelbar nach dem Feuer – und er war es, der angeboten hat, falls nötig eine Art Dolmetscher zwischen uns zu spielen –, wäre ich Ihnen sehr dankbar, wenn Sie auf einem Vorsatzblatt folgendes einfügen lassen würden: *Meiner Frau Margerie und Downie Kirk*. Dies würde er sehr zu schätzen wissen, und es ließe sich so unauffällig machen, daß es Ihnen nicht ins Gehege käme, falls Sie selbst Ihre deutsche Übersetzung noch jemand anderem widmen möchten. ML.

1–5 Deutsch im Original (A. d. Ü.)

Clemens ten Holder an Malcolm Lowry [1]

Clemens ten Holder,
Flacht,
Kreis Leonberg
Württemberg
Flacht, den 14. April 1951

Sehr geehrter Herr Lowry!
Dear Mr. Lowry!
Vielen Dank für Ihren freundlichen und humorvollen Brief vom 21. März, der am 27. März hier eintraf (nur sechs Tage, wie Sie sehen!). Ich muß mich dafür entschuldigen, nicht früher geschrieben zu haben, aber Sie können sich vielleicht vorstellen, wie sehr ich unter Zeitdruck stehe, da Ihr Buch noch diesen Monat druckfertig sein muß. Die Kap. I–VII sind gerade im Druck, und ich bin im Begriff, das letzte Kapitel abzuschließen.

Hinsichtlich des Schriftsatzes für Ihr Buch hat sich nach einem Gespräch mit Herrn Klett in Stuttgart ergeben, daß all Ihren Wünschen, auch denen für die Überschriften des X. Kapitels in Fraktur, entsprochen wird. Die Widmung auf dem Vorsatzblatt der deutschen Ausgabe lautet jetzt: «Für meine Frau Margerie und für Downie Kirk». Auch die «Hinweis-Hand» werden Sie in der deutschen Übersetzung wiederfinden.

Ihre ausführliche Beantwortung meiner Fragen war sehr hilfreich, besonders, was das Alabama-Motiv und auch was das Menü in Kap. X angeht. Und die Sache mit dem «Stein»! Herrlich! Immer wenn wir an den Stein dachten, mußten wir lachen. Es war sehr freundlich von Ihnen, uns die französische Übersetzung und die Anschrift von Frl. Clarisse Francillon zu geben. Ich habe die französische Übersetzung Ihres Buches schon letztes Jahr durch einen Bekannten in Paris erhalten. Ich arbeite mit ihr, jedoch nur zur Kontrolle. Selbstverständlich war die «préface» sehr interessant für mich, auch deshalb, weil ich beabsichtigte, später einmal an einem College – «Volkshochschule» genannt – einen Vortrag über Ihre Person und Ihre Arbeit zu halten. Für mich ist ‹*Under the Volcano*› mit seiner poetischen Kraft der größte moderne Roman, den ich in den letzten zehn Jahren gelesen habe. Ich bin sehr stolz darauf, dies Buch entdeckt zu haben. Deshalb auch habe ich Ihren Roman übersetzt, eine schwierige Aufgabe, weil ich diesbezüglich kein professioneller Übersetzer bin.[2] Außerdem muß ich Geld verdienen – gerade genug für meine Familie: meine Frau (die mir assistiert und tippt), unsere beiden Rowdies (Peter, 13, und Johannes, 9 Jahre), unsere Hühner, der herrliche, schwarze Kampfhahn (wegen der «poxy eggs», Sie verstehen?!) und das kleine Xicotancatzerl! (...)

Die Übersetzung – ich hoffe, eine gute – ist inzwischen nahezu abgeschlossen. Die wenigen Fragen, die ich Ihnen gern noch vorlegen würde, füge ich diesem Brief an. Es gibt da einige englische Sätze, die im Deutschen keine direkte Entsprechung haben. Vielleicht sind Sie so freundlich, sie mir zu erklären. Ich wäre Ihnen dafür sehr verbunden.

Alle weiteren Schwierigkeiten, die sich auf Mexiko beziehen, konnte ich beheben; und zwar mit Hilfe von Mexiko-Büchern amerikanischer Autoren wie Jackson, Fergusson, Helm, Terry (Guide through Mexiko), Gruening, Redfield u. a. (die Namen sind mir entfallen), die ich in einem Informationszentrum, dem «Amerikahaus» in Stuttgart, entdeckt habe. So habe ich also Mexiko bereist, in meinem Sessel sitzend vor großartigen Aufnahmen von diesem wunderbaren Land – fremdartig, aber verlockend. In derselben Bibliothek habe ich sogar Rupert Brooks' Gedicht über die unheilvolle Uhr, die auf zehn vor drei steht, gefunden. Übrigens habe ich auf einer Karte Dollarton und die Burrard Inlet aufgestöbert. Dabei habe ich die vielen tausend Meilen zwischen meinem kleinen Haus und Ihrem, das in den Kap. I, IX und XI so hervorragend beschrieben wird, ganz vergessen. Ich hoffe, Sie haben das neue Haus dem alten, vom Feuer zerstörten nachgebaut; ich sehe Sie auf der Veranda sitzen und neue Bücher schreiben – wie auch wir hier in unserem kleinen Haus sitzen: übersetzen, schreiben, lesen – weit weg vom Lärm dieser irrsinnigen Welt, die voller Furcht ist und ganz ohne Hoffnung.

Irgendwann werden Sie nach Deutschland zurückkommen, aber ich denke, nicht nach Bonn (wo Sie solch ein schönes Deutsch gelernt und Ihre Vorliebe für Frakturschrift, Dortmunder Bier und – um Himmels willen – Wagner entwickelt haben. Ich denke doch, es ist angenehmer, eine gute hot-music zu hören, als diesen hybriden, ungestümen «Rausch der Wagnerischen Musik»). Ich vergaß, Ihnen zu erzählen, daß einer meiner Freunde Ihren lustigen Wibberli-wobberli-song vertont hat; letzte Fastnacht hat er dies Lied mit Gitarrenbegleitung auf einem «Gran Baile» in Ulm an der Donau vorgetragen. Es war wundervoll. (...)

Mittlerweile dürfte der Frühling wohl auch Dollarton erreicht haben, und der Blizzard weht, wie ich hoffe, meinen Brief nicht in den Pazifik; Sie werden also meinen dummen holländischen Namen entziffern können!

Eines wüßte ich noch gern – ein anderer Freund von mir war gegen 1928/30 Lehrer an einem englischen College in Godesberg. Es wäre ein schöner Zufall, sollte er vielleicht Ihr Deutschlehrer gewesen sein. Sein Name ist Karlheinz Schmidthüs. (...)

Es grüßt Sie
Clemens ten Holder

P.S.: Herrn Kirk werde ich auf deutsch einige Zeilen schreiben.

pag. 21: There were fairly regular hours at the T.
39: The Triumph of Humpty Dumpty
74: Mariana. Is it Mariana Alcoforado?
86: cohabation = cohobation?
94: eyes in my feet as well as straw
95: How absolutely something or other
100: ... through something nervous, mutually still, about their mirth.
109: your horse doesn't want to drink – what does it mean?
120: Product and Dumble
121: Pangopango-Quality
175: «The Clicking of Cuthbert» (a Child-book?)
176: clutching the wheel of St. Catherine vice versa – Mr. Bultitude
178: Talavethiparothiam
193: the leonine Signal Peak on El Paso
203: poet of the unreplaced turf
207: gills = (pag. 313) gills of codfish (an aquatic respiratoy organ?)
248: the stupid props etc.
313: triskeles? = Tripod?
322: Capricorn the *sea-goat*?
Where is Sagittarius in the enumeration?
326: the drinks ... lay like swine on her soul.
333: the way doubled back on itself

337: the purple and black stops
347: game of bumblepuppy with a Burmese gong

1 Dieser und der folgende Brief sind von Helmut Roß übersetzt.
2 Clemens ten Holder hatte bisher vor allem aus dem Französischen übersetzt (A.d.Hg.)

Clemens ten Holder an Downie Kirk

Flacht, den 14. April 1951.
Kreis Leonberg, Württemberg.

Sehr geehrter Herr Kirk!
Sie hatten die Freundlichkeit, meinen enthusiastischen Brief an Mr. Lowry zu übersetzen, den ich geschrieben hatte in der Hoffnung, daß Herr Lowry vielleicht doch so viel Deutsch verstände, um ihn lesen zu können. Für Ihre Bereitwilligkeit, zwischen uns den Dolmetscher zu machen, danke ich Ihnen sehr. Ich fürchte, daß ich Ihre Freundlichkeit noch häufiger in Anspruch nehmen muß, denn es fällt mir sehr schwer, meine Gedanken in englischer Sprache niederzuschreiben. In der Freude über den langen Brief Mr. Lowrys habe ich versucht, ihm englisch zu antworten. Das Ergebnis ist natürlich sehr kläglich. Alles, was darin richtig ist, habe ich aus einem «English Letter Writer» gestohlen, in dem natürlich das nicht steht, was ich eigentlich Herrn Lowry über sein Buch sagen möchte. (...)

Inzwischen sind die Kapitel I–VII im Druck. Ich schreibe gerade die letzten Seiten des XII. Kapitels ins reine und hoffe, daß ich Ende April mit der ganzen Übersetzungsarbeit fertig bin. Im Laufe des Sommers will ich eine große Arbeit über ‹*Under the Volcano*› schreiben, und in dieser Arbeit werde ich dann alles sagen, was ich englisch wohl niemals würde sagen können. Diese Arbeit werde ich Ihnen dann schicken, und Sie werden gewiß so freundlich sein, sie Herrn Lowry zu übersetzen, da Sie ja doch im Sommer, wie Herr Lowry schrieb, sein Nachbar sind.

Ich bin natürlich auch an den weiteren Arbeiten Herrn Lowrys sehr interessiert – ich vergaß, das in meinem Brief an ihn extra zu erwähnen – und ich wäre neugierig, zu hören, wann er seinen nächsten Roman beendet haben wird. Auch der deutsche Verleger, Herr Klett in Stuttgart, ist daran interessiert. Wir glauben, daß wir im Herbst dieses Jahres den größten Roman, der nach Kriegsende in Deutschland erschienen ist, veröffentlichen, bedeutender und positiver als das gesamte Existentialistengeschwätz der diversen europäischen Literaturen. Für uns ist allein schon der Titel ‹*Under the Volcano*› mehr als nur ein Symbol, er ist eine Aussage über unser eigenes Leben, das mir wie eine konsularische Existenz erscheint. Vielleicht gibt es noch eine Rettung oder eine Erlösung aus diesem Zustand der Verlorenheit, aber sie wäre schon fast ein Wunder, das die Zeit gebären müßte. Vorläufig sieht es nicht so aus, als dürften wir uns großen Hoffnungen hingeben. Wir können nur unsere tägliche Arbeit tun in der Hoffnung auf dieses Wunder, wenn wir dazu noch die Kraft haben. Ich glaube, daß dieser Zustand in allen europäischen Ländern gleich ist, denn alle Länder sind ja in gewissem Sinne mit-schuldig an dem Verderben, das in Deutschland wie eine eiternde Wunde aufgebrochen war. In einem solchen Zustand, nach einem verlorenen Kriege, betrügen sich die Menschen gerne über die wahren Ursachen eines solchen allgemeinen Debakels. Im Bereich eines solchen Betruges kann aber keine große Literatur gedeihen. So können wir in Deutschland nur dankbar annehmen, was an großen literarischen Werken abroad erscheint. Und ich halte es für eine sehr wichtige Aufgabe, bei uns in Deutschland solche Werke bekanntzumachen.

Ich glaube, daß ich mit der Übersetzung von ‹*Under the Volcano*› einen solchen Dienst geleistet habe.

Mit freundlichen Grüßen
und bestem Dank
Clemens ten Holder

Anhang zum Brief von Malcolm Lowry an Clemens ten Holder vom 23. April 1951:

p. 21 Das soll bloß heißen, daß die Taskersons trotz ihrer pantagruelianischen Freude an einem Getränk, das leider weder Dortmunder Union noch Münchener war, und ihrem entsprechend wüsten Gebaren ihr Abendessen[1] usw. – kurz, sie aßen – zu einer recht soliden Zeit einnahmen, Punkt sieben und dergleichen. (Über ihr Frühstück weiß ich nichts.) Jetzt kommt es mir verdammt albern vor, das an dieser speziellen Stelle erwähnt zu haben, aber ich hatte zweifellos einen guten Grund dafür. Nehme an, ich hatte die Absicht, einfach ein bißchen von der *Tünche* britischer Ehrbarkeit anzubringen, die bei einer Familie, die in Wirklichkeit unglaublich ausschweifend lebt, noch immer wirksam ist – eine Tünche, die der Konsul sich übrigens im späteren Leben selbst zulegt.

p. 39 Humpty Dumpty sat on a wall
Humpty Dumpty had a great fall
All the King's horses
And all the King's men
Couldn't put Humpty Dumpty together again

Der Konsul denkt an diesen englischen Kinderreim. (Der Titel von Robert Penn Warrens Bestseller *‹All the King's Men›* stammt auch daher. Obwohl dieser Titel einen überaus vieldeutigen Sinn hat.) Was dem Konsul durch den Kopf geht, ist – daher – während er diesen Brief schreibt – eine wehmütige Hoffnung, er werde sich zusammenreißen – die Bruchstücke seines Ich zusammensetzen – (obwohl das unmöglich ist: nicht einmal all die Mannen des Königs konnten dies für Humpty Dumpty tun, denn Humpty Dumpty ist in dem Kindergedicht ein Ei; daher die quasi-mystische Bedeutung), falls er sich als Dichter akzeptierte – was er insgeheim womöglich ist – und sich nicht einbildete, ein Mystiker zu sein – was er insgeheim womöglich auch ist. Doch die verborgene Absicht ist hier, den Konsul als Menschen zu verallgemeinern. Überdies beziehen sich all die Anspielungen auf Chesed, Binah usw. auf die Kabbala. Qliphoth ist die Welt der Schalen und Dämonen – beherrscht von Beelzebub, dem Gott der Fliegen: wahrlich die Unterwelt. Siehe auch Kapitel VII, p. 218 unten. Jean-Paul Sartre hat dieses Thema entwickelt, obwohl ich nichts davon wußte, als ich dies schrieb (und er von mir übrigens auch nichts, als er *‹Die Fliegen›* schrieb. Und Beelzebub hoffentlich nichts von uns beiden). The Nose with a Luminous Dong – spielt an auf ein tragikomisches, obgleich hauptsächlich tragisches, geniales Gedicht von Edward Lear, dem englischen Humoristen und Schöpfer des Limericks The Dong With a Luminous Nose. Wenn man das aber umdreht – Nose ist ein ziemlich entlegener Slangausdruck für Spion, und Dong, berichte ich mit Bedauern, ist als Substantiv wiederum etwas Obszönes –, bedeutet das Ganze etwa soviel wie folgendes erleuchtende Bild: Der Spion mit einem leuchtenden Penis. Clare war ein weiterer englischer Dichter, der verrückt wurde, und in einem seiner Gedichte war es eine Schnecke, die «wove fearful vision». The Knight of Sorry Aspect ist Don Quichote und natürlich auch er selbst (der Konsul); es ist nicht gerade einer der fröhlichsten Augenblicke des Konsuls.

p. 74 Nein – Mariana and the moated grange ist eine Anspielung auf ein Gedicht Tennysons, das wohl auch so heißt – hab's vergessen –, aber ich glaube, in dem Gedicht findet, wie im Vulkan, ein Fest statt, das die ganze Nacht durch währt, und es gibt da natürlich, worauf es ja ankommt, einen Gutshof mit einem Graben drumherum: das heißt, mehr kommt es darauf an, daß der Gutshof eine Ruine ist. Oder sein sollte, falls dies eine Pointe ist.

p. 86 In meinem Lexikon steht cohobations. Ich bin aber nicht sicher, ob es dasselbe Wort ist – nämlich ein alchemistischer Ausdruck, den ich aus einem elisabethanischen Schauspiel habe. Ursprünglich lautete diese Stelle so: living among the cohabations – cohabitations! – of Faust usw. Aber ich habe das Wortspiel des Konsuls gestrichen; es sollte eigentlich, via Alchemie, auf Yvonnes Untreue anspielen. Vielleicht wurde cohabations zu cohobations. Cohabatious. Cohobations noch mal! (cohabation bzw. cohobation = mehrfache Destillation; cohabitation = ehe[ähn]liches Zusammenleben; A. d. Ü.)

p. 94 Es gibt einen alten englischen Soldatenausdruck – ich habe ihn von meinem Bruder –, den man gebraucht, wenn man jemanden beschreibt, der unzuverlässig ist oder den man deswegen nicht mag: So und so is a dung-cart except for the straw and that's in his feet. Weil Hugh beim Lesen eines Telegramms – er achtet nicht darauf, wo er hinging – mechanisch am Rand eines Schlaglochs stehengeblieben ist, überlegt er, er müsse Augen in seinen Füßen haben. Da er auch eine Periode des Selbsthasses durchmacht, stellt er sich das Stroh in seinen Füßen vor (wie in dem erwähnten Soldatenspruch). Für Soldat gibt es auch das Wort strawfoot; «straw man» nennt man einen Betrüger. So was wie Eliots hohler Mann, der nur aus Stroh besteht. Strawman ist auch eine beliebte amerikanische politische Bezeichnung für einen «Strohmann» oder einen Hehler (siehe auch p. 102). Dies sind in etwa die Assoziationen zu Hughs Gedanken. Achtung: meine Frau, sie ist die Tochter eines amerikanischen Colonels und sollte es wissen, sagt, der Ausdruck «strawfoot» entstamme folgender wahren Begebenheit in der amerikanischen Frühgeschichte – entweder der Revolution oder dem Krieg von 1812, meint sie. Ein Berufsoffizier versuchte ein paar

Rekruten auszubilden: sie waren Bauern und so dumm, daß sie rechts und links nicht auseinanderhalten konnten. Schließlich steckte er jedem dieser Soldaten etwas Heu in den linken und etwas Stroh in den rechten Schuh, und dann ließ er sie mit dem Kommando Heufuß! Strohfuß! marschieren, an Stelle von links! rechts!

p. 95 Bedeutet absolut gar nichts, eine Redewendung, wie wir Engländer sie so häufig haben. Hugh berichtigt sein «Wie absolut erstaunlich» oder «Wie absolut außergewöhnlich» – und da er kein Adjektiv gebrauchen will, um das Wesen der Koinzidenz zu beschreiben, setzt er dafür «something or other». Im Grunde ist diese Art zu reden durch den Punch (die humoristische Zeitschrift), Ben Travers Farcen, P.G. Wodehouses Erzählungen usw. ins Englische eingedrungen.

p. 100 Da der Ziegenbock Hugh beinahe dazu gebracht hat, Yvonne zu umarmen , was – man kann ja nie wissen – zu weiterem führen könnte (und schließlich kann man auch die Absichten von Ziegenböcken nie so genau kennen), ist ihr Lachen ein wenig nervös, gegenseitig voneinander in dem Sinne, daß, wenn der eine lacht, dann auch der andere lacht. Der Bock könnte sowohl für Tragödie als auch für Wollust stehen, aber Hugh und Yvonne haben schon genug im Kopf, ohne auch noch das Buch schreiben zu müssen. Der Bock taucht in verschiedenen Formen auch sonst überall im Buch auf, immer wieder lugt er durch die Hecke der Prosa. Siehe p. 171 (unten): Gotelby wird zu Goat old Boy. Ferner p. 189: *Father is waiting for you, Father has not forgotten.* Tragödie = Bocksgesang. Aber nicht dies macht ihr Lachen «gegenseitig voneinander abhängig», was einfach soviel wie «ansteckend» bedeutet, wenn auch in einem ernsteren Sinne, denn ihr Lachen ist ernst oder fast oder noch ernst. Im Film macht man so was ziemlich oft, und im Leben geschieht es bestimmt auch, aber in einem Buch habe ich es noch nie beschrieben gesehen.

p. 109 Finden Sie sich, mein lieber Herr Holder[2], um Punkt 3 Uhr im Tattersall ein! Und dann werden wir zu Pferde durch den wonderbaren Drachenfelsgebirgen[3] spazieren. Das Pferd (ein so einzigartiger Charakter es in diesem Buch auch sein mag) *will nicht* trinken, es will nur sein Spiegelbild betrachten. Fehleinschätzung der Absicht eines Pferdes kann in einem Land, wo man ständig Flüsse zu überqueren hat, zu bösen Unfällen führen. Ich möchte aber meinen, die Bemerkung hat einen tieferen Sinn, indem sie zu dem Narzißmus gehört, der mit der Trinkerei des Konsuls zusammenhängt ... Puh! Wie durstig mich dieses Pferd jetzt gemacht hat – ja, es ist wirklich überraschend, wie durstig einen dieses ganze Buch macht. Ach, jetzt, wo wir hier April haben, in Württemberg sein!

p. 120 Alberne, phantasielose Namen im Bundesstaat Saskatchewan. In British Columbia gibt's auch ein paar schöne Beispiele, von denen Cow-Dung Lake vielleicht der ausdrucksvollste ist.

p. 121 Pango-pango quality: etwas irgendwie Südseehaftes, bezieht sich auf Vancouver. Pango-pango ist die Hauptstadt irgendeiner Südseeinsel; vielleicht heißt es Pago-pago, aber Pango-pango klingt trauriger oder amüsanter oder was weiß ich, denkt Hugh offenbar. Soll eine Anspielung auf den vielen Regen sein, der in Vancouver, wie in Pango-pango, massenhaft fällt.

p. 175 Nein, von P.G. Wodehouse. The Clicking of Cuthbert taucht hier auf, weil es ein witziges Buch über den Golfsport ist. Aber Peter Rabbit *ist* ein Kinderbuch, von Beatrix Potter.

p. 176 The Wheel of St. Catherine – ein kreuzähnlicher Gegenstand am Tor meiner alten Alma Mater – St. Catherine's College, Cambridge. Ein Rad deshalb, weil die Heilige dieses Namens gerädert wurde. Hugh stellt es sich als Steuerrad eines Schiffes vor.

Mr. Bultitude ist der Held eines berühmten englischen Romans von F. Anstey, der – Mr. Bultitude – auf Grund irgendeines Zaubers den Platz seines Sohnes in der Schule einnimmt, wenn er auch einige seiner erwachsenen Gewohnheiten in seine Jugend mitgenommen hat. Unterdessen betreibt sein Sohn das Familiengeschäft. Es soll ein lustiges Buch sein, und das ist es auch, psychologisch aber ist es eines der erschreckendsten und traurigsten der neueren englischen Pseudo-Klassik. (Man könnte den Rollentausch als eine Vorahnung des Rollentausches zwischen Hugh und dem Konsul betrachten.)

p. 178 Thalavethiparothiam = Kraft durch Enthauptung. Siehe Fraser, Golden Bough. Aber ich finde die Stelle nicht. Bin auch nicht sicher, wie es genau geschrieben wird. Ich hatte den Eindruck, es hieß thalavettiparothiam; weiß nicht mehr.

p. 193 Ein Berggipfel in der Wüste, der wie ein Löwe aussieht und Signal Peak heißt; ist auf der Postkarte abgebildet. El Paso ist eine Stadt an der mexikanisch-amerikanischen Grenze, bedeutet hier aber den Bergpaß bei El Paso, von dem die Stadt ihren Namen hat.

p. 203 Auf vielen Golfplätzen in England und anderswo steht das Schild: Please replace the Turf. (Bitte den Rasen wieder einsetzen.) Es ist eine Sünde, wenn ein Golfspieler dies unterläßt. Der Konsul empfindet sich als eine Art alberner Golfdichter. Aber Golf läßt auch an «gulf» denken, d. h. an Abgrund. Unreplaced turf ist praktisch gleichbedeutend mit nicht gesühnter Sünde. Siehe auch die anderen Abschweifungen des Konsuls über Golfplätze um p. 21 usw. Who holds the flag usw. ist eine Parodie auf ein Gedicht von John Donne (*‹A Hymn to God the Father›*, A.d.Ü.) über die Sünde, dessen Refrain lautet «Though I have more». (Mehr Sünden, mehr Rasen – zum Teufel mit alldem, schwimmen wir lieber noch eine Runde. Aber vielleicht muß ich das schreiben, um das Schwimmen genießen zu können. Machen wir eine Schwimmpause. Wassertemperatur: 39°.)

p. 207 Genau. Aber lieber Gott, wie schmutzig!

p. 248 Props ist Theaterjargon für Requisiten: «props» ist eher ein technischer als ein Slangausdruck, bezeichnet alle beweglichen Gegenstände auf der Bühne – aber das Schauspiel «Krieg» wird hier mit einem ungeheuer schlechten, phantasielosen und unglaublich grausamen Stück Shakespeares verglichen, in dem sämtliche Figuren scheußlich verstümmelt sind und Beine und Arme über die ganze Bühne verstreut sind, was beinahe als perfektes Bild erscheinen könnte, wenn *‹Titus Andronicus›* häufiger aufgeführt würde (so wie der Krieg), obwohl ich mich nicht erinnere, je von einer Aufführung dieses Stücks auch nur gehört zu haben, selbst in Stratford-on-Avon nicht. Aber vielleicht ist es doch ein gutes Bild, denn Hughs Verachtung des modernen Kriegs – zumindest an dieser Stelle – ist so tief, daß er ihn für etwas Schlimmeres hält als nur für schrecklich, nämlich für unanständig und sinnlos an sich, und nicht nur für grausam, sondern auch für veraltet, wie das Schauspiel. Das von mir benutzte Wörterbuch weiß nichts von prop oder props, aber ein anderes schon, und da steht: property. Theatrical. (Def. 8) Definition 8 von property (prop) lautet so wie oben erwähnt. Es ist Yvonne, die in Hugh den Gedanken an Krieg hervorruft, als sie sich vor dem Blut fürchtet: daher all diese Bilder in seinem Kopf, die «props» des sinnlosen Kriegsstücks *‹Titus Andronicus›* – welches ein einziges langes Grand Guignol ist. Dies ist alles andere als ein einfacher Gedanke, und ich scheine ihn hier nicht allzu klar für Sie formuliert zu haben, es ist schwer, ihn genau wieder wachwerden zu lassen. Aber ich hoffe, die «props» sind klar.

p. 313 Triskele trikelion – eine, gewöhnlich geschnitzte, Figur aus drei Zweigen, die von einem Mittelpunkt abgehen. Das «drei Beine»-

Emblem der Insel Man ist eine Triskele, glaube ich. Aber der Konsul hat offensichtlich etwas Grausames oder Deliriöses oder gar Sexuelles im Sinn – da sind ein paar furchterregend aussehende triskeles: Aber der darunterliegende Gedanke hat auf seltsame Weise etwas mit Ukulelen zu tun. Ukulelen klimpern, triskeles nicht. Yvonne ist auf Hawaii geboren, dem Land der Ukulelen. Von Hugh kann man annehmen, er spiele eine Art Ukulele. (Die beiden Wörtern gemeinsame Endung «ele» ist der Schlüssel.) «I want to go where those ukuleles are strumming» – ein verbreitetes Flucht-Lied – wird hier vom Delirium zu einem intrauterinen, umgekehrten Bild einer Flucht verdreht, symbolisiert vom Mittelpunkt einer triskele, der aber zum Abgrund selbst wird, wo Trismus oder Zähneknirschen herrschen. Habe ich an all das gedacht, als ich dies schrieb? Nein. Und es ist ein zu schöner Nachmittag, jetzt noch länger darüber nachzudenken. Ja, ich werde noch eine Runde schwimmen gehen. Meine Frau hat mir auch einen Drink gebracht, und das ist mehr, als der arme alte Konsul bekommen hat, jedenfalls an dieser Stelle.

p. 322 Aber der liebe alte Capricornus *war* ein See-Bock, mit einem Schwanz an Stelle von Hinterbeinen. Ich habe Sie gewarnt, daß dieser Bock ständig auftauchen würde, auch wenn Sie nicht mit einem See-Bock rechnen würden.

Sagittarius? Hm. Wo? Nirgendwo. Auf der Seite davor? Ja, aber ach, hier finde ich den alten Sagittarius nicht. Schätze, er muß aus Versehen übergangen worden sein. Setzen Sie ihn um Gottes willen schnell wieder ein, entweder als Sagittarius oder als Schütze, je nach dem Rhythmus, wie Sie wollen – Schütze wäre besser. Ich hab's: setzen Sie ihn mit beiden Namen wieder ein: Schütze und Sagittarius, also Sagittarius der Schütze, Capricornus der Seebock etc.

p. 326 The drinks ... lay like swine on her soul. Ein nicht für den Rausch, sondern für jene Gelegenheiten charakteristisches Phänomen, wenn man über den ganzen Tag verteilt nur wenige Drinks zu sich genommen hat, von denen keiner besonders stark gewirkt hat – Bacchus' Rache an denen, die ihn mit allzu bewußter Mäßigkeit beleidigen: da die Drinks einen nicht richtig stimuliert haben, höchstens mal sporadisch, nützen sie einem überhaupt nichts, gleichwohl spürt man, daß sie da sind, wie eine ermüdende Last auf der Seele liegen, aber auch wie etwas Schmutziges, wie ein Gefühl einer drohenden Katastrophe, wenn auch unbedeutender Art; dies ist besonders so eine kurze Zeit, nachdem man etwas Manisches, Sauberes und Anstrengendes getan hat, zum Beispiel wenn man, wie Yvonne, auf dem Höhepunkt eines solchen langen Tages schwimmen geht, obwohl die Wirkung anfangs entgegengesetzt ist; ich wollte einen rein physischen Grund für ihr Verlangen, sich zu betrinken, angeben: aber selbst wenn die Drinks ihr nicht wie ein Schwein auf der Seele saßen, sieht man, wie das arme Mädchen trotz oder eigentlich wegen Sagittarius und der poxy eggs auf den Gedanken kommen könnte, ihre Seele wäre so weit erniedrigt worden, daß sie sich ein wenig wie ein Schweinestall vorkäme.

p. 333 Beschrieb eine Art Haarnadelkurve.

p. 337 Mit «stops» werden jegliche Vorrichtungen an Musikinstrumenten bezeichnet, mit denen die Tonhöhe eines Instruments reguliert wird. Das arme Kaninchen (in diesem Buch steckt mehr, als ich dachte –: das ist natürlich Peter Rabbit –) aber wie nachdenklich scheint der Konsul gewissermaßen auf dem Maiskolben zu *spielen*, als sei dies eine Art Harmonika. Es ist ein exaktes Bild, auch wenn es nicht dem Delirium entspringen würde, denn die Maiskolben, die ich hier meine, sind bunt gescheckt – nicht nur gelb wie die amerikanischen – sondern mit gelben, schwarzen und violetten Kernen. Sagen Sie mir bitte nicht, es mißfiele Ihnen. Als ich dies schrieb, hatte ich fast das Gefühl, Hieronymus Bosch strecke eine zustimmende Klaue aus seinem Grab.

p. 347 Das wirklich Tolle an diesem Spiel bumble-puppy ist (ja noch viel besser als das Spiel bumble-puppy selbst und als das Bild, die beide ihre Verdienste haben), daß – falls ich, wie ich hoffe, durch ein Wunder recht haben sollte – derjenige, der Ihnen diese Frage am besten beantworten könnte, niemand anders ist als Ihr Freund Herr Karl-Heinz Schmidhus, den auch ich als meinen Freund ansehe. (Vgl. den Brief) Das Bild kommt von einem mörderischen – wenn auch offenbar unschuldigen – Spiel (das ursprünglich aus England stammt), das ich zum ersten- und letztenmal in meinem Leben in Bonn am Rhein in der Koblenzer Straße 100 gespielt habe, wobei Herr Schmidhus oftmals zugesehen haben muß; wenn er es nicht oft gespielt hat, wenn er keine Lust dazu hatte, so nicht deshalb, weil er es nicht konnte – ganz im Gegenteil –, sondern weil er zu freundlich gesinnt war und uns nicht unsere jungen Nasen einschlagen wollte. Wenn man nicht tatsächlich in dem Haus wohnte, war es jedenfalls für jeden ungünstig, mitzuspielen, weshalb es nur wenige Lehrer taten: es wurde einem sehr warm dabei, und dann hatte man keinen Raum, sich umzuziehen. Seitdem habe ich herausgefunden, daß das klassische bumblepuppy (was immer *das* sein mag) in England gespielt wurde, indem man eine Art Tennisball wie beim Ping-pong über ein Tennisnetz schlug. In Deutschland, in Bonn wurde es völlig anders und sehr viel riskanter gespielt: es wurde um ein Gerät gespielt, das einem Maibaum glich, an dem durch ein Seil ein Gegenstand von der Härte, Dicke und Konsistenz einer mittelalterlichen Kanonenkugel befestigt war. Man ging, mit einer Art urzeitlicher Keule bewaffnet, zu beiden Seiten dieses Maibaums in einer Entfernung von etwa einem Zoll von seinem Gegenspieler in Stellung. Dann begann man magisch und diabolisch dieses Seil mit der Kanonenkugel mit fairer oder unfairer Hilfe der Urzeitkeule dazu zu bewegen, um den Maibaum herumzurasen, und zwar mit einer Geschwindigkeit von dreizehn noch nicht erfundenen Zerstörungsmaschinen, mit dem untergeordneten Ziel, seinen Gegenspieler k. o. zu schlagen, vorzugsweise, indem man ihn unterwegs seiner Nase beraubte. Wenn das Seil erst mal so richtig in Fahrt war – um mich eines Ausdrucks des Hot Jazz zu bedienen –, war es verdammt schwierig anzuhalten, weil es – wie eins meiner Fluggeräte auf dem Marktplatz – natürlich immer höher und höher um den Maibaum wirbelte, um den es schließlich mit einem letzten Zischen völlig verschwand, indem es sich zu einem hübschen Knoten aufwickelte, um Ihnen das Spiel oder einen Teil davon zu vermitteln. (Im Ernst, zumindest an dieser Stelle könnte es eine Menge Spaß machen.)

Manchmal war aber die Schwingung des Seils locker und leicht, dann schwang es in weiten, sich immer erweiternden Bögen und zwang die Gegenspieler, sich immer weiter auseinanderzustellen: und dies ist der Zustand, in dem ich mir die beiden Götter vorstelle, wie sie mit einem burmesischen Gong an Stelle der Kugel am Ende des Seils einen schönen Lärm veranstalteten.

Der Direktor der Koblenzer Straße 100 war ein Engländer namens Weber, der aber in Danzig lebte; meiner Einschätzung nach ein wahrlich schrecklicher Mensch, so unfair und gefühllos, wie Herr Schmidhus freundlich und gut war. Ob ich wiederum Weber gegenüber unfair bin oder nicht, kann schon sein, auf jeden Fall haßte er mich, so daß es für mich ein Augenblick tiefer Befriedigung war, als es mir schließlich gelang, ihn in seinem Lieblingsspiel Bumblepuppy zu schlagen. Man könnte meinen, dies sei nun genug, aber nein: ich mußte, wenn schon nicht seine Eigenschaften, so doch wenigstens seinen Namen einem meiner Schurken im ‹*Vulkan*› beilegen und mich auf diese Weise an ihm rächen. Genau wie an dem Stein!

P.S. (siehe S. 1 des Briefs.) In der Kürze liegt die Würze. M.L.

1–3 Deutsch im Original (A. d. Ü.)

Clemens ten Holder an Karlheinz Schmidthüs

Flacht, den 4. Mai 1951

Lieber Schmidthüs!
Zuweilen muß man weite Umwege machen, um mit alten Bekannten wieder zusammenzukommen. Dieses Mal ist der Weg sogar besonders weit, denn der Gruß, den ich Ihnen heute zu bestellen habe, kommt aus British-Columbien. Ich habe gerade einen großen englischen Roman übersetzt, dessen Autor Malcolm Lowry ist, der vor 23 Jahren die englische Schule in Bonn besucht hat (Koblenzer Straße 100), also zu gleicher Zeit, als auch Sie an dieser Schule Lehrer waren. Der Einfachheit halber lasse ich Malcolm Lowry selbst sprechen, der mir auf meine Anfrage, ob er Sie kenne, Folgendes schreibt: (...)

Ich habe Ihnen diese Stellen aus seinem letzten Brief abgeschrieben, weil ich annehme, daß es Ihnen Freude machen wird, von einem Schüler zu hören, der Sie in so guter Erinnerung behalten hat.

In seinem Roman erwähnt Lowry an einer Stelle ein Spiel «Bumblepuppy». Ich hatte ihn nach einer Erklärung gefragt, und er schreibt mir nun, daß Sie wahrscheinlich am besten diese Sache erklären können. Gibt es einen deutschen Namen für dieses Spiel? Ich wäre Ihnen dankbar, wenn Sie mir ein paar Zeilen über dieses Spiel schreiben würden. Da die Übersetzung augenblicklich im Druck ist, die fragliche Stelle aber erst am Schluß des Buches vorkommt, könnte ich Ihre Auskunft vielleicht noch verwerten und die Stelle selbst dadurch für den deutschen Leser deutlicher machen, als ich es jetzt kann. (...)

Mit freundlichen Grüßen
Ihr
Clemens ten Holder

Karlheinz Schmidthüs an Clemens ten Holder

7. Mai 1951

Lieber ten Holder!
Ich erinnere mich sehr gut an Lowry, denn er war unter all den zum Teil sehr gescheiten, klugen, ja glänzenden Schülern, die ich in Bonn hatte, eine der bemerkenswertesten Gestalten, sehr dumpf, sehr verwirrt, sehr unglücklich, aber zweifellos mit einer irgendwie genialen Veranlagung, die vollkommen zu ruinieren er damals auf dem besten Wege war. Die größte Sorge war, daß er ziemlich reichlich trank und als Folge davon oft in einen Zustand vollkommener geistiger und seelischer Hilflosigkeit versinken konnte. Ich wußte, daß er dichterisch und schriftstellerisch begabt war, habe aber keine Ahnung mehr, woher. Denn nach außen ließ er davon nichts merken. Die einzigen Gelegenheiten, bei denen irgend etwas Ungewöhnliches nach außen zum Ausdruck kam, waren, wenn er am Klavier Jazzmusik spielte. Wieso er eigentlich eine so lebhafte Erinnerung an mich hat, weiß ich nicht, denn als Lehrer hatte ich recht wenig mit ihm zu tun. Freilich interessierte er mich sehr, und ich hätte ihm sehr gerne in der unheilvollen Situation, in der er sich damals befand, geholfen. Aber im großen und ganzen ließ er einen nicht sehr nah an sich herankommen. Man sieht jedoch, daß es nie sinnlos ist, sich mit jungen Menschen ungeachtet aller Schwierigkeiten liebevoll zu beschäftigen. Ich freue mich, daß doch ein Dichter aus ihm geworden ist. Da Sie ihn übersetzen, nehme ich an, daß er ein guter Schriftsteller sein muß. Bitte grüßen Sie ihn von mir. Ich werde mir das Buch besorgen und vielleicht, wenn ich es gelesen habe, ihm auch noch einmal schreiben.

Was das Spiel «Bumblepuppy» angeht, so war das eine grausame Sache. Es handelt sich um eine etwa drei bis vier Meter lange Stange, an der ein Seil befestigt ist, an welchem unten ein Lederball etwa in Brusthöhe der Spielenden hängt. Es gibt zwei Spieler, die ein Stück Holz in der Hand haben, mit dem sie den Ball so schlagen, daß sich das Seil um den Pfahl wickeln muß. Jeder der Spieler schlägt den Ball nach einer anderen Richtung. Es kommt also darauf an, das Seil in der eigenen Richtung um den Pfahl zu wickeln und den anderen daran zu hindern, das gleiche für sich zu tun. Das Ganze wird so lange gespielt, bis man vollkommen in Schweiß gebadet und gänzlich erschöpft ist. Einen deutschen Namen für das Spiel gibt es nicht. Die einzige Stelle, wo ich es in Deutschland gesehen habe, war in unserem Bonner Garten. (...)

Seien Sie herzlich gegrüßt
von Ihrem
Karlheinz Schmidthüs

Malcolm Lowry an Clemens ten Holder

[14.6.1951]
Dollarton
British Columbia
Kanada

Sehr geehrter Herr ten Holder:
Ich eile mit der Antwort, um noch die Post zu erwischen.

Schicke Ihnen ein Exemplar von ‹*Horse in the Sky*› und werde gleichzeitig Ihren letzten Brief beantworten. Bitte vergib mir mein Bleistift. Danke sehr.[1]

Wir wünschen Ihnen alles Gute und senden Ihnen und Frau ten Holder die herzlichsten Grüße.

Malcolm Lowry

ACHTUNG![2]
ANTWORTEN[3]
———"———

p. 209 *runcible spoon*

Ein Gerät mit zwei breiten Zinken (wie eine Gabel) und einer scharfen gebogenen Zinke (wie ein Löffel).

Der Konsul scheint zunächst zu denken, *runcible* beziehe sich auf M. Laruelles liebevoll in Erinnerung behaltene, aber merkwürdige französische Aussprache des englischen Wortes ‹*bible*›[4], merke:

‹*bible*› müßte so ausgesprochen werden, daß es sich auf «*high bull*» reimt.

M. Laruelle sprach es so aus, als würde es sich auf «*dribble*» reimen oder, wie der Konsul meint, auf *runcible* (was man runcibble ausspricht)

«Runcible spoon» ist ihm aber einfach durch freie Assoziation in den Sinn gekommen. Es kommt mir so vor, als werde ein «runcible spoon» in *‹Alice in Wonderland›* erwähnt oder spiele dort eine Rolle (nicht zu verwechseln mit Phallus in Wonderland, einem Scherz von Dylan Thomas) oder in irgendeinem Kinderlied oder vielleicht auch in einem Gedicht von Edward Lear (wie übrigens auch dieses *‹Dong with a Luminous Nose›*). Jedenfalls ist der Gedankengang des Konsuls hier wie dort quasi-komisch sexuell oder gequält eingefärbt. Dies ist mir erst aufgefallen, als Ihr Brief mich veranlaßte, zum erstenmal das Wort *runcible* nachzuschlagen (wieder mal die Sache mit Peter Rabbit). Das Buch scheint etwas Schlimmeres – stellenweise auch etwas Besseres – im Sinn gehabt zu haben, als ich beabsichtigt hatte. Denn der erste verborgene Sinn von *runcible spoon* als ein Gerät mit zwei breiten Zinken – bezieht sich eindeutig auf Cabrón ... was Sie wohl auch so sehen. Venus ist ein gehörnter Stern. (Cabrón heißt nämlich Hahnrei und auch Bock – womit wir wieder beim Bock wären –, und ‹Tragödie› [Bockslied].) Der zweite verborgene Sinn ist einwandfrei phallisch und bezieht sich abgründig zurück auf p. 207. Tut mir leid, daß der Konsul so schmutzige Gedanken haben soll – was wohl auch gar nicht so ist, er bildet sich einfach ein, besonders geistreich zu sein –, und erzählen Sie um Gottes willen dem guten Herrn Schmidthüs nichts davon, der wohl die sinnlose Erwähnung der Bibel hier gar nicht gutheißen dürfte.

p. 249
Camel's hair brush

Dies ist ein Pinsel aus den Barthaaren jenes superkonsularischen (was sein Verfahren angeht, die Trinkerei zu verheimlichen) und im übrigen edlen Tieres, des Kamels, der Zierde so malerischer Vorposten wie des Suezkanals oder Pekings; ein Tier, das, wie manche behaupten, sogar imstande ist, die St. Paul's Cathedral zu erklettern – daher der Ausdruck *‹camel's hair brush›*.

Zu *camel's hair* steht in meinem Wörterbuch:

Camel's hair (Kamelzhair) adj (1) Kamelhaar-, verwendet zu Kleidungsstücken, Malpinseln und gewissen orientalischen Teppichen, (2) (bei Malpinseln) aus den Schwanzhaaren von Eichhörnchen hergestellt. (Dies ist ein wenig esoterisch.)

Allerdings denkt Hugh hier an die sonderbaren Instruktionen zur Ersten Hilfe – wonach man dergleichen ständig bei der Hand zu haben angehalten wird –, vermutlich, um Glassplitter aus Wunden herauszupinseln.

Ferner wird man angewiesen, bei derlei kritischen Anlässen ständig mit *lunar caustic* und der *wet blue bag* ausgerüstet zu sein.

Ersteres hat so viele unheimliche oder sardonische Bedeutungen wie Anwendungsgebiete – und zwar so viele, daß das Buch, das dem ‹*Vulkan*› folgt, so heißt; jedenfalls sollte es ihm folgen, habe ich mir damals eingebildet.

Die *wet blue bag* ist schlicht eine Tasche, die vermutlich naß ist und blau; wir haben aber nie herausgefunden, was das eigentlich ist: Hugh wird's wohl auch nicht gewußt haben, und das ist im Grunde der Witz an der ganzen Sache.

1–3 Deutsch im Original (A. d. Ü.)
4 M. Laruelle spricht also ‹bible› (=Bibel) wie ‹bibble› (=Saufen) aus.

Ernst Klett an Malcolm Lowry

Mr.
Malcolm Lowry
p. Adr. Harold Matson
Rockefeller Plaza 30
New York 20
(U.S.A.)

Stuttgart, 19.9.1951
K/m.

Dear Mr. Lowry,
I dare to write you an English letter, knowing very well that my English is probably worse than your German.

The German version of your book ‹*Under the Volcano*› is ready and I am glad to send you the first copy. It is high time that I, being the publisher, present myself and tell you how glad, how proud I am to bring out this outstanding novel in the German language and in the remarkably fine translation of Clemens ten Holder. I don't know what the future reaction concerning this book in Germany will be, but I am sure that there ist a crew of good people who realise what you give them with this novel.

Herr ten Holder told me that you have the idea to come over to Germany in order to drink a Stiefel. I do hope you will come to Stuttgart on this journey and I am looking forward to have a good day and a better night with you between beer, wine (that's the stuff we drink mostly) and mescal which you ought to bring over here; I wonder what it will make out of me.

My English is at its end. I am with my best wishes for the future and especially for your journey

Yours sincerely,
(Ernst Klett)

Under separate cover:
1 Freiexemplar
Lowry *‹Unter dem Vulkan›*

Mr.
Malcolm Lowry
p. Adr. Harold Matson
Rockefeller Plaza 30
New York 20
(U.S.A.)

Stuttgart, 19.9.1951
K/m.

Sehr geehrter Mr. Lowry,
ich wage, Ihnen einen Brief in Englisch zu schreiben, wobei ich sehr gut weiß, daß mein Englisch wohl schlechter ist als Ihr Deutsch.

Die deutsche Fassung Ihres Buches *‹Under the Volcano›* ist fertig, und ich freue mich, Ihnen das erste Exemplar schicken zu dürfen. Es ist höchste Zeit, daß ich, der Verleger, mich Ihnen vorstelle und Ihnen sage, wie glücklich, wie stolz ich bin, diesen hervorragenden Roman in deutscher Sprache herauszubringen, dazu auch noch in der außerordentlich gelungenen Übersetzung von Clemens ten Holder. Ich weiß nicht, wie man in Deutschland auf dieses Buch reagieren wird, aber ich bin sicher, daß es eine Menge guter Menschen gibt, die erkennen werden, was Sie ihnen mit diesem Roman gegeben haben.

Herr ten Holder erzählte mir, daß Sie vorhaben, nach Deutschland herüberzukommen, um einen Stiefel zu trinken. Ich hoffe sehr, daß Sie auf dieser Reise auch nach Stuttgart kommen, und freue mich schon darauf, einen schönen Tag und eine noch schönere Nacht mit Ihnen zusammenzusein zwischen Bier, Wein (das Zeug trinken wir hier hauptsächlich) und Mescal, den Sie mit nach hier bringen sollten; bin gespannt, wie das auf mich wirkt.

Ich bin mit meinem Englisch am Ende. Mit den besten Wünschen für Ihre Zukunft und besonders für Ihre Reise verbleibe ich

hochachtungsvoll Ihr
Ernst Klett

Beigefügt: 1 Freiexemplar Lowry *‹Unter dem Vulkan›*

Clemens ten Holder an Malcolm Lowry

Flacht, den 20. Oktober 1951

Dear Mr. Lowry,
this is a *very important and very urgent* letter for you. I am not able to write it in English. Klett-Verlag proposes to film the *‹Volcano›* in Germany. – I hope Mr. Kirk will help you.

Ich schreibe Ihnen heute einen wichtigen Brief, und ich schreibe ihn lieber deutsch. Herr Kirk wird gewiß die Freundlichkeit haben, ihn zu übersetzen.

Inzwischen werden Sie die Autoren-Exemplare Ihres Buches erhalten haben. Ich hoffe, daß Sie sich ein wenig darüber gefreut haben, auch wenn ich nicht alle drucktechnischen Mängel habe verhindern können. Wie ich erwartet habe, ist die deutsche Presse voll des Lobes über den Roman und auch – Gott sei Dank – über die Übersetzung.

Sie werden vielleicht aus unseren letzten Briefen gemerkt haben, daß ich im Laufe des vergangenen Jahres mit mancherlei Schwierigkeiten zu kämpfen hatte – da ich als einziger immer an Ihr Buch geglaubt habe. Die größten Schwierigkeiten hatte ich im Klett-Verlag selbst. Jetzt, da Klett von allen Seiten um das Buch beneidet wird, sind diese Herren endlich davon überzeugt, daß ich mit meinem Urteil recht hatte. Damals hatte man nur ein Achselzucken für mich übrig, und es wurde mir gnädigst gestattet, das Buch für einen Hungerlohn zu übersetzen,[1] andernfalls hätte der Verlag auf eine Veröffentlichung verzichtet. Diese schäbige Haltung Mr. Kletts war zwar für mich nichts Neues, denn ich kenne ja seine «Geschäftstüchtigkeit» nur zu genau. Ich halte es für notwendig, Ihnen heute hierüber Klarheit zu geben.

Doch nun setzen Sie sich bitte auf einen Stuhl, halten Sie sich fest oder besser noch: nehmen Sie einen tüchtigen Schluck!

Der Verlag hat Interesse daran, über eine eventuelle Verfilmung Ihres Romans *‹Under the Volcano›* mit einer deutschen Filmgesellschaft zu verhandeln, wenn *Sie* damit einverstanden sind. Nach meiner privaten Rücksprache mit Fachleuten von Film und Theater glaube ich, daß Sie mit einer Verfilmung in Deutschland (vielleicht mit Peter Lorre in der Hauptrolle) sehr viel Geld verdienen können – wenn Sie Wert darauf legen, man kann ja nie wissen! Von zwei Seiten wurde mir eine sagenhafte Summe genannt. Rein finanziell gesehen könnte es für Sie ein sehr gutes Geschäft sein. Doch ich glaube, Sie und Ihre Frau kennen sich in solchen Dingen besser aus. Ich verstehe von Film überhaupt nichts. Da der Verlag Ihre Einwilligung braucht, hat er mich beauftragt, Ihnen darüber zu schreiben und Sie um diese Einwilligung zu bitten.

Daß eine eventuelle Verfilmung des Romans für den Verlag von großem Vorteil ist und eine Erhöhung der Auflagen zur Folge hat, ist einleuchtend. Darüber brauchen wir uns wohl nicht zu unterhalten. Was ich von diesem Vorschlag halte, ist folgendes:

1.) Sollte es in Deutschland zu einer Verfilmung kommen, würden Sie auf Jahre hinaus keine finanziellen Schwierigkeiten mehr haben und könnten in Ruhe und Muße *The Voyage That Never Ends* fertig schreiben – worauf in Deutschland schon viele Menschen warten.

2.) werden Sie mit mir einer Meinung sein, daß der Film, auch wenn Peter Lorre die Hauptrolle spielen würde, niemals die inneren Anliegen Ihrer großen Dichtung verwirklichen kann, da ein so wunderbares Sprachkunstwerk im Film niemals als das erscheinen kann, was es ist.

3.) Sie selbst und auch Ihre Frau werden am besten wissen, warum gerade deutsche Dramaturgen und Schauspieler in Ihrem Roman filmische Möglichkeiten sehen, Möglichkeiten, die man offenbar in Amerika nicht erkennen kann. (In meinem Brief an Mr. Kirk vom 14. April 1951 habe ich ja darauf hingewiesen, daß *‹Unter dem Vulkan›* ein Symbol der deutschen Existenz ist. Das erklärt auch die Tatsache, daß gleich in den ersten Tagen nach Erscheinen Ihres Buches in

Deutschland allein in Berlin über 500 Exemplare verkauft worden sind. Das ist für Deutschland sehr viel.)

4.) wird durch eine Verfilmung Ihr Name nicht nur in Deutschland bekannt. Ich könnte mir denken, daß der Film mit Peter Lorre eine deutsche Spitzenleistung wird. Das ist wiederum günstig für Ihre kommenden Bücher, die dann für *jeden* Verlag ein großes Geschäft wären. Ich hätte es dann nicht mehr nötig, ¾ Jahre lang kapitalistischen Verlegern klarzumachen, daß man letzten Endes nur mit den besten Büchern auf die Dauer Geschäfte machen kann, vollends wenn man den Übersetzer verhungern läßt.

Ich glaube, daß ich mit diesen 4 Punkten alles gesagt habe, was ich als ein Mensch, der vom Film nichts versteht, sagen kann. Da die Bearbeitung des Film-Manuskriptes auf meiner Übersetzung beruhen wird, hoffe ich, der Filmgesellschaft gegenüber meine Ansprüche vertreten zu können. Das Drehbuch werde ich natürlich nicht schreiben können. Wenn Sie jedoch meine beratende Mitarbeit am Drehbuch wünschen, wäre es wohl das beste, das mit in den Vertrag zu setzen. Jedenfalls wäre das eine Möglichkeit, in gewissem Sinne auf die Herstellung des Drehbuchs Einfluß nehmen zu können. Es wäre gewiß von Vorteil, wenn Sie auch dem Verlag gegenüber diese Bedingung stellen würden. Denn ich habe den nicht unbegründeten Verdacht, daß der Verlag mich jetzt auszuschalten wünscht und das Geschäft allein machen will. Ich könnte mir nicht denken, daß Sie das für fair halten. Ich auch nicht.

Meine Predigt ist zu Ende, und es liegt jetzt bei Ihnen, das Amen zu sprechen.

Wegen der Übersetzung Ihrer künftigen Bücher müssen wir uns ein andermal unterhalten, denn auch bei den Übersetzungen wäre es von Wichtigkeit, ebenfalls eine vertragliche Regelung den Verlegern gegenüber zu finden, damit ich nicht von der Gnade und Barmherzigkeit der Verleger abhängig bin.

‹*Horse in the Sky*› liegt noch immer bei einem Verleger in Düsseldorf, der mir versprochen hat, in den nächsten Tagen eine Entscheidung zu treffen. Sollte sie negativ ausfallen, so habe ich inzwischen schon einen anderen Verlag für das Werk interessiert. Es braucht eben alles seine Zeit. Ich bin nach wie vor von der Großartigkeit des Buches überzeugt, und es würde mir eine Freude sein, es ins Deutsche zu übersetzen.

Ich muß den Brief schließen, damit er noch zur Post kommt.

Mit herzlichen Grüßen
Ihnen, Ihrer Frau und Herrn Kirk
(zugleich mit bestem Dank für seine
Dolmetscherdienste)
Ihr
Clemens ten Holder

1 600,– DM für acht Monate Arbeit (A. d. *Schreibhefte)*

Malcolm Lowry an Clemens ten Holder

Dollarton, B.C.
Kanada
31. Okt. 1951

Sehr geehrter Herr ten Holder:
Ihre Frau wird inzwischen einen Brief von meiner Frau erhalten haben, in dem sie unsere Freude an ‹*Unter dem Vulkan*› ausdrückt!

Tausend Dank und herzlichen Glückwunsch! Wonderbar![1] Meine Freude konnte natürlich nicht größer sein, als ich von seinem Erfolg in Deutschland hörte, und ich hoffe, dieser Erfolg wird für Sie von einigem sehr realen Nutzen sein. Verdient haben Sie das bestimmt, denn soweit ich es beurteilen kann, ist es eine phantastische Übersetzung und tatsächlich zweifellos sehr oft noch besser als das Original. Typographie und Format scheint mir durchaus hervorragend, wirklich genauso, wie ich es mir gewünscht hätte, und ich weiß, Sie müssen endlose Schwierigkeiten auf sich genommen haben, am meisten aber danke ich Ihnen für Ihr so überaus echtes und einfühlsames Interesse an und Verständnis für das Buch selbst, welches ich in allen Ihren Briefen so aufrichtig gespürt habe und das so weit geht, daß man das Gefühl hat, dies sei «auch Ihr Buch».

Dieser Brief hier ist jedoch eine Antwort auf Ihren Brief über Kletts Möglichkeiten, den ‹*Vulkan*› zu verfilmen. Hat sich verzögert, da Downie (der von dem Buch natürlich vollkommen bezaubert ist) erst einmal aufgetrieben werden mußte, um Ihren Brief zu übersetzen: wir sind nur im Sommer für eine sehr kurze Zeit Nachbarn, denn er wohnt viele Meilen weit weg in der Stadt, wo er an einer Schule unterrichtet, und ich bin hier etwa so erreichbar wie eine Bergziege. Niemand von uns besitzt ein Auto, Bus- und Straßenbahnverbindung sind schlecht, und wir können uns nur an den Wochenenden besuchen, da man die Nacht über dableiben muß, was er natürlich in der Woche nicht machen kann, und für mich bedeutet es zwei Tage Arbeitsausfall, was ich mir zur Zeit nicht leisten kann. Ich habe gegen die Zeit gearbeitet, tue es noch immer, um mein nächstes Buch so weit fertigzustellen, daß ich einen Vorschuß bekommen kann; und hierbei haben sich zweierlei Komplikationen ergeben, denn Hitchcock ist gestorben, der Verlag hat sich aufgelöst, und obwohl der neue hervorragend ist, empfinde ich es als eine Ehrensache, bei meinem alten Editor zu bleiben, der zu einem anderen Verlag gewechselt ist; obwohl mehrere andere Verlage mich haben wollen, habe ich es hier mit Schwierigkeiten von einer Art zu tun, die Ihnen vertraut sein dürften und die mich bloß langweilen und aufhalten. Aber die Winter hier sind dermaßen grimmig geworden, daß es praktisch für mich eine Frage des Überlebens ist, hier so bald wie möglich etwas zu arrangieren, so daß meine Frau und ich bis zum Frühjahr durchkommen können. Selbst wenn ich's Ihnen erzählte, würden Sie mir nicht glauben, wie rauh es hier war – sosehr wir diesen Ort auch lieben, wenn das Wetter sich benimmt. Bevor ich also fortfahre, bitte ich Sie, falls Sie irgendwelche weiteren unmittelbaren Neuigkeiten haben, mir auf englisch zu schreiben, ganz gleich, wie schwer es Ihnen in einem angespannten Augenblick auch fallen mag. Denn Downie könnte nicht verfügbar sein, und ich bin nicht in der Lage (so wenig Ehre dies auch dem Ausmaß meines Fleißes in Bonn machen mag), gut genug zu übersetzen, um völlig sicher sein zu können, was Sie schreiben. Während ich nun gut genug erkenne, daß, sollte sich Ihr Vorschlag betr. den Film verwirklichen, dies unsere finanziellen Sorgen ganz bestimmt lindern würde, muß ich doch, bis die Sache geklappt hat, so tun, als habe sie nicht geklappt. Was mich nun endlich zur Sache bringt.

Nichts könnte uns glücklicher machen – glücklich ist eigentlich nicht das richtige Wort – und was für eine Gelegenheit das ist! –, als daß der ‹*Vulkan*› in Deutschland verfilmt würde, vorausgesetzt, er würde in der besten Tradition Ihrer großen Filme verfilmt. Ich habe wohl seit Caligaris Zeiten nahezu alle großen deutschen Filme gesehen, manche davon mehrmals, und habe während der Schulzeit Kopf und Kragen riskiert (dort waren Filme verboten), um Erich Pommer und Duponts ‹*Vaudeville*› mit Emil Jannings und Lya de Putti zu sehen, Arthur

Robisons ‹*Schatten*› und Conrad Veidt in ‹ *Der Student von Prag*› und Murnaus wunderbare Sachen, all die Filme der großen Ufa-Zeit und andere, spätere Meisterwerke wie der ‹*Hauptmann von Köpenick*› und den wunderbaren Film von Karl und Anna, ‹*Heimweh*›, und diese Begeisterung hat mich nicht verlassen, denn gerade erst kürzlich sind wir durch den Schnee marschiert (riskierten wiederum Kopf und Kragen – wegen des Eises diesmal nicht symbolisch), nur um mit der Zeit Schritt zu halten, uns Murnaus ‹*Last Laugh*›, Fritz Langs ‹*Destiny*› (ein Pionierwerk, wenn es je eins gegeben hat) und andere zeitgenössische Filme und Klangfilme[2] in der Vancouver Film Society anzusehen. Auch hat nichts von dem, was ich gelesen habe, meinen persönlichen Stil so sehr beeinflußt, wie die ersten zwanzig Minuten von Murnaus ‹*Sonnenaufgang*› oder die ersten und letzten Bilder von Karl Grünes ‹*Die Straße*›. Sie sehen also, was es bedeutet, wenn der ‹*Vulkan*› in Deutschland verfilmt wird. Ich bin nicht nur ein aficionado, sondern der deutsche Film bedeutet mir fast so viel wie «mein kleines graues Heim im Westen».

Aber es ist mir nicht möglich, Ihnen diesbezüglich irgendeine verbindliche Antwort zu geben, die man Klett vortragen könnte, höchstens unter uns, inoffiziell – und die ist natürlich ganz und gar entgegenkommend. Jedes Abkommen in bezug auf die Verfilmung des ‹*Vulkan*› muß von Klett getroffen werden, oder wer immer sich damit befaßt, und zwar über meinen Agenten Harald Matson in New York. Er wickelt in solchen Angelegenheiten alle meine Geschäfte ab, und wenn ich natürlich auch dem Vertrag zustimmen müßte, kann ich legalerweise keinerlei Antwort geben, ehe der Vorschlag nicht auf dem üblichen Geschäftsweg bei mir eingetroffen ist. Dies liegt nicht daran, daß ich ein Geschäftsmann wäre, sondern eben daran, daß ich kein Geschäftsmann bin, und das Ganze wird wahrscheinlich nicht einfacher dadurch, daß mein Agent fast 4000 Meilen weit weg wohnt; andererseits würde ich einen Vertragsbruch begehen, wenn ich eine Abmachung einginge, die seine Provision beeinträchtigen würde (wenn ich auch nicht wüßte, wie). Auch ist mir nicht ganz klar – selbst nachdem mir Downie Ihren Brief übersetzt hat –, ob Klett durch Sie auf mich zugegangen ist oder ob Sie davon unabhängig auf mich zugegangen sind: ich würde Ihnen offenbar mehr in Ihrem Interesse antworten können, wenn ich das genau wüßte, auch wenn vielleicht beides ein wenig zutrifft.

Trifft ersteres zu, so böte sich mir ein sehr pessimistischer Blick auf die menschlichen Beziehungen, wenn er Sie nämlich benutzte, um auf mich zuzugehen, während er dabei ständig im Sinne hätte, Sie gänzlich davon auszuschließen. Natürlich verstehe ich, daß die Arbeit an meinem verfluchten Konsul jedermann pessimistisch machen kann, ich kann also gleichwohl mit Ihnen fühlen, alter Knabe.

Die Tatsache aber bleibt – auf der Ebene der Leute, die das abmachen –, daß über die Einzelheiten des Angebots moralisch kaum diskutiert werden kann, solange das Angebot selbst nicht solide ist.

Dann freilich wäre ich in der Lage, etwas Brauchbares zu der Sache zu sagen.

In der Sphäre privaten Gesprächs jedoch, nur für Ihre Ohren bestimmt, stimme ich selbstverständlich mit allem überein, was Sie über sich und den ‹*Vulkan*› sagen: auf keinen Fall würde ich willentlich zustimmen, daß Sie von irgendeinem Geschäft ausgeschlossen werden, aber wie gesagt habe ich absolut keine Möglichkeit, in Ihrem, oder meinem, Interesse zu handeln, ehe ich nicht eine definitive Handlungsgrundlage habe, etwas Handfesteres als «einen Plan für das Tomalin-Bad».

Ich würde zum Beispiel überaus gern den ‹*Vulkan*› für den Film selbst bearbeiten, und ich würde mir große Mühe geben, daran und am Drehbuch zu arbeiten – zusammen mit meiner Frau, die nicht nur jahrelang Filmschauspielerin gewesen ist, sondern auch schon einmal mit mir an einem Film-Drehbuch gearbeitet hat (das von etlichen Hollywood-Regisseuren als das beste bezeichnet wurde, das man je in Hollywood gesehen habe und das noch immer gemacht werden könnte, obwohl es aus diversen Gründen, auf die wir keinen Einfluß haben, beiseite geschoben wurde; wir wurden auch nie dafür bezahlt, und sein Titel muß selbst jetzt noch aus Gründen, die mit uns nichts zu tun haben, geheimgehalten werden) und die nicht nur den ‹*Vulkan*› in- und auswendig kennt, sondern auch eine erstklassige Fähigkeit und Phantasie in dieser Richtung besitzt: ich übrigens auch, auch wenn ich das selber sage, und wir sind ein erstklassiges Team, dergleichen sich, möchte ich meinen, auch in Deutschland oder anderswo kaum auftreiben lassen dürfte, und wir besitzen merkwürdigerweise sogar einige Kenntnisse über den deutschen Film, welches Wissen auf lange Sicht auch ausreichen würde, die Sprachbarriere zu kompensieren, besonders wenn Sie uns dabei unterstützen würden.

So lautet ein keinesfalls unrealistischer Traum, falls die Sache gut gemacht werden soll! Ich glaube, das Beste, was Sie für sich, Ihre Frau, die kleine Xicotancatl, mich, meine Frau, Stuttgart, Klett, Deutschland, England, die Menschheit insgesamt und die Filmindustrie tun können, ist, die Sache mit aller Kraft und so gut Sie können in die richtigen Kanäle zu leiten; wobei Sie immer daran denken sollten, daß es bestimmt nicht meine Zustimmung finden würde, falls man Sie ausschließen sollte, und daß ich, sofern ich dies vermag oder irgend etwas dazu zu sagen habe, in Ihrem besten Interesse handeln werde.

Worin diese Interessen aber genauer bestehen, kann ich zur Zeit unmöglich erkennen, da Sie selbst andeuten, Sie hätten wenig Ahnung vom Kino und wünschten nicht (oder seien nicht in der Lage), das Drehbuch zu schreiben, womöglich genausowenig wie «fussball»[3] (herrliches Wort!) zu spielen. Meine Meinung ist die, daß der Film im wesentlichen von Regie und Kamera bestimmt sein müßte und daß von meiner oder unserer Seite häufig gewisse sprachliche Opfer abverlangt würden, aber es gibt keinen Grund, warum das Buch nicht mit etwas Geist ins Bildliche sollte übertragen werden können, obwohl der Regisseur, falls es ein großer Film werden soll, zweifellos von meiner Unterstützung enorm profitieren würde, was dann natürlich auch die Ihre bedeuten würde. Auf etwas dergleichen würde ich abzielen, wenn alles gutgeht. Aber es nimmt kein Ende mit den Ideen, die uns kommen – für Delirien, Kirchenglocken, Gitarren, Schrecken und schließlich Hoffnung –, die dem Kino drei weitere Dimensionen hinzufügen würden.

Inzwischen hat mein Agent einen sehr netten Brief von Klett vom 19. September an mich weitergeleitet, in dem er überhaupt nichts von diesem Filmprojekt schreibt, obwohl es zweifellos noch nicht geplant war, als er dies schrieb. Aber wenn ich auf seinen Brief antworte, kann ich wohl kaum vorschlagen, daß Sie in einen Vertrag einbezogen werden sollten, von dem er mir nichts geschrieben hat, was mich vorläufig in eine verzwickte Lage versetzt, wie Sie bestimmt verstehen werden, wenn Sie darüber nachdenken.

Ich kann also nur wiederholen, daß ich weder für Sie noch für mich irgend etwas tun kann, ehe ich nicht ein definitives schriftliches Angebot von Klett durch meinen New Yorker Agenten vorgelegt bekommen habe.

Doch wenn man allen die besten Motive unterstellt, wird schlichte

Redlichkeit vielleicht ihre eigene Taktik entwickeln. Verzeihen Sie mir bitte, wenn dieser Brief so förmlich klingt – ich bin wirklich ganz aus dem Häuschen vor Aufregung bei der Vorstellung, daß dieser Film gemacht werden soll oder wird, aber ich muß unbedingt etwas Definitives vor mir haben, ehe wir dies irgendwie weiter besprechen können. Seien Sie – und Ihre Frau – meiner Freundschaft und Dankbarkeit für Ihre langwierige und mühsame Arbeit an meinem Buch versichert; und nochmals meinen Glückwunsch zum Erfolg Ihrer Übersetzung. Mit allen guten Wünschen – und möge Gott uns Glück bringen – für Sie und Ihre Frau, nicht zu vergessen die kleine Xicotancatl und die Kinder – eine aufrichtige Würdigung der Lektüre spare ich mir für einen anderen Brief auf und verbleibe stets Ihr

Malcolm Lowry

P.S. Obwohl dies gegen meine finanziellen Interessen verstoßen mag – und wieder nur unter uns gesagt –: falls der Film gemacht werden sollte, könnte er jetzt vermutlich billiger gekauft werden als später: denn das Fernsehen hat gegenüber dem Film im allgemeinen eine ernsthaftere Haltung eingenommen als Hollywood, es gibt dort zwei Regisseure, wovon einer mein alter Verleger ist, die das schon lange machen wollten: – überdies, wenn voraussichtlich nächstes Jahr mein nächstes Buch erscheint, wird dies den Verkauf des ‹*Vulkan*› – der sich übrigens in den USA noch immer verkauft – in gewissem Ausmaß wiederbeleben und auf diese Weise meinen Kurs – wie man auf dem Pferdemarkt sagt – in die Höhe treiben. All dessen kann ich mir natürlich nicht sicher sein. Frühere Filmprojekte für den ‹*Vulkan*› in Amerika wurden, glaube ich, aus Angst vor der Zensur fallengelassen, obwohl man in New York eine sehr erfolgreiche, lange Radiofassung davon gemacht hat.

P.P.S. Ich lege eine Abschrift meines Briefs an Herrn Klett bei, damit Sie genau im Bilde sind.

1–3 Deutsch im Original (A. d. Ü.)

Malcolm Lowry an Ernst Klett

Dollarton
British Colombia
Kanada
31. Okt. 1951

Sehr geehrter Herr Klett:
Herzlichen Dank für Ihren freundlichen Brief. Ich hätte schon früher antworten sollen, habe aber das Eintreffen meiner Exemplare von ‹*Unter dem Vulkan*› abgewartet, die jetzt vor mir liegen. Es ist ein schönes Buch geworden; ich bin vom Format, dem Satz, ja von allem daran begeistert: hierfür meinen herzlichsten Dank an Sie.

Herr ten Holder hat mir geschrieben, daß das Buch erfolgreich sei, und ich brauche wohl kaum zu sagen, daß ich sehr glücklich darüber bin, sowohl Ihret- als auch meinetwegen, und ich hoffe, Ihre Mühen bei der Veröffentlichung werden gut belohnt werden. Ich bewundere Herrn ten Holders gute Übersetzung zutiefst, und ich glaube, er hat mein Buch wirklich und auf seltene Art und Weise verstanden; ich schätze mich sehr glücklich, in Deutschland einen so einfühlsamen Übersetzer und Verleger gehabt zu haben – von allen Ländern ist dies gewiß dasjenige, in dem ein Künstler am liebsten Erfolg haben möchte.

Vor einigen Tagen erhielt ich einen weiteren Brief von Herrn ten Holder, in dem er mir zu verstehen gibt, daß ein gewisses Interesse daran bestehe, den ‹*Vulkan*› zu verfilmen. Ich hatte schon immer das Gefühl, das Buch würde einen großartigen Film abgeben, und ich würde ihn lieber in Deutschland als in jedem anderen Land auf der Welt produziert sehen, da ich den deutschen Film schon seit meiner Kindheit bewundere und verfolge und mit allen Ihren ausgezeichneten Filmen gut vertraut bin. Sollte es tatsächlich stimmen, daß Sie daran interessiert sind, freue ich mich darauf, durch meinen Agenten Harold Matson Bestimmteres darüber zu erfahren. Ich würde mit dem größten Vergnügen eine Bearbeitung des ‹*Vulkan*› für Sie schreiben; so was schwebt mir schon lange vor, und ich habe eine Menge hervorragender Ideen für seine Übertragung ins cineastische Medium, die ich, ich kann nicht anders, für recht nützlich halte.

(Falls ich je wieder nach Deutschland kommen sollte, was ich eines Tages zu tun hoffe, werde ich jedenfalls auf der Stelle Ihre Einladung annehmen, «einen guten Tag und eine noch bessere Nacht» in Stuttgart bei Ihnen zu verbringen – obwohl ich keinen Mescal mitbringen kann, was vielleicht auch gut so ist, obwohl ich ehrlich gesagt das Gefühl habe, ich hätte dieses bedauernswerte Getränk ziemlich schlecht gemacht, was mir die mexikanischen Schnapsbrenner nie verzeihen werden; Mescal ist, wenn auch von unvorstellbarer Wirkungskraft, mit Sicherheit wesentlich reiner als die meisten kanadischen Whiskysorten: aber vielleicht gibt es ja welchen in Stuttgart. Ich habe mich oft gefragt, was eigentlich Rimbaud und Verlaine getrunken haben, daß sie sich in ihrer berühmten und historischen Stadt so danebenbenommen haben. Dies – ich meine Rimbauds Leben – ist eine weitere Idee zu einem Film für Sie, auf die – falls ich mich nicht vollkommen irre und jemand das bereits gemacht hat – anscheinend noch nie jemand gekommen ist: die filmische Behandlung seines Lebens in Verbindung mit der Geschichte jener Epoche bietet alle Voraussetzungen für eine große Tragödie, die man in seinem Leben allein womöglich vermißt, so erschreckend es wahrhaftig auch gewesen sein mag.)

Mit nochmaligem herzlichen Dank für Ihre freundlichen Worte über meinen Roman und für Ihre ganz ausgezeichnete Publikation verbleibe ich

hochachtungsvoll
Ihr
Malcolm Lowry

Malcolm Lowry
an Clemens und Hildegard ten Holder

Dollarton, B.C., Kanada
26. April 1952

Meine lieben ten Holders:
Um Gottes willen, bitte verzeihen Sie uns.

Wir waren ebenfalls im Abgrund – Armut, Hochwasser, Hurrikane, Kälte, Kummer und Mißverständnisse mit dem Verlag.

Ihr wunderbares Weihnachtspaket – Hildegarde – wurde von unserer brutalen Zollbehörde so lange aufgehalten, daß es uns fast peinlich ist, uns so spät dafür zu bedanken; aber wir haben uns sehr darüber gefreut und waren zutiefst dankbar für Ihre Anteilnahme; der schöne Kalender hängt jetzt bei uns an der Wand. Vielen vielen vielen Dank für die kleinen Weihnachtsplätzchen – waren nach all der Zeit noch immer lecker und wurden in Liebe und Dankbarkeit gegessen.

Wegen des Films haben wir alles getan, was wir konnten, wobei wir auch an Sie (Clemens) gedacht haben; aber nun können wir nur noch warten. Immer warten, warten, warten.

Ihren furchtbaren Winter können wir sehr gut nachempfinden: auch wir waren gezwungen, unser Paradies dem Hagel und Hochwasser preiszugeben, und tatsächlich scheinen unsere Kümmernisse den Ihrigen sehr ähnlich gewesen zu sein: aber auch wir sind nun wieder zurück in unserem Paradiso, auch wenn es nur eine selbstgebaute Fischerhütte in der Wildnis ist.

(Ich habe Djuna Barnes in New York kennengelernt ... Sie malte gerade einen halb weiblichen halb männlichen Dämon an die Wand, tadelte mich rundweg für den Erfolg des ‹*Vulkan*›, gab mir großzügig sechs Quartflaschen Bier und äußerte, sie fürchte sich vor ‹*Nightwood*›, wonach sie, wie sie sagte, nichts mehr geschrieben habe. Ich selbst kann nicht ausmachen, ob ‹*Nightwood*› das Werk eines Genies ist oder eine kinästhetische Störung, wahrscheinlich beides. Alles in allem habe ich sie, ihn oder Es für ein bewundernswertes, wenn auch furchtbar tragisches Wesen gehalten, das gleichermaßen Integrität und Würde besaß: doch finde ich trotz der großen formalen und sprachlichen Verdienste von ‹*Nightwood*› die Quellen seiner Inspiration so unrein und abseitig, daß es mir im Geiste widerstrebt hat, sie wirklich aufzusuchen und so dieses Werk richtig und im Detail zu erfassen, falls es überhaupt verdient, anders als in einer einmaligen Kategorie des Monströsen erfaßt zu werden; obwohl es auf anderer Ebene bewundernswerte technische Qualitäten besitzt. Aber was für eine höllische Aufgabe, das zu übersetzen zu versuchen! Ich wünsche Ihnen viel Glück! Ich wäre der letzte, der den relativen Heroismus und auch die Bedeutung dieses Buches bestreiten würde, auch wenn man es am Ende nicht mehr ausstehen kann.)

Nun, wir sorgen uns um Sie so wie Sie sich um uns; aber jetzt ist der Frühling da: haben Sie also Geduld mit uns, und wir wollen hoffen, bald gute Neuigkeiten zu hören – verzeihen Sie uns noch einmal –

Wir denken stets in Liebe an Sie. Herzliche Grüße von uns beiden

Malcolm

P.S. Darf ich Ihnen bei der Übersetzung meine Hilfe anbieten – in allen Punkten, die Sie vielleicht verwirren, denn die Schwierigkeiten des Buchs sind auch im Englischen nahezu unüberwindlich, und ich denke, Sie werden sie ziemlich gleichgültig und unkooperativ finden. Wir besitzen die Ausgabe, die bei New Directions erschienen ist.

Ernst Klett an Malcolm Lowry

[Sommer 1952]

Sehr geehrter Herr Lowry!
(...) Eines hätte ich Ihnen allerdings sowieso geschrieben: Ich war jetzt drei Wochen in einem kleinen Dorf in der Schweiz und habe Ihr Buch *‹Unter dem Vulkan›* zum erstenmal (zu meiner Schande muß ich's gestehen) ganz sorgfältig Wort für Wort gelesen. Es ist das Außerordentlichste an moderner Dichtung, was mir in den letzten 10 oder 20 Jahren begegnet ist, und ich möchte Ihnen ganz persönlich danken für diese schöne Lesezeit, ganz unabhängig davon, daß ich zufällig auch der Verleger dieses Buches bin. Ich hatte mir einige Fragen aufgeschrieben, die ich an Sie richten wollte, aber inzwischen hat sie mir Herr ten Holder, der ja ein wirklicher Kenner Ihres Buches ist, beantwortet und mir dazuhin noch manches gedeutet, was ich nicht aufgenommen hatte. Bei Gelegenheit dieser Lektüre habe ich auch besonders auf die Übersetzung geachtet. Englisch kann ich ja nicht besonders gut, aber von meiner eigenen Sprache glaube ich, ein bißchen etwas zu verstehen. Ich darf Ihnen sagen, daß diese Übersetzung ganz unglaublich gut ist, ja, daß es sich gewissermaßen um eine eigene schöpferische Sprachleistung handelt, wie wir sie zur Zeit in Deutschland kaum finden. Sie wissen das wahrscheinlich selbst, da Sie ja einen deutschen Text beurteilen können. Ich weiß aber nicht, ob Sie beurteilen können, was es bedeutet, in einer Zeit sinkender Sprachkraft eine solche Leistung im Deutschen zu vollbringen. (...)

Malcolm Lowry an Clemens ten Holder

[Sommer 1952]

Lieber alter Clemens:
ich kann nicht sagen, wie glücklich ich bin, zu erfahren, daß es Dir ein bißchen besser geht und Du weniger Schmerzen hast und sogar schon spazierengehen und den Spätsommer genießen kannst.

(Wir haben hier eine Seemöwen-Familie, die nicht fortgezogen ist; aber nicht, weil sie wie die in ‹*Nightwood*› zuviel Brot gegessen haben, sondern weil sie gern auf unserer Veranda sitzen: eine Möwe macht das schon seit 13 Jahren, seit wir sie retteten, als sie schneeblind in unserem Zaun hängengeblieben war, wenn auch der Zaun längst nicht mehr da ist: wir haben praktisch gelernt, Seemöwisch zu sprechen, eine sehr komplizierte Sprache, in der man auf eine Million verschiedene Arten sagen kann: Zeit zum Tee, ihr trägen Narren, meint ihr, ich sitze hier herum, um die Aussicht zu genießen?)

Ich arbeite fleißig an ‹*Hör uns, o Herr, der Du im Himmel wohnst*› – 12 Erzählungen sind's diesmal: die Bewegung verläuft entgegengesetzt zu der des ‹*Vulkan*›, d. h. also aus der Barranca hinauf zu den Sternen.

Davon später mehr: der nächste Roman ist ‹*Lunar Caustic*›[1], eine Grand-Guignol-Wahnsinns-Jugendsünde, die in der psychiatrischen Abteilung eines New Yorker Krankenhauses spielt: nicht sehr schön – werde viel schwimmen müssen, um das zu schreiben.

Ich hoffe, ich kann Dir Teile von ‹*Hör uns*› schicken, sobald welche fertig sind.

Ich bekam einen ungeheuer netten Brief von Klett, der von Dir in den wärmsten – und von der Übersetzung in den höchsten – Tönen sprach – auch davon später mehr. Grüße ihn bitte von mir und sag ihm, daß ich schreibe.

Dies hier ist nur eine Zwischennachricht, die noch rechtzeitig zur Post muß. Wunderbar, daß es Dir besser geht, alter Knabe. All unsere Liebe an Dich und Hildegarde. Lebt wohl. Halte diesen Ton, Rolando!

Malcolm

1 ‹*Die letzte Adresse*› (A. d. Hg.)

Malcolm Lowry an Clemens ten Holder

[Winter 1952]

NACH LEKTÜRE DER ERZÄHLUNG ZU LESEN

Dies ist die erste Erzählung in ‹*Hör uns, o Herr, der Du im Himmel wohnst*›, sie basiert teilweise – soweit es das Boot und die Kinder betrifft, aber ohne die Romanze – auf einer wahren Geschichte, die sich vor einigen Jahren in Kanada zugetragen hat. Die erste Fassung habe ich vor einem Jahr an die Verleger geschickt, aber diese hier ist endgültiger bzw. kann als endgültig betrachtet werden. Sie wurde nie in einer Zeitschrift veröffentlicht, aber vor einigen Monaten geschah etwas so Wundersames, daß ich anfangs egoistischerweise nicht so recht wußte, ob ich mich darüber freuen sollte, da dieser Vorfall von der Presse weit verbreitet wurde, wodurch es seitdem noch schwieriger geworden ist, dies als erfundene Geschichte zu verkaufen – außerdem widerstrebte es mir, die Koinzidenz einfach auszubeuten, um die Erzählung zu verkaufen: es war nämlich fast das gleiche im wirklichen Leben passiert, und zwar zwischen einem Amerikaner und einer Irin: diesmal entwickelte sich tatsächlich eine Romanze zwischen zwei Menschen, wenn auch das Medium hier kein Boot, sondern eine Flasche war. Ich schrieb den Verlegern, daß ich die Geschichte nicht neu schreiben und «Die tapferste Flasche» nennen würde. (Tatsächlich hatte ich schon vor zwölf Jahren ein Gedicht geschrieben, das von einer Flaschenpost handelt und in der Anthologie Kanadischer Gedichte bei Scribner's erschienen ist.) Die übrigen Erzählungen in ‹*Hör uns, o Herr*› behandeln gewissermaßen die *«Stürme»* (in dem im letzten Satz angedeuteten Sinn), auch wenn andere Protagonisten sie durchzustehen haben; ‹*Das tapferste Boot*› sollte in sich abgeschlossen sein, und dafür halte ich es auch – denn das Ganze ist wirklich so angelegt, daß die *Stürme*, die ihre Liebe überstanden hatte, nur angedeutet und nicht beschrieben werden. An sich ist es mein Lieblingsstück, und ich hoffe sehr, es wird Dir gefallen und Du wirst es übersetzen, denn in diesem Fall wird es zuerst auf deutsch und in Deiner Übersetzung erscheinen. Die zweite Erzählung in ‹*Hör uns*› ist ‹*Durch den Panamakanal*› – ein Tagebuch einer wirklichen *stürmischen* Fahrt auf einem französischen Frachter um Cape Flattery nach Frankreich – eine Art Flugunternehmung der französischen Handelsmarine. Andere Erzählungen – der Refrain des Schiffsmotors, Frère Jacques, Frère Jacques, dormez vous etc. taucht immer wieder als Verbindungsstück auf – spielen in Rom, Pompeji und kehren am Ende wieder über Norddakota nach Kanada zurück: die meisten dieser Geschichten sind noch unfertig, und ich bearbeite sie alle simultan, ohne ordentliche Abschriften, so daß sie im gegenwärtigen Zustand nur schwer zu verschicken sind, von vielleicht zwei oder drei Ausnahmen abgesehen, von denen ich überhaupt keine Abschriften habe. Aber was ich in eine zufriedenstellende Form bringen kann, wirst Du liebend gern *quam celerime* bekommen. Ich bete für Dich zu St. Tade, besuche auch täglich die kleine katholische Kirche, wo ich mich laut Margie zwar falsch bekreuzige, aber ich denke, meine Gebete werden trotzdem erhört. Leb wohl, mein lieber Freund. Liebe Grüße an Euch beide.

Malcolm

IX

Robert Giroux an Harold Matson

Harcourt Brace & Company, Inc.
383 Madison Avenue
New York 17, N.Y.
11. Dezember 1951

Lieber Hal:
Ich war sehr beeindruckt von dem Manuskript von Malcolm Lowrys Erzählungsband ‹*Hör uns, o Herr, der Du im Himmel wohnst*›, das Sie uns freundlicherweise vorgelegt haben. ‹*Durch den Panamakanal*› und ‹*Der Waldpfad zur Quelle*› sind ausgezeichnet, ebenso die beiden römischen Erzählungen. ‹*In the Black Hills*›, das man einen «Western» nennen könnte, zählt zu den besten Erzählungen, die ich seit langer Zeit gelesen habe. Alles in allem ist es eine vorzügliche Sammlung, und sie macht Appetit auf das Dutzend weiterer Erzählungen, die Mr. Lowry in seinen Anmerkungen am Schluß beschreibt.

Die Skizze des langen *work in progress* ‹*The Voyage That Never Ends*› verheißt ein Werk, das das bedeutendste literarische Projekt dieses Jahrzehnts sein könnte. Die von Mr. Lowry beschriebene Folge von sechs Romanen ist faszinierend.

Von dem ersten dort erörterten Roman, ‹*Die letzte Adresse*›, erklärt er, «eine erste Fassung … ist fertig.» Besteht irgendeine Möglichkeit, daß wir uns diese Fassung in naher Zukunft einmal ansehen können?

Wir bitten natürlich deswegen darum, diesen Roman sehen zu dürfen, weil wir ein Veröffentlichungs- und Finanzprogramm für das Gesamtwerk von Mr. Lowry ausarbeiten wollen. Er hat hier viele Bewunderer, ja Freunde. Alfred Kazin gehört als literarischer Berater zu unserem Stab; Catherine Carver, die mir geholfen hat, ‹*Unter dem Vulkan*› durch die Presse zu bringen, und mit dem Verfasser wegen vieler Textstellen korrespondiert hatte, ist Mitglied unseres Herausgeberstabs; James Stern und Jay Leyda, zwei unserer Autoren, die ich herausgegeben habe, beten Mr. Lowry und seine Arbeiten an. Ich sage Ihnen das alles, damit Sie erfassen, vor welchem Hintergrund seine Bücher hier erscheinen würden.

Wir sind Ihnen überaus dankbar für Ihre Freundlichkeit, uns die Erzählungen und die Vorschau auf die in Arbeit befindlichen Romane von Mr. Lowry zu zeigen. Wir würden sehr gern ein Veröffentlichungsprogramm ausarbeiten und wären Ihnen sehr verbunden, wenn Sie unsere diesbezüglichen Wünsche Mr. Lowry mitteilen würden.

Mit besten Empfehlungen
Ihr
[unterschrieben] Bob
Robert Giroux
Hauptherausgeber

Harold Matson an Malcolm Lowry

30 Rockefeller Plaza
New York, N. Y.
13. Dezember 1951

Lieber Malcolm:
Mit dem Eintreffen von ‹*Hör uns, o Herr, der Du im Himmel wohnst*› und Deinem Brief vom 23. November, in dem Du darum bittest, daß das Manuskript unverzüglich an Erskine gehen soll, hatte ich keine andere Wahl, als die Situation bei Harcourt als das nächstliegende Problem zu prüfen, und hierbei wurde ich nun von Harcourt, so vor eine Entscheidung gestellt, gebeten, daß man ihnen eine angemessene Bedenkzeit wegen ihrer legalen und auch moralischen Rechte einräumen möge. Harcourt wollte nicht einfach aussteigen; im Gegenteil, sie fühlen sich imstande, Dir genausoviel, wenn nicht mehr als jeder andere Verlag anbieten zu können. Ich hatte keine andere Wahl, als ihre Vorkaufsrechte vorschriftsmäßig zu beachten, und legte ihnen das Manuskript vor. Es war nichts damit zu gewinnen, es Erskine zu zeigen, nur Zeit zu verlieren. Auf die eine oder andere Weise mußten wir uns zunächst mit den Verpflichtungen gegenüber Harcourt befassen. Beiliegend ein Brief von Bob Giroux, dem Hauptherausgeber.

Malcolm, versteh bitte, ich hege keine persönliche Vorliebe für Random oder Harcourt (zur Zeit habe ich zufällig mehr Klienten bei Random als bei Harcourt, aber nächstes Jahr kann das schon anders aussehen). Ich glaube wirklich, Du solltest mit Giroux' Brief die Möglichkeit in Erwägung ziehen, daß Harcourt Dir anbietet, Dich so zu verlegen, wie Du es wünschst und verdienst.

Nehmen wir einmal an, Du könntest, was die herausgeberische Seite anbelangt, eine befriedigende Beziehung zu Harcourt haben: Welche Art von Finanzprogramm würde Deinen Bedürfnissen gerecht werden? Ist die erste Fassung von ‹*Die letzte Adresse*› verfügbar?

In Eile, Dir dies mitzuteilen, werde ich jetzt von allem anderen schweigen. Schickst Du mir ein Telegramm, per Nachnahme?

Dein
Harold Matson

Harold Matson an Malcolm Lowry

30 Rockefeller Plaza
New York, N. Y.
14. Januar 1952

Lieber Malcolm:
Hast Du zufällig noch irgend etwas von Klett oder Herrn ten Holder gehört? Ich habe von beiden nichts mehr gehört, was die Filmpläne für ‹*Unter dem Vulkan*› betrifft.

Inzwischen habe ich keinen Versuch unternommen, mit Klett oder ten Holder direkt Verbindung aufzunehmen. Ich muß sagen, es scheint mir sehr unwahrscheinlich, daß bei diesem ganzen Durcheinander irgend etwas Nützliches herauskommt, und ich frage mich, ob man das weiterverfolgen sollte, es sei denn, Klett macht ein festes und endgültiges Angebot.

Als ersten Schritt, um dieses Durcheinander zu entwirren, habe ich vor, mich an Peter Lorre zu wenden. Dies werde ich unverzüglich tun.

Es tut mir leid, daß ich mich so lange um dieses Problem gedrückt habe, aber ich habe es offen gesagt zugunsten anderer Unternehmungen zurückgestellt, die mir dringlicher und aussichtsreicher vorgekommen sind. Ich weiß, wenn man arm ist, sind 50% von irgend etwas überaus wichtig, und ein hungriger Mann befaßt sich nicht sonderlich damit, was ihm von Rechts wegen für ein Anteil an einem Brotlaib zusteht, sondern er nimmt jeden Anteil. Aber ich habe es noch nie erlebt, daß Geschäfte, die durch und durch voller Unregelmäßigkeiten stecken, jemals gut ausgegangen sind.

Hättest Du etwas dagegen einzuwenden, wenn ich direkt an Klett schriebe und ihm die simple Frage stellte, was aus seinem Interesse an einer möglichen Verfilmung von ‹*Unter dem Vulkan*› geworden ist?

Diese Nach-Urlaubs-Saison war ungewöhnlich lebhaft und verworren, und es ist mir nicht möglich gewesen, mit Bob Giroux zusammenzukommen. Ich erwarte aber, ihn noch in dieser Woche verfügbar zu finden.

Hast Du noch irgend etwas von Correa wegen Deiner noch ausstehenden Tantiemen gehört? Es dauert lange, Geld aus Frankreich loszueisen, wie ein anderer Klient von uns nur zu gut erfahren hat – eben jetzt erhält er Geld, auf das er mindestens zehn Monate gewartet hat.

In diesem Augenblick kommt Margeries Brief hier an, und ich bin froh zu erfahren, daß Ihr jetzt in Vancouver in einer warmen Wohnung seid. Freut mich, daß Du direkt an Giroux schreibst. Er will eine gute Autor-Verleger-Beziehung aufbauen, und ich glaube, er ist der Mann, der zu seinem Wort steht.

Margeries Brief werde ich morgen beantworten.

Beste Grüße an Euch beide.

Dein
Harold Matson

Margerie Bonner Lowry an Harold Matson

1075 Gilford St.
Apt. 33
Vancouver, B. C.
Kanada
9. Febr. 1952

Lieber Hal:
Was gibt's Neues? Wir sind hier durch Mangel an Neuigkeiten ein bißchen in einen psychologischen Stillstand geraten. Die Sache ist die: Sobald wir uns in der Wohnung hier eingerichtet hatten, hat Malcolm einen langen Brief an Giroux geschrieben. Darauf haben wir wie die Besessenen gearbeitet und Abschriften von Malcs beiden Fassungen

von ‹*Die letzte Adresse*› angefertigt (die Giroux, wie Du Dich erinnerst, sehen wollte) und dazu einen langen und ausführlichen Bericht darüber geschrieben, was er für die endgültige Fassung noch daran zu tun beabsichtigt – oder vorschlage; und dann noch einen sehr langen Brief. *Dies alles haben wir am 21. Januar per Luftpost abgeschickt.* Bis jetzt haben wir auf nichts davon eine Antwort erhalten, und wir wissen nicht einmal, ob die Mss. ihn überhaupt erreicht haben – die wir ihm zum Teil deshalb geschickt haben, um eine Abschrift des Materials in sicherer Verwahrung zu wissen – Malc bittet mich aber zu sagen, er habe Giroux deutlich zu verstehen gegeben, daß er sich mit einer Antwort nicht zu beeilen brauche.

Es hat Malcolm schrecklich weh getan, Albert zu verlassen – er betet ihn an, als Herausgeber und Freund –, und er muß wirklich unbedingt irgendeine Verbindung mit Giroux aufbauen, so, gewissermaßen *in vacuo*, kann er, wenigstens zur Zeit, kaum weiterarbeiten – es ist schon ein ziemlich schwieriger Wendepunkt für ihn. Malc bemüht sich wirklich darum, die bestmögliche Beziehung mit Giroux und Harcourt, Brace aufzunehmen, aber ich weiß, daß Du unsere Sorgen verstehen wirst. Wir versuchen uns einzureden, daß er nicht in der Stadt oder, was der Himmel verhüte, krank sein könnte, und natürlich ist er ein vielbeschäftigter Mann, der eine Menge auf dem Hals hat usw. usw. Aber andererseits hast Du in Deinem Brief vom 14. Januar geschrieben, Du würdest ihn in dieser Woche sehen, und seitdem haben wir nichts mehr von Dir gehört ... Nun, Du siehst, wie es steht. Ich hoffe, wir sind nicht allzu empfindlich, uns über all dies Sorgen zu machen. Immerhin ist es jetzt zwei Monate her, seit Du uns geschrieben hast, daß Harcourt, Brace Malc nicht aus seinem Vertrag mit ihnen freigeben wollte, und Du diesen sehr ermunternden und ermutigenden Brief von Giroux mitgeschickt hast. Wir hatten sogar geglaubt, schon früher würde ein neuer Vertrag, zumindest über ‹*Hör uns, o Herr*›, unterzeichnet; (obgleich wir uns der Komplikationen bewußt sind, die die Kompliziertheit des ganzen Klumpens mit sich bringen könnte). Und, wie gesagt, wir hatten gehofft, Malc könnte inzwischen etwas von Giroux persönlich gehört haben, wenn uns auch klar ist, daß der Jahreswechsel eine schwierige Zeit ist. Tambien, in Deinem letzten Brief vom 14. Januar hast Du geschrieben, Du würdest mir morgen antworten – oder was damals morgen war – und Dich direkt an Peter Lorre wenden. Malatesta? Bis jetzt haben wir nichts gehört. Du hättest zweifellos geschrieben, wenn Du etwas erfahren hättest, aber in unserem neuen inflationären ökonomischen Umfeld (in dem wir bis zum 1. April werden bleiben müssen) reichen auch die willkommenen 375 Dollar nicht ewig; die Aussicht, daß das Geld aus Frankreich zehn Monate bis hierhin braucht – all diese Aussichten zwitschern wie Vögel um die Aussicht herum, daß Malcs englischer Besitz glattweg im Mülleimer landet, wie er das nennt; ich kann Dir daher kaum sagen, wie sauer es einem wird, aus dieser Entfernung Briefe ins Blaue hinein abzuschicken, keine Antwort zu erhalten, nicht zu wissen, was eigentlich geschieht, und so weiter. Laß also bitte von Dir hören, selbst wenn Du uns für voreilig hältst oder es nichts zu melden gibt. Ich bin sicher, wenn wir erst einmal ein bißchen klarer sehen, woran wir sind, werden wir aufhören, Dir und uns selbst solche Schwierigkeiten zu machen. Liebe Grüße von uns beiden und noch einmal tausend Dank.

Deine
Margerie

Robert Giroux an Harold Matson

Harcourt, Brace & Company, Inc.
383 Madison Avenue
New York 17, N.Y.
10. März 1952

Lieber Hal:
Es ist mir schwergefallen, den beiliegenden Brief an Malcolm Lowry zu schreiben, und es tut mir aufrichtig leid, daß wir keinen klaren Weg sehen, wie wir mit ihm weiterhin zusammenarbeiten könnten. Dies ist also die förmliche Mitteilung unserer Entscheidung, von der in unserem Vertrag enthaltenen Option keinen Gebrauch zu machen.

Mit freundlichen Grüßen Ihr
[unterschrieben] Bob
Robert Giroux

Robert Giroux an Malcolm Lowry

Harcourt, Brace & Company, Inc.
383 Madison Avenue
New York 17, N.Y.
10. März 1952

Sehr geehrter Mr. Lowry:
Es tut mir leid, Ihnen mitteilen zu müssen, daß wir beschlossen haben, Ihnen für ‹*Die letzte Adresse*› kein Angebot zu machen. Ich wünschte, der Beschluß wäre anders ausgefallen, und ich möchte Ihnen sagen, daß diese Entscheidung in keiner Weise etwas mit der Qualität des Manuskripts zu tun hat, das Sie uns freundlicherweise vorgelegt haben. Das Material ist faszinierend, und sicherlich wird das fertige Buch einen wichtigen Platz in Ihrem langen *work in progress* einnehmen. Es waren eher finanzielle als literarische Erwägungen, die zu unserer Entscheidung geführt haben. Da wir keinen klaren Weg sehen, wie wir zwei Jahre lang – was wohl der Mindestgewährleistungszeitraum wäre, um auf praktische Resultate hoffen zu dürfen – weitere Vorschüsse zahlen sollen, ist es für uns das beste, wenn wir uns ohne weiteren Aufschub von dieser Vorstellung zurückziehen. Persönlich bedaure ich dies, da ich glaube, daß unsere Beziehung sich noch erfreulicher weiterentwikkelt hätte, als sie schon angefangen hatte. Und wenn diese Beziehung auf Grund einer Entscheidung, die doch eher eine des Verlags als eine des Herausgebers ist, zu Ende gehen muß, so hoffe ich gewiß, daß dies ohne schlechte Gefühle auf beiden Seiten geschieht. Ich werde Ihr Werk immer bewundern und wünsche Ihnen alles Gute.

Hochachtungsvoll Ihr
Robert Giroux
Hauptherausgeber

X

Ralph Gustafson an Malcolm Lowry

2 West 67th Street
New York 23, N. Y.
2. Mai 1957

Lieber Malcolm Lowry,
warum denn nicht – eigentlich sind Sie doch Kanadier, wenn Sie es so sehr lieben; und Kanada steckt gewiß in Ihren Gedichten, zumindest erblicke ich es darin. «Einwohner Kanadas», britischer Staatsangehöriger – das hat nicht viel zu sagen – obwohl ich für meine Anthologie Kanadier zusammenstellen muß. Ich hoffe, Sie kommen nach Burrard Inlet zurück. Ich erinnere mich an Grasmere – bin vor Jahren mal gedankenverloren auf den Spuren Willie Wordsworths gewandelt – und bin schließlich nicht an Narzissen, sondern an ein schönes Aquarell von Ruskin geraten. Sein Haus war abgerissen, das Dienstmädchen hatte sich seine sämtlichen Skizzenbücher geschnappt und – sie hatte einen Postkartenladen in Coniston – und verkaufte die Skizzen Blatt für Blatt zu 10/– das Stück. Vielleicht treffen Sie mal auf eine.

Ich habe zu Ihren beiden anderen Gedichten in der Anthologie noch ‹*Kain wird Abel auf unserer guten Erde heute nicht erschlagen*› (stimmt der Titel?) hinzugefügt. In Ordnung? In der vorletzten Zeile von ‹*Die Möwe mit den grüngelben Flügeln*› habe ich «seltsamer» zu «stärker» verbessert.[1] Ich erinnere mich noch an Ihre Gedichte in *CPM*, zu der Zeit, als Earle Birney diese Zeitschrift noch herausgab – vorher und nachher ist sie nie so gut gewesen wie damals – ich habe sie jetzt allerdings nicht zur Verfügung. «Lupus in Fabula» – diese letzten beiden schrecklichen (guten) Zeilen stammen direkt von S. 88 von ‹*Unter dem Vulkan*›, oder? Darf ich mein Lob für diesen Roman noch hinzufügen? Ich wünschte, ich besäße Ihren Prosafluß. Die letzten zwei Jahre – nein, es waren eher vier – habe ich über einem Roman verbracht – draußen in den östlichen Bezirken von Quebec (woher ich stamme), und ich weiß immer noch nicht, was daran ist. Man sagt mir, ich müßte ihn noch einmal überarbeiten. Womöglich bringt das auch nichts. Sobald ich mit diesem Penguin-Buch über kanadische Dichter fertig bin, werde ich versuchen, mich wieder daranzumachen – wenn er mich läßt. Einen Band mit Kurzgeschichten habe ich inzwischen auf den Rat von Verlegern hin zurückgestellt – *nach* einem Roman können sie mehr davon verkaufen et cetera. Sie haben sich geirrt. Ich hätte das veröffentlichen sollen. Jetzt bin ich älter als diese Erzählungen. Ja: Die Geschichte, wo jemand ein Gebäude erklettert und dieses junge Schwein von einem Sadisten von unten aus zusieht, stammt von mir. Sie ist in *The Atlantic Monthly* erschienen (‹*The Human Fly*›), Martha Foley hatte sie aufgegabelt. Soeben habe ich eine andere Erzählung beendet, ‹*Shower of Gold*›, über jemanden, der davon besessen ist, ein frigides Weibsbild zu schwängern – sie ist schön, aber frigide. Norman Levine (schreibt gute Gedichte, lebt jetzt in Brighton) meinte, ich sollte das an Pudney schicken – der macht gerade eine Anthologie «Die besten Stories des Jahres» oder so was Ähnliches. Kennen Sie diese Reihe?

Der Gedanke, daß Sie Ihren Roman genausogut in zehn Stanzen – oder zehn Versen – hätten schreiben können, zeigt, wie sehr Sie sich als Dichter vernachlässigen. Nichts ist wohl so wahr wie dies: Vermutlich ist das einer der Gründe, warum ich Kurzgeschichten so sehr mag – sie stehen den Gedichten viel näher. Und würden wir nicht ohnehin am liebsten nichts anderes tun, als Gedichte zu schreiben, wenn wir nicht essen und unsere Frauen versorgen müßten? Ich selbst könnte nahezu ohne Essen auskommen – na ja, vielleicht auch nicht. Curt Langs Arbeiten waren mir noch unbekannt. Ich habe mir seine Gedichte, die Sie mir geschickt haben, abgeschrieben (liegen bei, danke). Die letzten beiden Zeilen von ‹*Architectural*› sind erstklassig. Ich fürchte jedoch, die Anthologie ist abgeschlossen – hat schon ein Inhaltsverzeichnis. Aber ich werde ihm schreiben. Vielen Dank für Ihre Anteilnahme. Bin Ihnen sehr dankbar dafür.

Mit freundlichen Grüßen Ihr
Ralph Gustafson

1 Vgl. die Anmerkung zu dem Brief Lowrys vom 29. April 1957 an Gustafson

Ralph Gustafson an Malcolm Lowry

2 West 67 th Street
New York 23, N. Y.
28. Mai 1957

Lieber Malcolm Lowry:
Es ist eine Bitte um Erbarmen mit dieser bedrückten Welt – das Kain-Gedicht –, auf daß irgendwie, irgendwo Gottes Gnade für eine Wiederkehr des Pfingstfestes für die Unterdrückten empfohlen wird – seitens eines lang verschollenen Geistes, seitens der Dichter von Gottes Gnaden –, die (und hier wendet sich das Gedicht) die erbarmungslose Welt anrufen, die Zeit ist um, ist um, mit der Dämmerung wird der Jüngste Tag hereinbrechen, und die letzte Nacht ist lang. Aber das Kain-Gedicht ist mehr als eine Bitte, es behauptet, daß es Erbarmen geben muß, daß es existiert, damit wir nicht alle zugrunde gehen, damit nicht nur die Angst bleibt, «das Leben hört unser Gebet» – wir sind tugendhaft, weil wir das Leben lieben.

Verzeihen Sie meine Transkription. Man kann ein Gedicht nicht blasphemischer behandeln, als wenn man versucht, sich poesielos damit auseinanderzusetzen.

Ich tue das bloß – zumal das Kain-Gedicht mich beeindruckt –, um Ihnen zu sagen, warum mich das Wort «empfehlen» nie gestört hat, als ich das Gedicht für die Anthologie gelesen habe. Das Wort scheint in beiden Richtungen zu wirken – sowohl rückwärts auf das bereits Gesagte hin, als auch vorwärts auf das Ende hin. Ich werde natürlich «erinnern» einsetzen, wenn Sie das wünschen – aber ich konnte nicht umhin, Ihnen erst meinen Standpunkt mitzuteilen. «Erinnern» würde (vermutlich) «noch einmal feiern» bedeuten – wodurch die Handlung bei einer Wiederkehr von Pfingsten auf den Feiernden verlagert wird – soll die Pfingsthandlung sich nicht auf die erstrecken, die des Mitleids bedürftig sind? Sollte dieses Bedürfnis daher nicht der Gnade Gottes anempfohlen werden?

Sehe ich das falsch? Sagen Sie mir bitte Bescheid – ein Wort genügt: Ja/nein – denn das Kain-Gedicht ist einfach wunderschön.

Zum Titel – *‹auf unserer guten Erde›* (???). Dies würde die Verachtung, die *saevo indignatio* der Leidenden auf dieser Erde begründen – die ich als das treibende Motiv hinter diesem Gedicht spüre. Die Tatsache begründen, daß diese Welt gut *ist* – wenn man sie allein läßt.

Ich fürchte, ich mache einen frommen, moralischen Eindruck, wenn ich so weiterschreibe – so meine ich das aber nicht. Ich meine lediglich, daß das Gedicht im Leben wurzelt. Sagen Sie mir Bescheid.

Ich habe Curt Lang unter der Adresse geschrieben, die Sie mir gegeben haben – aber mein Brief ist zurückgekommen, Adressat unbekannt.

Recht herzlichen Dank für Ihre Antwort – es ist schön, von Ihnen zu hören. Die Anthologie ist praktisch fertig – muß aber noch warten, da sich durch die Copyrights anderer Verleger Verzögerungen ergeben – ehe die nicht geantwortet haben, kann ich das Inhaltsverzeichnis nicht machen. Ich kann aber das eine zu ändernde Wort immer in den Fahnen ausfindig machen.

Ihr
Ralph Gustafson

Das Obige vermittelt Ihnen nicht meine Gefühle beim Lesen Ihres Gedichts. Setzen Sie die bitte voraus.

R.

Register der Briefempfänger

Register der Werke Lowrys

Malcolm Lowry

Gesamtwerk in Einzelausgaben
Herausgegeben von Joachim Sartorius

Hör uns, o Herr, der Du im Himmel wohnst
Erzählungen
Deutsch von Susanna Rademacher
dnb 121

Oktoberfähre nach Gabriola
Roman
Deutsch von Susanna Rademacher
dnb 157

Ultramarin
Roman
Deutsch von Werner Schmitz
dnb 167

Fünfunddreißig Mescals in Cuautla
Gedichte
Deutsch von Joachim Sartorius
dnb 172

Unter dem Vulkan
Deutsch von Susanna Rademacher
durchgesehen von Karin Graf. Gebunden

Spinette der Finsternis
Über Malcolm Lowry
dnb 177

Briefe
dnb 175

C 2147/2

Ernest Hemingway

In unserer Zeit
15 stories. rororo 278

Männer ohne Frauen
14 stories. rororo 279

Der Sieger geht leer aus
14 stories. rororo 280

Der alte Mann und das Meer
rororo 328

Schnee auf dem Kilimandscharo
6 stories. rororo 413

Über den Fluß und in die Wälder
rororo 458

Haben und Nichthaben
rororo 605

Die grünen Hügel Afrikas
rororo 647

Tod am Nachmittag
rororo 920

Insel im Strom
rororo 4080

Die Nick Adams Stories
rororo 5091

Der Abend vor der Schlacht
Stories aus dem spanischen Bürgerkrieg
rororo 5173

Ernest Hemingway
dargestellt von Georges-Albert Astre
rm 73

rororo

C 1085/3